KNAUR

Von Michèle Rowe ist bereits folgender Titel erschienen:
Kap der Lügen

Über die Autorin:
Michèle Rowe studierte zunächst an der National School of Arts in Johannesburg und schloss ihr Studium dann mit einem Master in Creative Writing an der Universität Kapstadt ab. Sie arbeitet als Drehbuchautorin und Dokumentarfilmerin; ihre Filme wurden mit zahlreichen Preisen ausgezeichnet. Sie war Mitbegründerin der »Free Film Makers«, einer Anti-Apartheid-Gruppe von Filmschaffenden, und setzt sich in ihren eigenen Arbeiten intensiv mit der Wirklichkeit des neuen Südafrika auseinander. Michèle Rowe lebt mit ihrer Familie in Kapstadt.
Weitere Informationen unter: www.michelerowe.co.za

Michèle Rowe

STUNDE DER DUNKELHEIT

Ein Kapstadt-Thriller

Aus dem Englischen von
Alexandra Baisch

KNAUR

Die englische Originalausgabe erschien 2015 unter dem Titel
»Hour of Darkness« bei Penguin Books, South Africa.

Besuchen Sie uns im Internet:
www.knaur.de

FSC
www.fsc.org
MIX
Papier aus verantwortungsvollen Quellen
FSC® C083411

Vollständige Taschenbuchausgabe Februar 2018
Knaur Taschenbuch

Redaktion: Kirsten Reimers
Covergestaltung: ZERO Werbeagentur, München
Coverabbildung: Fine Pic / shutterstock
Satz: Adobe InDesign im Verlag
Druck und Bindung: CPI books GmbH, Leck
ISBN 978-3-426-52029-1

2 4 5 3 1

Die Polizeireviere von Diep River, Khayelitsha und Harare sind reale Orte, ebenso das Rondevlei-Naturreservat und das Schönstattkapellchen. Die Begebenheiten und Protagonisten in diesem Roman sind jedoch frei erfunden, und jede Ähnlichkeit mit lebenden Personen oder tatsächlichen Ereignissen, die sich an diesen Orten zugetragen haben mögen, sind rein zufällig.

Für meine Mutter Jean

Gebären ist etwas Mächtiges und birgt großen Zauber,
und alle Mütter opfern sich für ihre Kinder auf.
Euripides, *Iphigenie in Aulis*

Her absence filled the world.
William Kentridge

DIE ERSCHEINUNG

Severine musste zu Clicks, der supermarktähnlichen Apotheke in der Constantia Village Mall, zwei Häuserblocks von ihrem Zuhause entfernt, um eines ihrer vielen Rezepte abzuholen. Begleitet wurde sie von ihrer Mutter, die jetzt in einem nahe gelegenen Café auf sie wartete. Da es dieser so gar nicht gefiel, wenn Severine außerhalb der bewachten Wohnanlage, in der sie lebten, allein unterwegs war, fuhr sie ihre Tochter die zwei Häuserblocks lieber mit dem Auto. Severine war auf dem Weg zur Medikamentenausgabe, blieb dann aber an einer Auslage mit Aromatherapieölen stehen: Myrrhe, Bergamotte, Zypresse und Rose. Sie ignorierte einfach das »Bitte nicht öffnen«-Schild über dem Regal, drehte den Deckel vom Rosenfläschchen ab und schnupperte daran. Sie war so vertieft in den betörenden Duft und das kleine exotische Fläschchen, dass sie ihn zunächst gar nicht bemerkte.

Erst als er näher trat und dann viel zu nah war, registrierte sie seine eigenartig reglose Präsenz. Sie schaute auf die breite Hand nach unten, die auf dem Regal neben ihrer ruhte. Eine Hand, die aus der Manschette eines hellblauen Hemdes herausschaute.

»Keine Angst.« Seine Stimme war leise, fast ein Flüstern, aber erfüllt von einer unüberhörbaren Dringlichkeit. Überrascht stolperte Severine einen Schritt zurück, dabei entglitt ihr das offene Fläschchen und rollte über den Boden. Sie drehte sich um und fing den Blick aus dunklen Augen auf, die sie nervös musterten. Das Emblem seiner Hemdtasche zeigte zwei eingestickte, sich kreuzende Blitze, darunter ein Namensschild aus Plastik mit dem Schriftzug »James Chilenga, Security.«

»Wir werden gerade überfallen«, sagte er. »Bitte mach, was man von dir verlangt.«

Nur mit Mühe konnte Severine nachvollziehen, was er da eben gesagt hatte. Sie war nicht ganz bei der Sache, weil ihre Gedanken einzig um den durchdringenden Duft des verschütteten Rosenöls kreisten. Sollte sie anbieten, dafür aufzukommen?

James Chilenga griff nach ihrer Hand. Seine war groß und warm. Behutsam führte er sie den Gang hinunter Richtung Kassen. Er war sehr viel größer als Severine und hatte breite Schultern. Auf dem Rücken seines Hemdes zeichnete sich ein dunkler Schweißfleck ab.

Bei den Kassen hatten modisch gekleidete Männer ihre AK-47 auf die Kassiererinnen gerichtet, ganz gelangweilt und lässig, wohl, um ihre innere Unruhe zu kaschieren, mutmaßte Severine. Vor ihnen stand der Geschäftsführer, die Hände flehentlich in die Luft gereckt, und wirkte ganz verlegen, weil er so hilflos war.

Die Kassiererinnen kamen mit erhobenen Händen hinter den Kassen hervor, als würden sie auf irgendwelche Regieanweisungen aus den Kulissen hin reagieren. Als Erste trat eine füllige Frau mit schweißglänzendem Gesicht und müden Augen heraus. Ihr folgte eine ältere Frau mit starken Pigmentverfärbungen an Wangen und Stirn, was ihrem Gesicht etwas Maskenhaftes verlieh. Nur mit Mühe gelang es der dicklichen Frau, ihre Hände nach oben zu halten, sie waren kaum höher als ihre Brüste. Außerdem schien sie die Kontrolle über ihre Gesichtsmuskeln verloren zu haben, denn ihr Mund war merkwürdig verzerrt. Severine prägte sich diese winzigen Details ein, als wollte sie eine Skizze für ein Gemälde anfertigen. Eine Frau in einem klobigen Pelzmantel stand an der Kasse – sie hatte wohl gerade bezahlen wollen. Einer der Bewaffneten schnauzte sie an. Zitternd stellte sie ihren Einkaufskorb ab und folgte den Kassiererinnen.

Der Kerl fuchtelte mit seiner Kalaschnikow herum und brüllte: »Alle mit dem Gesicht nach unten, los!«

Wie ein einziger Körper ließen sich Supermarktmitarbeiter und Kunden auf den Bauch fallen. Severine spürte, wie ihr Herz gegen den harten Boden pochte.

Sie lag zwischen der Kassiererin und der pelzbekleideten Frau, der Geschäftsführer hatte sich vor ihr fallen lassen. Sie sah das Schachbrettmuster der Fliesen, eine sich scheinbar endlos hinziehende Perspektive, wie ein Druck von Escher. Ein leichter Fett- und Staubfilm

überzog die Fliesen, bildete eine klebrige, rauhe Schicht unter ihrer Wange. Sie konzentrierte sich auf die dicken Sohlen der Schuhe des Geschäftsführers, mit Rillen, so tief wie das Profil von Traktorreifen. In den Rillen steckten Kaugummis, Kies und dunkle, klebrige Klumpen. Dann hörte sie ein unterdrücktes Wimmern und fragte sich, ob vielleicht jemand verletzt worden war. Dieser Laut ließ die Kassiererin mit den Pigmentflecken ebenfalls loswimmern und leise jammern: »Ich will nicht sterben, ich will nicht sterben.«
Severine drehte den Kopf leicht und sah, wie die Einbrecher in ihren teuren Turnschuhen zwischen den Geiseln hindurcheilten, mit Schritten so leichtfüßig und samten wie die von Katzen. Zwei von ihnen hatten die Waffen auf die ausgestreckt daliegenden Menschen gerichtet, die beiden anderen leerten die Kassen. Severine fing den Blick der Frau im Pelzmantel auf. Aus der Nähe sah sie viel älter aus, als Severine zunächst angenommen hatte. Ihr Gesicht war das eines merkwürdigen Babys, glatt und durch Schönheits-OPs ganz straff und eigenartig erstarrt, aber in ihren alten Augen spiegelte sich stummer Horror. Dieser Moment hatte für Severine etwas merkwürdig Metaphysisches, als hätte in den Sternen gestanden, dass jeder einzelne dieser Menschen um sie herum in genau diesem Moment an genau diesem Ort sein musste, um gemeinsam auf dem Bauch liegend darauf zu warten, dass sich ihr Schicksal erfüllte.
Plötzlich wurde ihre Aufmerksamkeit auf eine Bewegung am Eingang gelenkt. Eine junge Frau hatte den Laden betreten, nicht viel älter als sie selbst und völlig ahnungslos. Sie trug ein orientalisches, vielleicht sogar muslimisches Gewand: eine blaue, bodenlange Tunika, um den Kopf ein lose geschlungenes Tuch. Sie wirkte so unschuldig, so weltfremd und war sich der Gefahr, in der sie schwebte, überhaupt nicht bewusst. Zu Severines Verwunderung schienen die Einbrecher sie nicht zu bemerken. Mit einem Mal wurde Severine ganz kalt. Sie musste diese Frau warnen, ohne dass die Bewaffneten etwas davon mitbekamen. Stillschweigend richtete sie all ihre Energie und Gedanken darauf, dass sie von hier verschwinden sollte.
Der freundliche Blick der jungen Frau fiel auf Severine. Ihre Augen trafen sich, und in Severines lag die stumme Mahnung, die inständi-

ge Bitte, diesen Ort sofort zu verlassen. Leider behielt die Frau ihren ruhigen, fast schon gelassenen Ausdruck bei, als würde sich hier mit den flach auf dem Boden liegenden Kunden und den Einbrechern an den Kassen nichts Ungewöhnliches abspielen. Vor lauter Angst wäre Severine fast ohnmächtig geworden. War dieses Mädchen einfältig oder einfach schwer von Begriff? Der Rosenduft war überwältigend. In einer gebieterischen Geste hob die Frau unvermittelt die Hand, richtete sich direkt an Severine.

»Hab keine Angst«, sagte sie.

Severine machte sich auf die Reaktion der Einbrecher gefasst, aber die waren weiterhin an den Kassen zugange, schienen sie nicht gehört zu haben. Dann schaute Severine wieder zum Eingang.

Die junge Frau war verschwunden.

Hatte sie aufgrund des Schocks etwa eine Halluzination gehabt? War die Frau überhaupt da gewesen? Merkwürdigerweise war ihre Angst jedoch verflogen, und eine ruhige Losgelöstheit hatte ihren Platz eingenommen. Die pelzbekleidete Frau zu ihrer Linken sah sie an. Ganz automatisch griff Severine nach ihrer Hand, und die Frau hielt ihre so fest, dass ihre Knöchel wie weiße Atolle hervorstanden. Dann wandte Severine den Kopf nach rechts zur Kassiererin und streckte ihr die andere Hand hin. Die heiße, feuchte Hand der Frau umklammerte ihre, als wäre sie ein Rettungsboot auf hoher See. James Chilenga lag direkt vor ihnen. Er schwitzte, sein Pistolenholster war leer. Freundlich und voller Zuversicht sah Severine ihn an. Ein unsichtbares Band der Liebe schien sie alle miteinander zu verbinden, ein unzerbrechliches goldenes Band so fein wie Seide, durch das Severine die geheimnisvolle Nachricht der jungen Frau weitergab. *Hab keine Angst.*

SAMSTAG

28. MÄRZ

Earth Hour – Die Stunde der Erde

1

Fred saß in seinem Wagen und sah zu, wie die Lichter in den Häusern entlang der Straße ausgingen. Eines nach dem anderen. Er warf einen Blick auf die Uhr an seinem Armaturenbrett. Genau zwanzig Uhr. Dann ging das Licht bei ihm zu Hause aus. Natasha nahm so etwas wie die Earth Hour – die Stunde der Erde – sehr ernst. Immer wieder geisterten ihr merkwürdige Ideen durch den Kopf. Ihm war das egal. Am besten war es, genau das zu tun, was die Nachbarn machten, um nur ja nicht aufzufallen.

Von außen sah das Haus unbewohnt aus: ein Siebziger-Jahre-Bau mit Holzverkleidung und Steinplatten. Nur zur Miete, so temporär wie jeder bisherige Wohnsitz von Fred Splinters. Inzwischen hätte er eigentlich etwas Besseres verdient. Der Gedanke, er könnte ein Versager sein, stieß ihm bitter auf. Das war kein guter, kein hilfreicher Gedanke. Weshalb hatte Natasha auf dieser Gegend bestanden? Sie mochte ihre »Alltäglichkeit«, hatte sie gesagt, und dass sie zu Fuß einkaufen gehen konnte. Allerdings lag das Haus auch unweit des Polizeireviers von Diep River, keine vier Blocks davon entfernt, was Fred so gar nicht passte. Um das Gesetz machte er lieber einen möglichst großen Bogen. Er betätigte den Toröffner. Das Metalltor erzitterte, ging einen Spaltbreit auf und blieb dann hängen. Das war nur eines der vielen Dinge dieser Bruchbude, die ihm unsäglich auf den Geist gingen. Es bedeutete, dass er aus seinem Toyota Camry – einem absichtlich unauffällig gewählten, neueren Modell – aussteigen und das Tor selbst mit einem kurzen Ruck aufziehen musste. So sehr er auch danach suchte, noch hatte er die Ursache für diesen Defekt nicht herausgefunden. Dabei hatte er schon alles versucht: das Tor mit einem Three-in-one-Öl geschmiert, es zerlegt und wieder zusammengebaut, die Schienen und Räder überprüft. Einen Fachmann wollte er nicht zu Rate ziehen – er mochte es nicht, wenn fremde Handwerker in seinem Haus herumschnüffelten, wenn er nicht da war. Außerdem konnte er nicht darauf vertrauen, dass Natasha sich nicht doch irgendwie auffällig verhielt, sobald er ihr den Rücken zudrehte.

Er parkte das Auto, schaltete Scheinwerfer und Motor aus, ließ sich Zeit, um seine Gedanken zu sammeln. Gerade beschäftigte ihn Unerfreuliches. In letzter Zeit war Natasha nervöser als sonst gewesen. Sie war fast schon fahrig, seit sie in dieses Haus gezogen waren.

Einmal war er nach Hause gekommen, während sie unterwegs war, und hatte ihre Sachen durchsucht, dabei aber nichts Ungewöhnlicheres gefunden als eine alte, angeschlagene Tasse, die ganz hinten in einem der Küchenschränke stand. Darin befand sich ein Umschlag und in diesem ein Schlüssel. Ein Schlüssel für ein Postschließfach, von dem er nichts wusste. Zuerst hatte er mehr Informationen sammeln wollen, damit er auch wirklich etwas in der Hand hatte. Allerdings war die Versuchung zu groß gewesen, Natasha sofort mit dem Beweis ihres Betrugs zu konfrontieren.

»Was ist das?«

Natasha hatte erst auf den Schlüssel gestarrt, der auf seiner ausgestreckten Hand lag, und dann den Blick gesenkt. Es verschaffte ihm einen Kick, zu sehen, wie sie ihre Angst verbergen wollte. Und sie sollte auch verdammt noch mal die Hosen voll haben. Fred hatte einen Riecher für Angst, spürte sie, wie ein Tier Gefahr witterte.

»Hab ich noch nie zuvor gesehen«, log sie und strich sich nervös eine Strähne hinters Ohr. Eine weitere ihrer Angewohnheiten, die er ihr hatte abgewöhnen wollen.

Sie war eine kleine Frau, schmächtig, mit schmalen Hüften, und sah erstaunlich gut aus, wenn man bedachte, wie hart das Leben zu ihr gewesen war, damals, bevor Fred sie errettet hatte.

Er hielt ihr den Schlüssel vor die Nase. »Du behauptest also, dass du ihn noch nie zuvor gesehen hast?«

Ihr dümmliches Kopfschütteln beruhigte ihn keineswegs. Hätte sie nichts zu verheimlichen, dann wäre sie nicht so verängstigt.

Also war er zur nächstgelegenen Post gefahren, zu der in Plumstead, und hatte alle Postfächer durchprobiert. Bei einem passte der Schlüssel schließlich. Box 1240. Sie war leer. Er wusste nicht, ob er jetzt erleichtert oder enttäuscht sein sollte. Doch dieses Wissen würde ihm als Druckmittel gegen Natasha dienen.

Vorerst wollte er keinen Wirbel darum machen. Er musste geduldig mit ihr sein, sie in Sicherheit wiegen, damit sie nicht mehr so auf der Hut war, und dann zuschlagen.

Im Moment war sie bestimmt nervös, fragte sich, was Fred machte, wartete darauf, dass er endlich ausstieg. Sie würde es so einrichten, dass sie ihm die Tür öffnete, wenn er die Treppe von der Garage hochkam. Fred gefiel der Gedanke, dass sie den ganzen Tag darauf wartete, dass er nach Hause kam. Das war ja auch das Mindeste, was sie tun konnte – nach allem, was er für sie getan hatte. Hatte sie vor dem Dreck und der Armut eines Lebens auf der Straße errettet. Ihn schauderte bei dem Gedanken, was sie alles für Krankheiten mitgebracht haben könnte. Zum Glück hatte er sich in dieser Hinsicht weder mit ihr noch mit einer anderen Frau befleckt. Intimer Austausch war ihm noch nie angenehm gewesen. Töten war bereits ein sehr intimer Akt, und das praktizierte er nun wirklich zur Genüge.

Freds Zuhause war der einzige Rückzugsort von seinem anspruchsvollen Job. Er kam gern nach Hause, wo er sich von Natasha einen Drink bringen ließ, während er in seinem Bademantel von Woolworth in seinem La-Z-Boy-Sessel saß, die Füße hochgelegt und das Satellitenfernsehen eingeschaltet. Sie bereitete ihm sein Essen zu und setzte sich neben ihn, bereit, aufzuspringen und zu holen, wonach auch immer er verlangte. Wenn er über ihre gewohnte häusliche Hingabe nachdachte, konnte sich Fred nur schwer vorstellen, dass Natasha tatsächlich etwas vor ihm verheimlichte. Dieser Gedanke brannte wie eine heiße Nadel, die man ihm mitten ins Herz gestoßen hatte. In seinem Innersten klammerte er sich an die Hoffnung, dass sie unschuldig war.

Aber Freds Einschätzung von Menschen war von Zynismus geprägt. Und nichts in seinem Leben hatte ihn diese Schlussfolgerung je in Frage stellen lassen. Vielleicht rührte das von seiner Arbeit her, allerdings hatte er das Gefühl, dass Menschen nur auf Druck reagierten. Es machte ihm nicht unbedingt Spaß, anderen gegenüber gewalttätig zu werden. Aber das war nun einmal das, was er machte, es war ihm in Fleisch und Blut übergegangen. Nie reagierte er impulsiv oder nahm etwas persönlich. Genau das verschaffte ihm seinen guten Ruf.
Er betrachtete das warme Flackern einer Kerze im Wohnzimmerfenster. Dann stieg er aus und ging ins Haus, wo Natasha ihn erwartete.

2

Es war so weit.
Annette Petroussis sah nach Kai und Alexi. Kais Füße ragten unter der Decke heraus, die Arme hatte er über den Kopf gestreckt. Sein jüngerer Bruder hatte sich auf dem Bett darunter eingerollt wie eine Schlange, Weezer, sein Warzenschwein-Kuscheltier, fest an sich gepresst, so dass das Fell des Plüschtieres sich mit den Haarbüscheln des Jungen vermischte. Annette schaltete das UFO-Nachtlicht aus. Callum quäkte in ihrem Arm. Kommenden Dienstag würde er acht Monate alt sein, und beständig war er hungrig.
Sie stützte das Baby auf der Hüfte auf, ging die Treppe hinunter, durch die Küche und das Esszimmer ins Wohnzimmer, wo sie Lampen und Oberlichter ausschaltete. Langsam gewöhnten sich ihre Augen an die dunklen Räume, die jetzt von den vielen Kerzen, die sie zuvor angezündet hatte, in warmes Licht getaucht wurden. Sie kam der Aufforderung zur Einhaltung der Earth Hour nach. Melanie Lyle-Davis (ihre neue Busenfreundin, wie der alles verunglimpfende Jaco sie nannte) hatte Annette überredet, an der internationalen Kampagne teilzunehmen, um auf die Erderwärmung aufmerksam zu machen, indem sie am letzten Märzsamstag alle Lichter für eine Stunde löschte.
Es verschaffte Annette eine gewisse Befriedigung, dass sie sich mit je-

mandem wie Melanie Lyle-Davis – mit ihrem zugeknöpften Upperclass-Akzent und dem weit zurückreichenden Kapstadt-Stammbaum – angefreundet hatte. Melanie und ihre Clique von tennis- und bridgespielenden Lesekreisfreundinnen. Tadellos herausgeputzte Frauen, die immer über irgendeinen Insiderwitz miteinander zu lachen schienen. Annette war die Blenderin unter ihnen, und eines Tages würde man das von ihrer erbärmlichen öffentlichen Schule herausfinden, von ihrer ehemals als Kaufhausverkäuferin arbeitenden Mutter und ihrem behinderten Vater, der den Großteil seines Lebens arbeitslos gewesen war.

Annettes (und Jacos) Angst um ihre gesellschaftliche Stellung hatte sie dazu getrieben, dieses überteuerte Anwesen mit dem widersinnigen Namen Dieu Donné zu erstehen. »Eine äußerst begehrte Enklave«, wenn man dem Geschwätz des Maklers Glauben schenken wollte. Privat und exklusiv. So privat und exklusiv, dass sie tagein, tagaus kaum eine Menschenseele von nebenan sah, geschweige denn mit jemandem sprach. »Angrenzend an historische Winzerbetriebe und völlig nachhaltig mit Fynbos-Pflanzen, Solarheizung und Schmutzwasseraufbereitung. Hochmoderne Alarmanlagen gewährleisten einen sorgenfreien Schlaf.« Annette und Jacob hatten die dreireihigen Elektrozäune, die mit Schlagbäumen versehene Zufahrt und die Vierundzwanzig-Stunden-Überwachung beruhigt. Das war annähernd der höchste Grad an Sicherheit, den man in Südafrika bekommen konnte.

Hier war es so sicher, dass Annette von einem Gefühl der Unverletzlichkeit eingelullt war und es mit der Alarmanlage nicht mehr so genau nahm. Mehr als einmal hatte sie morgens nach dem Aufwachen festgestellt, dass sie die Alarmanlage über Nacht nicht eingeschaltet gehabt und somit ganz unbewacht geschlafen hatte. Das Problem war ihr Gedächtnis. Dieses vom Stillen vernebelte, vergessliche Gehirn. Sie machte sich eine mentale Notiz, die Alarmanlage heute Nacht auf keinen Fall zu vergessen. Nicht, wenn sie mit den Jungen allein zu Hause war.

Sie ging zur zweieinhalb Meter breiten Glasschiebetür, die zum Spiel- und Grillbereich beim Langschwimmbecken mit Salzwasser führte.

Ein gepflegter Rasen erstreckte sich bis zu den geschickt gepflanzten Sträuchern, die die klickenden Elektrozäune verbargen. Die undeutliche Silhouette der Constantiaberge hob sich vom Himmel ab. Eine vorbeiziehende Wolke verfinsterte den Mond vorübergehend, ließ die Nacht noch dunkler erscheinen. Im größten Teil des Constantia-Vorortes gab es keine Straßenlaternen; die Bewohner waren strikt dagegen, führten an, das würde den »ländlichen Charakter« des Tales beschädigen. Annette zog die schweren Vorhänge zu, kapselte das Wohnzimmer ab, milderte damit die erdrückende Wirkung der plattenartigen Wände und der hohen Decke des zweigeschossigen Raumes. Das freiliegende Gebälk und die Oberlichter erinnerten an eine Kathedrale oder Kirche, was die Enya-CD noch verstärkte, die leise über eine nicht zu sehende Anlage abgespielt wurde. Wie alle anderen Häuser dieser Siedlung war auch dieses von einem bekannten Architekten und Bauunternehmer designt worden, der das Grundstück gekauft und Dieu Donné erbaut hatte.

»Er ist ein gieriger Frauenhasser«, hatte sich Annette bei Jaco über ihn beschwert, nachdem die Pläne ohne irgendeine der Änderungen, um die sie gebeten hatte, zurückgekommen waren.

»Bei jemandem wie Gray Langford kannst du nicht erwarten, dass er auf deine ganzen Wünsche und Ideen eingeht.« Jaco war wieder einmal missmutig. So langsam wurde das zur Gewohnheit.

»Er bekommt genug Geld von uns dafür. Außerdem muss ich hinterher in diesem Haus leben.«

»Er ist der Mann der Stunde. Er designt und entwickelt exklusive Golf- und Wohnanlagen. Für ländliche Cottages mit Rosen an der Tür ist er nun mal nicht der richtige Ansprechpartner.«

Was war mit Rosen an der Tür verkehrt? Sie stellte sich vor, wie sie zusammen mit ihren drei Söhnen in einem Knusperhäuschen wie dem von Hänsel und Gretel wohnte. Für gewöhnlich waren sie zu viert. Jaco war ständig auf irgendeiner Geschäftsreise.

Callum quäkte erneut, seine dralle Babyhand griff nach ihrer Brust. Mit etwas Glück würde er wieder einschlafen, wenn sie ihn gestillt hatte. Das Kerzenlicht war beruhigend; sie fühlte sich schläfrig und entspannt und freute sich darauf, bald ins Bett zu gehen. Die Jungen waren ganz schön anstrengend, selbst mit der Hilfe einer erst vor kurzem eingestellten (und prompt wieder entlassenen) ungehobelten Hausangestellten. Nach Annettes Rüge, weil die Dienstbotentür unverschlossen geblieben war, nachdem die Frau die Mülltonne von draußen hereingeholt hatte, war die Hausangestellte noch mürrischer geworden, und so hatte sich Annette von ihr trennen müssen. Die Dienstbotentüren waren die Schwachstelle des gesamten Sicherheitssystems von Dieu Donné. Das Problem war, dass sie zur Beruhigung der Constantia Residents' Association, der Anwohnervertretung, installiert worden waren, die verlangt hatte, dass jede Einheit mit einem Gartentor versehen wurde, um die massive Mauer der Wohnanlage zu durchbrechen und so eine gewisse Illusion von Nachbarschaft aufrecht zu erhalten. Im Gegenzug hatten die Bauunternehmer die Palisaden dann mit drei Reihen Elektrozaun versehen. Es war nur schwer vorstellbar, dass etwas weniger Ähnlichkeit mit einem Gartentor hatte, über das man sich mit seinem Nachbarn unterhielt. Jetzt wurden sie als Dienstbotentüren genutzt und nur dann geöffnet, wenn die städtischen Mülltonnen für die Müllabfuhr nach draußen gestellt werden mussten.

Annette ging den Gang hinunter zum Elternschlafzimmer und bedauerte, den überteuerten türkischen Läufer nicht gekauft zu haben, der sie tags zuvor in einem Teppichladen angelacht hatte. Der Gang machte einen so kahlen Eindruck, er brauchte etwas, das ihn weicher wirken ließ.

Shoppen gehen. Die Droge ihrer Wahl. Jaco verdiente die Knete, sie gab sie aus. Worüber beschwerte sie sich? Warum nur war sie so kreuzunglücklich und frustriert?

Weicher Teppich dämpfte ihre Schritte, sobald sie das Schlafzimmer betrat. Sie erfreute sich an dem Anblick des luxuriösen Bettzeugs und der Rosen in den Kristallvasen. Das erinnerte sie daran, dass sie Jaco Petroussis aus diesen Gründen geheiratet hatte. Wegen des Gray-Langford-Hauses, der Urlaube in Italien und der privaten Eliteschulen für ihre Söhne.

Nur um dann herauszufinden, dass es nicht ausreichte, einen Ehemann zu haben, der Millionen gemacht hatte. Das Geld kam nämlich von einer Dentalsoftware, die vor allem von gesellschaftlich aufstrebenden Russen genutzt wurde. Nicht ausreichend, damit Leute wie Melanie Lyle-Davis ihre Oberklassenlippe nicht kräuselten, als Annette ihr sagte, womit Jaco sein Geld verdiente. Wenigstens hatte sie einen Ehemann. Auch wenn Melanie die Freiheit und die beachtlichen materiellen Annehmlichkeiten nach der Scheidung von ihrem reichen Ex-Mann zu genießen schien. Annette ignorierte die sie beständig umtreibende Angst bezüglich ihrer gesellschaftlichen Stellung und betrachtete sich eingehend in den vielen Spiegeln im Zimmer. Sie hatte noch immer das Outfit für den Yogakurs an: graues, gut geschnittenes T-Shirt mit einer offen getragenen Kapuzenjacke, dazu eine passende Yogahose. Yoga war ermüdend, schmerzhaft und verwirrend, außerdem hatte es keine erkennbaren Auswirkungen auf ihre Rundungen und Extrapfunde nach der Schwangerschaft.

Callum zappelte ungeduldig, er hatte Hunger. Vom ersten Moment an hatte sie ihren jüngsten Sohn abgöttisch geliebt, und sie beide bildeten eine untrennbare Dyade. Seine Haut war ihre, sein Atem ihr eigener. Natürlich liebte sie auch Kai und Alexi. Ihre perfekten kleinen Männer. Aber Callum war derjenige, der sie das schmerzhafte Schweigen vergessen ließ, wenn sie mit Jaco allein war, die beiläufige Art, in der er ihr seine Jacke reichte, wenn er nach Hause kam, sein verschwundenes Interesse an Sex – zumindest mit ihr.

Sie wickelte einen Schal um Callum. Handbesticktes Kaschmir. Eine der vielen erlesenen Sachen, von denen sie früher nichts gewusst hatte und ohne die sie sich ihr Leben inzwischen nicht mehr vorstellen konnte. Sie hatte Jaco aus dem Wunsch nach einem solchen Leben heraus geheiratet. War es geldgierig, einen Partner zu wählen, der ihrer Familie das Beste bieten konnte? Ihre Mutter hatte sich mit solchen Überlegungen nicht beschäftigt. Hatte nicht innegehalten, um darüber nachzudenken, dass es vielleicht nicht fair war, so spät noch ein Kind zu zeugen. Ein Kind, das man nur für ein paar Stunden sah, wenn man erschöpft von der Arbeit nach Hause kam. Ein Kind, das man den ganzen Tag in einer schmuddeligen Wohnung einsperrte. Nein, dann doch lieber ein Leben lang Jacos miese Laune und sein Schweigen ertragen. Zum Glück musste sie beides heute

Abend nicht aushalten. Dieses Mal war Jaco in Amsterdam. Zweifelsohne genoss er die Bumslokale seiner osteuropäischen Geschäftspartner, denen er einen überzeugenden (und übertrieben teuren) Plan für ihre »kieferorthopädische Verjüngung« präsentierte. Müßig dachte sie an Jacos Bemerkung, Melanie Lyle-Davis' Zähne seien »kleine, glänzende Perlen«.

Auf dem Bett legte sie sich Callum in die Armbeuge und öffnete ihren Still-BH. Beim Geruch der Milch wurde sein Quäken lauter. Gierig zerrte er an ihr, bis sich sein Mund um ihre Brustwarze schloss und er die Milch mit einem ziehenden, fast schon schmerzhaften Einschießen heraussaugte. Zunächst schluckte er ganz wild, erstickte dabei fast, dann wurde sein Saugen regelmäßiger.

Annette streichelte über seinen flaumigen Kopf, bestaunte eine blaue Vene, die unter der Haut der Fontanelle pochte. Seine seesternförmige Hand griff nach ihrem Finger, seine Augen waren nach hinten gerollt, das Saugen verwandelte sich in ein gelegentliches Zucken der Lippen. Zusammen sanken sie in einen zufriedenen Halbschlaf.

Zunächst hielt sie den Lichtblitz im Spiegel für den Widerschein einer Kerze. Aber dafür war er zu hell, zu scharf, ein kaltes, grelles Licht, das nach etwas suchte. Im Spiegel sah sie, wie etwas rasch zur Glastür huschte, das Aufblitzen einer Taschenlampe. Die Tür wurde aufgeschoben, und dann waren sie auch schon im Zimmer. Alles ging so schnell, dass sie ihre dunklen Gestalten und vermummten Gesichter kaum wahrnahm. Sie waren zu zweit. Einer hatte eine Waffe. Er sagte etwas. »Wie bitte?«, fragte sie, als hätte sie eine höflich gestellte Frage nicht verstanden. Die Pistole wurde ihr an die Schläfe gepresst, ein kalter, harter Druck. Mit einem Mal wurde sie sich ihrer Blöße bewusst und zog ihr T-Shirt nach unten. Callum war zu überrascht, um gegen das plötzliche Herausziehen der Brust zu meckern.

Der kleinere, stämmigere der beiden kauerte da, als würde er nicht weiterwissen. Der Bewaffnete erhob die Stimme in Xhosa, ballerte mit wütenden Schnalzlauten Fragen heraus. Beide wirkten aufgewühlt, leicht verwirrt, irgendwie überrascht. Der Kleinere widersprach, rollte mit den Augen wie ein in Panik geratenes Pferd. Seine schwankende, schrille, wenngleich leicht gedämpfte Stimme, verriet

ihr, dass er sehr jung war, gerade mal ein Teenager, und schrecklich nervös. Die Worte »jugendlicher Straftäter« kamen ihr in den Sinn.
Der Bewaffnete, ganz offensichtlich der Anführer, bellte Anweisungen, und der Jüngere ging zu ihrem Schminktisch, wo er die Schubladen und Schmuckschatullen durchsuchte. Der Reißverschluss seiner formlosen, viel zu großen Windjacke war bis zum Hals zugezogen, seine breiten Hüften steckten in einer viel zu kleinen Baggy Jeans. Er hatte einen Rucksack dabei, in den er hauptsächlich wertlosen Modeschmuck stopfte, zusammen mit ein paar wertvolleren, auf dem Schminktisch herumliegenden Stücken, die sie aus Faulheit noch nicht in ihre Schmuckschatulle zurückgelegt hatte.
Ich werde hier gerade überfallen, musste sie denken. Mein Haus wird gerade von Einbrechern, vielleicht sogar Vergewaltigern und Mördern heimgesucht …
Ein Alarmknopf war versteckt neben dem Bett angebracht, aber sie wagte es nicht, sich mit Callum auf dem Arm danach zu strecken. Wie beiläufig fragte sie sich, wie die beiden die verschlossenen Türen mit Gray Langfords architektonisch designten Sicherheitsschlüsseln aufbekommen hatten.
Der Anführer stand so dicht bei ihr, dass sie die Seife oder das Deo riechen konnte, das einen säuerlichen, chemischen Geruch an ihm verdeckte. Der Jüngere durchwühlte ihre Prada-Tasche, die sie beim Urlaub in Italien letztes Jahr gekauft hatte. Er holte ihren Geldbeutel mit den Kreditkarten und etwa sechshundert Rand Bargeld heraus und gab alles dem Anführer. Callum tauchte aus seiner gesättigten Benommenheit auf und fing leise an zu maunzen.
O Gott, bitte jetzt keine Kolik.
»Ich muss das Baby hochnehmen«, erklärte sie dem Anführer leise, mit ruhiger Stimme. Er verlagerte sein Gewicht auf dem Bett, und der Druck der Pistole ließ nach. Im Spiegel erhaschte sie einen Blick auf sein maskiertes Gesicht mit den zusammengekniffenen Augen. Sehr vorsichtig presste sie Callum an ihre Schulter und klopfte sachte auf seinen Rücken. Das Baby schmiegte sich an ihren Hals, suchte schläfrig nach der anderen Brust. Dann erhaschte sie einen Blick auf den Jüngeren, der vom Zimmer auf den Gang tappte, und erstarrte.

Die Jungs! Sie schliefen oben, ahnten von nichts.
»Weck meine Kinder nicht auf!«, rief sie ihm nach, ganz entsetzt darüber, wie die Worte aus ihr herausgebrochen waren: die gebieterische weiße Madam, die ihre Anweisungen brüllte. Der Jüngere verschwand aus ihrem Sichtbereich. Der Lehrling, der sein erstes Blut verströmen lassen sollte …
Die Gedanken rasten durch ihren Kopf wie Ratten durch einen Käfig. Sie hatte gehört, dass die Initiationsriten zur Aufnahme in eine Gang danach verlangten, einmal zu morden, damit sollte eine Bindung zur Gang geschaffen werden. Angestrengt lauschte sie den Schritten des Jüngeren auf der Treppe, wie er die Türen zu den oben liegenden Zimmern öffnete.
Gästezimmer, Badezimmer.
Das Kinderzimmer der Jungs.
Lieber Gott, bitte lass sie weiterschlafen.
Vor lauter Angst saß sie ganz steif da, die Pistole an ihrem Rücken, und lauschte dem schweren Atem des Anführers, bis sie hörte, dass der Jüngere wieder zurückkam, anmutige Schritte für einen so drallen Jungen. Er tauchte im Türrahmen auf und sagte etwas auf Xhosa.
Der Anführer presste die Pistole fester zwischen ihre Schultern. »Wer ist oben?«
»Meine Söhne. Sie sind noch klein. Fünf und acht.«
Sie musste sich auf den Anführer konzentrieren. Er war die Schlüsselfigur. Ihm musste sie klarmachen, dass sie und ihre Kinder Menschen waren. Ein Mensch wird durch einen anderen Menschen zum Menschen. Ubuntu. Wem machte sie hier etwas vor? Dieser abgedroschene Satz war ausgelutscht und wenig überzeugend. Sie hatte bewaffnete Kriminelle vor sich. Vielleicht sogar Mörder.
Alle sagten, in Kapstadt sei es sicherer. Hysterisches Gelächter stieg in ihr auf. Die Unbekümmertheit der Verdammten. Sie durfte jetzt nicht die Kontrolle verlieren.
Wieder wurde sie von der Pistole gepiesackt, ein schmerzhaftes, unnachlässiges Bohren. Der Anführer wollte, dass sie sich bewegte.
Sie schob sich vom Bett, presste Callum so fest an ihre Schulter, dass er mit einem leisen Schrei dagegen aufbegehrte. Die beiden gingen

hinter ihr her, als sie sie weg von den Treppen, hin zu den Wohnräumen führte. Weg von Kais und Alexis seliger Ahnungslosigkeit.
Den Gang entlang zur Küche. Der Läufer würde hier so toll aussehen – ein Gedanke, der aus einer anderen Zeit, einem anderen Raum zu stammen schien. Durch welchen Akt unwissender Gnade konnte sie jemals so besessen von Teppichen und Läufern gewesen sein?
Callum stieß einen lauten Rülpser aus und gurrte dann glücklich. Gefüttert, gewickelt, hellwach und ganz fasziniert von der maskierten Kreatur, die er über die Schulter seiner Mutter erblickte. Das Monster mit der Pistole in ihrem Rücken. Sie dachte daran, wie seine plumpe Babyhand nach dem kalten Metall griff … solche Gedanken musste sie sich verbieten, sonst würde sie noch wahnsinnig. Sie musste im Hier und Jetzt bleiben. Im gegenwärtigen Moment damit klarkommen, von Minute zu Minute, Sekunde zu Sekunde. Die gehauchten Ermahnungen ihres Yogalehrers fielen ihr ein: »Tief ein- und ausatmen, konzentriert euch auf eure Mitte, Ladys.« Überrascht stellte sie fest, dass diese Technik zu funktionieren schien. Sie durchlebte das Gefühl, auf sich selbst herabzusehen, losgelöst und ruhig.
»Wir wollen die Laptops.« Das war die gedämpfte Stimme des Anführers hinter ihr.
Sie führte sie in Jacos Büro und schaltete das Licht ein. Ihr neues iPad lag auf dem Schreibtisch. Ein Weihnachtsgeschenk von Jaco, kaum benutzt, höchstens für das Aufbewahren von Schnappschüssen und das gelegentliche Mailen und Skypen mit ihrer Schwägerin in Australien. Der Jüngere steckt es in den Rucksack. Wer würde das iPad benutzen? Der Gedanke, dass Fremde auf persönliche Fotos ihrer Familie starrten, war unerträglich für sie. Wie sie auf ihr millionenschweres Haus stierten, ihre Klamotten und die letzten technischen Spielereien begafften. Fremde, die Leute wie sie hassten. Die selbst ihre Kinder hassten. Sie wurde immer ungehaltener, gereizter und hätte am liebsten laut aufgeschrien: »Wie könnt ihr es wagen? Verschwindet aus meinem Haus, verdammt noch mal!«
Sie waren im Wohnzimmer. Der Anführer gab dem Jüngeren die Waffe und schraubte den Flachbildfernseher von der Wand. Dann nahm er die Pistole wieder an sich, während der Jüngere den Multi-

media-Player einsteckte. Ihr Vorgehen hatte eine merkwürdige Theatralik, wie die eines schlechten Horrorfilms; dieser Special Effect der angezündeten Kerzen, deren Schein über ihre Masken flackerte und die Schatten ihrer Gesichter an die Wand warf. Die Kerzen in ihren Schalen aus Muranoglas. Schalen, die sie in Venedig gekauft hatten, wo sie mit Jaco Jakobsmuscheln gegessen und über Kunst diskutiert hatte, während die Jungs im Hotel von einer mürrischen bosnischen Babysitterin betreut wurden. Sie waren gerade von der Biennale gekommen, Jaco hatte einen leicht verwirrten Eindruck gemacht, und Annette hatte vorgegeben, die hässlichen, rätselhaften Installationen, die als Kunst galten, verstanden zu haben. Bis zu diesem Moment war ihr Leben nichts als eine erbärmliche Pantomime gewesen, die Imitation eines Lebens, in dem sie immer versucht hatte, eine andere zu sein. Intelligenter, reicher, kultivierter.

Die Pistole stieß sie in den Rücken. Der Anführer hatte eine Frage gestellt.

»Wie bitte?«

»Geld.«

»Wir haben kein Bargeld im Haus.«

»Was ist mit einem Tresor?« Seine Stimme klang angespannter. Weshalb dachte sie, dass hier gerade etwas nicht nach Plan lief? Verfolgten Kriminelle wie die beiden überhaupt einen Plan?

»In der Garage. Aber da ist kein Geld.« Ihre Stimme war die einer anderen. Einer ruhigen, furchtlosen Person.

Der Anführer stieß sie mit der Pistole vorwärts. »Los!«

Schon gut, du Arschloch. Ich weiß, dass du eine verdammte Pistole in der Hand hast, knurrte sie innerlich, erfasst von einer unbändigen Wut.

Sie tapsten hinter ihr her in die Küche, durch die dunkle Waschküche, wobei der Jüngere sich mit dem schweren Rucksack und dem Flachbildfernseher abkämpfte. Sie öffnete die Tür zur Garage, tastete im Dunkeln nach dem Lichtschalter und blinzelte, als sich auf einmal das elektrische Licht einschaltete.

Der Audi stand in der Garage von Jacos Büro, also schaute sie hier nur der Volvo anklagend an, verspottete Annette für die Verrücktheit

seines Kaufs, für ihre sinnlose Eitelkeit. Ein Panzergefährt mit Allrad, um vom Haus zur Schule, zum Einkaufen und zurück zu fahren. Sie ging zu der kleinen Nische rechts neben der Tür zur Garage, in der der Tresor stand. Der Jüngere stellte Rucksack und Fernseher ab. Der Anführer stand ganz dicht bei ihr, die Pistole eine stets präsente, untrennbare Erweiterung seiner Gegenwart.
Annette schob Callum auf die linke Hüfte und drückte dann auf das Scharnier, das die kleine versteckte Tür des Tresors öffnete. Sie gab den Code ein, überrascht darüber, dass sie sich so gut an die Kombination erinnerte, dass sie die Zahlen ohne zu zögern eintippte. Der Trick bestand darin, nicht nachzudenken. Nicht darüber nachzudenken, was sie tun würden, wenn kein Geld darin war. Ihre Wut oder den Preis, den sie einfordern würden, nicht vorhersehen zu wollen. Problemlos öffnete sich der Tresor. Sie trat zurück, als der Anführer hineingriff. Er holte Jacos Pistole hervor und überprüfte ihre Sicherung, ehe er sie einsteckte. Dann trat er zurück und ließ den Jüngeren durch das Bündel Unterlagen, Testamente, Versicherungen und Rentenpapiere stöbern. Mit zunehmender Gereiztheit warf der alles auf den Boden. Seine Sturmhaube war nach unten gerutscht, bedeckte seine Augen nur noch halb und hing schief über seinem Mund, wie bei einem entstellten Clown. Der Anführer wippte auf den Fußballen. Wut erfüllte seinen angespannten Körper.
»Wo ist das Geld?«, wollte er wissen.
Unkontrolliertes Zittern erfasste Annette. »Ich habe dir doch gesagt, dass wir kein Bargeld im Haus haben.«
Plötzlich stieß Callum einen schreckerfüllten Schrei aus. Der Anführer versteifte sich, als wäre er zurückgestoßen worden. Sie drückte das Baby fest an sich, versuchte ihr Zittern zu bezwingen und wünschte sich inständig, er würde aufhören zu schreien. »Es tut mir leid, er ist müde«, sagte sie immer wieder entschuldigend, etwas lauter, um gehört zu werden.
Der Anführer sagte etwas zum Jüngeren und deutete mit dem Kinn auf sie.
Daraufhin streckte der Jüngere die Arme aus. Schreckerfüllt wurde Annette klar, dass er ihr Callum abnehmen wollte. »Nein …« Ab-

wehrend schüttelte sie den Kopf. »Nein, bitte nicht. Dann schreit er nur noch mehr.«
Der Jüngere beugte sich vor und nahm ihr Callum aus den kraftlosen Armen. Überrascht hörte Callum auf zu weinen und starrte auf das fremde, wollverhüllte Gesicht.
Der Anführer stieß sie weiter zur Zugangstür der Küche. Widerstrebend ging sie dorthin, drehte sich um, weil sie sehen wollte, was der Jüngere mit Callum machte.
»Bitte. Bitte, tut meinem Baby nichts an.« Sie schämte sich über das Zittern in ihrer Stimme, über das klägliche Entsetzen.
Sie waren in der Küche. Wollte der Anführer sie etwa vergewaltigen? O bitte, lass die Jungs nicht aufwachen. Kerzenlicht flackerte über die Arbeitsfläche. Ihr war so kalt, sie war durchgefroren bis auf die Knochen. Was auch immer er mir antun will, ich muss ihn einfach machen lassen, dachte sie. Callum ist erst acht Monate alt, er darf mich nicht verlieren.
Der Anführer fand den Lichtschalter, und mit einem Mal war die Küche hell erleuchtet wie ein Gemälde. Ein halbleerer Joghurtbecher stand auf dem Eichentresen, zusammen mit zwei benutzten Tellern und Löffeln, die Überreste des Snacks der Jungen vorm Zubettgehen. Die Uhr zeigte 8.25 Uhr an. Das war unmöglich. Es waren doch bestimmt schon Stunden vergangen! Wenn sie nur die Zeit zurückdrehen und zwanzig Minuten zurückgehen könnte. Zu einer Welt mit mikrowellengeeigneten Makkaroni-Käse-Gerichten von Woolworths, Yogastunden und den beiden identischen Batman-Winterschlafanzügen, die sie für die Jungen gekauft hatte, damit sie sich nicht stritten. Eine schreckliche Eingebung ließ alles in ihr zusammenkrampfen. Was, wenn sie ihre Kinder nie wiedersehen würde?
»Nimm die Autoschlüssel«, sagte der Anführer.
Annette fischte die Schlüssel aus einer Schale auf dem Tresen. Die Schale war grün und hatte hellgrüne Blätter im Fünfziger-Jahre-Stil. Sie hatte ihrer Mutter gehört, eines der wenigen schönen Dinge in der entsetzlich bedrückenden Wohnung. Ihr kam in den Sinn, dass sie die Schale schon seit Jahren nicht mehr richtig angeschaut hatte.

Sobald sie die Schlüssel in der Hand hatte, nahm der Anführer sie ihr ab. Dann schob er sie zurück in die Garage.

Sie hatte den Volvo vorhin wohl nicht abgeschlossen, denn der Jüngere war damit beschäftigt, den Fernseher in den Kofferraum des Wagens zu hieven. Keine Spur von Callum. Speichel sammelte sich in ihrem Mund, und ihr war mit einem Mal ganz schlecht. »Wo ist mein Baby?«

Der Jüngere zeigte auf das Auto. Sie rannte dorthin, ignorierte die Warnung, die der Anführer ihr zurief. Callum lag auf dem Rücksitz, in den Kaschmirschal gewickelt, seine Augen waren geschlossen. Sie riss die Tür auf und griff nach ihm. Durch ihre Berührung fing er an, sich zu bewegen. Er war eingeschlafen. Mit einem trockenen Schluchzer stieß sie den Atem aus, den sie die ganze Zeit angehalten hatte. Fluchend zog der Anführer sie weg und schubste sie zur Fahrerseite des Wagens. Er schrie den Jüngeren an und warf ihm Jacos Waffe zu. Ungelenk richtete der die Waffe auf Annette. Der Anführer steckte sich seine Waffe in den Hosenbund, bevor er die Fahrertür öffnete. Halb kauernd beugte er sich in den Wagen und riss nur mit Hilfe des Innenlichts einen Teil des Armaturenbretts schnell und gekonnt ab. Dann glitt er unter das Auto. Annette wurde klar, dass er das Ortungsgerät entfernte und dass er das nicht zum ersten Mal machte.

Er schob sich unter dem Auto hervor, stand auf, öffnete die Fahrertür erneut. »Steig ein.«

Einen Moment lang war sie wie betäubt, dann wurde sie panisch. »Nein, bitte, gebt mir einfach mein Kind, ihr könnt das Auto haben. Ich sage auch niemandem etwas, versprochen.«

Der Anführer sagte etwas an den Jüngeren gerichtet, dann lachten beide, beim Jüngeren war es ein nervöses Kichern, beim Anführer ein humorloses Glucksen. Der Jüngere stopfte den Rucksack in den Kofferraum und klappte ihn zu.

Hektisch ging Annette alle möglichen Alternativen ihrer Lage durch. Sie musste sie überreden, Callum hierzulassen. Allerdings würde sie ihn irgendwie festbinden müssen. Er legte bereits beachtliche Strecken zurück, wenn er losrobbte. Sie könnte ihn im Autositz in die

Küche stellen, aber dort würde er vermutlich stundenlang weinen, bis die Jungen aufwachten. Diese Vorstellung, wie verängstigt und verzweifelt er sich dort fühlen musste, weil niemand zu ihm kam, war für sie unerträglich. Würde sie ihn aber nach oben zu den Jungen bringen, dann könnten diese aufwachen und panisch werden und würden dann vielleicht angeschossen oder gezwungen, dabei zuzusehen, wie sie vergewaltigt oder ermordet wurde. Sie waren sicherer, wenn sie nichtsahnend weiterschliefen. Die Zeit für eine Entscheidung verflog schnell. Sie musste ruhiger werden; sie war kaum fähig, einen klaren Gedanken zu fassen. Mit etwas Glück wachte Callum nicht vor den Jungen auf. Rein instinktiv wollte sie sich auf keinen Fall von ihrem Baby trennen, aber sie musste hier die Biologie außer Acht lassen und eine vernünftige Entscheidung treffen. Ein falscher Schritt könnte Callum oder die Jungen das Leben kosten.

»Ich fahre euch, wohin ihr wollt, und mache, was immer ihr wollt, aber ihr müsst mein Baby hierlassen, bitte.« Sie versuchte sich normal anzuhören, als wäre das eine völlig vernünftige Bitte. Ihre Stimme war angenehm, leise.

»Steig ein.« Die Pistole wurde an ihre Schläfe gepresst.

»Nein, bitte. Ich flehe euch an, lasst das Baby hier.« Ihre Stimme zitterte, und kurzzeitig überwältigte sie die Scham ihrer äußersten Hilflosigkeit. »Ohne ihn wäre es einfacher.«

»Steig ein, oder es wird dir leidtun.« Der Jüngere stieß einen unterdrückten Laut aus, der sowohl Widerspruch als auch Zustimmung sein konnte. Natürlich wollten sie Callum mitnehmen. Er war ihre Absicherung, ihr Druckmittel, eine Möglichkeit, sie zu kontrollieren. Sie hatte sich immer vorgestellt, dass sie in der Lage wäre, sich aus einer solchen Situation herauszureden. Wie anmaßend und arrogant von ihr. Wie erbärmlich, wie unsäglich naiv.

»Dann lasst ihn mich in den Autositz schnallen«, sagte sie.

Der Anführer nickte. Sie beugte sich zum Rücksitz und hob Callum hoch. Er zuckte zusammen, riss die Augen weit auf. Sie mühte sich ab, ihn in den Sitz zu setzen und die Gurte einrasten zu lassen; ihre Hände waren ungeschickt und unkoordiniert. Callum kreischte und weinte unruhig, ehe er dann glücklicherweise wieder einschlief. An-

nette setzte sich auf den Fahrersitz, der Jüngere neben sie auf den Beifahrersitz. Der Anführer saß hinter ihr und drückte ihr den Pistolenlauf in den Nacken. »Fahr!«, verlangte er.
Annette ließ den Motor an. Ein Kinderlied ertönte lauthals aus den Boxen, eine klangvolle Comicstimme, begleitet von misstönenden Instrumenten.

Mud, mud, glorious mud,
Nothing quite like it for cooling the blood

Alexi, der an diesem Nachmittag als Letzter ausgestiegen war, hatte an den Knöpfen herumgespielt und die Lautstärke dabei wohl ganz aufgedreht.

And there let me wallow in glorious mud!

Ein Song über ein Nilpferd im Schlamm, bei dem ihre Söhne mitgesungen hatten, als sie von Kais Karatestunde zurückkamen. Sie hatte auf die eichengesäumten Alleen und die gepflegten teuren Häuser geschaut, und ihre Stimmung hatte sich aufgehellt. Meine Kinder haben all das, was ich nie hatte, hatte sie gedacht.
Sie stellte den Song aus. Er verstarb mitten im Vers, zurück blieb nur das sanfte Schnurren des teuren schwedischen Motors. Sie richtete den Rückspiegel aus, wobei ihr Blick auf den gesichtslosen Wollkopf des Anführers fiel, aus dem nur ein Auge bösartig aufblitzte.
Das elektronische Tor fuhr hoch und klappte an der Garagendecke zusammen wie ein Fächer. Sie schaltete die Scheinwerfer ein, fuhr rückwärts aus der Einfahrt, dann weiter zum Schlagbaum an der Zufahrt. Der Anführer beugte sich auf dem Rücksitz nach unten, und der Jüngere duckte sich unter das Armaturenpult. In dem hell erleuchteten Wachhäuschen vor ihr erstrahlte der rasierte Kopf von Johannes, der über eine Zeitung gebeugt dasaß. Hinter ihm flackerten zahlreiche Monitore gänzlich unbeachtet vor sich hin. Der Wachmann schaute auf, als das Auto näher kam, und der Schlagbaum ging nach oben.

Annette konzentrierte sich mit aller Kraft darauf, Johannes mit Blicken zu alarmieren. Johannes, an den sie noch nie einen zweiten Gedanken verschwendet hatte. War er verheiratet? Hatte er Kinder? Sie hörte leise Gospelmusik aus einem Radio und sah verzweifelt, wie sich sein Kopf wieder über die Zeitung senkte, als sie an ihm vorbeifuhren.
Jetzt hatten sie die Wohnanlage verlassen, und sie war ihnen völlig ausgeliefert.
»Links«, sagte der Anführer.
Sie bog auf die Constantia Main Road Richtung Nek ab. Es nieselte leicht. Sie schaltete die Scheibenwischer ein. Gehandicapt durch die zu großen Handschuhe spielte der Jüngere mit Jacos Pistole herum, ein Bein zitterte nervös, als wäre er gelähmt. Ein unerfahrener Teenager, schreckhaft und versessen darauf, sich zu bewähren, der eine Waffe in der Hand hatte, ohne die geringste Ahnung, wie er sie benutzen sollte. Die Muskeln in ihrem Körper schienen völlig erschlafft zu sein. Verwundert fragte sie sich, wie sie überhaupt noch fahren konnte.
Der Volvo war das einzige Auto auf der Straße, seine Scheinwerfer die einzige Lichtquelle. Wie es aussah, waren die meisten Bewohner des Tales, wie sie selbst auch, der Aufforderung nach einer Stunde Dunkelheit nachgekommen.

3

Persy folgte Mr. Salies Taschenlampe durch die Pfade mit Rindenmulch, die er durch den Fynbos angelegt hatte, bis hinunter zu dem kleinen Holzsteg, den er den ganzen Sommer über am Ufer erbaut hatte. Der feine Regen legte einen nassen Film auf ihre Haut, und ein launenhafter Mond erleuchtete das Wasser gelegentlich, nur um gleich darauf wieder von vorbeiziehenden Wolken verdeckt zu werden.
»Er hat wohl versucht, von Brutus wegzukommen«, sagte ihr Vermieter. »Ich hoffe, er ist nicht verletzt.«

»Ein sechs Tonnen schweres Tier kann nicht einfach so verschwinden. Jemand wird ihn schon sehen.« Sie versuchte, beschwichtigend zu klingen, aber nicht umsonst hieß das junge Nilpferd Houdini.

»Er ist noch immer jung«, sagte Mr. Salie. »Er braucht seine Mutter.«

Brauchen wir die nicht alle?, dachte Persy.

Die Ranger hatten Probleme mit den Nilpferden des Rondevlei-Naturreservats an der Grenze von Zeekoevlei. Houdini stellte eine Bedrohung für den älteren Bullen Brutus dar, der seinen sechsköpfigen Harem beschützte.

Persy und Mr. Salie gingen bis zum Ende des Steges, von wo aus sie über die dunkle Masse des *vleis* schauten. Der lange Spätsommer ging zu Ende, und eine herbstliche Frische mit dem dazugehörigen Wind und Regen war aufgezogen. Das Wasser kräuselte sich, brach sich zwischen den flüsternden Schilfrohren am Uferrand und klatschte gegen die Holzplanken des Stegs.

»Die Ranger denken, er könnte sich im Schilf an der Mündung des Flusses versteckt haben.« Mr. Salie reichte Persy das Fernglas. Sie nutzte eine Lücke zwischen den Wolken, um die dunkler gewordenen Konturen des waldigen Gebietes auf der gegenüberliegenden Seite des *vleis* direkt neben dem Pelican Park abzusuchen. Sie stellte es scharf und ließ ihren Blick über das Wasserwerk schweifen. Dann verdeckten die Wolken den Mond wieder. Sie senkte das Fernglas.

»Wie ist er rausgekommen?«, fragte sie.

»Wir haben in der Nähe des Klärwerks ein Loch im Zaun entdeckt – vermutlich von irgendwelchen Vandalen«, sagte Mr. Salie niedergeschlagen. Persy konnte sein Gesicht in der Dunkelheit gerade so ausmachen, sah jedoch nichts von den Gefängnisgang-Tattoos, mit denen es übersät war.

»Die Ranger waren mit dem Motorboot draußen. Keine Spur von ihm.«

Das Reservat, ziemlich mittellos, aber fachmännisch geführt, litt enorm unter Vandalismus und Diebstahl. Manchmal ärgerten Persy diese läppischen Delikte mehr als die schwerwiegenderen Einbrüche, in denen sie ermittelte. Das gesamte Gebiet – Grassy Park, Lotus River, Lavender Hill – brauchte diese grünen Freiflächen, die sich in die zerstörte Landschaft mit den minderwertigen Wohnanlagen und in das verstopfte und verschmutzte Fließgewässersystem hineingruben. Es war auch eine der wenigen Freiflächen, wo Ortsansässige Zugang zur Natur hatten, ohne dass die Anfahrt mit zu großen Schwierigkeiten oder Unkosten verbunden war.

»Hoffentlich steckt er nicht in Schwierigkeiten«, sorgte sich Mr. Salie. »Das ist eine gefährliche Ecke für ein so junges Nilpferd.«

Persy hielt mit der Bemerkung zurück, dass Houdini eine größere Gefahr für die Menschen darstellte, als es anders herum der Fall war. Zeekoevlei war eine Wohnsiedlung am Rand des Naturreservats, und auf dem See wurde gesegelt, Kanu gefahren und geangelt. Als nachtaktive Fresser kamen Nilpferde nachts aus dem See, um entlang des Ufers zu grasen. Da sie ihre Körpertemperatur nicht regulieren konnten, gingen sie bei Sonnenaufgang wieder zurück ins Wasser. Ein Nilpferd auf dem Weg ins Wasser war das gefährlichste Tier in Afrika. Wer oder was auch immer zwischen Houdini und das *vlei* kam, lief große Gefahr, attackiert zu werden. Das Licht von Persys Handy ging an, dann klingelte es. Misstönende Noten, verstärkt durch die Dunkelheit. »RT« stand in der Anruferkennung. Detective Warrant Officer René Tucker. Persy spürte ein Flackern schuldiger Erregung in ihrer Brust. Sie nahm den Anruf an. »Detective Jonas.«

»Wo bist du?«

»Zeekoevlei. Ich suche nach einem verlorengegangenen Nilpferd. Und du?«

»Constantia Nek Road, das Dieu-Donné-Anwesen, bei Groot Constantia. Vermutlich ein Raubüberfall. Eine Frau und ein Baby werden vermisst. Ich warte hier auf dich.« Tucker war so schroff, dass es fast schon unverschämt war. Ganz sein Stil.

»Schon unterwegs.« Sie beendete den Anruf. Sie hatte gerade keinen Dienst, wie Tucker nur zu gut wusste. Es war ihr erster freier Tag nach zehn Tagen strapaziöser Schichten. Aber davon ließ er sich beim Arbeiten nicht beeinflussen. Er erwartete von seinen Detectives, dass sie parat standen, wenn er anrief, egal, wann oder wo.

Mr. Salie winkte ihre Entschuldigung ab. »Geh nur. Ich bleibe noch ein bisschen.«

Persy ging, drehte sich nur noch einmal um und betrachtete die kleine Gestalt, die im weißen Morgenrock am Ufer stand. Nur Persy wusste, wie viel das *vlei* mit seiner Flora und Fauna Mr. Salie bedeutete. Wie er einmal gesagt hatte: »Dieser Ort hier hat mich von den Toten zurückgeholt.«

Detective Warrant Officer René Eugene Tucker war Persys Branch Commander und hatte ein ganze Truppe Detectives unter seinem Kommando. Er war ein Perfektionist und einzelgängerischer Kontrollfreak – und mit Abstand der beste Detective von Diep River, wie seine vielen Dienstauszeichnungen bewiesen. Seine Kollegen und Vorgesetzten bewunderten und hassten ihn gleichermaßen. Persy hatte ihn vom ersten Augenblick an unglaublich anziehend gefunden.

Während sie jetzt zu ihrem Cottage zurückeilte, um in ein paar Turnschuhe zu schlüpfen und sich eine Art Kampfjacke über das T-Shirt zu ziehen, dachte Persy, dass mit Tucker zu schlafen vermutlich das Dümmste war, worauf sie sich hatte einlassen können – in Anbetracht dessen, dass er ein Weißer, zudem Leiter von vier Teams von Detectives in ihrem Revier war und gerade mitten in einer unschönen Trennung von seiner Frau – Persys direkter Vorgesetzer – Captain Dina Martinez steckte, mit der er drei Kinder hatte.

Persy schloss ihr Cottage ab, stieg in den Dienstwagen und fuhr aus Grassy Park heraus. Sie bog nach Süden ab, Richtung Rondevlei-Reservat, dieses kleine Wunder eines geschützten Biotops, mit Inseln, Schilfrohr und Riedgras, in dem der flüchtige Houdini und die restliche Nilpferdherde beheimatet waren, zusammen mit vielen kleineren Tieren. Ein Ort, der Poppa sehr gefallen hätte.

Heute kreisten ihre Gedanken immer wieder um ihren Großvater, der Wechsel der Jahreszeiten brachte Erinnerungen an sein langes, langsames Sterben zurück. Sein Todestag rückte näher. Persy hatte in der Regel mit so vielen gewalttätigen und häufig unmittelbaren Todesfällen zu tun, dass sie vergessen hatte, wie lange es bei den meisten Menschen dauerte, bis sie starben: Organe arbeiteten immer schlechter, Nervenzentren gaben nach und nach ihre Aufgabe auf, hier und

da funktionierte etwas nicht mehr, verkümmerte oder schwand. Gab den Geist auf. Der Vater, der Sohn und der Heilige Geist.
Sie bog geradewegs von Fisherman's Walk in die Victoria Road ein, vorbei am Hotel Grassy Park, dessen Grandslots-Emblem noch leuchtete, die Hoteltüren hingegen waren geschlossen und die Fenster dunkel. Sie kam an einem verlassenen Taxistand gegenüber der Shell-Werkstatt vorbei, wo der grelle rotgelbe McDonald's ziemlich unpassend auf Tuchfühlung mit den verzierten Säulen und Minaretten der vor kurzem erbauten Moschee ging. Grassy Park, eine Ecke für Farbige, einst mit dem Ruf, die Hauptstadt des Mordes in Südafrika zu sein, lag momentan recht ruhig da. Es war ein Ort mit einer langen Geschichte. Die Leute kannten einander hier schon seit Generationen. Sie waren freundlich, aber distanziert, nachdem sie herausgefunden hatten, dass Persy ein Cop war und nicht von hier stammte. Obwohl Ocean View, die farbige Township, in der sie aufgewachsen war, nur wenige Kilometer Luftlinie entfernt lag, hätte es genauso gut ein anderes Land sein können.
Typisch für Kapstadt, dachte sie. Wir alle in unseren jeweiligen kleinen Enklaven, immer unsere eigenen Wunden leckend.
Sie fuhr nach Southfield, ein sandfarbener Gitterblock mit Häusern aus den Sechzigern und Siebzigern, der sich an Grassy Park, Retreat und dem aufstrebenden Plumstead entlangzog, als Teil einer Pufferzone, die die traditionell begrünten Vororte der Weißen von den windgepeitschten Flats der Farbigen trennte.
Bescheidene Backsteinhäuser auf vierhundertfünfzig Quadratmeter großen Parzellen abgetrennt von Asbestwänden, mit zubetonierten Auffahrten, in denen gebrauchte japanische Mittelklassewagen mit deutlichen Gebrauchsspuren standen. Eine trostlose Atmosphäre von Untere-Mittelschicht-Ehrbarkeit herrschte hier vor. Einigen Bewohnern waren die Mittel ausgegangen, Renovierungen wurden nicht zu Ende gebracht, Rasen nicht mehr gemäht, Autos nicht mehr gewartet. Nachdem sie sich aus den Flats herausgekämpft hatten, trennten sie nur wenige nicht bezahlte Raten davon, wieder dorthin zurückzukehren.
Ein plötzlicher Windstoß gepaart mit einem heftigen Regenschauer verschleierte ihr die Sicht. Sie schaltete den Scheibenwischer ein. So

viele aufeinanderfolgende Regentage Ende März waren ungewöhnlich. Wenn diese sonderbaren Güsse am Ende des Sommers kamen, dann reichten sie kaum für mehr, als den Staub von den vertrockneten Blättern der Bäume zu waschen. Laut einer Binsenweisheit von Kapstadt setzte der Winter nach Ostern ein. Ostern, die heiligste Jahreszeit für Katholiken.

Poppa hatte Persy nie gedrängt, religiös zu sein, und sie war so weit vom Glauben abgefallen, wie man nur abfallen konnte. Nie ging sie zum Gottesdienst oder zum Beichten, auch betete sie niemals oder dachte überhaupt an Gott. Doch aus irgendeinem Grund, vielleicht für Poppa, war Persy in diesem Jahr am Aschermittwoch zum Gottesdienst gegangen. Hatte während der vierzigtägigen Fastenzeit bislang auf Alkohol verzichtet. Soweit lief es ganz gut. Noch zwanzig Tage bis Ostern. Tatsächlich fiel es ihr sehr viel einfacher, auf Alkohol zu verzichten als auf eine ihrer anderen Süchte.

Sex. Oder vielmehr, Sex mit unpassenden Männern. In letzter Zeit mit einem unpassenden Mann. Detective Ren Tucker. Ihr Alter Ego und eine narzisstische Besessenheit von ihr.

»Wir gleichen einander wie ein Ei dem anderen«, hatte er ironisch gesagt. Immer wieder aufs Neue wollte sie ihm Glauben schenken. Ren Tucker. Er stand so unter Druck, er konnte jeden Moment explodieren. Und Persy wollte nicht von herumfliegenden Granatsplittern getroffen werden.

Zehn Minuten später war sie im Paralleluniversum von Constantia, fuhr durch baumgesäumte Straßen, wo landschaftlich gestaltete Gärten luxuriöse Häuser vor den Blicken der Begierigen und Neugierigen verbargen. Nur wenige Minuten entfernt, wirtschaftlich jedoch unendlich viele Meilen von Grassy Park getrennt. Die einzigen Misstöne in dieser ansonsten so makellosen Gediegenheit waren ein paar Graffiti an den Wänden, die Arbeit eines Künstlers namens »Laski«. Nicht das übliche geschmacklose Geschmiere, sondern die ausgeklügelte Arbeit einer beeindruckenden Ikonografie, mit der die ehemalige Klosterschülerin Persy vertraut war: Kreuze, heilige Herzen, Rosen und Sterne.

Laski war verantwortlich für viele der verschandelten Mauern und öffentlichen Orte in diesem teuren Vorort. Polizei, Nachbarschaftswachen und Sicherheitsfirmen suchten schon seit Monaten nach ihm, doch er schien so wenig greifbar wie ein Geist, der im Dunkeln durch die Straßen huschte und seine Bilder und verschiedenen biblischen Weisungen wie aus dem Nichts entstehen ließ. »*Aber dies ist eure Stunde und die Macht der Finsternis*«, »*Es ist leichter, dass ein Kamel gehe durch ein Nadelöhr …*«

Vielleicht ein junger farbiger Künstler, der den Geldgürtel verhöhnte?

Persy bog von der Constantia Road in eine Nebenstraße ab, die am ältesten Winzerbetrieb des Landes entlangführte und zurückging bis zur ersten Besiedelung des Kaps durch die Niederländische Ostindien-Kompanie. Der Regen war in ein schwaches Nieseln übergegangen. Die Scheibenwischer kratzten rhythmisch über die Scheibe, Sandkörnchen klebten zwischen Gummi und Scheibe. Eichen ballten sich über ihr zusammen, verdunkelten den ausgewaschenen, schwach vom Mond beleuchteten Himmel.

Leichtes Unbehagen beschlich sie, als sie an Tuckers Anruf wegen der vermissten Frau und des Babys dachte. Sie wusste alles von Müttern, die sich einfach in Luft auflösten. Und von der nicht auszufüllenden Leere, die sie hinterließen.

4

Heb dein ganzes Geld ab.« Der Anführer reichte Annette ihre Bankkarten: Debit-, Kredit- und eine Girokontokarte zu einem Firmenkonto, die Jaco ihr für größere Anschaffungen gegeben hatte.

»Und versuch ja nicht, mich zu verarschen.«

Sie hatten vor einem alten Einkaufszentrum geparkt – ein heruntergekommener Komplex mit einem Spirituosenladen und einem Checkers – ganz in der Nähe von Hout Bay Beach. Hier kauften die Einwohner von Imizamo Yethu und Hangberg ein, im Gegensatz zu den Weißen, von denen die meisten zu Woolworths im piekfeinen Einkaufszentrum gingen. Die digitale Anzeige auf dem Armaturenbrett zeigte 8:59 Uhr an. Annette konnte gar nicht glauben, dass so viel passiert sein sollte, seit sie das Licht gelöscht hatte.

Earth Hour. Fast vorbei. Wie gut, dass Callum noch immer schlief.

Sie stieg aus und eilte zum Geldautomaten; Regen und Wind wehten den salzigen Geruch des nahen Meeres herbei. Das beleuchtete blau-weiße Standard-Bank-Schild über dem Geldautomaten verschwamm im Regen. Keiner war da. Ein verlassener Polo stand wenige Parkplätze entfernt. Überquellende städtische Mülltonnen waren entlang der Wand aufgereiht, und die nassen schwarzen Säcke glänzten im Licht. Ein einsamer *bergie* wühlte darin herum, viel zu weit weg, um etwas mitzubekommen. Als sie in der hell erleuchteten Nische stand, spürte sie, dass sich die Blicke des Jungen und des Anführers an ihren Rücken geheftet hatten wie eine Klette an einen Felsen. Callum war allein bei ihnen. Und ihren Waffen. Annettes Zähne klapperten völlig unkontrolliert. Die glatten Plastikkarten schienen ein Eigenleben zu führen; ihre Hände waren nass, ob vom Regen oder vom Schweiß, wusste sie nicht zu sagen. Sie gab den falschen PIN-Code ein. Noch zwei Fehler, dann würde der Automat die Karte einziehen. Sie versuchte, sich zu konzentrieren, aber ihre Gedanken kreisten nur um Callums schlafendes Gesicht. Sie konnte sich gerade so lange zusammennehmen, um zweitausend Rand von ihrer Debitkarte und zweitausend von ihrer Kreditkarte abzuheben. Als sie dann jedoch versuchte, fünftausend von ihrem Sparbuch abzuheben, stellte sie fest, dass ihr tägliches Limit erreicht war und mehr als zweitausend nicht möglich waren. Sechstausend in Zweihundert-Rand-Scheinen. Jaco war ein wenig knauserig, was Geld betraf. Sie stopfte die Scheine in die Tasche ihrer Kapuzenjacke, ging zurück zum Auto und stieg ein. Als sie das Geldbündel dort hervorholte, beugte sich der Ältere über die Rückenlehne und schnappte es sich.

»Ich habe ein Tageslimit. Ich kann nur zweitausend von jedem Konto abheben.«

Ihr ging auf, was für ein Fehler das war, als der Anführer sagte: »Dann versuchen wir es nach Mitternacht noch mal.«

Bis dahin waren es noch Stunden! Was wollte er so lange mit ihr machen?

Plötzliche duckte sich der Ältere. »Fahr!«, zischte er. Im Rückspiegel entdeckte Annette einen Wachmann. Er war um die Ecke gekommen und starrte direkt zu ihnen: ein dümmlich aussehender älterer Mann, der nichts als einen Knüppel und ein Walkie-Talkie zu seinem Schutz bei sich trug. Behäbig kam er auf ihr Auto zu, seiner Körperhaltung war ein beginnendes Unwohlsein abzulesen. Annette fuhr langsam rückwärts aus der Parklücke und dann an ihm vorbei, vermied es, ihn dabei anzusehen.

»Fahr zurück zum Nek«, wies der Anführer sie an. Einen wahnwitzigen, überschwenglichen Moment lang dachte sie, sie würden sie nach Hause bringen, ehe ihr klarwurde, dass sie vermutlich zur Township fuhren. Sie kamen an Luigis Pizzeria, dem Einkaufszentrum mit dem Schiffsrumpf und dem hell erleuchteten Vorplatz der Werkstatt rechts neben dem Kreisverkehr bei der Kronendal Primary School vorbei. Vertraute Eckpunkte, die mit einem Mal etwas Unwirkliches hatten, wie die Rückprojektion eines alten Kinofilms. Wind beutelte das Auto, und die hohen Bäume am Straßenrand wiegten sich und knarzten, Regen platzte in heftigen Güssen zwischen den Ästen auf sie herunter. Sie hatte Mühe, sich auf das versprengte Scheinwerferlicht der entgegenkommenden Fahrzeuge zu konzentrieren. Abfall war von den verstopften Gullys auf die Straße geweht worden. Schmutziges Wasser wurde vor ihnen über den erst kürzlich betonierten Kreisverkehr einer näher kommenden Kreuzung gespült.

Bei dem Schild mit der Aufschrift »Imizamo Yethu« sagte ihr der Anführer, sie solle nach rechts abbiegen, und ihr Herz rutschte in die Hose. Noch nie zuvor war sie in einer Township gewesen. Wenigstens ging es nicht nach Khayelitsha, wie sie zunächst befürchtet hatte. Oder nach Monwabisi Beach, wo ein entführtes Paar vor kurzem sexuell misshandelt, hingerichtet und verbrannt und erst gefunden worden war, als die Flut den Sand weggewaschen hatte.

Die uneinnehmbare Ecke des Polizeireviers Hout Bay bewachte den Eingang zur Township. Kein einziges Lebenszeichen. Zwei Transporter standen hinter dem Hochspannungselektrozaun. Sie kämpfte gegen den Drang an, ihn mit dem Auto zu rammen. Doch dann schaute sie in den Rückspiegel, sah, wie der Ältere seinen freien Arm nach-

lässig um Callums Kindersitz gelegt hatte, und wurde kurzzeitig von einem grauenhaften Schrecken erfasst. Sie waren doch bestimmt nicht abgebrüht genug, um ein Baby umzubringen, oder? Ganz ruhig bleiben, sagte sie sich. Versuch, eine Verbindung zu ihnen herzustellen. Du kannst nur dann überleben, wenn sie aufhören, dich als verwöhnte weiße Schlampe zu sehen, wenn sie einsehen, dass du ein lebendiges, atmendes, empfindsames Lebewesen bist, ihnen selbst gar nicht so unähnlich.
Die Ironie dieser Herangehensweise in ihrer misslichen Lage entging ihr nicht. Zum ersten Mal in ihrem Leben versuchte sie, die Kluft zwischen diesen beiden Welten zu überbrücken.

5

Persy zeigte dem Wachmann hinter der kugelsicheren Scheibe in dem hell erleuchteten Vorplatz des Dieu-Donné-Anwesens ihren Ausweis. Das hier war eine der teuren, festungsähnlichen Einrichtungen, eine der vielen zerstörten, einstmalig ländlichen Schönheiten von Constantia. Ein ummauertes Wohngefängnis, dazu entworfen, die Reichen drinnen und die Armen draußen zu halten. Im Inneren des Kontrollraums, der von zwei Wachhäuschen mit Schlagbaum flankiert wurde, flimmerte das Licht mehrerer Überwachungskameras, das sich auch auf dem argwöhnischen Gesicht des Wachmanns spiegelte. Persy wurde hereingelassen, rief Tucker an und befolgte seine Wegbeschreibung vom Tor aus.
Schwaches Licht beleuchtete die Straße, aber die meisten Häuser wurden von Büschen und Bäumen abgeschirmt. Tuckers neuer Hyundai, ein Polizeitransporter und zwei Fahrzeuge der Gerichtsmedizin standen in der Auffahrt zu einem dieser Häuser, das hell erleuchtet war. Zwei Uniformierte liefen draußen im Regen herum: Connor »Makka« McKay und Zweli Tiro. Tucker hatte sie wohl dazugerufen, als die beiden gerade Feierabend machen wollten. Bestimmt waren sie nicht sonderlich erbaut darüber. Faule Arschlöcher, die zur Abwechslung mal gezwungen wurden zu arbeiten. Beide

Cops hatten etwa zur selben Zeit wie Persy auf dem Polizeirevier angefangen. Zweli stammte aus Khayelitsha; Makka war ein Redneck von Vrendendal. Die schlimmste Art Cops für sie. Deppen, die gern herumfuhren und Straßenkindern, Nutten und *bergies* Angst einflößten. Sie waren kaum etwas anderes als offizielle Gangster.

»Tucker erwartet dich.« Makka drückte seine Kippe in einem originellen Blumentopf aus. Persy entging das anzügliche Grinsen zwischen ihm und Zweli nicht. Sie bumste nicht nur den Boss; da war noch der zusätzliche Reiz, dass eine Farbige mit einem Weißen schlief. Scham gepaart mit Wut überlief sie. Die konnten sie mal kreuzweise.

Tucker saß in einem gut beleuchteten Raum mit hoher Decke auf einem der drei identischen Sofas, die um einen Couchtisch plaziert waren. Neben ihm saßen zwei kleine Jungen in den gleichen Pyjamas. Persy nahm an, dass es Brüder waren, obwohl sie sich mit Kindern so gar nicht auskannte. Der eine musste um die sechs oder sieben sein, der andere sah zwei, drei Jahre jünger aus. Gerichtsmediziner und Kriminaltechniker waren überall im Haus beschäftigt. Tucker sprang auf, als er sie sah, offensichtlich sehr erleichtert.

»Ihr Jungs bleibt mal da, wir sind gleich wieder zurück«, sagte er. Persy nahm an, der unbeschwerte Tonfall war für die Kinder bestimmt, denn Tuckers breite Schultern und sein Kiefer waren verkrampft und machten deutlich, wie groß die Anspannung war. Persy folgte ihm in die Küche, die größer als ihr ganzes Cottage war. Das Oberlicht spiegelte sich in den polierten Granitflächen und den metallisch glänzenden Küchengeräten. Zwei ältere Mitarbeiter des Teams der Kriminaltechnik pinselten die Oberflächen gerade nach Fingerabdrücken ab.

Der braun gebrannte, blonde, mittelgroße und athletische Tucker wandte sich ihr zu. »Danke, dass du gekommen bist.« Mit den hochgekrempelten Ärmeln seines zerknitterten Hemdes und der kugelsicheren Weste darüber sah er mehr nach einem Fernsehreporter als nach einem Polizisten aus. Eine Leere lag in seinen zusammengekniffenen blauen Augen, wie sie desillusionierten Cops und ehemaligen Soldaten eigen ist. Im Augenblick kam eine Mischung aus sexuellem

Verlangen und einer Art hilfloser Wut hinzu, weil er unfähig war, dem Drang nachzugeben; ein Ausdruck, der Persy inzwischen vertraut war, deshalb aber nicht weniger erregend wirkte.

Rasch wandte sie den Blick ab. »Willst du mir vielleicht sagen, was hier los ist?«

Er wies mit dem Kopf auf die Kinder. »Ihre Mutter ist verschwunden.«

Sie folgte seinem Blick ins Wohnzimmer. Der jüngere Junge war dichter an seinen Bruder herangerückt, schloss die Lücke, die Tucker hinterlassen hatte. Ihr Herz machte unerwartet einen Satz.

»Du hast auch ein Baby erwähnt.«

»Ihr Bruder Callum, etwa acht Monate alt, wird ebenfalls vermisst. Johannes Thlabi, das diensthabende Genie heute Abend in der Wachkabine, hat ausgesagt, Annette sei in ihrem dunkelblauen Volvo-SUV so gegen 20:30 Uhr weggefahren. Er hat es nicht notiert. Genauso wenig ist ihm aufgefallen, ob das Baby im Auto war – oder sonst jemand. Die ganze Anlage hier war dunkel. In der Regel sind die Außenbeleuchtungen an, und in den Häusern brennt aus Sicherheitsgründen Licht. Aber in den meisten Häusern war das Licht heute um zwanzig Uhr gelöscht.«

»Lastabwurf?« Südafrikas schlecht gemanagte Elektrizitätswerke stellten immer mal wieder den Strom ab, damit es nicht zu einem Totalausfall im ganzen Land kam.

»Nee. Schon mal was von Earth Hour gehört?«

»Nein.«

»Irgend so eine ›grüne‹ Idee. Da soll man sechzig Minuten lang das Licht ausmachen. Mithelfen, dass der Planet nicht zusammenbrutzelt oder so.«

»Bei mir geht der Strom die ganze Zeit aus. Wenn Eskom nicht dran schuld ist, dann liegt es daran, dass ich es mir nicht leisten kann, den Zähler zu füttern.«

»Das war entweder ein Geschenk des Himmels für die Jungs, die eingebrochen sind, oder aber sie hatten es so geplant«, fuhr Tucker fort. »Um einundzwanzig Uhr ging das Licht wieder an, und der nächste Wachmann trat seinen Dienst im Wachhäuschen an. Johan-

nes ist die Umgebung abgelaufen, wie er es in etwa alle drei Stunden macht. Ihm fällt auf, dass bei den Petroussis kein Licht brennt und die Schiebetür zum Elternschlafzimmer offen steht. Er ruft, klingelt an der Tür, keine Antwort. Also holt er sich Unterstützung von den Security-Typen, die durch die Nachbarschaft patrouillieren. Die kommen rein, machen Krawall, brüllen und fuchteln mit ihren Waffen herum, jagen den Kindern eine Höllenangst ein und vernichten alle Spuren, wo für uns der Tatort zu sein scheint.«
»Raubüberfall?«
»Der ältere Junge sagt, der Fernseher und das iPad seiner Mutter würden fehlen. Ihre Handtasche und ihr Handy sind hier, aber ihr Geldbeutel nicht. Der Tresor in der Garage wurde geöffnet, und die Pistole des Vaters, die darin aufbewahrt wird, ist nach Angaben des Kindes ebenfalls weg.«
»Wo ist der Vater?«
»Amsterdam. Ich hab ihm auf die Mailbox gesprochen.«
»Der wird einen Schock bekommen.«
»Vielleicht. Es sei denn, er weiß etwas, das wir nicht wissen.«
Tucker reichte ihr einen Reisepass. Brennendes Verlangen durchzuckte sie, als ihre Finger sein kräftiges Handgelenk streiften, seine Haut berührten. Sie hatten jetzt schon seit mehreren Tagen nicht mehr miteinander geschlafen. Ein Rekord.
»Das Foto ist gut genug, um eine Suchmeldung rauszugeben.«
Persy klappte den Reisepass auf und sah das Foto eines ernsten, hübschen Gesichts, gerade, dichte Brauen über großen Augen und dunkle Haare. Annette Petroussis. Siebenunddreißig Jahre alt, einen Meter siebzig groß.
»Mit etwas Glück ist sie nur schnell Milch holen gegangen, und man ist hier eingebrochen, solange sie weg war.« Etwas so Bescheuertes, Naives, dieser oberflächliche, gedankenlose Optimismus war ganz untypisch für Persy. Aber sie wollte, dass es wahr war, wollte, dass Annette Petroussis mit einem Liter Milch in der einen Hand und dem Baby auf der Hüfte durch die Tür kam und dann ganz überrascht feststellte, dass Cops in ihrer Küche standen.
»Man merkt, dass du keine Kinder hast«, erwiderte Tucker trocken.

Getroffen blaffte sie zurück: »Was soll das jetzt heißen?«
»Keine anständige Mutter würde Milch kaufen gehen und ihre schlafenden Kinder im Dunkeln zurücklassen, noch dazu ohne abzuschließen.«
»Nicht alle Mütter sind anständig«, platzte Persy heraus. »Oder auch nur zurechnungsfähig.« Sie hatte schon genug schlechte Mütter erlebt, deren Kinder Verbrennungen von Zigaretten, blaue Flecken und gebrochene Knochen hatten, die das bewiesen, oder Mütter, die einfach eines Tages verschwunden waren. *Gatvol* – die Schnauze voll – von ihren schlechten Entscheidungen oder aus irgendwelchen anderen Gründen, von denen die Kinder nie erfahren würden.
Tucker winkte unwirsch ab. »Du weißt, was ich meine.«
»Klar – weiß und reich ist gleichbedeutend mit guter Mutter.«
»Verdammt … was hast du jetzt auf einmal für ein Problem?«
Urplötzlich und ganz unerklärlich war Persy niedergeschlagen. »Warum hast du mich angerufen? Ich hab dieses Wochenende frei, weißt du noch?«
»Ich brauche jemanden, der auf die Kids aufpasst.«
»Wo ist Raelene?«
Raelene Markgraaf, die ehrenamtliche Traumaberaterin, vom Community Policing Forum auch der »Engel des Diep-River-Reviers« genannt. Persy hatte da eine andere Meinung.
»Bei einer Beerdigung in Port Elizabeth.«
»Dann bin ich also die einzige verfügbare Frau, ist es das?«
»Was ist dein Problem, Jonas?«
»Ich bin ein Detective, kein verfluchter Babysitter.«
»Komm schon. Nur ein paar Stunden, bis wir Verwandte oder Freunde gefunden haben, die sich um sie kümmern.« Tucker fuhr sich durch sein kurzes Haar. Das Licht fiel auf seine Taucheruhr am gebräunten Handgelenk.
»Wie alt sind die beiden überhaupt?«, fragte Persy.
»Fünf und acht.«
»In etwa so alt wie deine also.«
Sein Gesicht verdüsterte sich, wie immer, wenn Persy seine Familie erwähnte. Das war »tabu«, hatte er ihr gesagt, sollte niemals angespro-

chen werden. »Ich will, dass du dich um sie kümmerst, bitte. Ich werde mal einen Blick auf die Überwachungskamera im Wachhaus werfen.« Er stapfte nach draußen.

»Ich hab keine Ahnung von Kindern, weißt du noch?«, rief Persy ihm nach.

»Dann ist das die Gelegenheit für dich, was zu lernen!«, lautete seine Antwort.

Warrant Officer René Tucker. Ein achtunddreißigjähriger glücklicher Familienvater. Eine erfolgreiche Frau, süße Kinder. Nicht lange nachdem Persy ihn und Dina eines Abends nach einem gemütlichen Beisammensein mit Kollegen dabei überrascht hatte, wie sie einander in einer Tiefgarage übel anschrien, dann handgreiflich wurden und einander traten, löste sich dieser Mythos in Luft auf. Den Gerüchten zufolge hatte er sie mit einem anderen Mann erwischt, aber keiner war sich da sicher. Und dann zog er auch schon aus ihrem gemeinsamen Haus in Brackenfell aus, und sie ließen sich scheiden.

Persy hörte, wie sein Wagen ansprang und losfuhr. Sie zögerte noch einen Moment, dann ging sie zurück ins Wohnzimmer zu den Kindern.

Der kleinere Junge hatte den Daumen im Mund, klammerte sich an ein struppiges schwarzes Plüschtier und weinte leise. Persy fing den Blick des älteren Jungen auf.

»Wie heißt du, Kleiner?« Sie versuchte, freundlich auszusehen und ihm keine Angst zu machen.

»Kai.« Er war blass und wirkte aufsässig.

»Und dein Bruder?«

Der kleinere Junge, der vom Schluchzen ganz erschöpft war, bekam einen heftigen Schluckauf.

»Alexi.« Kai schaute sie misstrauisch an. »Die Abkürzung für Alexander.«

»Ich bin Persy.«

»Das ist ein Jungenname«, sagte Kai.

»Das stimmt.«

»Bist du Polizistin?«

»Ich bin ein Detective. Wisst ihr, was das ist?«

Beide nickten, schauten sie jetzt unumwunden an.
Alexi nahm den Daumen aus dem Mund. »Verjagst du die Bösen?«
»Genau. Und draußen stehen zwei Polizisten und passen auf.«
Kais Schultern sackten leicht in sich zusammen, als eine innere Anspannung von ihm abfiel. Die Kinder sahen beide aus, als wären sie zu Tode erschreckt worden. »Ich passe auf euch beide auf, okay?«, sagte Persy. Diese Plattitüde klang selbst in ihren Ohren hohl. Sie zupfte das zottelige Spielzeug am Ohr. »Und wer ist das hier?«
»Weezer«, sagte Alexi. »Er ist ein Warzenschwein.« Er hatte den Daumen wieder in den Mund gesteckt. Er wirkte jünger als fünf.
»Wirst du unsere Mama finden?«, fragte Kai, fast schon vorwurfsvoll.
»Natürlich finden wir sie.«
Kai starrte sie an, seine Lippen zitterten, er wollte die Wahrheit wissen.
Die Sache ist die, Kinder wissen, wenn man ihnen Mist erzählt. Persy wusste das besser als sonst jemand. Einst war sie da gewesen, wo diese Kinder jetzt waren – hatte gesehen, was hinter den Plattitüden und Halbwahrheiten steckte. Sie war es ihnen schuldig, ehrlich mit ihnen zu sein. Sie musste die Erwachsene für sie sein, die sie damals nicht gehabt hatte. Ihr Herz pochte dumpf in ihrer Brust. Sie verstand nicht, weshalb sie so schrecklich aufgewühlt war. Sie würde diesen Kindern zu nichts nutze sein, wenn sie sich nicht in den Griff bekam.
»Ich kann euch nichts versprechen, aber ich werde mein Bestes geben, um eure Mom zu finden. Ihr könnt mir helfen, indem ihr mir ein paar Fragen beantwortet.«
Sie nickten, wirkten erleichtert, aber vielleicht war das ja auch nur Persys Wunschvorstellung.
»Hat sie gesagt, sie würde heute Abend noch ausgehen?«
Kai schüttelte den Kopf. »Sie geht abends nicht aus. Wegen Callum. Das ist unser kleiner Bruder«, erklärte er. Persy sah die getrockneten salzigen Rinnsale auf seinem Gesicht. Er tat sich schwer damit, der verantwortungsvolle große Bruder zu sein. Ein weiterer unangenehmer Nachhall von Persys jüngerem Ich.
Alexi murmelte etwas. Kai zupfte am Arm seines Bruders. »Nimm den Daumen raus, sonst versteht sie dich nicht.«

Folgsam nahm Alexi den Daumen heraus. »Wann kommt mein Dad?«, fragte er.
»Wir haben ihm eine Nachricht hinterlassen, also ruft er bestimmt ganz bald an. Gibt es jemanden, der euch abholen kann? Eine Oma? Eine Tante?«
Kai schüttelte den Kopf. »Wir kennen niemanden. Wir sind von Jo'burg«, sagte er.
»Ich telefonier mal ein bisschen herum, okay? Braucht ihr irgendwas? Was zu trinken, was zu essen?«
»Können wir fernsehen?«, fragte Alexi hoffnungsvoll. Persy schaute hilflos auf den abgeblätterten Putz an der Wand, wo zuvor der Flachbildschirm gehangen hatte.
Schnell sagte Kai: »In der Küche ist noch einer.«
»Na dann, okay.«
Die Jungs rutschten vom Sofa, und Persy folgte ihnen in die Küche. Alexi hielt mit einer Hand seinen Bruder, mit der anderen Weezer fest umklammert. Kai nahm die Fernbedienung vom Küchentresen, und ein kleiner Fernseher, gut verborgen zwischen Mikrowelle und Kochbüchern, schaltete sich ein. Ein Dokumentarfilm über das Meer mit David Attenborough, der über irgendwelche Monster der Tiefe sprach. Halbleere Joghurtbecher standen auf der Arbeitsfläche neben einer schwach flackernden Kerze in einer originellen Glasschale. Die Jungs setzten sich auf ein breites Sofa voller Kissen, Spielzeug und Kinderbüchern. Das war wohl ihre übliche Ecke. Alexi lehnte sich an seinen Bruder, hatte den Daumen wieder fest in den Mund gesteckt. Auf dem Bildschirm wirbelte ein Riesenkrake durchs Meer, verfolgt von Tauchern mit Lampen und Kameras. Die Blicke der Kinder wurden ganz glasig, die bewegten Bilder und der dröhnende Kommentar lenkten sie von ihrer Angst ab.
Persy ging zum Spülbecken und drehte den Hahn auf. Dank zweier Jahre Therapie hatte sie ihren Tick, sich ständig die Hände waschen zu müssen, und ihre tiefe Angst in den Griff bekommen, doch zum ersten Mal seit Monaten verspürte sie jetzt den Drang, sie wieder einmal zwanghaft abzuschrubben. Marge Labuschagne, die Kriminalpsychologin, die zusammen mit ihr am Andrew-Sherwood-Fall

gearbeitet hatte, würde wohl sagen, dass diese Situation, in die eine vermisste Mutter mit ihrem Kleinkind involviert war, Erinnerungen an ein Trauma zurückbrachte, von denen sie glaubte, sie hinter sich gelassen zu haben.

Marge, die streitlustige Weiße, gegen die Persy angekämpft und der sie misstraut hatte. Marge, die erkannt hatte, dass Persy etwas vor sich selbst verheimlichte. Und als die Wahrheit herauskam, war Marge da gewesen, während die gesamte Welt um Persy herum zusammengebrochen war. Die ältere Frau geisterte häufig durch ihre Gedanken, und manchmal sehnte Persy sich danach, sie zu besuchen. Aber die Kluft zwischen ihren Welten schien zu gefährlich, als dass man sie überbrücken könnte.

Vor zwei Jahren hatte Persy die Ermittlung im Mordfall von Andrew Sherwood geführt, dessen gemarterte Leiche an den Noordhoek Beach gespült worden war, wo Marge ihn gefunden hatte. Marge, eine unliebsame Erweiterung für Persys Ermittlerteam, hatte bereits eine Vorgeschichte mit Sherwood, die sie mit dieser Ermittlung auszutreiben hoffte. Dieselbe Ermittlung hatte zudem das Rätsel um das Verschwinden von Persys jüngerem Bruder Clyde gelöst. Bis dahin hatte Persy alle Erinnerungen an Clyde und ihre Mutter weggesperrt, verschlossen in einem fensterlosen Zimmer in ihrem Kopf. Die Sherwood-Ermittlung hatte Fragmente ihrer Kindheit ans Licht gebracht, und die Erinnerungen waren schmerzhaft aufgetaucht, wie Fotos in der Entwicklerschale. Seitdem war sie auf der Suche nach Gloria Cupido, ihrer Mutter – erfolglos.

Um sich abzulenken, schenkte sich Persy ein Glas Wasser ein und trank es langsam, während sie sich die Familienfotos an der Kühlschranktür anschaute. Die Petroussis entsprachen der typischen gutaussehenden, gesunden Familie, wie sie in Werbeanzeigen, Zeitschriften oder in der Lifestyle-Fernsehreihe *Top Billing* gezeigt wurden. Finanziell gutgestellt, eine Familie viel-zu-perfekt-um-wahr-zusein – eine Familie, die es Persys Erfahrung nach im wahren Leben gar nicht gab. Alexi, wie er eine Grimasse für die Kamera zieht, einen mit Zahnlücken angrinst, in denen die neuen Zähne schon nachrücken. Annette am Tisch in einem Restaurant, unübersehbar schwanger, die Hände auf dem Bauch. Im Hintergrund alte Gebäude und enge Straßen, ungewohntes Licht, Kai, wie er hinter ihr steht, die Arme schützend um sie gelegt hat. Ein gedrungener Mann mit dunkler Brille neben ihnen, als würde er Wache schieben. Dann ein etwas förmlicheres Familienfoto: Annette flankiert vom selben Mann und den Jungen, wie sie ein sehr kleines Baby im Arm hält und alle bis auf das Baby lächeln, das stattdessen überrascht zu etwas sieht, was sich außerhalb der Kameralinse befindet.

Neben dem Kühlschrank hing ein schnurloses Telefon, darüber eine Liste mit Telefonnummern. Klempner, Yogastudio, die höchst exklusive Privatschule der Jungen in Kapstadt, ein Friseursalon, der örtliche Pizzadienst, ein biodynamischer Landschaftsgärtner.

Ein Name. Melanie Lyle-Davis. War sie eine Freundin? Persy schaute zu Kai und Alexi, die wie ausrangierte Marionetten dasaßen, mit leicht offen stehenden Mündern, ganz gebannt von den leuchtenden Garnelen, die über den Bildschirm huschten. Sie griff zum Telefon und tippte die Nummer ein. Nach dem zweiten Klingeln antwortete eine weibliche Stimme. »Hallo?«

»Melanie Lyle-Davis?«

»Wer spricht da?« Eine weiße Stimme. Gebildet. Argwöhnisch.

»Detective Warrant Officer Persy Jonas vom Diep-River-Revier, Ma'am.«

»Ja?« Jetzt klang sie sehr verhalten.

»Ich rufe Sie von Annette Petroussis' Haus an.«

Das Schweigen zog sich etwas zu lange. »Wie bitte?«

»Annette Petroussis? Ihr Name steht auf ihrer Telefonliste.«

»Ich kenne Annette«, sagte die Frau langsam. »Ihr Sohn, Kai, geht in die gleiche Klasse wie mein Sohn Felix. Worum geht es?«

Persy ging mit dem Telefon in den Gang, sie wollte nicht, dass die Kinder sie hörten.

»Mrs. Petroussis und ihr Baby werden vermisst.«

»Vermisst! Was ist passiert?«

»Unter Umständen sind sie im Zuge eines Einbruchs entführt worden …«

»Um Himmels willen!«

»Wir brauchen jemanden, der sich um die Kinder kümmert, bis wir den Vater erreicht haben. Könnten Sie hier einspringen?«

»Nein! Ich meine, ich kann nicht!« Die Frau klang panisch. »Gibt es keine Verwandten, zu denen sie gehen könnten?«

»Sieht nicht danach aus. Deshalb rufe ich Sie ja an …«

»Tut mir leid, ich kann Ihnen nicht helfen.«

»Moment …«

Aber Melanie hatte bereits aufgelegt. Persy legte den Hörer wieder in die Schale. Die Frau hatte sich sowieso wie eine dumme Kuh angehört.

Zurück in der Küche stellte sie fest, dass die Jungen das Interesse am Fernsehen verloren hatten. Blicklos saßen sie da, ganz kummervoll, verloren in ihrer persönlichen Misere. Schon bald würden sie dichtmachen, lernen, sich der Welt mit gleichgültiger Miene zu präsentieren. Persy kannte sich damit aus. Das Telefon klingelte. Der lange Verbindungsaufbau, nachdem sie abgehoben hatte, machte ihr klar, dass es sich um einen internationalen Anruf handeln musste.

»Jaco Petroussis am Apparat.« Ein tiefer, kehliger Jo'burg-Akzent.

Persy stellte sich vor und fing an zu erläutern, was sie bei ihm zu Hause zu suchen hatte. Er unterbrach sie. »Ich muss mit meinen Söhnen sprechen.«

Sie reichte Kai das Telefon. »Dein Dad.«

Kais Gesicht war schneeweiß. Wie ein kleiner Geist.

»Hey Dad.« Als er die Stimme seines Vaters hörte, fiel er in sich zusammen und fing an zu weinen. Alexi tätschelte ihm beschwichtigend das Knie. Persy musste sich abwenden. »Bitte lass es ihrer Mutter gut gehen«, flehte sie insgeheim.

Ihr Handy vibrierte in der Hosentasche. Es war Tucker. »Hat Petroussis angerufen?«

»Er spricht gerade mit seinen Söhnen.« Persy war außer Hörweite der Brüder gegangen.

»Ich hab kurz davor mit ihm telefoniert«, sagte Tucker. »Er hatte eine Glock 19 im Tresor. Er hat mir die Waffenlizenz sowie Fahrzeugpapiere und Autokennzeichen gemailt. Sein Handy informiert ihn über Annettes Kontobewegungen; zwischen 8:47 Uhr und 8:59 Uhr hat sie sechstausend von ihren Konten am Automaten der Standard-Bank neben dem Shoprite-Supermarkt in Hout Bay abgehoben.«

»Das klingt, als würden die Täter aus Imizamo Yethu stammen«, sagte Persy. Viele Verbrechen in Hout Bay und Constantia waren auf die wilde Besiedlung zurückzuführen, die sich über den Berg erstreckte. In den letzten Monaten waren Gangs von dort aus aktiv geworden: Hauseinbrüche und Überfälle, durchgeführt von erfahrenen und zumeist bewaffneten Ausländern. Mosambikaner, Zimbabwer, selbst Angolaner, viele davon ehemalige Soldaten. Sie schlugen Pfade über den Berg, durch die stark bewaldete Gegend vom Nek bis hinunter zu den teuren Anwesen von Hout Bay und Constantia, die an die Hänge der Berge gebaut waren.

»Das Hout-Bay-Revier schickt einen Wagen nach Imizamo. Ich bin selbst auf dem Weg dorthin.«

Persy schaute auf die Uhr. »Annette ist seit eineinhalb Stunden verschwunden. Inzwischen könnte sie überall sein.«

»Wir können nur hoffen.«

»Hast du was Nützliches vor Ort gefunden?«, fragte Persy.

»Nichts. Sollte es Fußabdrücke gegeben haben, dann wurden sie entweder vom Regen weggewaschen oder von den herumtrampelnden Sicherheitsleuten unbrauchbar gemacht. Wir haben die Aufzeichnungen der Überwachungskamera überprüft. Der übliche Mist. Der Typ im Wachhäuschen hat vergessen, es auszutauschen. Das ist wieder mal so verdammt typisch.«

»Denkst du, er hat was damit zu tun?«

»Laut seinem Boss ist er sauber, wenn man dem Glauben schenken kann.«

Das Verhältnis von Cops zu privaten Sicherheitsfirmen, die in den letzten Jahren wie Pilze aus dem Boden geschossen waren, war durchwachsen. Viele stellten ehemalige Cops ein und waren fast doppelt so stark aufgestellt wie die verfügbaren Polizeikräfte. Es war ein offenes Geheimnis, dass private Wachmänner häufig in Raubüberfälle verwickelt waren.

Persy schaute in die Küche. Mit zitternder Unterlippe und tränennassen Augen reichte Kai das Telefon an Alexi weiter.

»Die Kinder sind völlig durch den Wind.«
»Petroussis nimmt den nächstmöglichen Flug aus Amsterdam. Aber auch so wird er erst am Montagmorgen da sein.«
»So funktioniert das nicht. Die Kinder brauchen ein Elternteil. Außerdem brauchen sie einen Traumaberater.«
»Dann ruf Raelene an und finde heraus, wann sie zurück ist.«
»Und wer wird bis dahin auf sie aufpassen?«
»Darum musst du dich kümmern, Jonas. Ich muss auflegen – ich erreiche gerade nach Hout Bay«, sagte Tucker.
»Du kannst mich nicht mit diesen Kindern …«
Aber da hatte er bereits aufgelegt.

6

Marge Labuschagne und ihr ältester Sohn Matt waren im Wohnzimmer in der Keurboom Road Nummer 39 und genehmigten sich bei Kerzenschein einen Drink nach dem Essen. Wie die meisten umweltbewussten Bewohner von Noordhoek hatte Marge das Licht zur Earth Hour gelöscht. Die Stunde war zwar schon lange vorbei, aber sie hatte das Licht dennoch nicht eingeschaltet, da ihr das Kerzenlicht gefiel und es noch dazu erholsam war. Zumindest so lange, bis die fünfjährige Bronwyn im Badezimmer schrie wie am Spieß.
»Neiiin, Mamiiiiiiii! Das brennt!«
Marge schreckte auf, aber Matt nippte nur an seinem Glas Rotwein und betrachtete eingehend das Etikett der Weinflasche. Vermutlich war das Geschrei seiner Stieftochter ein regelmäßiges Übel.
»Lucy und ich haben uns was überlegt«, sagte er, als fände der Trubel den Gang hinunter auf einem anderen Planeten statt. Angesichts dessen, wie sie ihr Kind erzogen, hatte Marge so ihre Zweifel, ob Matt und Lucy in der Lage waren, einen vernünftigen Gedanken zu fassen.
»Dieses Haus muss dir doch zu viel werden, sowohl vom finanziellen Aspekt her als auch vom Arbeitsaufwand«, fuhr er fort.
Was das Finanzielle betraf – eindeutig. Aber der Arbeitsaufwand? Marge war erst dreiundfünfzig, in drei Teufels Namen!

Genau in dem Moment entwischte Bronwyn aus dem Badezimmer und rannte an ihnen vorbei – ein schreiender, rutschender, seifenschaumverschmierter Troll mit rot angelaufenem, wütendem Gesicht. Angespannt und verzweifelt hastete Lucy hinter ihr her. Die Tür zum Gästezimmer knallte zu, und der Schlüssel wurde umgedreht. Hinter der Tür wurde Bronwyns Toben immer schlimmer. Es polterte und krachte. Warf das kleine Biest sich etwa gegen die Tür?
»Hau ab, Mamiii, verschwinde! Ich hasse dich, ich hasse dich!«
Marge war schockiert. Knall dem verfluchten Gör doch eine, war sie versucht zu rufen, aber sie konnte sich Matts und Lucys Reaktion darauf vorstellen.
Lucys stand vor dem Gästezimmer und versuchte sich einzuschleimen. »Was für eine böse, gedankenlose Mama. Es tut mir so leid, mein Schatz. Das war das böse südafrikanische Shampoo.«
»Doofes Südafrika!«, blökte Bronwyn. »Ich will heim!«
Oh, wegen mir gerne!, dachte Marge und strich mit bloßem Fuß durch das Fell von Bongo, dem großen Deutschen Schäferhund, der zufrieden vor ihr auf dem Boden lag.
Lucy hatte auf übertrieben vernünftige Erwachsene geschaltet, wie immer, wenn sie mit einem von Bronwyns Wutanfällen konfrontiert war. »Wenn du die Tür aufmachst, dann kann Mami dir die Augen abwischen.«
»Neiiiiin! Geh weg! Du schreckliche Mamiii, du tust mir weh!«
Marge grübelte über die Sinnlosigkeit des Argumentierens mit einer Fünfjährigen nach und darüber, ob es heutzutage tatsächlich noch möglich war, dass Eltern so absolut ahnungslos über das Einmaleins der kindlichen Entwicklung waren.
»Wie ich gesagt habe, Marge …« Matt war mit seiner Litanei weiter fortgefahren, wie ihr gerade bewusst wurde. Und seit wann nannte er sie überhaupt Marge? Sie sehnte sich nach einer Kippe. Aber Will, ihrem jüngeren Sohn, zuliebe hatte sie das Rauchen aufgegeben. Zwei Wochen bis dato. Es wäre lächerlich, jetzt schwach zu werden.
In diesem Moment ging das Licht im Wohnzimmer an. Marge brauchte einen Moment, bis sie das zerzauste Schreckgespenst namens Lucy im Türrahmen klar und deutlich sah. Der nasse Stoff ihres

Kleides klebte äußerst unvorteilhaft an ihrer knochigen Brust. Sie hielt eine Flasche mit Marges Shampoo hoch und starrte Matt mit gekränkt-vorwurfsvollem Blick an. Marge beobachtete, wie sich der Kiefer ihres Sohnes kaum wahrnehmbar verkrampfte, ehe er in die Defensive ging. »Du hast darauf gedrängt, sie jetzt zu baden. So wird sie nur, wenn ihre gewohnten Abläufe nicht eingehalten werden.«
Lucy warf einen kurzen Blick auf Marge (die gerade dabei war, sich heimlich einen großen Schluck Scotch einzuverleiben), dann schaute sie auf ihr triefend nasses Kleid. »Sie hat mein Stella McCartney versaut.« Es sah ganz so aus, als wäre sie den Tränen nahe.
Ein Klappern des Schlosses, dann ging die Tür zum Gästezimmer knarzend auf. »Maaammiii, komm!« Eine schniefende, befehlshaberische Bronwyn, die spürte, dass sich die Aufmerksamkeit ihrer Mutter auf etwas anderes konzentrierte, und versuchte wieder die Oberhand zu erlangen.
»Mami kommt schon, Schätzchen!«
»Lass sie ruhig ein bisschen zappeln«, sagte Matt.
»Ein bisschen zappeln? Also bitte, Matt. Sie ist erst fünf und in einer für sie völlig fremden Umgebung!« Lucy bedachte ihn mit einem vernichtenden Blick, dann machte sie auf dem Absatz kehrt und eilte hinaus.
»Wie ich schon sagte«, übertönte Matt Bronwyns herausgepresstes Schluchzen und Lucys besänftigendes Murmeln, das vom Gästezimmer aus zu ihnen drang. »Ich weiß, dass Dad dir das Haus mit einer großen Hypothek hinterlassen hat.«
Bei dem Gedanken, dass Matt ihre finanzielle Situation mit ihrem Ex-Mann Louis besprach, stieg bittere Galle in Marge hoch. Louis hatte sie an dem Tag verlassen, an dem Will einundzwanzig wurde, und seitdem hatte sie ihn kaum zu Gesicht bekommen. Gerüchten zufolge wollte er wieder heiraten – eine junge indische Anwältin aus Pretoria. Der wünschte sie viel Glück. Das würde sie brauchen.
Matt starrte auf den Diemersfontein Pinotage in seinem Glas, als wäre es ein Orakel. »Das Haus ist in einem erbärmlichen Zustand. Häuslichkeit war ja noch nie deine Stärke.« Matt lachte kurz auf, was seine Beleidigung aber nur wenig abmilderte. Leider hatte Matt Louis'

nörgelndes, eher unnachgiebiges Wesen geerbt. Marge vermutete, dass ihr ältester Sohn sie ebenso missbilligte, wie sein Vater es getan hatte, und sie als extravagant und streitsüchtig empfand.

Bongo wählte diesen Moment, um einen lauten, stinkenden Furz fahren zu lassen. Unter den gegebenen Umständen schien ihr das eine passende Antwort zu sein.

»Ich nehme an, das alles soll irgendwo hinführen?«, hakte Marge nach.

»Nun ja. Lucy und ich haben nachgedacht. Wir könnten für eine Unterteilung bezahlen, so dass Lucy, Bronwyn und ich einen Teil des Hauses als Ferienwohnung nutzen könnten, wenn wir dich besuchen kommen.«

Nur über meine Leiche, dachte Marge.

Matt missinterpretierte das Schweigen seiner Mutter und ritt sich nur noch tiefer in die Sache hinein. »So könntest du die Hypothek abbezahlen, und wir könnten unseren Teil das restliche Jahr über vermieten, so dass etwas Geld hereinkommt, um das Anwesen zu unterhalten. Und wenn du dann in die Seniorenwohnanlage gehst, könnten wir dich auf einmal auszahlen oder dir monatlich etwas überweisen, wie eine Rente.«

Das war also der Grund gewesen, weshalb Marges Sohn und Schwiegertochter ihr »idyllisches« (Lucys Wort) Farmhaus mit den fünf Schlafzimmern aus dem siebzehnten Jahrhundert in Devon verlassen hatten, um Ostern bei ihr zu verbringen, und das nach vier Jahren Funkstille. Marge wusste nicht, ob sie lachen oder die beiden zum Teufel schicken und aus dem Haus jagen sollte. Zum Glück klingelte das Telefon im Gang und verhinderte so, dass der Tsunami der Entrüstung, der bereits in ihr tobte, tatsächlich losbrach.

Beryl Goldberg rief an, ihre älteste, verrückteste Freundin. »Das wirst du jetzt nicht hören wollen.«

»Spuck's schon aus, Beryl.«

»Krötenalarm. Ein Motorradfahrer hat eine auf der Silvermine Road gesehen. Bei der Old Cape Farm Road. Und wir beide haben Dienst. Holst du mich ab?«

Eigentlich rief ein solches Unterfangen nur wenig Enthusiasmus bei

Marge hervor, aber jetzt war es eine willkommene Gelegenheit, um von Matt, Lucy und Bronwyn wegzukommen; dann doch lieber in einer regnerischen Nacht draußen äußerst unattraktive Amphibien schützen. »Na gut, ich hol dich gleich ab«, sagte sie erfreut.
»Woher kommt diese plötzliche Begeisterung?«, fragte Beryl argwöhnisch.
So sehr Marge sich auch für die Umwelt einsetzte und egal, wie sehr sie sich der Bebauung des Tales widersetzte, Beryl wusste, dass Marge keine große Anhängerin von Fröschen war. Oder vielmehr Kröten. Der Western-Leopard-Kröte, Amietophrynus pantherinus, um genau zu sein.
»Erzähle ich dir, wenn wir uns sehen«, sagte Marge.
»Ach, die unwillkommenen Gäste.« Beryl kicherte vielsagend. »Dann bis gleich. Ich bin bei dir um die Ecke. In der Food Barn, wo ich mit Freunden Tapas esse – da musst du mich abholen.«
Rasch zog Marge Gummistiefel an und warf sich das Regencape über, beides lag immer griffbereit in der Diele.
Zurück im Wohnzimmer schlürfte Matt noch immer genüsslich seinen Wein. Bongo rappelte sich auf, stellte Ohren und Schwanz auf, als er die Gummistiefel und das Regencape erblickte, und war ganz erpicht auf einen regnerischen Spätabendspaziergang.
»Ich muss weg«, verkündete Marge. »Du kannst aber gern noch eine Flasche Wein aufmachen, wenn dir danach ist. Und warte bitte nicht.«

Während sie im Regen Richtung Noordhoek Village fuhr, kochte Marge innerlich. Sie wusste, dass Lucy Matt damit in den Ohren lag, sich eine Ferienwohnung anzuschaffen, um dem englischen Winter zu entfliehen, aber dass die beiden das ausgeklügelt hatten, um sich ihr Haus unter den Nagel zu reißen! Ihr fiel wieder ein, was ihr Sohn vor einigen Monaten zu ihr am Telefon gesagt hatte: »Wir würden Ostern so gerne mit dir verbringen. Außerdem hättest du so die Gelegenheit, Bronwyn kennenzulernen.« Damals hatte das Marge ziemlich berührt. *Se voet!* Wieso war sie nur darauf hereingefallen?
Als sie und Louis das Haus in der Keurboom Road 39 vor zwanzig Jahren gekauft hatten, war Noordhoek ein ländliches, verschlafenes

Nest gewesen. Long Beach bestand aus kilometerlangem weißem Sand und dem Atlantik, und der darüber thronende, majestätische Chapman's Peak und die eichengesäumten ländlichen Straßen waren noch längst nicht entdeckt worden, mal abgesehen von ein paar Exzentrikern und Künstlern. Seit dem Bau des großen Einkaufszentrums und des Fünf-Sterne-Restaurants hatten die Matts und Lucys dieser Welt ein gieriges Auge auf diese letzten kleinen Siedlungen geworfen, die an der Atlantikküste noch zu haben waren. Marge nahm ihrem Sohn und ihrer Schwiegertochter dieses Vorgehen übel, sich anzumaßen, sie einfach zu Lebzeiten enteignen zu können! Seniorenwohnanlage! So weit kam es noch. Mit einem Mal nahm Marge leichte Anzeichen von Unsicherheit wahr. Sie war doch hoffentlich noch nicht auf dem absteigenden Ast? Grundgütiger, natürlich nicht, beantwortete sie sich diese Frage sofort selbst. In dieser alten Haut steckte noch sehr viel Leben.

Marge hatte Beryl an der Food Barn abgeholt und war zur Kreuzung der Old Cape Farm Road und der Silvermine Road gefahren, wo sie das Auto mit eingeschalteten Nebelscheinwerfern in einer Kurve abstellte, so dass die Teerfläche ein paar Meter beleuchtet war. Beryl stand an der anderen Seite Wache, eingehüllt in ein gelbes regenmantelartiges Ding, in dem sie wie eine Miniaturbanane aussah, die Kapuze fest um ihr kleines Affengesicht zusammengezurrt. Die meisten Anwohner von Noordhoek wussten von den Kröten, und die gelegentlich vorbeifahrenden Autos verlangsamten ihr Tempo, sobald sie die Frauen sahen, und warteten, bis man sie durchwinkte, wenn der Weg frei war.
Die Leopardenkröte war einst auf der Suche nach einem Partner ungehindert durch einen Großteil der Kap-Halbinsel gewandert. Sie war gebunden an die sich über zehn Kilometer erstreckenden tiefliegenden Küstenregionen entlang des Meeres, doch neue Straßen, Kanäle und Elektrozäune hielten sie jetzt davon ab, bis zu den Süßwasserteichen und Seen zu wandern.
Seit einigen Jahren kämpfte die NAG – das unglückliche Akronym der Noordhoek Action Group, das unweigerlich an *nag,* nörgeln, erinnerte – zusammen mit anderen über die Insel verteilten Freiwilligen

darum, die gefährdeten Kröten davor zu retten, unaufmerksamen Fahrern während der Eiablage im späten Juli oder August zum Opfer zu fallen. Aus irgendeinem Grund hatten sie in diesem Jahr schon früher mit ihrer Wanderung angefangen, vielleicht aufgrund der für diese Jahreszeit unüblichen Regengüsse oder wegen der Erderwärmung.

Der Regenguss hatte aufgehört, es nieselte nur noch leicht, und der Teer war vom Regen ganz rutschig. Ein Plastikcape hielt Marges Oberkörper trocken, allerdings kroch die Feuchtigkeit zwischen Gummistiefeln und Jeans an ihren Beinen hinauf. Dichter Nebel drückte von den Silvermine Mountains und Chapman's Peak herunter und schränkte die Sicht auf der Straße ein. Sie konnten die näher kommenden Fahrzeuge kaum ausmachen, geschweige denn eine verfluchte Kröte. Beide Frauen hatten Taschenlampen in der Hand, allerdings bestand die Gefahr, dass sie von den Fahrzeugen nicht gesehen wurden.

Dreißig Minuten später und ohne eine einzige Kröte gesichtet zu haben, drängte sich Marge immer mehr der Gedanke auf, dass hier viel Lärm um nichts gemacht wurde. Wieder eine Windbö, eiskaltes Wasser spritzte ihr entgegen und tropfte ihr in den Nacken. Für gewöhnlich konnte man sich darauf verlassen, dass der erste Winterregen Ostern einsetzte, aber das war erst in einem Monat. Herrje, noch einen Monat lang Bronwyn, Lucy und Matt ertragen. Vor einem Jahr hätte der Gedanke an Ostern eine fast katatonische Depression bei Marge ausgelöst. Ostern ohne Familie, ohne Eier und Hasen und Eiersuche und duftendes, selbstgebratenes Lamm. Sollte Will in diesem Jahr nicht kommen, würde sie ihn vermissen, aber selbst die vergnügliche Gesellschaft ihres jüngeren Sohnes – und wer auch immer seine derzeitige Freundin war, sollte er sich doch dazu herablassen, vorbeizuschneien – würde die Befürchtungen wegen der zu erwartenden Spannungen bei dieser Familienzusammenkunft nicht abmildern: Matts und Wills Diskussionen, Lucys Neurosen, Bronwyns forderndes Wesen rund um die Uhr. Und wie sie Bongo und die Katzen piesackte! Und Marge würde unweigerlich zu viel trinken.

Ganz plötzlich entdeckte sie den kleinen Kerl, seine träge blinzelnden Augen wie hypnotisiert vom Strahl ihrer Taschenlampe. »Da ist einer!«, rief sie.

Beryl quietschte und rannte zu ihr, wobei der Strahl ihrer Taschenlampe wild auf und ab hüpfte.
»Mach ihm doch keine Angst!«, brüllte Marge.
Ein bulliger Kröterich, fast faustgroß, gezeichnet mit einem schillernden Mosaik aus Braun und Orange. Sein Nacken plusterte sich rasch auf, hoch und runter, während er blinzelte und sich drehte wie eine Comicfigur.
»Was für ein hübscher Kerl!«, sagte Beryl.
»Wenn du meinst«, murmelte Marge, war insgeheim aber stolz über ihren Fund.
»Komm schon, Kleiner«, versuchte Beryl ihn über die Straße zu locken.
»Da musst du schon Krötisch sprechen«, sagte Marge. Sie kicherten, bis Beryl abrupt verstummte, aufsprang und rief: »Scheiße! Da kommt ein Auto!« Marge sah das Scheinwerferlicht kurz auf der Kuppe des benachbarten Hügels aufblitzen, ehe es wieder abtauchte. Der dichter werdende Nebel hatte die herannahenden Geräusche des Fahrzeugs verschluckt; nur die von der Senke heraufscheinenden Scheinwerfer teilten ihnen mit, dass es da war. Die ungewöhnlich hellen Lichter bewegten sich mit ziemlicher Geschwindigkeit.
»Sieht ganz nach was Größerem aus!«, sagte Marge.
»Der fährt verdammt schnell.« Beryls Stimme zitterte. Wenn das Fahrzeug die nächste Kuppe erklommen hatte, wäre es fast direkt über ihnen.
»Ich schalte das Warnblinklicht ein!«, rief Marge und rannte zu ihrem Auto. Diffus und verschwommen blinkte das rote Licht in der Dunkelheit auf. Rasch zog sie ihr »Krötenwanderung«-Schild vom Rücksitz, rannte zurück und hielt es dabei hoch.
Der Pick-up näherte sich dem Gefälle, und das Scheinwerferlicht verschwand, dann knarzte die Gangschaltung, als der Fahrer für die Abfahrt hochschaltete.
Die Frauen rannten in die Mitte der Straße, wedelten mit ihren Taschenlampen und dem Schild und riefen: »Kröte kreuzt! Kröte kreuzt!«
Verdammt, an seiner Stelle würde ich nicht stehen bleiben, dachte Marge, als sie sah, wie verrückt Beryl herumfuchtelte.

Die Scheinwerfer strahlten sie an, als das Fahrzeug über den Hügel fuhr und auf sie zuraste.
»Er beschleunigt!«, schrie Beryl ganz panisch. »Runter von der Straße, Marge!«
»Das kannst du knicken.« Marge hatte nicht vor, ihre Kröte von irgend so einem Arschloch von rücksichtslosem Fahrer plattmachen zu lassen, so viel stand fest.
Das Fahrzeug polterte näher, ein riesiger Pick-up mit verchromtem Rammschutz ringsum.
Eine Ewigkeit schien er auf sie zuzuhalten, der Platzregen wurde vom herannahenden Licht in tausende Splitter zerteilt, das ihre Gesichter ausbleichte wie in einem überbelichteten Film.
»Er sieht uns nicht!«, brüllte Beryl und rannte zum Straßenrand.
»Doch, natürlich!« Marge wusste nicht, ob es fehlplazierte Wut auf Matt oder Louis war oder zu viele Gläser nach dem Abendessen, doch eine Bockigkeit erfasste sie, und sie blieb stehen. »Soll er mich doch ummähen, dann wird er wegen fahrlässiger Tötung angeklagt!«
»Marge!« Beryls Schrei wurde vom Quietschen der Bremsen übertönt, dem schrillen Geräusch von Metall auf Gummi, mit dem der Pick-up über die nasse Straße schleuderte. Es schien ganz so, als würde er nach rechts schwänzeln, wie ein betrunkener Skifahrer, bis er schließlich stehen blieb.
Eine gefühlte Ewigkeit stand der Pick-up einfach nur da, mit eingeschalteten Scheinwerfern und bedrohlich knatterndem Motor.
Beryl rannte zurück auf die Straße. »Alles gut bei dir?«, fragte sie ängstlich. »Du armes Ding du, du bist ja ganz erstarrt vor Angst.«
Es dauerte einen Moment, ehe Marge klarwurde, dass Beryl mit der Kröte sprach.
Wütend wurde die Scheibe des Pick-ups heruntergelassen, und ein breiter, kahlgeschorener Kopf schaute aus dem Fenster heraus. Der Fahrer schäumte vor Wut, das konnte Marge selbst auf diese Entfernung erkennen.
»Sind Sie von allen guten Geistern verlassen? Ich hätte sie umfahren können!«
»Haben Sie die Straßenschilder nicht gesehen, Sie Arschloch?

›LANGSAM FAHREN, KRÖTENWANDERUNG!‹«, brüllte Marge zurück und wedelte mit ihrem Schild.

»Was zum Teufel …«

Beryl rief: »Hier kreuzen Kröten!«

Schweigen, gefolgt von einem ungläubigen: »Scheiße, Mann, das glaub ich jetzt nicht.«

»Sie sind gefährdet!«, brüllte Beryl erneut.

»Ihr seid verflucht noch mal gefährdet, Ladys! Runter von der Straße mit euch! Das ist ein Notfall!«

»Ach ja?«, rief Marge spöttisch. »Was denn für ein Notfall?«

»Aus dem Weg, oder ich mäh euch gleich um, kein Scheiß.«

»Versuchen Sie das doch mal, Mister«, plusterte sich Beryl auf.

Das Knarzen eines Radios drang aus der Fahrerkabine nach außen, zusammen mit unverständlichem Wüten.

Der Fahrer spielte mit dem Gaspedal und ließ den Motor aufheulen. Marge warf sich auf den Boden und rief Beryl zu: »Runter mit dir! Los, hinlegen!«

Beryl zögerte den Bruchteil einer Sekunde, dann ließ sie sich fallen und legte sich mit dem Gesicht nach unten auf die Straße. Wie plattgewalzt. Dieses Wort hatte sich ganz unangenehm in Marges Kopf festgesetzt.

Der Fahrer drückte das Gaspedal ein paarmal durch, ließ die Kupplung kommen und hupte wild. Beryl griff nach Marges Arm und kniff die Augen zusammen. Plötzlich beschleunigte der Pick-up wieder. Mit einem Mal wurde Marge der schiere Wahnsinn dieser Situation bewusst. Warum in drei Teufels Namen riskierten sie ihr Leben oder zumindest eine Verletzung für einen Frosch? Zu spät! Sie schloss die Augen, als der Pick-up auf sie zuraste. In letzter Sekunde umfuhr er sie ganz knapp am Rand. Schlamm spritzte auf, das linke Vorderrad versank bis zur Achse im sumpfigen *donga,* keine zwei Meter von ihnen entfernt, und steckte fest.

»Herrgottnochmal!«, hörten sie den Fahrer in seiner Kabine fluchen. Das Innenlicht des Fahrzeugs leuchtete gelblich auf, als sich die Tür öffnete. Aus dem Radio ertönte ein schnulziger Countrysong. Der Fahrer hievte seine Masse hinter dem Steuer hervor, und ein Bär von einem Mann kam zum Vorschein. So angestrahlt von den Scheinwerfern wirkte seine Silhouette riesig. Was für ein Tier!, schoss es Marge durch den Kopf, und das Herz rutschte ihr in die Hose. Geschichten von Steroiden und aggressivem Verhalten im Straßenverkehr schwirrten wie Fledermäuse ganz entsetzlich durch ihren Kopf.

Ihnen blieb nur eines. Marge streckte die Hand aus, schob die blinzelnde Kröte in ihre Regenjacke und rief: »Lauf!«

Sie und Beryl rappelten sich auf und rannten zum Auto.

Sobald sie saßen, startete Marge den Motor und drückte das Gaspedal ganz durch. Aufgepuscht von Erleichterung und Adrenalin rasten sie von hier weg.

»Bis dann, Arschloch!« Marge zeigte dem Fahrer noch den Mittelfinger. Mit hysterischem Gelächter fuhren sie in die Nacht davon, die Leopardenkröte kuschelig in Beryls Handtasche mit Tapetenmuster verstaut. Trotz ihres Gelächters hörte Marge ihr Handy irgendwo unter dem Sitz klingeln. Sie tastete mit einer Hand danach und zog es hervor. Noch immer lachend hob sie mit einem fröhlichen »Hallooo! Krötenrettungsdienst hier!« ab.

Es knarzte unheilvoll in der Leitung. So nah an den Bergen hatte man nie guten Empfang.

»Ich bin's, Matt«, sagte er angespannt. »Jemand ist hier und will dich sprechen.«

»Wer?« Marge konnte sich nicht vorstellen, wer zu dieser Stunde und bei diesem Wetter bei ihr aufkreuzen könnte.

»Dr. Paula Hamilton. Es ist wohl dringend.«

Marge war erstaunt. Sie kannte diese Frau kaum, eine Psychiaterin an der Gerichtsmedizin des Valkenberg Psychiatric Hospitals. Das musste etwas mit ihrer Tochter Severine zu tun haben.

»Okay, gib ihr das Telefon.«

Die Verzweiflung war Paula Hamilton trotz des schlechten Empfangs anzuhören.

»Hallo, Paula. Was gibt's für ein Problem?«

»Severine ist verschwunden.« Paulas Stimme brach ab.

Marge antwortete sofort und ohne weiter darüber nachzudenken. »Ich muss eine Freundin nach Muizenberg bringen und bin dann sofort da.«

Sie legte auf und sah zu Beryl, die sie fragend anschaute. »Eine meiner Patientinnen ist verschwunden.«

7

Alexi war auf dem Sofa in der Küche eingeschlafen. Persy nahm eine zusammengefaltete Decke von der Rückenlehne und deckte ihn zu. So eingerollt wirkte er noch kleiner. Sie betrachtete den Schweißfilm entlang seines Haaransatzes, den weichen Bogen seiner Ohrmuschel, und ein Gefühl der Trostlosigkeit überrollte sie. Ihr Bruder, Clyde, war genau in Alexis Alter gewesen.

Kai schaute sie an, als könne er Gedanken lesen. »Wann kommt meine Mom?« Sein Mund zitterte, so sehr bemühte er sich, die Tränen zurückzuhalten. Persy spürte einen nur allzu bekannten Schmerz, ein Messer, das direkt in ihrem Herzen steckte. Sie wollte nicht lügen, denn sie wusste, dass Annette Petroussis' Chance, nach Hause zu kommen, mit jeder Minute, die verstrich, mehr schwand.

»Ich weiß es nicht, Kai.«

Sie setzte sich neben ihn. Im Fernsehen erforschte David Attenborough gerade die Arktis. Eine kleine, klebrige Hand schob sich in Persys. Sie hielt sie fest. So saßen sie einen Moment lang da und schauten zu, wie Polarbären auf einem Gletscher herumkletterten. Kais Kopf rutschte langsam zu ihr, bis er auf ihrem Arm lag. Er war so klein und so zerbrechlich, roch so sehr nach Kind, sie war ganz ergriffen.

»Schläfst du hier?« Seine Stimme war so leise, sie hörte die Frage kaum.

»Ja, genau hier, neben dir.« Liebevoll legte sie den Arm um ihn, und er kuschelte sich an ihren warmen Körper. Je mehr er sich entspannte, umso schwerer wurde er. Und bald darauf war er eingeschlafen. Persy schob ihn vorsichtig von sich herunter und legte ihn aufs Sofa. Nachdem sie den Fernseher ausgeschaltet hatte, suchte sie nach Bettwäsche und überprüfte gleichzeitig Fenster und Türen. Angestrengt versuchte sie, sich die Kinder in den riesigen, viel zu durchgestylten

Zimmern vorzustellen, umgeben von diesem ganzen teuren Zeug. Brauchte man wirklich so viel Geld?
Das Elternschlafzimmer kam geradewegs aus einem Hochglanzmagazin für Interior Design. Sie überprüfte die Schiebetüren und zog die Vorhänge zu, dann nahm sie die Kissen und Decken des Bettes und brachte sie in die Küche. Nachdem sie Kai zugedeckt hatte, baute sie sich ein Bett aus den Kissen und legte sich mit dem Gefühl, schrecklich erschöpft zu sein, neben die schlafenden Kinder.
Sie warf sich hin und her, bekam ihre zermürbenden Gedanken einfach nicht in den Griff. Unaufhörlich musste sie an Annette Petroussis denken. Gleichzeitig hatte sich eine unerklärliche Wut ihrer bemächtigt. Was für eine Frau würde ihre Kinder einfach so zurücklassen? Eine Frau wie Gloria Cupido, die die siebenjährige Persy bei ihrem bereits betagten Großvater ablud, sie wie einen wertlosen und ungewollten Lumpen wegwarf. Die Wut kam und ging, ließ sie aufgewühlt und bestürzt zurück. Annette Petroussis war zum Opfer einer Straftat geworden. Sie hatte sich nicht dazu entschieden, ihre Kinder zu verlassen. Lass deinen persönlichen Kram aus dieser Sache raus, ermahnte sie sich. Du musst versuchen, dich so gut es geht um diese Kinder zu kümmern.
Sie war gerade weggedöst, als Alexi aufwachte, erbärmlich weinte und nach seiner Mutter verlangte. Daraufhin wachte auch Kai auf und versuchte, seinen jüngeren Bruder zu beruhigen. »Schschsch, sie kommt zurück, mach dir keine Sorgen. Schlaf wieder.« Doch Kais Worte schienen Alexi nur noch mehr aufzubringen. Sein starkes Schluchzen drohte in Hysterie abzugleiten.
Durch den Schlafmangel war Persy nervös und verwirrt, die Qual der Kinder traf sie bis ins Mark und brachte ihre eigene, kaum verhüllte Angst wieder hervor. Sie stand auf, stellte das Küchenlicht schwach ein, nur um in Alexis kleines, schreckverzerrtes Gesicht zu sehen.
In dem Moment klingelte es an der Tür, ziemlich hartnäckig. Alexi und Kai erstarrten, ihr Gesichtsausdruck schwankte zwischen Angst und Hoffnung. Persy warf einen Blick auf die Küchenuhr: 0:15 Uhr. Regen prasselte unablässig gegen das Fenster. Leicht benommen und mit trockenem Mund ging sie zur Eingangstür.

»Wer ist da?«, rief sie.
»Huhuh! Ich bin's.« Eine Frauenstimme. Persys Herz machte einen Satz. Annette Petroussis war zurück!
In ihrer Erleichterung entriegelte sie rasch die Tür und riss sie dann auf. Unter dem Vordach stand eine Frau in einer Regenjacke mit Kapuze. Hinter ihr, glänzend vor Regen, stand ein BMW-Geländewagen mit eingeschalteten Scheinwerfern.
»Detective Jonas? Ich bin Melanie Lyle-Davis.«
Persy war ganz schlecht vor Enttäuschung, als sie die Fremde vor sich anstarrte, außerdem versuchte sie herauszufinden, weshalb sie jetzt vor der Tür stand. Sie suchte die im Dunkeln liegende Einfahrt ab. Keine Spur von Zweli oder Makka. So viel zum Polizeischutz. Vermutlich hatten sie sich weggeschlichen, sobald ihre Schicht zu Ende war.
»Es tut mir leid«, sagte die Frau, »ich weiß, es ist schrecklich spät, aber Sie haben mich doch etwas früher angerufen.« Sie lachte nervös auf. »Es tut mir leid, ich hab einfach aufgelegt, aber ich war so schockiert, ich wusste nicht, wie ich reagieren sollte, als Sie anriefen.«
Dunkel erinnerte sich Persy an das Gespräch. Sie trat zur Seite. »O ja, natürlich. Kommen Sie doch bitte rein.«
Melanie rauschte an ihr vorbei, schob die Kapuze ihrer Regenjacke nach hinten und entblößte so einen goldblond glänzenden Bob. »Irgendwelche Neuigkeiten von Annette und dem Baby?«
Persy schüttelte den Kopf.
»Sind die Jungs hier?«
»Ja …«
»Wie geht es ihnen?«
»Tja, sie haben bis eben geschlafen …« Persy wusste, dass sie unfreundlich klang. Zum Glück waren Alexis Tränen versiegt.
»Also, ich bin hier, um sie abzuholen.« Wieder stieß die Frau ihr nervöses Lachen aus und sagte dann: »Oh, ich habe das mit ihrem Vater abgeklärt … und mit dem ermittelnden Beamten. Detective Tucker.«
Doch statt dass Persy sich aufgrund der entbundenen Verantwortung erleichtert fühlte, war sie ärgerlich und spürte beginnendes Pochen an den Schläfen.

Kai wählte genau diesen Moment, um in der Tür aufzutauchen, verknitterter Schlafanzug, zerzauste Haare, und Alexi tapste hinter ihm her, die Augen vom Weinen ganz verschwollen und Weezer fest an sich gepresst.

»Ach, ihr armen Schätze«, sagte Melanie. »Macht euch mal keine Sorgen, ich bin hier, um euch mitzunehmen. Ich habe ein hübsches großes Bett in Harrys Zimmer für euch hergerichtet.« Verwirrt schauten die beiden Jungen Persy an.

Sie nickte ihnen zu, fühlte sich elend.

»Na los, lasst uns eure Sachen zusammenpacken«, sagte Melanie.

Persy folgte Melanie und den Jungen, während die Frau fachmännisch Zahnbürsten, iPhones, Schuluniformen und Kleidungsstücke einpackte, den Jungen die Hausschuhe und ihre Bademäntel anzog. Ihr Multitasking verströmte eine beruhigende Professionalität, wohingegen Persy mit dem unbeholfenen Gefühl herumlief, im Weg zu stehen. Innerhalb weniger Minuten war alles, was die beiden Jungen benötigten, in zwei kleine Rucksäcke gepackt worden.

Jetzt war es an der Zeit, zu gehen; Kai reagierte stoisch, aber Alexi schien unschlüssig. Persy kniete sich zu ihm und fragte: »Willst du nicht mit Harrys Mom mitfahren?«

Alexi schaute zu Kai, der sagte: »Er hat die neue Playstation, Lex.«

Der kleinere Junge mit vor Müdigkeit glasigen Augen hatte keine Kraft mehr, um zu widersprechen.

»Okay.«

»Das wäre also geklärt«, befand Melanie fröhlich und schob die Jungs zu ihrem Auto hinaus, während Persy schützend einen Regenschirm über sie hielt. Als Alexi in den Wagen stieg, nahm er den Daumen aus dem Mund und sagte plötzlich ganz panisch: »Wenn meine Mommy heimkommt, dann weiß sie ja gar nicht, wo wir sind.«

»Die nette Polizistin wird es ihr sagen«, sagte Melanie, während sie ihn im Kindersitz auf der Rückbank festschnallte. Für Persy ging das alles viel zu schnell. Als hätte sie etwas unsagbar Wertvolles entdeckt, das ihr sofort wieder entrissen wurde.

Melanie öffnete die Beifahrertür für Kai. Er zögerte einen Moment, dann drehte er sich um und schaute Persy an. Ihre Blicke trafen sich.

Ein stummer Schrei von einem verschreckten Kind zu dem, das noch immer in ihr selbst feststeckte. Er riss sich los, rannte zu ihr, und sie schlang ihre Arme um den dünnen, leichten Körper und hob ihn hoch. Er klammerte sich mit überraschend viel Kraft an ihr fest. Am liebsten hätte Persy der Frau gesagt: »Lassen Sie sie hier, ich passe auf sie auf.« Sie war sich in diesem Moment sicher, dass die Kinder bei ihr besser aufgehoben wären, trotz ihrer Unbeholfenheit. Aber Melanie tippte bereits ungeduldig mit der Spitze ihres Reitstiefels auf den Boden. Sie benutzte den empathischen, unmissverständlichen Tonfall, den Erwachsene gerne bei Kindern anwandten. »Okay, Kai, du musst dich jetzt von der netten Polizistin verabschieden. Wir müssen los.«
Kai ließ Persy los, rannte zurück und krabbelte in den Wagen. Mit einem Mal fühlte sich Persy so erschöpft, sie brachte kaum ein fröhliches Lächeln zustande, als sie ihnen zum Abschied zuwinkte. Als Letztes sah sie, wie Kai durch das Beifahrerfenster zu ihr schaute, ein Bild, das sie völlig hilflos zurückließ.

8

Skinky's Tavern. Annette konnte diese Worte auf dem handgemalten Schild gerade so durch den Sprühregen ausmachen, der die Windschutzscheibe verschleierte. Das Schild war das Einzige, was diesen Metallcontainer von denen unterschied, die man auf Baustellen sah. Eben war der Anführer darin verschwunden. Ein kurzes Aufflackern von Licht und das Hämmern von Beats, dann wieder Dunkelheit, als sich die Tür schloss und die Musik zu einem gedämpften, aber konstanten Wummern wurde.
Eine Viertelstunde später tauchte er mit einem weiteren Mann auf, beide in schwarze Müllsäcke gehüllt, um sich vor dem Regen zu schützen. Sie trugen die Beute vom Kofferraum ins Skinky's.
Seitdem war eine Stunde vergangen, und der Anführer war noch nicht wieder aufgetaucht. Die Uhranzeige zeigte 11:34 Uhr.
Der Jüngere saß auf dem Beifahrersitz, bewaffnet mit Jacos Pistole. Callum war vor geraumer Zeit mit einem so ohrenbetäubenden

Schrei wach geworden, dass der Jüngere Annette erlaubt hatte, das Baby aus dem Kindersitz in den Schoß zu nehmen, um es irgendwie zu beruhigen. Sie versuchte, Callum zu stillen, wobei der Jüngere unbefangen zuschaute. Wahrscheinlich hatte er kleinere Geschwister, er schien sehr entspannt mit Babys umzugehen. Sie erinnerte sich daran, wie er Callum ganz selbstverständlich in den Arm genommen hatte.

Das Stillen beruhigte Callum nicht; er war viel zu neugierig auf seine neue Umgebung, als dass er sich beruhigen lassen wollte. Immer wieder beugte er sich zu den Knöpfen und Schaltern auf dem Armaturenbrett vor, hüpfte auf ihren Schenkeln herum und drückte ihr dabei unangenehm auf die Blase. Der Geruch nach vollen Windeln erfüllte das Auto.

Das dumpfe Atmen des Jüngeren drang durch die Sturmhaube, ein leises, saugendes Geräusch. Er musste ja ersticken in diesem ganzen Polyester. Er ist genauso durch den Wind wie ich, dachte Annette. Wegen dieser unerwarteten Nähe in diesem engen Raum hatte sie sich diesem Jungen über die letzte Stunde hinweg so verbunden gefühlt wie keinem anderen Menschen, dem sie in ihrem Leben begegnet war. Er entschied für sie und Callum über Leben und Tod, über die kommende Freude oder den Schmerz ihrer Familie, hielt ihr Schicksal in seinen ungeschickten Händen. Er war müde, hatte die Waffe inzwischen auf dem Armaturenbrett abgestützt. Er musste seinen dicklichen Arm in einem unbequemen Winkel halten, wenn er mit der Waffe auf sie zielen wollte. Die viel zu großen Handschuhe waren eine weitere Behinderung zu seinem unsicheren Griff um die Waffe.

Vermutlich wäre jetzt die beste Gelegenheit zu fliehen, bevor der Anführer zurückkam. Allein hätte sie vielleicht eine Chance, aber es war völlig undenkbar, wenn sie Callum dabei gefährdete. Außerdem lösten die Ängstlichkeit und die Stümperhaftigkeit, die die Unerfahrenheit des Jüngeren ausstrahlte, eine gewisse Lähmung bei ihr aus. Sie kam sich lächerlich vor, konnte es nicht erklären, fühlte sich irgendwie verantwortlich für den Jungen, spürte, dass sie ihn vor dem Zorn des Anführers schützen musste. Zudem hatte sie keine Ahnung, wo sie waren, und wüsste gar nicht, wohin sie rennen sollte. Sie nahm an, dass sie irgendwo oben auf dem Berg waren, weit außerhalb der Township. Die Fahrt hierher war holperig gewesen, aber der Geländewagen hatte mit den ausgefahrenen Straßen keine Probleme gehabt, selbst dann nicht, als die Straßen enger, dunkler und schlammiger geworden waren und der Wind um die Hütten pfiff und am Auto rüttelte.

Sie starrte zu den Norfolk-Kiefern hinaus, die ihre fransengesäumten Äste hin und her schleuderten. Sie war erschöpft, taub, und ihre Gedanken schweiften ab. Sie dachte an Kai und Alexi, die im Dunkeln aufwachten und in ihr leeres Schlafzimmer gingen. Ihr Mund war entsetzlich trocken; zwanghaft leckte sie sich über die aufgesprungenen, wunden Lippen. Sie wünschte sich, sie hätte ihren Lippenbalsam dabei.

Melanie Lyle-Davis und die Mütter an der Schule gingen ihr durch den Kopf. Sie bewohnten ein Paralleluniversum, in dem ein Ort wie Imizamo Yethu gar nicht existierte. Sie alle hatten die Schule und die Universität wenige Kilometer von ihrem Zuhause besucht, in den rar gesäten grünen, vom Berg geschützten Enklaven. Ihre Söhne, Väter und Brüder spielten auf demselben Rugbyfeld in deren Schatten. Sie hatten dieselben Ärzte und Anwälte; dieselben Kieferorthopäden richteten die Zähne ihrer Kinder. Sie wiegten sich und ihre Nachkommen in diesem fest miteinander verwobenen Gewebe aus Snobismus und vererbtem Wohlstand, in diesem gedankenlosen Privileg.

Annette beobachtete sich, als wäre sie eine Schauspielerin auf der Bühne. Mit erschreckender Klarheit erkannte sie, dass all ihr Leiden selbstverschuldet war. Sie trauerte der wertvollen Zeit und Energie nach, die sie darauf verwendet hatte, jemand zu sein, der sie gar nicht war. Diese tiefsinnigen Enthüllungen mussten doch einfach bedeuten, dass die Rettung kurz bevorstand, oder?

Wenn ich das hier überlebe, dann ändere ich mein Leben.

Bei diesem Gedanken hob sich ihre Stimmung, und verschiedene optimistische Szenarien erfüllten ihre Gedanken. Johannes, der Wachmann, war misstrauisch geworden, als sie aus dem Anwesen fuhr. Er hatte die Polizei angerufen, die in eben diesem Moment bei ihr zu Hause war, eine nette Polizistin bereitete ihren Söhnen eine heiße Schokolade zu und beruhigte sie. Ein aufmerksamer Polizist des Hout-Bay-Reviers hatte bemerkt, wie der Volvo in die Township fuhr. Während sie das dachte, fuhr ein Polizeiwagen durch die Schlammspuren zu Skinky's Tavern. Ihre Hoffnung nährte diese Vorstellungen, die ihr in diesem Moment völlig glaubhaft erschienen.

Die Tür des Skinky's öffnete sich mit einem Schwall dröhnender Musik. Gelbliches Licht erfüllte die Türöffnung des Containers und umrahmte die Silhouette des Anführers. Während er auf das Auto zukam, schloss sich die Tür, und alles wurde wieder dunkel.

9

Marge konnte Dr. Paula Hamiltons sehr schicken neuen BMW vor ihrem Haus gar nicht übersehen. Ihr bisheriger Austausch mit der Psychiaterin hatte sich auf ein gelegentliches kurzes Zuwinken aus dem Auto beschränkt, wenn Paula ihre siebzehnjährige Tochter für eine Therapiesitzung zu ihr brachte.

Marge hatte das Mädchen wegen seiner posttraumatischen Belastungsstörungen behandelt, nachdem es bei einem Überfall auf ein Einkaufszentrum als Geisel gehalten worden war. Severines Beratungslehrerin machte den Überfall für die daraufhin auftauchenden Schwierigkeiten und den Umgang mit dem Druck des letzten Schuljahres verantwortlich und hatte empfohlen, sie solle eine Therapeutin aufsuchen.

Als Marge eintrat und ihre Regenjacke und Gummistiefel in der Diele auszog, musste sie daran denken, wie überraschend dieser Besuch angesichts der eher abrupt beendeten Sitzungen war. Denn Paula war der Meinung, Antidepressiva seien viel wirkungsvoller, um Severines Probleme zu behandeln.

Marge kam ins Wohnzimmer, wo sie von einem ziemlich angeheiterten Matt begrüßt wurde. Zwei leere Flaschen Pinotage standen auf dem Tisch, zusammen mit einem Tablett mit Kaffee, der nicht angerührt worden war.

Paula erhob sich sofort von dem Stuhl, auf dem Marge zuvor gesessen hatte. »Es tut mir schrecklich leid, Sie zu dieser absurden Stunde aufzusuchen …«

»Kein Problem.« Das angespannte Gesicht der Frau beunruhigte Marge: Als wäre Paula ganz verzweifelt darum bemüht, ihre Gefühle unter Verschluss zu halten.

»Severine wird vermisst, sagen Sie?«

»Sie ist erst seit wenigen Stunden verschwunden, aber sie geht niemals, ohne mir etwas zu sagen.« Paula mochte Ende vierzig sein, vielleicht war sie auch schon älter. Sie hatte sich gut gehalten, wie es für gewöhnlich bei reichen Frauen aus Constantia der Fall war: chemisch gepeelt, geschickt gebotoxt, gertenschlank durch Diäten und Fitness. Marge kam sich im Gegensatz dazu fast wie eine Vogelscheuche vor mit ihrem nassen Haar und den durchweichten Jeans. Aber das waren die Risiken, wollte man Kröten schützen.

»Nehmen Sie doch bitte Platz«, sagte Marge.

Paula setzte sich zögerlich auf den Rand des Stuhls.

Matt drückte sich wacklig hoch und nuschelte: »Ich sollte mal nach Bronwyn sehen«, ehe er den Gang hinuntertorkelte.

»Wann haben Sie sie zuletzt gesehen?« Marge ließ sich schwer auf den Stuhl fallen. Sie spürte, wie sie nach diesem Zusammentreffen mit dem unzivilisierten Verkehrsrowdy von bleierner Müdigkeit erfasst wurde.

»So gegen sieben. Bei uns zu Hause. Ich hatte Dienst im Valkenberg. Severine sagte mir, Barbra Robson, die Mutter ihrer besten Freundin Eliza, würde sie um acht Uhr abholen. Sie wollte den Abend bei ihnen verbringen.« Paula räusperte sich. »Ich hatte eine sehr schwierige Patientenaufnahme, also rief ich gegen halb zehn bei den Robsons an, um Severine zu sagen, dass es später würde, nur um dann von Eliza zu erfahren, dass sie weder etwas mit Severine vereinbart noch sie gesehen hatte. Ich rief zu Hause an, aber niemand hat abgehoben. Dann bin ich nach Hause gerast, aber sie war nicht da. Ihre Tasche war weg, zusammen mit ihrem Geldbeutel und ihrem Ausweis.« Paulas Stimme zitterte. »Die Wachmänner unserer Wohnanlage waren völlig nutzlos. Keiner hat sie gesehen. Anscheinend ist bei einem anderen Haus in der Siedlung eingebrochen worden, also waren alle damit beschäftigt.«

»Haben Sie bei ihrem Vater nachgefragt?« Marge erinnerte sich daran, wie Severine erwähnt hatte, ihre Eltern seien geschieden.

»Clive hat sie nicht gesehen«, sagte Paula. »Ich habe alle angerufen, die mir eingefallen sind.«

»Haben Sie die Polizei informiert?«

»Ich war gerade beim Diep-River-Revier. Ich habe eine Vermisstenanzeige aufgegeben. Die nutzlose Frau am Schalter hat mir das Gefühl gegeben, ich wäre eine hoffnungslose Hysterikerin.« Paula spielte nervös an ihren kurzen blonden Haaren herum.

»Ich kenne eine Detective bei Diep River. Persy Jonas. Es heißt, es sei eines der besseren Polizeireviere«, sagte Marge.

Mit einem Mal schaute Paula Marge scharf an. »Hat Severine Sie zufällig kontaktiert?«

Marge war völlig verblüfft. »Nein. Ich habe Severine seit unserer letzten Sitzung vor ein paar Wochen nicht mehr gesehen. Weshalb fragen Sie?«

Paula starrte Marge mit einem durchdringenden Blick an. »Ich weiß, dass Sie sich an gewisse Regeln halten müssen, aber ich muss wissen, ob sie in irgendetwas reingeraten ist.«

Ach, deshalb saß Paula Hamilton also mitten in der Nacht in ihrem Wohnzimmer! Sie dachte, Marge wäre in die Geheimnisse ihrer Tochter eingeweiht.

»Es gibt Regeln, was die Geheimhaltung betrifft, aber meines Wissens ist Severine nicht in Drogen oder Ähnliches verwickelt, falls Sie das damit meinen.«

Paula schien das nicht zu überzeugen. »Severine hat sich nachts rausgeschlichen. Unsere Hausangestellte hat verborgene nasse Jogginganzüge und schlammverschmierte Turnschuhe gefunden. Ich dachte, sie trifft sich vielleicht mit einem Jungen. Aber das hat Severine geleugnet, als ich sie danach gefragt habe.«

»Ich versichere Ihnen, dass ich nichts davon weiß«, sagte Marge.

»Sie hat auch ihre Medikamente zu Hause gelassen«, fuhr Paula fort. »Es steht nicht gut um ihre Gesundheit, wie Sie wissen, und ihr Wohl-

ergehen muss streng überwacht werden.« Paula suchte den Raum mit Blicken ab, als erwartete sie, dass sich gleich ein Hinweis auf den Verbleib ihrer Tochter manifestieren würde, dann stand sie unvermittelt auf. »Ich habe schon genug von Ihrer Zeit beansprucht. Es ist wohl am besten, wenn ich zurückgehe, für den Fall, dass Severine nach Hause kommt«, sagte sie.
Marge stand auf; sie fühlte sich nach den Strapazen des Abends ganz steif. »Es tut mir leid, dass ich Ihnen keine größere Hilfe sein konnte.« Sie begleitete Paula in die nieselige Nacht hinaus. Die Keurboom Road lag verlassen und still da, abgesehen vom Geräusch eines gelegentlich über den nassen Belag der Beach Road fahrenden Autos.
»Versuchen Sie, nicht in Panik zu verfallen. Es sind erst wenige Stunden vergangen«, riet Marge. Severine hatte es geschafft, der kurzen Leine ihrer Mutter eine Nacht zu entkommen, und vermutlich waren das einfach die üblichen Teenagersperenzchen.
»Seit dem Überfall habe ich Severine nicht mehr aus den Augen gelassen«, sagte Paula. »Da passe ich einmal nicht auf, und schon stößt ihr etwas zu.« Sie beugte sich zur Tür ihres BMW, öffnete sie, drehte sich dann ganz plötzlich noch einmal um und klammerte sich an Marges Arm. »Der Detective, den Sie da genannt haben, ist er gut?«
»Persy Jonas, eine Frau. Und ja, sie ist sehr gut. Ich habe früher einmal mit ihr zusammengearbeitet.«
»Dann fragen Sie sie bitte, ob sie helfen kann.«
»Wenn Severine nicht bald zurück ist, dann spreche ich mit Persy. Aber hoffen wir mal, dass das nicht nötig sein wird.«
Marge schaute zu, wie Paulas Rücklichter um die Ecke verschwanden, dann ging sie zurück ins Haus und grübelte über diesen merkwürdigen Zwischenfall nach. Warum war Paula mitten in der Nacht zu ihr gefahren, wenn sie Marge doch auch einfach hätte anrufen und sich nach einem Freund ihrer Tochter erkundigen können? Sie brachte Bongo über Nacht ins Haus und schloss gerade die Tür ab, als ihr ein merkwürdiger Gedanke kam. War Paula zu ihr gekommen, weil sie Marge verdächtigte, etwas mit Severines Verschwinden zu tun zu haben?
Und falls ja, weshalb?

10

Jos, Logan und Gili fuhren ziellos im Clio von Jos' Mom durch die Gegend und suchten nach einer Mauer. Jos hatte immer noch an seiner letzten Erniedrigung zu knabbern. Jemand hatte sein Stück an der Heathfield-Haltestelle mit einem richtig bescheuerten, dilettantischen Throw-up übersprüht. Beschissenes Farbschema, schlechte Dosenführung, und damit wurde sein bislang bestes Graffito ausgelöscht. Das war so verflucht peinlich. Auch der Stil war richtig scheiße. Natürlich war das beabsichtigt, der Sprayer wollte nicht identifizierbar sein, außer von Eingeweihten, die seine Arbeit wiedererkannten. Dennoch war es richtig entmutigend, so respektlos behandelt zu werden.

»Hey, Kumpel, wie war Laskis Ding auf der M3?« Logans nervtötender, schleppender Tonfall unterbrach seine Gedanken. Logan hatte sich tief in den Fahrersitz sinken lassen, die Beanie auf dem Kopf. Dieselbe Beanie, die er schon getragen hatte, als er, wie alt, drei war? Kurz zuvor waren Jos, Logan und Gili auf der Seite von ›Die Skurrel‹ gewesen, ein paar von den neuen Throw-ups abchecken. Es gab ein paar neue Styles da draußen, inklusive Laskis letztem Meisterwerk auf den Asbestwänden entlang der Autobahn, die die Ladies-Mile-Auffahrt nach Constantia säumten. So konnte es von jedem auf der Autobahn, der in die Stadt hinein oder aus ihr heraus fuhr, von Hunderten, um nicht zu sagen, Tausenden Fahrern gesehen werden. Laski war das, was jeder Graffiti-Künstler sein wollte: mit Abstand der beste Künstler in Kapstadt.

Jos wollte Laskis Bewunderung mit einem eigenen Stück erregen, und er wusste, dass ihn der Ort, den er dafür ausgesucht hatte, nicht enttäuschen würde: eine frisch gestrichene Mauer, die das Dieu-Donné-Anwesen säumte, wo Laski es ganz sicher sehen würde, genau wie jeder im dichten Verkehr, der Richtung Nek fuhr. Jos hatte gehofft, er könnte die Earth Hour nutzen, um sein Bild zu sprayen, doch seine Mutter war später ins Bett gegangen, als er erwartet hatte, also war es schon fast Mitternacht, als sie sich ihr Auto »borgten«.

»Laski ist voll krass, Mann!«, krächzte Gili von hinten. Sie war fünfzehn, sah aber älter aus, hatte füllige Hüften, und ihr Bauch wölbte sich unter dem kurzen Tanktop nach vorn. Jos knirschte mit den Zähnen. Was für ein Mist, dass Logans lächerliche Freundin mitkommen musste. Sie hing die ganze Zeit mit ihnen ab. Jos konnte ihr jedoch keine Vorwürfe machen, schließlich kümmerte sich bei ihr zu Hause niemand um sie.

Er starrte aus dem Fenster auf das vorbeiziehende Einkaufszentrum, das gar kein richtiges Einkaufszentrum war; zu klein und voll idiotischer Läden, die schicke französische Kochtöpfe und bestickte Gästehandtücher für etwa tausend Rand verkauften. Constantia Village – als wäre es irgendeine kleine malerische Stadt oder so. Das war die Art schwachsinniger Mist, die Jos einfach zum Kotzen fand.

»Was willste machen, Jos?« Eine Flasche mit einer Wodka-Sprite-Mischung wanderte zwischen Gili und Logan hin und her. Es war ja schon beunruhigend genug, dass Logan eingeräumt hatte, noch keinen Führerschein, sondern nur die vorläufige Fahrerlaubnis zu haben. Was bedeutete, dass eigentlich ein Fahrer mit Führerschein auf dem Beifahrersitz sitzen und Jos im Vollbesitz seiner Fähigkeiten sein sollte. In einem Wort, nüchtern.

»Ich hau da eine hin«, antwortete Jos.

Ein schnelles schwarz-chromfarbenes Throw-up. Er hatte eben erst coole neue Farben gekauft. German Montana. Mit einem Throw-up anfangen, dann ausfüllen. Dann die Outline, der Schlagschatten, dann die Second Outline. Aber er wollte sich nicht einschränken, selbst wenn einige gerade ganz versessen darauf waren. Andere Crews machten derzeit viele Panels. RLs, Running Lines; DTRs, Dirty Train Rats. Diese ganzen Akronyme, diese ganzen Codes, die man kennen musste – das inwendige Lexikon und der Fachjargon der vorstädtischen Langeweile.

Er hatte sein ganzes Geld für Farbe ausgegeben, das Geld, das er bei Ice Dream verdient hatte, das Geburtstagsgeld seines Dads in England sowie sein Taschengeld. Außerdem hatte er das Geld verprasst, das seine Mutter ihm für dieses bescheuerte Camp gegeben hatte, in das er mit der Schule fahren sollte. Das war ein Problem, um das er sich später kümmern würde. Jetzt musste er sein Bild hinbekommen

und sich Laskis Respekt verdienen. Momentan drehte sich Jos' Welt allein um Laski.
»Willste du noch was?« Gili reichte Logan das mit Wodka versetzte Sprite.
»Du solltest nichts trinken, Kumpel«, meinte Jos.
»Hey, easy, Bro, nur noch zwei verfickte Wochen, dann hab ich meine Prüfung.«
»Das ist das Auto meiner Mutter, Schwuchtel. Das braucht sie, um zur Arbeit zu fahren, okay?«
Logan kicherte.
»Für dich ist das vielleicht kein Problem, Logan. Aber ich hab keinen stinkreichen Vater.«
Logans Dad hatte etwa zehn Autos in der Garage stehen. Sammelte sie. Darunter war ein alter Bentley. Logan schaute ihn finster an. Er mochte es nicht, als Bonzenkind geoutet zu werden. Er hatte keine Ahnung, wie gut er es erwischt hatte. Jos hatte schon sehr früh bemerkt, dass keiner mit dem zufrieden zu sein schien, was er hatte, und ihm war aufgegangen, dass der natürliche Zustand des Menschen die Unzufriedenheit war. Nachdem ihm das klar war, fühlte er sich sehr viel weiser.
Gelegenheiten zu sprayen hatte es wenige und nur weit entfernt gegeben, seit seine Mutter ihn vor einem Monat im Polizeirevier Diep River abgeholt hatte. Jos hatte an der Mauer der Ladies-Mile-Road gesprayt und war vom Highway aus von einem weltverbessernden Vorzeigebürger entdeckt worden, der es selbst in die Hand genommen hatte, die neuen, beschissenen, verfassungswidrigen Statuten der City von Kapstadt durchzusetzen. So nannte Laski sie zumindest. Verfassungswidrig. Jos wusste nicht so genau, was das bedeutete, aber Laski war in solchen Dingen so richtig gut informiert.
Jos' Mom hatte die Cops überzeugt, Jos mit einer Verwarnung davonkommen zu lassen. Dann hatte sie ihn den ganzen Weg über nach Hause zur Schnecke gemacht. Sie neigte zur Hysterie, wie Jos nur zu gut wusste. »Beim Graffiti gibt es viele antisoziale Aspekte.« Sie hatte das Lenkrad des Clio fest umklammert, dasselbe, das Logan jetzt in den Händen hatte.

»Es ist eine Selbstdarstellung, Mom. Künstler haben das Recht auf öffentlichen Raum.«
Seine Mutter seufzte. »Es beinhaltet negative soziologische Aspekte. Da geht es um Gangkultur und Territorium.«
»Laski ist kein Gangster«, widersprach Jos.
»Laski ist wahrscheinlich nicht der Anti-Establishment-Held, für den du ihn hältst, Joseph. Er ist ein Mistkerl, aus, Schluss, Ende. Er beschmiert Züge und Mauern und bekommt damit dumme weiße Vorstadtkinder dazu, ein Vermögen für Sprayfarbe auszugeben, um ihn nachzuahmen, weil ihnen dieser Vandalismus einen kranken Kick verschafft. Vermutlich gehört ihm der verfluchte Farbladen sogar.«
»Jetzt halt mal den Ball flach, Mom! Du übertreibst total.«
Sie schaute ihn mit einem schiefen Grinsen an und wuschelte ihm liebevoll durchs Haar. Jos hatte durch Rumprobieren herausgefunden, dass nichts besser funktionierte, als ein nachsichtiger, vernünftiger Tonfall, um die heftigeren Verstimmungen seiner Mutter zu entschärfen. Hätte er sich streitlustig gezeigt, wäre sie durchgedreht.
»'tschuldige, Süßer, ich lasse mich manchmal hinreißen, aber es wäre mir wirklich lieber, du würdest dieses Graffiti-Zeugs hinter dir lassen.«
»Ich dachte, du magst Faith«, sagte er und bezog sich damit auf eine ältere weibliche Graffiti-Künstlerin, die in Kapstadt ziemlich bekannt war und die seine Mutter bewunderte.
»Natürlich tue ich das, aber sie ist anders. Sie ist politisch, ihre Messages sind provokativ, fesselnd. Sie richtet unser Augenmerk auf soziale Übel, interagiert mit anderen Künstlern bei den Flats.«
Seine Mutter hatte eine große Klappe, insgeheim war sie aber ein richtiger Softie. Allerdings konnte sie ziemlich unberechenbar werden. Er konnte nur schwer einschätzen, wie sie auf das »Leihen« ihres Autos reagieren würde, sollte sie das jemals herausfinden. Der Clio war ihr einziges Transportmittel, um zur Arbeit zu kommen, und Jos wurde langsam ziemlich paranoid, weil er es genommen hatte. In genau diesem Moment schätzte Logan eine Kurve falsch ein und fuhr mit hoher Geschwindigkeit auf den Bordstein auf. Das Auto machte einen improvisierten U-Turn, die Reifen schlitterten über den regennassen Teer.
»Logan! Verfluchte Scheiße!«

»Sorry, Kumpel!« Logan wirkte ein bisschen blass um die Nase, wie man im dunklen Inneren des Autos sehen konnte, das von vorbeifahrenden Autos und Straßenlaternen erhellt wurde. »Hätte fast die Abzweigung verpasst.«
Gili kicherte auf dem Rücksitz. Sie war der Dorn bei der gesamten Unternehmung.
Jos griff rasch in seine Segeltuchtasche, vergewisserte sich, dass er alle Farben für sein Stück dabeihatte und die Düsen auch darin waren. Er hatte seine Maske, breite Düsen für das Taggen und den Filzmarker für die schönen Drips. Das war seine Gelegenheit, Laski zu zeigen, was er draufhatte, Laskis Respekt zu bekommen.
Logan war nach Pagasvlei abgebogen, jetzt tauchten die Häuser der *larney* auf: hohe Mauern, Elektrozäune, unzählige Schilder von privaten Sicherheitsfirmen.
»Wo ist die Mauer?«
»Fahr weiter hoch.«
»Ich sehe verdammt noch mal gar nichts«, sagte Logan und starrte hinaus in die stockfinstere Nacht. »Scheiße, Mann, da sind Kameras, Kumpel!«
»Die zeichnen den Abschnitt der Mauer nicht auf, das hab ich schon geprüft. Halte hier an.«
Die Scheinwerfer des Clio beleuchteten ein offenes Feld.
»Scheiße ist das dunkel, Mann.« Gili schauderte.
Sie starrten zu der schmalen Holzbrücke, die zu einem Pfad durch den begrünten Gürtel führte, ein überwachtes Gebiet, das von Hundeausführern und Reitern benutzt wurde. Ein kleiner Fluss mit betoniertem Flussbett wand sich durch den sumpfigen Untergrund. Eine Art Geländewagen stand unter einem Baum ganz in der Nähe. Dahinter, nach einem kurzen Anstieg, war die Sicherheitsmauer von Dieu Donné, die in der Dunkelheit weiß leuchtete.
»Hey, da ist ein Auto, Kumpel«, lallte Logan.
Scheiße, das war wieder mal typisch.
»Wer ist das?«, fragte Gili und zeigte nach vorn.
Von der Brücke näherte sich eine gebeugte Gestalt, die ungelenk zum Geländewagen losrannte.

»Mach das Licht aus!«, zischte Jos.
Logan schaltete die Scheinwerfer aus. Die Beifahrertür des Geländewagens wurde geöffnet, und die Innenbeleuchtung ging an. Die Gestalt war kaum eingestiegen, da raste der Wagen mit geöffneter Beifahrertür auch schon rückwärts. Er musste am Clio vorbeifahren und wenden, um zurück auf die Straße zu kommen. Als er einschlug, wäre er fast in sie reingefahren. In dem Moment erhaschte Jos einen Blick auf den Beifahrer in der beleuchteten Fahrerkabine – dunkle Haut und große Augen –, dann war das Auto auch schon an ihnen vorbei, wendete in drei Zügen und brauste davon.
»Oh Mann, hast du das gesehen?« Jos wirbelte herum, um den schwächer werdenden Rücklichtern nachzusehen, und erst nachträglich fiel ihm ein, dass dieses halb erhaschte Gesicht etwas Vertrautes gehabt hatte.
»Die wären fast in uns reingerast!«, meckerte Logan so wütend wie ein aufgebrachter Betrunkener.
»Lasst uns verschwinden.« Gili klang nervös.
»Das war nur ein Typ, der mal pinkeln musste«, sagte Jos, stieg aus dem Auto, schulterte seinen Rucksack, hörte das beruhigende Geräusch von aneinanderklappernden Spraydosen, als er seine Kapuze tief ins Gesicht zog, und befestigte die Maske um seinen Nacken. Er schob die zerknitterte Skizze in seine Hosentasche und schaltete die Taschenlampe ein.
»Bleib hier«, sagte Logan zu Gili. Sie moserte ein bisschen, aber das war nur Gepose – tatsächlich hatte sie eine Heidenangst vor der Dunkelheit. Logan stieg aus und folgte Jos über die Brücke in den sumpfigen Untergrund. Dieser Abschnitt des Anwesens wartete noch immer darauf, fachmännisch von einem Landschaftsgärtner zurechtgestutzt zu werden. Bauschutt lag zwischen dem Dickicht von überwucherten Büschen.
Sie gelangten zur Mauer. Jos reichte Logan die Taschenlampe, während er sich die Maske über Mund und Nase zog. Er schüttelte seine Spraydose gut durch, dann machte er seinen ersten langen Strich in Preußischblau. Er musste sich seine Skizze nicht ansehen; er hatte das Bild auch so vor seinem inneren Auge. In Momenten wie diesem

überkam ihn ein Gefühl von Frieden und Sicherheit, Zielgerichtetheit und Kontrolle.

Ein rasselndes Geräusch ganz in der Nähe ließ ihn mitten im Sprayen innehalten. Logan wäre fast zu Tode erschrocken.

»Was war das?«

Das Rasseln war erneut zu hören, gefolgt von einem Schrei, der einem Gänsehaut bereitete. Jos war in Alarmbereitschaft, seine Sinne waren aufs höchste angespannt. »Klingt nach einem Stachelschwein.«

»Lass uns von hier verschwinden!« Logan, wie immer total paranoid vom Gras.

»Gib mir die Taschenlampe.« Jos ging vorsichtig nach vorn, der Strahl der Taschenlampe wanderte über das Gebüsch. Dann wieder ein Schrei, dieses Mal näher. Jos spürte, wie sich die Härchen in seinem Nacken aufstellten. Langsam bewegte er den Lichtstrahl in die Richtung, aus der das Klappern kam. Er erhaschte einen Blick auf rot-weiße Streifen, wie eine Zuckerstange. Er ging darauf zu. Es war eine Plastikrassel, festgebunden an etwas, das nach einem Autositz für Babys aussah. Gleichzeitig nahm er am Rand seines Bewusstseins wahr, dass ein Fahrzeug durch den begrünten Gürtel in ihre Richtung fuhr. Er lenkte den Strahl der Taschenlampe in den Sitz und sah ein kleines, rotes Gesicht, ganz verkrampft und nass vor lauter Weinen.

»Scheiße, Mann, da ist ein Baby!«

Logan kicherte. »Nie im Leben!«

Das Motorengeräusch wurde immer lauter, die Scheinwerfer reichten bis zu ihnen nach unten. Jos schaute auf und erkannte den Transporter sofort. Er schaltete die Taschenlampe aus, jetzt waren sie in die schwärzeste Nacht getaucht.

Logan wurde panisch. »Scheiße, Mann, was soll der Mist? Ich sehe nichts mehr!«

»Schnauze, Mann, das sind die Cops!«

»Schschscheiißeee!«

Der Motor wurde plötzlich abgestellt, die Türen des Polizeiwagens klappten auf, wurden zugeknallt, Stimmen riefen ihnen zu, sie sollen da rauskommen. Die Strahler wurden eingeschaltet, durchleuchteten

das Gebüsch nur wenige Meter von Jos entfernt. Verdammt – wenn sie ihn erwischten, dann war die Kacke so richtig am Dampfen.
»Lauf!«, rief er, und zusammen mit Logan rannte er zum Clio. Er war ganz nah, sie konnten es schaffen. Dann fiel ihm das Baby wieder ein. Er zögerte, dann griff er nach Logans Arm. »Lass mich hier, ich komme mit ihnen klar. Bring einfach nur meiner Mom das Auto zurück!«
»Was?« Verständnislos blinzelte Logan ihn in der Dunkelheit an. Dieser Trottel von Logan, er war immer so schwer von Begriff. Jos stieß ihn heftig von sich weg.
»Geh!«
Während Logan zum Clio und zu Gili weiterstolperte, tauchte Jos mit erhobenen Händen hinter dem Gebüsch auf und trat in das Scheinwerferlicht des Autos.

SONNTAG

11

Beim Friseur war es schrecklich laut. Rihanna konkurrierte hier mit dem Geplapper von Stylisten und Kunden, dem Klingeln des Telefons und dem Rauschen der Handbrausen. Das alles hallte vom gefliesten Boden und den mit Spiegeln verkleideten Wänden wider. Fred Splinters ging das schrecklich auf die Nerven. Doch er konnte keinen anonymeren Ort finden, als diesen mitten im Einkaufszentrum gelegenen Friseur in Meadowridge. Der Vorort erinnerte an die siebziger Jahre; alte, weißhaarige Ladys führten ihre Hunde Gassi, als wäre es ein großes Rentnerdorf. Hier waren er und Natasha völlig anonym, was Fred ganz ausgezeichnet passte.

Er checkte Natasha im Spiegel ab. Sie ließ sich die Haare glätten. Fred bezahlte ein Vermögen für diesen monatlichen Brazilian Blowout, genau wie für ihre Strähnchen. Er hasste den natürlich wuscheligen Look, den sie gehabt hatte, als sie sich kennenlernten. Jetzt sah sie schick aus, passend zu ihrem neuen Leben – keine ultraknappen Röcke mehr, keine tief ausgeschnittenen Tops.

Natashas Blick traf in den verspiegelten Wänden auf seinen. Sie schaute ihn auf die für sie typisch ängstliche Art an, wusste, dass Fred sie im Auge behielt, fragte sich, was genau er tat; seine Gegenwart machte sie nervös. Sie wusste, dass er wusste, dass sie etwas vor ihm verheimlichte. Er hatte ein Gespür für Lügen, schließlich war er selbst ein geübter Lügner.

Er grübelte über die mögliche Art ihres Verstoßes nach. Einen anderen Mann hielt er für unwahrscheinlich. Fred hielt sie an der kurzen Leine, und sie hatte keine Gelegenheit, jemanden kennenzulernen. Er würde dem Ganzen schon noch auf den Grund gehen, so viel stand fest. Natasha war es noch nie gelungen, etwas vor ihm zu verbergen. Sie teilten zu viele kleine Geheimnisse miteinander, er und sie. Geheimnisse, die wie ein klebriges Netz waren und sie an ihn fesselten, sie wie eine Fliege in einem Spinnennetz gefangen hielten. Doch obwohl er sie in der Hand hatte, war sich Fred bei Natasha immer schon etwas unsicher gewesen. Er konnte nicht genau sagen, weshalb das so war. Eigentlich sollte sie sich Sorgen um seine Loyalität ihr gegenüber machen. Er besorgte ihr Nahrung und Kleidung – ohne seine Hilfe konnte sie kaum atmen. Aber es gab Dinge, die Fred niemals von ihr wissen würde, und es war dieser verborgene Aspekt, der ihr eine beunruhigende Macht verlieh. Die meisten würden annehmen, ihre Macht wäre sexueller Natur, aber Fred fand überhaupt keinen Gefallen an Sex. Er hasste den Kontrollverlust. Masturbation passte da besser zu ihm. Das konnte er ganz diskret machen, ohne gesehen zu werden, ohne Geräusche oder ohne dass ihn die Haut oder die Körperflüssigkeiten eines anderen berührten.

Am meisten ärgerte er sich darüber, Natashas Unehrlichkeit zufällig entdeckt zu haben. Hätte er den Schlüssel zu dem Postfach nicht gefunden, dann wüsste er noch immer nichts davon. Er wollte ein paar Tage verstreichen lassen, dann zurück zum Postfach gehen, um nachzusehen, ob etwas für sie eingetroffen war. Dieser quälende Verdacht hielt ihn von der Arbeit ab.

Arbeit war ein Thema, das sich auch immer schwieriger gestaltete. Unterbewusst machte er sich Sorgen um Ricardo, seine Haupteinkommensquelle. Fred und Ricardo Heinrich waren zusammen aufgewachsen. Ricardo hatte sich der Politik zugewandt, und Fred war seine rechte Hand. Dinge durchsetzen, Überzeugungsarbeit leisten, gelegentlich Beine brechen. Und das eine oder andere Genick.

In letzter Zeit hatte Ricardo jedoch die Muskelkraft einer jüngeren (und billigeren) Gruppe von sogenannten Kadern und Genossen angeheuert, die meisten von ihnen nicht viel besser als gewöhnliche Straßengangster.

Freds Handy klingelte, und Ricardos Nummer tauchte auf dem Bildschirm auf. Als hätte er gewusst, dass Fred gerade an ihn dachte. Ricardo zeigte häufig diesen beunruhigenden sechsten Sinn. Freds erster Impuls war, den Anruf zu ignorieren, aber wann war das je eine Option gewesen? Er hastete aus dem Friseursalon und nahm den Anruf an.

»Ich muss dich um einen Gefallen bitten, *tjommie.*« Bei Ricardo klang dies wie ein Befehl. Keine einleitenden Worte, kein »Sorry, dass ich mich so lange nicht gemeldet habe«. *Fokkol.*

»Was für einen Gefallen?«

»Du musst ein vermasseltes Ding für mich aus dem Weg schaffen.«

»Klingt teuer.« Und nach Sauerei. Fred kannte sich nur zu gut mit solchen Aufräumarbeiten aus.

»Sagen wir mal so: Wir hatten ein paar Kommunikationsschwierigkeiten.«

»Was ist passiert?«

Ricardo weihte Fred in das Problem ein. Weiße waren involviert, was niemals gut war. Ein schiefgegangener Grundstücksdeal, ein Amateur, der bei den falschen Leuten Druck gemacht hatte, und jetzt machten die Cops viel Druck. Ricardos »Verbindungen« im SAPS waren in diesem Fall nicht bereit, ein Auge zuzudrücken.

»Das passiert, wenn so ein Township-*moegoe* den Job macht«, sagte Fred säuerlich.

»Ich will hier keinen Sermon. Machst du's?«

»Wird nicht billig.«

Schweigen auf der anderen Seite. Sollte Ricardo doch darüber grübeln. Fred hörte einen kaum unterdrückten Seufzer. »Okay, *tjommie.* Wie teuer?«

Fred grinste und nannte eine Summe aufs Geratewohl, erwartete ein paar Flüche, doch da war nur ein tiefes Einatmen und dann Stille, während Ricardo die Summe sacken ließ.

»Okay. Bring das in Ordnung. Aber gründlich, *nè?*«

»Es wird eine endgültige Lösung sein.«

Fred stellte alle notwendigen Fragen.

Die Antworten gefielen ihm gar nicht. Kein bisschen.

Er prägte sich die Details ein und beendete den Anruf.

Als er einen Blick auf sein Spiegelbild im Schaufenster des Friseurs erhaschte, strich er sich die Haare glatt. Dass Ricardo sich beim Geld nicht kleinlich gezeigt hatte, verunsicherte Fred etwas. Das ließ die Verzweiflung erahnen, und Verzweiflung war kein gutes Zeichen in seiner Branche.

Ricardo gab sich in seinem kleinen Zirkel als Gott aus. Er war der Gewerkschaftler, der Unruhestifter, der Aufwiegler. Und nebenbei auch der Arbeiter. Nicht dass Ricardo ein Arbeiter wäre. Sein Vater war Lehrer, seine Mutter Buchhalterin, und er war im besseren Teil von Vredendal aufgewachsen. Ricardo konnte so viel reden, wie er wollte, Fred war derjenige, der die Arbeit erledigte. Der Druck machte und die Leute einschüchterte. Der sich die Feinde zur Brust nahm oder in die Büros von Rivalen einbrach und sie zerstörte. Früher waren die Buren Ricardo auf den Fersen gewesen; jetzt waren es ehemalige Kameraden oder Geschäftsmänner, die ihm bei seinen Plänen in die Quere kamen.

Fred betrachte Natasha durch das Schaufenster des Friseurs. Der Friseur zeigte ihr gerade mit Hilfe eines Handspiegels ihren Hinterkopf. Als Fred Ricardo erzählt hatte, seine Freundin sei eine ehemalige Masseurin, war er davon ausgegangen, Fred hätte sie von der Straße geholt, als könnte er nur dann eine Frau bekommen, wenn er für sie bezahlte.

Deshalb war Fred so entschlossen, ihre Vergangenheit auszumerzen. Er hatte sie sogar dazu überredet, ihren Namen zu ändern.

»Warum?«, hatte sie aufbegehrt. »Was stimmt mit meinem Namen nicht?«

»Du hast gesagt, du willst ein neues Kapitel aufschlagen, ein anderes Leben führen. Und um das zu tun, musst du dich selbst neu erfinden.«

Er ging zurück in den Friseursalon. Zögerlich lächelte Natasha ihm hinter dem Vorhang ihres frisch geglätteten, glänzenden Haares zu. Zufrieden stellte Fred fest, dass von der Frau, die sie einst gewesen war, nichts mehr zu sehen war. Er ging mit seinem dicken Geldbeutel zu der kleinen Schlampe mit dem vielsagenden Blick an der Kasse und fragte: »Wie viel?«

12

Tuckers Suche in Imizamo Yethu in der Nacht davor hatte keine Ergebnisse erbracht, und er war noch immer im Dienst, als Persy aufs Revier kam. Endlich war das Filmmaterial der Überwachungskamera der Neighbourhood Watch eingetroffen. Darauf sah man, wie Annette Petroussis' Volvo am Samstag zwischen 20:45 und 20:48 Uhr die Constantia Road entlangfuhr.

Persy und Tucker betrachteten die Bilder eingehend, sahen, wie das Auto sich der Kamera näherte, Annette war als Fahrerin gut erkennbar. Sie gingen ein paar Sekunden zurück, bevor die Bremslichter aufleuchteten.

»Moment, was ist das?« Das Video wurde angehalten. Tucker zeigte auf einen mit einer Sturmhaube maskierten Umriss, der sich neben Annette erhob. Das ging so schnell, dass man ihn leicht hätte übersehen können.

»Da ist jemand auf dem Beifahrersitz«, sagte Persy.

»Zoom mal nach hinten.«

Sie entdeckten den Kindersitz auf der Rückbank, konnten aber kein Baby erkennen.

»Es ist zu dunkel.« Nach einer unruhigen Nacht, in der sie sich ständig hin und her geworfen hatte, war Persy leicht gereizt. Kais und Alexis schreckerfüllte Gesichter waren jedes Mal aufgetaucht, wenn sie die Augen schloss, und als sie dann endlich schlief, hatte sie Alpträume wegen Annette und ihrem Baby.

»Okay, da!« Ein dunklerer Schatten tauchte auf dem Rücksitz auf, nur schwer zu erkennen. Hatte etwas auf dem Gesicht; eine Maske oder eine Sturmhaube.

»Sie waren zu zweit!«, rief sie.

»Vergrößere es, damit wir sie besser sehen können.«

Tuckers sechster Sinn. Er war allen anderen immer einen Schritt voraus. So was von ärgerlich. Er hatte sich über Persy lustig gemacht, als sie seiner Einheit zugeteilt worden war: »Frauen machen es in diesem Job nicht lange. In ein, zwei Jahren wirst du schwanger, bekommst

Kinder, und dann machst du nur noch Büroarbeiten für irgendeine Sicherheitsfirma – Daten sammeln, Analysen machen oder irgend so einen Mist.«

Persy hatte nicht widersprochen – das war sinnlos. Wenigstens hatte er ihr ins Gesicht gesagt, was die meisten Kollegen nur dachten. Seine Voreingenommenheit hatte sie nur in ihrer Entschlossenheit bestärkt, ihm das Gegenteil zu beweisen, was er vermutlich die ganze Zeit beabsichtigt hatte, aber das war ihr scheißegal. Tucker war mit Abstand der beste Detective, mit dem sie je gearbeitet hatte. Diszipliniert, bestimmt, getrieben; höheren Tieren begegnete er mit Verachtung, und er war erfüllt von einer nach Gerechtigkeit strebenden Wut, die er dahingehend kanalisierte, Kriminelle jagte und, was noch viel wichtiger war, sie auch überführte. Von ihm hatte sie in den letzten sechs Monaten mehr darüber gelernt, wie man eine Ermittlung führte, als in den zwei Jahren davor in Fish Hoek.

»Meine Augen brennen.« Persy nahm die Brille ab und rieb sich die Augen.

»So machst du es nur noch schlimmer.« Tucker legte seine kühlen Handflächen auf ihre Augen. »Entspann dich, Jonas.«

Ihr wäre es lieber gewesen, er hätte sie nicht berührt, jetzt konnte sie nämlich nur noch daran denken, wie es sich anfühlte, seine Hände auf ihrem Körper zu spüren.

»Ich lass dich damit allein.« Er stand auf. »Ich geh heim, 'ne Runde schlafen.« Er zerrte seine Lederjacke von der Stuhllehne und zog sie an. Persy wurde von einem Moment der Begierde übermannt. Das war verrückt. Sie wusste nicht einmal, ob sie Tucker mochte, aber sie wollte ihn.

»Ja, schlaf gut«, sagte sie leicht säuerlich, als er ihr bereits den Rücken zugewandt hatte.

Ehe er aus der Tür war, zeigte er ihr noch den Mittelfinger.

Das Telefon klingelte. Sie hob ab. »Detective Jonas am Apparat … Ja bitte? Hallo?« Schweigen, aber da war jemand in der Leitung.

Sie knallte den Hörer auf den Apparat. Was zum Teufel fabrizierte Refilwe da wieder am Empfang?

Refilwe war der Liebling der uniformierten Einheit. Die Detectives hatten ihren eigenen Bereich in einem abgetrennten Gebäude und schienen andauernd mit den Uniformierten im Clinch zu liegen. Im letzten Jahr hatte es einen Haufen Beschwerden gegen die uniformierte Einheit gegeben. Nachdem Anschuldigungen wegen Folter und Tätlichkeiten für das Erlangen von Informationen und Geständnissen laut geworden waren, waren Befragungen erneut überprüft worden. Aber keiner hatte Anklage erhoben – was nicht gleichbedeutend damit war, dass es nicht passiert war. Makka und Zweli beherrschten die Uniformierten, und zusammen waren sie ein unglaublich gerissenes Paar. Allerdings wusste Persy auch, womit Cops auf Streife zu kämpfen hatten. Sie würde nicht den ersten Stein auf ihre Kollegen werfen, solange sie nicht die ganze Geschichte kannte. Die Verwaltung war ein anderes Thema und ein beständiger Quell der Frustration. Persy rief am Empfang an. »Refi, ich bekomme hier ständig Anrufe, und dann ist niemand in der Leitung.«

»Sie fragt nach dir – was soll ich dann machen?«, erwiderte Refilwe.

»Wer ist sie?«

»Woher soll ich das wissen? Sie hat dreimal angerufen. Keine Ahnung, weshalb sie nicht mit dir redet.«

»Der Name?«

»Sie nennt keinen Namen. Sie will nur mit dir sprechen.«

Ein feuchtes, schmatzendes Geräusch war über die Leitung zu hören. Kaute Refilwe etwa Kaugummi? Was würde Persy dafür geben, wenn sie Phumeza, die supereffiziente Koordinatorin des Fish-Hoek-Reviers anstelle von Refilwe haben könnte.

»Wenn sie noch mal anruft, dann stell sie nicht auf dieser Linie durch, ja? Gib ihr nur meine zweite Handynummer.«

Persy hatte zwei Handynummern: die eine für Polizeiangelegenheiten, die andere für normale Anrufe. Für gewöhnlich ignorierte sie die normale Nummer, und die Nachrichten sammelten sich darauf an. Hin und wieder hörte sie sich ein, zwei davon an und löschte sie. Es war kein Wunder, dass sie außerhalb der Arbeit kein Leben hatte.

Persy wandte sich wieder dem Filmmaterial zu. Dieses Mal beugte sie sich nach vorn, um einen besseren Blick auf den Täter auf dem Beifahrersitz zu werfen. Kurz und gedrungen, bei dieser Vergrößerung war sein Bild ganz pixelig. Sie schloss die Überwachungsfilme, schickte die entsprechenden Protokollnummern für diejenigen, die vergrößert und ausgedruckt werden sollten. Dann loggte sie sich in die Datenbank der Vermissten ein, gab Annette Petroussis' Daten ein und schickte sie an alle Reviere des Westkaps. Während sie auf Rückmeldungen wartete, gab sie Gloria Cupidos Name mit der üblichen Zwiespältigkeit ein, die sie immer dann verspürte, wenn sie nach einer Spur von ihrer Mutter suchte.

Keine neuen Infos in der Datenbank.

Danach suchte sie online nach ihr. Cupidos fand man überall: in Mexiko, in den USA, auf den Philippinen, in Australien und jetzt auch im Vereinigten Königreich. Auf Facebook waren zwei neue, seit sie das letzte Mal nachgeschaut hatte, aber keine wies Ähnlichkeit mit ihrer Mutter auf. Allerdings hatte sie ihre Mutter vor zwanzig Jahren zum letzten Mal gesehen. Nur mit Mühe konnte sie sich an Glorias Gesicht erinnern; nichts als verschwommene Details waren geblieben: wie sie »Persy« sagte; wie ihre Haut in der sonnengetrockneten Kleidung roch; wie ihre starken Hände Persys Haar flochten. Diese Erinnerungen beschäftigten sie immer mehr, unvergessliche Mahnungen einer Leere, wo eigentlich Familie sein sollte. In Ocean View hatte es Gerüchte gegeben, nachdem Gloria Cupido verschwunden war. Die Leute sagten, sie hätte sich zwischen Männern und Alkohol verloren. Persy hatte nie einen Hinweis darauf gefunden, der diese Theorie stützte. Stattdessen fand sich Gloria Cupido, genau wie Annette Petroussis, in den Reihen der Vermissten wieder.

Persy meldete sich vom Computer ab, spürte die Verzweiflung durch ihren Tag rieseln wie Sumpfwasser.

In der Datenbank der Vermissten hatte Annette Petroussis Persy von ihrem Passfoto angestarrt, stumm darum gefleht, wieder zu ihren Söhnen zurückgebracht zu werden.

Ihr fiel ein, was Marge Labuschagne ihr während des Sherwood-Falls gesagt hatte: »Wenn die Opfer dich nachts nicht wachhalten, dann solltest du dir ernsthaft Sorgen machen.« Lieber zu viel fühlen, als so verrückt wie Tucker zu werden oder so hartgesotten wie Dina Martinez.

Persy brauchte eine Pause. Sie machte sich auf den Weg zum »Familienzimmer«, wie man den Traumabereich nannte. Für die Opfer war das ein weniger befremdlicher Raum als das graue Dienstzimmer. Wie merkwürdig war es da doch, dass das Familienzimmer am häufigsten von Cops aufgesucht wurde. Vor allen Dingen von den Männern, die dann mit Raelene quatschten.

Wie ein Geheimclub.

Cops, die niemals zu einem Polizeipsychologen oder einem anderen Berater gehen würden.

»Sie kommen mit ihren Problemen zu mir, weil sie wissen, dass sie mir vertrauen können«, prahlte Raelene gerne.

Jetzt, da Raelene nicht hier war, konnte Persy sich hineinschleichen, einen Kaffee trinken und etwas in den gespendeten Klatschzeitschriften lesen. Ihre Hand lag bereits auf dem Türgriff, als sie Raelenes leise Stimme hinter der Tür hörte. Ganz offensichtlich war die Beerdigung schnell vorbei gewesen. Persy war nicht danach, Raelene zu sehen, also ging sie lieber in den Hof und schnappte etwas frische Luft.

Es war feucht und bewölkt. Ein paar Olivenbäume und Aloen waren in Töpfen gepflanzt, eine Gefälligkeit des Community Policing Forums. Die meisten Autos und Transporter waren unterwegs, der Hof lag leer und ruhig da, abgesehen von dem einen Wahnsinnigen, der weggesperrt war und sich die Seele aus dem Leib schrie. Zwei Fahnen hingen schlaff an ihren Fahnenmasten, das einst optimistische Zeichen einer vielversprechenden und besseren Zukunft, als das SAPS stolz bekannte, südafrikanisch zu sein. Ein glücklicher, funktionierender, rassisch integrierter Polizeiapparat. Die älteren und abgestumpfteren Officer hätten einem schon damals sagen können, dass das von vornherein unrealistischer Bullshit war.

Seit fast neun Monaten war Persy nun schon in Diep River, kam sich aber noch immer wie eine Außenseiterin vor. Sie hatte um diese Versetzung gebeten und war überrascht gewesen, dass sie ihr bewilligt worden war. Es war ein sehr beliebtes Revier, und viele Cops bewarben sich dafür. Sie musste weg vom Fish-Hoek-Revier, das so nah bei Ocean View und Noordhoek lag mit all ihren schmerzhaften Erinnerungen. Aber sie vermisste ihre ehemaligen Kollegen, insbesondere ihren Ex-Partner, Detective Dizu Calata, und den ehemaligen befehlshabenden Officer, Captain Paul Titus. Dizu war momentan dem Ausschuss zugeteilt, der versuchte, das Chaos in den Khayelitsha-Revieren zu ordnen, bei denen Titus als Cluster Commander fungierte.

Der Typ, der hier eingebuchtet war, wurde lauter und drängender. Persy ging zum Eingang der Arrestzellen, wo ein Uniformierter mit dem Handy herumspielte und sich von diesem Lärm offenbar nicht beeindrucken ließ.

»Hast du was an den Ohren oder so?«, fragte Persy und zeigte zu den Zellen. Jetzt, wo sie näher gekommen war, hörte es sich mehr nach einem Kind an, das völlig am Ausrasten war.

Ausdruckslos schaute der Uniformierte sie an, ein weiterer Gehirnamputierter, frisch vom Polizeicollege. Es machte keinen Sinn, mit ihm zu verhandeln. Sie ging geradewegs durch den Hof und zum Dienstzimmer. Refilwe war am Telefon.

Persy griff hinter den Tresen und zog das Protokollbuch hervor. »Wer ist der eingesperrte Bengel?«, fragte sie und ging die Tagesprotokolle durch.

Persy schaute auf und sah, wie Zweli Refilwe einen warnenden Blick zuwarf.

»Hast du ihn eingebuchtet?«, fragte Persy Zweli.

Zwelis Grinsen war mehr eine Grimasse. »Ja. Und jetzt schuldest du mir einen Blowjob, Jonas.«

Zweli ging hinter den Tresen und nahm eine Sporttasche von einem der unteren Regale. Er ließ sie auf den Tresen fallen und zog den Reißverschluss auf. Sie war vollgestopft mit Spraydosen. »Da in der Zelle hockt Laski, alias Joseph Lancaster. Makka und ich haben ihn letzte Nacht auf dem Rückweg von Dieu Donné auf frischer Tat erwischt.«

»Scheiße, habt ihr zwei denn nicht *fokkol* Besseres zu tun?«

»Du kennst die neuen Statuten nicht.« Zweli gab sich ganz dienstbeflissen. Das sollte wohl ein Witz sein. Der *moegoe* las niemals ein Memo, von Statuten ganz zu schweigen.

»Hat er seinen Telefonanruf bekommen?«

»Den wollte er nicht. Der will einfach nur Scheiße labbern.«
»Himmel, Zweli.«
Makka streckte die Faust nach oben. »Er kann von Glück sagen, dass ich ihn nicht *bliksem* habe, scheiße, Mann. Hat Widerstand geleistet und ist gewalttätig geworden.«
»Ja, sicher.« Leise fluchend verließ Persy das Dienstzimmer. »Fuck.«
»Wie wär's mit einem ›Danke, Zweli, dass du meine Festnahme durchgeführt hast?‹«, rief Zweli ihr hinterher. Arschloch.
Der Uniformierte schloss nacheinander die beiden Sicherheitstüren auf, und Persy betrat den Zellenbereich. Acht Zellen insgesamt. Es roch nach billigem Desinfektionsmittel, das nicht gegen den Gestank von Pisse, Erbrochenem und Schweiß ankam, egal, wie häufig man hier sauber machte. Ein paar Betrunkene schliefen ihren Rausch aus. Ein kleinkrimineller Straßendealer mit einem geschwollenen Gesicht, so groß wie eine Melone, blitzte sie wütend an, als sie vorbeiging, und zischte etwas, das durch seine fehlenden Zähne glücklicherweise nicht zu verstehen war. Der Schreihals war allein in der letzten Zelle, verlangte lauthals danach, mit einem Police Officer zu sprechen. Seine Worte hallten vom blanken Beton wider.
Joseph Lancaster war ein kleiner Junge in einem weiten Maleranzug und übergroßen, offen getragenen Turnschuhen sowie der allgegenwärtigen Kapuze über den dunklen, weichen Locken. An seinem Hals hing eine Atemmaske – womit er sich unweigerlich verriet.
»Hey!«, rief Persy. »Wenn du mal die Klappe hältst, kann ich dir vielleicht helfen.«
Der Junge war sehr aufgeregt, er sprang herum wie ein Grashüpfer. Persy wurde schon allein vom Zusehen ganz müde. »Ich muss der Polizei was sagen, das ist total wichtig!«, flehte er.
»Willst du uns erzählen, warum du gegen das Gesetz verstoßen hast?«
Seine durchdringenden, fast schwarzen Augen starrten Persy an. »Ich rede hier von einem echten Notfall! Das hab ich den Cops gesagt, die mich festgenommen haben, aber sie wollten nichts davon wissen …«
Der Junge kämpfte mit den Tränen.
Persy wurde weicher. »Okay, beruhige dich. Was ist das Problem?«
»Da draußen ist ein Baby … im Gebüsch. Ich hab's gesehen!«

13

Sie rasten wie Wahnsinnige mit Blaulicht und eingeschalteter Sirene, volles Rohr. Sie überfuhren alle roten Ampeln auf der Kendal Road. Die Polizistin war am Handy und brüllte dem Rettungswagen, der hinter ihnen herfuhr, die Wegbeschreibung zu. »Spaanschemat River Road, Richtung Tokai, dann gleich rechts nach Peddlars, in der Kurve!« Sie beendete das Gespräch und beugte sich nach vorn, als könne sie so das Auto zwingen, schneller zu werden. Jos fand sie cool mit ihren kleinen Dreads und so.

Bei dem weißen Typen am Steuer mit dem leeren Blick, wie Ryan Gosling in dem Stuntfahrer-Film, war Jos sich nicht so sicher. Verrückte helle Augen und zusammengepresster Kiefer, ein Muskel zuckte die ganze Zeit, als würde bei ihm jeden Moment eine Sicherung durchbrennen.

Jetzt sagte er: »Du bist also der berühmte Laski?«

»Gott, nein. Das wär ich gerne. Laski ist eine Legende.«

Der Typ schaute ihn prüfend im Rückspiegel an. »Warum nutzt du dein künstlerisches Talent nicht, um etwas zu malen oder so, statt das Eigentum von anderen zu beschädigen und dich mit einem Police Officer anzulegen?«

»Dieser psychotische schwarze Bulle?«, widersprach Jos. »Der wollte auf mich losgehen!«

Die Polizistin runzelte die Stirn und sagte: »Hey! Der Cop ist ein Beamter. Ein bisschen Respekt, bitte schön!« Aber sie warf dem weißen Typen ein kleines, verschmitztes Lächeln zu, als wäre das ein Insiderwitz. Jos spürte einen Stich der Eifersucht.

Scheiße, er war müde. Überall waren diese funkelnden Punkte. Er wollte sich einfach nur zusammenrollen und schlafen. Sehnsüchtig dachte er an sein Zimmer oben am Treppenabsatz, selbst wenn es nicht größer als ein Küchenschrank war. Manchmal wachte er auf und hörte seine Mutter durch die Bodendielen, wie sie irgendwelche Typen in China Logarithmen via Skype lehrte. Er fragte sich, ob sie sich diese Woche wohl die Mühe gemacht hatte, einkaufen zu gehen, oder ob er auf den Vorrat Nudeln, den er für solche Notfälle unter seinem Bett gehortet hatte, zurückgreifen musste. Hoffentlich hatte Logan den Clio wieder in der Auffahrt seiner Mutter abgestellt und sie schlief heute aus, so dass sie nicht bemerkte, dass Jos oder das Auto gefehlt hatten. Er fühlte sich schuldig und malte sich aus, wie sie erschrocken aus dem Fenster sehen würde, sollte er in einem Polizeiauto nach Hause gebracht werden. Was stimmte bei ihm nur nicht? Warum musste er ihr so viel Kummer bereiten? Sie gab sich große Mühe. Das hatte sie gesagt, und er glaubte ihr. Er liebte sie, aber er wünschte sich, sie wäre ein bisschen mehr wie andere Mütter. Heilige Scheiße, da waren sie gerade über die rote Ampel bei Ladies Mile gefahren! Logan sollte mal sehen, wie dieser Typ hier fuhr. Sie folgten Spaanschemat River Road über die kleine Brücke, weiter die kurvige Straße entlang, vorbei an Peddlars on the Bend, der schicken Kneipe, die auf der rechten Seite auftauchte, und dann kam der erbärmliche kleine Krug mit den Mohnblumen und dem handgeschriebenen Schild »Frische Blumen« mit einem Pfeil, der Summerley Farm ankündigte. Der Typ bog nach rechts auf die Schotterpiste zur Waldorfschule ab, wo die Hippiekinder sich die Haare lang wachsen lassen durften, anzogen, worauf sie Lust hatten, und kein Rugby spielen mussten. Dann kam der Parkplatz von Peddlars, der jetzt leer war, und die Paddocks, wo die reichen Ladys ihre Pferde stehen hatten, und die Blumenfarm mit dem Hühnerauslauf und die baufälligen Hütten, wo Gili wohnte.

»Immer weiter.« Jos wurde langsam panisch. Was, wenn das Baby nicht mehr da war? Die letzte Nacht war so verflucht surreal gewesen, er hätte sich das Ganze auch einfach einbilden können! Sie holperten über den matschigen Pfad zwischen dem Anwesen und dem berühmten alten Weingut mit den Giebeln. Die Polizistin zog dünne Handschuhe über, wie Zahnärzte sie trugen, und ließ sie fachmännisch festschnalzen.

Jos ließ sie neben der Brücke und der frisch gestrichenen Mauer anhalten, auf der die ersten Linien seines Werks waren. Es hätte gut werden können, war ganz sicher eine seiner besseren Skizzen bislang. Ganz bestimmt wäre Laski beeindruckt gewesen. Aber für Bedauern war keine Zeit. Sobald sie angehalten hatten, war er herausgesprungen und losgelaufen, gefolgt von den Cops. Er rannte über die kleine Brücke des Kanals, wusste im Tageslicht genau, wohin er gehen musste. Sofort entdeckte er die kleine rot-weiße Rassel im Gebüsch. Auch die Polizistin hatte sie gesehen und rannte an ihm vorbei. Jos hatte immer gehört, wie unsportlich südafrikanische Cops seien. Aber sie war wie ein Reh, ihre Füße berührten kaum den Boden, der verrückte Typ folgte dicht auf und dahinter die Sanitäter.

Als Jos zu ihnen aufschloss, fiel ihm zunächst einmal die Stille auf. Er hatte gedacht, das Baby würde sich immer noch die Augen ausweinen, aber da war kein Geräusch und keine Bewegung auszumachen; die kleine Rassel lag ganz ruhig da. Für Jos war das, als hätte man ihm ganz unerwartet einen Schlag in die Magengrube versetzt.

Die Polizistin tastete an den Verschlüssen herum und murmelte ganz leise: »Bitte lieber Gott, bitte heilige Maria.«

Die Sanitäter sagten: »Officer, bitte machen Sie den Weg frei.«

Der Ryan-Gosling-Typ berührte die Polizistin an der Schulter, als die Sanis das Baby aus dem Kindersitz hoben, wobei sie seinen schlaffen Kopf vorsichtig abstützten. Es war weiß und ganz still. Die Polizistin hielt sich die Hand vor den Mund, klappte nach vorn über, als müsste sie sich übergeben, und schüttelte den Kopf. Die Sanis tasteten Nacken und Brust des Babys ab, zogen die Augenlieder nach oben und leuchteten mit einer Lampe hinein. Augenlider so fein wie die Flügel einer Motte. Jos' Lunge brannte, er wollte losplärren wie ein kleines Kind.

Die Mottenflügel zitterten, und ein pathetisches leises Wimmern war zu hören. Der Sani hob den Kopf und grinste. »Dem geht's gut. Dehydriert, aber ansonsten unverletzt.«

Jos brüllte und sprang auf, reckte die Faust in die Luft, hatte mit einem Mal das Gefühl, dass nichts in seinem Leben jemals so phantastisch sein könnte wie dieser Moment.

Die Polizistin bekreuzigte sich und wandte sich mit zitternden Schultern ab. Jos tippte sie an. »Hey, alles okay. Dem kleinen Kerl geht's gut.« Sie drehte sich zu ihm um, und er sah, dass sie gleichzeitig lachte und weinte. Und dann schnappte sie ihn und presste ihn so fest an sich, dass er glaubte, seine Rippen würden gleich brechen. Himmel, sie war vielleicht zierlich, aber verdammt stark! Sobald er seinen Wachstumsschub gehabt hatte (wenn der je kam), wäre er größer als sie. Dann könnte ich sie anbaggern, dachte er. Für eine reife Frau war sie verdammt heiß. Er stellte sich vor, wie er Logan erzählte, dass er eine Polizistin angebaggert hatte! Himmel. Wenn seine Mutter ihn hören würde, dann würde sie sich sofort einen Aufpasser für ihn zulegen, und bei diesem Gedanken musste Jos loslachen und konnte gar nicht mehr aufhören.

14

Callum Petroussis wurde wegen Dehydrierung und Unterkühlung im Red Cross Children's Hospital behandelt, aber ansonsten fehlte ihm nichts. Jaco Petroussis, der gerade in Schiphol in den Flieger stieg, wurde darüber informiert, dass es seinem Sohn gutging.

Die Leute von der Spurensicherung untersuchten den Kindersitz und die Umgebung um Summerley Farm, aber ihre Ermittlungen brachten keine neuen Erkenntnisse. Der Regen hatte jegliche Fuß- oder Reifenspuren weggewaschen, abgesehen von denen des Polizeiautos und des Rettungswagens.

Persy hatte das Gefühl, Grund für etwas Optimismus zu haben. Die Entführer hatten das Baby direkt vor Dieu Donné abgelegt. Das zeigte doch zumindest, dass sie Menschenleben ein bisschen zu schätzen wussten. Sie versuchte, ihr Unbehagen zu unterdrücken, weil Mutter und Kind getrennt worden waren. Vielleicht würde Annette ebenfalls unverletzt freigelassen werden.

Sie wollte gerade Moos Petersen befragen, der die Blumen auf Summerley Farm anpflanzte und verkaufte, um in Erfahrung zu bringen, ob er in der Nacht zuvor etwas gesehen oder gehört hatte, als ihr Telefon klingelte.

»Hier ist Melanie. Ich habe gerade das von Callum erfahren.« Melanie Lyle-Davis' Stimme klang fast fröhlich. Woher wusste sie das? Vermutlich hatte sie mit Jaco Petroussis telefoniert.

»Die Jungs würden gerne mit Ihnen sprechen.«
Persys Herz machte einen Satz. Auch sie wollte mit Kai und Alexi sprechen, ständig war sie mit den Gedanken bei ihnen, aber das Dilemma der beiden brachte so heftige Gefühle eines Déjà-vus in ihr hervor, dass sie von ihrer Angst und Qual geradezu überwältigt wurde.
»Wir sind im Auto«, sagte Melanie, »aber ich habe auf freisprechen gestellt.«
Persy hörte das Zanken im Hintergrund, dann Kais zaghaftes »Hallo?«.
»Hallo Kai.«
»Sie haben Callum gefunden.« Kais Stimme klang fast formell.
»Ja, das habe ich. Es geht ihm gut.«
»Wann kommt er nach Hause?«, meldete sich Alexi im Hintergrund zu Wort.
»Er ist in der Kinderklinik. Da muss er sich ein paar Tage ausruhen.«
»Und unsere Mom?« Kais Stimme klang so dünn, als hätte er nicht genug Luft in der Lunge.
Diese Frage hatte Persy befürchtet. »Wir suchen noch nach ihr.«
Es folgte eine rauschende Leere, während derer niemand etwas sagte.
»Wir tun alles, was wir können«, fuhr Persy hilflos fort, wusste jedoch, dass sie sie enttäuschte, weil sie es nicht einfach so in Ordnung bringen konnte.
Melanies unerschütterliche Stimme erklang. »Okay, Kai, wir müssen die Polizistin jetzt weiterarbeiten lassen.«
Die Verbindung brach unvermittelt ab, und die Jungs waren weg, zusammen mit dem kurzen Hochgefühl, das ihr das Auffinden von Callum verschafft hatte.
Ihr Blick glitt über die Summerley-Blumenfarm, die sich über mehrere Morgen erstklassiges Constantia-Land erstreckte. Blumenbeete in Myriaden von Farben erstrahlten zwischen den Erdtönen der Beete – das war alles, was von der ursprünglichen Agrarfläche noch übrig war. Die mit Elektrozäunen umrahmten Mauern des Dieu-Donné-Anwesens begrenzten die Farm im Nordwesten; im Süden war der Parkplatz von Peddlars on the Bend und die Paddocks und Ställe der Reitschule.
Der Anruf war eine schmerzliche Erinnerung an eine weitere ergebnislose Suche; die nach ihrer eigenen Mutter.

Seit Poppas Tod hatte Persy alle ihr zur Verfügung stehenden Mittel genutzt, offizielle wie inoffizielle, um Gloria Cupido ausfindig zu machen. Sie hatte eine Vermisstenanzeige aufgegeben und die Sterberegister durchforstet, Einwohnermelderegister und Karteien des Finanzministeriums, Heiratsregister überprüft, sie hatte sogar bei ein paar Leuten Gefallen eingeholt und unberechtigte Suchen in Polizeiakten durchgeführt und dafür Dienststrafverfahren und Entlassung riskiert.

Sie hatte nichts gefunden. Keine Ausweisnummer, Steuernummer oder einen Führerschein; keine Geburts-, Heirats- oder Sterbeurkunde. Hätte Persy ihre Erinnerungen und Gloria Mary Cupidos Name auf ihrer Geburtsurkunde nicht gehabt, dann hätte sie die Existenz ihrer Mutter angezweifelt.

Es hatte aufgehört zu regnen, und die Temperaturen kletterten beständig nach oben. Die Luft war durchdrungen von dem intensiven Duft der Blumen und dem Mist der gackernden Hühner in einem heruntergekommenen Hühnerstall. Alles hier sah so vertraut aus, genau wie Poppas kleinbäuerliche Landwirtschaft in Noordhoek. Die Muster wiederholten sich in Kapstadts Geschichte.

Der sich dahinschlängelnde Spaanschemat River war in einen *sloot,* einen Graben, gelenkt worden, der unter einer Brücke und dann durch den grünen Gürtel verlief, der die Strawberry Lane auf der anderen Straßenseite säumte.

Persy fand Moses Petersen zurückgezogen im Schatten unter einem Baum, wo er auf einem verkehrt herum aufgestellten Farbeimer saß und Dahliensträuße mit einer Schnur zusammenband. Er sah aus wie eine weise Gottheit auf einem selbstgebastelten Thron, so eingerahmt von scharlachroten, pinken und leuchtend orangefarbenen Blumen. Er trug eine wollene Strickjacke voller Löcher über einem bis zum Hals zugeknöpften Hemd, einen schlammverschmierten Blaumann und Gummistiefeln. Hinter ihm stand ein Holzschuppen voller Eimer mit frisch geschnittenen Blumen für den Verkauf.

Persy stellte sich vor und zeigte ihre Marke. »Haben Sie letzte Nacht irgendwas gesehen, Mr. Petersen?«

Er schüttelte den Kopf, schien ganz verwirrt über die Geschäftigkeit um ihn herum. »Nachts bin ich nicht hier. Ich schlafe bei meinem Sohn in Parkwood. Ich war beim Abendmahlgottesdienst heute früh in der Christ Church und bin erst seit einer Stunde hier, um nach den Blumen zu sehen. Ich habe das mit dem Baby jetzt erst mitbekommen.« Er zeigte auf sein Hörgerät. »Ich höre schlecht.«

Sie sprach lauter. »Das verstehe ich, Sir. Machen Sie sich keine Sorgen, dem Baby geht es gut.«

»Ich hab gehört, man hätte Mutter und Baby aus Dieu Donné entführt.«

»Ja, das stimmt.«

»Wer würde so was Böses machen?« Seine Hände zitterten, als er die Schnur um die Blumen wickelte.

»Geht's Ihnen gut, Sir?«

»Ja, ja. Ich rege mich eben auf. Als ich aufwuchs, gab es solche Dinge hier nicht.«

»Sie sind hier aufgewachsen?«

»Summerley gehörte über drei Generationen meiner Familie; der Vater meines Großvaters hatte eine Eigentumsurkunde. Nach dem Group Areas Act wurden wir umgesiedelt. Sie wollten dieses Grundstück für die Weißen.«

»Aber …« Sie war verwirrt. »Sie pflanzen hier noch immer Blumen an?«

»Ja. Aber es gehört Mr. Badenhorst. Ihm gehörte auch mal das Grundstück von Dieu Donné. Er erlaubt uns Petersens, hier weiter Blumen anzupflanzen. Und jetzt will er Summerley an die Leute verkaufen, die Dieu Donné gebaut haben. Aber ich gehe hier nicht weg. Ich habe meine Ansprüche auf das Land geltend gemacht.«

Persy konnte ihre Überraschung nicht verbergen. »Summerley fällt unter die Landrückforderungen?« Die Bauunternehmer würden dieses Stück Land bestimmt nicht kampflos aufgeben, dachte sie.

»Ja. Ich werde Summerley für die Petersens zurückbekommen. Wir dachten, wir hätten keine Chance, bis Mr. Ricardo Heinrich angeboten hat zu helfen.«

»Der Politiker?« Persy versuchte, nicht skeptisch zu klingen. Ricardo Heinrich war ein aufgeblasener Heuchler mit zwielichtigen Freunden in hohen Positionen. Und kein Freund der Polizei. Außerdem war er als Opportunist bekannt. Wenn Heinrich bereit war, Moses Petersen zu helfen, dann musste das auch für ihn von Nutzen sein.

»Wenn Sie etwas sehen oder hören, dann rufen Sie mich bitte an.« Persy reichte ihm ihre Karte. Moses Petersen sah sie sich mit zusammengekniffenen Augen an, dann steckte er sie in seine Innentasche.

»Jonas? Wo sind Ihre Leute her?«

»Ich habe in Noordhoek Valley gelebt, als ich klein war – an einem Ort, der diesem hier sehr ähnelt. Aber wir wurden auch zwangsumgesiedelt. Nach Ocean View.«

»Die Umsiedlungen waren schrecklich für unsere Leute«, sagte der alte Mann.

»Ich wusste nicht, dass es hier auch zu welchen gekommen war. Ich dachte, die *laanies* hätten schon immer hier gewohnt.«

»Morgen findet ein großes Treffen statt. Um vier. Im Alphen Hotel. Wenn Sie mehr darüber wissen wollen, da wird dann auch ein junger Mann von der Universität dabei sein. Er forscht über die Geschichte dieser Gegend.«

Als Persy zum Auto zurückstapfte, nahm sie sich vor, morgen dort vorbeizusehen. Sie könnte etwas erfahren, das Licht in das Verschwinden von Annette Petroussis bringen könnte.

Marge war mit Bongo vor den nervigen Morgenritualen ihrer Gäste zum Noordhoek Beach geflüchtet. Sonntag war ein arbeitsfreier Tag, ein Tag, den sie im Normalfall genießen würde – ein fauler Nirgendwo-hinmüssen-nichts-tun-müssen-Tag, ohne Struktur oder Routine. Aber Matt, Lucy und Bronwyn hatten die Küche mit dem damit einhergehenden Chaos belagert.

Chapman's Peak ragte über dem Strand auf, grüner nach den letzten Regenfällen, und ein paar Märzlilien streckten ihre Köpfe schon verfrüht hinaus – pinkfarbene Tupfer zwischen dem Grün. Der Morgen war kühl. Entsprechend der unzuverlässigen Wettervorhersage für Kapstadt würden die Temperaturen heute neunundzwanzig Grad erreichen. Kommetjie und der entfernt stehende Leuchtturm waren verschwommene Umrisse in feinem Nebelschleier. Ein tiefer stehender, horizontloser Himmel warf diffuses Licht auf das gläserne Meer. Bongo rannte glücklich herum, schnüffelte am Seetang und den Spuren, die andere Hunde auf dem feuchten Sand hinterlassen hatten, doch Marge war zu beunruhigt, um mit ihm zu spielen. Sie hatte Paula Hamilton früh am Morgen angerufen und von ihr erfahren, dass Severine noch immer nicht nach Hause gekommen war. In den wenigen Sitzungen mit Severine hatte Marge nicht genug Zeit gehabt, in die tiefer liegenden Probleme des Mädchens einzutauchen. Sie machte sich mit dem Fall vertraut, indem sie das ursprüngliche Gutachten von Severines exklusiver Privatschule durchsah. Gedanklich ging sie die Überweisung noch einmal durch.

Merton Girl's High School
Bericht der Vertrauenslehrerin
Name: Severine Allegra Hamilton
Alter: 17

Severine ist eine außergewöhnlich intelligente Schülerin (siehe beiliegende Schulzeugnisse), die für gewöhnlich sehr gute Noten erzielt. Sie arbeitet viel, ist äußerst diszipliniert und gewissenhaft. Anhaltende gesundheitliche Probleme haben den normalen Reifeprozess und die altersgemäße Abnabelung von den Eltern offenbar beeinträchtigt. (Ich füge die entsprechenden Krankmeldungen von Ärzten und Spezialisten bei, damit Sie sich eine Vorstellung ihres Gesundheitszustands machen können.) Sie würde vermutlich davon profitieren, würde sie mehr Freizeit mit Gleichaltrigen verbringen und sich mehr mit ihnen umgeben. Severines Eltern sind geschieden, und sie lebt bei ihrer Mutter. Sie hat jedoch erwähnt, dass sie ihren Vater gern häufiger sehen würde.

Severine war Ende letzten Jahres Geisel bei einem bewaffneten Raubüberfall. In diesem Halbjahr wurde sie für Beratungsstunden zu mir geschickt. Ihre Lehrer sagen, dass sie verträumt, abgelenkt und zurückgezogen ist und ihre Noten schlechter geworden sind. Meiner Ansicht nach wirkt sich das Trauma des Überfalls negativ auf ihre Konzentration aus.

Dr. Paula Hamilton, Severines Mutter, ist Psychiaterin. Sie weiß um die Nebenwirkungen von Angstlösern und Antidepressiva, die Severine verschrieben bekommt, und hat den Eindruck, diese reichen aus. Meiner Meinung nach wird Severine jedoch nicht mit dem Druck des Abiturs klarkommen, solange sie keinen klinischen Psychologen für das konsultiert, was ich für eine posttraumatische Belastungsstörung halte.

Überwiesen durch: Henrietta Benatar, Beratungslehrerin, Dipl.-Psych., UCT (University of Cape Town), HPCSA (Health Professions Council of South Africa)
Grund der Überweisung: posttraumatische Belastungsstörung

Henrietta Benatars Worte hatten Marge beim wiederholten Durchlesen nichts gesagt, was sie nicht schon wusste. Heute allerdings wurde sie sich des leicht ängstlichen Tonfalls bewusst.
Eine tief hängende Wolke ließ einen leichten Schauer über Marge niederregnen, der ihre dünne Jacke durchweichte. Dieser verfluchte frühe Regen mit seinen Kröten und Märzlilien kündete davon, dass die Natur nicht länger in Einklang mit ihren eigenen Rhythmen lebte. Marge pfiff Bongo zu sich. Mit heraushängender Zunge kam er angerannt, immer eifrig und folgsam. Auf diesem Gebiet konnte er Bronwyn noch ein paar Lektionen erteilen, dachte Marge, als sie sich auf den Heimweg machten.
Sie wollte nach Hause gehen, sich die Notizen und Protokolle zu Severines Sitzungen noch einmal durchsehen, sich vergewissern, ob sie nicht doch etwas übersehen hatte, das einen Hinweis auf das Verschwinden des Mädchens geben könnte.
Vielleicht war es auch an der Zeit, mit Persy Jonas zu sprechen.

Da sie als eine der Letzten auf das Revier versetzt worden war, hatte Persy das schlimmste Büro bekommen. Zusammen mit Detective

Warrant Officer Nimrod Gumede, ihrem Bürokollegen, der nicht gerade der Kleinste von allen war, teilte sie sich einen Raum von der Größe einer Besenkammer.
Persy wurde häufig mit dem älteren Detective zusammengespannt. Sein umgängliches Zulu-Wesen verschleierte seinen tiefsitzenden, fest verwurzelten Rassismus. Dieser richtete sich hauptsächlich gegen Weiße, allerdings war Nim auch nicht gerade begeistert von Farbigen oder Indern. Was schwarze Südafrikaner betraf, so verschwendete er keine Zeit mit Xhosas oder Sothos, ganz besonders hatte er jedoch die Pedi auf dem Kieker. Aus irgendeinem Grund war Persy von seinen Vorurteilen ausgenommen. Vielleicht mochte er sie ja auch einfach. Auch Persy mochte ihn, sich selbst zum Trotz, denn sie konnte seinen Rassismus und seine steinzeitliche Haltung Frauen gegenüber nicht ausstehen. Tucker tat ihn als »fanatisches Arbeitstier« ab. In Persys Augen war er langsam, aber gründlich und überraschenderweise effektiv. Noch wichtiger war jedoch, dass sie ihm vertraute. Er war ein Cop der alten Schule, hatte sich hochgearbeitet, ehe die Maßnahmen der Förderung von Minderheiten eingesetzt hatten. Er war der Meinung, die alte Apartheid-Polizei habe funktioniert wie »ein Formel-1-Rennwagen, jetzt ist die Polizei nichts anderes als ein rostiger alter *skedonk*«; darin stimmten ihm so manche Cops insgeheim zu.
Persy kehrte aus Summerley zum Revier zurück, da ihr nächster Dienst gleich anfing. Sie traf auf Nim, der einen Bericht sorgfältig abheftete.
»Hey, Nim, irgendwelche Nachrichten?«
Er schaute nicht auf. »Nein. Und ich bin beschäftigt. Muss einen Bericht für das Forum fertig machen. Die sind nicht gerade glücklich.«
Das örtliche Community Policing Forum war häufig weniger eine Hilfe als vielmehr eine Behinderung. Ein paar der arroganteren Mitglieder behandelten die Polizisten wie Schwachköpfe.
Persy beugte sich über ihre eigenen Berichte. Sie war hundemüde und sehnte sich nach einer Mütze Schlaf. Vielleicht würde sie auf dem Heimweg noch kurz bei Tucker vorbeischauen. Schlechte Idee. Sie war zu erschöpft für Sex, und sie konnte sich kein Zusammentref-

fen von ihnen beiden ohne Sex vorstellen. Sie holte ein *sarmie* vom Vortag aus der Schublade, zog die Frischhaltefolie ab, biss in den durchweichten Matsch, bevor sie es in den Müll spuckte und den Bericht zu Joseph Lancaster anfing.

Der Junge hatte herumfabuliert von wegen, er habe ein Taxi nach Constantia genommen und sei dann auf der Suche nach einer Wand für sein Graffito herumgestromert und dabei zufällig an Dieu Donnés frisch gestrichener Mauer und dem Baby vorbeigekommen. Persy glaubte ihm nicht (insbesondere sein heftiges Abstreiten, er sei Laski), aber es gab keine Beweise, die ihn mit Annette, Callum oder der Entführung in Verbindung gebracht hätten. Er machte den Eindruck, als wäre er ein ganz ordentlicher Junge und bestimmt nicht der Schurke, als den Zweli ihn darstellen wollte. Callums Rettung hatte ihn schrecklich mitgenommen. Als seine Mutter endlich kam, um ihn abzuholen, wäre diese kleine Gestalt mit der Kapuze vor Müdigkeit fast umgefallen.

Zunächst hatte Persy Helen Lancaster aufgrund ihres frühzeitig schneeweiß gewordenen Haares für seine Großmutter gehalten. Aus der Nähe sah sie dann aber nicht älter aus als vierzig. Sie hatte sich übermäßig bei Persy entschuldigt und dasselbe von Joseph verlangt (den sie Jos nannte). In Gegenwart seiner Mutter war nichts mehr von dem jungen, frechen Straßenkünstler zu sehen, und als Jos ganz betreten in seinen Skateboard-Schuhen aus dem Revier schlurfte, hörte Persy, wie er zu seiner Mutter sagte: »Hey, komm, Mom, tut mir leid. Jetzt wein doch nicht.«

Hoffentlich war das das Letzte, was sie von Laski sehen oder hören würden. Persys Telefon klingelte. Es war wirklich niemals Ruhe. Hoffentlich war das nicht wieder diese weibliche Phantomanruferin.

»Hey, Jonas.«

Persy erkannte die fröhliche Stimme sofort.

»Phumi?« Persys Stimmung hob sich merklich. Phumi bewirkte das bei anderen Menschen. »Wie läuft's so in Fish Hoek?«

»Ist nicht mehr dasselbe ohne dich, Titus und Dizu, meine Süße.«

Phumeza: unerhört kurze Röcke, schrillbuntes Augen-Make-up, künstliche Nägel, unziemliche Affären. Supereffizient und hoch professionell. Die Königin des Fish-Hoek-Reviers. Und in jeder Hinsicht die Antithese zu Refilwe.

»Hör mal zu, *sisi,* Cheswin will mit dir reden.«

Cheswin April war einer von Persys Kollegen im Fish-Hoek-Revier gewesen. Ehemaliger Boland-Spieler in der U20-Mannschaft, jetzt mit Brille und zu Bauchansatz neigend. Dennoch war es ihm gelungen, eine atemberaubende, fünfzehn Jahre jüngere Frau aufzureißen. Die ewige Faszination von Rugby.

April war vor kurzem zum Warrant Officer befördert worden, nachdem er der Polizei bei den Ermittlungen gegen einen korrupten Cop assistiert hatte, Persys Nemesis, Mhlabeni. Mhlabeni hatte an dem Sherwood-Fall mit Persy zusammengearbeitet; oder vielmehr, gegen sie gearbeitet. Man hatte ihn festgenommen, allerdings war er einer Gefängnisstrafe entkommen, weil er seine ehemaligen Gangsterkollegen ausgeliefert hatte. Mhlabenis Zeugenaussage hatte zu einer schönen, umfangreichen Razzia bei *chop-shop*-Besitzern, Hundekampf-Syndikaten und Dealern in der Gegend von Noordhoek-Kommetjie geführt. Das hieß aber auch, dass er ein wandelnder Toter war und in einem Zeugenschutzprogramm verschwinden musste.

»Persy?« Cheswin war in der Leitung.

»Hey, Cheswin! Alles klar?«

»Wie immer. Zu viel Arbeit.«

»Wem sagst du das?«

»Ich komme auf eine Sache zurück aus der Zeit, als du noch hier gearbeitet hast. Das erstochene Opfer, das wir in Kommetjie Road gefunden haben …«

»Der Capri *bergie,* der die deutschen Mädchen abgezockt hat?«

Persy erinnerte sich an den zwei Jahre zurückliegenden Fall, eine zusammengesackte Leiche war auf der Straße gefunden worden. Fünfzehn Messerstiche hatten die Designer-Lederjacke durchlöchert, die der Landstreicher einem der Fräulein gestohlen hatte.

»Genau den. Deon Botha war der Name des Obdachlosen. Ich schicke dir die Akte. Wir hatten einen Augenzeugen, der sagt, Bothas Freundin habe ihn abgemurkst. Katrina Evans. Weibliche Landstreicherin, zuletzt in deinem Revier in der Gegend von Constantia gesichtet.«

»Botha hat mir nicht gerade den Eindruck gemacht, als hätte er das Zeug zu einer Beziehung.«

»Tja, also, lass mich mal so sagen: Ich glaube nicht, dass er das einzige Eisen war, das sie im Feuer hatte.«

»Schick mir die Akte, und ich ziehe ein paar Erkundigungen ein«, sagte Persy.

»Danke, Persy, du hast was gut.«

Persy spürte ein unerwartetes Stechen, als sie auflegte. Nicht das Revier fehlte ihr, aber die guten Leute, mit denen sie gearbeitet hatte: Phumeza, Titus und natürlich Dizu.

Ihr Telefon klingelte erneut, und sie war versucht, es zu überhören, aber nach dreimaligem Klingeln hob sie ab. »Ja?«, bellte sie.

Wieder die merkwürdige, erwartungsvolle Stille, während die unsichtbare Gegenwart am anderen Ende der Leitung den Atem anzuhalten schien.

Das Diep-River-Revier bestand aus einer Ansammlung viktorianischer Häuser, die renoviert und miteinander verbunden worden waren. Ein paar Nebengebäude waren hinzugekommen und im selben Blassgelb angestrichen worden. Man hatte dem Erbe der Gebäude Rechenschaft getragen, indem man die originalen Schiebefenster und die Veranda im Vorgarten beibehalten hatte. Es war so freundlich wie ein südafrikanisches Polizeirevier eben sein konnte, wenn man bedachte, dass es mit einer Palisade umgeben und jedes Fenster vergittert war. Marge wusste, dass Persy Jonas in dieses Revier versetzt worden war, aber sie hatte seit einigen Monaten nicht mit ihr gesprochen oder sie gesehen.

Einzig eine mürrisch dreinschauende Polizistin war im Dienstzimmer. Sie saß versunken vor ihrem Computer und war anscheinend ganz von etwas gefesselt, das nach einer Facebook-Seite aussah. Eine leere Styroporschachtel und eine Dose Fanta Orange standen neben ihr auf dem Tisch. Die Marke an ihrem Revers identifizierte sie als Constable Refilwe Moloto. Verbindungsbeamtin.

Marge klopfte auf den Tresen, um ihre Aufmerksamkeit zu erlangen. »Hat Detective Jonas Dienst?«

Constable Moloto seufzte, zog ihren Stuhl – was angesichts der ganzen Masse ziemlich schwierig sein musste – bis zum Tresen zu Marge. »Jonas hat zu tun.«

»Könnten Sie sie bitte rufen? Ich würde gern persönlich mit ihr sprechen.«

»Worüber?«

Marge spürte Wut in sich aufwallen. »Über ein vermisstes siebzehnjähriges Mädchen, Severine Hamilton. Ihre Mutter hat letzte Nacht eine Vermisstenanzeige aufgegeben.«

Die Polizistin starrte sie verdrießlich an. »Ich hab die Anzeige aufgenommen. Sie steht in der Datenbank.«

»Sagen Sie Detective Jonas bitte, dass ich hier bin.« Marge reichte ihr eine Visitenkarte. »Marge Labuschagne. Sie kennt mich.«

Die Polizistin machte sich nicht die Mühe, die Karte anzusehen. »Sie können hier nicht einfach so reinkommen. Jonas ist gerade mit Ermittlungen beschäftigt. Da müssen Sie zuerst einen Termin ausmachen.«

Marge war kurz davor, Constable Moloto zu zeigen, wie ungemütlich sie werden konnte, als sie Persy auf sich zukommen sah.

»Marge!« Persy sah überrascht, aber angenehm erfreut aus, sie zu sehen.

Ein warmes Gefühl durchlief Marge, als sie einander umarmten.

Dann hielt Marge Persy auf Armeslänge von sich entfernt und sagte: »Lass dich mal ansehen.«

Die junge Frau sah älter aus, die Gesichtszüge genauer definiert, und sie trug eine moderne Brille. Und trotz ihrer starken Bemühungen, ihre Vorzüge unter diesen schrecklichen jungenhaften Klamotten zu verbergen, war sie auf ihre feine, androgyne Art immer noch ziemlich schön.

»Gut siehst du aus.«

»Du aber auch«, sagte Persy mit ihrer üblichen Mischung aus Offenheit und Zurückhaltung, die sie ebenso schüchtern wie aufsässig wirken ließ.

»Hmm … ich müsste ein bisschen mehr Bauch verlieren.« Marge tätschelte ihre Mitte. »Hab die ollen Kippen aufgegeben, aber ich hoffe natürlich, dass die Kilos sich nicht wieder anhäufen.«

»Schon wieder aufgehört, was?« In dem netten Lachen lag jedoch kein Spott. Marge war wieder einmal erstaunt, wie sehr sie dieses Mädchen mochte, obwohl ihre Beziehung von häufigen Auseinandersetzungen geprägt war. Oder vielleicht genau deswegen.

»Was führt dich hierher, Marge?«

»Eine meiner Patientinnen, ein siebzehnjähriges Mädchen wird seit letzter Nacht vermisst.«

Persy hatte sich gefreut, Marge hier im Dienstzimmer zu sehen, doch ihr schwante nichts Gutes. Wenn Marge gekommen war, um sie um einen Gefallen zu bitten, dann hätte sie keinen schlechteren Moment auswählen können. Auf Persys Schreibtisch häuften sich die Akten. Ihre letzte Sorge galt einem von zu Hause weggelaufenen Teenager.

»Teenager kreuzen für gewöhnlich von selbst wieder auf. Betrunken oder bekifft oder völlig zugedröhnt im Haus eines Freundes.«

Marge verzog das Gesicht mit der für sie typischen Dickköpfigkeit.

»Hör mir einfach nur zu, ja? Ich glaube nicht, dass sie zu dieser Sorte Mädchen gehört.«

Persy spürte die brennende Müdigkeit, die wie ein Stachel durch ihren Schädel drang. »Meine Schicht ist gleich zu Ende, und es war ein ziemlich langer Morgen … und eine lange Nacht. Sag der Mutter, sie soll eine Vermisstenanzeige aufgeben.«

»Das hat sie. Und man hat sie abblitzen lassen.« Marge warf Refi einen vorwurfsvollen Blick zu und wurde ihrerseits unverschämt angestarrt.

Leichter Schwindel erfasste Persy. Sie musste etwas essen, und zwar bald. Der nagende Hunger machte sie leicht gereizt.

»Vermisste Kinder scheinen auf der Prioritätenliste dieses Reviers ganz unten zu stehen«, sagte Marge ungeduldig.

Marges Anspruchshaltung hatte etwas typisch Weißes, als hätten ihre Belange über denen aller anderen zu stehen.

»Genau, und meist sind sie schwarz oder farbig«, erwiderte Persy scharf. »Ein reiches weißes Kind wird nicht automatisch zur Priorität.« Okay, das wäre jetzt vielleicht nicht nötig gewesen, dachte Persy.

»Sie ist also nicht in Gefahr, weil sie weiß ist?«

»Das habe ich nicht gesagt ...«
»Zufälligerweise kenne ich mich damit etwas aus, falls ich dich daran erinnern darf«, sagte Marge sauertöpfisch.
Zu spät fiel Persy ein, dass Marge ehrenamtlich bei der Child Protection Unit, der CPU, beratend tätig war. Die einzige Hoffnung für Tausende von Kindern in einem Land, das sich anscheinend einen feuchten Dreck um sie scherte.
Marge blieb hartnäckig, sie ließ nie von einem Knochen ab. »Letzte Nacht kam es zu einem weiteren Zwischenfall im selben Constantia-Anwesen, auf dem auch dieses Mädchen lebt.«
»Constantia-Anwesen?«, fragte Persy mit einem Mal hellhörig.
»Dieu Donné. Dieser hässliche Schandfleck bei Groot Constantia.«
»Ja, kenne ich.« Persy ging zum Empfang, gefolgt von Marge.
»Refilwe, die Vermisstenmeldungen von letzter Nacht«, sagte Persy. »Hamilton, Severine. Ich brauche sie jetzt.«
Refilwe rief eine Kopie der Vermisstenanzeige auf dem Bildschirm auf. Persy überflog sie rasch, dann starrte sie Refilwe an. »Warum höre ich erst jetzt davon?«
Refilwe zog eine Schnute. »Du warst beschäftigt.«
Persy war versucht, dieser dummen Kuh gleich hier und jetzt die Leviten zu lesen, aber sie wollte Marge diese Befriedigung nicht geben. »Sag Nim, er soll sofort ein Auto holen«, wies sie an.
»Was genau ist letzte Nacht in Dieu Donné passiert?«, wollte Marge wissen.
Persy wusste, dass sie es Marge sagen musste, ansonsten würde sie alle Hebel in Bewegung setzen, um es herauszufinden. Als Persy sie über das Verschwinden von Annette Petroussis und ihrem Baby informierte, über die Hinweise auf Überfall und Entführung, wurde Marges Gesichtsausdruck immer besorgter.
»Aber das ist streng geheim, Marge. Sprich mit niemandem darüber.« Persy schaute sie eindringlich an. »Das meine ich ernst«, sagte sie.
Und damit war Persy auch schon unterwegs, im Eilschritt.

15

Nim und Persy fuhren durch eine Allee mit Eichen, die Constantiaberge waren hinter einem Nebelschleier verborgen, eine Folge des kürzlichen Regengusses.

Nim war ein guter Fahrer, zügig unterwegs, aber nicht halsbrecherisch. »Ich hab diese Labuschagne-Frau im Gerichtssaal gesehen. Wir setzen unser Leben aufs Spiel, um diese Schurken zu erwischen, und dann sagt sie so: ›Das sind keine Kriminellen, sie sind krank. Sie müssen ins Krankenhaus.‹«

»Das stimmt so nicht ganz«, widersprach Persy, obwohl sie einst genau wie Nim über Marge und Psychologen allgemein gedacht hatte. Aber das war, bevor sie mit Marge die Ermittlung zu Andrew Sherwood durchgeführt hatte. Bevor die verheerenden Erinnerungen von Persys Kindheit wieder hochgekommen waren und sie in Stücke gerissen hatten. Und bevor die Psychotherapie sie wieder zusammengesetzt hatte.

Als Persy wegen Severine Hamilton bei Tucker angerufen hatte, war sie auf seiner Mailbox gelandet. Nach zehn Tagen Schwersteinsatz rund um die Uhr war er vermutlich für die nächsten Stunden völlig weggetreten.

Ein neues Gesicht am Wachhäuschen von Dieu Donné prüfte ihre Ausweise überaus akribisch, war nach dem Zwischenfall am Abend zuvor höchst wachsam und winkte sie schließlich durch.

Bei Tageslicht bekam Persy einen besseren Überblick über das Anwesen. Diese Siedlung bestand aus kittfarbenen Monolithen mit extrahohen Decken und riesigen Fensterflächen. Um die einzelnen Häuser waren keine Mauern gezogen. Die massive Umzäunungsmauer, verstärkt mit mehrreihigem Elektrozaun, und die 24-Stunden-Überwachung hatten, zumindest bis letzte Nacht, einen ausreichenden Schutz dargestellt. Dichtes, heimisches Gebüsch, das die perfekt gepflegten Pflasterstraßen säumte, schirmte die Häuser vor neugierigen Blicken ab. Das hier war ein privater Vorort in einem gepflegten Anwesen. Ein sehr verlassener Vorort. Keine Menschenseele weit und breit.

»So viel Land«, sagte Nim angewidert, »für so wenige Häuser. Die

Weißen verstecken sich hier, aber eines Tages werden die Schwarzen kommen und es sich wieder zurückholen.«

»Hier geht es doch nicht einmal mehr um die Hautfarbe«, sagte Persy. »Es geht ums Geld.«

Andererseits war Persy noch nie ein Farbiger in einem Haus untergekommen, das dem der Hamiltons auch nur annähernd ähnelte. Es befand sich in erstklassiger Lage am Ende einer Sackgasse, war von ähnlichem Stil wie das der Petroussis, allerdings war hier alles großzügiger bemessen. Die Petroussis lebten zwar nur ein Haus von den Hamiltons entfernt, doch das weitläufige Anwesen verbarg jeden Hinweis auf die Nachbarn.

Ein Mann öffnete die massive Holztür und stellte sich als Clive Hamilton vor, Severines Vater. Er war ungefähr fünfzig; ein affektierter, ungepflegter Typ, gekleidet wie jemand, der nur halb so alt war. Persy zeigte ihm ihre Dienstmarke. Er hatte sie schon erwartet. Wenigstens war Refilwe so hell gewesen, sie anzukündigen.

Persy und Nim wurden in einen Wohnbereich geführt, der wiederum dem der Petroussis im Design ähnelte, aber zweimal so groß war. Die eisige Schlichtheit hatte etwas Abstoßendes, sogar Einschüchterndes. Drei betont moderne Sofas dominierten den Raum. Riesige, deckenhohe Gemälde hingen an den Wänden, signiert mit dem Namen »Hamilton«. Jemand in der Familie war also Künstler, vermutlich Clive, wenn man sich sein Aussehen vor Augen führte. Persy kannte sich mit Kunst nicht aus, aber sie wusste, was ihr gefiel und was nicht, und von den Gemälden hier hielt sie nicht besonders viel.

Eine schlanke Frau tauchte aus dem offenen, l-förmig angeordneten Küchenbereich am Ende des Raumes auf und kam auf sie zu. »Detective Jonas, oder? Danke, dass Sie gekommen sind. Ich bin Paula Hamilton.« Die Frau trug ihr dünnes Haar als Bob. Ihr Hauttyp gehörte zu der Sorte, der bei Stress fleckig wurde. Ihre blassen Augen waren verquollen und blutunterlaufen.

Persy stellte Nimrod vor, doch er hätte genauso gut im Raum nebenan stehen können, so wenig beachtete ihn Paula, einzig Clive Hamilton nickte steif. Persy konnte sich schon vorstellen, was Nim später dazu sagen würde.

»Wir haben gehört, dass eine weitere Frau letzte Nacht von unserer Wohnanlage verschwunden ist«, sagte Paula ängstlich. »Hat das irgendetwas mit Severines Verschwinden zu tun? Ich bin bald ganz verrückt vor Sorge.«

»Das wissen wir zum jetzigen Zeitpunkt noch nicht, Ma'am«, erwiderte Persy. »Ich muss Ihnen ein paar Fragen stellen.«

Paula wiederholte das meiste, was ohnehin schon im Bericht stand, aber sehr viel ausführlicher. Sie war sehr nervös. Manchmal sprang sie auf und ging unruhig hin und her. Clive Hamilton blieb auf dem Sofa sitzen, reglos. Ab und an presste er sich die gespreizten Hände ans Gesicht, als würde er über Paulas Aussage nachgrübeln.

»Offenbar haben die Überwachungskameras nicht funktioniert, mal abgesehen von denen an der Pforte. Allerdings behaupten die Wachmänner felsenfest, dass sie das Anwesen nicht durch die Pforte verlassen hat.«

»Ist sie schon früher mal einfach so verschwunden?«, fragte Persy.

»Noch nie. Sie sagt mir immer, wo sie ist.«

Paula nahm wieder neben Clive Platz. Sie wirkte erschöpft. Persy fragte sich, ob sie überhaupt geschlafen hatte.

»Paula und meine Tochter sind unzertrennlich«, sagte Clive Hamilton gelangweilt, legte dabei eine Hand auf Paulas Schulter. Unter seiner Berührung zuckte sie zusammen.

Persy tat, als hätte sie nichts bemerkt. »War etwas an ihrem Verhalten in der letzten Zeit anders?«

»Ich weiß nicht, ob Marge Labuschagne Ihnen das erzählt hat, aber Severine war im Januar Geisel bei einem bewaffneten Raubüberfall«, sagte Paula. »Bei Clicks in Constantia Village. Severine hat bei jemandem auf Ihrem Revier eine Aussage gemacht.«

Persy erinnerte sich an den Zwischenfall. Die Arbeit einer Profi-Gang, die während der Ferienzeit mehrere Einkaufszentren erfolgreich überfallen hatte. Sie war bis nach Gauteng verfolgt und von der Special Crime Unit bei einer groß angelegten verdeckten Operation verhaftet worden.

»Severine braucht Medikamente«, fuhr Paula Hamilton fort. »Ich mache mir solche Sorgen, weil sie ihre Tabletten hiergelassen hat.«

»Was genau fehlt ihr denn?«, fragte Nim.

Clive sah zu Paula, die zögerte, ehe sie sagte: »Eine Autoimmunschwäche. Sie muss sorgfältig überwacht werden.«

»Paula ist Ärztin, Detective«, warf Clive da ein.

»Psychiaterin«, korrigierte ihn Paula. »Ohne ihre Medikamente kann Severine sehr …«

»… angespannt werden«, vollendete Clive ihren Satz.

»… emotional sehr instabil werden«, korrigierte Paula.

»Ich brauche Telefonnummern von Severines Freunden und Lehrern, auch von Handwerkern, Hausangestellten, Gärtnern und so weiter … Also die Nummern von allen, die Sie beschäftigen«, sagte Persy. »Erinnern Sie sich zufällig noch an das, was Severine anhatte, als Sie sie zuletzt gesehen haben?«

»Ein leichtes Sommerkleid, eine Art feiner Baumwollstoff mit einem Blumenmuster, und diese Stoffschuhe, die gerade alle Teenager tragen, dazu eine Jeansjacke.« Persy spürte etwas Neid in sich aufkeimen. Da sie ohne Mutter aufgewachsen war, hatte sie immer von einer Mutter wie Paula geträumt. Aufmerksam, besorgt, beschützend. Jemand, der sich merkte, was man jeden Tag anhatte.

Nimrod wandte sich an Clive. »Wann haben Sie Ihre Tochter zuletzt gesehen?«

»Oh, Paula und ich leben getrennt. Wir sind geschieden«, sagte Clive mit leichtem Unbehagen.

»Wann haben Sie Ihre Tochter zuletzt gesehen?«, hakte Nimrod unverblümt nach.

»Was Clive sagen will, ist, dass er Severine nur sporadisch sieht – sein Künstlerdasein beschäftigt ihn schrecklich«, erklärte Paula. »Und obwohl er nichts oder so gut wie nichts mit ihrem Alltag zu tun hat, wirft er mir vor, sie zu sehr zu bemuttern.«

»Sie ist siebzehn. Ich finde nicht, dass du sie dermaßen gängeln solltest«, sagte Clive.

»Angesichts der Tatsache, dass sie eine grauenhafte Erfahrung im Einkaufszentrum gleich um die Ecke machen musste und jetzt verschwunden ist, glaube ich nicht, dass meine Ängste fehl am Platz sind«, erwiderte Paula bissig.

Clive zuckte zusammen und wandte den Blick ab. So viel zu glücklichen Familien, dachte Persy.
Sie notierte sich nähere Angaben zu Severine – ihr Alter, Größe, Gewicht, Personalausweisnummer. Außerdem reichte Paula ihr ein paar Fotos von Severine, auf denen sie in selbstsicherer Pose abgelichtet war, in Profiqualität. Ihr Gesicht unterschied sich nicht von dem der typischen weißen Mädchen der Mittelschicht: ebenmäßige Gesichtszüge, gerade Zähne, schlank. Und unreif. Sie sah so viel jünger aus als siebzehn.
»Probleme in der Schule? Mit Freunden? Ihrem Freund?«, fragte Persy.
»Nein. Das hätte sie mir gesagt. Wir haben keine Geheimnisse voreinander.« Paula warf ihrem Ex-Mann einen weiteren Blick zu. »Wir verstehen uns sehr gut.«
Und doch ging ihre Tochter zur Therapie, dachte Persy. Und was Severines Geheimnisse betraf – wenn jemand eine Ahnung davon hatte, dann Marge.
»Kennen Sie die Familie Petroussis?«, fragte Persy weiter. »Sie wohnen zwei Häuser weiter.«
»Eigentlich nicht«, sagte Paula. »Ich habe ab und zu gesehen, wie die Frau vorbeifuhr. Ich glaube, sie hat kleine Kinder. Die Bewohner hier geben sich nicht viel miteinander ab. Die Anwesen liegen zu weit auseinander, als dass wir einen regelmäßigen, nachbarschaftlichen Austausch pflegen würden.«
»Und Severine kannte sie nicht?«
»Oh nein. Ganz bestimmt nicht.«
»Dürfte ich bitte Ihre Hausschlüssel sehen?« Persy und Tucker hatten darüber gerätselt, wie die Entführer der Petroussis tags zuvor zum und vom Gelände gelangt waren. Die einzige Schwachstelle schienen die Dienstboteneingänge zu sein. Diese wurden von Kameras überwacht, die etwaige Bewegungen aufgezeichnet hätten, hätten sie die ganze Zeit funktioniert. Alles deutete auf Insider hin, vermutlich auf die Wachmänner. Wer sonst wüsste über die Positionen der Überwachungskameras Bescheid?
Paula kam mit einem schweren Schlüsselbund aus der Küche zurück und reichte ihn Nimrod. Persy entdeckte sofort den Schlüssel zum

Dienstboteneingang, derselbe große, wie für ein Vorhängeschloss gemachte Schlüssel, den sie schon bei den Petroussis gesehen hatte.

»Wer hat sonst noch Zugang zum Schlüssel für den Dienstboteneingang?«

Paula wirkte überrascht, dass Persy vom Dienstboteneingang wusste.

»Nur Nosapho. Unsere Hausangestellte. Sie benutzt ihn, um den Müll auf die Straße zu stellen.«

»Wir müssen mit ihr sprechen«, sagte Persy.

»Sie ist hier. Für gewöhnlich arbeitet sie sonntags nicht, aber ich habe sie gebeten zu kommen. Hausarbeit ist wirklich das Letzte, worüber man sich in einem solchen Moment Gedanken machen will.«

»Wofür ist der hier?« Nim hielt einen Schlüssel mit ungewöhnlicher Form hoch.

»Mein Vater hat die Häuser hier auf dem Gelände designt. Diese Schlüssel sind extra für die großen, spezialgefertigten Schiebetüren hergestellt worden.«

»Und sie sind einzigartig«, dröhnte ein großer silberhaariger Mann, der gerade durch die Eingangstür kam. In seiner teuren Safarijacke und dem gestreiften Shirt erinnerte er an einen reichen Wildtierhüter in Rente. »Das war eine technische Meisterleistung, das kann ich Ihnen sagen. Türen wie diese finden Sie nirgendwo sonst.«

»Dad«, sagte Paula. »Diese Leute sind von der Polizei.«

Er sah Persy aus denselben blassen Augen wie Paula an. Sein Blick war eisig. »Könnte ich Ihre Ausweise sehen?«

Persy und Nimrod zeigten ihm ihre Dienstmarken.

»Sie sehen ziemlich jung aus«, sagte er an Persy gerichtet, als wäre Nim unsichtbar. »Ich nehme an, das BEE-Programm hat die meisten erfahrenen Ermittler rausgeworfen.« Persy nahm an, dass er damit weiße Cops meinte, immerhin war Nim schon fünfzig. Sie spürte, wie ihre anhaltende Müdigkeit sie erneut übermannte. Bottom Road Sanctuary und ihr Cottage waren zu verlockend. Sich stattdessen mit einem alten weißen Arroganzbrocken abplagen zu müssen war das Letzte, worauf sie Lust hatte.

»Detective Jonas ist von Severines Psychologin in den höchsten Tönen gelobt worden, Daddy.«

»Das kümmert mich einen Scheiß«, sagte der Mann. »Ich gehe doch nicht zu einem Klempner, damit man mir einen Zahnarzt empfiehlt.«
»Dürfte ich Sie um Ihre Personalien bitten, Sir?«, bat Persy.
»Gray Langford. Ich bin Severines Großvater.«
Er ließ sich schwer auf das Sofa fallen und presste die Hände auf den Couchtisch. Sie waren ungewöhnlich groß und erinnerten an riesige weiße Spinnen, wie sie die bereits ordentlich aufgereihten Gegenstände dort neu arrangierten. Ihm gegenüber saß Clive mit undurchdringlichem Gesichtsausdruck. Persy war nicht entgangen, dass die beiden Männer einander nicht gegrüßt hatten.
»Ich dachte, meine Tochter hätte bereits eine Vermisstenanzeige aufgegeben.«
»Je mehr Informationen wir haben, umso besser ist es, Sir«, sagte Persy und hatte Mühe, ihren Unmut zu verbergen.
»Dann kommen Sie damit doch um Himmels willen endlich mal in die Gänge«, sagte Langford ungeduldig.

Nosapho Dasheka war eine gesetzte Frau mittleren Alters, die eine dieser typischen Trachten der Hausangestellten trug, mit Schürze und dem im Xhosa-Stil geknoteten Kopftuch. Reglos saß sie da, die Hände im Schoß. Sie erzählte Persy und Nim, dass sie in Harare lebte, in Khayelitsha, und schon seit zehn Jahren für die Hamiltons arbeitete. Ihre Stimme war ruhig und gleichförmig, aber Persy hörte, wie viel Anspannung sich darin verbarg.
Nosapho behauptete, sie hätte Severine zur Mittagszeit tags zuvor zum letzten Mal gesehen. »Sie hat gegessen und ist dann wieder auf ihr Zimmer gegangen. Um vier Uhr kam sie heraus und bat mich, ihr Kleid zu bügeln, danach ging sie wieder auf ihr Zimmer. Gegen halb fünf bin ich nach Hause gegangen. Das war das letzte Mal, dass ich sie gesehen habe.«
Die Wohnküche der Hamiltons war kaum der ideale Ort, um dieses Gespräch zu führen. Nosapho würde niemals offen mit ihnen reden, solange ihre Arbeitgeber in Hörweite waren. Nim nahm Persy beiseite. »Lass mich mit ihr auf Xhosa sprechen. Allein.« Persy ging zurück

in den Wohnbereich, wo die Familie saß und vor sich hin starrte, jeder in seiner eigenen Welt versunken, wie Mumien in einem Mausoleum. »Könnte ich mir das Zimmer Ihrer Tochter mal ansehen?«

Der riesige Raum erinnerte mehr an die Hochzeitssuite in einem Hotel als an das Zimmer eines Teenagers. Grandiose Proportionen. Ein Kingsize-Bett, ganz bauschig mit schneeweißer Bettdecke und Kissen, stand auf einem riesigen Podest. Persy konnte sich nicht vorstellen, wie das kleine Mädchen auf dem Foto darin schlief. Wie Goldlöckchen in Vater Bärs Bett.

Das zum Zimmer gehörende Bad hatte eine ebenerdig eingelassene Badewanne mit italienischen Fließen und einen Duschbereich mit Glastüren und modernen Armaturen, bei denen Persy nicht die geringste Ahnung hatte, wie sie an- und ausgestellt wurden. Teure Pflegeprodukte waren auf einem Waschtisch aufgereiht, über dem sich in einem kunstvoll gerahmten Spiegel ein Fenster mit Blick auf die Constantiaberge doppelte. Völlig unpassend lag ein Rosenkranz zwischen den Shampooflaschen und Schaumbädern – eine unerwartete Erinnerung an Persys Fastenversprechen. Paula, die ihrem Blick gefolgt war, stieß ein kurzes, abschätziges Lachen aus. »Interpretieren Sie da bitte nichts rein – wir sind eine Familie von rationalen Wissenschaftlern.«

Womit sie wohl sagen wollte, dass Religion zweifelsohne etwas für abergläubische Idioten war, dachte Persy, und fragte sich, wie Paula wohl reagieren würde, wenn sie wüsste, dass Persy Katholikin war.

»Die junge Generation trägt solche Sachen einfach gern«, fuhr Paula fort. »Postmoderne Ironie, nehme ich an.«

Sie führte Persy in eine Nische abseits des Zimmers. »Das ist Severines Arbeitsbereich.«

Eine Ecke, so sauber und spartanisch wie der Schlafbereich. Keine Fotos von Familie, Haustieren oder Freunden, keine Rockstars, um eine Teenager-Rebellion anzufachen. Ein geöffneter Laptop stand auf dem modernen Schreibtisch mit der glatten Oberfläche.

Schwere Schritten kündigten an, dass Nim zu ihnen unterwegs war. Er blieb kurz in der Tür stehen und schaute sich im Zimmer um.

»Können wir den Laptop mitnehmen?«, fragte Persy.
»Wenn es sein muss. Aber ich glaube nicht, dass Sie etwas darauf finden werden. Sie ist nicht viel in den sozialen Netzwerken aktiv. Sie benutzt ihn nur für ihre Hausaufgaben.«
Nim zog den Stecker und nahm den Laptop an sich. »Das ist ihr Passwort.« Paula notierte es und gab es Nimrod.
Es folgte ein unangenehmes Schweigen. »Und machen Sie sich nichts aus meinem Vater. Er ist nur schrecklich angespannt. Das sind wir alle.«
»Das ist verständlich«, sagte Persy.
Nim sagte nichts. Er steckte den Laptop in die Laptoptasche und verließ das Zimmer. Unten hatte Gray Langford eine Brille aufgesetzt und war mit seinem iPhone beschäftigt. Clive stand mit dem Rücken zu ihm und betrachtete eines der Gemälde an der Wand aus nächster Nähe. Persy hatte ganz den Eindruck, dass sie während ihrer Abwesenheit kein Wort gewechselt hatten.
Langford sah die Laptoptasche über Nims Schulter und verzog das Gesicht.
»Der gehört Severine«, erklärte Paula.
»Sorgen Sie dafür, dass Sie uns eine Liste aller Gegenstände aushändigen, die Sie mitnehmen, und bringen Sie uns die Sachen auch wieder zurück«, sagte Langford. »Die Polizei steht bei solchen Dingen in keinem guten Ruf.«
»Ich werde Ihnen ein Formular dalassen und alles zurückbringen, sobald wir unsere Ermittlung beendet haben, Sir.« Nims Gesichtsausdruck war undurchdringlich.
Clive wirkte bekümmert. »Ist es wirklich notwendig, in Sevs Privatsphäre herumzuschnüffeln?«
»Ich bin mir sicher, dass der Computer nichts enthält, was dich belasten könnte, Clive, nur für den Fall, dass du dir Sorgen machst«, sagte Paula. Clive lief rot an und wandte sich ab, doch Persy bemerkte ein wütendes Aufblitzen in seinem Blick. Was auch immer diese beiden für einen faulen Kompromiss geschlossen hatten, die gegenwärtige Krise brachte die Diskrepanzen ans Tageslicht.
Clives Aufmerksamkeit galt jetzt Persy. »Was ist mit der Frau von

nebenan, die auch verschwunden ist? Der Wachmann am Tor sagte mir, sie sei entführt worden. Stimmt das?«
Entgeistert riss Paula die Augen auf und hielt sich eine Hand vor den Mund. »Oh nein!«
Langford stierte Clive an. »Du bescheuerter Idiot!«
»Bislang wissen wir noch nicht, was Mrs. Petroussis zugestoßen ist. Gibt es Gründe, die Sie zu der Annahme führen, dass Ihre Tochter entführt worden sein könnte?«
»Um Himmels willen! Lassen Sie uns nicht vorschnell irgendwelche Schlussfolgerungen ziehen«, unterbrach sie Gray.
Persy machte beharrlich mit Clive weiter. »Hat früher einmal jemand versucht, Geld von Ihnen zu erpressen?«
Langford schnaubte. »Da sind Sie auf dem Holzweg, wenn Sie glauben, dass Clive hier derjenige mit Geld ist!«
»Aber du hast Geld, Daddy. Und das wissen die Leute«, sagte Paula.
Clive starrte Gray unumwunden an. »Deinen schäbigen Geschäftspartnern würde ich eine Entführung durchaus zutrauen.«
»Clive, bist du noch ganz bei Trost?«, rief Paula.
»Ignoriere ihn einfach«, meinte Langford. »Er ist ein Idiot.«
»Haben Sie Probleme beruflicher Art, Sir?«, fragte Persy Langford. »Gibt es jemanden, der versuchen könnte, sich durch Ihre Familie an Ihnen zu rächen?«
Missbilligend verzog Langford das Gesicht. »Machen Sie sich doch nicht lächerlich.«
»Ich denke nicht, dass das lächerlich ist«, hielt Clive dagegen. »Mr. Langford hatte unlängst Probleme mit einem Grundstücksverkauf.«
»Clive hat keine Ahnung von meinen Geschäften«, sagte Langford herablassend und erhob sich. »Wenn Sie alles haben, was Sie brauchen, Detective, dann ist es wohl an der Zeit, dass Sie gehen«, sagte er, als würde er eine Aufsichtsratssitzung auflösen. »Die Familie ist erschöpft, wie Sie sehen.«
Persy wäre lieber noch ein bisschen dageblieben, aber jetzt waren alle so verschlossen wie Austern. So würde sie nichts mehr aus ihnen herausbekommen, besonders dann nicht, wenn sie sie bedrängte.
Es war an der Zeit, einen strategischen Rückzug anzutreten.

Nim stieg gerade ins Auto, als Gray Langford unerwartet auftauchte und Persy ein Gespräch aufzwang.

»Detective … Penny Jonas, das stimmt doch?«

»Persy Jonas, Sir.«

»Ja, also, nur, um Sie zu informieren, falls Sie das nicht ohnehin wissen. Ich bin in der Businesswelt von Kapstadt bekannt und in gemeinnützigen Stiftungen aktiv. Es käme mir ziemlich ungelegen, wenn das Verschwinden meiner Enkelin in den Medien groß aufgebauscht würde.«

»Ohne das Einverständnis der Familie geben wir keine Informationen an die Medien weiter, Sir.«

»Sev ist ein Teenager, manchmal machen die verrückte Sachen, das wissen wir alle – mit dem Freund durchbrennen oder so«, führte Langford weiter aus. »Also lassen Sie uns das vorerst nicht an die große Glocke hängen, einverstanden?«

»Was für ein merkwürdiger Haufen«, sagte Persy, als sie sich schließlich anschnallte.

Nimrod ließ das Auto an und fuhr rückwärts die Auffahrt hinunter, warf dabei den einen oder anderen Blick auf das Haus. »Die Weißen sind so gierig. So ein riesiges Haus für gerade mal zwei Leute? Die haben doch nicht alle Tassen im Schrank.«

»Die Mutter tut mir leid. Das muss schrecklich sein.«

»Sie ist eine harte Frau.« Starke Frauen schüchterten Nimrod ein. Vielleicht weil seine Frau auch dazu zählte. Er runzelte die Stirn. »Und der Vater? Wollte uns nicht sagen, wann er seine Tochter zuletzt gesehen hat.«

Persy zuckte mit den Schultern. »Ich glaube nicht, dass er sie oft sieht. Hast du was von Nosapho Dasheka erfahren?«

»Sie macht sich Sorgen. Nein. Schlimmer – sie hat Angst.«

»Wovor?«

Nim zuckte mit den Schultern, bog auf die gepflasterte Straße ab, die zum Tor führte, beäugte durch halb geschlossene Augen die teuren Autos, die vor dem Haus der Hamiltons standen. Manchmal erinnerte er Persy an ein faules Krokodil – ein sich langsam fortbewegendes Tier, das einen allerdings mit seinem schuppigen Schwanz umhauen und mit seinem riesigen Maul zermalmen konnte.

»Glaubst du, Nosapho könnte involviert sein.«
»Sie hat Angst, sie könnte ihren Job verlieren. Aber ich würde für diese Leute nicht arbeiten wollen.«
Persy sagte nichts. Sie wusste, dass Nim wegen des Betragens der Hamiltons sauer war, und das zu Recht. Aber sie war gerade nicht in Stimmung für eine seiner gegen Weiße gerichteten Hasstiraden.
Sie grübelte über die letzte Stunde bei den Hamiltons nach. Paula und Clive konnten sich ganz eindeutig nicht ausstehen, dasselbe galt für Gray Langford und seinen ehemaligen Schwiegersohn. Und es sah ganz danach aus, als hätte Langford ein paar dubiose Arbeitskollegen und Clive Probleme mit Geld. Ganz offensichtlich lief im Verborgenen so einiges ab – sie waren nicht die perfekte Familie, die einem bei dem teuren Haus und den Autos in den Sinn kam.
Sie kamen bei den Petroussis vorbei. Die Auffahrt war leer, die Vorhänge zugezogen. Beim Gedanken an Kai und Alexi erfasste Percy eine Welle der Angst. Am liebsten hätte sie nachgesehen, wie es den beiden ging.
Sie fuhren durch die Schranke am Tor. Annette Petroussis und Severine Hamilton waren von einem der sichersten Gelände des Landes verschwunden – während der Stunde der Dunkelheit, als alle Lichter ausgeschaltet waren. Abgesehen von der Tatsache, dass sie beide weiß, weiblich und wohlhabend waren, gab es keine Gemeinsamkeiten: Die eine war ein überbeschützter Teenager, die andere eine Mutter von drei Kindern. Doch ob nun zufällig oder absichtlich oder einfach nur durch räumliche Nähe, ihre Schicksale schienen untrennbar miteinander verbunden zu sein.

16

Nosapho musste sich für die Heimfahrt ein Taxi nehmen, öffentliche Verkehrsmittel waren sonntags rar gesät. Die Abgase des Taxis strömten ins Wageninnere, wodurch ihr ganz schlecht wurde, und das unablässige Dröhnen der Musik aus dem Radio erschwerte ihr das Nachdenken. Dieses beständige Klingeln in den Ohren rührte

vom ersten Mal her, als sie diese laute Musik in einem Taxi gehört hatte, und hatte seitdem nie wieder aufgehört. In letzter Zeit musste sie den Fernseher so laut stellen, dass ihre Vermieterin sich beschwerte, der Lärm würde sie nachts wach halten. Was sie eigentlich wach halten sollte, war die Summe, die sie Nosapho für den Strom in Rechnung stellte. Sie selbst lebte ganz gemütlich und nett in ihrem Ziegelhaus des RDP-Programms mit fließend Wasser, einer eigenen Toilette und Strom, wohingegen Nosapho in einer Bruchbude hinter dem Haus wohnte und mit der lächerlich hohen Miete ihre Vermieterin mitsamt deren Familie unterstützte. Diese Frau beutete sie aus, aber Nosapho sagte nichts. Würden sie aus der Hütte geworfen, wohin sollten sie dann gehen? Außerdem war es ihr gelungen, sie mit ein paar ausgemusterten Teppichen von den Hamiltons gemütlich einzurichten, und der alte Fernseher, den sie von ihnen bekommen hatte, war immer noch größer und besser als der ihrer Vermieterin.
Nosapho hielt ihre Handtasche fest auf dem Schoss umklammert. Ihr Handy befand sich in der Innentasche ihrer Handtasche, leicht zu erreichen, sollte es klingeln. Sie versuchte, ihre Gedanken nicht zu sehr um Mandisa, ihre Tochter, kreisen zu lassen, aber seit diese gestern Abend nicht nach Hause gekommen war, konnte sie an nichts anderes mehr denken. Sie hatte gegen den Drang angekämpft, ihren Sohn Zakhele jede halbe Stunde anzurufen. Sie hatte fast kein Guthaben mehr auf ihrem Handy und auch kein Geld, um sich welches zu kaufen. Zahltag war erst in einigen Tagen. Sie würde sich mit dem durchschlagen müssen, was vom Maismehl, von dem Kohl und dem Tee da war, um Zakhele, Asanda, ihre ältere Tochter, und Boniswa, das Baby, durchzufüttern.
Durch die Autoscheibe sah sie die tief hängenden grauen Wolken. Regentropfen zogen Schlieren über die Scheibe. Sie hatte Angst vor dem kommenden Winter: vor der Feuchtigkeit, die durch den Sand aufstieg, wie in einem Brunnen, der sich mit eiskaltem Brackwasser füllte, das die Kinder zum Husten brachte und alte Menschen über Nacht sterben ließ. Jedes Jahr kam es zu Demonstrationen, und ein paar der Hüttenbewohner – insbesondere die jungen, die keinen Job und auch sonst den ganzen Tag nichts zu tun hatten – gingen auf die

Straße. Jedes Jahr wurde es schlimmer mit den Steinigungen, den brennenden Reifen, den Steinewerfern und den Gummigeschossen. Leute warfen mit Exkrementen um sich, verursachten ein stinkendes Chaos. Nosapho verhielt sich unauffällig und konzentrierte sich darauf, ihre Familie zu versorgen und in die Kirche zu gehen. Dr. Hamilton ging niemals zum Gottesdienst. Sie hatte Nosapho gesagt, sie würde nicht an Gott glauben. Nosapho fragte sich, weshalb sie das so stolz vortrug, als würde sie das in irgendeiner Weise besser machen als Nosapho.

Sie erreichten Wynberg, wo sie aus dem Taxi steigen und den Zug nehmen würde. Sonntags musste sie stundenlang darauf warten. Eineinhalb, manchmal sogar zwei Stunden hin zur Arbeit und dann auch wieder zurück, jeden Tag.

Sie wünschte sich, die Läden hätten geöffnet. Dann könnte sie sich damit ablenken, die Kleiderständer durchzusehen. Ihr einziges Laster. Am Zahltag durchforstete sie die Läden in Wynberg, kaufte sich einen neuen Schal oder Hut, war immer auf der Suche nach einem Schnäppchen. Schon als junges Mädchen war sie im Kombinieren von Kleidungsstücken und Farben gut gewesen. Vielleicht putzte sie Toiletten und sammelte die dreckige Unterwäsche anderer Leute ein, aber sobald sie sich frisch gemacht und in ihre Alltagskleidung gewechselt war, sah sie genauso schick aus wie die Verkäuferinnen. In der Kirche bewunderten sie einige Frauen, andere hingegen waren eifersüchtig. Früher einmal war sie eine attraktive Frau gewesen, aber jetzt war sie alt. Ihre Haare, die sie für gewöhnlich unter einer Mütze oder einem Turban versteckte, ergrauten. Aber ihr Gesicht war noch immer faltenlos, glatt und zart. Nur ihre Hände verrieten sie. Sie hatte die rauhen Hände einer Hausangestellten, mit grauer, trockener Haut. In Taxen und Bussen, genau wie in der Kirche, hielt sie sie gefaltet im Schoß. Im Winter trug sie Handschuhe, um sie zu verstecken.

Einen Moment lang dachte sie besorgt an Asandas Medikamente. Asanda war HIV-positiv und hatte Tuberkulose. Sie nahm jeden Tag zahllose Tabletten. Sie musste alles in der Klinik abholen, war aber noch nicht dort gewesen, also würde Nosapho morgen dorthin gehen und sich darum kümmern müssen. Und da es nicht ihr Abholtag war, würde sie stundenlang anstehen müssen. Wenn sich Asanda doch nur ein bisschen am Riemen reißen und nicht trinken oder sich anders verhalten würde, als sie es tat. An das Baby denken, nicht an sich selbst.

Vor zwei Jahren hatte Asanda die Schule abgebrochen. Jetzt saß sie nur noch zu Hause herum und sah fern, half nicht beim Saubermachen oder Kochen. Als Nosapho ein junges Mädchen war, durfte keiner zu Hause faulenzen. Da war man von morgens bis abends beschäftigt gewesen – Brennholz sammeln, Wasser holen, putzen, kochen, immer unter Aufsicht ihrer Mutter. Nosapho war klar gewesen, dass es nur eine Frage der Zeit war, bis ein Junge Asanda nachsteigen würde. Sie hatte zugesehen, wie ihre Tochter immer dicker geworden war, und abgewartet. Irgendwann war sie dann zu ihr gekommen.

»Mama, ich bin schwanger.«

Asanda hörte nicht auf das, was Nosapho, das Radio, das Fernsehen, die Schule oder die Kirche sagten, sie würde immer ihren eigenen Weg gehen. Eigensinnig. Wie ihr Vater, David.

Nosapho spürte wieder dieses Brennen in ihrem Herzen, das sie seit zwölf Jahren jeden Tag aufs Neue spürte, seit David erst seine Zulassung als Elektriker und dann seinen Job verloren hatte. Aus einer Familie mit Ziegelhaus in Langa mit zwei Aprikosenbäumen, einem Garten und einer Toilette waren sie zu Hüttenbewohnern geworden, die eine Hütte hinter einem RDP-Haus bezogen hatten, illegal Strom abzapften und sich mit fünf weiteren Familien eine Toilette teilten. Mit jedem Jahr, das verstrich, spürte sie, dass sie immer mehr im Schlamm des nasskalten Wintersands der Flats feststeckte. Je länger David trank, je länger Zakhele nach einem Job suchte, je mehr Asanda Party machte, umso mehr betete Nosapho für Mandisa – dem einzigen Kind, dem es hoffentlich gelang, diese Welt hinter sich zu lassen. Mandisa, ihre Kleinste und die Cleverste der Familie; die eine, die in der Schule gut war, die vielleicht sogar ein Stipendium bekam, um auf eine Universität zu gehen.

Aber jetzt geriet auch sie auf die schiefe Bahn. Es war damit losgegangen, dass sie zu schwänzen begann. Der Schulleiter hatte Nosapho bei der Arbeit angerufen, und Paula hatte mitgehört, wie sie es immer tat.

»Warum war Mandisa den Großteil dieses Halbjahrs nicht in der Schule?«, hatte der Schulleiter wissen wollen. Bei der Erinnerung daran überzog brennende Schamesröte ihr Gesicht. Sie hatte einen Knoten im Hals gehabt und kaum ein Wort herausgebracht.

Nosapho lebte für die Wochenenden. Für die Kirche. Für das Singen. Für die anständigen, achtbaren Leute, die hübsch und ordentlich gekleidet waren, die Leute, die nicht tranken. Für den Bestattungsverein und den Chor, in dem Mandisa einst das zarteste Stimmchen gewesen war.

Alles war wegen dieses Jungen schiefgelaufen. Dieses *skollie*. Nosapho wollte Mandisa nicht mit ihm ausgehen lassen, weil sie wusste, was er war. Aber wenn ein Junge wie er dein Kind ausgewählt hatte, dann konnte man schlicht und ergreifend nichts tun. Mandisa veränderte sich zusehends innerhalb weniger Wochen. Sie hörte nicht mehr auf ihre Mutter, fing an, sich mit diesem Jungen fortzuschleichen, kam spät nach Hause und roch unangenehm nach Alkohol. Und ihre Haare – Extensions wie ein Partyflittchen –, die hatte bestimmt der Junge bezahlt. Mindestens tausend Rand, hatte Zakhele gesagt.

Letzten Endes verpasste Nosapho ihr eine Backpfeife, weil David es nicht tat. Noch nie zuvor hatte sie die Hand gegen Mandisa erhoben, das war gar nicht nötig gewesen.

»Ich kenne meine Rechte«, hatte Mandisa ihr entgegengeschleudert. »Du kannst mich nicht bestrafen! Ich werde bei der Polizei Anzeige erstatten.«

Und das hatte sie tatsächlich getan, Anzeige gegen ihre Mutter erstattet. Dieses Vorgehen hatte Nosapho zutiefst getroffen. Sie hatte so hart gearbeitet, und doch beschwerten sich ihre Kindern nur. Hätte sie Jesus nicht gehabt, hätte sie verbittert werden können. Auf ihn musste sie vertrauen, dann würde sie Jehovas Gnade erfahren.

Sie dachte an den Polizisten, der zu den Hamiltons gekommen war, den alten Zulu, der langsam und in schlechtem Xhosa mit ihr geredet hatte. Der Fragen zu den Hamiltons gestellt hatte. Dachte er etwa,

sie würde etwas sagen, nur weil er ihre Sprache sprach? Ihm etwas von der Traurigkeit und dem Leiden in diesem Haus erzählen?
Sie hatte schon mehr gesagt, als ihr lieb war. Sie hatte Dr. Hamilton von dem Trainingsanzug und den schmutzigen Turnschuhen im Wäschekorb erzählt. Und ihre Worte hatten mehr Schaden als Gutes angerichtet – denn jetzt war Severine verschwunden.
Genau wie Mandisa. Und diese hübsche Frau von nebenan mit den langen schwarzen Haaren.
Eine eiskalte Hand legte sich um Nosaphos Herz, sobald sie an den *skollie* dachte, der vor ein paar Wochen am Tor von Dieu Donné gewartet hatte. Wie ein Geier auf ihre Tochter gewartet hatte.

MONTAG

17

Fred fuhr vom Baden Powell Drive auf die M17, die von False Bay wegführte. Er kreuzte die Spine Road und fuhr weiter, linker Hand flankiert von buschbewachsenen Dünen. Es war halb sechs Uhr morgens. Keine Autos oder Menschen weit und breit, ein sonniger Morgen und auch schon recht warm. Der Regen der vergangenen Nacht hatte die sonnenbeschieneneren Dünen verwandelt, und winzige Margeriten und Mittagsblumen überzogen den Sand mit gelben, violetten und weißen Tupfen.

Er hatte seine Angelruten auf dem Dach montiert und Natasha gesagt, dass er an einer Stelle hinter dem Sunrise Beach zum Angeln fahren würde. Sie hinterfragte nie, wohin er unterwegs war und was er da machte, sie wusste, dass es sie nichts anging.

Nach der 16th Avenue hielt er Ausschau nach einem unscheinbaren Feldweg, der zwischen Baden Powell Drive und den Becken durch die Dünen führte. Kein Schild wies darauf hin, dass er zum Strandfontein-Klärwerk führte. Der Weg wurde nur selten benutzt, und um diese Uhrzeit war dort bestimmt noch niemand unterwegs. Er hoffte, dass der Tsotsi die Wegbeschreibung verstanden hatte. Das Telefongespräch früher am Tag war etwas verwirrend gewesen. Genau das war das Problem mit solchen Jobs: ungenaue Anweisungen, gefährliche Verbindungen zu unerfahrenen Kleinkriminellen in Townships, die keine Ahnung hatten, wie man einen Job richtig ausführte, lauter bescheuerte Amateure. Kleine Fische, wie es sie in Hülle und Fülle gab, zu nichts zu gebrauchen, aufgelesen an irgendwelchen Taxiständen, die schon beim Gedanken an zwei Riesen für den Mord an jemandem einen Steifen bekamen. Er schüttelte den Kopf. Einer von Ricardos Bodyguards hatte diesen Typen empfohlen; ganz bestimmt war er irgendein Verwandter von ihm. Knauser wie Ricardo versuchten zu sparen, wo es nur ging. Ließen sich von politisch motivierten Schlägern, dahergelaufenen Rausschmeißern und Brutalos beraten, die um die Politiker kreisten wie Fliegen um einen Haufen Hundescheiße.

Der Feldweg endete bei ein paar verstreut angeordneten, niedrigen Gebäuden. Er fuhr über den leeren Parkplatz und weiter entlang der nicht markierten Straße, die bei den Klärbecken schmaler wurde. Das Rauschen von Flügeln war zu hören, Vögel, die aufgeschreckt durch das Motorengeräusch davonstoben. Ein dunkelblauer Geländewagen der Marke Volvo (nach dem die Cops Ricardo zufolge in eben diesem Moment suchten) stand da, wo Fred und der Tsotsi ein Treffen vereinbart hatten, neben dem halb verfallenen Toilettenblock, gleich neben der Kläranlage.

Fred fuhr daran vorbei, schaute sich den Volvo durch die dunklen Gläser seiner Sonnenbrille genau an, blieb dann direkt davor stehen, stellte den Motor ab, schnallte sich los und entsperrte die Verriegelung, ohne den Blick auch nur einen Moment von Rück- oder Seitenspiegeln abzuwenden.

Der Jungspund stieg aus dem Volvo. Fred sah sofort, was für einen nervösen Grünschnabel er da vor sich hatte, und ganz sicher trug er auch irgendwo eine Waffe bei sich. Diese kleinen Straßengangster hatten immer zumindest ein Messer am Körper.

Er wartete, bis der Junge etwas näher gekommen war. Der Arsch dieses verfluchten Hampelmanns steckte in richtig teuren Markenklamotten. Der hatte das Geld schon ausgegeben, noch ehe er es verdient hatte, lebte auf großem Fuß und auf Kredit, nur um gut auszusehen. Von weitem sah der Volvo leer aus, es konnte sich aber durchaus jemand auf dem Rücksitz oder sogar im Kofferraum verstecken. Fred stieg aus; langsam ging er auf den Jungen zu, und ihm gefiel gar nicht, wie der Junge ihn musterte. Harter Blick. Rotgeränderte Augen. Er stank nach Alkohol und Schweiß, aber da war auch noch ein weiterer vertrauter Geruch, beißend. Dieser Trottel hatte einen simplen Einschüchterungsdeal vermasselt, weil er sein total bescheuertes Leben mit *tik* versaute.

»Bist du allein?« Der Junge reckte den Hals, um in den Camry zu sehen.

»Ja. Und du?« Fred bemühte sich um eine Haltung, die nicht bedrohlich wirkte.
Misstrauisch nickte der Junge.
»Anscheinend hattest du ein Problem.« Fred war um einen umgänglichen Tonfall bestrebt; er hatte die unverwechselbaren Konturen einer Pistole in einer Hosentasche der tief sitzenden Baggy Jeans des Jungen ausgemacht.
»Keine Probleme, Kumpel. Der Job ist erledigt.«
Der Junge war noch jünger, als Fred gedacht hatte. »Wo ist dein Partner?«, fragte er.
»Kein Partner. Ich erledige meine Jobs allein.«
Die schwarzen Augen des Jungen huschten über Fred, begutachteten seine Hose von Edgars, das karierte Mr.-Price-Hemd und die billigen chinesischen Halbschuhe. Was dachte der sich bloß? Dass Fred ein Idiot war? Ein Handlanger oder Laufjunge?
»Tja, dann sind es nur zweieinhalb. Wir haben gehört, dass ihr zu zweit gewesen seid.« Ricardos Kontakt bei den Cops hatte gesagt, es seien zwei gewesen. Fred war wegen eventueller undichter Stellen besorgt, dass andere in diese bescheuerte Scheiße verwickelt waren, die Ricardo später schaden könnten.
Misstrauisch verengten sich die Augen des Jungen. »Mach hier keinen auf clever bei mir, Kuli, *verstaan?* Ich bekomme fünftausend für den Job, Und ich hab ihn allein gemacht.«
»Ich bin kein Kuli.«
»Was bist'n dann? Also kein Farbiger.« Der Junge grinste dümmlich. »Bist du vielleicht Chinese oder was?«
Der kleine Scheißer denkt doch tatsächlich, ich hätte Angst vor ihm. Dieser Gedanke amüsierte Fred.
»Ganz ruhig. Du bekommst dein Geld. Aber nicht hier.«
Das Gesicht des Jungen verdüsterte sich. »Verarsch mich nicht, Mann.«
Nervös gestikulierte Fred zum Toilettenblock. »Nicht hier im Freien. Hier können überall Arbeiter von der Kläranlage auftauchen.«
»*Suka,* spiel keine Spielchen mit mir, Chinese.« Der Junge zögerte. Fred ging hinter den Betonblock. Er hörte, dass ihm Schritte folgten.

Er drückte die graffitiverschmierte Metalltür auf, die in die Toilette führte. Eine dunkle Wolke Fliegen summte träge über der Toilette ohne Klodeckel, deren Rand mit zerknitterten, gelblichen Zeitungen abgedeckt war. Der Gestank nach Pisse und Scheiße war überwältigend.

Angewidert stieß der Junge einen Schrei aus: »Scheiße, Mann, wie das stinkt!«

Das musste gerade der sagen, der selbst einen Gestank nach fauligem Fisch verbreitete. Er und Fred waren in dem engen Gang aus Beton eingezwängt, halb in der Toilettenbox, halb draußen. Der Junge murmelte etwas in Xhosa, wurde sehr nervös. Rasch zog Fred den dicken Umschlag aus seiner Innentasche. »Das ist ziemlich viel Geld für einen allein. Bist du dir sicher, dass du es allein durchgezogen hast?«

Der Blick des Jungen war unverwandt auf den Umschlag gerichtet. »Ich traue sonst keinem.«

Fred warf ihm den Umschlag zu. »Sehr weise.«

Der gierige kleine Dreckskerl fing den Umschlag auf und riss ihn auf, war ein paar kritische Sekunden lang nicht mehr auf Fred fixiert. Fred zog seine Lederhandschuhe über und stellte sich hinter den Jungen, der erst viel zu spät herumwirbelte.

Aber da lag die Schlinge schon um seinen Hals.

Hektisch suchten seine Hände nach der Waffe, doch die hatte ihm Fred schon längst aus der Tasche gezogen und außer Reichweite gekickt.

Der Junge kämpfte wie ein großer Fisch, zuckte und zappelte, versuchte Fred umzuwerfen, und ruderte mit den Armen, in dem Versuch, eines von Freds Handgelenken zu fassen zu bekommen. Fred schauderte angesichts der Brutalität dieses Vorgehens. Er hasste diese Berührungen, aber jemanden zu garottieren was sauberer als ein Messer, da blieb keine Sauerei, kein Blut zurück. Dennoch widerstrebte ihm die Intimität, das Zittern und Zappeln. Er verfluchte Ricardo dafür, ihn in diese Sache verwickelt zu haben. Ricardo, der mit sauberen Händen aus dem Ganzen herauskam. Unbescholten, um weiterhin der scheinheilige, selbstgerechte und selbstgefällige Kerl zu sein. Fred machte eine weitere Umdrehung mit dem Nylon-

faden, zog die Schlinge enger zu, sah, wie sie sich in den Hals des Jungen grub und ihm selbst gleichzeitig schmerzhaft in Daumen und Zeigefinger schnitt.
Der Junge stieß schrecklich krächzende und gurgelnde Geräusche aus. Fred ließ seinen Blick zu der flachen Ausdehnung des Wassers im Klärwerk wandern und dachte dabei an einen Artikel über ein Nilpferd, das hier in der Gegend verschwunden sein sollte. Genau die Art gefühlsduselige Geschichte, wie Natasha sie liebte.
Erst nach einer gefühlten widerlichen Ewigkeit sackte der Junge leblos und schwer gegen ihn. Fred ließ die Garrotte los, und der reglose Körper fiel zu Boden. Dann hob Fred den Umschlag mit dem Geld auf und steckte ihn wieder in seine Hemdtasche, durchsuchte im Anschluss daran den Jungen, wobei er ein neues Samsung-Handy, etwas mehr als tausend Rand in Scheinen sowie Kleingeld aus dessen Taschen zog.
Er fragte sich, wo die anderen gestohlenen fünftausend Rand waren, die Ricardo erwähnt hatte. Außerdem fand er noch ein billiges Feuerzeug und einen Geldbeutel mit einem Ausweis, der den Jungen als Axolile Sama auswies. Fred steckte alles in seine Jackentasche. Dann fasste er den Jungen unter den Achseln und zog ihn aus dem Toilettenhäuschen, versuchte nicht auf die grotesk aus dem offen stehenden Mund heraushängende Zunge und die starr dreinblickenden Augen zu sehen, die langsam trüb wurden. Die Sonne war ein gleißendes Licht hinter einem dünnen Wolkenschleier. Mit jedem Zentimeter, den sie zurücklegten, wurde der Junge schwerer, und seine Füße zogen eine Spur durch den feinen Sand, während Fred den Leichnam hinter sich her an den Rand des Beckens schleifte. Er schwitzte vor Anstrengung, und ihm war leicht übel. Niedriger Blutzucker, er musste dringend etwas essen. Er schaute sich um, sammelte ein paar größere und kleinere Steine ein, die er in die Taschen des Jungen steckte, bis keine mehr hineinpassten. Dann rollte er den Leichnam langsam über den Rand. Eine dichte Algenschicht bedeckte das Wasser, so dass der eintauchende Leichnam die Wasseroberfläche nur ein wenig zum Kräuseln brachte. Langsam glitt er in den Schlick hinab und war kurz darauf nicht mehr zu sehen.

Mit langsamen, federnden Schritten ging Fred zurück zu seinem Auto und schaute sich um, ob es auch wirklich keine Zeugen gab. Dann ging er zum Volvo und versuchte, eine Tür zu öffnen. Abgeschlossen. Erst da realisierte er, dass er bei dem Jungen keinen Schlüssel gefunden hatte. Er spähte ins Auto: Auch auf den Sitzen oder im Zündschloss war kein Schlüssel zu sehen. Er versuchte sein Glück beim Kofferraum. Abgeschlossen. Also würde jemand das Auto knacken, es auseinandernehmen und in der Nähe von Monwabisi abstellen müssen. Noch so ein Schlamassel, um den er sich kümmern musste. Scheiße.

Langsam fuhr er in seinem Camry weg, warf dabei ab und an einen wachsamen Blick in den Rückspiegel. Sein Auto war gerade erst gereinigt worden, und es roch nach irgendeinem Deo, das sich jetzt mit dem strengen Körpergeruch des Jungen vermischte und ihm regelrecht Übelkeit verursachte. Fred schaltete die Klimaanlage ein und öffnete die Lüftungsschlitze. In der Nähe von Sunset Beach hielt er an, zog die Handschuhe aus und steckte jeden in eine Plastiktüte. Er hielt einen Moment lang inne, spürte, wie das Blut durch seinen Kopf rauschte. Dann atmete er tief ein, sah auf die unerschütterlich und beständig hereinbrechenden Wellen, wobei jede grüne Welle mit einer angenehmen, tröstlichen Regelmäßigkeit in eine neue überging. Er griff zum Handy des Jungen. Auf dem Bildschirm war der Schnappschuss eines molligen Mädchens in einem gestreiften trägerlosen Top zu sehen, die Haare zu aufwendigen Zöpfchen geflochten, das mit ausgestellter Hüfte schmollend an einem Auto lehnte.

Fred löschte alle Nachrichten, inklusive der Anrufprotokolle und Kontakte, dann nahm er die SIM-Karte heraus und verbog sie, so dass sie in zwei Teile zerbrach. Das Handy legte er unter seinen rechten Vorderreifen und fuhr mehrfach darüber, bis er ein Knirschen durch das offene Fenster hörte. Dann stieg er aus, sammelte die Einzelteile des Handys ein und verteilte sie mit den beiden SIM-Kartenteilen auf die beiden Plastiktüten mit den Handschuhen.

Weiter ging es durch Muizenberg, bis zur Grenze zu Marina da Gama, wo er eine öffentliche Mülltonne fand, in die er eine der schwarzen Tüten warf. Dann fuhr er zum St. George's Drive und dachte über die Geschichte nach, die er Natasha auftischen würde, sobald er zu Hause war – dass das Meer dem Angeln nicht gerade zugetan war. Unterwegs wollte er noch ein bisschen Gebäck einkaufen, die andere Tüte loswerden und dann nach Plumstead und zu Natasha zurückfahren, bevor der Verkehr am Montagmorgen zu unerträglich wurde.

18

Tucker am Lenkrad, Persy auf dem Beifahrersitz, so fuhren sie zum Cape Town International Airport, wo Jaco Petroussis' Flieger aus Amsterdam landen würde. Sie kamen am Athlone-Kraftwerk vorbei, das nicht mehr in Betrieb war. Beide Abgaskamine waren vor wenigen Jahren gesprengt worden. Überrascht stellte Persy fest, dass sie noch immer nach ihnen Ausschau hielt. Undeutlich erinnerte sie sich daran, mit ihren Cousins am Black River gespielt zu haben, wo sich die Kamine vor den Bergen abhoben und der Geruch von Schwefel in der Luft hing. Seit ihre Mutter verschwunden war, hatte sie nichts von der Familie gehört oder gesehen und konnte sich inzwischen nicht mehr daran erinnern, ob es die Familie mütterlicher- oder väterlicherseits gewesen war. Auch ein Name wollte ihr nicht so recht einfallen. Hieß nicht eine Iris? Sie war eifersüchtig auf die glatten Haare des Mädchens gewesen. Es war beschämend, *kroeshare* zu haben, ein Hinweis auf afrikanisches Blut. Alle wollten viel lieber aus Malaysia stammen. Die, die gerade so als Weiße durchgingen, behaupteten, sie wären Italiener oder Portugiesen.

»Ich bin nicht gerade scharf drauf, Petroussis sagen zu müssen, dass wir keine Hinweise zum Verbleib seiner Frau haben«, unterbrach Tucker ihre Gedanken.

»Keine Frage. Aber ich bin erleichtert, dass die Kinder beim Vater sein werden.«

»Sie sind doch gut aufgehoben. Melanie Wie-auch-immer-sie-heißt scheint zu wissen, was sie tut.«

»Ich glaube nicht, dass sie sie mögen«, sagte Persy. »Aber sie sind viel zu verängstigt, um etwas zu sagen. Ich glaube, sie wären lieber bei mir geblieben.«

Tucker warf ihr einen amüsierten Blick zu. »Ich dachte, du magst keine Kinder.«

»Das habe ich nie gesagt.«

Sie sah aus dem Fenster; sie wollte nicht, dass Tucker bemerkte, wie sehr er sie damit verletzte. Die am Fluss stehenden, mit Graffiti verunzierten Asbestmauern rauschten an ihnen vorbei – plumpes Geschmiere irgendwelcher Gangs, keine Laskis hier am Werk. Der Fluss selbst war voller Müll und aufgrund giftiger Algen ganz grün.

In diesem Gewässer hatte sie geangelt, erinnerte sie sich, während die weichen Wolken auf Devil's Peak heruntergesunken waren, von dem ihre Mutter sagte, es sei der pfeiferauchende Oom. Den Bruchteil einer Sekunde hatte sie ihre Mutter so klar vor Augen, als stünde sie vor ihr, eine elegante, lächelnde Präsenz. Dann war das Bild verschwunden.

Der Cape Town International Airport war angenehm kühl nach der feuchten, launenhaften Herbsthitze. Persy und Tucker saßen nebeneinander in der Ankunftshalle. Müde, verschwitzte Reisende bildeten eine lange, niedergeschlagene Schlange auf den Metallsitzen, verschickten Textnachrichten von ihren Mobiltelefonen und warteten mit ihrem Gepäck darauf, endlich abgeholt zu werden.

Tucker ging die elektronische Anschlagtafel durch. »Der Flug aus Schiphol ist vor zwanzig Minuten gelandet. Petroussis müsste jeden Moment hier sein«, verkündete er so abgeklärt wie ein Vielreisender, dabei hatte er, soweit Persy wusste, nur einmal eine Konferenz im Ausland besucht, mehr nicht. Persy war noch nie außer Landes gewesen; sie hatte es noch nicht einmal in eine benachbarte Provinz geschafft. Sie beobachtete die hellhäutigen, etwas desorientiert aussehenden Touristen, die durch die automatischen Schiebetüren kamen und ihrem afrikanischen Abenteuer ganz erwartungsvoll entgegenfieberten – was auch immer sie sich darunter vorstellten. Nach allem, was Persy über die Welt da draußen wusste, hätten sie genauso gut vom Mond kommen können.

Ihnen gegenüber saß ein Mann, das Gesicht hinter einer Zeitung verborgen. Es dauerte einen kurzen Moment, bis Persy die Schlagzeile sah: ENTFÜHRUNG IN CONSTANTIA. BABY GEFUNDEN. Sie stieß Tucker in die Seite, der die Schlagzeile bereits bemerkt hatte. »Wie ist das rausgekommen?«

Desinteressiert zuckte Tucker mit den Schultern. »Irgendeine Laberbacke konnte die Klappe einfach nicht halten.«

Persy erspähte einen dunkelhäutigen, zerknittert aussehenden Mann mit starkem Dreitagebart, der seinen Samsonite-Koffer auf einem Gepäckwagen durch die Automatiktüren schob. Lichter werdendes Haar, teure Lederjacke. Merkwürdig spitze Schuhe, die viel zu trendig für ihn wirkten. Eine Laptoptasche über der Schulter. Er sah zehn Jahre älter aus als der Jaco Petroussis auf den Familienfotos bei ihm zu Hause. Sie gingen auf ihn zu.

»Mr. Petroussis?« Tucker stellte Persy und sich vor, beide zeigten ihm ihre Dienstmarken.

»Haben Sie sie gefunden?« Petroussis' Augen starrten sie aus dunklen Höhlen an.

»Nein, tut mir leid«, erwiderte Tucker.

»Wo sind meine Kinder?«

Eine Welle aus säuerlichem Atem und Schweiß schlug Persy entgegen. »Callum ist noch im Krankenhaus. Melanie Lyle-Davis kümmert sich um die Jungen.«

Tucker nahm Pertroussis den Gepäckwagen ab. »Kommen Sie bitte mit uns mit. Wir müssen Ihnen ein paar Fragen stellen.«

Der kleine Raum abseits des Hauptgebäudes wurde manchmal vom SAPS für Verhöre verwendet. Seelenloses, billiges Mobiliar, ein Wasserspender, ein frisch verlegter Industrieteppich, der nach Lösungsmittel roch. Jaco Petroussis ließ sich schwerfällig auf einen Plastikstuhl fallen. Er erzählte ihnen, zuletzt hätte er am Donnerstagabend mit seiner Frau gesprochen. »Ich hab angerufen, um den Jungs gute Nacht zu wünschen. Das ist ein Abendritual von uns.«

»Aber am Freitag- und am Samstagabend haben Sie nicht angerufen?« Tuckers Blick war freundlich, sein Tonfall mitfühlend.

»Ich war an beiden Abenden bis spät auf der Konferenz und wollte das Baby nicht wecken. Annette hat manchmal ziemliche Schwierigkeiten, Callum ins Bett zu bekommen. Außerdem ist sie gerade ständig erschöpft. Sie stillt noch.« Jaco stöhnte auf. So langsam wurde ihm seine Lage klar. Er presste seinen Nasenrücken mit zwei Fingern zusammen. »Verdammt, ich glaub's einfach nicht.«

»Ihr Geschäft, worum geht es da?«, fragte Tucker.

»Ich bin der Chef eines kleinen Start-ups. Medizinische Software. Im zahnmedizinischen Bereich.«

Tucker nickte. »Läuft es gut?«

Reflexartig und auch irgendwie erleichtert schaltete Jaco auf Geschäftsmann. Zumindest gab es da diesen einen Bereich in seinem Leben, den er noch unter Kontrolle hatte. »Um die Wahrheit zu sagen, momentan ist das Geschäft schwierig, vor allem in Europa. Da braucht man das richtige Produkt und muss es dem richtigen Markt anpassen. Unser Produkt ist zum Glück einzigartig, und unsere Kunden, darunter viele aus dem ehemaligen Ostblock, haben richtig viel Geld.«

Eine gewisse Großspurigkeit war aus diesem Gerede herauszuhören. Es war ganz offensichtlich, weshalb Jaco Petroussis erfolgreich war.

»Ostblock, sagen Sie … die Russen?«, fragte Tucker.

»Unter anderem …«

»Die Russen sind dafür bekannt, es mit dem Gesetz nicht so genau zu nehmen.« Tucker lehnte sich in seinem Stuhl zurück und verschränkte die Arme, gab den Blick auf seine gespreizten, muskulösen Beine frei. Für Persy war diese Angewohnheit, sich beständig mit anderen messen und irgendwelche Schwanzvergleiche durchführen zu müssen, mit das Lästigste, was das andere Geschlecht anging.

»Meine Kunden sind ernsthafte Geschäftsmänner, keine Gangster.« Jaco wurde leicht gereizt.

»Da bin ich mir sicher.« Mit einem Mal wechselte Tucker das Thema. »Hatte Ihre Frau irgendwelche Feinde? Gab es Auseinandersetzungen mit Kollegen oder Freunden?«

»Annie ist einfach nur Hausfrau …« Jaco machte eine kurze Pause, seine aufkeimende Gereiztheit flachte wieder ab. »Seit sie die Jungs zur Welt gebracht hat, hat sie nicht mehr gearbeitet.«

»Und Sie, Sir?«
»Ich?«
»Keine geschäftlichen Verbindungen, die eine Bedrohung für Ihre Familie darstellen könnten?«
»Nein.« Jaco wurde wieder nervös, genau wie von Tucker beabsichtigt. Wenn sie Tucker beim Arbeiten zusah, dann musste Persy immer wieder an den Pitbull denken, den sie einmal vom Kämpfen hatte abhalten wollen: Der Hund ließ nicht mehr von seiner Beute ab, wenn er sie erst einmal zwischen seinen Fängen hatte.
»Haben Sie irgendeine Idee, wie jemand sich Zugang zu Ihrem Grundstück verschaffen konnte.«
»Nicht die leiseste. Wir sind sehr auf Sicherheit bedacht. Insbesondere Annie. Deshalb sind wir in diese gesicherte Wohnanlage gezogen. Wir stammen aus Johannesburg«, fügte er hinzu, als würde das alles erklären. In Persys Augen waren es die Bewohner der Provinz Gauteng, die ihre Paranoia nach Kapstadt gebracht hatten. Sie war der Überzeugung, dass hohe Mauern und Sicherheitszäune das Verbrechen erst anzogen, eine Meinung, die viele ihrer Kollegen teilten.
Persy fragte: »Wissen Sie etwas von der Landrückforderung?«
Jaco warf ihr einen flüchtigen, abschätzigen Blick zu, als würde er sie jetzt erst wahrnehmen. Er gehörte zu der Sorte Mann, der Frauen begutachtete, als wären sie ein Stück Fleisch, das man fürs Grillen auswählte. »Ja. Der Bauunternehmer hat nichts von dieser Forderung erwähnt, bis wir das Haus gekauft hatten. Die Forderung wurde von einer Familie Farbiger eingereicht.« Er sah zu Tucker, dem anderen Weißen im Raum, kurzzeitig etwas befangen und unsicher, ob er sich vor Persy politisch korrekt ausdrücken musste. »Anscheinend hat ihnen das Land früher gehört, Sie wissen schon, bis zur Apartheid. Ich reise viel, also war ich nicht bei allen Treffen anwesend. Die Anwälte von Propvest – das ist das Bauunternehmen – sind der Annahme, dass es keinen Anlass zur Sorge gibt. Zumindest hoffe ich das, denn wenn wir – und glauben Sie mir, ich will jetzt nicht irgendwie rassistisch klingen«, dabei warf er einen weiteren Blick auf Persy, »aber wenn wir ein derartiges Standortproblem direkt vor unserer Haustür hätten, würde der Wert unserer Anwesen beachtlich sinken.«

»Kennen Sie Ihre Nachbarn, die Hamiltons?«, unterbrach ihn Persy.
Diese plötzliche Kursänderung schien Jaco zu verwirren. »Ich glaube nicht, dass ich sie je gesehen habe.«
»Ihre siebzehnjährige Tochter ist ebenfalls aus der Wohnanlage verschwunden«, ließ Persy ihn wissen.
Fassungslos schaute Jaco sie an. »Was hat das mit Annie zu tun?«
Tucker fuhr fort. »Hatten Sie vor kurzem Handwerker, Bauarbeiter oder Lieferanten auf Ihrem Grundstück?«
Jaco schüttelte den Kopf. »Nein.«
Tucker holte einen großen braunen Umschlag aus seiner Tasche. »Die Einbrecher haben sich durch die Schiebetüren Zugang zu Ihrem Schlafzimmer verschafft.«
»Völlig unmöglich«, sagte Jaco bestimmt. »Die Türen sind eine Sonderanfertigung des Architekten, dafür benötigt man Spezialschlüssel.«
Tucker zog etwas aus dem Umschlag und reichte es ihm. Petroussis starrte auf sein durchwühltes Schlafzimmer, sein in Trümmern liegendes Leben, reduziert auf ein Polizeifoto von schlechter Qualität.
»Vielleicht hat Ihre Frau sie hereingelassen? Vielleicht hat sie jemanden erwartet?«
Jaco schaute ihn streng an. »Was soll das heißen?«
»Ich glaube, Sie wissen, was das heißen soll.« Tucker warf Persy ein zweideutiges Lächeln zu. Tucker konnte ein richtiger Arsch sein.
Jaco lief rot an. Persy sah, dass er wütend war. »Nie und nimmer würde mich meine Frau hintergehen! Meine Ehe ist grundsolide. Außerdem kümmert sich Annie hingebungsvoll um die Kinder.«
Tucker zog die Augenbrauen hoch, voll gespielter Unschuld. »Es tut mir leid, wenn Sie mich missverstanden haben. Ich meinte, dass sie den Schlüssel vielleicht einer Hausangestellten gegeben hat. Oder dem Gärtner?«
Jaco war nicht bescheuert. Ihm war klar, dass Tuckers Provokation beabsichtigt war. Eine ungesunde Blässe überzog sein Gesicht.
»Möchten Sie vielleicht Ihre Jacke ausziehen?«, fragte Tucker.
Jaco wirkte in die Enge gedrängt. »Nein, nein – hätten Sie vielleicht eine Zigarette für mich?«

Tucker schüttelte den Kopf. »Keiner von uns beiden raucht.«
»Wir hatten ein neues Dienstmädchen, aber Annie hat sie gefeuert«, sagte Jaco. »Und auch so hätte sie ihr die Schlüssel nie gegeben. Dazu ist sie viel zu sehr auf Sicherheit bedacht.«
»Haben Sie Adresse und Telefonnummer von diesem Dienstmädchen?«
»Nein. Ich kann mich nicht einmal mehr an ihren Namen erinnern.« Jaco war immer blasser geworden. »Entschuldigen Sie mich, ich glaube, ich muss mich übergeben.«
»Durch diese Tür geht's auf die Herrentoilette.« Unbeeindruckt zeigte Tucker auf eine Tür.
Jaco verschwand. Kurz darauf hörte man trockenes Würgen den Gang hinunter.
Persy sah Tucker an. »Musstest du ihn so in die Enge treiben?«
Tucker zuckte mit den Schultern. »Ich traue niemandem, der mir erzählt, seine Ehe sei grundsolide. Und wenn sie dir erzählen, was für tolle Mütter ihre Frauen sind, dann weißt du auch, dass sie nicht miteinander schlafen.«
»Und woher weißt du das? Aus eigener Erfahrung?«, fragte Persy bitter.
Tucker antwortete nicht, steckte nur die Tatortfotos zurück in den Umschlag.
Dann kam Jaco zurück, leichenblass. »Kann ich jetzt bitte gehen? Ich will endlich meine Kinder sehen.«

19

Marge erhielt einen unerwarteten Anruf von Paula Hamilton. »Ich wollte mich dafür bedanken, dass sich Persy Jonas um Severines Fall kümmert.« Sie klang ruhiger und etwas gelöster. Marge fragte sich, ob sie irgendwelche Medikamente genommen hatte.
»Das hat nichts mit Strippenzieherei meinerseits zu tun«, sagte Marge, auch wenn das so nicht ganz stimmte. In Persys Augen war Marges Auftauchen auf dem Revier ganz bestimmt eine Einmischung gewesen.

»Mein Vater ist nicht ganz von ihr überzeugt, muss ich leider sagen. Ich glaube, das liegt daran, dass sie jünger ist, als er erwartet hatte.«
»Richten Sie ihm von mir aus, dass ich ihr voll und ganz vertraue«, sagte Marge.
Nach dem Gespräch mit Paula beugte Marge sich erneut über die Notizen ihrer ersten Sitzung mit Severine.
Marge hatte in ihrem Büro ein schmächtiges, blasses Mädchen mit schmutzig blonden Haaren vorgefunden, das nervös auf dem Sessel herumrutschte. Marges erster (und, wie sich herausstellte, völlig falscher) Eindruck, war, dass Severine ein typisches weißes Kind aus einer privilegierten Gesellschaftsschicht war – das umhegte Resultat einer anglikanischen Privatschule.
Sie trug einen kurzen grauen Schottenrock und ein blassrosafarbenes Jäckchen über der Bluse mit Bubikragen. Sie sah mehr wie vierzehn als wie siebzehn aus, schilderte aber sehr wortgewandt den Überfall. Kurz beschrieb sie, wie sie mit vorgehaltener Waffe bedroht worden war, wie sie, zusammen mit den Mitarbeitern und Kunden, auf dem Boden gelegen hatte, während die Einbrecher die Kassen leerten. Sie war überraschend sachlich, was dieses Ereignis betraf. Selbst als Marge sie etwas drängte, ließ Severine sich nicht weiter darüber aus und zeigte kein Anzeichen von Unbehagen.
»Ich komme wirklich damit klar«, hatte sie selbstsicher gesagt. »Ich wusste, dass sie uns nichts antun würden.«
Allerdings wusste Marge, dass PTBS sich auf ganz verschiedene Weisen manifestieren konnte, manchmal erst Wochen oder Monate später. Sie hatte sich eine Notiz gemacht und wöchentliche Therapiesitzungen vorgeschlagen, damit sie die längerfristigen Auswirkungen auf die mentale Gesundheit des Mädchens im Blick behalten konnte.
Während der Sitzung war Marge der Bericht der Beratungslehrerin wieder eingefallen, in dem stand, dass Severine keinen Umgang mit ihren Klassenkameraden pflegte. Also hatte sie sie gebeten, über ihre Freunde an der Schule zu sprechen.
Zu diesem Zeitpunkt wirkte Severine etwas weniger selbstsicher. »Also, ähm, ich habe eigentlich keine Freunde auf der Merton. Da sind alle total sportbegeistert und halten mich für merkwürdig. Aber

sie sind nicht gehässig oder so. Sie mögen einfach andere Sachen, das ist alles.«
»Was für Sachen magst du denn?«, fragte Marge lächelnd.
»Hauptsächlich Kunst. Und Musik, die die anderen nicht verstehen.«
»Was zum Beispiel?«
»Ich glaube nicht, dass Sie etwas davon kennen.« Ein leicht überhebliches Lächeln hatte Severines Mund umspielt. »The Brian Jonestown Massacre, The Wytches und Changeling, eine Band von hier – die sind richtig gut.«
»Hast du eine beste Freundin?«
»Ich denke mal, Eliza Robson ist meine beste Freundin. Aber sie ist nicht auf der Merton. Wir waren zusammen in der Grundschule.«
Nach dieser Sitzung war Marge zu dem Schluss gekommen, dass Severine eine Art entschlossene Optimistin war, die versuchte, das Beste aus einer schlechten Situation zu machen. Marge wusste, dass mit diesem Verhalten häufig eine Depression kaschiert wurde.
Eliza Robson – dieser Name kam ihr bekannt vor. Das war die Freundin, bei der Severine in der Nacht, als sie verschwand, angeblich gewesen sein wollte. Es könnte sich durchaus lohnen, mit diesem Mädchen zu sprechen. Severine hatte erwähnt, dass Elizas Vater Arzt war und dass sie in Newlands lebten. Marge suchte rasch im Telefonbuch nach ihm, schon hatte sie die Adresse und eine Telefonnummer. Sie griff zum Hörer und wählte.

Das Haus der Robsons war ein wirres Puzzle aus englischem Bungalow und einer Farm der fünfziger Jahre: Schieferdach mit ausgebautem Dachgeschoss, Hortensien und Aaronstab in den Blumenrabatten, die auf die glücklichen Tage der weißen Vororte zurückreichten, als viele und billige Arbeitskräfte verfügbar waren und es anstelle von elektrischen Zäunen üppig bewachsene Gärten und Einfassungen aus zurechtgestutzten Hibiskusbüschen gegeben hatte.
Barbra Robson hatte graumeliertes Haar, das sie in einer maskulinen Frisur trug, und den beunruhigten Blick einer Teenagermutter. »Entschuldigen Sie das Chaos hier«, sagte sie und bemühte sich vergeblich, Kissen aufzuschütteln, Bücher, Zeitschriften, Musikinstrumen-

te, Tennisschläger und herumliegende Kleidung aufzusammeln, nur um sie an anderer Stelle abzulegen, wo bereits ein Haufen anderer Krempel lag. Als Marge sie gefragt hatte, ob sie mit Eliza über Severines Verschwinden sprechen könne, hatte sie ziemlich nervös reagiert. Und jetzt hatte Marge ein schlechtes Gewissen, bei den Robsons zu sein, ohne Paula darüber informiert zu haben (ganz zu schweigen von dem, was Persy dazu sagen würde).

»Wie viele Kinder haben Sie?«, fragte Marge mit einem Blick auf das ganze Gerümpel.

»Drei. Zwei Jungs und ein Mädchen.«

Das hätte ich auch, wenn … Marge verdrängte diese schmerzhafte Erinnerung an ihr totgeborenes Mädchen. Das war eine Wolke, die die Sonne verdeckte. Selbst in den glücklichsten Momenten.

»Ich kann mir nicht vorstellen, weshalb Severine ihrer Mutter gesagt hat, sie würde den Samstagabend bei uns verbringen«, plapperte Barbra weiter. »Wir haben sie schon seit Monaten nicht gesehen.«

Mit ihren weit aufgerissenen Augen und dem direkten Blick machte sie einen arglosen und beständig überraschten Eindruck.

»Ich dachte, die beiden wären eng befreundet«, sagte Marge, während sie sich diesen verlotterten Haushalt ansah, der noch unordentlicher als ihr eigener war, wie sie eigenartig erleichtert feststellte.

»Früher waren sie eng befreundet, aber jetzt gehen sie auf verschiedene Schulen. Nur die besten Privatschulen für Severine, verstehen Sie.« Barbras Stimme klang angespannt. War sie vielleicht eifersüchtig? Auch wenn die Robsons ein angenehmes Leben zu führen schienen, spielten sie finanziell doch lange nicht in derselben Liga wie die Hamiltons.

»Severines schlechter Gesundheitszustand hat ihre Freundschaft bestimmt auch belastet«, meinte Marge.

»Ja. Also, mir ist nie so ganz klargeworden, was mit diesem Kind nicht stimmen soll.« Barbra schien zu überlegen, ob sie mehr sagen sollte oder nicht. »Das hat Paula Hamilton aber nicht davon abgehalten, meinen Mann Tag und Nacht mit Severines medizinischen Notfällen zu behelligen.«

»Ihr Mann ist Arzt, hat Severine erzählt.«

»Ja. Dr. Ian Robson. Sie haben doch bestimmt schon von ihm gehört? Er ist ein sehr berühmter Allgemeinarzt und hat Severine schon oft behandelt. Sie hatte immer irgendwo Schmerzen. Ian behauptet, dass die meisten Patienten nur etwas Aufmerksamkeit wollen. Und Severines Mutter ist ständig unterwegs, fliegt zu irgendwelchen Konferenzen, weiß der Teufel, wohin«, sagte Barbra. »Ich bin der Meinung, dass man ein paar Opfer bringen und zu Hause sein muss, solange das Kind noch klein ist.«

Marge bemerkte die selbstgefällige Aura von Märtyrertum. Barbra Robson war eine hingebungsvolle Mutter, die sich dafür entschieden hatte, zu Hause zu bleiben und sich von Kindern und Haushalt halb in den Wahnsinn treiben zu lassen. Betrachtete man den Zustand des Hauses, dann riss sie sich nicht gerade ein Bein aus. Marge, die höchst empfindsam auf die Kritik an berufstätigen Müttern reagierte, erwiderte kurz angebunden: »Dr. Hamilton ist gleichzeitig Psychiaterin sowie eine verantwortungsvolle Mutter für ihr kränkliches Kind. Ich finde das ziemlich bewundernswert.«

»Wenn Sie meinen«, erwiderte Barbra pikiert. Marge war verwundert über diesen Hang zu Tratsch, ihre unterschwelligen Anspielungen, das langweilige Vorstadtleben. Gutsituiert, vermutlich erst von ihrem Vater und dann von ihrem Ehemann verwöhnt. Abhängig und borniert. Und ihre trantütige Tochter bereitete sie darauf vor, genau wie sie zu werden, da bestand kein Zweifel.

»Könnte ich mit Eliza sprechen?«

»Sie ist oben.« Barbra wirkte enttäuscht darüber, dass Marge nicht willens war, mehr zu sagen. Sie stellte sich unten an die Treppe und rief: »Lizzie! Eliza! Sie hört wieder mal nichts – hat Tag und Nacht die Kopfhörer auf, um ihren Bruder auszublenden, nehme ich mal an. Kommen Sie mit nach oben.«

Als sie die Treppe hinaufgingen, war ein Klavier zu hören, gefolgt von einem wütenden Einschlagen auf die Tasten und einem Fluch.

»Mein Sohn«, sagte Barbra entschuldigend, »er übt für seine Prüfung an der Royal School. Zu wenig und zu spät, wie ich fürchte.«

Auf dem Treppenansatz stand eine Tür leicht offen. Marge empfand eine Welle der Sympathie für den schlaksigen Jungen, der verzweifelt über dem Klavier hing und sich das Stück erarbeitete, eine schmerzhafte Note um die andere. Matt war in diesem Alter genauso gewesen, hoffnungslos unmusikalisch, und doch hatte er sich gewissenhaft mit seiner Klarinette abgequält.

»Vaughn Williams, der Arme«, sagte Barbra. »Sie sollten diesen Teenagern etwas geben, das ihnen mehr gefällt, finden Sie nicht auch?«

Dann betraten sie einen Raum, der in die Dachschräge des Hauses gebaut worden war und sich über die ganze Länge zog, von Ost nach West. Früher einmal musste dies ein Spielzimmer gewesen sein – es war voller Bücher und Spielsachen und Dingen, die zu jüngeren Kindern passten. Licht strömte herein – man sah die Wipfel der Bäume, Schornsteine, Dächer und den Berg. Ein durchdringender Geruch von Terpentin, Leinöl und Ölfarbe lag in der Luft. Ganz hinten in einer Ecke beugte sich eine kleine, dunkle Gestalt über eine Leinwand, die flach auf dem Boden lag. Das Mädchen sah auf, als sie eintraten, und nahm seine großen Kopfhörer ab.

»Lizzie, das ist Marge Labuschagne. Sie möchte mit dir über Severine sprechen.«

Eliza lehnte das Gemälde an die Wand und kam zu ihnen, wischte ihren Pinsel an einem Lappen ab, der lose an ihrer Hüfte hing. Misstrauisch wurde Marge von dem Mädchen beäugt. Marge streckte ihr die Hand hin. »Nenn mich bitte Marge.«

Elizas Hand war klein, heiß und klebrig von der Farbe.

»Setzen Sie sich doch bitte.« Eliza deutete auf ein altes, durchgesessenes Sofa. Als Marge Platz nahm, gab es ein quietschendes Geräusch von sich, und Sprungfedern drückten ihr in den Po. Es war verdammt unbequem. Das Mädchen setzte sich elegant im Schneidersitz auf den Boden.

Mit ihrer Annahme, dass der Apfel nicht weit vom Stamm fallen konnte, hätte Marge nicht mehr danebenliegen können. Das Mädchen war ungewöhnlich anziehend, mit sanften, italienischen Gesichtszügen und großen, dunklen Augen. Ein T-Shirt mit tiefem Ausschnitt und enge Leggins setzten ihre schönen Rundungen gut in Szene. Sie war der genaue Gegensatz zu Severine Hamiltons unreifem Körper und blassem kindlichen Gesicht. Barbra Hamilton blieb

noch etwas in der Tür stehen. »Soll ich dabeibleiben, Lizzie? Oder einen Tee bringen?«
»Du kannst gehen, Mom«, sagte Eliza spitz. »Und keinen Tee, danke.«
Widerstrebend ging Barbra hinaus. Marge wäre nicht überrascht, wenn sie auf dem Treppenabsatz stehen bleiben und lauschen würde.
»Bist du eine Künstlerin, Eliza?«
Das Mädchen zuckte mit den Schultern. »Nicht wirklich. Das ist ein Schulprojekt, nichts Besonderes.«
»Weißt du, weshalb ich mit dir sprechen will?«
»Ja, das weiß ich. Severine hat mir von Ihnen erzählt«, sagte Eliza.
Anscheinend war Marge die Überraschung anzusehen.
»Sie sagte, Sie seien nett, aber sie hatte Angst, Sie könnten mit ihrer Mutter unter einer Decke stecken.«
Diese Enthüllung erschütterte Marge. »Nie würde ich Vertrauliches preisgeben. Ich dachte, das hätte sie gewusst.«
Genau in dem Moment gab ein Handy einen Piepton von sich.
»Entschuldigung.« Eliza zog ihr Handy aus der Tasche. Eine SMS. Sie schaute sie an, schrieb rasch zurück und steckte es dann zurück in die Hosentasche.
Marge fragte sich, ob Severine gerade Eliza geschrieben hatte. Dann fiel ihr wieder ein, dass Paula ihr erzählt hatte, Severines Handy sei gestohlen worden. Es war an der Zeit, Eliza ein bisschen auf den Zahn zu fühlen.
»Severines Familie macht sich große Sorgen, weil sie wichtige Medikamente nicht bei sich hat«, sagte Marge. »Ich bin mir sicher, dass ihr euch Sachen erzählt, die ihr lieber für euch behaltet. Aber Severine könnte das Opfer eines schrecklichen Verbrechens sein, und die Polizei hat sich jetzt eingeschaltet. Wenn du irgendetwas weißt, dann musst du es sagen.«
Eliza sah Marge an, ohne zu blinzeln. »Ich habe keine Ahnung, wo sie ist.«
Der Blick des Mädchens war fest und sehr entschlossen. Marge fragte sich, ob sie vielleicht tatsächlich die Wahrheit sagte.
»Hat sie einen Freund?«

»Wer? Severine?« Diese Vorstellung schien Eliza zu amüsieren.
Es klingelte an der Haustür. »Entschuldigen Sie mich.« Eliza sprang auf und düste aus dem Zimmer. Marge hörte, wie sie die Holztreppe hinunterpolterte, dann ihren Schrei: »Ich gehe schon!« Als Nächstes hörte sie, wie die Haustür aufging und wieder zugeknallt wurde.
Sie stand auf und ging zu Elizas Gemälde. Es war eine abstrakte Mischung aus verschiedenen Farben und Formen, die auf kein herausragendes Talent oder eine Begabung schließen ließen. Laute Stimmen aus dem Garten zogen ihre Aufmerksamkeit auf sich. Sie ging zum Dachfenster und öffnete es einen Spalt. Die Stimmen drangen zu ihr nach oben.
»Ich hab dir doch geschrieben, dass du nicht herkommen sollst!«, sagte Eliza.
»Aber das ist doch ein Notfall.« Eine tiefere Stimme. Die eines Jungen. »Hast du was von ihr gehört?«
»Ich kann jetzt nicht reden. Jemand schnüffelt hier rum.«
»Wer? Lüg mich ja nicht an!« Dieses Mal kam die Stimme von einem Mädchen. Anklagend, verzweifelt.
»Eine Psychologin. Sie ist oben in meinem Atelier.«
»Ich glaub dir nicht. Du erzählst nur Mist, Lizzie Robson!«, erwiderte das Mädchen.
»Verschwinde einfach, Gili, okay? Ich will da nicht reingezogen werden«, sagte Eliza.
Marge beugte sich über den Fenstersims und schaute nach unten in den Garten. Eliza Robson redete mit einem Mädchen mit ungekämmten, gebleichten Haaren, das hektisch an einer Zigarette zog. Der Junge war eher schmächtig und hatte dunkle Locken. Eliza ließ die beiden stehen, als Nächstes schlug die Haustür zu. Und dann waren der Junge und das Mädchen auch schon verschwunden. Marge ging zurück zu Elizas Gemälde. Sie hob es leicht an, um einen Blick auf das dahinterstehende Gemälde zu werfen. Das war ausgesprochen gelungen. Im Pop-Art-Stil, fast schon Street Art, mit knalligen Farben und betonten Konturen, die mit dem konventionellen Thema, einer Madonna mit Kind, stark kontrastierten. Als Marge es jedoch aus nächster Nähe betrachtete, zogen sich ihre Eingeweide zu-

sammen. Die Augen des Kindes waren geschlossen, und es lag schlaff in den Armen der Mutter. Die schwache Blaufärbung des Todes überzog seine Haut, Hände und Füße waren mit Stigmata versehen. Eine makabre Pietà, in der das Baby das Schicksal des erwachsenen Jesus verkörperte.

Das Gemälde war schockierend und zugleich bewegend. Wieder wurde Marge an ihr verstorbenes Kind erinnert. Eine dreißig Jahre alte Erinnerung, die noch immer schmerzte.

In diesem Moment kam Eliza zurück ins Zimmer. »Fassen Sie das bitte nicht an!« Leichtfüßig kam sie zu ihr und drehte das Gemälde zur Wand um. Allerdings war sie nicht schnell genug. Marge hatte die Signatur gesehen: S. Hamilton.

»Hat Severine das gemalt?«

Eliza antwortete nicht. Sie ging zum Sofa, zog eine kleine Dose unter einem Kissen hervor. Daraus entnahm sie ein Päckchen Rizlas und einen Beutel Tabak. Gekonnt rollte sie eine Zigarette, allerdings zitterten ihre Hände dabei leicht.

»Ich wusste ja nicht, dass sie so talentiert ist«, sagte Marge.

»Tja, na ja. Sie hat mit Kunst aufgehört, als sie an die Merton ist.«

Marge sah, wie Eliza die Zigarette zwischen die Lippen nahm und sie routiniert anzündete. Verdammt, was gäbe sie jetzt für einen Zug!

»Ist Severine an der Merton unglücklich?«

So anmutig wie eine Katze, die sich putzte, entfernte Eliza kleine Tabakkrümel aus dem Mundwinkel. »Ihre Familie wollte, dass sie dorthin ging. Sie sind ein bisschen versnobt. Der Großvater ist der, der den Geldhahn auf- oder zudreht. Eigentlich kann man sagen, dass alle machen, was er will.«

»Hast du gerade Kontakt zu ihr?« Marge deutete zum Handy, das auf dem Boden lag.

»Nein.«

»Gili vielleicht?«, fragte Marge. »Oder dieser Junge?«

Elizas Blick huschte zum verräterisch offen stehenden Fenster, dann weiteten sich ihre Augen. Marge kam sich vor wie ein Kind, das man beim Herumschnüffeln überrascht hatte. Tja, aber genau das war Marge nun eben einmal, verdammt. Eine professionelle Schnüfflerin.

Deswegen musste sie nicht so verschämt sein. »Ich hab eure Unterhaltung mitbekommen«, gab sie zu.
Jetzt war Eliza auf der Hut. »Gili hat Probleme, okay?«
»Ist sie auch mit Severine befreundet?«
Elizas Gesicht wurde verschlossen. »Mehr kann ich Ihnen nicht sagen. Außerdem muss ich mein Kunstprojekt bis morgen fertig haben«, fügte sie spitz hinzu.
Als Marge die Treppe herunterkam, stürzte Barbra Robson zu ihr. »Ich hoffe, dass nichts, was ich vorher gesagt habe, den Hamiltons zu Ohren kommen wird«, sagte sie.
»Natürlich nicht.« Marge ging zur Tür, nur schnell weg von dieser Frau. Dort blieb sie dann kurz stehen. »Ach, eine Sache noch: Elizas Freundin – Gili?«
»Gili? Ach … meinen Sie etwa Gilead Venter?«
»Ich habe gehört, wie Sie mit Eliza im Garten geredet hat.«
Barbra runzelte die Stirn. »Immer treibt sie sich hier rum. Keine Eltern, die sie im Blick behalten.«
»Wo kann ich sie finden?«
»Ich habe keine Ahnung. Ihre Mutter überlässt sie so ziemlich sich selbst. Kein Wunder, dass dieses Mädchen ständig in Schwierigkeiten steckt. Manchmal arbeitet sie im Ice Dream Shop in Kalk Bay. Dort könnten Sie es mal versuchen, wenn Sie mit ihr sprechen wollen.«
Barbra öffnete die Tür, und als Marge nach draußen ging, sagte sie: »Ich an Ihrer Stelle würde mich mehr auf das Zuhause konzentrieren. Sie könnten herausfinden, dass Paula Hamilton nicht der Ausbund an Tugend ist, für den Sie sie halten.«

20

Wir hatten eine undichte Stelle.« Captain Dina Martinez-Tucker hielt die fragliche *Cape Times* hoch.
Früher einmal muss Dina ein richtiger Hingucker gewesen sein. Sie war noch immer attraktiv, schlank und sehnig, aber ihre Gesichtszüge waren hart, ihre Lippen bildeten eine verkniffene dünne Linie.

Ohne eine gewisse Härte wurde man nicht zum Captain, und Dina war hart. Wäre Dina ein Mann, würde man sie dafür bewundern. So aber war sie bei den männlichen Cops sehr unbeliebt.

Sie und Ren Tucker waren Karriere-Cops, um die Erziehung ihrer drei Kinder, darunter der geistig zurückgebliebene Teenager aus Dinas erster Ehe, kümmerte sich hauptsächlich Dinas Mutter. Als Dina und Tucker sich trennten (was nicht zum ersten Mal passierte, auch wenn alle sagten, dieses Mal sei es endgültig), wurden Gerüchte über das Haus laut, in dem sie gelebt hatten (und in dem Dina jetzt mit ihrer Mutter lebte), über ihr Ferienhaus in Langebean und den nigelnagelneuen Subaru SUV, den Dina fuhr. Angeblich war Dinas Mutter an einer kleinen Chemiefirma beteiligt. Man munkelte allerdings, dass da mehr Geld im Spiel war, als sich mit dem Gehalt von zwei Cops erklären ließ.

Außerdem kursierte das Gerücht, Dina hätte die ganzen Jahre über die gelegentlichen Prügelattacken von Ren Tucker ertragen, ein Berufsrisiko, das für gewöhnlich dazugehörte, wenn man mit einem Cop verheiratet war. Es hieß, er sei eifersüchtig auf sie, auf ihren Erfolg. Weil er als »hellhäutiger Mann« für die Stelle, die sie jetzt innehatte, übergangen worden war. Angeblich wurmte es ihn, dass Dina als weiß durchging, sich dann aber in den Vordergrund drängte und sich als Farbige bezeichnete, sowie ihre Beförderung von Quoten für Minderheiten abhing. Tucker behielt seine Geringschätzung über das BEE, das Black Economic Empowerment, das Programm zur wirtschaftlichen Stärkung von Schwarzen, nicht für sich. »Gibt es keine Bimbo-Frau für den Job, dann geht er an einen Bimbo-Mann, und immer so weiter: erst farbige Frau, dann farbiger Mann, Inder und so weiter. Und erst dann wird eine weiße Madam in Betracht gezogen. Ein weißer Mann? Heutzutage würden sie in der Polizei eher einen Wischmopp befördern als einen Weißen.«

Für Persy waren die wöchentlichen Briefings mit Dina kaum erträglich. Immer war sie höchst angespannt, von Schuld zerfressen und fragte sich, weshalb sie sich nur auf den Mann ihrer Chefin eingelassen hatte. Um das ganze Elend auf die Spitze zu treiben, war Dina seit Persys Ankunft auch noch deren Mentorin und setzte sich im

Department stets für sie ein. Das hatte nichts mit weiblicher Seilschaft zu tun; dafür war Dina nicht der Typ. Sie war wirklich davon überzeugt, dass Persy das Zeug zu einem guten Detective hatte. Unter den älteren Detectives war mitunter auch von Begünstigung die Rede. Dina war eine Verfechterin von Regeln, und doch übersah sie die Slogans auf Persys T-Shirts, ihre Dreadlocks und ihre unkonventionellen Ermittlungsmethoden.

Die Einheit bestand aus acht Detectives, Persy, Tucker und Nim mit eingerechnet, sowie zwei Neulingen, die sich noch einarbeiten mussten. Cherilynn Naidoo war beurlaubt, Chris Ncobo krank und Theunis Arnolds bei einer Ermittlung unabkömmlich.

Tucker sah geschniegelt und gebügelt aus. Er und Dina wechselten unbefangen einen Blick, aber jeder im Raum spürte, wie die Atmosphäre angespannter wurde, sobald er eintrat. Tucker nickte Persy nicht zu, stellte sich aber so dicht hinter sie, dass sie seinen Atem im Nacken spürte. Mit verschränkten Armen, die muskulösen Beine auf Knöchelhöhe überschlagen, lehnte Dina an einem Schreibtisch. Das war eine entspannte, zwanglose Pose, aber die Detectives saßen wie auf glühenden Kohlen da. Wie die meisten Tyrannen hielt Dina immer nach einem Sündenbock Ausschau.

Einer nach dem anderen gingen sie ihre Fälle durch. Meist handelte es sich um die üblichen Dinge – Autodiebstähle, Hauseinbrüche, Drogenhandel, häusliche Gewalt. Persy berichtete von ihren Meldungen; da sie bei den meisten ihrer Fälle gute Fortschritte machte, übertrug Dina ihr eine lästige Eigentumsbeschädigung: Laski. Die Constantia Property Owners' Association hatte einen ortsansässigen Gemeinderat dazu gebracht, Dina persönlich anzurufen, um sich über die zunehmenden Graffiti zu beschweren. Persy fand diese ganze Angelegenheit übertrieben. Gerne würde sie diese vornehmen, betuchten weißen Ärsche auf einen Rundgang durch Grassy Park und Lavender Hill mitnehmen. Mal sehen, ob sie dann noch immer glaubten, sie hätten ein Graffiti-Problem. Laski war wohl kaum mit den Mongrels oder den Sexy Boys zu vergleichen, die im gleißend gelben Licht der nächtlichen Straßen des *vlakte* ihr *tik*-Gebiet markierten. Hielt man sich nicht an ihre Grenzen, dann bedeutete das den sicheren, unausweichlichen Tod. Es erinnerte sie allerdings unangenehm daran, wie sie Laski, alias Joseph Lancaster, zusammen mit seiner Mutter nach Hause hatte entschwinden lassen. Wen juckte das überhaupt? Wenigstens besaß der Junge Talent, und das war mehr als das, was man von den restlichen Vorstadtteenagern sagen konnte, die so viel Geld für importierte Farbdosen ausgaben, wie eine Township-Familie für ihre monatlichen Einkäufe benötigte. Trotzdem versprach sie natürlich, der Sache nachzugehen.

Tucker kam auf seine kürzlich erfolgreich abgeschlossenen Ermittlungen zu sprechen, dann machte er mit Annette Petroussis' Verschwinden weiter. Es war eine knappe, aber akkurate Zusammenfassung – sein Bericht war bereits getippt und an Dina sowie die restlichen Detectives der Einheit gemailt worden, von denen die meisten jedoch noch nicht die Zeit gehabt hatten, ihn zu lesen.

»Verglichen mit den anderen Hauseinbrüchen in der Gegend, war der Modus operandi hier völlig anders. Sie wussten von den Dienstboteneingängen, wie man das Ortungssystem eines Autos entfernt, wie man sich Zugang durch eine mit Spezialschloss gesicherte Tür verschafft. Vielleicht wussten sie auch, dass der Ehemann nicht da war. Zudem wurde das Baby der Petroussis in einem Bereich der Summerley Farm gefunden, der nicht von den Kameras der Neighbourhood Watch abgedeckt wird. Ich würde sagen, dass die Tat von Insidern verübt wurde, von Leuten, die sich in der Wohnanlage auskennen; möglicherweise waren es Handwerker, Hausangestellte oder sogar Wachmänner.«

»Wenn das tatsächlich ein Insiderjob war, dann hätten die Täter wissen müssen, wann Annette und die Jungs nicht da sind. Warum sich die Mühe machen, Annette und das Baby mitzunehmen? Damit gehen sie einen Schritt weiter: Kidnapping und Entführung. Das ist sehr viel organisierter als ein Gelegenheitseinbruch.«

Tucker biss die Kiefer aufeinander. Er mochte es nicht, wenn man ihm widersprach oder seine Meinung in Frage gestellt wurde. »Petroussis hat rund zwanzig Minuten später in Hout Bay ihre tägliche Höchstsumme vom Konto abgehoben. Vielleicht hatten die Täter Angst, sie würde ihnen nicht die richtige PIN-Nummer für ihre Karten geben. Ich war Samstagabend zusammen mit den Cops von Hout Bay in Imizamo Yethu. Wir haben Razzien in mehreren Kaschemmen gemacht, in denen sich gestohlene Waren befanden, aber mit nur einem Van und zwei nutzlosen Uniformierten hatte ich nicht genug Leute für eine groß angelegte Operation. Keine Spur von dem Auto. Und in der Gegend hätte ein Volvo-SUV ganz bestimmt etwas Aufmerksamkeit erregt.«

»Der wäre im Handumdrehen in einer illegalen Autowerkstatt gelandet und auseinandergenommen worden«, sagte Dina. »Wir haben es hier mit einer Gemeinschaft zu tun, die im besten Fall einfach dichtmacht. Solange wir keine Belohnung anbieten, werden wir da nichts rausbekommen. Was ist mit Petroussis' entlassenem Hausmädchen?«

»Die ist sauber«, sagte Tucker. »Kam von einer angesehenen Firma, die sich für sie verbürgt. Sie ist seit fünfzehn Jahren bei ihnen beschäftigt und hat noch nie Anlass zu einer Beschwerde wegen Veruntreuung gegeben.«

»Wie lautet Jaco Petroussis' Geschichte?«

»Der Typ hat ein Alibi«, sagte Tucker. »Er war in Amsterdam.«

»Was nicht heißt, dass er niemanden auf sie angesetzt hat.« Vorwurfsvoll sah Dina Tucker an und sagte dann: »Wenn mir jemand erzählt, dass seine Ehe grundsolide ist, dann würde ich sagen, da lügt jemand, du etwa nicht?« Peinliches Schweigen machte sich breit, alle im Raum musterten den abgenutzten Teppich. Dina redete als Erste wieder. »Gehen wir mal Petroussis' Finanzen, Geschäfte, Lebensversicherungen und den ganzen Krempel durch. Ein bisschen rumschnüffeln, mal sehen, was dabei rauskommt. Jonas?« Dina schaute Persy aus ihren grünen Augen an, eine Augenfarbe, wie sie manche Farbige hatten, die das Glückslos gezogen hatten. Es war die Farbe von Amstel-Bierflaschen, eine Farbe, für die Persy als Kind alles gegeben hätte. »Das verschwundene Teenagermädchen von nebenan. Gibt's da schon eine Spur?«

»Nichts. Keine Einbruchsspuren. Das Mädchen hatte den Eltern gesagt, sie würde zu einer Freundin gehen, ist da aber nie aufgeschlagen. Außer ihrer Tasche, ihrem Ausweis und Geldbeutel fehlt nichts. Ihr Handy hat sie vor ein paar Wochen verloren, also können wir sie darüber nicht orten. Sie war eines der Opfer bei dem Überfall auf Clicks in Constantia Village dieses Jahr. Ihr wisst schon, die Gang, die während der Ferien sämtliche Läden ausgeraubt hat. Die Täter wurden bei einer verdeckten Operation in Gauteng von der SC Unit gefasst.«

»Und ihr Verschwinden hat nichts mit diesem Fall zu tun?«, fragte Dina.

Persy runzelte die Stirn. »Ich habe keine Verbindung gefunden. Keiner der Kunden inklusive des Hamilton-Mädchens konnte die Gangster identifizieren; keiner von ihnen war an dem Erstellen eines Phantombilds beteiligt oder hat an einer Identifizierung teilgenommen; keiner von ihnen war als Zeuge vor Gericht. Zum jetzigen Zeitpunkt deutet nichts darauf hin, dass das Mädchen nicht einfach nur von zu Hause ausgerissen ist.«

»Gleicher Abend, gleicher Ort, gleiche Uhrzeit wie bei Annette Petroussis? Für mich klingt das nicht nach einer Ausreißerin.« Ungeduldig tippte Dina auf ihren Schreibtisch. »Finde die Verbindung – es muss eine geben. Möglicherweise haben wir es mit einer Gang zu tun. Spezialisiert auf das Ausrauben von Betrunkenen, Mörder oder weiß der Teufel was. Und noch was: Wenn sie aus Imizamo Yethu stammen, wie sind sie dann nach Constantia gekommen?«

»Die Berg-Gangs kommen über die Pfade hierher«, sagte Tucker.

»Ich dachte, du würdest diese Piste im Moment ausschließen«, konterte Dina.

»Vielleicht sind sie mit dem Taxi über das Nek gekommen«, unterbreitete Persy einen Vorschlag.

Dina nickte. »Also Tucker, wieso hast du dir die örtlichen Taxigesellschaften noch nicht vorgeknüpft und die Fahrer zu diesen Strecken befragt?«

»Warum? Ich hab kaum geschlafen. Außer zwei nutzlosen Uniformierten hatte ich keine Unterstützung – abgesehen von Jonas, die ausgeholfen hat, obwohl sie keinen Dienst hatte.« Persy wurde aufgrund von Tuckers Ausbruch ganz mulmig zumute. Sie wusste, wie er sich fühlte, aber so sprang man nicht mit Dina um.

»Mir ist scheißegal, wie müde du bist. Hier steht das Leben einer Frau auf dem Spiel.«

Es wurde still im Büro, alle waren auf eine weitere Auseinandersetzung zwischen den Tuckers gefasst. Persy spürte die Anspannung, die von Tucker ausging, wie Hitze, die aus einem Ofen strömte. Zum Glück hielt er den Mund.

»Persy, du arbeitest mit Tucker am Petroussis-Fall, falls und wann immer er dich braucht«, fuhr Dina fort. »In der Zwischenzeit gehst du dem Verschwinden von Hamiltons Kind nach. Dabei kann Nim dir helfen.«

Dina sammelte ihre Unterlagen ein, schaute ihre Leute an und strahlte, allerdings lag in ihrem Blick keine Wärme. »Haltet mich auf dem Laufenden. Und dass mir ja nichts mehr an die Presse weitergegeben wird. Wenn Annette Petroussis noch lebt, dann dürfen wir die Täter nicht in Panik versetzen. Die Bonzen in Constantia rufen auch so schon alle fünf Minuten an und wollen mehr Streifen.« Mit einem knappen Satz entließ sie ihre Leute. »Lasst uns hoffen und beten, dass es dieser Frau gut geht.«

Schweigen. Dina hatte ausgesprochen, was jeder dachte. Alle im Büro versammelten Cops wussten nur zu gut, dass Entführungen in den seltensten Fällen gut ausgingen.

Marge hatte ein Treffen mit Persy im Melissa's in Constantia Village vereinbart, einem überteuerten Restaurant, in dem hauptsächlich Leute speisten, die Polo spielten, Range Rover fuhren und chirurgisch so modelliert waren, dass ihr Alter in einer unbestimmbaren Grauzone lag. Marge kam sich fehl am Platz vor, schlecht frisiert, exzentrisch und schrecklich menschlich. Als sie ihren Unmut über die Preise auf der Speisekarte kundtat, sahen die Kellnerinnen sie mitleidig an, fast so, als wäre sie ein bisschen verrückt. Zwei Wochen ohne Zigaretten, und schon ging sie die glatten Wände hoch. Sie hatte bereits zwei Espressi mit Milch getrunken, während sie auf Persy wartete, dass sie vor lauter Koffein Herzrasen hatte und meinte, selbiges würde gleich aus ihrer Brust springen wollen.

Schließlich traf Persy ein, müde und unkonzentriert, und lehnte einen Kaffee dankend ab. Sie rutschte auf ihrem Platz hin und her und erinnerte dabei an einen anmutigen Jungen, der sich die Lederjacke

seines älteren Bruders ausgeliehen hatte. Marge bemerkte die neuen kleinen goldenen Ohrstecker, der einzige feminine Touch.
»Entschuldige, dass wir uns hier treffen.« Voller Abscheu beäugte Marge die anderen Kunden. »Furchterregende Menschen. An einem Ort wie hier hängt Mark Thatcher gerne ab.«
»Gibt es einen Grund, weshalb du dich mit mir treffen wolltest?«, fragte Persy ungeduldig.
»Ich habe mich nur gefragt, ob es irgendwelche Neuigkeiten zu Severine Hamilton gibt.«
»Nein, nichts. Wir haben das Übliche abgecheckt. Krankenhäuser, Leichenhallen und den ganzen Rest.« Persy beugte sich vor. »Gibt es einen Grund, weshalb sie von zu Hause ausreißen würde? Familiäre Probleme, einen Freund?«
Persy war bestimmt klar, dass ihre Fragen unangebracht waren. »Ich möchte lieber keine persönlichen Informationen aus Sitzungen mit Patienten preisgeben«, sagte Marge.
»Sie könnte ernsthaft in Gefahr sein, Marge. Diejenigen, die Annette Petroussis entführt haben, könnten genauso gut auch Severine entführt haben.«
»Ich nehme an, Paula Hamilton hat dir gesagt, dass ich Severine wegen posttraumatischer Belastungsstörungen behandelt habe, nachdem sie Opfer bei einem Überfall war und mit einer Waffe bedroht wurde. Konnten ihre Eltern dir nicht weiterhelfen?«
Mit gerunzelter Stirn lehnte sich Persy zurück. »Das ist ein merkwürdiger Haufen. Der Großvater ist ein Tyrann und der Vater der Künstlertyp.«
»Ich habe mit Severines Freundin Eliza Robson gesprochen, falls das weiterhilft«, sagte Marge.
Persys Gesichtsausdruck verfinsterte sich. »Wieso, Marge?«
»Ich dachte, es könnte aufschlussreich hinsichtlich Severines Verfassung sein.«
»Wenn Severine Hamilton etwas zugestoßen ist, dann ist jeder ein Verdächtiger. Familie, Freunde … Du könntest meine Ermittlungen kompromittieren, wenn du die Leute befragt, bevor ich die Gelegenheit dazu hatte.«

»So war das doch gar nicht«, ereiferte sich Marge eingeschnappt. »Willst du denn nicht hören, was ich herausgefunden habe?«

Persy runzelte die Stirn. »Herausgefunden? Sag mir jetzt bitte nicht, dass du hier wieder eine deiner parallelen Ermittlungen führst.«

Marges Blut geriet langsam immer mehr in Wallung. Es sah Persy ähnlich, den Sherwood-Fall wieder auf den Tisch zu bringen! Marges Initiativen wieder einmal zu blockieren und ganz spießig auf die offizielle Vorgehensweise zu pochen.

»Ich kann hier einen Zugang zu Dingen bekommen, den du nicht hast. Warum sollten wir das nicht ausnutzen?«

Persy starrte sie durch ihre Brillengläser an. Marge hatte den beunruhigenden Blick des Mädchens ganz vergessen gehabt. »Na gut, leg los. Erzähl's mir.«

Marge berichtete von ihrem Besuch bei den Robsons, von dem Mädchen und dem Jungen, die im Garten gewesen waren. »Dieses Mädchen, Gili, sie weiß ganz bestimmt etwas.«

Persy stand auf und ging zum Tresen, wo ein Stapel Zeitschriften und Zeitungen neben einem Krug gekühltem Wasser und Gläsern lag. Sie klemmte sich eine Zeitung unter den Arm und schenkte zwei Gläser Wasser ein. Marge betrachtete die versteinerten Gesichter der beiden ehrwürdigen älteren Damen aus Constantia, die Persy musterten. Eine beugte sich ungeduldig zu ihr.

»Ich warte noch immer auf meine Eier Benedikt. Wie lange dauert das noch?«

Jung, farbig, Arbeiterklasse. Also gingen sie davon aus, dass sie eine der Kellnerinnen sein musste. Am liebsten hätte Marge die beiden erdolcht.

»Ich arbeite nicht hier«, erwiderte Persy kühl. Sie hatten noch nicht einmal so viel Anstand, beschämt dreinzublicken. Persy kam zurück und setzte sich.

Noch ehe Marge etwas sagen konnte, murmelte Persy: »Lass es gut sein, bitte.«

Sie reichte Marge ein Glas Wasser und die Zeitung. »Schon gesehen?«

Marge überflog den Artikel über die Entdeckung vom Baby der Petroussis. »Oh nein«, stieß sie aus, und ihr wurde ganz schwer ums Herz.

Persy nippte am Wasser, dann wischte sie sich müde über den Mund. »Noch immer kein Hinweis zu Annette Petroussis. Und Severine Hamilton ist in derselben Nacht verschwunden. Ich glaube nicht, dass wir es hier nur mit einer Ausreißerin zu tun haben.«

Marge kam sich vor, als würde sie gerügt. »Ich … ich hab nur versucht zu helfen.«

»Misch dich nicht ein, Marge. Drei Kleinkinder könnten ohne Mutter sein. So, wie es aussieht, sind wir auf sehr dünnem Eis unterwegs. Lass uns bitte unseren Job machen.«

21

Bei ihrer zweiten Sitzung mit Marge hatte Severine wieder in dem großen Sessel in Marges Büro gesessen, Bongo an ihrer Seite, der seinen Kopf in ihren Schoß gelegt hatte. Sie hatte seine großen, samtigen Ohren geknuffelt, während er sie mit großen Augen anschaute.

»Solange du ihm Beachtung schenkst, wird er dich nicht in Ruhe lassen«, hatte Marge gesagt.

»Das macht mir nichts. Er ist total goldig. Wie viele Tiere haben Sie?«, hatte Severine gefragt.

»Vier Katzen und Bongo.«

Severine hatte geseufzt. »Ich darf keine Tiere haben. Zum einen sagt meine Mum, dass sie dreckig sind. Zum anderen dachte sie irgendwann mal, dass ich Mukoviszidose hätte, und Tierkot sowie Bakterien können allergische bronchopulmonale Aspergillose verursachen.«

»Du meine Güte«, sagte Marge. »Du klingst, als wärst du Expertin in medizinischen Fragen.«

»Meine Mum ist die Expertin. Sie hat mich zu jedem Arzt und Spezialisten hier in der Gegend geschleppt. Die meisten von ihnen sind schreckliche Scharlatane; das sagt sie zumindest. Ich glaube, es liegt daran, dass sie sich so viel besser auskennt als die anderen. Sie wissen doch, dass meine Mutter eine großartige Psychiaterin ist? Ich Dummerchen. Natürlich wissen Sie das. Sie sind im selben Beruf tätig.«

»Nicht so ganz. Ich bin Psychotherapeutin.«

»Wo ist da der Unterschied?«
»Zunächst einmal kann ich keine Medikamente verschreiben.«
»Das ist ja mal beruhigend. Noch mehr Medikamente könnte ich wirklich nicht ertragen.«
»Klingt, als würde man dir so einiges verordnen.«
Severine zuckte ihre schmalen Schultern. »Ein paar Leute halten mich für eine Hypochonderin.« Sie lächelte bitter. »Und denken, dass es bei mir da oben nicht so ganz stimmt.«
Sie deutete mit dem Finger an ihre Schläfe und schnitt eine Grimasse. »Tatsächlich stimmt das sogar. Da oben läuft wirklich etwas nicht so ganz rund.«
»In meinen Augen machst du einen ganz gesunden Eindruck«, hatte Marge erwidert.
»Sie haben ja keine Ahnung«, hatte das Mädchen entgegnet, Marge kurz an- und dann gleich wieder weggesehen. Marge hatte bemerkt, dass sie den Tränen nahe war.
»Also, Severine, das habe ich zu entscheiden.« Sie hatte sie freundlich angelächelt. »Wir werden einander in den nächsten Sitzungen besser kennenlernen.«

Als sie jetzt auf dem Felsen in der Nähe des Boardwalk zum Silvermine-Naturreservat saß und auf Beryl wartete, dachte Marge, wie schade es doch war, dass sie Severine nicht besser kennengelernt hatte; dass sie nur so wenige Informationen hatte, mit denen sie arbeiten konnte. Das vertraute Brummen und Knattern eines Citroën Pallas kündigte Beryl an. Sie bog auf den Parkplatz ab und hielt schließlich mit hochrotem Kopf und schuldbewusstem Blick an. Beim Aufstehen knackste es in Marges Hüften. Verdammt, sie sollte mehr Sport machen; sie kam sich so uralt vor wie die Hügel, die sie umgaben.
Beryl stieg aus und kam auf sie zu. In ihren Lycra-Shorts und den orangefarbenen Turnschuhen von New Balance sah sie erstaunlich fit aus. Außerdem trug sie ein Schweißband, von dem Marge hätte schwören können, dass sie es in den achtziger Jahren schon in den Discos getragen hatte.
Was für eine toughe alte Schachtel, dachte Marge liebevoll. Eine gute

Freundin – wie Beryl – war jemand, mit dem man zusammenwuchs, man arrangierte sich mit allen Ecken und Kanten und schlechten Angewohnheiten, hielt mit selektiver Blindheit geschlagen an dieser Freundschaft fest. Beryl leitete ein Frauenhaus für misshandelte Frauen und Kinder, und immer fehlte es am nötigen Geld. Sie hatte mit richtig schrecklichen Fällen zu tun, redete aber nie mit jemandem darüber. Um zu entspannen, töpferte sie, rauchte viel Gras, trank oder traf sich mit Marge. Marge wusste, dass ihre Freundin schrecklich schwere Lasten für andere zu tragen hatte.
Zusammen schlenderten sie über den Weg mit den Holzplanken bis zum Damm. »Hättest du Lust, demnächst mal zum Abendessen vorbeikommen?«, fragte Beryl. »Tom Montanari – ein alter Freund von Harry – ist zu Besuch. Wir dachten, ihr beide könntet euch ganz gut verstehen. Er ist anscheinend halb Italiener«, fügte sie noch hinzu, als wäre das ein verlockendes Angebot.
»Geschieden?«
»Verwitwet.«
Marge stöhnte. »Du weißt doch, dass ich gerade kein Interesse an Männern habe.«
»Harry will nur, dass wir für eine Partie Whist zu viert sind«, fuhr Beryl unbekümmert fort. Harry, mit dem sie seit dreißig Jahren verheiratet war, war ein fanatischer Kartenspieler.
Blühende Erbsensträucher, hohe Zuckerbüsche und Erika bedeckten fast den ganzen Damm. Grillstellen und Bänke aus Stein waren für die Picknicker kunstvoll zwischen dem Fynbos plaziert. Es war überraschend heiß und windstill, einer dieser herrlichen Spätsommertage. Auf der Holzbrücke blieben sie stehen und schauten auf die Seerosen von durchscheinendem Weiß, Pink und Lila auf dem fast schwarzen Wasser.
Beryl hatte ihre Augen mit der Hand vor der Sonne abgeschirmt und fragte: »Irgendwelche Neuigkeiten von dem verschwundenen Mädchen?«
»Nein. Ich habe das Gefühl, ich sollte etwas tun, da sie meine Patientin war. Aber im Prinzip hat mich Persy Jonas angehalten, mich nicht in diese Sache einzumischen.«

»Da stimme ich ihr zu. Überlass das mal der Polizei«, sagte Beryl.
Marge hörte Stimmen und wie jemand etwas weiter weg ins Wasser sprang. Sie hoffte, dass sich keiner an ihrem persönlichen Badespot niedergelassen hatte. Diesen Damm hatten sie gern für sich allein. Sie fanden die Öffnung und duckten sich unter den Bäumen hindurch, bis sie zum Rand des Wassers kamen. Weit draußen zog ein Schwimmer seine Bahnen. Marge trat hinter ein Gebüsch, so dass sie nur noch halb zu sehen war, und zog ihre Khakis, T-Shirt und Sandalen aus und warf alles zusammen mit ihrem Hut und ihrer Uhr auf das Handtuch. Beryl war ordentlicher, legte ihre Kleidung sorgfältig zusammen, als sie sich auszog, bis sie nur noch einen Badeanzug anhatte, der an ein Zirkuszelt erinnerte.
»Ich kann es gar nicht erwarten, dass ich das hinter mir habe«, moserte Beryl. »Du weißt, wie sehr ich jegliche Art von Sport hasse.«
Marge stand am Wasser und sah auf die undurchdringliche Oberfläche hinaus. Es war völlig unmöglich, zu wissen, was sich darin verbarg. Der einsame Schwimmer kam dicht bei ihnen vorbei.
Vorsichtig streckte Beryl einen Zeh ins Wasser. »Ist das wirklich eine gute Idee? Vielleicht entscheide ich mich ja noch ganz schnell um.«
»Das sagst du jedes Mal.«
»Ich könnte untergehen, ohne irgendeine Spur zu hinterlassen. Da drin würde mich keiner finden.«
Marge rollte die Augen. »Ja, klar!«
»Hübscher Badeanzug übrigens.« Beryl beäugte Marges geschmackvollen dunkelblauen Einteiler.
»Danke. Ich wünschte, ich könnte dasselbe über deinen sagen.«
Marge hechtete los und tauchte ins Wasser, um so Beryls Retourkutsche zu entgehen. Das Wasser war ziemlich kalt. Nur vage bemerkte Marge, dass der andere Schwimmer träge auf dem Rücken zu ihrer Seite des Damms zurückkraulte. Mit kräftigen Zügen schwamm sie bis zur Mitte, dann hielt sie inne und schaute zurück. Beryl watete langsam ins Wasser, ihr Gesicht und ihre blasse, sommersprossige Aschkenasen-Haut hoben sich von dem schwarzen Gewässer ab. Sie hatte die Arme über der Brust verschränkt und zitterte höchst theatralisch. »Das ist ja eiskalt, verdammt!«, rief sie.

»Nein, ist es nicht!«, brüllte Marge zurück. Sie machte noch ein paar Schwimmzüge, dann drehte sie sich auf den Rücken, hob den Kopf leicht an und paddelte langsam mit den Armen, so dass sie einen Rundumblick auf die umgebenden Berge bekam, über die sich das warme, spätsommerliche Gold ergoss. In dem sanften Licht, das das staubige sommerliche Blattwerk überzog, oder das, was der Kapdoktor, der milde Südostwind, davon übrig gelassen hatte, wirkten die Büsche und Bäume grüner. Marge stieß einen Schrei puren Wohlbefindens aus: »Einfach herrlich!«
Beryl tauchte unter, und als sie wieder an die Oberfläche kam, rief sie: *»Jirre! Maar dis koud!«*
Marge hielt Ausschau nach dem Schwimmer. Von ihm war nichts mehr zu sehen.
In recht uneleganter Hundemanier und mit auf und ab wippendem Kopf kam Beryl näher.
»Hast du den Schwimmer hier gesehen?«, fragte Marge.
»Nein. Bist du dir sicher, dass du jemanden gesehen hast? Deine Augen sind auch nicht mehr so gut wie früher, meine Liebe.«
»Ernsthaft. Gerade eben war er noch da.« Marge sah sich um. Im Wasser und am umgebenden Ufer rührte sich nichts. Nicht ein Blatt raschelte in den Bäumen. Nirgends ein Anzeichen dafür, dass hier noch eine weitere Menschenseele war.
»Verdammt, Beryl, ich glaube, hier ist gerade jemand ertrunken.«
»Mach dich nicht lächerlich!« Beryl zeigte zum Ufer. »Da ist er doch!«
In der Nähe eines kleinen Wäldchens rubbelte sich gerade ein ziemliches Tier von einem Mann energisch trocken. Er hatte etwas Vertrautes, was aus irgendeinem Grund leichtes Unbehagen hervorrief.
»Wie kann jemand eine so weite Strecke in so kurzer Zeit zurückgelegt haben?«
»Er muss ein guter Schwimmer sein«, sagte Beryl anerkennend.
»Himmel, er könnte sich etwas bedecken«, sagte Marge, als sie seinen Penis herumschlenkern sah. »Es ist ja nicht gerade so, als wäre er Brad Pitt.«
»Jetzt sei doch nicht so harsch. Wir sind auch nicht unbedingt ein schöner Anblick.«

Marge wandte den Blick von dem Mann ab, der sich ein Handtuch um die Hüften geschlungen hatte und lächerliche, windmühlenartige Bewegungen mit den Armen vollführte und sich dabei ziemlich wohl zu fühlen schien. Gemächlich schwammen Marge und Beryl weiter zur Mitte des Sees.

»Hat der hinreißende Will inzwischen eine Freundin, mit der es ernst ist?« Schon immer hatte sich Beryl für das Liebesleben anderer interessiert.

»Nein, Gott sei Dank. Bei Frauen hat er einen schrecklichen Geschmack.«

Sie hielten inne, traten eine Weile im Wasser auf der Stelle und betrachteten die Umgebung.

»Tja, das geht dich inzwischen nichts mehr an, vermute ich.«

Marge empfand diese Bemerkung als höchst irritierend.

»Du klingst genau wie Matt. Der beschwert sich auch die ganze Zeit, dass ich mich viel zu sehr in Wills Leben einmische.«

»Das macht er, weil er glaubt, dass du Will bevorzugst.«

»Schwachsinn. Ich liebe sie beide. Matt ist einfach nur ein bisschen schwieriger.«

»Das liegt daran, dass er genau so ist wie du.«

»Quatsch. Matt ist genau wie sein Vater.« Mit jeder Minute wurde Marge gereizter. Beryl klapperte schon mit den Zähnen, so kalt war ihr. Warum schleppte sie Beryl jede Woche gegen ihren Willen mit zum Damm? Natürlich war es sicherer, zu zweit zu schwimmen, aber Beryl war eine völlig unbegabte Schwimmerin und würde ihr keine große Hilfe sein, sollte Marge unversehens einen Krampf bekommen.

Beryl drehte sich auf den Rücken und planschte mit den Armen herum. »Ich habe Matt immer für ein sensibles kleines Seelchen gehalten. Immer auf der Suche nach deiner Anerkennung.«

Marge spürte, wie eine Welle der Entrüstung sie überrollte. »Steckt da jemand wieder seine Nase in Sachen, die sie nichts angehen?«, fragte sie spitz.

»Ooohhh! Entschuldige, dass ich was gesagt habe«, entgegnete Beryl, ehe sie in merkwürdig trägem Kraulstil zum Ufer zurück-

schwamm, wobei ihre dünnen Arme einen Bogen über ihren Kopf beschrieben.
Marges anfängliche Gereiztheit schlug schnell in reumütige Selbstbetrachtung um.
Sobald die Sprache auf Matt kam, ging sie in die Defensive, das wusste sie. Seine Kindheit war für Marge schon immer eine Quelle von Schmerz und Schuldgefühlen gewesen. Als Kind war er ein bezaubernder kleiner Junge, und sie verhätschelte ihn mit der Zwanghaftigkeit einer Frau, die zum ersten Mal Mutter war. Doch das änderte sich schlagartig, als ihr zweites Baby, ihre sehnsüchtig erwartete Tochter, als Totgeburt zur Welt kam. Versunken in postnatale Depression und Trauer, ließ Marge weder Matt noch sonst jemanden an sich heran. Sofort und zielgerichtet bemühte sie sich, wieder schwanger zu werden, ganz verzweifelt darum bemüht, das verlorene Baby zu ersetzen. Will wurde zum Zentrum von Marges Aufmerksamkeit, zur Ablenkung von ihrer Trauer.
Und sobald er alt genug war, um in die Krippe zu gehen, schloss sich Marge dem Ermittlungsteam des Generalstaatsanwalts im Vorfeld der Wahrheitskommission an. Die Aufgabe des Teams bestand darin, Ermittler der Mordkommission eingehend zu befragen, um herauszufinden, was den Hunderten von ermordeten und vermissten Aktivisten zugestoßen war. Die Ermittlungen waren aufreibend, und über Monate hinweg hatte sie keine Energie für ihre Ehe oder ihre Söhne übrig gehabt. Als sie sich dann wieder ihrer Mutterrolle zuwandte, hatte Matt sich verändert. Er hatte sich von seiner Mutter und seinem Bruder zurückgezogen und seine Treue und Zuneigung auf den Vater übertragen. Er konnte es gar nicht abwarten, sein Zuhause gegen die Universität in Grahamstone auszutauschen, später dann gegen die von Bristol, wo er promovierte. Marge hatte nie promoviert, und insgeheim empfand sie das als Verrat und Fahnenflucht.
Sie schloss zu Beryl auf, die an einer seichten Stelle herumdümpelte und einer Entenfamilie zusah.
»Es tut mir leid, Beryl. Manchmal bist du einfach viel zu scharfsinnig, um einem Trost zu spenden.«

Beryl sah sie mitfühlend an. »Ich werte nicht, Mags. Du weißt, wie sehr ich dich für die Arbeit bewundere, die du gemacht hast.«
»Aber Matthew hat am meisten darunter gelitten. Und das vergesse ich immer wieder.«
Beryl zitterte. »Genug mit der Selbstgeißelung. Lass uns rausgehen, bevor ich mir noch die Titten abfriere.«

22

Will Piper, Marge Labuschagnes Sohn, war so ziemlich der Letzte, auf den Persy beim Meeting zur Landrückforderung im Sitzungssaal des Alphen Hotel in Constantia zu treffen gedacht hatte.
»Heyyy!«, sagte Persy lauter als beabsichtigt.
»Hey!« Auch Will schien überrascht, sogar etwas nervös. »Bist du wegen des Meetings hier?«
»Ja. Ich ermittle in einem Fall. Was machst du denn hier?«
»Ich stelle Nachforschungen an, was den Landbesitz in Constantia betrifft. Seitdem wir uns das letzte Mal gesehen haben, habe ich ein Stipendium bekommen, um zu Ende promovieren zu können. Jetzt bin ich beim Institut für Geschichte angestellt.« Er grinste albern. Persy konnte nicht einordnen, ob er sich freute, sie zu sehen, oder ob es ihm unangenehm war.
»Interessant«, sagte sie. Das wäre es vielleicht, wenn sie nur wüsste, worüber er da verdammt noch mal sprach.
»Ja.« Er grinste. »Meine Doktorarbeit verwandelt sich in ein unleserliches Geschichtsbuch – und wird dabei zu einer einträglichen Einnahmequelle.«
Persy lachte. »Absolut fesselnd, was?«
Als Persy ihn das letzte Mal vor zwei Jahren im Gästezimmer bei seiner Mutter gesehen hatte, war Will einfach nur ein schlaksiger, jungenhafter Kerl gewesen. Sein Gesicht hatte sie als Letztes gesehen, bevor sie bewusstlos wurde, vollgepumpt mit Medikamenten, die sie gnädigerweise die brutale und traumatische Konfrontation mit einem Mörder ausblenden ließen.

Das Verständnis, das sie an jenem Abend in seinen sanften grauen Augen gesehen hatte, war ihr im Gedächtnis geblieben, eine eigenartig tröstliche Erinnerung. Auch wenn er das nie erfahren würde.

»Ich habe deine Mutter vor kurzem getroffen«, sagte sie.

Betreten sah Will sie an. »Ach ja? Ich hab sie schon eine ganze Weile nicht mehr gesehen. Mein Bruder ist mit seiner Familie bei ihr. Matt und ich entstammen zwar denselben Lenden, aber das ist auch so ziemlich das Einzige, was wir gemeinsam haben.« Er sagte das so leichthin, aber ein Hauch Bitterkeit schwang in seiner Stimme mit. »Im Piper-Krieg hat er sich auf die Seite meines Vaters geschlagen. Nicht, dass meine Mutter nicht anstrengend sein könnte. Aber das weißt du ja bereits.«

»Oh ja.« Persy musste an ihr letztes Treffen mit Marge im Café denken: entschlossen, geradlinig und unnachgiebig. Will schien dieselben Eigenschaften zu besitzen, aber anscheinend ohne die leichte Reizbarkeit seiner Mutter.

Während sie nacheinander den Sitzungssaal betraten, fragte er: »Bist du wegen des Babys hier, das bei der Summerley Farm gefunden wurde?« Ihm muss wohl aufgefallen sein, wie überrascht Persy war, denn er fügte hinzu: »Moses Petersen erzählte mir davon. Ich arbeite mit ihm an der mündlich überlieferten Geschichte dieser Gegend.«

»Es könnte eine Verbindung geben«, sagte Persy. »Das prüfe ich gerade.«

Will zögerte einen Moment, dann fragte er hastig: »Sollen wir uns nachher noch bei einem Drink auf den neuesten Stand bringen?«

»Ja, klar …«

»Draußen auf der Terrasse.«

»Warum nicht?«

»Okay.« Grinsend ging er weiter.

Der Sitzungssaal war von typischem Constantia-Schick: überall massive Holzbalken und alte Gemälde, aufgepeppt mit einem »modernen Touch«. Was auch immer das bedeuten sollte.

Persy suchte sich einen Platz. Mehrere Zuhörer waren bereits da. Moses Petersen hatte zu diesem Anlass einen Anzug angezogen. Mit einem höflichen Nicken begrüßte er Persy. Den Mann rechts neben ihm kannte sie aus Fernsehen und Zeitungen: Ricardo Heinrich, Politiker und Gewerkschafter. Im echten Leben wirkte er kleiner und niederträchtiger, mit einem harten Blick über dem Fu-Manchu-Schnauzer und dem gestutzten Bart. Er trug Jeans und Turnschuhe, dazu eine Regenjacke, sein Arbeiterklasse-Outfit. Heinrich war eine unbeliebte Persönlichkeit, fand allerdings viele Anhänger bei den gesellschaftlich Benachteiligten, an denen es bekanntermaßen nie mangelte. Heute war er beidseitig von Muskelprotzen in billigen Anzügen flankiert. Der kleinere der beiden hatte ein schmales, verschlagenes Gesicht, unreine Haut und kurzgeschorene Haare. Sein Blick wanderte durch den Raum wie der einer Eidechse auf der Suche nach Fliegen.

Persy fing Wills Blick auf. Fragend zog er eine Augenbraue hoch und zeigte auf die Kaffeemaschine. Sie nickte, und ihr wurde ganz warm, als sie sah, wie er ihr in einem schwerfälligen und komplizierten Verfahren einen Kaffee an der Maschine machte.

Jessica Aukema, tätig für eine luxuriöse Anwaltsfirma, schmallippig, mit einer karottenfarbenen Aureole von Haar, die durch ihren maßgeschneiderten weißen Anzug noch betont wurde, vertrat Propvest, den Bauträger und Eigentümer von Dieu Donné, und hatte den Vorsitz dieses Meetings.

Sie fing mit der Vorstellungsrunde an: Naomi Carolus von der *Land Claims Commission,* eine kämpferisch aussehende Frau mit grausam geglättetem Haar und einem von Muttermalen übersäten Gesicht; Vuyo Baliso, jung und so hypnotisiert von seinem Smartphone, dass er gar nicht erst davon aufsah. Ihnen gegenüber Markus Badenhorst, der ehemalige Eigentümer von Dieu Donné und gegenwärtige Besitzer von Summerley, ein älterer, unauffälliger, grauhaariger Mann mit Brille.

Es kam zu einem kleinen Aufruhr. Eine außergewöhnliche Gestalt hatte den Raum betreten, deren beachtlicher Umfang unter einem zeltähnlichen, knöchellangen weißen Thawb und einem weißen Fez als Kopfbedeckung versteckt war. Abschätzend ließ der Mann seinen ehrlichen, durchdringenden Blick durch den Raum schweifen. Jessica Aukema stellte ihn als Yusuf Adams vor. Er war Eigentümer und Verwalter des *kramat* mit dem muslimischen Friedhof in der Spaanschemat River Road. Gnädig und mit spürbarer Autorität neigte er den Kopf, dann wogte er wie ein großes Schiff durch den Raum und setzte sich neben Moses Petersen.

Will brachte Persy die Tasse Kaffee und suchte sich dann einen Platz in neutraler Position.

Schnell wurde deutlich, dass man sich niemals einigen würde. Maßnahmen wurden schon in der frühen Planung verworfen, Streitereien über die Nichteinhaltung eines ordentlichen Verfahrens brachen aus, spitzfindig wurde über Regeln des Ausschusses und Unterausschusses diskutiert. Wichtige Unterlagen des Registeramts für Grundbucheinträge waren anscheinend verlegt worden. Es herrschte Chaos.

Dennoch wetterte Jessica Aukema weiter. »Mr. Badenhorst hat in böser Absicht gehandelt, als er Propvest vorenthalten hat, dass die Landrückforderung von Summerley noch nicht geklärt ist«, sagte sie. »Propvests Angebot wurde unter der Voraussetzung unterbreitet, dass dem Verkauf nichts im Wege steht. Jetzt sieht es so aus, als hätte Mr. Badenhorst die Verhandlungen in voller Kenntnis geführt, dass das Land von seinem ehemaligen Eigentümer, Mr. Moses Petersen, zurückgefordert wird.«

Badenhorst widersprach. »Ich habe die Besitzurkunde für Summerley sowie Unterlagen über Gebühren und Steuern, die ich dafür entrichtet habe. Ich habe das Land weit unter dem üblichen Preis an Moses Petersen verpachtet – und das seit fünfzehn Jahren –, damit er seine Blumen dort anbauen und verkaufen kann. Propvest hat mir ein Kaufangebot gemacht, weil sie eine weitere gesicherte Wohnanlage wie Dieu Donné errichten wollen. Erst nachdem diese Verhandlungen bereits angefangen hatten, habe ich – zu meinem großen Erstaunen, wie ich angesichts des freundschaftlichen Verhältnisses sagen muss – erfahren, dass Mr. Petersen das Land für sich beansprucht.«

Voller Unbehagen hörte sich Moses Petersen das an, und er vermied es, Badenhorst anzusehen.

Ricardo Heinrich hingegen hatte da keine Hemmungen. Aggressiv ergriff er das Wort und verkündete, dass er »der Vorkämpfer für die enteigneten Farbigen am Westkap« sei. Eine »Stimme für die ohne Stimme«, und er habe beschlossen, dem Meeting beizuwohnen, um

Moses Petersens Interessen gegen unfairen Druck durch »privilegierte weiße« Anwälte zu vertreten. »Wir, die Landlosen und Enteigneten, werden uns nicht zurücklehnen und es weißen, liberalen Kapitalisten erlauben, satte Gewinne aus dem Erbe unserer Vorfahren zu schlagen.«
Wie alle Cops gehörte auch Persy einer Gewerkschaft an. Sie kam in den Genuss des Schutzes der Arbeitsgesetzgebung, war allerdings misstrauisch, was die Motive der Gewerkschaft betraf. Sie befürchtete, grundlegende Leistungen könnten durch politische Agenden manipuliert werden, und Ricardo Heinrichs hochtrabende Rede änderte nichts an ihrer Meinung.
Heinrich polterte weiter: »Mr. Badenhorst muss doch gewusst haben, dass dieses Grundstück angefochten wird, da man den Farbigen unter dem Apartheid-Regime ihr rechtmäßiges Erbe weggenommen hatte. Es wäre unaufrichtig, etwas anderes zu behaupten.«
»Ich habe dieses Land vor vierzig Jahren ehrlich und anständig erworben!«, widersprach Badenhorst.
»Zu Apartheid-Preisen!«, entgegnete Heinrich.
Seltsamerweise hätte Moses Petersen, um den dieser ganze Wirbel hier gemacht wurde, genauso gut nicht anwesend sein können, so wenig Beachtung wurde ihm zuteil. Auch Yusuf Adams blieb entnervend ruhig, teilnahmslos und undurchschaubar.
Höflich erinnerte Will die Anwesenden daran, dass seine Abhandlung über Erbschaft, ein ordentlich gebundenes vierhundertseitiges Dokument (das zu lesen sich anscheinend keiner die Mühe gemacht hatte), verständlich aufschlüsselte, wie Erbe und Grundstücksrechte übertragen wurden. Die Vertreter der Landrückforderung waren jedoch viel zu abgelenkt von den soeben hereingebrachten Tabletts mit den Snacks, als dass sie auf seine Worte eingegangen wären. Will wies weiter darauf hin, dass es vermutlich am besten wäre, wenn er als neutraler Beobachter den Vorsitz des Meetings übernähme. Überraschenderweise stimmten alle zu. Er rief die Versammelten zur Ordnung, fasste die zur Diskussion stehenden Themen zusammen, teilte jedem eine Aufgabe für das nächste Treffen zu, woraufhin man sich auf eine Tagesordnung einigte. Abschließend stellte er Persy als Polizistin vor, die bei einem schwerwiegenden Verbrechen in Dieu

Donné ermittelte. Persy bedankte sich bei ihm und bat die Anwesenden, sich nach dem Meeting zu ihrer Verfügung zu halten.

Persy passte Ricardo Heinrich ab, als der gerade gehen wollte. Sie glich ihre sofortige und gegenseitige Abneigung mit übertriebener Höflichkeit aus, wohingegen sich Heinrich unnachgiebig feindlich und unkooperativ zeigte. »Ich kann Ihnen da nicht helfen. Ich habe keine Ahnung, was die reichen Weißen in ihren gesicherten Wohnanlagen so treiben«, sagte er. »Mal abgesehen davon, dass sie auf einem Stück Land leben, das ihnen nicht gehört.« Er nickte seinen Bodyguards zu, die ihn rasch nach draußen brachten und dabei vor weiteren Fragen abschirmten.

Badenhorst war etwas mitteilsamer. »Mein Vater hat den gängigen Preis für das Land an Mr. Petersens Vater bezahlt, das lief ganz korrekt ab, auch wenn das angesichts der heutigen Verhältnisse nach einem Dumpingpreis klingt.« Er trug eine verwunderte Betroffenheit zur Schau. »Ich habe hier zum ersten Mal seit vierzig Jahren von diesem Besitzanspruch gehört.«

»Und weshalb gehen die Land Claims Commission und Mr. Piper dann davon aus, dass sie damit durchkommen?«, fragte Persy.

»Die Petersens sind getäuscht worden, wenn Sie mich fragen.« Badenhorst wies in Wills Richtung. »Dieser Typ da, von der Uni, Piper, stellt für seine bescheuerte Doktorarbeit Nachforschungen hier in der Gegend an und hat alle aufgebracht. Und was Heinrich betrifft, der ist ein Opportunist, der immer versucht, die Stadt zu blamieren oder die Leute von der Oppositionsregierung als gefühllose Rassisten darzustellen.« Ganz offensichtlich war Badenhorst verärgert. »Das zwischen Propvest und mir war eine beschlossene Sache. Da war alles unter Dach und Fach. Und jetzt kann es sein, dass ich mich stattdessen die nächsten Jahre mit teuren Anwälten herumschlagen muss. Das könnte mein Ruin sein.«

Persy war dieser Mann sympathisch, sie fragte sich allerdings, ob seine Zwangslage mit dem zweifachen Verschwinden aus Dieu Donné in Beziehung stehen könnte. War er einer von Gray Langfords »zweifelhaften Geschäftspartnern«, die Clive Hamilton erwähnt hatte?

Nachdem Badenhorst gegangen war, hielt Persy nach dem mysteriösen Yusuf Adams Ausschau. Aber der war spurlos verschwunden.

Persy machte sich auf der Damentoilette frisch und ging dann auf die Terrasse. Sie schlängelte sich leicht befangen zwischen den Tischen mit den selbstgefälligen Leuten aus den schicken, südlichen Vorstädten hindurch. Während sie in dem vorherrschend weißen Gedränge nach Will Ausschau hielt, hatte sie das Gefühl, als würde alles an ihr »Cop« schreien. Er stand auf und winkte sie zu sich.

Im Tageslicht bemerkte sie die feinen Linien um seine Augen. Als sie ihn das letzte Mal gesehen hatte, war er noch ein Student gewesen, aber selbst da muss er älter gewesen sein, als sie gedacht hatte. Sie erinnerte sich an einen wunderschönen Sommerabend im Garten seiner Mutter, nachdem sie Sean Dollery nur knapp entkommen war – an seine Besorgnis und wie nett er sie zum Lachen gebracht hatte. Der Komet am Himmel über ihnen und dazu das Geräusch von quakenden Fröschen und das Meeresrauschen.

Sie bestellte eine Cola mit Eiswürfeln; er trank ein Windhoek direkt aus der Flasche.

»Na, was kannst du mir zu Petersens Landrückforderung erzählen?«, fragte sie.

»Ich kann dir den Bericht zuschicken, wenn du eine leichte Lektüre haben möchtest«, sagte er. »Ich kann es dir auch in ein paar prägnanten Sätzen zusammenfassen.«

»Da wähle ich doch die nutzerfreundliche Version.«

»Okay. Das ganze Tal war Eigentum von Simon van der Stel und gehörte zur Farm von Groot Constantia. Das Land wurde immer wieder neu aufgeteilt und an Mitglieder der Familien und Nachfahren verteilt, wie das so Brauch war. Diese ganzen Farmer hatten Sklaven, die auf dem Land lebten und arbeiteten, und wenn einer aus der Sklaverei entlassen wurde, wurde er zu einem Farmpächter. Manchen gelang es sogar, Land zu kaufen und es zu bewirtschaften oder ihrerseits zu verpachten.«

Er holte einen Umschlag aus seinem ledernen Aktenkoffer und zog ein paar alte Schwarzweißfotos heraus. »Die sind von der Jahrhundertwende bis zu den siebziger Jahren. Da bekommst du eine Ahnung davon, wie Constantia einmal ausgesehen hat.«

Persy war ganz begeistert von den Fotos. Farmland mit ordentlichen Parzellen, kleinen, heruntergekommenen weißgetünchten Cottages, mit Schweinen und Enten, ein Eselskarren, große schattenspendende Eichen, Feldwege. Die Constantiaberg Mountains hoben sich deutlich ab, waren noch nicht mit den Bäumen von heute bewachsen.

»Das war vor den Wohnsiedlungen, der Autobahn, dem Verkehrslärm und den Einkaufszentren.« Missmutig zeigte er auf die Gäste auf der Terrasse. »Ganz zu schweigen von den heutigen Bewohnern.«

»Sieht nach einem Paradies für Kinder aus«, sagte Persy.

»Stell dir mal vor, du wärst hier aufgewachsen, wie das bei Moses Petersen der Fall war. Er muss am Boden zerstört gewesen sein, als er von hier zwangsumgesiedelt und in die Cape Flats verpflanzt wurde, man hat seine ganze Gemeinde auseinandergerissen. Sieh dir Yusuf Adams an, der hier noch immer wie ein Geist aus der Vergangenheit herumwandert. Und er ist nicht der Einzige. Die Vergangenheit taucht überall auf. Insbesondere entlang der Spaanschemat River Road, wo sie in die Strawberry Lane übergeht. Früher standen dort Cottages mit Parzellen, auf denen Blumen, Früchte und Gemüse angebaut wurden, die die Bewohner auf den Märkten verkauften. Es war eine Gemeinschaft mit Schulen, Kirchen, Moscheen, einem Bestattungsverein und so weiter. Die meisten Bewohner pachteten das Land gegen eine Schutzgebühr, aber manchen gehörte es auch. Nach dem Group Areas Act wurde dieses Gebiet als ›rein weißes Gebiet‹ deklariert, und die Gemeindebewohner wurden aufgeteilt und nach Mitchell's Plain, Parkwood und Grassy Park umgesiedelt. Manche versuchten, das Land zurückzufordern, für gewöhnlich die mit Zeit und etwas Kapital.« Will hielt inne und schaute betreten auf seinen Drink. »Entschuldige, ich rede manchmal ein bisschen viel.«

Persy schüttelte den Kopf. »Nein, das interessiert mich. Ehrlich. Ich frage mich nur, weshalb sich ein weißer Kerl der Mittelklasse dafür interessiert, das ist alles.«

Er zuckte mit den Schultern. »Mich fasziniert unerforschte Sozialgeschichte, und dieses Land ist voll davon. Ein paar meiner Studenten haben Familie, die früher hier gelebt hat, also helfe ich und betreue sie bei ihren Forschungen. Aber das alles ist da drin.« Er tippte auf umfangreiche Notizen. »Es ist viel nuancierter als eine Geschichte in Schwarz-Weiß mit den Guten und den Bösen. Politiker wie Heinrich versuchen, es so darzustellen, aber damit erweist er allen einen Bärendienst. Es ist sehr viel komplexer als ein simples Zurückgeben. Diese Gemeinschaft wurde entrechtet, daran besteht kein Zweifel, aber ein Teil des Landes ist an Weiße verkauft worden, und zwar ganz legal. Jetzt sieht es zugegebenermaßen nach einem Spottpreis aus – aber es waren relativ kleine landwirtschaftliche Nutzflächen, die damals nur geringen Wert hatten. Ein paar Leute wollten auch wegziehen. Ihnen waren neu errichtete Häuser mit Elektrizität und fließend Wasser lieber. Einige der Arbeitercottages waren sehr heruntergekommen. Andere wiederum haben das Land gekauft und somit einen Anspruch darauf. Wenn es dich interessiert, morgen wird eine Gedenktafel in der Strawberry Lane aufgestellt. Ganz sicher werden ein paar der ursprünglichen Bewohner dabei sein.«

»Gehst du hin?«, fragte sie.

»Wenn ich jemanden finde, der meine Vorlesung übernimmt.«

»Wohnst du noch immer in Woodstock?«, fragte sie.

»Du hast vielleicht ein Gedächtnis!«

»Cops, du weißt schon. Darauf geschult, sich Sachen zu merken.«

»Ja, ich wohne immer noch da. Komm doch mal zum Essen vorbei.«

Will war ebenso überrascht über seine Einladung wie Persy.

»Klar«, sagte sie. Es folgte eine peinliche Pause. Verstohlen musterte Persy seine gerade, spitze Nase, die ein kleines bisschen zu groß war, seinen Mund, der nie stillstand, und sein markantes, langes Kinn. Zusammen ergab das ein hübsches Gesicht.

Will kratzte sich am Ohr. »Nur ein simples *braai* für darbende Akademiker, fürchte ich. Aber das Gespräch wird spritzig!«

Jetzt machte er also einen Rückzieher von einem Date hin zu einer Grillparty mit ein paar Kumpels, zu der jeder etwas besteuerte. Persy war eher amüsiert als beleidigt. Als hätte er ihre Gedanken gelesen, lief Will befangen rot an. Zumindest ist er nicht übermäßig befangen, was dieses Rassending betrifft, dachte Persy. Und es gefällt mir, dass er mich für sehr viel klüger hält, als ich tatsächlich bin.

23

Fred hatte einen Actionsender im Satellitenfernsehen eingeschaltet. Er mochte Filme, in denen etwas passierte. Nur ja keine Filme für Kinder, alte Leute oder gar Frauen, bei denen sich alle die Augen ausheulten. In Filmen sollte es Autorennen geben, viel Blutvergießen und Gewalt – vorzugsweise Mann gegen Mann – oder irgendeine fernöstliche Kampfkunst. Merkwürdigerweise beruhigte ihn diese comicartige Gewalt, die sich so sehr von der Realität unterschied, und linderte den Druck, der auf ihm lastete, seit er Axolile Sama beseitigt hatte. Außerdem ging ihm Natasha nicht aus dem Kopf, unablässig kreisten Fragen durch seinen Kopf. Wozu brauchte Natasha ein Postfach? Mit wem kommunizierte sie?

Heute Abend hatte er extra ein Programm ausgewählt, das Natasha nicht leiden konnte: ein Dokumentarfilm über Cage Fighting in der Ukraine, die Lautstärke voll aufgedreht. Natasha hatte sich in die Küche verzogen. Solange das Geächze und Geschrei weiterging, würde sie sich hier nicht blicken lassen.

Er ging zum Sofa, durchwühlte ihre Kunstlederhandtasche, ein Überbleibsel ihres früheren Lebens. Er entnahm ihr ihr Handy und ging die Anrufliste durch. Ein paar der Nummern kannte er, seine eigene, ihr Arzt, die Apotheke vor Ort. Er wollte es schon weglegen, als ihm eine unbekannte Nummer auffiel. Drei Anrufe an ein Festnetz mit einer Vorwahl von hier. Er lernte sie auswendig, dann steckte er das Handy zurück in ihre Tasche, stellte die Lautstärke leiser und rief: »Bring mit noch ein Stella Artois … und ein paar Nüsse.«

Dann fläzte er sich in seinen *shloofies* und seinem neuen Trainingsanzug wieder in seinen La-Z-Boy. Natasha wieselte mit einer Schale gesalzener Nüsse und einem wunderbar kalten Bier herbei und schenkte es ihm so ein, wie er es gerne mochte. Obwohl er von ihr verlangte, dass sie ihn ständig bediente, ärgerte er sich doch über ihre nervöse Ergebenheit. Misstrauen nagte an ihm.

Er schaufelte eine Handvoll Nüsse in den Mund. Langsam nahm er zu. Er war groß genug, damit es sich ganz gut verteilte, aber er setzte etwas Bauch an. Vor seinem geistigen Auge sah er sich selbst mit Doppelkinn – ein unschönes Bild. Verdammt, er hasste sein Kindergesicht. Noch nie war es ihm gelungen, sich einen richtigen Bart wachsen zu lassen, schon immer hatte er diesen femininen Look.

Wie jeden Abend machte sich Natasha um zehn Uhr bereit, ins Bett zu gehen. Er hörte, wie sie ins Badezimmer ging und die Dusche aufdrehte.

»Ich bringe den Müll raus!«, rief er ihr laut zu, um das Geräusch des Wassers zu übertönen.

Gedämpft kam ihre Antwort. Fred ging davon aus, dass sie zehn, zwölf Minuten unter der Dusche stehen würde. Er nahm den schwarzen Müllsack aus dem Mülleimer, band ihn zu, schleppte ihn nach draußen und warf ihn in die städtische Mülltonne. Dabei dachte er daran, wie viele schwarze Müllsäcke er in seinem Leben schon heimlich vergraben hatte. Wie ein Tier, das seinen Kot vergrub. Ihm fiel ein, wie widerlich Axolile Sama um sich geschlagen hatte, und er spürte, wie sich Speichel in seinem Mund sammelte. Wenn er an den Gestank des Jungen dachte, an das dumpfe Geräusch, mit dem die Leiche in dem modrigen Schlick versank, musste er sich fast übergeben. Er zwang sich, die Tonne durch das Tor nach draußen auf den Bürgersteig zu schieben, wo ihn eine große Platane vor den Blicken aus dem Haus schützte. Er tippte die Nummer in sein Handy ein und wunderte sich wieder über die örtliche Vorwahl. Irgendwo ganz in der Nähe. Vermutlich Prospur Pharmacy weiter unten in der Straße, wo sie ihre Medikamente für den Blutdruck abholte. Er drückte auf »anrufen«, weil er endlich Bescheid wissen wollte.

Eine schwarze Frau antwortete ihm. »Polizeirevier Diep River.«

Er presste das Handy ans Ohr, fest überzeugt, dass er sich da verhört hatte.

»Wer ist dran?«

»Hier ist das Polizeirevier Diep River.« Ungeduldig. Unverschämte Schnepfe. Er legte auf, stand im Dunkeln da, das Handy in der Hand. Die Bullen!

Sein erster Impuls war, ins Haus zu gehen und Natasha an den Haaren aus der Dusche zu ziehen. Er zwang sich, tief durchzuatmen, um

ruhig zu werden. Wie lange war sie schon mit der Polizei in Kontakt? Was hatte sie ihnen gesagt? Die möglichen Antworten auf diese Fragen ließen ihm das Blut in den Adern gefrieren.
Er schaute sich zum Haus um und sah ihre Silhouette am Schlafzimmerfenster vorbeigehen. Wie ein Tier, und er, der Jäger, der sie im Visier hatte. Er verspürte einen ganz besonderen Kitzel, sie dabei zu beobachten, wie sie im gelben Licht der Nachttischlampe in ihrem hauchdünnen Slip herumlief. Verriet sie ihn wirklich an die Polizei? Und wenn dem so war, was hatte sie davon? Angesichts ihrer Undankbarkeit, ihrer Doppelzüngigkeit erfasste ihn aufwallende Wut. Das war fast unvorstellbar. Er hatte sie von der Straße geholt, ihr ein Dach über dem Kopf gegeben, sie ernährt und gekleidet. Und jetzt sah er sich der äußerst unangenehmen Möglichkeit gegenüber, dass er sie die ganze Zeit unterschätzt hatte. Trotz seiner rasenden Wut empfand er fast so etwas wie Respekt. Sie hatte ganz schön viel Mumm, ihm so in den Rücken zu fallen. War ihr denn nicht klar, dass er sie wie eine Fliege zerquetschen konnte?
In der Welt da draußen hatte Fred Macht über andere. Die höchste Macht. Aber bei Natasha kam er sich oft hilflos vor. Er hasste seine Schwäche für sie, seine unerklärliche Bedürftigkeit. Dabei hatte sie ihm die ganze Zeit etwas vorgemacht. Er würde dieses Katz-und-Maus-Spiel fortführen, ihrem Verrat nachspüren, es auskosten, dass sie sich in Sicherheit wiegte, während er nur auf eine Gelegenheit wartete, sich auf sie zu stürzen. Dann erschütterte ihn jedoch ein weiterer Gedanke. Wenn Ricardo das herausfand, dann wäre das etwas ganz anderes. Ricardo hatte Kontakte zum Diep-River-Revier, prahlte schon fast damit, dass er die Cops dort in der Tasche hatte. Fred musste etwas unternehmen, und zwar schnell. Herausfinden, was Natasha vorhatte, und sofort einen Schlachtplan entwickeln.
Das Licht in ihrem Schlafzimmer wurde gelöscht. Fred stellte sich vor, wie sie dalag, mit weit geöffneten Augen in der Dunkelheit, während sie über ihre schmählichen Geheimnisse nachdachte.

DIENSTAG

24

Unvermittelt wachte Persy auf, noch erschüttert von dem verklingenden Nachbeben eines schnell schwindenden Traums. In der Grauzone zwischen Schlafen und Wachen lungerten Erinnerungsfetzen herum; ein Schnipsel einer weiblichen Stimme, das Gewebe eines schwarzen Kleides, das genauso dick war, wie es sich anfühlte, wie eine Witwentracht, dann wurde der Traum immer klarer: die Frau, in einen schwarzen Trauerschleier gehüllt, eine alptraumhafte Gestalt, die sie anflehte, Annette Petroussis zu retten. Die Stimme wurde zu der eines alten Weibes, das sterben würde, ehe Persy den Schleier ein letztes Mal anheben konnte, um das Gesicht ihrer Mutter zu sehen.

Sie lag in der Dunkelheit in absoluter Stille, hörte nicht einmal das schwappende Wasser des Sees. Langsam kam ihr Lebensgefühl wieder zurück, das Schweigen des Todes verzog sich in die Risse und Spalten des neuen Tages. Sie sah das zerwühlte Bett und fühlte leichte Übelkeit in sich aufsteigen. Allerdings kam diese Übelkeit nicht vom Alkohol.

Es war die Erinnerung an den vergangenen Tag.

Sie war zurück ins Büro gegangen, um einen Bericht über das Treffen zur Landrückforderung zu schreiben. Dort wartete Tucker schon mit Neuigkeiten über Jaco Petroussis auf sie.

Beide waren sie hungrig gewesen, also landeten sie in der Schlange des KFC-Drive-Through in Plumstead, wo Tucker Persy über Jaco Petroussis' finanzielle Situation informierte.

»Sie haben die üblichen Lebensversicherungen. Die für Annette wird mit einer unerheblichen Summe bespielt und ist an ihre Ehe geknüpft. Sie selbst hat kein Geld, also stellt ihr Tod für Jaco keinen Vorteil dar. Allerdings sind seine Online-Geschäfte undurchsichtig. Er ist da mit einem Haufen Typen zugange, die zusammen mit Zahn-

technikern eine Software entwickelt haben. Damit kann man sich ansehen, wie man mit einem wunderbar neuen Gebiss aussehen würde. Das verhökern sie an Zahnärzte in Russland, in der Ukraine und in Osteuropa. Ich habe mit einem Partner der Firma gesprochen, und er hat durchblicken lassen, dass Jaco sehr viel Spaß in Amsterdam hatte. Samstagabend hatte er eine gute Zeit im Rotlichtmilieu. Also nicht gerade der treueste Ehemann.«
Du hast gut reden, dachte Persy, behielt das aber für sich. »Na, dann ist Jaco eben jemand, der gerne Spaß hat. Denkst du, er hat eine andere?«
»Von seinem Liebesleben hab ich keine Ahnung, aber er macht ganz schön viel Knete. Büros in Claremont, alle fahren sie einen richtig fetten SUV. Ich kapiere einfach nicht, dass man mit diesem Computerscheiß so viel Kohle machen kann.«
»Du klingst irgendwie eifersüchtig.«
»Scheiße, klar, Mann.«
»Dann beschäftige dich mit Kriminalstatistik und Beweisbeschaffung, dann kannst du dich mit deinen Fähigkeiten im privaten Sicherheitsdienst bewerben«, frotzelte Persy. Für Schreibtischtäter und Cops, die ihr Können im privaten Sektor einsetzten, hatte Tucker nur Verachtung übrig.
»Wie dein Xhosa-Macker, meinst du wohl?«
Damit meinte er Dizu Calata, ihren Ex-Partner. Persy runzelte die Stirn. »Dizu ist immer noch ein Cop.«
»Ich dachte, er ist jetzt ein Politikstreber.«
»Er gehörte zur Arbeitsgruppe des Ausschusses von Khayelitsha.«
»Oh, was für ein Glückspilz. Hat es in den Idiotenkreis der Politiker geschafft.«
»Irgendjemand muss den Job machen. Dann kann es genauso gut einer mit einer weißen Weste tun. Nicht verkehrt, einen klugen Kopf wie ihn in seinem Team zu haben.«
»Und wie ich gehört habe, wart ihr zwei ein ganz tolles Team«, sagte Tucker angepisst.
»Ich habe nicht mit ihm geschlafen, falls du darauf anspielst.«
Nicht dass sie nicht mehrfach daran gedacht hätte. Aber nicht, wenn

sie arbeitete. Das war eine ihrer unumstößlichen Regeln gewesen – bis Ren Tucker aufgetaucht war, der es ihr viel zu leicht gemacht hatte, ihre Regeln zu brechen. Das Gerede über ihre Mutter in Ocean View kam ihr wieder in den Sinn. Die Männer, der Alk … Poppas Missbilligung.

Der Apfel fällt nicht weit vom Stamm.

Sie holten sich das Spezial-Burger-Menü und fuhren zurück ins Büro, wo sie in Raelenes Büro auf einem der kratzigen Sofas zwischen den Plüschtieren und den bunt zusammengewürfelten Kissen aßen.

»Was ist mit dem Mädchen der Hamiltons?«, fragte Tucker mit halbvollem Mund. »Irgendwelche Hinweise?«

»Nichts deutet auf einen Einbruch oder Überfall hin oder auf eine gewalttätige Auseinandersetzung. Aber es kann kein Zufall sein, dass sie in derselben Nacht wie Petroussis verschwunden ist.«

»Marge Labuschagne wollte, dass du den Fall übernimmst, hab ich gehört.«

»Hat Dina dir das gesagt?«, fragte Persy spitz.

Tucker zuckte die Schultern. »Ich hab mich nur gefragt, warum sie ausgerechnet dich wollte.«

»Weil wir schon mal zusammengearbeitet haben.«

»Du hast mir gesagt, sie mischt sich gern ein.«

»Tja, na ja, sie hat versprochen, sich rauszuhalten.« Mit bangem Gefühl dachte sie an Marges Besuch bei den Robsons.

»Meiner Erfahrung nach stecken Frauen ihre Nase immer in Sachen, die sie nichts angehen.«

»Ach, leck mich.« Persy zerquetschte ihre Coladose, sammelte die Verpackungen und Tütchen mit Barbecuesoße ein. Dann wechselte sie das Thema. »Denkst du, die Landrückforderung könnte etwas mit den Fällen zu tun haben?«

Ungläubig lachte Tucker auf. »Ganz schön weit hergeholt.«

Persy erwähnte, dass sie der Gedächtnisfeier für die Blumenverkäufer beiwohnen würde, die hier aus der Gegend umgesiedelt worden waren.

»Was soll der Scheiß?«

»Ich gehe einfach nur meiner Intuition nach«, sagte Persy.

»Reine Zeitverschwendung.«

»Ich habe heute frei, also kann ich tun und lassen, was ich will.«
Tuckers Augen wurden zu schmalen Schlitzen. »Das ist die Idee von diesem Unitypen, was? Wusste ich es doch, verdammt noch mal!«
Persy hätte Tucker erst gar nichts von Will Piper erzählen dürfen. Aber ein Teil von ihr fand perversen Gefallen an Tuckers sexueller Eifersucht. Außerdem turnte es ihn an. Er schaute sie an, ihren Mund, ihren Hals, dann stand er auf und schloss die Tür ab. Sie ging ihm nach, brachte Einwände vor. »Nein, Tucker. Nicht hier.« Aber da hatte er sie schon an die Wand gepresst, nestelte an ihrer Jeans herum und zog ihre Hose unsanft nach unten. Als Nächstes kniete er vor ihr, presste ihre Schenkel auseinander und leckte sie ganz überraschend und hart, schnell und energisch, ein qualvolles Aufbäumen von Schmerz und Lust. Ihre Knie wurden weich, ihre Beine gaben nach, und sie rutschte an der Wand herunter. Er hielt ihre Handgelenke fest, drückte ihr die Arme über den Kopf und drang sanft in sie ein, hielt ihr Heruntergleiten auf, indem er sich aufrichtete, sie ausfüllte, dann langsam wieder aus ihr herausglitt und sie freigab, immer wieder, ein Rhythmus, der eine unglaubliche Hitze entfachte, ein Schmelzen und Anschwellen; Lust, die ganz tief in ihrem Bauch entzündet wurde, ihre Lungen erfüllte, ihre Kehle öffnete, so dass sie das Klopfen kaum hörte, bis Raelene scharf fragte: »Ren? Was machst du da drin?«
Tucker schoss hoch, machte seine Jeans zu, während Persy sich abmühte, nicht loszuprusten – was mehr einer Hysterie als sonst etwas geschuldet war. Halb schleppte sie sich, halb hüpfte sie zur Toilette, die Jeans noch um die Knöchel, und schloss hinter sich ab. Dann wischte sie sich rasch ab, riss ihre Hosentasche leicht ein in dem Versuch, die Jeans über ihre Hüften zu ziehen. Im Spiegel sah sie ihre roten Wangen, ihr zerzaustes Erscheinungsbild, ihre wund geriebenen Wangen und Lippen. Sie hörte, wie Tucker die Tür öffnete und Raelene argwöhnisch fragte: »Was machst du in meinem Traumazimmer, Ren Tucker?«
»'ne kleine Mittagspause.« Tuckers Stimme klang sexy.
Persy drückte die Toilettenspülung, dann wusch sie sich die Hände und spritzte sich Wasser ins Gesicht.

»Wer ist auf der Toilette?« Raelenes Stimme war höher als sonst.

»Nur Jonas«, sagte Tucker.

Persy machte die Tür auf, setzte eine eiserne Miene auf, sah, wie schockiert Raelene war, dann ihren unverhohlenen, kaum unterdrückten Hass. Scheiße, dachte Persy, noch eine Gegnerin.

»Bis später«, sagte Persy und verschwand rasch, überließ es Tucker, mit Raelene Markgraaf klarzukommen, und betete darum, dass sie viel zu verliebt in Tucker war, als dass sie das Gesehene Dina steckte.

Jetzt, als es im Zimmer langsam heller wurde und die Erinnerung daran zurückkehrte, stöhnte Persy auf; sie hasste sich dafür. Direkt vor Dinas Nase. Sie stieg aus dem Bett und tappte barfuß zum Fenster, versuchte, die Gedanken hinter sich zu lassen. Die Fliesen fühlten sich kalt und schlierig an. Sie spähte hinaus ins blasstrübe Licht. Dichter Dunst lag über dem *vlei,* dämpfte jedes Geräusch. Alles, was hinter der Terrasse lag, war von einem dichten, schmutzigen Weiß umhüllt. Unmöglich, heute Morgen mit dem Kanu da rauszufahren. Sie zitterte in diesem feuchtkalten Dunst, zog die Decke vom Bett und wickelte sich darin ein, ehe sie in die Küche ging und den Teekessel aufsetzte. Raelene war sehr beliebt auf dem Revier, insbesondere bei den männlichen Kollegen. Persy war bereits in einer prekären Situation und kämpfte darum, von einem eng verbundenen Team akzeptiert zu werden, von denen manche schon seit einigen Jahren zusammenarbeiteten. Wenn Raelene es jetzt auf Persy abgesehen hatte, würde sie nie akzeptiert werden. Und wenn sie Dina erzählte, was sie mitbekommen hatte, dann wäre das Persys Ende, und Tuckers vermutlich auch. Verdammt, was hatten sie und Tucker sich nur dabei gedacht? Nichts, und genau das war das Problem. Wann immer sie beide zusammen waren, kam es bei ihnen quasi zu einem Kurzschluss der Gehirnwindungen. Allerdings konnte einen Cop schon der Bruchteil einer Sekunde ohne Nachdenken das Leben kosten.

Während Persy auf das Teewasser wartete, wurde ihr klar, dass sie Gefahr lief, all das Gute zu verlieren, was sie sich in zwei Jahren intensiver Therapie erarbeitet hatte. Sie wurde rückfällig, verlor den Kampf, den sie beständig gegen sich selbst führte. Alkoholgelage linderten ihre Panik für gewöhnlich, aber Sex funktionierte noch besser. Die Berührungen, die Hitze und das Drängen von Tuckers Körper vertrieben ihre Dämonen vorübergehend. Aber sie kamen immer wieder zurück. Ihre Affäre mit Tucker musste aufhören. Nicht nur weil Dina es herausfinden könnte und Persy dann keinen Job mehr hätte, sondern weil sie ihren eigenen Erwartungen nicht mehr gerecht wurde. Tucker und Dina hatten Kinder, eines davon war noch dazu behindert, verdammt noch mal.

Sie machte sich eine Tasse Rooibostee, tappte noch immer eingewickelt in ihre Decke ins Wohnzimmer und schaltete Satellitenfernsehen ein; eine der Vergünstigungen (wenn man das so nennen konnte) dieser Mietwohnung war, dass sie Mr. Salies Multi-Choice-Channels teilte – und sich so über hundert Sender voll unsäglichem Müll ansehen konnte.

Sie schaltete den Fernseher aus. Heute war ihr freier Tag, aber sie hatte sich einiges vorgenommen. Insbesondere eine Sache, die sie schon viel zu lange vor sich herschob. Vor Monaten hatte sie Poppas Habseligkeiten im Altenheim St. Francis abgeholt, wo er die letzten Jahre seiner Krankheit verbracht hatte. Es war Persy unsagbar schwer gefallen, die enge Nische zu betreten, die Poppa drei Jahre lang sein Zuhause genannt hatte, wo er gegen den Krebs angekämpft hatte und von Nonnen versorgt worden war, während er immer wieder für seine Chemos zur Onkologiestation des Groote-Schuur-Krankenhauses gebracht wurde. Ohne die Hilfe der Nonnen von St. Francis und der Freiwilligen am St. Luke's Hospice, wo er schließlich gestorben war, hätte Persy das alles niemals geschafft. Sich freinehmen, um sich um ihn zu kümmern, war keine Option gewesen. Sie musste für das Heim und seine Arztrechnungen aufkommen, und ihr Job war ihrer beider einziges Einkommen. Es war hart verdientes Geld. Sie übernahm mehr Schichten, als gesund war, und war nach jeder ziemlich erschlagen. Außerdem fühlte sie sich schuldig, weil sie während seines langen, einsamen Kampfes nicht mehr Zeit mit ihm verbrachte.

Sie nahm einen Karton vom obersten Regal des Einbauschranks aus Resopal im Schlafzimmer, holte ein Steakmesser vom Küchentresen und brachte beides ins Wohnzimmer. Dort setzte sie sich im Schneidersitz auf ihr Sofa, das einzige ansehnliche Möbelstück im Cottage (bis sie es endlich abgezahlt hätte, hatte sich sein Preis verdoppelt), und öffnete den zugeklebten Karton. Durch den muffigen Geruch von Mottenkugeln und unbenutzter Kleidung hindurch roch es nach Poppa. Ihr Herz wurde schwer, als hätte sich eine riesige Hand darum gelegt.

Sie fing an, den Karton auszupacken. Darin lagen, sorgfältig in Zeitungspapier gewickelt, zwei Paar Florsheim-Lederschuhe. Braun und schwarz, ein paar Risse in den Falten und unzählige Male neu besohlt, aber poliert und gepflegt. Dicke Flanellhosen, deren Innenfutter vom vielen Tragen ausgefranst war. Vier saubere und gebügelte Taschentücher. Und ein gestrickter, grauer Pullover mit V-Ausschnitt, ein Geschenk von Maria Erntzen, den Poppa, wie Persy wusste, nicht besonders mochte, aus Höflichkeit seiner alten Freundin gegenüber aber getragen hatte.

Direkt darunter lag sein Kirchenanzug, noch immer im Plastikschutz von der Wäscherei. Und darunter dann die Bibel und das große, alte Fotoalbum. Mehr nicht. Obwohl sie nicht genau wusste, was sie sich eigentlich erhofft hatte, wurde sie von einem erdrückenden Gefühl der Enttäuschung erfasst. Vielleicht hatte sie irgendeinen Hinweis auf den Verbleib ihrer Mutter erwartet. Zumindest auf irgendeinen Hinweis darauf, ob sie überhaupt noch lebte. Sie blätterte durch das Familienalbum, wobei ihr sofort auffiel, dass ein paar Fotos fehlten. Poppa hatte ihr Leben immer sehr akribisch nachgezeichnet und die Fotos akkurat eingeklebt, ihre Katechismus-Zeremonie, ihre vielen Erfolge in der Schule, ihre Abschlussfeier von der Polizeiakademie. Waren sie vielleicht von den Pflegekräften im St. Luke verlegt worden? Das konnte sie sich nur schwer vorstellen, aber sie würde trotzdem bei Jean McAllister nachfragen.

Persy legte die Kleidungsstücke wieder ordentlich zusammen und dann zurück in die Schachtel. Sie würde sie im Secondhand-Shop von St. Luke abgeben. Eine depressive Stimmung legte sich um sie, wie Nebel über einen See. Sie wurde heimgesucht von den Gedanken an eine Mutter und einen Vater, die sie nie gekannt hatte, an das kurze Leben ihres Bruders und an Poppa, der für immer von ihr gegangen war. Sie kam sich vor wie eine Waise, die ankerlos dahintrieb. Als wäre sie von allen anderen Menschenwesen im Stich gelassen worden, als gäbe es kein anderes lebendes Wesen, dem es etwas ausmachte, ob sie lebte oder tot war.

25

Im Zug zur Schule ging Jos den Zwischenfall mit dem Baby immer wieder aufs Neue durch. Er hatte die Geschichte seinen Klassenkameraden gegenüber während der letzten Tage stets weiter ausgeschmückt, so dass sie inzwischen heldenhafte Ausmaße annahm. In manchen Vierteln wurde er – hauptsächlich von überenthusiastischen Lehrern auf der Suche nach einem passenden Vorbild – zum Beispiel für jugendliche Courage. Über das Graffito und die Festnahme wurde zunächst nur gemunkelt, schließlich wurde beides ganz aus der Erzählung gestrichen, und ein fast biblisches Gleichnis war an ihre Stelle getreten. Jos war von einem Schrei alarmiert worden, so hieß es nun, und dann war er dorthin gerannt, um das Moses-Baby aus dem Gebüsch zu retten, wo die bösen Entführer, ja, was eigentlich genau getan hatten? Es abgelegt hatten, als er näher kam? Zum Sterben zurückgelassen hatten? Er konnte noch immer keinen Sinn hinter diesem Tun erkennen, und aus der Zeitung erfuhr man keine Details. Zum Glück hatte seine Mutter in dieser Angelegenheit nicht weiter nachgebohrt, sondern sich dazu entschlossen, schlafende Hunde nicht zu wecken. Und Logan hatte ihr Auto Gott sei Dank rechtzeitig zurückgebracht. Alles in allem hatte Jos das Gefühl, seinen Hals noch einmal aus der Schlinge gezogen zu haben, und dementsprechend hatte er sich grundlegend geändert.

Unter anderem war das auch auf Gilis Selbstmordversuch am Montagabend zurückzuführen, der sie ins Krankenhaus gebracht hatte. Jos war wenige Stunden zuvor mit ihr zusammen gewesen, und da hatte sie einen ganz normalen Eindruck gemacht. Aber bei Gili wusste man das nie so genau. Gili konnte tun und lassen, was sie wollte, also machte sie einfach gar nichts. Sie stand kurz davor, von ihrer dritten Highschool in Kapstadt zu fliegen, und ihre Mutter drohte damit, sie zu ihrem Vater zu schicken, einem Gynäkologen in Somerset West, Gili zufolge ein »Perversling«. Gili hing immer nur ab und ging allen auf den Geist. Nie ging sie nach Hause, schließlich war ihre Mutter nie da.

Logan schien sich jedoch kein bisschen dafür zu interessieren, als Jos es ansprach.

»Gili hat sich die Pulsadern aufgeschnitten.«

»Ja, und?«

»Weiß nicht, dachte nur, ich sollte es dir sagen – ich hab dabei ein scheiß Gefühl.«

»Mir ist das ziemlich egal.«

»Du warst mit ihr zusammen, Mann.«

»Ja. So was wie 'ne Woche.«

Sah man Gilis Mutter, dann wurde einem klar, wieso Gili so und nicht anders war. Ihre Mutter war durch und durch Hippie mit Dreadlocks, rauchte den ganzen Tag Gras und trug unzählige klirrende Armreifen an ihren dünnen, faltigen, sonnengebräunten Armen. Sie spielte Drums und war eine weiße Hexe oder so was in der Art.

Im Vergleich zu den meisten anderen Eltern schien Jos' Mutter da gar nicht so übel zu sein. Nur peinlich. Es hatte sehr lange gedauert, bis ihm klarwurde, wie eigenartig sie war. Seine Freunde schauten ihn an und sagten: »Hey Kumpel, deine Mom ist ganz schön alt, oder?« Dann erklärte er den Idioten immer, dass ihre Haare verfrüht weiß geworden waren, dass sie schon seit seiner Geburt so waren. Sah man ihr nämlich ins Gesicht, dann hatte sie keine Falten oder andere Alterserscheinungen, aber mit ihrem Gang, so vornübergebeugt, dazu ihre langen Röcke und Westen, und wie sie immer herumtippelte, da konnte man sie durchaus für seine Großmutter halten. Erst sehr viel später war ihm klargeworden, dass seine Mutter ein Genie war. Logan hätte sich vor Lachen fast in die Hose gemacht, als Jos das zum ersten Mal erwähnte, fand es wirklich zum Schießen. Doch genau das war das Bizarre daran – sie war tatsächlich ein Genie. Eine Mathegenie. Mitglied bei MENSA. Leute von überall auf der Welt schickten ihr Mails und befragten sie zu Gleichungen und dem ganzen Kram.

Einmal war Jos bei irgend so einem Cocktaildings an der Universität gewesen, an der sie arbeitete, und ein Typ hatte ihn gefragt: »Lancaster? Du bist aber nicht mit Professor Helen Lancaster verwandt, oder?«

»Das ist meine Mutter«, hatte er ohne groß darüber nachzudenken gesagt und es dann bedauert.

»Weißt du, dass deine Mutter eine von vielleicht zehn Leuten auf der ganzen Welt ist, die die String-Theorie verstehen? Sie ist brillant!« Der Typ hatte die ganze Zeit weitergeschwafelt, und als Jos ihn endlich losgeworden war, war von den Snacks und Häppchen nichts mehr übrig gewesen, dasselbe galt auch für den Wein in den Kartons und die Fruchtsäfte. Was das Essen betraf, so war die Universität im besten Fall geizig. Seine Mutter sagte, die Universitäten seien »knapp bei Kasse«.

Es war cool, dass seiner Mutter Anerkennung widerfuhr, Jos wäre es aber lieber gewesen, eine Mutter zu haben, die nicht als Einsiedler lebte, keine Angst vor dem Telefon, vor Leuten und Tieren hatte oder davor, dass er krank, getötet oder entführt werden könnte. Nie lud er jemanden zu sich nach Hause ein, mal abgesehen von Logan. Alle anderen würden sein Leben als viel zu bizarr empfinden. Seine Mutter schlief häufig aus, weil sie Mathegenies online zu egal welcher nächtlichen Stunde unterrichtete, dementsprechend sah es bei ihm zu Hause immer chaotisch aus. Jos versuchte aufzuräumen, ließ die Waschmaschine laufen und bestellte sich Essen online.

Als Jos jünger war, war sie nicht ganz so schlimm gewesen. Die Mütter der anderen Kinder drängten sich ihr quasi auf, also verbrachten sie Zeit zusammen und taten das, was Mütter eben so machten. Aber diese Beziehungen waren im Sande verlaufen, als er älter wurde.

Der Zug fuhr in die Haltestelle von Kenilworth ein, und Jos sah sich das neue Graffito entlang des Bahndamms an.

Jemand hatte das Stück übermalt, das er letzte Woche aufgesprüht hatte. Jemand mit dem Kürzel »KEM2«. Ganz offensichtlich ein Anfänger. Irgend so ein kleiner Klugscheißer. Jos musste zurückkommen und das Throw-up zutaggen. Das würde KEM2 – wer auch immer das war – zeigen, das Jos hier das Sagen hatte und dass er die

Finger von Jos' Werken lassen sollte, dieser kleine Scheißer. Jos hoffte nur, dass KEM2 nicht älter war als er selbst. Oder größer.
Seine Gedanken kreisten wieder um Laski. Alle fragten sich, weshalb nichts Neues zu sehen war. Der Zug hielt im Bahnhof. Jos hängte sich seine Tasche über die Schulter und sprang auf den Bahnsteig. Als er sich auf den langen Weg zur Schule machte, betete er zu Gott, dass Gili ihren großen Schnabel halten würde. Denn so heiß Persy Jonas auch war, er wollte lieber nicht noch einmal von ihr befragt werden.

Persy traf frühzeitig für die Gedächtnisfeier in der Strawberry Lane ein. Sie hatte versucht, nicht nach Cop auszusehen: sauberes weißes Hemd, schwarze Jeans und dazu ihre neue Lederjacke. Sie hätte Kontaktlinsen tragen können, aber ihr war eine Brille lieber, sie zog es vor, diese Barriere zwischen sich und der Welt zu haben. Außerdem hatte sie sich ihre neuen kleinen Goldohrringe angesteckt.
Offiziell nicht im Dienst.
Jetzt stand sie an dem mit Vorhängeschloss versehenen Tor, das den Zugang zu dem Grünstreifen versperrte, der sich entlang der Grundstücke neben dem Spaanschemat River erstreckte. Die meisten der angrenzenden Häuser waren durch einen Latten- oder Elektrozaun abgetrennt. Es war zehn Uhr morgens, und in den baumbewachsenen Gärten war niemand zu sehen.
Den Spaanschemat River säumten Weiden mit herabhängenden Ästen. Blaue Libellen flogen über die büschelweise am Wasser wachsenden Aronstäbe hinweg. In der Luft lag noch die Wärme von goldenen Spätsommertagen. Es war nur schwer vorstellbar, dass die herbstlichen Regenfälle schon eingesetzt hatten.
Die Gedenktafel war bereits neben dem Tor errichtet, sichtbar für alle, die auf der Strawberry Lane unterwegs waren. Ein brandneuer weißgetünchter Sockel mit königsblauer Emailletafel, elegant und einfach: »Zum Gedenken an die Blumen- und Obstbauern der Strawberry Lane, die aufgrund des Group Areas Act umgesiedelt wurden.«
Ein weiteres großes Bauprojekt hatte einen Teil dessen verschlungen, was einst ein offenes *veld* auf der gegenüberliegenden Seite gewesen

war. Der Komplex bestand aus den üblichen gesichtslosen Gebäuden: hässliche, übergroße, schlechte Imitationen der einheimischen Kap-Häuser hinter hastig zurechtgestutzten Hecken, die das Klicken der Elektrozäune vor seinen Bewohnern verbergen sollten, die Sicht von der Straße her aber beeinträchtigten. Auf dem Schild neben dem Wachhäuschen stand »Strawberry Fields«, ohne jede Ironie.

Persy dachte an die Fotos, die Will Piper ihr gezeigt hatte – von den Feldwegen und knorrigen Eichen, den Eselskarren und heruntergekommenen, weißgetünchten Cottages, umgeben von Rabatten mit Blumen und Gemüse, das früher einmal hier angebaut wurde. »Ländliches Constantia« nannten die Immobilienmakler diese Gegend jetzt, spielten mit der Sehnsucht der Mittelklasse, aufs Land zu ziehen, auch wenn sie noch nie in ihrem Leben eine Erbse vom Strauch gepflückt hatten. Wie um das zu bekräftigen, fuhr ein kleiner Truck mit offener Ladefläche und der Aufschrift »Städtisches Gemüse« an ihr vorbei, eine Gruppe von Arbeitern, die zwischen Säcken mit Komposterde und Schalen mit Setzlingen auf der Ladefläche saßen, um sich um irgendjemandes Gemüsebeet zu kümmern.

Ein Klappern kündigte näher kommende Pferde an. Zwei Frauen mit schicken Reitkappen und braunen Reithosen tauchten auf Pferderücken auf. Ihre glänzenden Stiefel und Steigbügel streiften am Fell der Pferde entlang. Beide Frauen verkörperten das, was Persy als typisch für Constantia erachtete: blond, heruntergehungert und hochmütig. Die beiden schauten noch nicht einmal in ihre Richtung. Sie war so gut wie unsichtbar, genau wie diese Gedenktafel und die Geschichte, die dazu geführt hatte, dass sie jetzt angebracht worden war. Als sie an ihr vorbeiritten, erkannte sie Melanie Lyle-Davis' eigensinniges Kinn über dem Riemen des Helms.

Eines der Pferde hinterließ einen großen, dampfenden Haufen mitten auf der Straße, direkt vor dem Tor, und beide Pferde gingen mit hin und her wehendem Schweif weiter. Persy stellte sich vor, wie die ehemaligen Bewohner die Strawberry Lane wieder zurückgewannen. Malte sich aus, wie sie auf ihren *stoeps* saßen und sich über Melanie Lyle-Davis lustig machten, die mit hoch erhobenem Haupt an ihnen vorbeiritt, während ihr Pferd einen Haufen auf der Straße hinterließ.

Ein älteres, gut gekleidetes Paar fuhr in einem kleinen Pick-up heran und schloss das Tor auf. Der Mann grüßte Persy in altmodischer Manier und erklärte, dass sie von der Simon van der Stel Foundation wären. Persy ging auf, dass sie diese Gedächtnisfeier organisiert haben mussten, und vermutlich würden sie die einzigen weißen Gesichter sein. Es sei denn, Will Piper tauchte noch auf.
Ein Laster hielt an, und ein paar Jugendliche sprangen heraus und trugen Klappstühle und Tische durch das Tor, wo sie alles in Reihen aufstellten. Die Frau der Simon van der Stel Foundation legte ein Tischtuch über einen kleinen Klapptisch und stellte eine Vase mit Strelitzien und Aronstab als Dekoration darauf.
Während nach und nach Menschen aller Altersgruppen eintrafen, wurde Persy unangenehm bewusst, was für ein unpassendes Outfit sie für diese Gelegenheit gewählt hatte. Es erinnerte sie an die Gottesdienste in ihrer Kindheit: Erwachsene in Anzügen und Kleidern (unter ihnen auch Moses Petersen und seine Frau), ordentlich gekämmte Jungen und Mädchen. Selbst Kleinkinder, um die sich ältere Geschwister oder Cousins kümmerten, waren für diese festliche Zusammenkunft entsprechend gekleidet.
Dann tönten undeutlich die Noten von »When the Saints Come Marching In« die Straße herauf, das Blasen einer Posaune war zu hören, zusammen mit Trompeten und dem Klimpern eines Banjos, das lauter und selbstsicherer wurde, je näher es kam.
Eine kleine Brassband, bekleidet in blauem Militäroutfit mit billigen Paspeln und Bronzeknöpfen, glänzende Gesichter von halbwüchsigen Jungen und Mädchen, die selbstbewusst ihre Instrumente spielten. Nach einem letzten, langgezogenen Ton stellten sie sich als Gruppe neben dem Zaun auf. Persy entdeckte Yusuf Adams, der von der anderen Zaunseite zusah, die Hände auf dem Rücken verschränkt, und dabei langsam auf seinen großen Füßen in den abgetragenen Sandalen vor und zurück wippte.
Der Bürgermeister von Kapstadt, ein korpulenter Mann mit gerötetem Gesicht in einem sehr teuren und sehr hässlichen Anzug und einer grellen Satinkrawatte, watschelte zu dem kleinen Tisch. Er setzte mit großspurigem, hochmütigem Akzent zu seiner Rede an: »Sie

nahmen uns unsere Häuser, nicht aber unsere Würde; sie nahmen uns Haus und Hof, aber unsere Erinnerungen konnten sie uns nicht nehmen ...«

Die übliche politische Selbstdarstellung. Schon bald waren die Kinder gelangweilt, die Teenager spielten heimlich an ihren Handys herum unter dem missbilligenden Blick ihrer Eltern, die sich sorgten, die Ehrengäste könnten gekränkt sein. Persy unterdrückte den Drang, zu gähnen. Sie hatte erwartet – oder zumindest gehofft, um ganz ehrlich zu sein –, sie würde Will Piper hier antreffen.

Mitten in seiner Rede fuhr ein Geländewagen mit lautem Gepolter vor. Alle drehten sich um und sahen, wie Ricardo Heinrich ausstieg, begleitet von seinen beiden Gefolgsmännern, die ihn bereits zum Alphen Meeting begleitet hatten. Ohne auf den Bürgermeister zu achten, bauten sie sich hinten auf, wo sie dann mit verschränkten Armen dastanden und die Zusammenkunft aufmerksam beobachteten, als wäre es ein mögliches Schlachtfeld.

In diesem Moment verließ der Bürgermeister den Tisch und die Ehrengäste, ein Professor und der erste farbige Rektor einer Universität, der eine Reihe Bücher über diese Gegend geschrieben hatte, sowie zwei ältere Damen, die einzigen Überlebenden der ursprünglichen Bewohner der Strawberry Lane, wurden vorgestellt. Die Frauen waren wie aus dem Ei gepellt, trugen Kostüm und Hut. Eine der beiden, sie war klein und würdevoll, erhob sich. Sie wurde als Mrs. Marie Williams vorgestellt, eine »Anhängerin des Kampfes und aktive Streiterin für soziale Gerechtigkeit«. Persy rechnete mit den üblichen Parolen und befürchtete, dass ihr gleich eine dusselige Geschichte aufgetischt wurde. Stattdessen sprach Marie Williams mit klarer, durchdringender Stimme.

»Das ist meine Nachbarschaft«, sagte sie stolz. »In diesem Haus bin ich aufgewachsen.« Sie zeigte auf die Mauer eines Giebels, wo einst die Arbeiter-Cottages gestanden hatten und an deren Stelle jetzt ein geräumiges Landhaus gebaut worden war. »Hier haben wir Gemüse und Blumen angepflanzt. Auf der anderen Seite des Flusses haben wir Kartoffeln angebaut. Da bin ich zur Schule gegangen.« Sie zeigte auf ein großes Haus im kapholländischen Stil auf der anderen Straßenseite. »Das war die Niederländisch-Reformierte Schule. Da habe ich lesen gelernt. Das war der Grundstein meiner Allgemeinbildung und somit auch meiner Befreiung.«

Alle wurden ganz still. Marie Williams' Anmut und Haltung verliehen der Zeremonie nach der Prahlerei des Bürgermeisters die Würde, die ihr bislang gefehlt hatte. »Wir haben damals sehr hart gearbeitet. Man bekam nichts geschenkt. Wir hörten auf unsere Eltern, wenn sie sagten: *›Bou jou rykdom op die sweet von jou aangesig.‹*«

Persys Blick schweifte über die versammelten Zuhörer, von denen viele bei den weisen Worten der älteren Frau nickten. Es versetzte ihr einen schmerzhaften Stich, als ihr die zu großen Kragen, die schlecht sitzenden Jacken und die billigen Schnürschuhe auffielen – diese ganzen Bemühungen, respektabel auszusehen, eine würdevolle Person zu sein und nicht etwa das uneheliche Kind irgendwelcher Sklaven und ihres Herrn. Auch sie gehörte dieser verlorenen Geschichte an, eine Enteignung, die umso schmerzhafter war, als sie keine Familie hatte. Schließlich waren es die Familienbande, die diese zersplitterte Gemeinschaft zusammenhielten.

Nach Marie Williams betrat die zweite Frau die Bühne. Sie machte auf Bühnennudel, überzog es, erzählte, wie ein kleiner »boertjie« zu ihr gekommen sei, um sie zu bitten, wegzuziehen: »Is die huis nie te groot vir jou nie? Sind die Häuser in Bishopscourt etwa zu groß für sie?« Es wurde gelacht und wie wild applaudiert. Der Bürgermeister tupfte sich die dicken Wülste im Nacken ab, konnte es kaum abwarten, dass sie das Podium verließ, damit er endlich seine unbedeutenden Schlussworte loswerden konnte.

Sobald die Reden vorbei waren, schnappten sich die jungen Leute die Schaufeln und gruben links und rechts neben dem Tor Löcher für die Zeremonienbäume. Die beiden kleinen Gelbholzbäume waren in der Hitze ganz schlaff geworden. Wenn die Bäume groß wären, wo würde dann die Gedenktafel stehen? Eingequetscht zwischen weiteren Anwesen, ohne Weinberge oder hundertjährige Eichen.

Die Band spielte wieder. Langsam zerstreute sich die Menge, und die Teenager stapelten die Plastikstühle wieder aufeinander.

Persy ging hinter den Leuten her Richtung Tor, als sie von Ricardo

Heinrich aufgehalten wurde. »Ich bin überrascht, Sie hier zu sehen, Officer Jonas. Haben Sie denn Ihre reiche Constantia-Lady inzwischen gefunden?« Er sprach so laut, dass die umstehenden Leute ihn hören konnten, außerdem war er ihr viel zu nahe getreten, während seine beiden Schlägertypen Persy gleichzeitig in die Zange nahmen.
»Nein.« Sie spürte seinen durchdringenden Blick, obwohl er eine Sonnenbrille trug. »Aber wir suchen weiter nach ihr, bis wir sie gefunden haben.«
Unwirsch wedelte er mit einer Hand herum. »Was ist mit den Hunderten von Frauen und Kindern, die in unseren von Gangs durchseuchten Gegenden verschwunden sind? Sind unsere Leute nicht genauso wichtig wie die reichen Weißen, die sich einen eigenen Sicherheitsdienst leisten können?«
Ihr war bewusst, dass die Traube der Leute vor und hinter ihnen zuhörte. Aber sie würde nicht zulassen, dass Heinrich sie als Fußabtreter für irgendwelche billigen politischen Spielchen missbrauchte.
»Zuerst einmal arbeite ich auf dem Revier, das für diese Gegend zuständig ist«, erwiderte sie. »Und zweitens, wer sind denn ›unsere Leute‹ genau?«
Heinrich sah selbstgefällig drein. Sie war genau in die Falle getappt, die er für sie ausgelegt hatte. »Unsere Leute, Detective, das sind die Leute, die heute hier sind.« Mit ausladender Geste umfasste er die im Gehen begriffenen Anwesenden. »Leute, die für Sie anscheinend nicht mehr zählen, seit Sie sich mit Ihren weißen Herren verbündet haben.« Ricardo zeigte auf Strawberry Fields auf der anderen Seite. »Sehen Sie sich das Bauvorhaben dort an. Benannt nach den Feldern, auf denen unsere Leute Nahrung angebaut haben. Die Weißen sind wie die Israelis: Sie besiedeln nach wie vor das Land der Einheimischen.« Die Bodyguards kicherten wie kleine Jungen, die über einen dreckigen Witz lachten. »Vielleicht bekommen sie durch diese Einbrüche ja Angst und verschwinden.« Heinrich lachte leise, höchst unbefangen.
Dann stand auf einmal Mrs. Williams zwischen ihnen. Sie war von kleiner Statur, reichte Persy gerade bis zu den Schultern.
»Diese weiße Frau hat ein kleines Kind, Mr. Heinrich, und man hat

es wie einen Müllsack an den Straßenrand geworfen«, rügte sie ihn. »Das ist nicht richtig, mein Junge, und hätte man Sie anständig erzogen, dann wäre Ihnen das auch klar.«

Kurz sah es so aus, als ob Heinrich etwas entgegnen wollte, dann aber schüttelte er nur widerwillig und mit vorgetäuschtem Respekt den Kopf, und Marie Williams humpelte am Arm eines beflissenen jungen Mannes zum Tor. Die Schaulustigen verloren das Interesse und zerstreuten sich.

Persy wandte sich an Heinrich. »Haben Sie vielleicht zufällig ein paar weiße ›Siedler‹ in der Nacht vom 28. März verschwinden lassen?«

Einen Moment lang ging sein Blick in die Ferne, er ließ Persy warten, dann entgegnete er frostig: »Wenn Sie mir etwas zur Last legen wollen, dann verhaften Sie mich. Aber ich rate Ihnen, sich von mir fernzuhalten.« Er machte auf dem Absatz kehrt, gefolgt von seinen Bodyguards, und gemeinsam bahnten sie sich ihren Weg durch das, was von der Menge noch übrig war.

Persy war auf hundertachtzig, ihr Herz pochte wie wild. Heinrich bekam ein schönes, fettes Gehalt, hundertmal mehr als das, was sie nach Hause brachte, und dennoch besaß er die Dreistigkeit, sich als Arbeiter aufzuspielen. Unausstehlicher Heuchler. Seine Drohung machte sie wütend, aber genauso wütend war sie auf sich selbst. Sie hatte sich von ihm ködern lassen, sich von ihm als eine Art rückschrittliche Kokosnuss darstellen lassen – außen dunkel, innen weiß –, die im Dienste der *witbaas* stand.

Sie sah, wie er in Begleitung seiner unheimlichen Brutalos zu seinem schwarzen Geländewagen mit den getönten Scheiben zurückging, und spürte, wie es ihr eiskalt den Rücken hinunterlief. Nach allem, was sie so über ihn wusste, war Ricardo Heinrich ein sehr gefährlicher Gegner.

26

Ich liebe Kunst. An meiner alten Schule war das mein Lieblingsfach. Aber an der Merton habe ich es fallenlassen, damit ich mehr wissenschaftliche Fächer belegen konnte. Ich werde wohl mal Medizin studieren, genau wie meine Mutter. Oder Architektur – wie mein Großvater. In der Familientradition bleiben.« Bei der dritten Sitzung wirkte Severine etwas entspannter. Sie hatte die Beine untergeschlagen und saß bequem auf dem Sessel. Marge hatte auf den Moment gewartet, in dem das Mädchen nicht mehr misstrauisch war und sich entspannte. In diesem Zustand war sie eher bereit, freie Assoziationen zuzulassen und damit Ängste oder Befürchtungen einzuräumen.

»Letztes Jahr hat mein Großvater mich nach Oxford mitgenommen, damit ich es mir ansehen kann. Und danach saßen wir dann in einem schrecklich klammen Pub. Jeder Pullover in diesem Pub hat nach altem Hund gerochen. Meine Großvater sagte, die Unigebühren seien horrend. Ich nehme an, ich bin ein Glückspilz, dass er sie bezahlen kann.«

»Er muss ein sehr reicher Mann sein.«

»Ja. Haben Sie von Gray Langford gehört?«

»Kommt mir bekannt vor«, sagte Marge.

»So heißt mein Großvater, und er ist ein sehr erfolgreicher Architekt.« Severine beugte sich nach vorn und zerknautschte Bongos Ohren. Der Deutsche Schäferhund lag während der Sitzung wie immer zu den Füßen des Mädchens. Er döste mit halb offenen Augen vor sich hin und hoffte auf ein paar Streicheleinheiten.

»Er ist so was wie ein herrischer Patriarch, wissen Sie? Meine Mutter verehrt ihn. Mein Vater ist seinen Erwartungen nie gerecht geworden. Mein Großvater sagt, Künstler seien Zeitverschwender und Parasiten.«

»Wenn er so denkt, dann wäre er wohl nicht sehr erpicht darauf, dass du Kunst studierst, oder?«, fragte Marge.

Unbehaglich rutschte Severine auf dem Sessel hin und her. »Ich wäre verrückt, würde ich mir die Gelegenheit entgehen lassen, in Oxford zu studieren.« Ihr Gesicht verfinsterte sich kurz. »Ich dachte immer, Oxford sei wie *Wiedersehen mit Brideshead.* Fahrräder und wehende schwarze Roben, dazu Kleider mit tiefer Taille, Monokel und solche Dinge. Dabei ist es nur eine reiche Enklave mit diesem grauen Himmel, der einen von oben erdrückt. Aber so ist es wohl mit den meisten Sachen im Leben: Nichts ist, wie man es sich vorgestellt hatte.«

»Das ist oft der Fall.« Marge ließ Severine Raum, um ihre Gedanken weiter auszuführen.

»Es liegt an dem Druck, wissen Sie? Ich komme mir vor wie in einem Hamsterrad … Dass ich quasi niemals die Chance bekommen werde, ein, na ja, ein normales Leben zu führen. Meine Mutter lässt mich ja noch nicht einmal allein zum Einkaufszentrum gehen, und das ist gerade mal zwei Blocks entfernt. Seit dem Überfall dort ist es noch schlimmer geworden. Ständig macht sie sich Sorgen wegen meiner Gesundheit und so, aber das ist vermutlich ganz normal«, sagte sie leise.

»Was machst du, um diesem Druck zu entkommen?«

Severine schaute Marge an und lachte. »Ich tue so, als wäre ich jemand anderes.«

Marge lächelte, weil das Gesicht des Mädchens mit einem Mal strahlte. »Willst du mir etwas über diese imaginäre Person erzählen?«

»Also, das ist mehr ein Alter Ego als eine imaginäre Person. Ein wagemutiger, rebellischer, burschikoser Wildfang.« Severine wurde rot. »Jemand, der ganz anders ist als ich.«

»Ein burschikoser Wildfang?« Angesichts der blasshäutigen Gestalt in ihren Ballerinas, der mädchenhaften Bluse und dem Faltenrock amüsierte Marge das ungleiche Bild.

»Jungs haben viel mehr Freiheiten. Sie können ungehindert herumstreunern und irgendwelchen Unfug anstellen.«

Severine lachte leise. »Mein Großvater hat immer einen Sohn gewollt. Ich glaube, er war enttäuscht darüber, dass meine Mutter ein Mädchen war, und jetzt müht sie sich ihr ganzes Leben ab, das wettzumachen. Und in irgendeinem aufsässigen Moment hat sie dann einen Künstler geheiratet und mich bekommen.« Sie zog die Nase kraus. »Ein weiteres Mädchen.«

Marge ging die Notizen durch, die sie während der Sitzung gemacht hatte. Die Eltern getrennt. Spannungen in der Familie, was Geldangelegenheiten betraf. Ein Wunsch nach Unabhängigkeit. Schulischer Druck. Frühreif. Verletzlich. Gesundheitlich angeschlagen. Eine imaginäre Person: Wunscherfüllung? (Großvater wollte einen Jungen).

Sie hielt es für angebracht, sich mit Paula Hamilton zu unterhalten.

Marge fuhr auf den Parkplatz des Valkenberg-Krankenhauses, stieg aus und wurde von dem Wind erfasst, der von False Bay herunter durch das Observatory-Viertel und um den neu gebauten Flügel des Krankenhauses wehte. Dieser Teil gehörte zu einem umfangreichen, mehrere Millionen Rand teuren Anbau, aber das Gebäude bestand aus den üblichen düsteren, graubraunen Betonblocks mit Aluminiumfenstern, die auf die Autobahn hinausgingen – typisch für diese schnell wachsenden architektonischen Monstrositäten in Kapstadt. Als würde man mit aller Macht versuchen, jegliche Verbindung zum alten Valkenberg-Krankenhaus zu tilgen, ein viktorianisches *Bleak House* neben dem Liesbeck River, voll verschrobener *Mrs.-Rochester*-Türme und schwarzer Fenster, die dem Betrachter unwillkürlich einen Schauer über den Rücken jagten. Momentan wurde es als Ambulanz genutzt. Nach der Renovierung wirkte es überraschend freundlich, und Marge zog es dem neuen Krankenhaus in seinem langweiligen Sowjet-Stil vor.

Im Empfangsbereich traf Marge auf einen von Paula Hamiltons Assistenten. Er stellte sich als Anthony Arendse vor, ein gedrungener Mann Ende vierzig mit fassförmiger Brust und ausgedünntem, fluffigem Haar.

»Dr. Hamilton hält gerade einen Vortrag«, teilte er ihr mit.

Überrascht schaute Marge ihn an.

»Dr. Hamilton würde sich niemals von ihrer Arbeit abhalten lassen«, sagte Arendse. »Nicht einmal von einer vermissten Tochter.«

Marge konnte nicht festmachen, ob diese Äußerung bewundernd oder kritisch gemeint war. Er war irgendwie seltsam. Sie folgte seiner Wegbeschreibung, nahm den Aufzug bis zum ersten Stock und lief dann den Gang entlang bis zum Sitzungssaal. Als sie vor den großen Flügeltüren eintraf, öffnete sie eine und schlüpfte unbemerkt hinein. Paula Hamilton stand am Podium und hielt eine PowerPoint-Präsentation vor vierzig Leuten. Ihr gepflegtes Haar glänzte im Licht, das sie bestrahlte. Gestochen scharfe Bilder von menschlichen Gehirnen wurden auf den Bildschirm hinter ihr projiziert.

»›Patient K‹ ist Teil meines Pilotprojekts, eine wichtige Fallstudie in dem Forschungsprojekt, das ich beim Copenhagen Mental Health Symposium vorstellen möchte. Patient K ist eine mittellose, schizophrene Alkoholikerin, die an Halluzinationen und Gewaltausbrüchen leidet und regelmäßig in unserem Sicherheitstrakt untergebracht werden muss. Ich bin die einzige behandelnde Ärztin, damit eine Beständigkeit aufrechterhalten und ein Gefühl der Sicherheit geschaffen werden kann. Zurzeit überwache ich Patient K, die für den Augenblick stabil ist und im Sicherheitstrakt darauf wartet, entlassen zu werden. Hier im Valkenberg haben wir nur beschränkte Mittel, um ein solches Programm durchzuführen, doch mit diesem Testfall möchte ich versuchen, Förderer zu gewinnen.«

Während Marge Paula zuhörte, wurde ihr klar, weshalb die Psychiaterin so geschätzt wurde. Severines Verschwinden musste sie schrecklich belasten, dennoch gelang es ihr, eine einwandfreie Präsentation abzuliefern. Nachdem sie geendet hatte, brandete Applaus auf.

Während die Leute sich aufreihten, um Paula zu gratulieren und ihr Fragen zu stellen, verließ Marge den Sitzungssaal und ging zurück in den Empfangsbereich.

Anthony Arendse war mit Formularen am Schreibtisch beschäftigt.

»Konnten Sie Dr. Hamiltons Präsentation ebenfalls anhören?«, fragte Marge.

»Ach, über Katrina Evans?« Er zögerte kurz, als ihm seine Indiskretion bewusst wurde. »Ich meine, Patient K. Nein, ich bin hier nicht weggekommen.«

»In Anbetracht der Anspannung, unter der sie gerade stehen muss, hat sie soeben einen brillanten Vortrag gehalten.«

Anthony beugte sich über den Schreibtisch und blätterte durch einen Stapel Unterlagen. »Darin ist sie sehr gut.«

»Worin?«
Er sah auf. »Alles in Segmente aufzuteilen.«
»Ich habe Menschen gesehen, die unter derartigem emotionalen Stress einfach zusammengeklappt sind«, sagte Marge.
»Das wird sie nicht«, erwiderte Anthony rasch und steckte die Unterlagen in seine Tasche. »Dafür hat sie sich viel zu sehr unter Kontrolle.«
Der Mann wirkte unsympathisch. Vielleicht war hier berufliche Rivalität im Spiel.

Paulas Büro war ein großer, nach Westen gelegener Raum im vierten Stock über dem Park mit einer beeindruckenden Aussicht zum Devil's Peak. Ein halbes Dutzend seltener afrikanischer Skulpturen und gerahmter Stoffdrucke war der einzige persönliche Anstrich. »Gott sei Dank ist das zu Ende«, sagte Paula zu Marge, nachdem sie die Tür hinter ihr geschlossen hatte.
»Bravo! Das war bestimmt nicht einfach für Sie.«
Paula wirkte ganz beschwingt, fast etwas fieberhaft.
»Dieses Projekt ist der Höhepunkt von vielen Monaten Arbeit und der Vortrag heute die letzte Gelegenheit, mir die Unterstützung aller für das Forschungsprojekt zu sichern. Ich konnte sie nicht hängenlassen. Außerdem bin ich lieber hier. Zu Hause ist es einfach nur schrecklich, Stunde um Stunde verrinnt, ohne dass ich etwas von ihr höre.«
»Wie kommen Sie damit klar?«
»Betablocker stumpfen alles etwas ab, aber damit klarkommen kann ich nicht, nicht wirklich.«
Es klopfte an der Tür, und ein paar zaghafte Köpfe schauten herein. Zwei junge Assistenzärztinnen, die Paula als Vusi und Sharn vorstellte, waren vorbeigekommen, um ihr ihr Mitgefühl auszusprechen.
»Wir wollten nur kurz vorbeikommen, um Sie wissen zu lassen, dass wir an Sie denken und für Sie beten, Dr. Hamilton, und wir hoffen, dass Ihre Tochter bald wieder wohlbehalten zu Hause ist«, sagte Vusi.
»Tja, die Gebete könnt ihr euch sparen, meine Lieben. Ihr wisst ja, dass ich mit Religion nichts am Hut habe.« Sie lächelte angespannt. »Aber dennoch danke für die nette Geste.«

Mit neugierigen Blicken auf Marge verließen die Assistenzärztinnen das Büro. Ich bin mir nicht sicher, ob ich hier als Kollegin oder Patientin erachtet werde, dachte Marge ironisch.

»Entschuldigen Sie. Das ist lieb gemeint von diesen Gutmenschen, ich weiß schon«, sagte Paula zu Marge. »Aber ich verachte Religion. Sie lehrt den Menschen, Autoritäten, Erscheinungen und Glaube anzuerkennen, statt sich auf die existierenden empirischen Beweise zu stützen. Ich nehme an, dass Leute wie wir immer in der Minderheit sein werden. Insbesondere in so abergläubischen Ländern wie diesem.«

»Ich halte mich in diesem Fall an die Agnostiker«, sagte Marge.

Paula runzelte die Stirn. »Kann ich Ihnen irgendwie behilflich sein? Ich will nicht unhöflich erscheinen, aber ich stehe gerade ziemlich unter Druck, wie Sie sich vorstellen können.«

»Es tut mir leid, wenn ich Ihnen noch mehr Stress bereite, aber ich wollte Ihnen ein paar Fragen zu Severine stellen. Ich bin die Mitschriften unserer Sitzungen noch einmal durchgegangen, und dabei ist mir die eine oder andere Frage gekommen.«

»Ach, tatsächlich?«, fragte Paula nicht gerade begeistert.

»Ich weiß, dass ihr Gesundheitszustand sehr fragil ist. Sie hatten erwähnt, sie sei ohne ihre Medikamente von zu Hause weggegangen. Ich will nichts heraufbeschwören, aber mir kam es so vor, als ob ihr Verschwinden eine Art Protest sein könnte.«

»Protest? Was wollen Sie damit andeuten?« Mit einem Mal hatte Paula einen stahlharten Blick.

»Sie hatte ihre Frustration darüber geäußert, wie eingeschränkt sie sich fühlt.«

»Ich habe Entscheidungen getroffen, die meiner Meinung nach für ihre Gesundheit und ihr Wohlbefinden förderlich sind, und ich glaube nicht, dass es Ihnen zusteht, meine Entscheidungen zu hinterfragen.«

»Ich hinterfrage Ihre Entscheidungen auch nicht«, sagte Marge betont und fragte sich, wie die Unterhaltung nur so eine schrecklich falsche Wendung hatte nehmen können. »Ich wollte nur anmerken, dass Severine dieser beständigen Überwachung vielleicht entwischen wollte, das ist alles.«

»Überwachung?« Paulas Stimme war ganz frostig. »Sie klingen wie Severines Vater. Ich bin nichts weiter als eine verantwortungsbewusste Mutter.«
Marge fuhr mit ihren Ausführungen fort, entschlossen, das zu sagen, was sie umtrieb. »Anscheinend gab es auch einen großen schulischen Leistungsdruck, insbesondere um ihrem Großvater zu gefallen.«
Paulas Gesicht war von harten Linien der Missbilligung durchzogen. »Ich wäre Ihnen dankbar, wenn Sie meinen Vater hier raushalten könnten. Er hat Severine die ganze Zeit nur unterstützt. Er hat schon genug Sorgen, da muss man ihm nicht auch noch die Schuld für Severines Verschwinden in die Schuhe schieben. Wenn es Ihnen nichts ausmacht, dann würde ich mich gerne wieder meiner Arbeit zuwenden.«

Als Marge über den windgepeitschten Parkplatz zu ihrem Auto ging, dachte sie, dass Anthony Arendses nicht gerade schmeichelhaften Äußerungen über seine Chefin womöglich nicht auf der Missgunst wegen ihres beruflichen Erfolgs fußten, sondern vielmehr Ausdruck seiner Abneigung ihrer entnervenden Disziplin war und ihrer kompromisslosen Überzeugung, dass sie immer recht hatte.
Als sie in jener regnerischen Nacht bei Marge aufgetaucht war, um sie um Hilfe zu bitten, hatte Marge Paula für eine ängstliche Mutter gehalten, die verzweifelt herausfinden wollte, wo sich ihre Tochter aufhielt. Aber anscheinend hatte sie inzwischen eine Kehrtwende gemacht und war ihr gegenüber fast feindselig geworden. Marge war sich bewusst, dass sie manchmal gewisse Grenzen überschritt, wie Persy Jonas ihr beständig sagte, aber steckte hinter Paulas abwehrender Haltung nicht doch mehr? Vielleicht waren die Gründe für Severines Verschwinden im heimischen Umfeld zu suchen, auch wenn die Mutter das auf keinen Fall wahrhaben wollte.

27

Persephone?«

»Ja?« Zögerlich nahm Persy diesen Anruf auf ihrem Handy entgegen.

Kein Mensch nannte sie so, abgesehen von Poppa und ihrer Mutter. Und abgesehen von …

»Dizu!« Ein warmes Gefühl durchflutete Persy, und ihre Stimmung hob sich sofort. Warrant Officer Dizu Calata, ihr höflicher, charmanter Ex-Partner vom Revier in Fish Hoek. »*Heita, bra.* Lange nichts von dir gehört.«

»Ja, viel zu lange. Wie geht's dir?«

»Mir geht's gut, und selbst? Wie läuft es so mit den hohen Tieren?«

Khayelitsha war in den Fokus einer Untersuchungskommission gerückt wegen einer Reihe Necklacings, der »Halskrausenmethode« – dieser grauenvollen Hinrichtungsform durch Mitglieder der Bürgerwehr, bei der dem Opfer ein brennender Reifen um den Hals gelegt wird –, die eine Weile in dieser Township praktiziert worden waren. Dizu war als Vermittler eingesetzt worden, als Teil eines größeren internen Ermittlerteams, das an die zuständigen Reviere berichtete. Es war eine brenzlige Mission, sowohl in politischer als auch in persönlicher Hinsicht. Denn damit war er wieder in genau der Gegend, in der er zuvor als interner Ermittler tätig gewesen war. Das hatte das SAPS logistisch wieder mal so richtig vermasselt.

»*Haai,* das ist der reinste Witz. Kann man nicht anders sagen.«

Sie spürte, dass er nicht weiter über dieses Thema sprechen wollte.

»Rufst du mich aus beruflichen Gründen an, oder willst du einfach nur ein bisschen freundschaftlich plaudern?«, fragte sie.

»Ich glaube, wir haben da was, das dich interessieren könnte. Ein Volvo-SUV. Keine Nummernschilder, aber das Fahrgestell und die Motorkennnummer entsprechen denen, nach denen du suchst.«

Ein Adrenalinstoß durchfuhr Persy, wie immer, wenn ein neuer Hinweis in einem Fall auftauchte.

»Das ist ja phantastisch! Welches Revier?«

»Khayelitsha. Sagst du mir, worum es dabei geht?«
»Es geht um Diebstahl, eventuell auch um eine Entführung. Ich muss mir das Auto so schnell wie möglich an…«
»Das sieht nicht gut aus. Jemand hat versucht, alles sauber zu machen, aber wir haben Blutspuren im Auto gefunden.«
Bei dem Gedanken an Kai, Alexi und Callum wurde Persy ganz schlecht. Sie dachte an die Fotos von ihnen und ihrer Mutter am Kühlschrank. Würden das die letzten Bilder sein, die sie von ihr hatten?
»Jonas, bist du noch dran?«
»Wir kommen sofort vorbei.«
»Wir?«
»Detective Warrant Officer Tucker und ich.«
Aber als Persy nach ihm suchte, konnte sie Tucker nirgendwo auf dem Revier finden, und ihre Anrufe blieben unbeantwortet. Tucker machte das manchmal. Völlig unerreichbar werden.

Das neue Polizeirevier von Khayelitsha war ein riesiges, unansehnliches rotes Backsteingebäude an der Kreuzung von Sulani und Bonga Drive, die Fenster schwer bewehrt mit Metallstangen. Trotz der Bäume, die dort standen, hatte es das nahezu militärische Erscheinungsbild so vieler neuer Regierungsgebäude – groß, hässlich und merkwürdig leer. Im staubigen Hof stand der Volvo; in Schräglage, aufgebockt auf Ziegeln. Es war nicht überraschend, dass die vier Räder abmontiert und die Scheiben eingeschlagen waren.
»Wie haben einen Anruf von einem patrouillierenden Haibeobachter bei Monwabisi Beach bekommen, der ihn völlig zerlegt auf dem Parkplatz dort vorgefunden hat. Die Ecke wird häufig als Mülldeponie benutzt.« Calata sah müde aus. Seine Augen waren dunkle Höhlen. Das für gewöhnlich gebügelte Hemd war zerknittert und schmuddelig. Außerdem schien er abgenommen zu haben.
»Wir gehen davon aus, dass er bei einem Einbruch in Constantia gestohlen wurde«, erläuterte Persy. Sie ließ ihn auch wissen, dass Severine Hamilton von derselben Wohnanlage verschwunden war.
Die Scheibe auf der Fahrerseite war eingeschlagen, und alle elektronischen Geräte waren herausgerissen worden.

»Sieht so aus, als hätte jemand damit angefangen, ihn auszuschlachten«, sagte Persy.

Durch die zerbrochene Scheibe spähte Persy ins Wageninnere. Klebrige schwarze Flecken überzogen den Bezug des Fahrersitzes. »Kannst du mir einen Fotografen besorgen?«

»Nicht innerhalb der nächsten Stunde«, sagte Dizu.

»Hast du irgendwas angefasst?«

»Du willst wissen, ob jemand die Spuren kompromittiert hat? Soweit ich weiß, nein.«

Persy streifte sich Latexhandschuhe über und öffnete vorsichtig die Autotür. Dann suchte sie das Auto Zentimeter für Zentimeter ab. Sie entdeckte eine blutbespritzte CD-Hülle auf dem Fußboden. »Mud, Mud, Glorious Mud« lautete der Titel. Es sah ganz nach einer Kinder-CD aus. Bei diesem Gedanken wurde ihr schlecht. Ein gezeichnetes Hippo grinste sie durch breite, weit auseinanderstehende Zähne an. Es hatte absolut keine Ähnlichkeit mit einem echten Nilpferd.

Das Handschuhfach war aufgerissen worden, sein Inhalt überall verstreut. Ein Handbuch, zusammengetackerte Tankstellenbelege, Sonnencreme. Zwischen Fenster und Sitz auf der Beifahrerseite fiel Persy etwas Schwarzes auf. Vorsichtig zog sie das Stück schwarzen Stoff an zwei Fingern heraus. Sie drehte und wendete es, schaute es eingehend an. Es sah ganz nach Polyester aus, aber ein Teil davon war zu einem harten, festen Klumpen Plastik zusammengeschmolzen.

»Das Zeug ist da überall verteilt«, sagte Dizu.

Persy starrte es an. »Merkwürdig.«

Unter dem Fahrersitz entdeckte sie Fetzen von weißem Papier. Auszüge vom Bankautomaten. Sorgfältig schaute sie sie durch. Drei Abhebungen von je zweitausend von verschiedenen Konten beim Geldautomaten in Hout Bay am Abend des 28. März.

Sie rief Tucker an. Dieses Mal ging er ans Telefon.

»Wo warst du?«, fragte sie. »Ich hab versucht, dich zu erreichen. Wir haben Annette Petroussis' Auto.«

Sie erzählte ihm, was Dizu gefunden hatte.

»Ich will das Auto von dem Revier abziehen. Sofort«, sagte Tucker.

»Dieser Hof ist bekannt für Verunreinigung von Tatorten und schlampige Spurensicherung.«
»Mir macht es hier einen ganz sicheren Eindruck.« Sie fing Dizus fragenden Blick auf, also deckte sie das Handy ab und sagte: »Mein Boss will den Wagen von hier abtransportieren.«
Dizu runzelte die Stirn. »Der Hof hier ist sicher«, warf er ein. »Wir haben eine nigelnagelneue und sehr effiziente Abteilung für Kriminaltechnik. Abgesehen davon könnte der Überfall, Mord oder was auch immer das war, sehr wohl in Khayelitsha stattgefunden haben.«
»Ach, das ist also der schlaue schwarze Kerl.« Ren hatte ihre Unterhaltung doch mitbekommen.
»Hey, Tucker, sei nicht so.« Verlegen wandte sich Persy ab, hoffte, dass Dizu es nicht gehört hatte.
»Das ist ein Befehl, Jonas.«
Persy legte auf. »Ich muss den Wagen auf mein Revier bringen lassen.«
Dizus Stimme wurde aggressiver und lauter. »Völliger Schwachsinn! Ihn abtransportieren heißt, ihn durch noch mehr Hände gehen zu lassen – das würde die Beweise kompromittieren. Verdammt noch mal, was läuft bei euch nicht richtig?«
Persy starrte ihn an. Dieser Dizu war ein anderer als der Dizu, mit dem sie in Fish Hoek zusammengearbeitet hatte, der immer so locker und vernünftig gewesen war. Da war sie die Verrückte gewesen. Jetzt sah er fertig, gereizt aus.
»Hör zu, ich will nicht in irgendwelche Querelen zwischen verschiedenen Revieren hineingezogen werden«, sagte Persy ruhig. »Mein Vorgesetzter will den Wagen hier raushaben, also wird auch genau das passieren.« Automatisch legte sie eine Hand auf seinen Arm. »Geht's dir gut, Mann? Lass dich von diesem Scheiß nicht runterziehen.«
Seine Anspannung schien ein wenig nachzulassen. Ganz unerwartet lachte er sie plötzlich mit einem für ihn typischen Grinsen an. Nur spiegelte sich dieses hier nicht in seinen Augen.
»Hey, du hast recht! Wenn Diep River ein bisschen Mehrarbeit leisten will – dann bedien dich.«

28

Sobald Persy zurück auf dem Revier war, wurde sie für eines dieser »informellen« Gespräche, wie Dina es nannte, in das Büro ihrer Chefin gerufen. Persy fühlte sich wie Hühnchen Junior, das darauf wartete, dass die Welt gleich über ihm zusammenbrach. Bislang war Dina nett und entspannt, deutlich entspannter als sonst, wenn Tucker in der Nähe war. Dina machte Instantkaffee und bedeutete Persy, sich zu setzen. »Du hast jetzt ganz schön viele Fälle am Hals, mit dem Hamilton- und Petroussis-Fall, zusätzlich zu den ganzen anderen Sachen.«

»Ja, aber ich komme damit klar.« Aber wann hatte sie eigentlich das letzte Mal einen Blick auf die sich auftürmenden Akten auf ihrem Schreibtisch geworfen?

Dina reichte ihr eine Tasse mit Kaffee und nahm ihr gegenüber Platz. Persy fuhr fort. »Vielleicht gibt es zwischen den beiden Fällen eine Verbindung. Ich verfolge gerade eine Spur wegen einer Landrückforderung, in die diese Anlage verwickelt ist.«

Dina umfasste ihre Tasse mit beiden Händen. »Ja, tja … was den Petroussis-Fall betrifft. Ren will nicht, dass du länger daran mitarbeitest. Er denkt, du solltest dich ganz auf das Mädchen der Hamiltons konzentrieren.«

Im ersten Moment war Persy viel zu überrascht, als dass sie Einwände hätte erheben können. Dann sagte sie: »Warum? Er hat verdammt viel um die Ohren. Er braucht Hilfe im Petroussis-Fall.«

»Er sagt, er würde lieber allein daran arbeiten.«

Es war, als hätte sie einen Schlag mitten auf den Solarplexus bekommen. Persy hatte Tucker in den letzten zwei Monaten bei drei Fällen geholfen: bei einem bewaffneten Raubüberfall, einem schweren Diebstahl und einer Drogenrazzia, alles schwierige Fälle. Bei allen drei Fällen war es zu Verhaftungen gekommen. Eine erfolgreiche Verurteilung, eine Untersuchungshaft, eine Freilassung gegen Kaution. Das war bislang der Höhepunkt von Persys Karriere gewesen, die Zusammenarbeit mit einem engagierten und erfahrenen Detective.

Sie dachte, sie hätten wunderbar zusammengearbeitet. Und jetzt dieser Verrat.

»Ich habe ihn daran erinnert, dass er ohnehin schon viel zu viele Fälle auf dem Schreibtisch hat, aber er hat mir versichert, dass er alles im Griff hat«, sagte Dina gelassen.

Persy wusste, dass daran nichts mehr zu rütteln war. Tucker arbeitete so sorgfältig, dass selbst der ungeschickteste Staatsanwalt oder korrupteste Richter ihn nicht mattsetzen konnte. Es war ein Vergnügen, seine Prozesslisten durchzusehen, ordentlich getippt und in identischen blauen Akten abgelegt. Jede Verurteilung betrachtete er als persönlichen Sieg.

Dina nahm einen Schluck Kaffee, schaute Persy über den Rand ihrer Tasse an. »Er wurde stinksauer auf mich, als ich ihm vorgeschlagen habe, das nicht zu tun. Abwehrend. Er dachte, ich würde ihn verleumden.« Vorsichtig stellte sie ihre Tasse ab. »Aber du weißt ja, was für ein argwöhnischer Kerl er ist.«

Dina schien hier etwas andeuten zu wollen. »Ich verstehe nicht so ganz«, sagte Persy.

»Ren denkt, ich würde dich als seinen Ersatz heranziehen.«

Ungläubig starrte Persy sie an. »Er glaubt, ich hätte es auf seinen Job abgesehen?«

»Die neue BEE-Reglementierung wird von oben diktiert, und es gibt strikte Kontingente«, sagte Dina.

Broad-Based Black Economic Empowerment. Förderung von Minderheiten. Die Spielwiese anpassen. Wie auch immer man es nennen wollte, dabei kam ein ziemlicher Haufen Mist raus. Persy war häufig mit dem Hohn und der Missgunst von Kollegen konfrontiert, die dachten, sie sei nichts anderes als eine Nutznießerin von Rassen- und Genderquoten. Einen kurzen Moment lang ließ Dina ihre Maske fallen, und ihre Gefühle kamen zum Vorschein. »Keine Sorge. Ich habe Ren mit seiner *witbaas*-Paranoia den Kopf zurechtgerückt. Ich hab ihm gesagt, er würde mit dir arbeiten müssen. Oder er könne sich auf eine Anhörung in einem Disziplinarverfahren gefasst machen.« Dina klang fast triumphierend. Persy spürte, wie sich die Atmosphäre um sie herum verdichtete. Sie kam sich vor wie ein Zuschauer an der Seitenlinie, der beobachtete, wie Ren und Dina den Todeskampf ihrer Ehe ausfochten. Mehr wollte sie gar nicht hören.

»Kann ich gehen, Captain? Ich muss noch ganz schön viel Papierkram erledigen.«

Dina sammelte ihre Notizen ein. Sie sah auf und nickte beiläufig.

Persy stand auf und wollte gehen.

»Ach, und Persy …«

»Ja, Ma'am?«

»Das, was ich dir gesagt habe, ist streng vertraulich.«

Persy eilte zurück in ihr Büro. Sie hatte einen bitteren Knoten im Hals, als hätte sie etwas gegessen, das sie nicht hinunterschlucken konnte. Sie wusste nicht, wen sie in diesem Moment mehr hasste: Ren für seinen Betrug oder Dina, weil sie ihr davon erzählt hatte. Manchmal fühlte sich ihre offizielle Position im Revier etwas nebelartig an. Das Wesen der Hierarchie hatte etwas Zufälliges und Flatterhaftes. Vielleicht war ihre unkonventionelle Arbeitsweise genau der Grund dafür, dass die Cops hier so viele Fälle abschlossen. Aber häufig kam sie sich wie eine unglückliche Schachfigur in einem Krieg vor, dessen Regeln sie kaum verstand.

Tucker war von besessenem, konfrontativem Wesen und arbeitete am liebsten allein. Eine so prominente Ermittlung wie der Petroussis-Fall würde ihm viel Aufmerksamkeit einbringen, und er war keiner, der Ruhm gern teilte. Außerdem war er höchst sensibel, was seine Stellung als weißer Mann in der schnell wechselnden Demographie des SAPS anging. Wäre sie klug, dann würde sie nicht länger mit Tucker schlafen. Ganz offensichtlich war er ihr gegenüber nicht loyal, nicht als Kollege und vermutlich auch nicht als Liebhaber. Doch selbst nach Dinas Offenbarung sehnte sich Persy nach einer Entschuldigung für seinen Verrat, die sie nur zu gern glauben würde; eine glaubhafte Lüge für sein unentschuldbares Verhalten.

Fred war im Prospur-Supermarkt auf der Suche nach den großen, klebrigen Zimtschnecken, die er so gerne heimlich aß, bevor er nach Hause fuhr. Er liebte Zimtschnecken und süße Stückchen. Und obwohl sich ein Schwimmring um seine Hüfte bildete, sobald er sich setzte, und sich ein paar seiner Jacketts nicht mehr zuknöpfen ließen, konnte er einfach nicht die Finger von diesem süßen Zeug lassen. Manchmal saß er allein im Auto und verschlang ein ganzes Kilo Eis auf einmal.

»Hey, werd mal ein paar Kilos los, *boetie*. Ich kann keinen Fettsack als Aufräumer brauchen.« Fred wurde ganz schlecht, wenn er an Ricardos Beleidigungen dachte. Außerdem hatte er sich über Freds Schnurrbart mokiert, als dieser versucht hatte, sich einen wachsen zu lassen, und gesagt, er hätte ein Gesicht wie ein »Babyarsch«. Auch an Freds Klamotten hatte er immer was auszusetzen.

Solange Fred denken konnte, hatte Ricardo denselben »Kampfanzug« getragen: Shorts oder Jeans, Sicherheitsweste mit Reißverschluss über T-Shirts oder Kurzarm-Shirts zu Turnschuhen oder Schnürschuhen. »Ich darf nie so aussehen, als würde ich mich für was Besseres halten«, hatte er gesagt. »Selbst der einfachste Farmer muss sich mit mir identifizieren können.« Ricardo hatte viel Zeit mit herumwetternden Politikern verbracht, die in Range Rovers unterwegs waren, Hemden von Paul Smith und Boss-Anzüge mit glänzenden Schuhen trugen. »Reiche Säcke«, hatte er sie spöttisch genannt. Er prahlte damit, dass er die letzten zwanzig Jahre im selben Haus in Elsie's River gelebt hatte.

Fred wusste, dass Ricardo auch ein ganz hübsches Haus in Gansbaai besaß, mit Billardtischen, riesigen Flachbildschirmen, einem Jacuzzi, einer Garage mit sechs Stellplätzen, in dem sein schickes Fischerboot stand. Er wusste auch von Ricardos Immobilien in Brooklyn und vor Somerset West, von seinen Geschäftsanteilen überall, und davon, dass seine Frau Versicherungsverträge an Gewerkschaftsmitglieder verkaufte. Ricardos gesamtes Geld war unter dem Namen des Ehemannes seiner Schwester in Treuhandgesellschaften angelegt, so dass er nichts davon bei der Partei oder den Gewerkschaften angeben musste.

Ricardo war ein sehr reicher Mann geworden, aber nichts schien seine Bitterkeit zu besänftigen. Manchmal dachte Fred, dass noch viel mehr dahintersteckte als nur der Neid auf die Weißen um ihre Autos, ihre Häuser und ihre tollen Bildungsmöglichkeiten. Fred könnten die Weißen nicht mehr egal sein. Er war weder von Geld noch von Rasse oder Rang angetrieben. Auch nicht von Religion oder Politik. Macht war natürlich wichtig, aber sein Motor war ein Bedürfnis. Das Bedürfnis, die alles verzehrende Aufmerksamkeit der Frau ganz allein auf sich gerichtet zu wissen. Wenn es ihm gelingen würde, von einer Frau geliebt zu werden, dann wären die Ratten, die an seinen Eingeweiden nagten, endlich besänftigt. Er hatte gedacht, Natasha wäre diese Frau. Doch ganz egal, was er für sie machte und wie dankbar und fügsam sie auch schien, sie liebte ihn nicht – und würde ihn auch nie lieben.

Aber sie könnte ihn fürchten. Und mit dieser Furcht band er sie an sich, sogar sehr viel enger, als es mit Liebe jemals der Fall gewesen wäre.

Fred ging mit zwei Chelsea-Buns, einem Kopenhagener Gebäck und einer Curry-Pastete zur Kasse. Von den Zeitungen, die an der Kasse standen, schlug ihm der Aufmacher der *Cape Times* entgegen: »Kidnapper auf Überwachungsvideo festgehalten«. Er schnappte sich die Zeitung vom Ständer. Unter der Überschrift war eine verschwommene Aufnahme, die von einer Überwachungskamera stammte. Annette Petroussis konnte klar und deutlich auf dem Fahrersitz ausgemacht werden. Pfeile wiesen auf ihre Entführer hin, schattenhafte Umrisse mit Masken, einer neben ihr, der andere auf dem Rücksitz.

Fred ging weiter zur Kasse, überflog dabei rasch die restliche Seite. »Die Polizei veröffentlicht heute dieses Foto aus einer Überwachungskamera der Constantia Neighbourhood Watch in der Nähe des Anwesens, von wo Annette Petroussis, die Mutter von drei Kindern, am 28. März entführt wurde. Ihren acht Monate alten Sohn hat man in der Nähe des Anwesens lebend gefunden.«

Innerlich fluchte Fred. Er hatte es doch die ganze Zeit gewusst! Da war noch jemand gewesen außer diesem lügenden Tsotsi-Gangster, der jetzt auf dem Grund des Abwasserteichs in Strandfontein lag. Jemand, der noch frei herumlief. Jemand, der vielleicht von Ricardo wusste. Jemand, der vielleicht ein loses Mundwerk hatte.

Er musste diese Person finden, und zwar schnell. Bevor die Cops sie fanden.

Zurück in ihrem winzigen Loch von Büro ging Persy die verschiedenen Berichte von Hauseinbrüchen im Raum von Constantia durch, suchte nach ähnlichen Modi operandi und Festnahmen oder Verdächtigen, die gerade auf Kaution draußen waren. Sie konnte sich aber nur schwer konzentrieren. Wie ein Feuerball brannte die Wut nach ihrem Treffen mit Dina noch immer in ihrer Brust. Tucker schaute zur Tür herein und fragte, ob sie mit zu McDonald's wollte, verzog sich aber wieder, nachdem sie ihm frostig »nein, danke« geantwortet hatte.

Als er sie etwas später anrief, wimmelte sie ihn mit einem »hab viel zu tun« ab.

Nimrod kam mit einer Packung Chips und einer Cola ins Büro. Sein Yogalehrer hatte ihm von Fast Food abgeraten, aber er achtete nicht weiter darauf. »Dr. Hamilton hat angerufen, während du dein Meeting hattest«, sagte er. »Ihre Hausangestellte, Nosapho Dasheka, ist wohl seit Sonntag nicht wieder zum Arbeiten erschienen. Hat der Hamilton erzählt, ihre Tochter sei krank. Dabei fehlt sie, laut der Madam, nie auf der Arbeit. Das ist das erste Mal überhaupt.«

»Hmmm ... Haben die Hamiltons eine Adresse von ihr?«

»Seit wann wissen Weiße, wo ihre Bediensteten leben? Ich hab ihre Handynummer bekommen. Hab ihr ein paar Nachrichten hinterlassen.«

»Sie weiß was, da bin ich mir sicher«, sagte Persy. Severine Hamiltons Fall frustrierte sie zunehmend. Auch wenn die Familie dachte, Severines Verschwinden passe nicht so ganz zu dem Mädchen, bedeutete das nicht zwangsweise, dass hier etwas verdächtig war. Teenager verbargen ihr Tun und Lassen selbst vor den wachsamsten Eltern. Dass sie allerdings zufällig in derselben Nacht wie Annette Petroussis aus Dieu Donné verschwunden war, deutete auf etwas Unheilvolleres hin.

Erneut klingelte ihr Telefon, eine weitere nervige Unterbrechung. Es war wieder Cheswin April vom Fish-Hoek-Revier. »Hattest du schon Zeit, dir die Mordakte von der *bergie* anzusehen, die ich rübergeschickt habe? Die von der Landstreicherin?«

»Tut mir leid, Cheswin. Dazu hatte ich noch keine Gelegenheit.« Persy war kurz angebunden.

»Okay, gib mir Bescheid, wenn du das gemacht hast.«

»Mache ich.« Für Cheswins zwei Jahre alten Fall hatte Persy gerade ganz bestimmt keine Zeit. Sie wandte sich wieder der Datenbank zu, konnte sich aber kaum auf das konzentrieren, was sie da sah, so wütend war sie noch immer auf Tucker.

In diesem Moment tauchte er mit sehr ernster Miene in der Tür auf.

»Jonas, wir müssen reden.«

Persy zögerte, dann stand sie auf und rauschte an ihm vorbei. Er ging hinter ihr her, schloss zu ihr auf. Zum Glück war gerade keiner auf dem Gang.

»Komm schon, Persy, was ist los, warum bist du gerade so abweisend?«

»Sag du es mir.«

Er fasste sie am Arm. »Es geht um Dina, oder?«

Sie schüttelte seine Hand ab, schaute ihm kurz in die Augen und dann wieder weg. »Sie hat mir gesagt, dass du mich nicht mehr beim Petroussis-Fall dabeihaben willst.«

»Scheiße.« Er schaute nach unten, machte ein betretenes Gesicht. »Ja, okay, das habe ich gemacht. Es ist einfach zu riskant, dich die ganze Zeit um mich zu haben.«

»Denkst du das, Ren? Dass ich wegen der Quote eine Gefahr für dich darstelle?«

Sie wandte sich zum Gehen. Er hielt sie am Arm zurück. »Hey, jetzt warte doch. Das ist völliger Blödsinn!«

Sie löste sich aus seinem Griff. »Lass das!«

Er ließ sie los, hielt die Hände mit diesem verlockenden Kleine-Jungen-Lächeln hoch, das er immer dann zum Einsatz brachte, wenn er etwas wollte.

»Du kennst Dina nicht so, wie ich sie kenne«, sagte er. »Sie ist eine manipulative Schlange. Ich weiß, dass sie mich aus dem Revier raushaben will. Verdammt, vielleicht sogar aus der Polizei rausdrängen will! Und ich befürchte, sie könnte dich benutzen, um das zu erreichen.«

»Nur weil du mich flachlegen darfst, heißt das noch lange nicht, dass du mich im Job über den Tisch ziehen kannst«, zischte Persy.

»Was soll das jetzt wieder heißen?«
Persy starrte ihn an. »Du und deine Frau, ihr benutzt mich, um euch gegenseitig zu übertrumpfen.«
»Verdammt, Persy! Siehst du denn nicht, was sie da plant?«
»Heißt das etwa, sie weiß Bescheid?«
»Keine Ahnung. Ich weiß es wirklich nicht.« Hilflos starrte er sie an. »Sieh mich nicht so an, als würdest du mich hassen.«
Ich hasse dich doch gar nicht. Persy spürte einen dumpfen Schmerz in ihrer Brust. Ich sehne mich nach dir, hätte sie am liebsten gesagt. Nur der Gedanke, mit dir im Bett zu sein, hat mich diese ganze Woche durchhalten lassen. Aber das sagte sie nicht. Sie war zu sauer, fühlte sich verraten und wusste auch gar nicht mehr, was sie hier gerade tat. Der Petroussis-Fall war ebenso ihr Fall wie Tuckers – sie würde nicht aufhören, nach Annette zu suchen. Sie konnte Kai und Alexi nicht hängenlassen.
Sie wusste nicht, weshalb ihr das so wichtig war, aber es war so.
Tucker fuhr sich durch das kurzgeschnittene Haar. »Lass uns später treffen, okay?« Seine Stimme war jetzt weicher. »Dann reden wir darüber.«
Persy schüttelte den Kopf. Sie war nicht bereit, sich dieses Mal einfach so auszusöhnen. »Ich muss Berichte zu Callum Petroussis und Moses Petersen schreiben. Abgesehen davon brauche ich mal wieder eine richtige Mütze Schlaf.«
Tucker versteifte sich, sein Blick wurde hart. »Wie du willst.« Dann machte er auf dem Absatz kehrt und ging. Persy konnte ihm nur hinterherstarren.
Tja, was hatte sie erwartet? Tucker gehörte nicht zu der Sorte Mensch, die um einen Gefallen bat. Oder um Verzeihung. Ihr stand eine lange Nacht bevor, in der sie mit all den Gedanken und schmerzhaften Gefühlen, die die jüngsten Ereignisse aufgeworfen hatten, allein sein würde. So sehr sie sich auch nach ihm sehnte, es war am besten, nicht auch noch Tucker als zusätzliche Komplikation in ihr Bett zu holen, das würde sie nur noch mehr verwirren und verunsichern.

29

Fred hatte nicht lange gebraucht, um Axolile Samas Adresse durch Ricardos Kontaktmann herauszufinden. Er war der Cousin eines Cousins eines Cousins von einem von Ricardos neuen Mitläufern. Fred wunderte sich über Ricardos Bereitschaft, ein solches Sicherheitsrisiko einzugehen. Unter seiner Leitung wäre so etwas niemals passiert.

Die Adresse war in Khayelitsha. Auf dem Weg dorthin hielt Fred bei Cosy Corner an der Spine Road. Er kaufte zwei KitKats, aß sie und starrte dabei auf das Stadion mit seinen handgeschriebenen Schildern und den beiden einander gegenüberstehenden *spazas* an jedem Straßenrand. Er kannte diese Township nicht, und es dauerte eine Weile, ehe er Ilitha gefunden hatte, eine nach außen hin ansehnliche Gegend mit RDP-Häusern, die einen ganz neuen Eindruck machten.

Ein stämmiges Mädchen – mit Spaghettiträgertop, großen Brüsten, Shorts und einem dümmlich-verängstigten Gesichtsausdruck – öffnete die Tür. Sie sah unordentlich aus, und etwas an ihren Haaren war eigenartig, aber sie wirkte vertraut, starrte ihn hinter der fadenscheinigen Sicherheitstür an, die er mit einem Tritt hätte eintreten können. Sie wusste nicht, wo Axolile Sama war oder wo seine Freunde wohnten.

»Wie heißt du, *sisi?*«

Das Mädchen schüttelte nur den Kopf.

»Kann ich mit dir reden?« Er winkte sie durch die Tür zu sich. Das Mädchen zuckte zurück. Irgendetwas jagte ihr eine Heidenangst ein.

»Lass mich rein. Ich tue dir nichts.«

»Hey. Was wollen Sie von ihr? Sie muss das Haus putzen.« Eine mürrische, ältere Frau tauchte hinter dem Mädchen auf. Sie sah speckig und verbraucht aus. Fred kannte diesen Typ Frau. Sie hatte ihr ganzes Leben mit harten Männern verbracht und war doch viel härter als jeder von ihnen. Wäre er nicht gewesen, dann wäre Natasha jetzt genau wie sie.

»Ich bin Axoliles Mutter. Was woll'n Sie von ihm?«

»Ich hab ein bisschen Geld für ihn, *sisi*«, sagte Fred. »Hat nen ordentlichen Job für mich erledigt, und jetzt bringe ich ihm sein Geld.«
Sie bedachte ihn mit einem harten, misstrauischen Blick. Sie nahm ihm das nicht ab, aber die Gier besiegte ihre Vorbehalte.
»Geh«, sagte sie genervt zu dem Mädchen, das rasch verschwand. Jetzt fiel Fred wieder ein, wo er das Mädchen schon einmal gesehen hatte. Das Bildschirmfoto auf Axolile Samas Handy. Seine Schwester? Er konnte keine Ähnlichkeit zwischen den beiden Frauen ausmachen. Allerdings war die Frau schon ordentlich vom Leben gebeutelt worden, wohingegen die Jüngere noch ganz weich aussah.
»Erst will ich mit dem Kumpel sprechen, der den Job mit Axe erledigt hat. Er bekommt das Geld, und nur er. Haben Sie mich verstanden?«
»Geben Sie mir Ihre Nummer«, sagte die Frau. Fred erkannte blanke Gier. Sie würde nicht widerstehen können.
»Nein. Ich rufe Sie an.«
»Wie viel?«
»Zehntausend.«
Sie wandte den Kopf ab und rief dem Mädchen zu: »Los! Zurück an die Arbeit. Weg von der Tür.« Dann knallte sie ihm die Tür vor der Nase zu.
Ja, und? Er wusste, wo er sie finden würde. Sie wusste, wer der Komplize ihres Sohnes war und wie sie ihn finden konnte, das hatte er ihrem Blick angesehen. Fred musste einfach nur abwarten, die Gier würde ihn ihm schon ausliefern.

Zum ersten Mal war Persy bei einem Ausflug mit der Star of the Sea School im Alter von zwölf nach Zeekoevlei gekommen, dem Teil von Kapstadt, wo sie jetzt lebte. Die Mädchen hatten damals auf den Bänken gepicknickt und waren über den See gerudert, an kleinen Holzhütten mit ihren Anlegestegen vorbeigekommen, die scheinbar im Nichts standen. Kurz vor der Pubertät, als noch alles möglich schien, träumte sie davon, hier zu leben, nur umgeben von Wind, Wasser und Vögeln. Und jetzt war sie tatsächlich hier.
Persy beschloss, sich Mr. Salie für das Halbfinale von *Braaimaster*

anzuschließen, der Fernsehshow mit Südafrikas härtestem Outdoor-Kochwettkampf bei der Zubereitung eines Sterne-Menüs. Sie verließ ihr Cottage und ging hinüber zum Haupthaus. Die Luft war so drückend, als hätte sie ein Spinnennetz über dem Gesicht, und ganz in der Nähe schwappten die Wellen vom See ans Ufer. Das Cottage hatte sie online gefunden. Sie wusste, dass es zu teuer für sie war, aber sie wollte so unbedingt aus dem in Southfield angemieteten Hinterzimmer raus, wo die Eigentümer sich jedes Wochenende die Birne wegsoffen und sich laute und schamlose Auseinandersetzungen lieferten, die mit wildem Sex endeten, der die dünnen Wände zum Zittern brachte und Persy die halbe Nacht wach hielt.

Sie erinnerte sich an ihr erstes Zusammentreffen mit Mr. Salie. Er war um die fünfzig, trug einen Fes und die lange weiße Djellaba eines strenggläubigen Muslims. Seine Kleidung passte nicht so ganz zu seinen Tätowierungen im Gesicht, ein untrügliches Zeichen für seine längerfristige Bekanntschaft mit Strafvollzugsanstalten. Er hatte Persy das Cottage gezeigt und sie dann überredet, einen Tee bei ihm zu trinken, um ihr die Feinheiten des Mietvertrags darzulegen, eine Einladung, der sie schon aus reiner Höflichkeit hatte nachkommen müssen.

Salies Haus war eine zweistöckige Monstrosität, die niemals einen Bauplan gesehen hatte, weil sie über Jahre hinweg stückweise zusammengesetzt worden war, und mit jedem neuen Anbau war das Gebäude größer und hässlicher geworden.

»Wenn Sie die Natur lieben, dann werden Sie hier glücklich sein. Hier im See gibt es sogar Nilpferde.«

Mr. Salie hatte ihr eine Tasse schwarzen Tee gereicht in dem riesigen Wohnzimmer mit der grellen Mekka-Abbildung an der Wand. Persy hatte auf dem Plüschsofa gesessen, an dem süßen Getränk genippt und aus dem großen Fenster auf die weite Wasserfläche und das im grünen Saum hin und her wehende Schilfrohr gesehen.

Wie wäre es wohl, an einem Ort zu leben, wo einem die Nilpferde direkt vor der Nase herumliefen? Dann war Persy wieder zur Besinnung gekommen. Das war Wunschdenken. Am besten ging sie sofort. Unvermittelt war sie aufgestanden. »Vielen Dank für den Tee,

Mr. Salie. Es tut mir leid, wenn ich Ihre Zeit vergeudet habe, aber ich kann mir das hier tatsächlich nicht leisten.«
Sie hatte gehen wollen, die ganze Scharade war ihr peinlich, sie hatte sich einer kindlichen Traumvorstellung hingegeben, sie als Ausrede benutzt.
Salie hatte sie verschmitzt angesehen. »Ich kann Ihnen bei der Miete entgegenkommen.«
Oje, jetzt wollte er auch noch handeln, dabei war Persy im Feilschen eine einzige Katastrophe. »Was, wenn ich Ihnen nur die Hälfte berechne?« Er zeigte auf seine Tattoos. »Wie Sie sehen, ist mir meine bewegte Vergangenheit deutlich ins Gesicht geschrieben. Das könnte eine Möglichkeit sein, mein Fehlverhalten in der Vergangenheit wiedergutzumachen. Ein Gefallen an das SAPS von einem ehrlichen Mitbürger.«
Ja, klar, hatte sie gedacht, als sie sich setzte, um den Mietvertrag zu unterschreiben, hin- und hergerissen zwischen ihrer Sehnsucht nach diesem Cottage und dem Misstrauen gegenüber den Beweggründen ihres neuen Vermieters. Noch mehrere Wochen, nachdem sie eingezogen war, war sie auf der Hut gewesen, hatte sich gefragt, wann von ihr eine Gegenleistung gefordert würde, wann sie bei Salies Geschäften oder denen seiner Kollegen ein Auge zudrücken sollte. Als nach drei Monaten noch immer nichts von seiner kriminellen Vergangenheit aufgekommen war, fing Persy eine unwahrscheinliche Freundschaft mit ihrem ehemals kriminellen Vermieter an.
Sie klopfte beim Haupthaus, aber niemand antwortete. Mr. Salie war vermutlich unten am See, wo er, solange es hell war, jede Stunde mit seinem Projekt zum Wiederanbau von Fynbos verbrachte.
Stellenweise lagen Federn verstreut auf dem Weg, wo Schakalbussarde eine hübsche, fette Vorstadttaube gerissen hatten. In der Ferne hörte sie die Rufe eines Fußballspiels. Und weiter vorn machte sie die zusammengekauerte Silhouette von Mr. Salie aus, der gerade ein Loch grub. In Eigenregie hatte er den Bereich, der von seinem Garten hinunter zum See führte und hauptsächlich aus Gemeindeland bestand, bepflanzt und aufbereitet. Auch Persy hatte er seine botanische Wildnis gezeigt, sie eingeführt in Psoralea Pinnata, Bushman's

Pillow, Süßgräser und Zuckerbüsche. Er schaute auf, sah sie und winkte dann.
»Wollen Sie sich nicht *Braaimaster* ansehen?«, rief Persy ihm zu.
Er schaute auf die Uhr und bedeutete ihr: in fünfzehn Minuten. Dann arbeitete er weiter. Persy schlenderte zu ihm. »Irgendeinen Hinweis auf Houdini?«
Mr. Salie richtete sich auf und schüttelte den Kopf. »Nein. Aber die Ranger haben plattgetrampeltes Gras an der Mündung bei Little Lotus River gefunden.«
Der Little Lotus River floss neben Salies Grundstück ins *vlei*. Freiwillige entmüllten ihn von Zeit zu Zeit, doch schon nach kurzer Zeit war er wieder ein dreckiger zementierter Kanal voller Unrat. Ein breiter Streifen Schilfrohr wuchs an der Mündung – das ideale Versteck für ein Nilpferd.
Zusammen gingen sie zum Rand des Sees und beobachteten einen schwarz-weißen Graufischer im Rüttelflug mit nach unten gerichtetem Schnabel. Er bewegte die Flügel so schnell, dass man hätte meinen können, sie wären aus feiner Gaze. Er schwebte wie eine riesige Motte über dem Wasser, flog dann ein Stück weiter und tauchte immer wieder ins Wasser ein.
Persys Blick wanderte entlang des gegenüberliegenden Ufers voll blauer Eukalyptusbäume. Dort sah es immer dunkel und zugewuchert aus, irgendwie unheimlich. In dem baumgesäumten Uferstreifen konnte sich alles Mögliche verstecken. Sie hatte Mr. Salie danach gefragt, als sie eingezogen war.
»Wir nennen es das Ostufer«, hatte er gesagt. »Man gelangt nur über die Zufahrt zum Klärwerk bei der Strandfontein Road dorthin. Früher war das mal ein beliebter Picknickort. Die Leute haben dort gegrillt, aber dann ging es bergab. Erst vor kurzem wurden dort ein Sicherheitstor und ein Zaun errichtet, also ist es nicht mehr ganz so übel wie früher. Hier wurde nämlich ein Haufen zwielichtiger Geschäfte abgewickelt, da sind nachts zu jeder Stunde Autos gekommen und gefahren.« Er schüttelte den Kopf. »Es hatte einen richtig miserablen Ruf. So richtig miserabel, ganz ehrlich.«
Persy musste sich ein Grinsen verkneifen, als sie an diese Worte dach-

te. Das sagte der Richtige! Salie hatte über die Jahre sicher seinen Teil an ruchlosen Taten verübt, darunter bestimmt auch das Verschwindenlassen von unangenehmen Gegnern. Mit dem schwächer werdenden Licht flaute auch ihr Ärger über Tucker ab. Hinter dem Ostufer konnte man die Wasserbecken und das Klärwerk ausmachen, zusammen mit den Bergen von Muizenberg. Und weiter hinten das regelmäßig aufleuchtende Licht des Leuchtturms von Cape Point. Sie hörte das Flüstern des Schilfrohrs entlang des *vleis*, das Knarzen des Fynbos, das im Südwestwind hin und her schwang. Eine plötzliche Erinnerung erfasste Persy – geschickte, sanfte Hände, die ihre Haare flochten, die Sanftheit einer Brust, die sich an ihren Nacken presste. Der Geruch ihrer Mutter.

Salies Stimme unterbrach ihren Gedankengang. »Sollen wir herausfinden, wer dieses Jahr Braaimaster wird?«

»Ja … Gehen wir.«

Zusammen gingen sie zurück zum Haus. Persy warf noch rasch einen Blick zurück auf das *vlei* und schauderte unwillkürlich.

Irgendwo da draußen stapfte Houdini herum, verloren und verängstigt. Vielleicht genau wie Severine Hamilton. Sie versuchte, nicht an Annette Petroussis und an das Blut auf ihrem Fahrersitz zu denken. Und wie verloren und angsterfüllt ihre kleinen Söhne sein mussten.

MITTWOCH

30

Quintus wurde von der Sirene eines Feuerwehrautos geweckt, die die Hout Bay Main Road hinuntertönte, und die Hälfte aller Hunde von Imizamo Yethu fiel mit ein. Er schlug die Augen auf, sah aber fast nichts und wurde ganz panisch. »Sie haben mich blind gemacht!« Dann fiel ihm wieder ein, dass eines seiner Augen ja noch bandagiert war. Ein Summen, wie von wütenden Bienen, wurde zu Stimmen, zu den Stimmen von weißen Ladys, die jeden Morgen am Berg spazieren gingen, näher kamen, bis sie so nahe waren, dass er ihre bissigen Bemerkungen verstehen konnte.

»Du liebe Güte! Wonach riecht es denn hier?«

»Nach einem *bergie,* der hier seinen Rausch ausschläft.«

»Ach herrje. Seht nicht hin. Ich glaube, er hat sich eingepinkelt.«

»Also wirklich, man sollte meinen, sie würden etwas wegen dieser Menschen unternehmen. Schließlich zahlen wir hier ja genug dafür.«

»In Australien würdest du das nie sehen. Als ich meine Tochter in Perth besucht habe …« Keuchende Stimmen, die sich entfernten, knallgelbe Jacken mit der Aufschrift »Run/Walk for Life« auf dem Rücken, die Wasserflaschen in der Hand.

Nachdem er tagelang in der Gosse gelegen hatte, war Quintus ins Victoria Hospital gegangen. Der Arzt hatte sein Bestes gegeben, doch seitdem war mit seinem Augenlicht nicht mehr alles in Ordnung. Er sah nur noch mit einem Auge.

»Netzhautablösung«, hatte der Arzt gesagt. »Wurden Sie verprügelt?«

»Nein«, sagte er. »*Ek het geval.*« Das hatte seine Mutter immer zu den Nachbarn gesagt, wenn sein Pa sie nach dem Wochenende wieder nach draußen ließ und ihr Gesicht grün und blau geschlagen war. Er wollte Dr. Edelstein nichts von den Cops erzählen und wie sie ihn in dem Transporter herumgefahren hatten. Das hätte den alten Mann nur aufgeregt.

»Das muss ziemlich schmerzhaft gewesen sein«, sagte Edelstein, der einzige Augenarzt, der noch in staatliche Krankenhäuser kam. An drei Vormittagen in der Woche arbeitete er im Victoria Hospital und zweimal pro Woche in der Khayelitsha-Klinik. Wenn er Urlaub hatte, fuhr er mit der »Klinik auf Schienen«, dem Gesundheitszug, in abgelegene ländliche Gegenden, wo er den grauen Star bei Farmern und Arbeitern operierte. Letztes Jahr hatte er Quintus' grauen Star operiert. Juden waren immer nett zu ihm gewesen, auch wenn die Leute sich über sie beklagten. Jetzt wurden sie weniger, die Juden. Man sah sie kaum noch, und die, die noch da waren, waren wirklich alt. Wie der alte Mann, den Quintus die Gabriel Road hatte hinunterfahren sehen, der in Toy Orbit arbeitete, dem kleinen Spielwarenladen in Plumstead. Er war bestimmt schon achtzig. Wenn es auf Weihnachten zuging, hatte er Quintus mitunter angestellt, um den Laden auf Vordermann zu bringen. Doch inzwischen schaute kaum noch jemand in diesem Laden vorbei. Alle fuhren sie jetzt zu dem großen Laden, um ihre Spielsachen zu kaufen. Toys'R'Us.

Von früher, bevor die Farbigen aus Wynberg und Constantia umgesiedelt worden waren, waren nur noch wenige Leute hier – Leute wie der alte Osman, dem noch immer das Eckcafé in der Gabriel Road gehörte, oder Mr. Adams, der Totengräber, der selbst wie ein Geist aussah, und dann natürlich Moos Petersen.

Auch Quintus würde niemals von Constantia wegziehen. Hier würde er begraben werden, auf dem Friedhof von Christ Church. Seine Mutter war in Constantia geboren, und er war hier aufgewachsen. Er hatte seine Kindheitserinnerungen noch immer sehr klar vor Augen, sehr viel deutlicher als das, was letzte Woche passiert war. Das Tantchen auf der anderen Straßenseite, das ihnen immer frische Milch gebracht hatte, oder wie er und seine Mutter Blumen gepflückt hatten. Wie sie mit den Blumen in den Körben nach Wynberg gelaufen waren, die hellen Stimmen der Frauen, die plauderten und lachten. Damals hatte noch keine Autobahn das Tal zerteilt. Man hatte über schmale, eichengesäumte Feldwege zwischen den Farmen hin und her laufen können. Manchmal traf man auf einen Pferdewagen mit Farmarbeitern, die Trauben von den Farmen transportierten, und dann hüpften er und seine Mutter auf den Wagen und wurden bis nach Trovato mitgenommen.

Der alte Moses Petersen erinnerte sich noch an Quintus' Vater und erlaubte Quintus ab und an, in einem Schuppen in Summerley zu schlafen, wo noch immer Blumen verkauft wurden. Blumen von einst: Veilchen, Dahlien und Levkojen. Moos erzählte ihm, der alte Badenhorst, der Farmer, habe das Land verkauft, er würde gehen müssen, wenn die Bauarbeiter kamen und den Schuppen abrissen und hohe Mauern um die Häuser hochzögen, die zehnmal so hoch sein würden wie die holländische Missionsschule in Strawberry Lane, wo Quintus einst zur Schule gegangen war. Moos sagte, die Weißen hätten kein Recht darauf, hier zu bauen, und dass er versuchen würde, das Land zurückzubekommen. Irgendein Politiker wolle ihm dabei helfen, erzählte er, aber Quintus meinte, dass man einem Politiker niemals trauen sollte.

Quintus hatte in einer kleinen Höhle in den Bergen über Klein Constantia gelebt, von wo er auf das *kramat* hinuntergeschaut hatte, dessen blassgrüne Kuppel zwischen den Weinbergen auftauchte. Die Brände im Sommer hatten ihn von dort vertrieben, also war er nach Hout Bay gezogen, wo er Gelegenheitsjobs fand wie das Zurückschneiden von Küstenakazien für die Gemeinden. Jetzt könnte er das nicht mehr machen. Es war zu riskant, die Bäume mit nur einem sehenden Auge zurückzuschneiden. Wenn er sich die Hand abhackte, was sollte er dann tun?

Katrina wusste nichts von Quintus' altem Leben. Ihre Mutter und die Mutter ihrer Mutter waren in dieser Straße aufgewachsen. »Wir waren *strandlopers*«, sagte sie. *»My ma kannie weer sonder a roof slaap nie.«* Bevor sie nach Constantia kam, war Katrina zwischen Noordhoek, Kommetjie und Ocean View herumgezogen. Quintus nahm an, dass sie dort einen anderen Mann hatte, aber er fragte nie danach. Das erste Mal hatte er Katrina auf dem Parkplatz von Constantia Village getroffen, vor dem Spirituosenladen. Sie war ganz schön frech, hatte so einiges zu sagen, und das Leben auf der Straße hatte sie ziemlich hart gemacht. Aber sie war ein beherzter Mensch, lachte laut über seine Witze und presste ihren Körper an seinen, also teilte er sein Schicksal gerne mit ihr.

Seine Frau, Katrina. Wo war sie? Ein stechender Schmerz durchzuckte ihn. Seit sie gestritten hatten, hatte er sie nicht mehr gesehen. Sie hatte Quintus vorgeworfen, er würde seinen Alk vor ihr verstecken, hatte hart zugeschlagen, trotz seines verbundenen Auges. Sie war stärker als die meisten Männer. Natürlich hätte Quintus sie einfach k. o. schlagen können, aber er hatte sich geschworen, dass er niemals eine Frau schlagen würde, dass er niemals wie sein Daddy werden würde, und er hatte sich daran gehalten.

Hinterher hatte sie geweint, gesagt, es tue ihr leid, manchmal würde sie einfach verrückt. Er versuchte, sie zu überreden, sich ihre Pillen in der Klinik abzuholen, aber sie hatte zu große Angst, dass sie wieder ins Irrenhaus geschickt und eingesperrt würde. Nie wieder wolle sie dorthin zurückgehen, hatte sie geschworen, sie müsse immer *»onder die sterre«* schlafen. Sie hatte eine Heidenangst vor Ärzten. *»As djy nie mal is nie, sal hulle djou mal maak.«* Wenn man nicht schon verrückt sei, würden sie einen verrückt machen.

Am Freitag sagte sie ihm, sie würde nach Constantia gehen, weil ihr dort jemand Geld schulde. Seitdem war sie weg. Er war unruhig und besorgt. Ohne Kumpanin war sein Leben sehr einsam. Sie reisten gemeinsam auf ihrem Lebensweg, Katrina und er. Er wollte neben ihr liegen, ihren warmen Körper neben sich spüren, ihre rauhen Hände, die ihm in ihrem Nest aus Karton, alten Klamotten und der einen Decke, die sie sich teilten, Vergnügen bereiteten. Er war nach Constantia gegangen. Hatte Eskie vom Spirituosenladen nach Katrina gefragt. Der hatte gesagt, er hätte Katrina mit zwei Cops gesehen. Alle kannten diese Cops, und alle waren sie *bangbroek* ihretwegen. Sie suchten sich nämlich gern Leute aus, die sich nicht wehren konnten: Straßenhändler an den Ampeln, Parkplatzwächter und *bergies* oder Gärtner von Malawi, die auf ihren selbstgebastelten Fahrrädern nach Hause fuhren. Eine Weile hatte er getrunken, weil Katrina ihm fehlte und es ihm so schlechtging, nachdem sie an seinen Augen herumgefummelt hatten.

Auch seine Träume waren wirr, seit Katrina nicht mehr da war. Eines Abends hatte er Geräusche bei Skinky's gehört, ganz schreckliche Geräusche. Er hatte sein gesundes Auge geöffnet; es klang so, als wäre da etwas am Rand der Bäume. Mucksmäuschenstill hatte er dagelegen. Seinen Lebensunterhalt hatte er sich damit verdient, das Unterholz zurückzuschneiden, also kannte er jeden Busch, der ihn umgab. Hier in diesen Bergen, wo das immer weiter ausufernde Stadtgebiet mit Bruchbuden auf den Rand des Cape National Parks traf, gingen alle möglichen Dinge vor sich. Er lauschte den lauten Stimmen, die Stimme einer Frau, sehr aufgeregt. Kurz dachte er, es könnte Katrina sein, und sein Herz machte einen Sprung, aber dann wurde es wieder still, und er schlief erneut ein. Abgesehen von diesem Zwischenfall war es hier in der Gegend ruhig gewesen. Da war nur das beständige Summen des Umspannwerks, hinter dem er sein Lager aufgeschlagen hatte. Er brauchte dringend Wasser, um sich zu waschen. Die nächste Quelle war bei der Schule, etwas weiter den Berg hinunter. Im Zaun war ein Loch, durch das er hineinklettern und sich an dem außen angebrachten Wasserhahn waschen konnte, vielleicht gelangte er sogar durch ein Fenster ins Gebäude und konnte die Toilette mit Toilettenpapier benutzen und sich am Waschbecken waschen. Er machte sich auf den Weg nach unten. Durch den Regen war der Weg rutschig und tückisch. Seine Füße suchten Halt auf den Kiefernnadeln, die durch die Feuchtigkeit ebenfalls ganz rutschig waren.

Er konnte nicht länger warten; er musste dringend pinkeln. Beschämt erinnerte er sich an die weißen Ladys, denen aufgefallen war, dass er sich eingenässt hatte. Die Ladys waren dort oft mit ihren Hunden unterwegs, ganz nah am Zaun, aber sie hatten ihn noch nie zuvor bemerkt. Er war gut darin, sich im Gebüsch zu verstecken. Er blieb stehen und zog den Reißverschluss auf. Sein Strahl war ein dünnes, heißes Tröpfeln. Es war schrecklich, alt zu werden. Früher einmal hatte er ein Loch in die Erde pinkeln können.

Als er seinen Reißverschluss wieder zuzog, sah er sie.

Sie trug Sportkleidung wie die Spaziergängerinnen. Es sah ganz danach aus, als wäre sie gestürzt und hätte sich dabei verletzt. »Madam?«, sagte er leise und dann, als sie sich nicht rührte, etwas lauter. Sie lag auf der Seite, als würde sie schlafen. Da er nur mit einem Auge sah, glaubte er sie weiter weg, als sie tatsächlich war. Also trat er näher, dann stieg ihm der Geruch in die Nase. Hätte er Zeit gehabt, darüber nachzudenken, und hätte er nicht einen so heftigen *babbelas* gehabt und einen solchen *skrik* bekommen, dann wäre er einfach weggerannt. Stattdessen torkelte er zurück auf den Pfad, rief mit heiserer Stimme und winkte wie wild einer Gruppe Joggern zu, die ihm gerade auf dem Pfad entgegenkam.

31

Die Kriminaltechniker steckten den Fundort ab, wo Annette Petroussis mit zur Seite gedrehtem Kopf halb verdeckt vom Gebüsch dalag.

»Sieht so aus, als hätte eine Kugel die Oberschenkelarterie in der Leistengegend verletzt und wäre dann auf der Rückseite wieder ausgetreten. Das würde bedeuten, dass sie innerhalb weniger Minuten verblutet ist«, sagte Dr. Patel, der sehr junge, sehr dralle Pathologe. »Ich würde schätzen, dass sie seit vier oder fünf Tagen tot ist.«

»Wurde sie missbraucht?«, fragte Tucker.

»Sieht nicht so aus.«

Persy wandte den Blick ab, sie konnte die tote Frau nicht länger ansehen. Hier, oberhalb der Hütten von Imizamo Yethu, hatte man einen Blick auf den riesigen Sentinel, der aus der silbrig schimmernden Bucht aufragte und seinen Schatten auf das Fischerdorf von Hangberg warf. Die Schönheit erschöpfte sich an dem armseligen Hang des Berges, der von Müll und offenen Abwasserkanälen überflutet war.

Der Tatortfotograf machte seine Fotos, während Tucker den Boden neben der Leiche absuchte, Zentimeter für Zentimeter. Persy konnte sich nicht so recht auf ihren Job konzentrieren. Die ganze Zeit, während die Leiche hier inmitten von Kiefernadeln und Schlamm gelegen hatte, hatte sie gehofft, dass Annette Petroussis noch lebte, selbst nachdem man ihr Blut im Auto entdeckt hatte.

»Das ist Forstland; Spaziergänger und Jogger brauchen eine Genehmigung, um hierherzukommen. Dieser Abschnitt hier ist noch dazu eingezäunt, um die Umspannstation zu schützen, ansonsten hätten die *braks* der Township die Leiche schon längst aufgespürt.« Tuckers Kopf schnellte zu der Gruppe Jogger, die hinter der Absperrung zusammenstanden. Wie aus dem Nichts hatten sich Coffee-to-go-Becher materialisiert, und sie plapperten immer munterer miteinander, ungeachtet der Leiche, die nur wenige Meter von ihnen entfernt lag. *Südafrika, wo das Leben nicht mehr wert ist als ein Cappuccino.*
Tucker blickte finster drein. »Leider hat diese Meute überall ihre Spuren hinterlassen. Ich frage mich, wie lange es dauert, bis sie twittern und posten und der Vorfall in allen Medien auftaucht.« Er hatte kaum ausgesprochen, als ein kleines rotes Auto japanischer Marke vorfuhr und ein junger Kerl mit einer Kamera ausstieg, gefolgt von einem streitlustig aussehenden Mädchen in Latzhose und Turnschuhen, eine Umhängetasche über der Schulter. Zielgerichtet gingen sie auf das Absperrband zu.
Persy zog sich ein paar Handschuhe über und kniete sich widerwillig neben die Tote. Gott sei Dank würden Kai und Alexi ihre Mutter niemals so sehen. Sie würden sich an die lächelnde Frau auf den Fotos am Kühlschrank erinnern. Persy notierte sich Annettes Kleidung: blassgraue Kapuzenjacke mit Reißverschluss, T-Shirt und weite Hose, meergrüne Bündchen an den Handgelenken. Ein Schuh angezogen, der Absatz voller Schlamm, der andere lag ein Stück abseits. Der Stoff in der Leistengegend und der Boden darunter waren vom angetrockneten Blut ganz klebrig. Im Haar steckten Blätter und Kiefernnadeln, Insekten waren in Mund und Nasenlöcher gekrabbelt.
Persy stellte fest, dass das Oberteil des Jogginganzugs nach oben gezogen war und die Hose halb auf der Hüfte hing, so dass die Poritze und ein Stück ihres langen, blassen Rückens zu sehen waren. »Sieht so aus, als wäre sie gezogen worden«, sagte Dr. Patel.
»Vielleicht ist sie auch gekrochen.« Ren zeigte auf die dunklen Flecken im Stoff auf Kniehöhe. »Vielleicht hat sie versucht zu entkommen.«
Persy bemühte sich, die Vorstellung auszublenden, wie Annette sich in die Dunkelheit schob, während das Leben aus ihr herausfloss, wie

sie unter diesen schwarzen Kiefern erst die Hoffnung, dann das Bewusstsein verlor. Ihre letzten Gedanken galten bestimmt ihren schlafenden Söhnen und ihrem Baby. Hätte Joseph Lancaster sich nicht genau zu dem Zeitpunkt dieses Stück Mauer für sein Sprayen ausgesucht, dann könnte Callum jetzt genauso gut tot sein. Kurz durchzuckte sie ein Gedanke. War das einfach nur ein glücklicher Zufall?
Tuckers Stimme holte sie in die Gegenwart zurück. »Das Team der Spurensicherung hat eine Blutspur gefunden, die von der Zugangsstraße bis hierher führt, zusammen mit Reifenspuren, die vom Volvo stammen könnten.«
Persys Blick folgte seiner Hand, mit der er durch ein Gewirr aus Akazien und Kiefern zeigte. Sie fühlte sich zittrig, spürte einen stechenden Schmerz in ihrem Inneren. Sie durfte nicht an Kai und Alexi denken, sonst wäre sie bei dieser Ermittlung keine große Hilfe. Sie stapfte hinter Tucker her zu dem Metallcontainer, der neben dem schmalen Pfad stand. Er war verschlossen und mit einem Vorhängeschloss versehen. Wären da nicht die ganzen Flaschen und der entsprechende Müll gewesen, hätte man ihn für eine angemietete Hütte für Bauarbeiter halten können.
»Laut Hout Bay SAPS ist diese Kaschemme hier draußen dafür bekannt, gestohlene Waren weiterzuverticken«, sagte Tucker.
Persy ging um den Container herum. Ein grob gearbeitetes Schild aus Karton und Holz, das jetzt im Schlamm lag, verkündete in unsauberen weißen Buchstaben »Skinky's Tavern«.
»Hier werden ziemlich viele Drogen vertickt«, sagte Tucker. »Alles voll benutzter Lollis und Kondome, Joint- und Zigarettenstummeln. Was die DNA betrifft, ist das hier die verfluchte Nadel im Heuhaufen. Ich besorge einen Durchsuchungsbeschluss, damit wir reinkommen, aber ich glaube nicht, dass nach diesen fünf Tagen noch viel von Skinky's Tavern übrig ist. Nichts ist so wirksam wie ein Mord, um das Geschmeiß zu vertreiben.«
Etwas weiter weg fand Persy ein Stück zusammengeknüllten Stoff. Sie tütete es sorgfältig ein, drehte es hin und her und sah es sich genau an. Es kam ihr bekannt vor: schwarzes Polyester, in Teilen zu einem harten, festen Plastikklumpen zusammengeschmolzen.

»Genau so etwas haben wir auch im Volvo gefunden«, sagte Persy. »Sieht nach verbranntem Polyester aus.« Ihr fiel das Bild von der Überwachungskamera mit den maskierten Gestalten im Auto wieder ein. »Vielleicht von einer Sturmhaube?«

»Hoffen wir mal. Vielleicht bekommen wir ja eine Haarprobe.«

Persys Blick fiel auf ein von einem schweren Holzzaun umgebenes Gebilde, das durch das Dickicht erkennbar war. »Was ist das?«

Tucker folgte ihrem Blick. »Die Umspannstation. Der *bergie* hat ein Loch im Zaun gefunden und sein Lager dort aufgeschlagen. Diese Typen sind wirklich wie Ungeziefer, die kommen überall rein. Selbst wenn der Gemeinderat hier oben arbeiten würde, würden sie ihn niemals zu Gesicht bekommen. Lass uns mal nachsehen, was Mr. Quintus Way in seiner Bude so alles hat.«

Der kleine Verschlag war noch nicht einmal des Namens »Bude« würdig. Quintus Way stand zitternd daneben, während Zweli, Makka und zwei weitere Schlägertypen seinen Unterstand auseinandernahmen und jeden Fetzen genau inspizierten.

Persy ging zum *bergie* und stellte sich vor. Quintus' Alter konnte irgendwo zwischen dreißig und sechzig liegen; ein dürrer Farbiger von unbestimmtem Alter, dem ein paar Zähne fehlten und der einen dreckigen Verband über einem Auge trug. Große, ramponierte Wanderstiefel schauten aus seiner schmuddeligen Jeans heraus. Er musste einen ziemlichen *babbelas* haben oder aber völlig durch den Wind und geschockt sein, denn er zitterte und hatte sich in eine Decke eingewickelt. Sie war schmutzig, aber ihre Qualität war dennoch nicht zu leugnen. Eine cremefarbene Decke, bestickt mit kleinen Vögeln, Hasen und Blumen. Eine wunderschöne Decke für ein Baby.

»Das ist aber eine schöne Decke«, sagte Persy.

Sofort wurde Quintus argwöhnisch.

»Darf ich mir die mal ansehen?«

Er zögerte, streifte sie nur widerstrebend ab und reichte sie ihr. Persy ließ die weiche, plüschige Wolle durch die Finger gleiten. An manchen Stellen waren Flecken. Flecken, die von getrocknetem Blut herrühren konnten.

»Woher haben Sie die, Mr. Way?«

Er schüttelte den Kopf. *»Dis myne«,* murmelte er.
»Wirklich?« Sie fand ein besticktes Etikett. »›Hundert Prozent Kaschmir. Made in Italy.‹ Irgendwie glaube ich Ihnen das nicht.«

Der Leichenwagen hatte Annette Petroussis' Leiche abtransportiert. Tucker und Persy gingen hinunter zu dem Pfad, an dem die Autos standen. Die frische Luft am Morgen und die Feuchte des Taus waren Vorboten für kühlere Tage. Die Blätter der Eichen waren von dem langen, heißen Sommer ganz verdörrt und würden schon bald abfallen. Norfolk-Tannen behielten ihre weichen Nadeln, sie standen schwarzblau vor dem Himmel, der etwas blasser und winterlicher wirkte als noch vor einer Woche.
»Wir müssen Jaco Petroussis informieren«, sagte Tucker. »Er wird sie identifizieren müssen.« Persy nahm an, dass die unausgesprochene Aufforderung dahinter wohl heißen sollte, dass sie als Frau besser dafür geeignet sei, dieses beschissene emotionale Zeug zu übernehmen. Noch immer sah sie Kais Gesicht vor sich, als er von Melanie Lyle-Davis abgeholt wurde. Tucker hatte ja keine Ahnung, worum er sie da bat.
»Ich kann nicht, tut mir leid«, sagte Persy. »Ich kann diesen Kindern nicht begegnen. Ich hatte versprochen, ich würde ihre Mutter finden.«
Im frühen Morgenlicht machte Tucker einen erschöpften Eindruck. »Verdammt. Die armen Kinder. Scheiße aber auch.«
Er dachte wohl an seine eigenen Kinder, vermutete Persy, und einen kurzen Moment lang bekam sie eine Ahnung davon, wie es sein musste, ein Elternteil zu sein. Spürte die pure Angst, die dazugehörte. Paula Hamiltons weißes, angespanntes Gesicht tauchte wie ein Geist vor ihr auf. Persy zitterte, obwohl ihr gar nicht kalt war. Tucker streckte die Hand aus und fuhr ihr kurz mit dem Handrücken über die Wange. »Ich erledige das«, sagte er. »Du bringst Quintus aufs Revier und fängst mit seiner Befragung an. Ich komme dazu, sobald ich wieder da bin.« Es war das erste Mal, dass er ihr im Job eine Verschnaufpause einräumte. Das erste Mal überhaupt. Sie wollte mit dem Ganzen nichts mehr zu tun haben, wollte von den Petroussis, ihrer Tragödie, dem Unglück und dem verheerenden Verlust einfach weglaufen.

»Nein«, sagte sie. »Ich muss es machen. Aber danke für das Angebot.«
Tucker sah sie eindringlich an. Durch die sich ändernden Lichtverhältnisse unter den Kiefern wirkten seine kurzen Haare wie silberfarbenes, welliges Fell.
»Sicher?«
Sie nickte, spürte, wie Zweli, der gerade Quintus Way hinten im Transporter einsperrte, sie aus dem Augenwinkel beobachtete.
»Es war falsch von mir, dich auszuklammern, Jonas«, sagte Tucker leise. »Ich wollte uns nicht gefährden. Oder den Fall. Ich hätte dir mehr Anerkennung zollen sollen. Es tut mir leid.«
Persy war überrascht gewesen, als Tucker sie angerufen hatte, damit sie ihn beim Tatort unterstützte, aber sie hatte keine Fragen gestellt. Sie hatte es aufgegeben, zu versuchen, Tucker zu verstehen.
»Okay«, sagte sie. Dann wandte sie sich ab und machte sich an den rutschigen Abstieg zu ihrem Auto.
Einen Moment lang saß sie hinter dem Steuer, schaute zu, wie die Boote zum Fischen hinausfuhren, fühlte sich ungeschützt und verletzlich. Der Anblick des Ozeans brachte Erinnerungen daran zurück, wie es war, auf dem Meer zu sein – an Poppa und die beißende Kälte des Windes auf offener See, an den Gestank von Fisch und Diesel auf dem Boot, die starke Gegenströmung mit dem verrottenden Seetang. Wie alt war sie da? Elf oder zwölf? Es hätte genauso gut erst gestern sein können. Sie schnallte sich an und ließ den Motor an, fürchtete die bevorstehende Tortur.
»Bitte mach, dass die Kinder nicht da sind«, betete sie leise zu dem Gott, an den sie einst geglaubt hatte, dann fuhr sie los.

Jaco Petroussis warf einen Blick in Persys Gesicht, dann wandte er sich von der Tür ab und murmelte: »Kommen Sie rein.«
Sie folgte ihm durch den Gang, war nach der langen Nacht, die sie dort verbracht hatte, schon ganz vertraut mit diesem Haus. Kai und Alexi in ihren gleichen Schlafanzügen, wie sie fernsahen, der Horror der Tiefseegeschöpfe, der ihnen den Horror über das Verschwinden ihrer Mutter vom Leib hielt.
»Sind Ihre Söhne da?«

»Nein. Sie sind in der Schule.«

Eine Welle der Erleichterung erfasste Persy, und gleich darauf schämte sie sich für ihre Feigheit. Das angenehme Licht hinter den großen Fenstern des Wohnzimmers stellte Jaco Petroussis anders dar, verwandelte ihn in eine jüngere Version des Mannes vom Flughafen. Frisch rasiert, die Haare ordentlich gekämmt. Poloshirt, Stoffhose, Slipper. Er ging zur großen Glastür, stand mit dem Rücken zu ihr da und schaute nach draußen. In der Ferne waren die Constantiaberg Mountains in ein violettes Blau getaucht, das Nek wie eine in sie hineingeschnittene, aufklaffende Wunde. Persy atmete tief durch. »Es tut mir leid, Ihnen mitteilen zu müssen, dass wir heute Morgen in Hout Bay die Leiche einer Frau gefunden haben. Wir nehmen an, dass es Annette ist.«

Er drehte sich zu ihr um. Die Haut um seine Augen war ganz weiß geworden, die Iris schwarz. Er schien vor ihren Augen in sich zusammenzufallen, zu altern.

»Es tut mir so leid«, flüsterte sie.

»Was ist ihr zugestoßen?«, fragte Jaco heiser.

»Wir warten noch auf den abschließenden Bericht, aber es sieht so aus, als wäre sie durch eine Schusswunde an der Leiste gestorben, bei der die Hauptarterie verletzt wurde.«

Jaco stöhnte, halb fiel, halb setzte er sich auf das Sofa. Tucker sagte immer, man müsse der Familie sagen, dass es schnell und schmerzlos gewesen sei. Sie hätte hinterher noch jede Menge Zeit, sich mit der Wahrheit auseinanderzusetzen.

»Sie hat nicht viel gespürt.«

»Hat man sie …?«

Persy wusste, worauf seine Frage abzielte. »Nein, kein Anzeichen von sexuellem Missbrauch.«

»Sind Sie sicher, dass es Annette ist? Ich meine …« Ein kurzes Aufflackern von Hoffnung, das sie im Keim ersticken musste.

»Wir benötigen eine positive Identifizierung. Sie können entweder jetzt mitkommen, oder aber, wenn Sie sich lieber noch ein bisschen Zeit nehmen wollen …«

»Würden Sie, wenn es Ihnen nichts ausmacht …« Er fuhr sich mit der Hand über das Gesicht, als wollte er den Schock wegwischen – zu einem anderen Mann mit einem anderen Gesicht, einem anderen Leben werden zu wollen.

»Aber natürlich.« Persy wandte sich zum Gehen. »Kann ich einen Angehörigen anrufen, der zu Ihnen kommt?«

Er schüttelte den Kopf. »Keiner hier. Wir sind vor kurzem umgezogen. Von Johannesburg. Um vom Verbrechen wegzukommen«, sagte er mit rauher Stimme, ohne Anflug von Humor.

»Wir haben Berater …«, murmelte sie.

Er unterbrach sie. »O Gott. Die Kinder. Wie soll ich ihnen das nur sagen?«

Persy hatte keine Antwort darauf. Sie ertrug die Vorstellung nicht, wie er es Kai und Alexi und irgendwann auch Callum sagen würde. Jeglicher Schutzwall war niedergerissen, auf Jacos Gesicht zeichnete sich die dämmernde Erkenntnis des zukünftigen Alleinerziehers ab, seine Welt war aus den Angeln gehoben. Und wer war da, um ihn zu trösten?

Das fand Persy recht schnell heraus. Auf dem Weg zur Eingangstür entdeckte sie Melanie Lyle-Davis, die so reglos wie ein Vogel an der Kochinsel ausharrte. »Hat so ausgesehen, als wäre sie da zu Hause«, erzählte sie Tucker später. Als Melanie Persy sah, lief sie rot an und rieb sich die Hände nervös an einem Geschirrtuch trocken.

»Ich hab nur schnell vegetarische Lasagne vorbeigebracht«, erklärte sie, obwohl sie Persy gar keine Erklärung schuldig war. »Sie kennen doch Jungs.« Sie grinste schief, als wäre Persy eine Mitverschwörerin. »Wenn wir nichts für sie kochen, dann ernähren sie sich nur von Fastfood und Take-away-Zeug.«

Persys Missfallen muss wohl offensichtlich gewesen sein.

»Ich gehe dann mal besser.« Melanie sah verlegen aus.

»An Ihrer Stelle würde ich bleiben«, sagte Persy.

Melanie las es ihrem Gesicht ab. »Sie haben Neuigkeiten?« Ihre Augen waren weit aufgerissen wie bei einem Kind. Nicht schockiert, vielmehr neugierig. »Ist Annette …?«

»Wir nehmen an, dass wir Mrs. Petroussis' Leiche vor etwa zwei Stunden in Hout Bay gefunden haben. Die Forensiker werden noch eine Autopsie durchführen, aber allem Anschein nach ist sie einer Schusswunde erlegen.«

Melanies Hände flatterten an ihr Gesicht. »O Gott!«

»Mr. Petroussis muss den Leichnam identifizieren«, sagte Persy. »Ich denke, jemand sollte ihn begleiten.«

Und damit ging sie.

Quintus wünschte sich, er hätte die Frau nicht gefunden, wünschte sich, er wäre einfach nur weggegangen und hätte sie zurückgelassen. Jetzt hatte man ihn eingesperrt. Er kannte diese Räume und wusste, dass er in Schwierigkeiten steckte.

Ein weißer Polizist saß ihm gegenüber. Der große farbige Polizist mit den grünen Augen war auch da. Quintus kannte ihn. Es war derselbe Cop, der ihn getreten und aus dem Transporter geworfen hatte, nur um dann noch weiter auf ihn einzutreten, bis er bewusstlos geworden war. Derselbe Cop, durch den er sein Auge eingebüßt hatte.

Er und sein kleiner schwarzer Partner hatten dabei geholfen, Quintus' Unterschlupf auseinanderzunehmen. Dieselben Cops, von denen Eskie erzählt hatte, sie hätten Katrina mitgenommen. Vielleicht hatten sie ihn deshalb festgenommen. Sie wollten nicht, dass er redete. Er hatte nämlich gesehen, was sie mit Obdachlosen anstellten. Hinten in ihrem Transporter.

Der weiße Polizist legte einen versiegelten Plastikbeutel auf den Tisch. »Was kannst du mir darüber erzählen, Quintus?«

Das war seine Decke. Als Nächstes legte der Polizist ein Foto vor ihm ab. Eine weiße Lady, die ein Baby im Arm hielt. Lange, dunkle Haare. Das musste wohl die tote Frau sein, vermutete Quintus. Der Mund des Polizisten wurde zu einer dünnen Linie, seine Augen zu schmalen Schlitzen. »Sieh mal, in was das Baby eingewickelt ist.«

Quintus schüttelte den Kopf und wimmerte, das war gar nicht gut.

»Wie bist du an diese Decke gekommen? Hast du ihr etwas angetan?«

»Nee, meneer.«

»Und die hier? Schon mal wo gesehen?«

Es war ein Foto eines jungen weißen Mädchens. Mit einem Mal hatte Quintus Angst.

Stumm schüttelte er den Kopf. Der große Cop stellte sich neben die Tür. Blockierte das Beobachtungsfenster. Quintus spürte, wie sich seine Eingeweide zusammenzogen, kalter Schauer erfasste ihn, als bestünde sein Blut aus Eis. Unerwartet stand der weiße Cop auf und bedeutete den anderen Cops, dass sie gehen sollten. Mit einer Mischung aus Angst und Erleichterung sah Quintus, wie sie den Raum verließen. Was ging hier vor sich?
»Ich lasse Sie mal über die Antworten zu meinen Fragen nachdenken, Mr. Way.« In der Tür drehte sich der weiße Cop um und schaute zurück zu Quintus. Es war der Blick, mit dem ihn die meisten Menschen bedachten. Menschen mit einem Zuhause, Jobs, Autos und schöner Kleidung. Menschen, die sich in Würde waschen, essen und schlafen konnten. Er hatte keine Worte für diesen Blick, aber er wusste, was er bedeutete. Dass sie ihn nicht sehen oder auch nur in seiner Nähe sein wollten. Sie wollten, dass er unsichtbar war.
Mit einem Klicken schloss sich die Tür, und Quintus war allein.

Persy rief Paula Hamilton an, die im Valkenberg arbeitete, um sie über den Fund von Annette Petroussis' Leiche zu informieren. Persy hielt es für besser, sie darauf vorzubereiten, als sie der Panik auszusetzen, wenn die Nachricht in den Zeitungen erschien, was ganz sicher schon bald der Fall sein würde.
Nichts als Schweigen am andere Ende der Leitung.
»Dr. Hamilton?«
Persy befürchtete schon, dass die Frau ohnmächtig geworden war oder einen Herzinfarkt erlitten hatte. Als ihre Stimme schließlich ertönte, klang sie merkwürdig gefasst. »Schwebt meine Tochter in Gefahr?«
»Wir haben keine Beweise, die darauf hindeuten, dass das Verschwinden Ihrer Tochter mit dem von Mrs. Petroussis zusammenhängt.« Persy wusste, dass ihre Worte unglaubwürdig klangen. Hier ging es nicht mehr nur um eine Vermisste. Annette Petroussis war ermordet worden. »Wir tun alles, was in unserer Macht steht, Dr. Hamilton.«
Auf der anderen Seite wurde aufgelegt. Persy saß an ihrem Schreibtisch und fühlte sich hilflos. Sie hatte Annette Petroussis im Stich

gelassen. Hatte Jaco Petroussis, Kai, Alexi und Callum im Stich gelassen. Und jetzt hatte sie Angst, sie könnte auch Severine Hamilton im Stich lassen. Das Mädchen war in derselben Nacht von derselben Wohnanlage verschwunden wie Annette Petroussis. Es musste einen Zusammenhang geben, auch wenn sie noch nicht wusste, worin dieser bestand. Doch je mehr Zeit verstrich, umso geringer war die Chance, dass Severine lebend gefunden wurde.

Persy ging nach unten in den Überwachungsraum. Makka, Nimrod und Zweli schauten sich die jämmerliche Gestalt von Quintus Way durch den Einwegspiegel an. Der Landstreicher starrte besorgt auf den zerkratzten Holztisch vor sich.

»Tucker hat *fokkol* aus ihm herausbekommen«, sagte Makka. »Wir nehmen ihn nachher noch mal ein bisschen in die Mangel, wenn er nicht mehr gut ohne *dop* klarkommt.«

»Wie jetzt? Ist er etwa unser Hauptverdächtiger?«, fragte Persy, ohne den innewohnenden Sarkasmus zu vertuschen.

»Er ist nicht der, der er vorgibt zu sein«, sagte Makka.

Beipflichtend nickte Zweli. »Wir haben eine Übereinstimmung bei den Fingerabdrücken. Und in den Unterlagen.«

»Er ist ein verfluchter Randalierer«, fügte Makka noch hinzu. »Der *bergie* hat sogar ein Handy.« Makka hielt ein altes Nokia mit gesprungenem Bildschirm hoch.

Zweli grinste. »Diese *bergies* verbinden sich miteinander.«

»Hast du nicht frei?«, fragte Persy und wunderte sich, weshalb diese beiden so großes Interesse an einem übel zugerichteten alten Landstreicher hatten. Für gewöhnlich konnten sie es kaum abwarten, zu verschwinden, wenn ihre Schicht zu Ende war.

»Wir haben nur ein Auge auf ihn«, sagte Makka, der mit verschränkten Armen an der Tür lehnte. Seine kräftigen Oberschenkel zeichneten sich unter der Hose ab, und die Stiefel waren betont eng um die Knöchel geschnürt.

»Wo ist Tucker?«

»Im Leichenschauhaus.«

Persy betrachtete den einäugigen Quintus. Jeder Zentimeter seines Körpers zitterte leicht, als würde der Boden unter ihm erbeben.

»Gebt mir seine Akte«, sagte Persy. Makka reichte sie ihr. »Und das Handy.« Makka warf es ihr zu. Persy blätterte durch das Polizeiregister, sah sich die Fahndungsfotos an. »Lasst es mich mal bei ihm versuchen.«

Makka grinste. »Wie denn? Willst du ihm vielleicht einen blasen?«

»Brauchst du da drin Unterstützung?«

Persy zog eine Augenbraue hoch. »Findest du etwa, dass er gefährlich aussieht?«

»Gib mir ein paar Minuten mit dem alten Suffkopf, dann wird er schon anfangen zu singen«, sagte Makka.

»Vielen Dank, aber nein.« Persy schnappte sich eine Flasche Wasser, dann betrat sie den Befragungsraum. Als Quintus sie erblickte, verkroch er sich noch mehr in seinen dreckigen wattierten Parka.

»Sie haben viel Zeit in Gefängnissen und auf Polizeirevieren verbracht, Mr. Way.«

Persy setzte sich ihm gegenüber, dann schob sie ihm das Handy und die Kopie seiner Akte über den Tisch zu. Er wandte das Gesicht von den belastenden Fahndungsfotos ab.

Zwelis und Makkas Gesichter tauchten in dem kleinen Beobachtungsfenster in der Tür auf. Der *bergie* zuckte zusammen, sein gesundes Auge schweifte hektisch umher. Persy fragte sich, ob das daran lag, dass er einfach gestrickt oder noch immer betrunken war, aber er schien ganz außer sich vor Angst zu sein.

»Was ist mit Ihrem Auge passiert?«

Er murmelte etwas von einem Unfall.

»Soll ich Ihnen einen Arzt besorgen?«

Er schüttelte den Kopf.

»Sie stecken ziemlich in Schwierigkeiten, Mr. Way, ist Ihnen das klar? Wenn Sie mir nicht die Wahrheit sagen, kann ich Ihnen nicht helfen.«

Er schwitzte und stank nach Alkohol, und dieser neue Geruch verstärkte den bereits ranzigen Geruch von Angst und menschlichen Exkrementen, altem Schweiß, ungewaschener Kleidung, überdeckte den Mief von tausend Zigaretten und billigem Bohnerwachs hier im Raum. Sie würde noch vor dem *bergie* zusammenbrechen, wenn ihr nicht bald frische Luft um die Nase wehte.

»Schlafen Sie in diesem Verschlag bei der Umspannstation?«
»Ja, *missie.*«
Sie hasste seine Unterwürfigkeit. Manche Cops standen darauf, verlangten das als Beweis für ihre Macht. Sie hatte nicht vor, diesen armen Hund zu vermöbeln.
»Wo waren Sie letzten Samstagabend?«
Reumütig tippte er sich an den Kopf. »Ich trinke zu viel, *missie. Ekke vergeet.*«
Vom Gang schwappte das rauhe Gelächter von Zweli und Makka zu ihnen herein. Quintus' gesundes Auge schnellte zur Tür. Dieser Mann war zu Tode verängstigt. Warum? Sein Strafregister war unbedeutend, die üblichen Vagabundenvergehen, Bagatelldiebstahl, Erregung öffentlichen Ärgernisses, Trunkenheit, unerlaubtes Betreten.
Sie stand auf und machte die Tür auf. »Verschwindet von hier«, sagte sie den Cops. Deren Feindseligkeit schlug ihr wie etwas Greifbares entgegen. Wie bösartiger Nebel. Weshalb interessierten sie sich überhaupt so sehr für diese Befragung?
Sie zeigte ihnen den Mittelfinger, und schließlich trollten sie sich, lachten noch immer wie zwei Idioten.
Sie ging zurück und setzte sich einem sichtlich erleichterten Quintus gegenüber. Mit dem Kopf wies sie in die Richtung, in der Makka und Zweli gewesen waren, und fragte: »Warum haben Sie Angst vor denen?«
Er zögerte, wog ab, ob er ihr trauen konnte oder nicht, dann sagte er: »Sie haben Katrina mitgenommen, und seitdem hab ich sie nicht mehr gesehen.«
»Wer ist Katrina?«
»Meine Freundin.«
Persy war erschöpft, dabei hatte sie noch nicht einmal richtig angefangen. Der *bergie* machte ihr etwas vor, versuchte, die Cops, die ihn hergebracht hatten, in Verruf zu bringen, und vergeudete jedermanns Zeit.
»Diese Freundin, hat die auch einen Nachnamen?«
»Evans.«
Der Name kam Persy irgendwie bekannt vor, aber sie wusste nicht,

wohin damit. »Okay, beschreiben Sie sie mir.« Das war der Moment, in dem die ganze Farce auffliegen würde. Quintus würde keine Beschreibung oder Informationen über seine sogenannte Partnerin haben. Er überraschte sie jedoch damit, dass er in seine Tasche griff und einen schmuddeligen, abgegriffenen grünen Ausweis zutage förderte, ausgestellt auf eine Maria Catherina Magdalena Evans. Sie war fünfundvierzig, sah aber mindestens zehn Jahre älter aus. Es war ein Gesicht, dem so viel Härte widerfahren war, dass sie zu einer permanenten Verunstaltung geführt hatte. Eingeschlagene Gesichtszüge, angeschwollene Lippen, gebrochene Nase, vom Alkohol verquollene Augen. Doch trotz all der Narben, mit denen das Leben sie gezeichnet hatte, hatte sie das Kinn nach oben gereckt, und der misstrauische Blick aus verengten Augen schien geradewegs zu sagen: *»Fok jou.«*

»Lebt sie auch auf der Straße?«

Quintus nickte.

»Wann haben Sie sie zuletzt gesehen?«

»Am Samstag. Sie war krank. Sie war … also, wissen Sie, sie wird manchmal verrückt. Sie muss Tabletten nehmen.«

»Diabetikerin? Epileptikerin?«

»Irgend so was. Sie hört Stimmen.«

»Im Alkoholdelirium, meinen Sie?«

Der *bergie* fühlte sich nicht angegriffen, sondern lachte zum ersten Mal, wobei er mehr Lücken als Zähne in seinem Mund entblößte. Doch sofort schnellte sein Blick zurück zur Tür. »Diese Polizisten haben sie mitgenommen. Der große Farbige und sein Freund. Der kleinere Schwarze.«

»Constable McKay und Constable Tiro?«

»Die drangsalieren uns. Schlagen Leute in ihrem Transporter zusammen.« Er zeigte auf sein Auge.

»Das waren die beiden?«

Er nickte.

Persy hatte schon Gerüchte von Makkas und Zwelis kleinen »Aufräumarbeiten« in den Straßen gehört, aber sie waren noch nie angeklagt worden.

»Dann müssen Sie eine Beschwerde einreichen.«

»Habe ich. Aber da ist nichts passiert. Ich musste mich in Hout Bay verstecken, falls sie nach mir suchten, um mir noch eine Abreibung zu verpassen.«

Bei Makka und Zweli war das durchaus vorstellbar. Andererseits war es ein gängiger Trick von Verdächtigen, Cops der Schikane zu beschuldigen.

Nervös sah Quintus sich um. »Manchmal packen sie Leute in den Transporter, die sehen wir dann nie wieder.«

Ein Schauder durchzuckte Persy. Würden Makka und Zweli wirklich so weit gehen?

»Okay, okay. Ich verspreche, ich werde der Sache nachgehen«, sagte sie. »Aber erst erzählen Sie mir mal was von Samstagabend.«

Sofort sah Quintus wieder rastlos hin und her.

Persy seufzte. »Dann muss ich Sie hierbehalten. Die Decke des Opfers wurde bei Ihnen gefunden. Also sind Sie ein Verdächtiger in einem Mordfall.«

Quintus leckte sich nervös über die Lippen. »Ich habe Durst.«

Sie reichte ihm die Wasserflasche. Er trank sie in einem Zug leer, wobei der Adamsapfel in seinem schmalen Hals auf und ab hüpfte.

»Da haben sich welche gestritten. Sich angeschrien. In einem großen Auto vor dem Skinky's«, sagte er.

»Autofarbe? Fabrikat?«

»Dunkel. Schwarz oder blau.«

»Wie viele Leute?«

Quintus schüttelte den Kopf. »Es war dunkel und hat geregnet, das hab ich nicht gesehen. Ein Schwarzer ist ausgestiegen und ins Skinky's gegangen. Dann sind zwei rausgekommen. Ich weiß nicht, ob derselbe dabei war. Sie hatten sich Mülltüten übergezogen. Wegen dem Regen. Dann haben sie einen Fernseher aus dem Auto ausgeladen und noch ein paar andere Sachen, die ich nicht erkennen konnte.«

Jetzt, wo das Eis gebrochen war, bauschte er das Drama auf. »Dann ein *moerse* Knall und ein Aufblitzen, wie wenn ein Feuerwerkskörper gezündet wird. Es wurde geschrien, gebrüllt, und auf einmal war die Hölle los.«

»Wer hat geschrien und gebrüllt?«
»Frauen, denke ich mal. Und ein Baby hat geweint.«
Persy runzelte die Stirn. »Ein Baby?«
»Gott ist mein Zeuge.« Dann machte er eine Kunstpause. »Und dann peng – ein Schuss!«
»Wie viele Schüsse?«
»Einer. Der Mann stand neben dem Autofenster, aber nicht auf der Fahrerseite, auf der anderen. Ich hab mich in meinem Verschlag versteckt. Hatte 'ne Heidenangst. Wollte nicht, dass sie mich sehen, wegen der Waffe. Dann war's auf einmal ganz still.«
»Hatten Sie getrunken?«, fragte Persy.
»Ja, aber ich weiß, was ich gesehen habe. Am nächsten Morgen bin ich dorthin gegangen. Das Skinky's war verriegelt, alle verschwunden. Ich hab die Decke auf dem Boden liegen sehen, in etwa da, wo das Auto gestanden hat. *Ekke was baie koud,* also hab ich sie mitgenommen. Ich hab niemandem weh getan, *missie.*«
Im Verlauf der Befragung war Quintus' Zittern immer stärker geworden. Sehr viel mehr würde sie nicht aus ihm herausbekommen. Er war betrunken gewesen, also konnte man sich kaum auf seine Erinnerungen verlassen. Sie konnte sich auch nicht vorstellen, wie er seine Geschichte vor Gericht erzählte, und er wäre ohnehin nicht in der Lage, jemanden zu identifizieren. Sie seufzte. »Okay, geben Sie mir Ihre Nummer, für den Fall, dass ich Sie erreichen muss. Lesen Sie sich Ihre Aussage durch, unterschreiben Sie sie, und dann können Sie gehen. Aber bleiben Sie hier in der Gegend.«
Quintus' Hände zitterten so stark, dass er kaum seine Unterschrift zustande brachte. Dann reichte er ihr das Protokoll.
»Wissen Sie, wo dieses Baby ist?«, fragte er heiser.
»Das Baby haben wir lebend gefunden. Bei der Summerley Farm in Constantia.«
Er wirkte erleichtert. »Bei dem Anwesen vom alten Moos?«
»Sie kennen es?«
»Ich habe als Kind in der Strawberry Lane gewohnt.«
Persy ahnte, dass sich in dieser undurchsichtigen Sache die ersten undeutlichen Linien eines Musters abzeichneten. Ein kaum erkenn-

bares Netz von Menschen und Motiven. »Wissen Sie von Mr. Petersens Landrückforderung?«
Er schüttelte den Kopf. »Moos hat mir was davon erzählt. Mr. Adams weiß da mehr. Er macht Ausflüge mit Ausländern in der Gegend von Constantia.«
»Mr. Adams, der Totengräber?«
»Ja. Er ist immer in der Ecke vom *kramat* in Groot Constantia.«
Persy begleitete Quintus in den Gang. Nervös schaute er sich um.
»Die beiden Cops sind weg«, versicherte sie ihm.
Er wandte sich zu ihr um, sah sie flehentlich aus seinem gesunden Auge an. »Vergessen Sie Katrina bitte nicht. Versprechen Sie mir das.«
Persy hatte Kai und Alexi Petroussis ein Versprechen gegeben. Tucker sagte immer: »Versprich den Opfern *fokkol* und den Tätern den Himmel auf Erden.«
»Klar«, sagte sie, und bedauerte das Gesagte, kaum dass sie es ausgesprochen hatte.

32

Erwartungsvoll sah Lucy auf, als Marge in die Küche kam. »Matt und ich haben Pläne für Ostern gemacht.«
»Ich dachte, du und Matt wärt überzeugte Atheisten«, erwiderte Marge mürrisch. Sie hatte gehofft, die Küche eine halbe Stunde für sich allein zu haben. Eine Tasse Kaffee trinken und einen schnellen Blick in die Zeitung werfen zu können, ehe ihr nächster Patient kam.
»Ostern ist eigentlich ein heidnisches Ritual«, sagte Lucy affektiert. »Na komm schon, Süße, nur noch einen Löffel für Mama.«
Bronwyn schüttelte heftig den Kopf, dann spuckte sie einen großen Klecks organischer Pampe auf den Boden, der von Bongo sofort genüsslich aufgeleckt wurde. Matt, der eine große Tasse von Marges bestem Arabica und ihre Ausgabe von *Business Day* vor sich hatte, verzog angewidert das Gesicht.
Lucy schien das nicht zu bemerken. Sie versuchte es mit einem weiteren Löffel, aber Bronwyn hatte die Lippen fest aufeinandergepresst

und schlug heftig mit ihrem Löffel gegen die Schale. Lucy hielt die Schale verzweifelt fest, erhob die Stimme und plapperte weiter. »Matt hat erzählt, du würdest an Ostern ganz toll dekorieren und hättest immer eine Eiersuche organisiert, als er Kind war. Das würde Bronwyn sehr gefallen.«

Mit zusammengebissenen Zähnen setzte Marge den Wasserkessel auf und machte dann den Kühlschrank auf, nur um festzustellen, dass nur noch Soja- oder Magermilch übrig war. »Matt hat das als Kind immer gehasst.«

Matt warf Lucy rasch einen Blick zu und bemerkte schneidend: »Ich war die Spaßbremse der Familie.«

Das Klingeln des Telefons schien Marge wieder einmal vor einer peinlichen Auseinandersetzung mit ihrem Sohn zu bewahren. Dankbar ging sie in den Flur hinaus.

Es war Persy. Ein Schauer jagte über Marges Rücken, als sie von Annette Petroussis' Tod erfuhr. Ihr erster Gedanke galt Severine. »Hast du Paula Hamilton Bescheid gegeben?«

»Ja. Das musste ich, ehe sie morgen alles aus der Zeitung erfährt. Ein paar Journalisten sind am Tatort aufgekreuzt.«

Persy klang erschöpft.

»Geht's dir gut?«, fragte Marge.

»Ich muss die ganze Zeit daran denken, dass sie vermutlich ermordet wurde, als ich bei ihren Kindern war.«

»Fang bloß nicht an, darüber nachzudenken. Du hättest nichts tun können.«

»Ich kann einfach nicht anders. Außerdem haben wir keine Spuren.«

»Gibt's was Neues von Severine?«, fragte Marge.

»Nein.«

»Ich sollte wohl besser mal bei Paula vorbeisehen«, sagte Marge. »Bestimmt ist sie schon ganz verzweifelt.«

»Nein, Marge. Kein Einmischen«, mahnte Persy.

Marge legte auf. Besorgt über Persys Nachrichten und mit wachsender Sorge um Severine ging sie zurück in die Küche. Dort traf sie auf Lucys erwartungsvollen Blick.

»Wegen Ostern …«

Wut stieg in Marge auf. Warum war Lucy so versessen darauf, dass sie ihr Kind betütelte? »Ich überlege, ob ich über Ostern nicht mit Beryl wegfahre«, sagte Marge, obwohl ihr dieser Gedanke gerade erst gekommen war.

Lucy warf einen bedeutungsschwangeren Blick zu Matt und hob Bronwyn aus ihrem Sitz. »Tja, sicher doch, wenn du ein kleines Mädchen nicht glücklich machen willst. Komm mein Schatz, ziehen wir dir frische Sachen an.« Lucy rauschte hinaus, eine über und über mit Essen verschmierte Brownyn im Schlepptau.

»Könntest du ihr nicht einmal einen Gefallen tun?«, fragte Matt nach Lucys Abgang genervt.

»Es ist nicht meine Aufgabe, jeden Moment in Bronwyns Leben perfekt zu machen.« Marge bedauerte ihre engherzigen Worte, kaum dass sie ihr über die Lippen gekommen waren.

Matt lief rot an, ein Warnzeichen für aufkeimende Wut, seit er ein Kind war. Nicht dass er jemals die Stimme erhoben hätte. Genau wie Louis vermittelte er immer ein Gefühl der Überlegenheit, indem er die Kontrolle behielt. Ganz im Gegensatz zu Will und Marge, die ziemlich viel Zeit damit verbracht hatten, einander anzuschreien.

»Bronwyn ist jetzt dein Enkelkind, ob dir das passt oder nicht.«

Nein, ist sie nicht, dachte Marge, sie ist deine Stieftochter.

Matt sah gekränkt aus. »Wir haben keine Unkosten gescheut, damit wir Ostern bei dir sein können.«

»Tut mir leid«, sagte Marge störrisch, ohne auch nur zu wissen, wofür sie sich eigentlich entschuldigte. Immerhin hatten sie sich selbst eingeladen. »Du hast mich auf dem falschen Fuß erwischt. Ich mache mir gerade große Sorgen um eine Patientin, die vermisst wird.«

Matt atmete tief durch. »Ich denke, wir haben deine Gastfreundschaft etwas überstrapaziert.«

»Quatsch. Du und deine Familie, ihr seid hier immer gern gesehen«, widersprach Marge. Doch als sie ihm nachsah, wie er mit steifem Rücken die Küche verließ, fragte sie sich, ob sie das wirklich so meinte.

33

Um zwei Uhr nachmittags lagen Persy und Tucker in dem Bett, das einen Großteil des Schlafzimmers mit den Maßen einer Mönchszelle für sich beanspruchte. Alles war in den Einbauschränken verstaut. Spartanisch und makellos. Seit Tucker aus dem gemeinsamen Haus mit Dina ausgezogen war, hatte er dieses Zimmer bei einer Frau gemietet, die Persy noch nie zu Gesicht bekommen hatte, und half ihr so, ihre Schulden zu begleichen. Er beschrieb sie als »übergewichtige, alleinerziehende Mutter«.

Ihr Sex hatte eine verzweifelte, egoistische Note. Sie krallten und bissen einander, jeder kreiste in seinem eigenen Orbit des Vergnügens, das häufig an Schmerzen grenzte.

»Wohin gehst du?«, fragte Tucker, als sie fertig waren.

Persy rutschte vom Bett, vermied seine Umarmung und die Nähe, vor der sie sich gleichermaßen fürchtete, wie sie sich danach sehnte. »Hey, ich bin doch ganz hin und weg, okay?«, erwiderte sie sarkastisch. »Reicht das nicht, mein Großer?«

Sein Gesicht, eben noch so offen wie das eines Kind, wurde mit einem Mal verschlossen. Sie verspürte einen stechenden Schmerz. Einander weh tun, darin waren sie gut. Und dann hatten sie Sex, um es wieder wettzumachen. Und keiner von ihnen wusste, wie man die Regeln für dieses Spiel änderte.

Der Sex hatte sie nicht entspannt, und er hatte auch die Spannung zwischen ihnen nicht zerstreut. Eigentlich war Persy immer gereizter geworden. Jedes Mal, wenn sie die Augen geschlossen hatte, hatte sie Annettes Gesicht im Dreck gesehen. Was sie so erschütterte, war die kaltschnäuzige Geringachtung der Mörder, ihre Verachtung für andere Menschen. Warum verdammt noch mal, brachte man eine stillende Mutter um? Welchen Grund gab es dafür? Auch der Gedanke an die Kinder der Petroussis nagte an ihr. Ganz verzweifelt bemühte sie sich darum, ihrem zwanghaften Verlangen zu widerstehen, sie sehen zu wollen, insbesondere Kai. Den Älteren, der die größte Bürde des Ganzen würde tragen müssen.

»Du bist so angespannt. Was ist los?« Tucker massierte ihre Schultern. Persy schüttelte seine Hände ab. »Der Petroussis-Fall«, murmelte sie, obwohl sie wusste, dass noch mehr dahinter steckte. Sie sah aus dem kleinen, salzverkrusteten Fenster auf den Sunrise Beach und die wogende schwarze Wasserfläche, die sich bis zum Horizont erstreckte. Hinter Muizenberg verblasste das Licht langsam. Eine windgepeitschte Aussicht – kein bisschen Grün weit und breit, abgesehen vom weitläufigen Fynbos, der sich verbissen an die Dünen klammerte. Die eben erst gebauten Apartments waren schon im Verfall begriffen, standen auf Treibsand mit dem Blick auf False Bay, wurden den ganzen Sommer über vom Kapdoktor gepeitscht, und im Winter waren sie eisig kalt und dunkel. Tucker lehnte sich im Bett zurück, sah mit seinem flachen, gebräunten Oberkörper jungenhaft und auch irgendwie frei aus. Das Männchen nach vollzogenem Geschlechtsverkehr – entspannt und selbstgefällig.
»Diese Fälle müssen mit Dieu Donné zu tun haben, das weiß ich einfach«, sagte Persy.
»Such nicht nach komplizierten Motiven, Jonas. Mord ist für gewöhnlich das Resultat davon, dass irgendwelche Schwachköpfe entsetzliche Scheiße gebaut haben. Und das weißt du.« Unvermittelt klang Tucker gereizt.
»Schon allein das Grundstück muss ein Vermögen wert sein«, fuhr Persy fort.
»Diese ganze Theorie um den Landanspruch ist Schwachsinn. Da geht es nur um Politik, mehr nicht.« Er hatte sich schon vorher geärgert, als Persy ihm erzählt hatte, dass sie bei der Gedenkfeier in Strawberry Lane gewesen war. »Für einen Weißen bedeutet eine Landrückgabe vielleicht nichts, aber für uns ist das ein scheiß wunder Punkt.« Persy wusste, dass ihn diese Erwiderung nur weiter aufbringen würde, aber sie konnte einfach nicht anders.
»Und wo soll das alles hinführen? Sollen wir jetzt sofort alles Land an die Scheiß-Buschmänner oder die Hottentotten oder sonst jemanden zurückgeben?« Tucker brauste auf, dieses Thema war sein heiß geliebtes Steckenpferd. »Dann würden die Schwarzen in den Norden zurückgehen müssen, die Weißen könnten nach Europa zurückmar-

schieren, und alle zusammen könnten wir wieder in die verfluchte Steinzeit zurückgehen.«

»Und die *bruinmense?* Wohin sollen wir bitte schön gehen?«, fragte sie mit schneidender Stimme.

Er schüttelte den Kopf. »Jetzt beleidigst du meine Intelligenz.«

»Haben wir etwa keinen berechtigten Anspruch auf das Land, das ihr von unseren Vorfahren gestohlen habt?« Langsam entwickelte sich ihr Gespräch in eine dieser vorherzusehenden Auseinandersetzungen über Rasse. Und wie nicht anders zu erwarten, klaffte die Kluft entsprechend auf. Ganz egal, wie nah sie einander als Kollegen oder Liebhaber standen, sie waren dennoch nicht im selben Land aufgewachsen.

»Das kommt doch von diesem sentimentalen Trottel da, wie heißt er gleich noch mal, Will – das alles ist doch auf seinem Mist gewachsen, oder?«

Darum ging es also. Eifersucht. Die Tuckers Urteilsvermögen trübte.

»Will Piper hat nichts damit zu tun«, widersprach Persy. »Warum hat Ricardo Heinrich so großes Interesse an der Forderung? Ich nehme an, weil er sich auch einen persönlichen Vorteil davon verspricht.«

»Und ich glaube, dass er *fokkol* mit dem Fall zu tun hat. Wenn du nach einem Motiv suchst, dann sieh dich mal in der Familie um.«

Tucker hatte natürlich recht. Übersah sie etwas, das direkt vor ihrer Nase war? Melanie Lyle-Davis in Jacos Küche. Wie clever sie die Betreuung der Kinder übernommen hatte.

»Meinst du etwa Jaco?«

»Wäre nicht das erste Mal, dass ein Killer auf eine Ehefrau angesetzt wurde und man von einem Überfall oder einer Entführung ausgeht.«

»Warum sich dann nicht einfach scheiden lassen? Du sagtest doch, dass Jaco durch ihren Tod keine finanziellen Vorteile hätte.«

»Darauf würde ich nicht wetten. Die Finanzen dieses Typen sind ziemlich undurchsichtig. Komm mal her.« Er klopfte neben sich aufs Bett. Persy setzte sich. Traurig stellte sie fest, dass sie Tucker gegenüber inzwischen misstrauisch war. Dinas Andeutung stand zwischen ihnen. Persy hatte nicht mehr das Gefühl, als wären sie ein Team. Sie hatte ihm von Quintus' Befragung erzählt, dessen Anschuldigungen gegen Zweli und Makka allerdings weggelassen. Am besten überprüf-

te sie das zunächst, fand heraus, ob es Beweise gab, die diese Anschuldigungen untermauerten.
Gedankenlos fuhren Tuckers Hände ihren Rücken hinauf. Diese achtlose Art, miteinander zu schlafen, kein Verlangen nach Intimität zu haben, das hatte sie immer erregt. Es hatte denselben gefährlichen Aspekt wie Gelegenheitssex, immer kurz davor, in etwas Tieferes einzutauchen, eine sehnsüchtige Umarmung und gleichzeitig das Verlangen, weh zu tun. Aber sie war gereizt und besorgt und ließ sich davon nicht antörnen.
»Die Hausangestellte der Hamiltons ist diese Woche zum ersten Mal seit fünfzehn Jahren nicht zur Arbeit erschienen«, sagte Persy.
»Scheiße. Können wir vielleicht mal nicht über den Job reden?« Tucker stand auf und ging in die Küche. Persy hörte, wie er den Teekessel aufsetzte. »Hey, es ist schon spät!«, rief er.
Mit anderen Worten, es war Zeit für Persy, zu verschwinden. Laut Mietvertrag durfte Tucker keine Frauen mit nach Hause bringen. Aber seine Aufforderung, zu verschwinden, traf bei Persy einen wunden Punkt. Sie fühlte sich entbehrlich, kam sich vor, als wäre sie Tuckers Spielball. Er tauchte wieder im Zimmer auf, nackt bis auf die Boxershorts. Ansprechender Körper, aber sein Alter spiegelte sich in seinem weicher werdenden Bauch wider, trotz seiner fast schon krankhaften Trainingseinheiten.
»Wie alt bist du jetzt?«, fragte sie gehässig, da sie wusste, wie sehr ihm die Vorstellung vom Älterwerden widerstrebte.
»Zweiundvierzig«, sagte er.
»Das letzte Mal, als ich dich gefragt habe, hast du dreiundvierzig gesagt.«
»Ach, wer zählt schon?«, fragte er, leicht verärgert über die Richtung, die die Unterhaltung nahm.
Persys Handy klingelte irgendwo neben dem Bett. Sie wollte danach greifen, aber Tucker hatte es vor ihr in der Hand. »Hmmm … unbekannte Nummer.«
»Ren, komm schon, Mann.« Persy streckte sich nach ihrem Handy, aber er wich ihr aus und hob ab. »Detective Warrant Officer Persy Jonas' Handy … Hallo? … Hallo?«

Dann reichte er ihr das Handy. »Dein Freund hat aufgelegt«, sagte er. Sie schnappte es sich. »Verdammt, Ren, was soll der Scheiß?« Sie hasste Tuckers besitzergreifende Art.

Dann sammelte sie ihre Unterwäsche zwischen den Bettlaken und auf dem Boden ein.

Tuckers Stimme war kalt. »Wer ist er?«

»Von wem redest du?«

»War das Will Piper?«

Es könnte durchaus Will gewesen sein. Der sie anrief und sie zum Grillen nach Woodstock einlud. Sie würde in ihrer kugelsicheren Jacke auftauchen. Damit würde sie ganz bestimmt den Vogel abschießen.

»Und wenn dem so wäre?« Ihre Stimme wurde lauter. »Wenigstens ist er ungebunden, sehnt sich nicht nach Ex-Frau und Kindern, während er mir ab und an ein schnelles Vergnügen bereitet.«

Tuckers Mimik war unbewegt. »Du wusstest, worauf du dich einlässt. Und jetzt auf einmal willst du eine ernsthafte Beziehung? Seit wann das denn?«

Seine Worte verletzten sie, der Schmerz war so scharf, dass sie nach Luft schnappte. Als sie schließlich etwas sagte, klang sie ziemlich erschüttert. »Vielleicht hätte ich einfach gern die Wahl, Arschloch!« Ihre Erwiderung schockierte sie, schließlich hatte sie darin ein Verlangen ausgedrückt, von dem sie selbst nicht einmal gewusst hatte.

»Ich dachte, wir hätten uns darauf geeinigt, dass es um nichts anderes als Sex geht.« Tuckers Gesicht war so verschlossen wie ein Fenster mit heruntergelassenem Rollladen.

»Vergiss es, okay?« Sie war sauer, weil sie sich eine solche Blöße gegeben hatte.

Tuckers Tonfall wurde versöhnlich. »Es tut mir leid, Jonas. Ich kann meinen Kindern nicht weh tun. Ich sehe sie ohnehin schon so gut wie nie.«

Persy wandte sich ab, damit er ihr Gesicht nicht sehen konnte. Sein bedauernder Tonfall war mehr, als sie jetzt ertragen konnte. Sie zog sich an. Machte den BH zu, zog ihr T-Shirt über den Kopf. Dann lehnte sie sich aufreizend nach vorn, um ihre Jeans aufzuheben.

»Du hast einen tollen Hintern, weißt du das?«
Ja, sieh ihn dir gut an, Arschloch, dachte sie, wütende Tränen brannten in ihren Augen, denn das ist alles, was du von jetzt an bekommen wirst.

34

Verwundert starrte Fred auf sein Handy. Verdammte Scheiße. Ein Detective!
Gedanklich ging er den soeben getätigten Anruf noch einmal durch.
»Detective Warrant Officer Persy Jonas' Handy.«
Ein weißer Mann. Englischsprachig.
Die Stimme hatte eine sinnliche und arrogante Selbstsicherheit, die Fred anwiderte. Wie lange hatte Natasha schon Kontakt zu diesem Cop? Er atmete tief gegen das Engegefühl in seiner Brust an. Vor wenigen Minuten war er noch einmal durch Natashas Handy gescrollt und hatte diese Handynummer unter den gelöschten Kontakten gefunden. Diese dumme Schlampe hatte ja keine Ahnung, dass man jeden Vorgang auf dem Handy ganz einfach nachvollziehen konnte. Er hatte ihr gesagt, dass er ein Bauteil für ihr elektrisches Tor besorgen würde, dann hatte er angehalten und ein Karamell-Eclair bei Prospur gekauft, war um den Block gefahren und hatte das Auto auf der anderen Seite des Parks abgestellt. Von dort war er zum verlassenen Spielplatz, zu den Schaukeln und dem Karussell gegangen. Dann hatte er die Nummer eingetippt, über die er in Natashas Handy gestolpert war.
Und Detective Jonas hatte geantwortet.
Fred brauchte Zeit, um nachzudenken. Schwerfällig kreisten die Gedanken durch seinen Kopf. Er war auf dem Weg zur graffitiverschmierten Mauer im südlichen Teil des Parks. Konnten diese Idioten ihr Talent nicht für etwas Besseres verschwenden als dafür, diesen Müll zu fabrizieren? Merkwürdige Symbole – Sterne, ein Herz umwickelt von etwas, das nach Stacheldraht aussah, eine Rose und dann mittendrin die Mutter Jesu. Diese blockartige Schrift, die man für

gewöhnlich nicht lesen konnte, aber dieses Mal sprang sie ihn regelrecht an: Hab keine Angst. Als würden sich diese Worte geradewegs an ihn richten! Denn er hatte Angst. Hatte Angst, dass Natasha zum Spitzel geworden war und ihn auslieferte. So verhasst und unerträglich der Gedanke auch war, er war im dennoch lieber als die tieferliegende Furcht, die seine Eingeweide zusammenkrampfen ließ. Angst, dass Natasha etwas gefunden hatte, was er ihr nicht geben konnte – sexuelle Befriedigung. Er wusste, dass er ein Freak war – eine asexuelle Anomalität in einer sexverrückten Welt, jemand, der sich nach körperlicher Nähe sehnte, aber von der Berührung einer Frau – oder eines Mannes – abgestoßen wurde.

Und Natasha war eine normale, heißblütige Frau. Vielleicht sogar eine Nymphomanin. Immerhin hatte sie ihr Geld auf der Straße verdient, als er sie kennenlernte. Wieder überprüfte er sein Handy, suchte zwanghaft nach der Antwort auf die Fragen, die sich so heimtückisch und giftig durch seinen Kopf schlängelten wie eine Schlange nachts unter ein Bett.

Ein paar Schuljungen waren über den niederen Holzzaun geklettert und trabten langsam und locker, die Rucksäcke nachlässig über einer Schulter, zum Spielplatz. Die Blazer hatten sie ausgezogen, die Krawatten saßen schief, sie waren mitten im Stimmbruch und lachten wie geistig Minderbemittelte. Sie rannten zu den Schaukeln, setzten sich, schaukelten so hoch es nur ging. Andere stürzten sich wie ein Rudel wilder Hunde auf das Karussell, bis es sich wie wahnsinnig drehte, dann klammerten sie sich schreiend und kreischend in der Mitte fest, während die Zentrifugalkraft sie nach außen riss. Kein Wunder, dass die ganzen Spielgeräte immer kaputt waren. Das war ein »fuck you« von den farbigen und weißen Teenagern in diesem unbescholtenen Viertel. »Fuck you« an die belaubten Parks und Vorstadthäuser. Sie hatten ja keine Ahnung, wie glücklich sie sich schätzen konnten, dass sie nicht von *Die Blokke* mit den windgepeitschten, sandigen Höfen voll herumflatternder Wäsche stammten. Man sollte annehmen, dass sie ein paar Manieren hätten. Wieder stieg Wut in ihm auf, Wut, die er manchmal einfach nicht kontrollieren konnte.

»*Hoi!*«, brüllte er und rannte auf sie zu. »*Hoi*, verschwindet von hier, verflucht noch mal!«
Sie ignorierten ihn, riefen wild durcheinander.
Fred griff nach einer Metallstange des Karussells, die überraschten Jungen lachten, als er sich daran festhielt und seine Füße durch den Dreck schlitterten; aber seine Arme waren kräftig genug, es zum Anhalten zu zwingen. Die Jungen schauten ihn nicht direkt an, waren jetzt aber wachsam. Einer von ihnen lag ausgestreckt mit gespreizten Beinen auf dem Holzboden des Karussells. Ein paar andere saßen auf den Metallstangen, ein großer weißer Junge mit einem dummen Ochsengesicht, ein weiterer, ein Farbiger, mit pickeligem Gesicht und fieser Visage, ein regelrechter kleiner Punker, sah Fred abschätzig an und kaute dabei nervös an einem Kaugummi, als würde er sich gerade selbst verspeisen.
»Die Sachen hier sind nur für kleine Kinder«, sagte Fred. Er spürte, wie sich seine Wut mit jedem Wort weiter steigerte. Die Jungs lachten nervös über diesen übergewichtigen Mann in seinem kurzärmeligen Hemd, mit seinem verschwitzten bartlosen Babyface und seiner bürgerlichen Besessenheit von Regeln und Vorschriften.
Fred sah das Aufblitzen eines Messers in der Hand des pickeligen Kerls. Ein lächerliches Taschenmesser, aber Schaden konnte es dennoch anrichten.
»*Pasop, daddy. Ekke sal jou steek.*«
Freds Hand schoss nach vorn und drehte den überraschend dünnen Arm des Jungen auf dessen Rücken. Der Junge kreischte wie ein Mädchen, das Messer fiel auf den Holzboden des Karussells. In diesem Moment erstarrter Stille drehte sich das Karussell langsam weiter, und Fred spürte, wie er sich loslöste und die Gewalt zu etwas wurde, das nicht er verkörperte. Er sah, wie das Blut über das weiße Schulhemd des Jungen spritzte und ein blutiges Stück von seinem Ohr auf der Holzplatte lag. In wilder Hektik hasteten die Jungen vom Karussell und flohen, zogen dabei ihren jaulenden, verletzten Freund mit sich mit.
Fred holte sein Taschentuch aus der Hosentasche und wischte das Messer damit ab, warf es auf das Karussell und ging zurück zu seinem

Auto. Während er rasch den Park absuchte, spürte er das wollüstige Nachlassen der Anspannung. Er war in einem erhabenen und doch entspannten Seinszustand. Im Garten eines Hauses am westlichen Rand des Parks goss ein betagter Mann seinen Oleander, viel zu taub oder zu verängstigt, um auch nur aufzusehen. Fred warf das blutige Taschentuch in einen offenen Kanal und ging zu seinem Auto. Er schaltete die Klimaanlage an, genoss den kalten Luftzug auf seinem Gesicht. Dann holte er das Karamell-Eclair aus der Schachtel und aß ihn langsam, während André Rieus »Ave Maria« auf dem Radiosender *Good Hope* lief.

Das Buccaneers in Plumstead war keine Kneipe, in der Persy normalerweise verkehrte. Zunächst einmal lag sie viel zu nah am Revier, folglich waren hier oft Cops, und Persy trank nicht gerne in Gesellschaft von Cops. Es war die typische Kneipe, in der Biker abhingen. Unverputztes Mauerwerk, verdunkelte Fenster, eine primitiv aufgemalte Piratenflagge über dem Eingang – ein hämisch lachender Totenkopf mit einem roten Kopftuch und einer Augenklappe. Es war fünf Uhr nachmittags und bewölkt, und die falschen Tudorfenster mit ihrer Bernsteinfarbe verstärkten das kränkliche Ambiente im Inneren nur noch mehr. In einer Ecke stand eine Jukebox, es gab einen Billardtisch, Dartscheiben und ein paar Fernseher. Auf einem davon lief MTV ohne Ton, auf einem anderen war in voller Lautstärke die Wiederholung von *WWE Smackdown* zu sehen.

Bei der resignierten Bedienung um die vierzig mit den schwarz gefärbten Haaren, den stumpfen Augen und dem Hang zu Silberschmuck, wie die vielen Ketten um ihren Hals bezeugten, bestellte Persy einen doppelten Smirnoff und ein Red Bull. Dann setzte sie sich auf eine Bank im hinteren Bereich der Bar, abseits von neugierigen Blicken der Gäste, aber so, dass sie sich das Wrestling ansehen konnte. Eigentlich wollte sie während der Fastenzeit auf Alkohol und Vergnügungen verzichten, was also hatte sie um fünf Uhr nachmittags in dieser Spelunke verloren?

Der erste Schluck ging ganz einfach hinunter, brannte in ihrer Kehle, und nach einer kurzen Übelkeit breitete sich eine wohlige Wärme in

ihrem Bauch aus, nahm ihrem unguten Gefühl die Schärfe. Den Dingen, die in ihr aufwallten und sie wie eine giftige schwarze Welle überrollten.
Annette Petroussis' Leiche am Berg; ihr weißgesichtiges Baby, das auf den ersten Blick wie eine leblose Puppe ausgesehen hatte; Alexi, der das hässliche, flauschige Warzenschwein wie einen magischen Talisman an sich gepresst hatte, als könnte es eine sich anbahnende Katastrophe abwenden.
Und dann Tuckers Worte: »Und jetzt auf einmal willst du eine ernsthafte Beziehung? Seit wann das denn?«
Verflucht noch mal, Tucker, du Flachwichser, geh zur Hölle. Jeder hat das Recht auf eine Familie, nicht nur du. Sie ging zurück zum Tresen, bestellte sich bei der Bardame einen weiteren Doppelten und bekam ihren Drink mit gespitzten Lippen serviert.
Der Kommentar beim Wrestling ging in einem kurzen Schwall lauter Musik unter. Der Titelsong von *Top Gun*, »Take My Breath Away«, seit jeher Persys absoluter Horrorsong. Die rührselige Sentimentalität förderte stets einen neuen Schwall Selbstmitleid und ebenso viel Selbsthass zutage.
Als der Refrain zum dritten Mal lief, hatte sie genug. Auf dem Weg zur Jukebox sah Persy, wie die Bardame über den Tresen wischte, auf den sie ihre großen Brüste stützte, und sie dabei völlig ignorierte. Du kannst mich auch mal kreuzweise, dachte Persy. Sie spähte durch ihre Brillengläser auf die Songtitel in der Jukebox. Mhmm, so langsam machten sich die angenehmen Auswirkungen des Wodkas bemerkbar. »Sexual Healing«: Marvin Gaye, retro und sexy. Gewissermaßen die Erwiderung der Schwarzen auf Guns n' Roses und Jack Parow.
Sie wiegte die Hüften, hatte das vertraute waghalsige, furchtlose Nichts-geht-mir-unter-die-Haut-Gefühl im Bauch. Die Kneipe hier war gar nicht so übel – ein bisschen verdreckt, aber die Drinks waren nicht teuer.
Zwei Typen standen am Billardtisch. Der eine schwarz, der andere farbig. Sie beobachteten sie, standen so still und wachsam da wie Raubtiere, die ihre Beute witterten. Schockiert erkannte sie Makka und Zweli. Das waren die Letzten, die sie jetzt sehen wollte. Zweli

sah zu ihr, sagte etwas zu Makka, dann lachten sie. Makka beugte sich über den Tisch und spielte seine Runde zu Ende. Dann kreidete er seinen Queue ein und kam zu ihr. »Kann ich dir einen Drink ausgeben, Jonas?«

Er grinste, allerdings spiegelte sich nichts von diesem schalen Lächeln in seinen Schweinsaugen wider. Von stumpfer Langeweile getrieben, bekam Persy Lust, sich ein bisschen mit ihm anzulegen. »Nein, aber du kannst mich mitspielen lassen«, sagte sie.

»Okay«, sagte er noch immer grinsend.

Persy kreidete einen Queue ein und machte den Anstoß, wobei sie gleich zwei Kugeln versenkte. Das brachte ihr ein anerkennendes Pfeifen von Zweli ein, der im Dunkeln mit einem Glas dasaß, die Beine breit gespreizt, den Fokus auf dem Schritt. Schon da hätte sie vorsichtig sein müssen, aber ungeachtet des Wodkas verlieh ihr das Red Bull ein Gefühl der Klarheit, ihr Kopf fühlte sich an, als würde er frei auf ihren Schultern schweben. Entspannt, aber dran.

»Ja, Makka. Zeig's ihr, *bru.*« Diesen Kommentar hatte ein massiger, zu Übergewicht tendierender Idiot losgelassen, der von der Seite zusah. Er hatte einen Kopf wie eine Kanonenkugel und trug ein T-Shirt mit der Aufschrift »Ich gehöre zu dem großen Kerl«. Kurz hielt Persy ihn für einen wiedergeborenen Christen, dann bemerkte sie, dass Pfeile nach unten auf seinen Schritt zeigten. Ein lustiger Typ. Haha. Ein paar Nachzügler hatten sich an der Wand aufgereiht und beäugten den einzigen weiblichen Gast eingehend.

Zweli hob das Glas an die Lippen, ließ Persy keine Sekunde aus den Augen. Makka beugte sich mit seinem Queue über den Tisch und legte los, sein Grinsen keine sonderlich überzeugende Tarnung für seine kaum verhaltene Wut. Es war eine bescheuerte Idee, sich mit zwei korrupten Cops abzugeben, die sie auf den Tod nicht ausstehen konnten. Aber Persy wollte nicht klein beigeben. Wenn sie sich von ihnen einschüchtern ließ, dann wäre ihr Leben auf dem Revier nur noch die Hölle.

»Irgendwas aus dem *bergie* rausbekommen?« Makka quetschte sich viel zu dicht an ihr vorbei, zielte auf eine Tasche.

»Jep.«

Er spielte an seinem Queue herum. »Was hat er denn gesagt?«
Persy kreidete ihren Queue wieder ein. »Dass ihr euch daran aufgeilt, Obdachlose hinten in eurem Transporter zu vermöbeln. Dass ihr ihn fast blind geschlagen und ihm seine Freundin weggenommen habt. Er hat sie seitdem nicht mehr gesehen.«
»Glaubst du den Scheiß etwa?« Glucksend sah Makka Zweli an, der mit einem fetten Grinsen ungläubig den Kopf schüttelte.
»Das sollte überprüft werden.« Persy stellte sich für ihren Stoß auf und machte sich daran, die Kugel einzulochen, die auf eine Ecke traf, über den Billardteppich flitzte und sich elegant in einer Ecktasche versenkte. Makka beugte sich zu Persy. »Du gehst mir tierisch auf den Zeiger, Jonas, weißt du das?«, zischte er. »Wir machen nur unseren verdammten Job – säubern die Straßen von Prostituierten, Vergewaltigern und Dealern.«
»Versucht doch mal, das auf legale Weise zu machen, ihr Arschlöcher.« Persy war wieder an der Reihe, versenkte alle Kugeln in langen, sauberen, selbstsicheren Stößen und spürte, wie sich die Atmosphäre um sie herum dabei verdichtete.
Alkohol war keine gute Idee gewesen, wie sie viel zu spät einräumen musste.
Sie musste hier raus. Also legte sie ihren Queue ab und ging in Richtung Damentoilette. Sie hörte schnelle Schritte hinter sich, spürte ein schmerzhaftes Zupacken an der Schulter. Er wirbelte sie herum, presste sein Gesicht an ihres. »Du hältst dich wohl für eine verfickte Heilige, was?«
Persys Waffe war unter ihrer Jacke versteckt, aber wenn sie sie jetzt auf ihn richtete, dann war sie am Arsch. »Betrunkener Cop außer Dienst richtet Waffe auf Kollegen in Bar« – sie sah die Schlagzeile in der *Son* schon vor sich. Stattdessen nahm sie eine passive Haltung ein, hielt ihre Hände kapitulierend hoch.
»Verschwinde, McKay«, sagte sie ruhig.
»Du denkst, dein Stecher ist ein Vorzeige-Cop? Wenn er dir das nächste Mal das Hirn aus dem Schädel bumst, dann frag ihn doch mal, wer die teure Schule von seinem bekloppten Sohn bezahlt.«
»Wenn du Beweise für Korruption bei einem Polizisten hast, dann

musst du das an die Abteilung für Interne Angelegenheiten weitergeben. Und ansonsten, fick dich!« Persy sprach gefasst, sie wollte Makka nicht merken lassen, wie sehr er sie durcheinandergebracht hatte. Er schob sich an ihr vorbei auf die Herrentoilette, ließ die Tür hinter sich auf- und zuklappen.

Mit einem Mal war Persy stocknüchtern. Sie ging zurück in die Bar, wo sie das Johlen vorgetäuschter Wut von Slayer aus der Jukebox begrüßte. Keine Spur von Zweli, doch alle anderen schienen sie anzustarren. Boshaftigkeit blitzte in ihren Augen auf, wie bei Ratten, die einen aus einer schummrigen, gelb beleuchteten Höhle anstarrten. Sie kämpfte gegen eine plötzlich aufkommende Paranoia an und ging mit pochendem Herzen zum Ausgang.

Persy saß in ihrem Auto. Das Koffein des Red Bull hatte sie überwachsam werden lassen, und ihr Mund war ganz trocken. Noch immer dröhnte Slayer in ihrem Kopf. Sie zitterte und fröstelte. Auf ihrer Stirn bildete sich kalter Schweiß, und bittere Galle stieg in ihr auf, die sie wieder hinunterzwang. Sie überkreuzte die Arme auf dem Lenkrad und legte den Kopf darauf ab, hörte das leise Geschnatter von Bush Radio, das aus den Lautsprechern kam, irgendwelche Tussis, die weit weg wohnten und sich über den Präsidenten lustig machten. Wie bescheuert, sich mit Makka und Zweli anzulegen. Was zum Teufel war nur los mit ihr? Eine trostlose Traurigkeit übermannte sie. Sie sehnte sich ganz verzweifelt danach, von einer netten Stimme beruhigt zu werden. Sie griff zum Handy. Erst zögerte sie, dann wählte sie die Nummer.

»Will Piper am Apparat.«

Sie brachte kein Wort heraus. Sie hatte erwartet, dass Marge ans Telefon gehen würde. Wills Stimme kam einem Schock für sie gleich. Wie wohl erzogen und nach Mittelschicht er sich anhörte! Wie *weiß*. Sie hörte Marges Gelächter und das Klirren von Besteck auf Tellern im Hintergrund. Ein Familienessen. Will, vermutlich mit einer intelligenten, selbstsicheren Tussi. Von der Universität. Eine Welt, in der es keinen Platz für Persy gab. Irgendetwas an Wills drängendem »Hallo, hallo?« brachte Persy auf den Gedanken, dass er wusste, wer anrief. Rasch legte sie auf. Du bist so bescheuert, Jonas, dachte sie mit schamroten Wangen.

Wer zum Teufel war Detective Jonas? Fred lag im Bett und kaute an dieser Frage herum. Wie war es Natasha, praktisch eine Gefangene, gelungen, eine Beziehung mit einem anderen Mann anzufangen? Fred schauderte bei dem Gedanken, was Natasha dem alles erzählt haben könnte. Wie viel sie über die Aufträge wusste, die er für Ricardo erledigte. Sie war intelligenter, als sie es sich anmerken ließ; das hatte Fred schon vor langem kapiert. Tja, aber ihn würde sie nicht reinlegen. Er hatte den Vorteil, dass er etwas gegen sie in der Hand hatte. Er konnte sie beobachten und sie zappeln lassen, etwas Katz und Maus mit ihr spielen und die Zeit für sich arbeiten lassen, herausfinden, wohin das alles führte. Direkt zu Detective Persy Jonas? Er musste wieder an die sexuelle Provokation in der Stimme dieses Typen denken. Schlief Natasha etwa mit ihm? Was für eine treulose, verräterische Schlampe. Tja, was hatte er erwartet? Wenn man bedachte, wie sie in sein Leben getreten war.
Eines Abends war er durch Brackenfell gefahren, durch irgendeine Straße, die er nicht wiederfinden würde, als die Scheinwerfer seines Autos die leuchtenden Farben ihres Kleides erfasst hatten. Sie lag am Boden, und ein Weißer trat wie ein Wahnsinniger auf sie ein. Dieser Anblick hatte Fred wütend gemacht. Es hatte ihn an Mam erinnert, wie sie auf dem Fußboden in der Küche lag, während irgendein »Onkel« ihr eine Lektion erteilte.
Er ließ den Unbekannten auf der Straße liegen, fand nie heraus, ob er zu diesem Zeitpunkt tot war oder noch lebte. Fred hatte Natasha mitgenommen, zunächst einmal zu seinem eigenen Schutz; sie war eine Zeugin, und er wollte nicht, dass sie etwas ausplauderte. Aber sie blieb weiterhin in seiner Nähe, drückte sich herum wie ein verwundetes Tier und kam langsam wieder zu Kräften. Sie putzte das Haus, kochte für ihn. Sie hatte keine Fragen gestellt, genauso wenig wie er. Er wollte ihre Lebensgeschichte nicht wissen, und sie erkundigte sich nie nach seiner. Einmal hatte sie sich ihm angeboten, eine groteske Form der Erkenntlichkeit, die er sofort abgelehnt hatte.

Vielleicht kannte sie Jonas von früher, als sie noch auf der Straße gearbeitet hatte. Ein paar Flittchen plauderten Sachen für Geld aus oder dafür, dass man sie dann in Ruhe ließ. Die Vorstellung, dass Natasha Fred an einen Cop verpfiff, war völlig unfassbar. Als wäre er in einem Labyrinth gefangen, nichts ergab mehr einen Sinn; überall schien Gefahr zu lauern.

Das Verstellen war sehr anstrengend für ihn. Natasha war viel zu scharfsinnig, als dass sie nicht bemerkt hätte, dass etwas nicht stimmte. Er hörte, dass sie im Schlafzimmer nebenan zugange war, dann ihre Schritte auf dem Gang. Er sah auf den Wecker. Halb zwölf.

Er stand auf und folgte ihr in die Küche, wo sie gerade das Spülbecken sauber machte. »Kannst du nicht schlafen?«, fragte er. Am liebsten hätte er ihr ins Gesicht gesagt: Das liegt daran, dass du dich schuldig fühlst, du Schlampe.

»Ich bin nicht müde. Hättest du gern eine Tasse Tee?« Es war nervenaufreibend, wie sie an ihrer Schürze herumknetete.

»Warum nicht?« Er lehnte sich an die Küchenzeile und sah zu, wie sie herumwerkelte. Ihrem schmalen, noch immer schön geformten Körper war ihre Vergangenheit nicht anzusehen. Aufgrund ihrer breiten Hüften wusste er, dass sie Kinder bekommen haben musste, aber sie erwähnte sie nie. Fred hasste Kinder. Sie waren wie kleine Tiere, boshaft, undiszipliniert und hilfsbedürftig. Fred war das vorletzte von neun Bälgern, und seine Mam hatte nichts mehr für ihn übrig gehabt. Der Gedanke an Mam brachte seine Gedanken an Natasha wieder zurück, und seine Stimmung sank.

Er schaute sich in der Küche um, auf das verschrammte Resopal der Einbauschränke, die gesprungenen Fliesen auf dem Boden und spürte, wie seine Wut langsam in Wallung geriet.

»Wie war dein Tag, Natasha?« Sie verkrampfte sich. Er stellte ihr nur selten Fragen. Für gewöhnlich beschränkte sich ihre Unterhaltung auf eine Reihe Anweisungen seinerseits.

»Gut. Danke.«

»Was hast du gemacht?«

Sie sah verwirrt aus. »Äh … Wäsche gewaschen. Dann war ich einkaufen und habe geputzt.«

»Wann bist du heute Morgen aus dem Haus gegangen, Natasha?«

»So gegen elf?« Nervös schweifte ihr Blick hin und her. »Glaube ich zumindest.«

»Glaubst du? Weißt du es denn nicht? Wie lange warst du unterwegs?«

»Eine Stunde?«

Sie war nervös. Das erkannte er daran, wie reglos sie dastand.

»Ich habe um zwei hier angerufen. Warum hast du nicht abgehoben?«

Sie leckte sich über die Lippe. »Es könnte auch später gewesen sein.«

»Du könntest auch eine herumhurende Lügnerin sein.«

»Es tut mir leid, Fred. Ich weiß es wirklich nicht mehr.«

Sie war völlig verstört. Das war ein angenehmer Nervenkitzel für Fred.

»Ich will wissen, wo du bist und was du machst, jede verfluchte Minute. Verstanden?«

»Ja, verstanden.«

Bittere Befriedigung erfüllte Fred, als er sah, wie sie den Kopf einzog. Ich kann dich nicht dazu bringen, mich zu lieben, aber ich kann dir eine Höllenangst einjagen, dachte er.

DONNERSTAG

35

Paula Hamilton meldete sich am Telefon. »Oh, hallo Marge.«

»Ich habe von Annette Petroussis gehört und dachte, ich frage mal nach, wie es Ihnen geht.«

»Ich versuche, nicht darüber nachzudenken.« Ihre Stimme zitterte leicht. »Aber es steht natürlich in allen Zeitungen, und wie Sie sich vorstellen können, wird in der ganzen Wohnanlage darüber gesprochen. Mein armer Vater muss sehr viel Kritik über sich ergehen lassen. Die Anwohner beschweren sich darüber, dass sie ein Vermögen für eine gesicherte Wohnanlage bezahlt haben und dennoch ein solches Unglück passieren konnte. Zum Glück scheinen die Zeitungen noch nichts von Severines Verschwinden erfahren zu haben. So auf dem öffentlichen Prüfstand zu stehen, wäre schrecklich für meinen Vater, gerade jetzt, wo sein siebzigster Geburtstag kurz bevorsteht.«

Es klang ganz so, als hätten Langfords Interessen in der Familie Vorrang, dachte Marge. Dabei sollte sein Geburtstag momentan wirklich eine von Paulas geringsten Sorgen sein.

»Also, die Robsons wissen, dass sie vermisst wird, so wie ein paar meiner Kollegen, und natürlich weiß man an der Merton Bescheid. Philippa Farber, Severines Klassenlehrerin, hat sich stellvertretend für die ganze Schule bei mir gemeldet.«

»Ich würde gern mit ihr sprechen, wenn das möglich ist«, sagte Marge. »Sie könnte uns weiterhelfen.«

»Ich habe mich ausführlich mit ihr unterhalten. Sie konnte nichts Neues beitragen.«

»Was ist mit der Vertrauenslehrerin, Henrietta Benatar?«

»Sie musste die Schule wegen einer Unregelmäßigkeit verlassen«, sagte Paula düster. »Sie ist eine eher schwierige Frau. Abgesehen davon werden Sie nichts herausfinden, was ich Ihnen oder der Polizei nicht schon längst erzählt habe. Es sei denn, Sie denken, ich würde etwas verheimlichen?«

Marge war sprachlos. »Nein, natürlich nicht! Ich will doch nur helfen.«

»Es tut mir leid«, sagte Paula. »Ich kann nicht schlafen, nicht essen … ich werde noch wahnsinnig vor Sorge, und jetzt auch noch dieser Mord …«

Die Frau klang vollkommen erschöpft.

»Natürlich, das verstehe ich.«

»Ich muss weiterarbeiten. Aber vielen Dank für Ihren Anruf.«

Ihr Dank klang aufrichtig, aber Marge zweifelte, dass Paula Hamilton sehr erbaut war, von ihr zu hören. Und ganz bestimmt war sie nicht erpicht darauf, dass Marge mit jemandem von der Merton redete.

Marge suchte in den Stapeln auf ihrem Schreibtisch nach dem Bericht der Schule, fand eine Telefonnummer und rief dort an.

Persy fuhr die Spaanschemat River Road hinunter, vorbei an der Strawberry Lane und dem Friedhof an der Ecke mit der Mauer aus Betonfertigteilen und dem überwucherten Gehsteig – zweifelsohne ein Schandfleck und Ärgernis für die Anwohner der gesicherten Wohnanlagen, mit Autos und Trauernden, die Gehsteige und Straßen blockierten. Die Zäune und Mauern grenzten die neuen Bewohner davon ab, genau wie von den schmalen Streifen der Vergangenheit, die es noch immer überall gab. Und vielleicht streiften die Geister der Menschen, die vor Jahrhunderten hier gelebt hatten und gestorben waren, nachts durch diese dunklen Straßen.

Persy war auf dem Weg zu Yusuf Adams, um Quintus Ways Vorschlag nachzugehen. Ein dumpfes Pochen in ihren Schläfen war eine abklingende Erinnerung an den Abend im Buccaneers und ihre Begegnung mit Zweli und Makka. Ihre Abscheu gegenüber diesen beiden zog sie herunter wie toxischer Schlamm.

Sie bestrafte sich selbst für ihr Trinken, dafür, unachtsam gewesen zu sein. Jetzt bekam sie Makkas Andeutung wegen Dina und Tucker nicht mehr aus dem Kopf. Auf keinen Fall würde sie Tucker darauf ansprechen können. Er redete nie mit ihr über seine Kinder. Und das war auch besser so.

Sie bog erst in den Muscat Way, dann in den Summit Way ein. Der Eingang zum *kramat* lag an der östlichen Seite von Groot Constantia. Persy stellte das Auto ab und machte sich an den langen Anstieg zur blassgrünen Kuppel auf Islam Hill. Der Himmel war von klarem Herbstblau, so rein und weit wie die Stirn eines Kindes, ein leuchtender Vorbote der wunderschönen Tage, die mit dem Winter anbrechen würden. Allerdings zog eine massive Wolkenwand mit dichten, düsteren Wolken vom Atlantik her über Constantiaberg. Sie hatte einen schönen Blick über die alten Kork- und Stinkwood-Bäume, die in den geschützten Buchten des Nek wuchsen, über die Weinberge weiter unten im Tal und False Bay sowie über den Indischen Ozean hinweg. Ein kleiner Bach floss entlang des gepflegten Hofs, der zum *kramat* führte. Sie blieb kurz stehen, atmete die kühlere Luft ein.

Dann hörte sie, wie ein Stück Holz unter einem Schritt knackste, und wurde sich der unsichtbaren Gegenwart von jemandem bewusst. Sie wirbelte herum, konnte niemanden sehen, hatte aber das starke Gefühl, beobachtet zu werden. Sie nahm ihre Umgebung mit geschärftem Blick in sich auf; jedes Blatt, jeder Stein trat deutlich hervor. »Wer ist da?«, rief sie heiser. Eine große Gestalt in einem weißen Gewand tauchte hinter den Bäumen auf. Es war der Totengräber. Yusuf Adams.

»As salamu alaykum«, sagte sie erleichtert.

»Wa alaykum salaam.« Er stand da und schaute sie ruhig an, die riesigen Hände vor dem Bauch gefaltet. »Sind Sie hier, um diesem noblen Heiligen in seinem königlichen Hof Ihre Aufwartung zu machen?« Adams starrte nach unten auf die Weinberge. »Sein Name war Sayed Mahmud. Er war einer der religiösen Berater, die mit Sheikh Abdurahman Matebe Shah gefangengenommen wurden. Dem spirituellen und religiösen Führer des Sultanats von Malakka. Er ist am 13. Mai 1668 zusammen mit drei politischen Gefangenen in Ketten am Kap eingetroffen. Malaysier von der Westküste in Sumatra, verbannt nach Constantia.«

Persy fiel wieder ein, dass Yusuf auch als Reiseführer tätig war. Besser, sie unterbrach ihn, ehe sie die ganze Geschichte von Constantia zu hören bekam.

»Tatsächlich bin ich hier, weil ich Sie sehen will, Mr. Adams. Neulich hatte ich nicht die Gelegenheit, mich mit Ihnen zu unterhalten. Sie wissen schon, beim Treffen wegen des Landrechtsprozesses. Sie waren mit Mr. Moses Petersen da.«

Adams nickte feierlich. »Moos ist ein guter Freund. Unsere Familien sind hier zusammen in Constantia aufgewachsen. Muslime und Christen. Damals gab es keine Unterteilung.«

Er schaute hinunter auf das Tal und fuhr fort: »Simon van der Stel, vermutlich ein Mulatte wie wir selbst, und Angestellter der mächtigen Niederländischen Ostindien-Kompanie, hat das Land hier bekommen und sein schickes Haus darauf gebaut.«

»Ähm, ich würde Ihnen gerne ein paar Fragen stellen, wenn ich dürfte …«

»Er hat das Grundstück von hier bis hinunter zum leuchtenden Meer bewirtschaftet«, fuhr Mr. Adams fort. »Ich frage Sie, hat je ein Einzelner etwas so Schönes besessen?«

Persy wusste nicht, ob er eine Antwort erwartete oder ob das Teil seiner Führung war. »Im Lauf der Zeit wurde das Land aufgeteilt, als Erbe oder Gefälligkeit weitergegeben. Die Sklaven von Java, Madagaskar, Mauritius und Sansibar wurden in manchen Fällen mit dem Land weitergereicht.«

Persy zollte Yusuf Adams eine gewisse Bewunderung. Seine schiere Größe, seine Autorität und seine dunkle Stimme ließen ihn wie einen steten Quell der Weisheit erscheinen. Ein Hüter der Flamme einer Zeit, die zwar vergangen, aber nicht vergessen war. Er starrte sie aus seinen dunklen, fast undurchdringlichen Augen an. »Ihre Familie war vielleicht unter diesen Sklaven.«

»Was den Besitzanspruch von Mr. Moses über dieses Land betrifft …«

Adams Blick wanderte wieder zum Tal. »Keiner besitzt dieses Land oder irgendwelches Land«, sagte er. »Man hat vielleicht eine Eigentumsurkunde, aber das heißt gar nichts. Ricardo Heinrich erzählt dem alten Moos, er würde reich, und Moos glaubt ihm. Alter schützt vor Torheit nicht.« Er lachte, aber es klang bitter.

»Aber er sollte doch versuchen, das Land zurückzuerlangen, wenn es ihm unrechtmäßig weggenommen wurde, oder nicht?«
Adams zuckte ablehnend mit den Schultern. »Glauben Sie etwa, dass sich Heinrich um die Unterdrückten dieses Landes sorgt? Ist Meneer Langford etwa reich geworden, indem er den Armen geholfen hat?«
»Meinen Sie damit Gray Langford?«
Adams kluge Augen taxierten sie. »Mr. Gray Langford. Von Propvest. Der gegen Moses' Landanspruch bei Summerley vorgeht. Das wurde uns zumindest gesagt.«
»Langford ist in die Landrückforderung verwickelt?« Das war neu für Persy.
»Heinrich hat den alten Moos davon überzeugt, dass er einen reichen Mann aus ihm machen wird«, wiederholte Adams. »Er glaubt, er wird diese Blumenfarm behalten und ihm wird noch dazu viel Geld zuteilwerden. Aber dieses Geld wird Moos nie zu Gesicht bekommen. Denken Sie an meine Worte. Sie werden ihm Bücher zeigen, mit denen sie ihn über den Tisch ziehen, werden ihm weismachen, dass sie Schulden haben und es keinen Gewinn gibt.«
Persy wurde aus Mr. Adams einfach nicht schlau. War er ein Heiliger, ein kluger Beobachter von Menschen oder ein völliger Phantast?
»Wir Farbigen sind sehr leichtgläubig, Detective. Moos ist ein guter Mann, ein vertrauensvoller Mann. Ich habe alles getan, was in meiner Macht stand, um ihn zu warnen, aber der alte Mann hört nur das, was er hören will.«

Fred hatte sein Auto auf der gegenüberliegenden Seite abgestellt – eine Stelle, von wo aus er einen guten Blick auf das Polizeirevier Diep River hatte. Am liebsten wäre er dort aufgekreuzt, um Detective Persy Jonas' Gesicht zu Brei zu schlagen. Immerhin war der Mistkerl ein Cop, und Fred hatte keine Ahnung, was er geplant hatte. Ricardo prahlte immer damit, dass er die Cops von Diep River in der Tasche hatte, was ziemlich beeindruckend war, schließlich zählte es zu den besten Revieren des Kaps mit der geringsten Korruptionsbereitschaft. Mit einem Mal fühlte Fred sich überfordert. Ein schrecklicher Gedanke geisterte durch seinen Kopf wie ein fledermausartiger Schatten. Was, wenn dieser Cop, Jonas, zusammen mit Natasha und Ricardo ein Komplott gegen ihn anzettelte? Er durfte nicht paranoid werden. Er war unterzuckert, das war das Problem. Er brauchte etwas Süßes. Einen Heidelbeer- oder einen Zitronen-Mohn-Muffin. Er beobachtete, wie die Leute durch die Doppeltür aus Holz und Glas, die zum Dienstzimmer führte, ein und aus gingen. Die meisten Männer sahen aus wie arbeitslose Vertreter und die Frauen wie mittellose, alternde Alleinerziehende ohne Job. Die Verlierer des Lebens, dachte er bitter. Genau wie ich.

Fred träumte oft davon, Nachkomme einer aristokratischen Familie zu sein. Er hatte gehört, dass Splinters ein holländischer oder deutscher Name war. Er hatte helle, fast schon gelbliche Haut. Mit kurzgeschorenen Haaren ging er als Weißer durch. Nur seine Augen verrieten ihn. Von anderen Kindern an der Schule war er *Sjinies* – Chinese – genannt worden. Chinesische Arbeiter waren zum Arbeiten von St. Helena ans Kap gebracht worden, wo sie Ehen mit Farbigen eingegangen waren, wie er gehört hatte.

Mam wusste nichts von ihrer Herkunft. Oder vielmehr, sie sagte nichts dazu. Ich hätte von egal wem gezeugt worden sein können, dachte er mit aufwallender Bitterkeit, die sich gegen seine Mam und den gesamten Splinters-Clan richtete. Neun Kinder von weiß der Teufel wie vielen Vätern.

Fred stieg aus, überquerte die Straße bis zum Polizeirevier. Ein kleiner, schlanker schwarzer Junge oder vielleicht auch ein Mädchen – das konnte man heutzutage nicht mehr so genau sagen – mit Brille und einem »God Bless Africa«-T-Shirt blockierte den Eingang und scrollte gerade auf dem Handy herum. Wieder keimte Wut in Fred auf; manche Menschen waren so verdammt rücksichtslos. Er schob sich an ihm vorbei in das leere Dienstzimmer.

»Kann ich Ihnen helfen?«, fragte ein untersetzter schwarzer Cop mit einem unaussprechlichen Namen auf dem Namensschild. Himmel, die fielen wie die verfluchten Ameisen aus der Transkei bei ihnen ein. Nahmen den Farbigen die Jobs weg. Und dann stellten sich Politiker wie Ricardo auf die Seite der Schwarzen, weil es zweckdienlich war. Das alles war doch zum Kotzen.

»Ich möchte ein gestohlenes Handy melden.« Diese Lüge kam Fred ganz mühelos über die Lippen.

Der Cop schob ihm ein Formular zu. »Füllen Sie das aus.« Kein »bitte«, kein »Sir«.

Ganz sachlich fragte Fred: »Hat Detective Jonas zufällig Dienst?«

»Detective Jonas ermittelt gerade außer Haus. Kann Ihnen sonst jemand helfen?«

»Nein. Ich brauche nur die Aktennummer für die Versicherung.«

Fred notierte einen falschen Namen, Adresse und weitere Details zu einem inexistenten gestohlenen Handy. Als es an der Zeit war, seinen Ausweis vorzulegen, stellte er sich dumm.

»Ach, nee Mann. Ich hab meinen Ausweis vergessen«, sagte er entschuldigend.

»Führerschein?« Der Cop schaute ihn sich näher an.

»Ist im gleichen Geldbeutel. Ich hole ihn schnell.«

Der Cop schaute über seine Schulter und sagte: »Detective Jonas ist jetzt hier. Hey, Jonas! Da ist jemand für dich!«

Fred drehte sich um, erkannte das »God Bless Africa«-T-Shirt; und gleichzeitig ging ihm auf, dass es sich um eine Frau handelte, eine Farbige, trotz der afrikanischen Zöpfchen. Das war die Person, die ihm Alpträume verursacht hatte? Am liebsten hätte er laut gelacht. Er konnte sich kaum beherrschen.

»Wie kann ich Ihnen weiterhelfen?«

Er traf auf ihren kühlen, fragenden Blick hinter den Brillengläsern. Prägte sich die weitstehenden mandelförmigen Augen und die zarte Nase ein.

»Ach, egal«, sagte Fred zu dem Cop hinter dem Tresen, »ich komme später noch mal wieder.«

Damit hastete er hinaus, ohne sich noch einmal umzudrehen.

FREITAG

36

Gray Langfords Haus in Dieu Donné war auf einer kleinen Erhebung gebaut, und es war das größte Haus in der ganzen Wohnanlage – fast schon eine Anlage innerhalb der Anlage. Der Rasen war so samten wie ein Golfplatz, gesäumt von einer stark bewachsenen Einfassung. Persy wurde von einem Wachmann zu einem Parkplatz voll teurer Autos dirigiert. Die Nachtluft war lau, es war einer dieser Spätsommerabende, wie sie manchmal im April vorkamen.

Nach langem Hin und Her war es Nim gelungen, Nosapho Dasheka ausfindig zu machen, und er hatte herausgefunden, dass sie heute Abend bei einer Party bei Langford arbeiten würde. Nim musste für die Beschlussfähigkeit bei einem wichtigen Treffen seines geliebten African National Congress dabei sein, also ging Persy die lange Auffahrt allein hinauf. Das Haus war hell erleuchtet, bestrahlte die Gäste, die in Gruppen auf der Terrasse zusammenstanden. Kellner in weißen Hemden und Fliege liefen mit Tabletts voller Getränke zwischen ihnen herum. Das war ein Anblick, der so weit von Persys Realität entfernt war, er könnte geradewegs aus einem Film oder einem Traum stammen.

Ein weißer Kerl mit einem Justin-Bieber-Haarschnitt und einer ebensolchen Haltung kam aus der Tür. Er musterte Persy von oben bis unten, betrachtete ihre Jeans und ihren dünnen Leinenblazer, unter dem sie Holster und Pistole trug. Das ist das Eleganteste, was ich habe, Arschloch, hätte sie am liebsten gesagt.

Der Blick, den er ihr zuwarf, als sie ihre Dienstmarke zückte, war Gold wert. »Ich bin hier, um mit Mrs. Nosapho Dasheka zu sprechen.«

»Gehen Sie hintenrum«, sagte er pikiert.

Persys Schritte knirschten über den Kies zum Bediensteteneingang. Der Transporter eines Caterers stand davor, und zwei Männer hievten Kisten mit Alkohol vom Lieferwagen der Gastro-Firma. Auch die

Küche war hell erleuchtet, es dampfte und Töpfe klapperten. Ein halbes Dutzend junger Frauen in kurzen schwarzen Röcken richtete Teller an und rauschte dann mit vollen Tabletts hinaus auf die Terrasse. Andere Frauen, darunter Nosapho Dasheka, kümmerten sich um die untergeordneteren Aufgaben wie Aufräumen, Saubermachen, Abspülen. Nosapho entdeckte Persy und kam zu ihr, trocknete sich die Hände am Geschirrtuch ab und sah sie argwöhnisch an.

Eine der anderen Frauen sagte etwas auf Xhosa, mit tiefer, dringlicher Stimme, dabei bedachte sie Persy mit unfreundlichen Seitenblicken, wollte wohl ganz eindeutig von Nosapho wissen, ob alles in Ordnung war. Nosapho schickte sie weg.

»Alles okay?«, fragte Persy sie.

Nosapho starrte sie an. Es war, als wäre diese Frau stumm.

»Ich habe gehört, dass Sie seit Sonntag nicht mehr bei Ihrer Arbeit erschienen sind.«

»Ich hatte familiäre Probleme«, sagte Nosapho schließlich. »Mit meiner Tochter.«

»Es tut mir leid, das zu hören. Wie alt ist sie?«

»Siebzehn.«

»Genau so alt wie Severine?« Die Art, wie die Frau ihrem Blick auswich, zeigte Persy, dass sie etwas vor ihr verheimlichte. »Wissen Sie, wo Severine ist, Mrs. Dasheka?«

»Hab's dem Polizisten schon erzählt. Ich weiß nichts.« Damit hob sie die Kiste mit den leeren Weinflaschen hoch und hoffte wohl, vor Persy in den Hof flüchten zu können, aber Persy sagte: »Lassen Sie mich Ihnen helfen« und griff nach einer Seite. Zusammen trugen sie die Kiste nach draußen und stapelten sie auf einen immer größer werdenden Haufen.

Von diesem etwas erhöhten Aussichtspunkt fielen Persy wieder die verschiedenen Schornsteine eines Gebäudes auf, das sie schon von Severines Zimmer aus gesehen hatte, ein fast schon gotisch anmutendes Gebäude an der westlichen Grenze von Dieu Donné.

»Was ist das?«, fragte Persy und zeigte darauf.

Nosapho zuckte mit den Schultern. »Weiß nicht, wie es heißt. Da leben die Nonnen«, sagte sie.

Persy musste wieder an den Rosenkranz in Severines Zimmer denken. »Ist Severine je dorthin gegangen?«
Nosapho zögerte. »Vielleicht. Glaub schon.«
Sie wandte sich ab und ging zurück, so dass Persy ihr hinterhergehen musste. Sie betrat die hell erleuchtete Küche, wo sie auf einmal vor einer blassen, angespannt wirkenden Paula Hamilton stand.
»Detective Jonas! Ich habe meinen Ohren nicht getraut, als mir der Türsteher sagte, eine Polizistin sei eingetroffen. Was machen Sie hier in der Küche?« Der Tonfall der Frau war kühl, hatte schon fast einen unfreundlichen Beiklang.
»Ich habe Mrs. Dasheka ein paar Fragen gestellt.«
»Was immer Nosapho zu sagen hat, kann sie auch vor ihren Arbeitgebern sagen«, erwiderte Paula spitz.
»Das müssen Sie schon der Polizei überlassen«, sagte Persy so freundlich, wie sie konnte, dachte aber bei sich, leck mich, Lady. Nosapho wandte sich unterdessen ein paar schmutzigen Tellern zu und stapelte diese auf.
»Tja, wenn Sie jetzt fertig sind, dann sollten Sie wohl besser mit mir kommen, damit die Leute hier ihre Arbeit erledigen können«, sagte Paula und schob Persy aus der Küche. Sie gingen den langen Gang hinunter, und der Lärm der Party wurde immer lauter. An einer offenen Tür zu einem schön dekorierten Wohnzimmer blieb Persy stehen. Dahinter ging ein großer Wintergarten in die Terrasse über, die sie von der Auffahrt gesehen hatte. Eine bunte Mischung schick gekleideter Leute, allesamt Weiße, stand plappernd in kleinen Gruppen beieinander.
»Nette Party«, meinte Persy.
»Es ist der siebzigste Geburtstag meines Vaters«, erwiderte Paula kurz angebunden. »Lassen Sie uns woanders unter vier Augen sprechen, ja?« Was so viel hieß wie, sie wollte nicht, dass ein Cop sich hier herumtrieb und die Feierlichkeiten durcheinanderbrachte. Persy folgte Paula in ein abgedunkeltes Zimmer. Als Paula das in die Decke eingelassene Licht einschaltete, kam ein Zimmer voller Bücher zum Vorschein. Teurer Schreibtisch, glänzendes Holz. Ledersessel.
»Nettes Zimmer«, sagte Persy.

»Das ist das Büro meines Vaters.« Zerstreut spielte Paula an ihrem Haar herum. »Also, wie genau kann ich Ihnen weiterhelfen, Detective? Ich dachte, Sie hätten schon alle nötigen Informationen von uns bekommen.«

In genau diesem Moment ging die Tür auf und Langfords massige Gestalt tauchte in der Tür auf. »Paula, ich will jetzt eine kurze Rede halten.« Als er Persy erblickte, runzelte er die Stirn. »Was zum Teufel hat sie hier verloren?«

»Sie wollte mit Nosapho sprechen.«

»Weswegen? Keine Neuigkeiten, Severine betreffend, nehme ich an?«, sagte er verächtlich an Persy gerichtet.

»Bislang nicht, nein. Sie gilt immer noch als vermisst, Sir.«

»Obwohl diese Petroussis ermordet wurde?«

Paula presste sich die Hand auf den Mund.

»Reiß dich zusammen, Himmel noch mal, Paula«, sagte Langford unwirsch. »Du kannst heute nicht so aussehen, als wäre das das verfluchte Ende der Welt. Ich erwarte von meiner Familie, dass sie sich zusammenreißt und eine gute Miene macht, gerade heute!«

»Sir, ich muss Ihnen ein paar Fragen stellen«, sagte Persy.

»Nicht jetzt. Meine Gäste erwarten mich. Paula?«

Während Paula sich folgsam zum Gehen aufmachte, meldete sich Persy noch einmal zu Wort: »Wie ich gehört habe, gehen Sie gegen Mr. Moses Petersens Landrückforderung von Summerley vor.«

Nervös zog Paula den Atem ein.

Mit versteinerter Miene wandte sich Langford zu ihr um. »Wie bitte?«

»Propvest ist doch Ihre Firma.«

»Ja. Aber ich wüsste nicht, weshalb Sie das etwas angeht, Detective.«

»Das muss Ihnen doch schrecklich ungelegen kommen. Ricardo Heinrich setzt Mr. Petersen über eine mögliche Landrückforderung in Kenntnis, und zwar genau dann, als Propvest Summerley Farm von Mr. Badenhorst aufkaufen will.«

Langford lächelte, aber seine Augen blickten sie kalt an. »Machen Sie sich keine Sorgen. Propvest wird mit allen Mitteln gegen diese Landrückforderung vorgehen.«

Doch Persy hatte Blut geleckt und nutzte ihren Vorteil.
»Hat Mr. Heinrich Ihnen je gedroht, Sir, direkt oder indirekt?«
»Ich habe keine Ahnung, wie Sie auf eine solche Idee kommen«, sagte er scharf, rang allerdings leicht um seine Fassung. »Ich warne Sie, Detective, stellen Sie keine Spekulationen an, die meine Geschäfte betreffen. Ich bin äußerst streitsüchtig, wenn es um meinen geschäftlichen Ruf geht. Und jetzt gehen Sie bitte.«
Und damit rauschte er, gefolgt von Paula, aus dem Zimmer. Persy wartete noch einen Moment, dann ging sie ebenfalls hinaus in den Gang. Sie entdeckte eine offen stehende Tür zum Wohnzimmer und schlenderte hinein, mischte sich unter das Partyvolk.

Lautes Gelächter übertönte die sanfte Hintergrundmusik, eine Mischung aus abgedroschenen Hits, die ineinander übergingen. Die Fenster waren mit schweren cremefarbenen Stoffen dekoriert, und von der Decke hingen Kronleuchter. In der Mitte des Raumes stand ein langer Tisch. Kristallgläser spiegelten sich in schwerem, weißem Geschirr und Silberbesteck; Unmengen von teuer aussehenden Blumenarrangements und Kerzen erstrahlten in großen Gläsern und Vasen.
Die Gäste hatten sich hauptsächlich auf der Terrasse versammelt. Unbemerkt glitt Persy zwischen ihnen hindurch. Laute Lachsalven und aggressive englische Wortfetzen übertönten den allgemeinen Lärm. Kurze, im Vorbeigehen aufgeschnappte Unterhaltungen gaben ihr das Gefühl, als hätte sie soeben ein fremdes Land betreten.
»Er hat doch mindestens hunderttausend für das verfluchte Pferd bekommen.« »Die Hilfskraft ist super billig, aber die Einheimischen sind ja so faule Kerle. Hör auf meinen Rat und such nach einem malaiischen Hausdiener.« »Mein Sohn geht auf die Bishops. Ich schicke ihn zurück nach England, wenn er das Abitur in der Tasche hat.« »Ist man in das Telekommunikationsgeschäft in Afrika involviert, dann kann man sein Geld quasi selbst drucken.«
Das Fiepen einer Rückkopplung ließ die Anwesenden verstummen. Langfords Stimme dröhnte über eine Lautsprecheranlage. Die Aufmerksamkeit aller war auf den breiten Brustkorb und den Löwen-

kopf des Gastgebers gerichtet. Langford war errötet und trug die prahlerische Großkotzigkeit eines erfolgreichen Mannes zur Schau, der sich dem normalen Fußvolk überlegen glaubt.
»Ich sagte, ich würde keine verfluchte Rede halten, aber die kleine Lady hat mir gesagt, ein paar Worte des Dankes wären angebracht.« Sobald diese abgeschlossen waren, ging Langford zu einer Retrospektive seines Lebens über.
»Wie alle wissen, habe ich es in meinen siebzig Jahren auf der Erde zu einer erfolgreichen Karriere gebracht, weil ich verdammt hart dafür gearbeitet habe. Aber ich habe auch intensiv genossen. Und zum Glück ist auch meine Verfassung hervorragend. Manchen ist sie sogar etwas zu gut!«
Die Menge lachte.
»Aber ehe ich weiterrede, sollte ich vielleicht noch erwähnen, dass ich meine Familie zu meinen Erfolgen zähle.«
»Bravo!«, rief jemand.
»Meine Frau Geraldine.« Er tätschelte den Rücken einer gepflegten, matronenhaften Frau, die neben ihm auftauchte. »Gut gemacht, altes Haus. Sie kommt mit meinen höllischen Tobsuchtsanfällen zurecht.«
Leises, beklommenes Gekicher. Verlegen tauchte Paula auf der anderen Seite neben ihm auf. »Und meine Tochter Paula. In Natal sagen die Bauern, dass die Kuh regelmäßig und frühzeitig gedeckt werden muss, wenn man männliche Kälber will, und diesem Ratschlag bin ich gefolgt, wie Gerry bestätigen kann.« Er klopfte ihr auf den Po.
Mehr Gelächter.
»Aber bei uns war das nicht notwendig. Wir hatten eine Tochter, die mir eine Enkelin geschenkt hat, also dominieren bei uns ganz eindeutig die weichlichen Gene. Die Entschädigung dafür ist, dass meine Tochter eine brillante, international anerkannte Ärztin ist, und meine Enkelin Severine, die heute Abend leider nicht bei uns sein kann, tritt in die herausragenden Fußstapfen ihrer Mutter. Sie wird nächstes Jahr nach Oxford gehen.«
Es wurde applaudiert und gepfiffen. Persy erkannte, dass Langford nicht vorhatte, seine Party vom Drama seiner verschwundenen Enkelin überschatten zu lassen, und seine Gäste schienen noch nicht ein-

mal im Bilde darüber zu sein, dass sie vermisst wurde. Während Langford über seine sportlichen Erfolge an irgendeinem versnobten Internat schwafelte, richtete sich Persys Aufmerksamkeit auf das plötzliche Durcheinander an einem Tisch ganz in der Nähe. Clive Hamilton sah in seinem bestickten Hemd mit Krawatte leicht lächerlich aus; er stand an der Bar, schickte den Barkeeper weg und versuchte, sich selbst einen Drink zu mischen. Alkohol schwappte über den Tisch und wurde diskret von einem Kellner weggewischt. In diesem Moment sah Clive auf und entdeckte Persy. »Detective«, lallte er, »ich hatte ja keine Ahnung, dass Sie eine Einladung bekommen haben.«

»Habe ich auch nicht«, sagte Persy. »Ich war hier, um mit Mrs. Dasheka zu sprechen.«

»Ach ja, Nosapho – die Hüterin aller Familiengeheimnisse ...«

Clive runzelte die Stirn, dann schaute er auf seinen Drink, als wäre er überrascht, ihn in der Hand zu haben. Plötzlich ein Verzerren des Verstärkers, die Lautstärke schnellte nach oben, und Langfords Stimme schallte von der Terrasse herüber: »... ich sehe zurück auf meine Tage im Michaelhouse ...«

Clive schwankte leicht. »Dieser alte Bastard ist so ein verdammter Langweiler. Mir wäre es am liebsten, er würde auf der Stelle tot umfallen.« Er nahm einen Schluck. »Dann würde er uns zwanzig weitere Jahre vom gleichen Mist ersparen.«

»Sie mögen ihn nicht?«

»Das ist untertrieben. Wir können uns auf den Tod nicht ausstehen. Aber das haben Sie inzwischen bestimmt schon ganz allein herausgefunden.« Clive hatte Mühe, Persy klar zu sehen.

»Wie ist seine Beziehung zu Severine?«

»Genau wie die zu allen anderen. Geschäftlich. Er denkt, er könne sie kaufen und verkaufen.« Seine Stimme klang gequält. »Aber alles Geld der Welt bedeutet Sev nichts.«

Er schüttete seinen Drink hinunter, dann schaute er sie aus trüben Augen an. »Ganz egal, wo sie jetzt ist, da hat sie es besser, glauben Sie mir, Detective.«

SAMSTAG

37

Nosapho kam erst um zwei Uhr nachmittags nach Hause. Offiziell war das ihr freier Tag, aber sie war über Nacht bei den Langfords geblieben, um beim Aufräumen nach der Party zu helfen. Sie hatte nicht gut geschlafen, war nur hin und wieder eingedöst, machte sich die ganze Zeit Sorgen um Mandisa. Wie viele Stunden war sie kreuz und quer durch Makhaza gezogen und hatte die Straßen und Kneipen nach ihrer Tochter abgesucht.

Zurück zu Hause half sie Asanda beim Kochen von dem, was an Kohl und Kartoffeln noch übrig war, und gab das letzte Stück Huhn für etwas Geschmack hinzu. Sie erstickte den Eintopf in Aromat, weil der Kohl alt und hart war und einen bitteren Geschmack hatte, und auch das Hühnchen hätte schon vor Tagen gegessen werden sollen. Nosapho hatte gehofft, dass sie Reste von der Party bekommen würde, doch das meiste davon war weggeworfen worden. Ein paar Angestellte hatten Essen in Plastiktüten gestopft, bevor Mrs. Langford nach unten kam, um die Aufräumarbeiten zu überwachen, aber Nosapho war zu ehrlich, etwas einfach einzupacken, und zu stolz, darum zu bitten.

Nach der Wiederholung der Seifenoper *Isidingo* kam Zakhele nach Hause. Nosapho bemerkte sofort, dass etwas nicht stimmte. Ihr Sohn konnte nichts vor ihr verbergen.

»Ich hab Mandisa gesehen«, sagte er.

Nosapho war, als würde sie gleich zusammenbrechen. Sie klammerte sich an der Herdkante fest.

»Beim *spaza*. Sie hatte dieselben Klamotten an. Sie ist so dünn, Ma.«

»Hast du mit ihr geredet?« Nosaphos Herz pochte wie wild.

»Ich hab ihr gesagt, dass sie nach Hause kommen muss. Sie hat nichts gesagt. Saß mit ein paar anderen in einem Auto.«

»Mit was für anderen?« Nosapho wusste es. Mit Dieben, Gangstern, den Freunden ihres Freundes. Zakhele schaute weg, er ertrug es nicht, ihr in die Augen zu sehen. »Sie wohnt im Haus von Axoliles Mutter.«

In dem Moment dachte Nosapho, dass sie vor Schande vergehen würde. Ihr Kind im Haus dieser Frau!

Sie nahm ihre Schürze ab, zog eine lange Weste mit Gürtel an, ihre guten braunen Schuhe und wickelte sich einen Schal um den Kopf. Dann betrachtete sie sich im gesprungenen Spiegel über dem Becken und nahm ihre Handtasche von der Lehne des Stuhls.

»Wohin gehst du?«, fragte Asanda. »Essen ist fertig.«

»Du weißt, wohin ich gehe.«

»Dann lass mich dich begleiten«, bettelte Zakhele, doch er wusste um ihre Dickköpfigkeit und Entschlossenheit.

»Nein. Ich gehe allein.«

Sie spürte, wie man ihr die Straße hinunter nachsah, als wüsste jeder, wohin sie unterwegs war, als wüssten alle, dass sie die Kontrolle über ihre Tochter verloren hatte. Sie hielt den Kopf stolz erhoben, dachte daran, wie sie Mandisa zuletzt gesehen hatte – mit Flipflops und Shorts –, das war, als Nosapho sie zum *spaza*-Shop geschickt hatte, von wo sie nicht zurückgekommen war.

Ihre Nachbarn in Makhaza wussten, dass Nosapho für eine reiche Familie arbeitete, und beneideten sie darum. Aber jetzt kreuzte die Polizei hier auf und suchte nach Severine. Und Nosapho befürchtete, wenn sie das mit Mandisa herausfanden und von ihrer Freundschaft mit dem Tsotsi Axolile erfuhren, dann würde die jahrelange Arbeit für die Hamiltons um ihre sauer verdiente Sicherheit von einer Sekunde zur nächsten der Vergangenheit angehören. Und wer würde sie alle dann unterstützen?

Axolile Samas Haus war etwa zwanzig Minuten zu Fuß entfernt. Sie wollte kein Geld für ein Taxi verschwenden; noch würde es eine Weile hell sein, also hatte sie genug Zeit, um dorthin zu kommen, ihr Kind zu holen und es nach Hause zu bringen.

Als sie schließlich bei Samas Haus eintraf, wurde es langsam dunkel, und ihre Wut hatte sich in Besorgnis verwandelt. Die Ecke hier war nicht wie Makhaza, wo hauptsächlich Hausbesetzer wohnten. Doch trotz der neueren RDP-Häuser mit zwei Zimmern und dem kleinen, staubgebeutelten, umzäunten Gartenstück war dies keine achtbare Gegend.

Als Nosapho um die Ecke bog, sah sie die Männer auf der Treppe davor und an den offenen Autotüren herumlungern, und fast hätte sie die Nerven verloren. Sie hatte gehört, dass Mrs. Sama eine stadtbekannte Kaschemme in ihrem Garten führte, wo die Leute Alkohol und Drogen kauften. Ein junger Mann kam gerade hinter dem Haus hervor, schleppte Viertelliterflaschen an. Er trug eine ärmellose Orlando-Pirates-Jacke und eine Baseballkappe, die er ganz frech schief aufgesetzt hatte. Zuerst dachte sie, es wäre Axolile, aber dann sah sie, dass er sehr viel älter war. Er entdeckte Nosapho.

»Kann ich Ihnen helfen, *mama?*«

»Ich suche Axolile Sama.«

Der Mann ging zu den Männern, die beim Wagen standen, und reichte ihnen die Flaschen. Nachdem das Geld den Besitzer gewechselt hatte, stiegen die Männer ein und fuhren langsam weg.

»Kommen Sie hier lang«, sagte er.

Sie folgte ihm durch das Gittertor, das nur noch halb in den Angeln hing, auf die andere Seite des Hauses zu einem verschlossenen Sicherheitstor. Laute Musik und der Geruch von gegrilltem Fleisch drangen vom angrenzenden Garten herüber. Durch die Eisenstäbe des Tors sah sie ein Stück rostiges Eisendach, das vom hinteren Teil eines gemauerten Hauses abging. Unter diesem Schutzdach saßen Männer zusammen, tranken und sahen zu, wie das Fleisch auf den improvisierten Grills aus Blechtonnen garte. Ein paar Mädchen saßen neben den Männern oder standen ebenfalls trinkend herum.

»Warten Sie hier.« Der Mann trat durch das Tor und schloss hinter sich wieder ab. »Ich hole Axoliles Mutter.«

Eingehend sah Nosapho sich die Gesichter der Mädchen an, hoffte Mandisa unter ihnen auszumachen. Dann kam der Mann zusammen mit einer Frau in einem Top mit Leopardenmuster und enganliegenden weißen Jeans zurück. Das Gesicht der Frau war ausdruckslos,

aber die Atmosphäre um sie herum knisterte geradezu vor Feindseligkeit. »Ja? Was wollen Sie?«
»Ich bin hier, um mein Kind abzuholen«, sagte Nosapho.
Ungläubig schnaubte die Frau. »Und wer ist dein Kind, *sisi?*«
Der junge Mann starrte sie an, jetzt nicht mehr ganz so freundlich wie zuvor, und spielte mit einem Streichholz, das zwischen seinen Lippen steckte.
»Mandisa.«
»Hier ist niemand, der so heißt.«
Nosapho wusste, dass Mandisa hier war, spürte schon fast, wie ihr Geist nach ihr rief.
»Man hat mir gesagt, dass mein Kind hier ist.«
»Wer hat Ihnen das gesagt?«
Nosapho blieb standhaft stehen, aber innerlich zitterte sie. »Sagen Sie ihr, sie soll rauskommen, oder ich hole die Polizei.«
Höhnisch lachte die Frau. »Gehen Sie doch zur Polizei. Die können nichts machen.«
Nosapho erhob die Stimme. »Lassen Sie mich mit Ihrem Sohn sprechen.«
Verächtlich schaute Mrs. Sama sie an. »Axolile ist nicht hier.« Sie winkte den Mann herbei, der kam und das Tor öffnete. Nosapho nutzte die Gelegenheit und versuchte, in den Garten vorzudringen. »Ich will mein Kind«, sagte sie sturköpfig. Der Mann blockte sie ab, ehe sie weitergehen konnte. Mrs. Sama wedelte mit den Armen, als würde sie sie wie ein Huhn verjagen wollen. »*Haai,* verschwinden Sie von meinem Haus! Ihr Kind ist nicht hier!«
Dann wurde das Tor wieder zugeschlagen, und Mrs. Sama und der Mann verschwanden. Nosapho starrte zu einem Mann und einem Mädchen, die miteinander tanzten. Das Feuer spiegelte sich auf den Brüsten des Mädchens, auf ihrer glänzenden dunklen Haut. Der Mann war sehr viel älter. Mit halb geschlossenen Augen streichelten seine Hände über den Po des Mädchens, während er seine Hüfte nach vorne stieß. Das Mädchen mit dem kurzen engen Rock und den High Heels rieb sich an ihm. Schamesröte überzog Nosaphos ganzen Körper und ließ ihre Haut unangenehm kribbeln. Was wür-

den der Pfarrer und seine Frau nur denken, wenn sie herausfanden, dass Mandisa hier lebte? Sie waren gute Leute, sie würden für Mandisa beten, aber die anderen Frauen in der Kirche würden hinter ihrem Rücken lästern.

Sie stand da, zwang Mandisa gedanklich, aus dem Haus zu kommen. Ihre Scham verwandelte sich nach und nach in hoffnungslose Verzweiflung. Sie wollte doch nur wissen, ob es ihrer Tochter gutging. Irgendwann gab sie auf, wandte sich ab und machte sich im Dunkeln auf den langen Weg nach Hause.

Persy war in ihrem Büro auf dem Revier und studierte die Website von Propvest. Es war eine riesige Firma, spezialisiert auf Sicherheit und Golfanlagen. Gray Langford wurde als CEO aufgeführt. Sie fand heraus, dass Dieu Donné, »das am exklusivsten gesicherte Dorf am Kap«, französisch war und *gottgegeben* bedeutete. Am liebsten hätte Persy gelacht. Genau das dachte Gray Langford von sich selbst.

Nimrod kam mit der Yogamatte unter dem Arm ziemlich verschwitzt ins Büro. Dass Nimrod gleich um die Ecke in einer öffentlichen Bücherei zum Yoga ging, wo zur Mittagszeit kostenlose Kurse angeboten wurden, gab Anlass zu viel Gelächter auf dem Revier. Wegen seiner Skoliose hatte er Rückenschmerzen und behauptete, Yoga würde wirklich helfen. Er war noch erstaunlich beweglich für jemanden, der in Kürze in Rente gehen würde.

»Wie war's beim Yoga?«, fragte Persy.

»Au, verdammt – das war vielleicht anstrengend! Ich war gestern nach dem Treffen noch in ein paar Kneipen. Ich hab heute Morgen vielleicht einen *babbelas.*«

»Dann passt ja alles bei dir.«

Sie berichtete Nim von der Party bei Langford, von ihrer Unterredung mit Nosapho Dasheka, ihrer Auseinandersetzung mit Gray Langford und dem merkwürdigen Intermezzo mit Clive Hamilton.

»Ein bisschen Unterstützung gestern Abend wäre nett gewesen«, grummelte sie. »Während du mit deinem politischen Zeugs zugange warst.«

»Du wärst überrascht, was man so alles herausfindet, wenn man mit den Mitgliedern vom ANC etwas trinken geht.« Nim tippte sich an die Nase. »Ich habe mit Freunden von Ricardo Heinrich gesprochen – also, na ja, sie behaupten, sie wären Freunde, aber du weißt ja, wir sprechen hier von Politik.«

»O ja!« Persy hatte so ihre Vorbehalte bei allem, was mit Politik zu tun hatte.

»Sie hassen ihn. Sie sagen, er leitet eine Black-Economic-Empowerment-Firma, die sich um Investmentfonds kümmert, aber er und seine Frau arbeiten wohl in die eigene Tasche.« Nimrod gluckste zynisch. Manchmal hatte Persy den Eindruck, als würde ihn das Leben grundsätzlich amüsieren.

»Sie sagen, er prahlt damit, dass er ein großes Grundstück in Constantia von den Weißen in einer Landrückforderung zurückbekommen wird.«

»Summerley?«

Nim zuckte mit den Schultern. »Er sagt, er will dort Sozialwohnungen für Schwarze und Farbige bauen. Aber meine Kameraden sagen, das sei Bullshit. Sie glauben, dass er irgendwas geplant hat.«

»Von wem hast du das gehört?«

»Das kann ich dir nicht sagen. Diese Leute werden von Heinrich eingeschüchtert. Aber die Info kam von Gewerkschaftsleuten von früher.«

»Wie passen die Petroussis in diese Geschichte?«

Nimrod zuckte wieder mit den Schultern. »Das weiß keiner.«

Dina tauchte plötzlich mit energischem Gesichtsausdruck in der Tür auf. »Jonas, in mein Büro, sofort.«

Persy starrte dem verschwindenden Rücken ihrer Chefin hinterher. Dieser Befehlston und die stocksteife Körpersprache konnten nur eine Sache bedeuten. Raelene Markgraaf hatte Dina erzählt, dass sie Tucker und Persy im Traumazimmer überrascht hatte. Die Axt würde in Kürze auf sie niedersausen.

»Mach die Tür zu und setz dich bitte.« Persy ließ sich ganz vorn auf der Stuhlkante nieder.

Dina schaute auf ein Formular vor sich, dann reichte sie es Persy.

»Gegen dich ist eine offizielle Beschwerde eingereicht worden.« Persy las es durch. Ungläubig las sie es ein zweites Mal.

»›Jonas hat das Leiden der bei der Zeremonie anwesenden Mitstreiter im Kampf um das Bewahren des südafrikanischen Nationalerbes nicht geachtet und in den an mich gerichteten Äußerungen eine konterrevolutionäre und reaktionäre Haltung erkennen lassen.‹ Verdammt, was hatte der denn geraucht?«

Dina verschränkte die Arme. »Als Mitglied des SAPS darfst du politisch nicht voreingenommen auftreten.«

»Ich bin nicht voreingenommen«, platzte Persy heraus. »Ich hasse alle Politiker gleichermaßen.«

»Heinrich sagt, du hättest deine politische Verbundenheit gegen die Kräfte des Wandels deutlich gemacht.«

»Das ist doch total schwachsinnig.«

Dina hielt beschwichtigend eine Hand hoch. »Das ist eine offizielle Beschwerde, Jonas. Ich nehme sie ernst. Bis diese Angelegenheit geklärt ist, ziehe ich dich offiziell vom Petroussis-Fall ab.«

»Heinrich versucht, mich auszuschließen, weil er weiß, dass ich an ihm dran bin, weil bei dieser Landrückforderung irgendetwas faul ist«, widersprach Persy.

»Wenn du konkrete Beweise für Korruption hast, dann leg sie mir vor. Andernfalls lässt du diesen Fall sofort fallen. In der Zwischenzeit kannst du dich auf eine Anhörung vorbereiten.«

»Welche Anhörung?« Persy starrte Dina an.

»Die vor dem Disziplinarausschuss, den ich gegen dich einberufen muss, Anordnung vom National Commissioner.«

»Das kann nicht dein Ernst sein.« Persy war verblüfft.

»Heinrich ist ein populärer Politiker in dieser Stadt und hat ein paar sehr einflussreiche Freunde. Darunter einige hochrangige Polizisten und andere in wichtigen Gremien. Mit diesen Leuten legt man sich nicht an. Ich kann es mir nicht leisten, dass mein Revier zur Zielscheibe wird, weil du *jou bek* nicht halten kannst, was deine Meinung betrifft.«

»Ich war nicht im Dienst und habe als Privatperson gehandelt.«

»Als Polizistin bist du immer im Dienst, Jonas. Wir haben auf diesem

Revier auch so schon genug Druck. Lass Ren mit dem Petroussis-Fall weitermachen. Konzentrier du dich auf das Mädchen der Hamiltons und die ganzen anderen Fälle, die sich auf deinem Schreibtisch türmen.«

»Ich glaube, dass es zwischen dem Hamilton- und dem Petroussis-Fall eine Verbindung gibt.«

Dina schüttelte den Kopf. »Lass gut sein, Jonas. Manchen sollte man besser nicht auf den Schlips treten.«

»Was hat das noch damit zu tun, unparteiisch zu sein?«

»Hör zu, Jonas. Du bist ein guter Cop und eine der wenigen, der ich vertraue«, sagte Dina leise. »Eines Tages könntest du auf dem Stuhl sitzen, auf dem ich gerade sitze. Aber manchmal muss man einfach strategisch vorgehen.« Sie fing an, die Unterlagen auf ihrem Schreibtisch umzuschichten – ein Zeichen für Persy, dass sie gehen konnte. Aber Persy war nicht bereit, das so stehen zu lassen.

»Selbst wenn das bedeutet, dass man die Gerechtigkeit behindert?«

Dina schaute auf. »Es tut mir leid. Ich kann nicht noch mehr Kriege führen. So, wie die Dinge liegen, geht meine Ehe gerade den Bach runter«, sagte sie niedergeschlagen.

Persy wurde übel. »Tut mir leid«, murmelte sie. »Ich weiß nicht, was ich jetzt sagen soll.«

»Ich glaube, dass Ren eine Affäre hat«, fuhr Dina zerstreut fort. »Das vermute ich schon seit einer ganzen Weile. Er ist ein attraktiver Kerl und hat sich schon immer durch fremde Betten geschlafen. Aber mit mir hat er Kinder, also habe ich ein gewisses Anrecht auf ihn.« Mit Schrecken stellte Persy fest, dass Tränen in Dinas Augen traten. »Das gerade zerreißt meine Familie. Meine Kinder schlafen unruhig, insbesondere mein Ältester, Xander, der behindert ist.«

»Das tut mir so leid«, flüsterte Persy zerknirscht. Schuld und Scham überrollten sie.

»Versteh mich nicht falsch«, sagte Dina hastig. »Ich bitte dich nicht darum, meinen Mann auszuspionieren.«

»Das hätte ich … nie gedacht.«

»Sag Ren bitte nichts davon. Ich weiß, dass er ein richtiger Mistkerl sein kann, aber du kannst sehr viel von ihm lernen.«

»Ja, klar. Sicher.« Persy stand auf, sie wollte nur noch raus aus diesem Büro. Ihre Hand lag schon auf dem Türgriff, als Dina sagte: »Ach, und Jonas?«

»Ja?«

»Raelene war ganz schön angepisst. Sie hat mir erzählt, du hättest das Traumazimmer für etwas benutzt, was sie ›Aktivitäten ohne Arbeitsbezug‹ nannte. Halte dich zukünftig von ihrem Bereich fern.«

Persy lächelte gequält. »Kein Problem.«

Mit pochendem Herzen verließ sie das Büro. Wusste Dina nun etwas oder nicht? Hatte sie einfach nur einen Verdacht geäußert, eine Warnung formuliert oder an Persys weiche Seite appelliert? Was auch immer das war, jetzt ging es ans Eingemachte. Persy konnte nicht länger mit den Lügen und Enttäuschungen weiterleben. Sie würde ein für alle Mal mit Tucker Schluss machen.

38

Nim und Persy hätten die Abzweigung nicht bemerkt und wären geradewegs daran vorbeigefahren, hätten sie nicht nach ihr Ausschau gehalten. Auf einem winzigen Schild, das man vage durch die wuchernden Büsche am Eingang erahnte, stand »Schönstatt Retreat«. Nim bog auf die geteerte Einfahrt ab, dann fuhren sie die gewundene Straße durch den großen Garten hinunter, in dem Korkbäume, Eichen und Norfolk-Tannen standen. So gut versteckt hinter den Bäumen waren die markanten Türmchen von der Straße aus kaum zu sehen.

Eine ringförmige Zufahrt tat sich vor ihnen auf und ließ nach und nach ein unerwartet großes schottisches Herrenhaus erahnen, leicht unheimlich und voller Stilbrüche, wie die Kulisse eines Horrorfilms. Es war mit roten Granitpfeilern und hohen Giebeln versehen, hatte drei miteinander verbundene Dächer, aus denen die vier markanten Kamine hervorragten, die Persy von Langfords Haus aus gesehen hatte. Als sie auf die Zufahrt fuhren, sahen sie einen angebauten modernen Flügel aus Zement und Glas, der über einen Gang mit hohen

Fenstern, die auf die Zufahrt gingen, mit dem Haupthaus verbunden war. Ein sehr misstönender Anbau.

Richtung Osten stand ein kleines, hübsches Kapellchen mit hohem Dach, verziert mit einem Glockenturm. Dieses einfache, efeubewachsene Gebäude besaß eine malerisch altmodische und geheimnisvolle Aura. Die zweiflügeligen Holztüren standen weit offen, um Besucher willkommen zu heißen. Daneben befand sich der ehemalige Rosengarten, dessen ordentlich gestutzte Büsche bereits für die Wintermonate mit Stroh bedeckt waren. Dieser Ort wirkte verlassen, hinter den Fenstern war kein Lebenszeichen auszumachen.

Ein älterer Gärtner versuchte, einen alten, rostigen Rasenmäher zum Laufen zu bringen, zog am Starterseil und ließ es dann wieder los, allerdings wurde er nur mit einem enttäuschenden Stottern belohnt. Dann kam eine sehr junge schwarze Nonne in blauer Tracht in ihr Sichtfeld, einen ramponierten Strohhut auf dem Kopf, eine Gießkanne in der Hand. In selbstvergessener Meditation richtete sie den Strahl auf die Wurzeln eines Rosenbusches.

Nim konnte den Blick nicht von ihr abwenden. »Wieso sollte sich eine so attraktive afrikanische Frau dem herrlichen Leib eines Mannes verwehren?«

Persy lachte. »Weil sie schlau ist. Ich weiß, wovon ich spreche, schließlich wurde ich von Nonnen erzogen.«

»Ich mag diesen Ort hier nicht«, sagte Nimrod schaudernd, dann beugte er sich nach vorn und spähte durch die Windschutzscheibe zu dem alten Gebäude. Er hatte große Vorbehalte gegenüber Religion, obwohl seine Frau eine inbrünstige Bibelverfechterin in der apostolischen Tradition war. »Ich warte im Auto.«

Das amüsierte Persy. »Wir sollten zu zweit bei der Befragung sein.« Nach einem Blick auf sein Gesicht sagte sie: »Ja gut, *bangbroek*.«

Sie stieg aus und klingelte an der Gegensprechanlage der Tür zum modernen Anbau. Mit leisem Surren öffnete sich die Tür, und schon betrat sie einen in Glas gefassten Weg, der entlang des Haupthofes mit geometrisch um einen Brunnen angeordneten Gärten entlangführte. Das durch die Scheiben einfallende Licht und die Bäume verliehen einem das Gefühl, draußen zu sein. Sie meinte, abgeschiedene Wesenheiten an diesem Ort zu spüren, eine zurückgezogene und schweigsame Gegenwart. Dann öffnete sich quietschend eine Tür am anderen Ende des Ganges, und eine alte, über ihren Rollator gebeugte Frau in einem schwarzblauen Gewand kam überraschend schnell auf sie zu. Mutlos sah Persy das Hörgerät und die gekrümmten, angeschwollenen Füße. Doch gerade als sie mit sich rang, ob sie nicht eine jüngere Person finden sollte, mit der sie reden konnte, starrte die Frau sie aus strahlend wachen Augen hinter ihren dicken Brillengläsern an und streckte ihr eine von Altersflecken übersäte Hand hin. »Guten Morgen, Persy war der Name, oder?« Ein sanfter, deutscher Akzent. »Ich bin Schwester Ursula. Wir haben miteinander telefoniert. Tut mir leid, wenn Sie warten mussten. Ich habe mich eben noch um Kaffee und ein paar Erfrischungen gekümmert. Kommen Sie bitte hier entlang.« Persy folgte ihrem ruckartigen Voranschreiten durch die mit Linoleum versehenen Vorzimmer in einen langen Gang mit hoher Decke, der von schweren Eichentüren flankiert war. »Das ist der alte Teil von Schönstatt«, erklärte die Nonne. »Heutzutage nutzen wir ihn nur für Veranstaltungen und für die Verwaltung.« Sie öffnete die schwere Tür am Ende des Korridors zu einem großen Raum mit Schiebefenstern, die von der Decke bis zum Boden reichten, und einer kunstvoll dekorierten Decke. Eine schwere gewundene Mahagonitreppe führte zum Treppenabsatz und wurde von dem indirekten Licht durch die sechs oder sieben Meter über dem Saal thronenden und mit Rosen verzierte Kuppel beleuchtet. Das war ein Schritt in die Vergangenheit; hier hatte sich seit Jahrzehnten nichts verändert. Selbst die Lampen waren noch original. Das Haus wurde mit großer Sorgfalt instand gehalten, und das Eichenparkett glänzte nur so.

»Dieser Raum ist vielleicht beeindruckend!«, rief Persy begeistert.

»Hier gibt es jeden Tag eine ganze Menge zu putzen!« Schwester Ursula kicherte, entblößte ihr ins Gräuliche tendierendes Gebiss, das ganz offensichtlich nicht in den Genuss von Jaco Petroussis' Behandlung gekommen war. »Und es sind nur noch wenige Schwestern übrig, und keine von uns wird jünger.«

»Die kleine Kapelle draußen?«, fragte Persy. »Wurde die zur selben Zeit gebaut?«

»Nein, die wurde später errichtet, von unserer Schönstattbewegung. Wir haben überall auf der Welt Marienkapellen.«

Persy folgte der Schwester in ein Wohnzimmer abseits des Saals. Obwohl der Raum makellos und perfekt erhalten war, passten das Siebziger-Jahre-Mobiliar und die Vorhänge nicht so ganz hierher. Auf einem quadratischen Tisch standen Milch, Teebeutel und eine bescheidene Auswahl an gekauften Keksen bereit. Daneben eine Thermoskanne mit Heißwasser.

Schwester Ursula zeigte auf einen Stuhl. »Bitte, nehmen Sie Platz. Wie kann ich Ihnen helfen?«

Persy setzte sich mit Blick auf ein Foto von Papst Franziskus. Seine Haare waren so weiß und fein wie die eines Babys. Ein bisschen wie Schwester Ursulas Haare.

»Wir suchen ein Mädchen namens Severine Hamilton. Sie wird seit Samstag vermisst. Ich glaube, dass sie ab und an hierherkommt.«

Schwester Ursula schaute sie an. »Ich kenne diesen Namen nicht, tut mir leid. Aber es kommen viele Leute hierher, setzen sich in das Kapellchen und meditieren oder beten.« Die Nonne zeigte auf das Tablett. »Tee?«

»Sehr gern.«

Sie schenkte Persy eine Tasse Tee ein, hantierte langsam mit der unhandlichen Kanne herum. Persy schaute sich um, sah die Stühle mit den Kugelklauenfüßen, die entlang des Erkerfensters standen, an der Wand die Kopie von Raphaels »Jungfrau und Kind«, das sie von der Schule kannte, und fragte sich, unter welchen Umständen eine Nonne wohl lügen würde.

Sie biss in einen Keks, der schon seit geraumer Zeit herumliegen musste.

»Ich nehme an, dass nicht viele junge Menschen hierherkommen.«

Schwester Ursula nippte am Tee. »Sie wären überrascht. Wir sind heutzutage so darauf bedacht, unseren Kindern in materieller Hinsicht das Beste zu geben, dass wir ganz übersehen, wie stark ihnen die mangelnde Ehrfurcht in der modernen Welt bewusst ist. Immer mehr von ihnen sehnen sich nach einer tieferen Bedeutung in ihrem Leben.«

Persy fand, dass Schwester Ursula recht schwere Kost war. Nicht, dass sie unangenehm wäre oder sich obstruktiv zeigte. Sie machte einfach nur einen von den täglichen Bedürfnissen des Lebens sehr weltabgewandten Eindruck.

»Severines Mutter macht sich große Sorgen. Das Mädchen hat gesundheitliche Probleme.«

Schwester Ursulas Ausdruck richtete sich sorgenvoll nach innen. Dann schaute sie auf ihre Hände und schloss die Augen. Betete sie etwa?

Gott sei Dank war Nim im Auto geblieben. Persy konnte sich nur zu gut vorstellen, wie er reagieren würde. Katholizismus konnte einem ein bisschen zu viel werden, wenn man nicht damit aufgewachsen war. Sie war vertraut mit seinen Eigenarten, den Wundern von Lourdes, weinenden Gips-Madonnen und blutenden Stigmata. Sie erinnerte sich an die kleine Marienstatue und die Kerzen, die Poppa auf der Anrichte für ihren Bruder Clyde anzündete, und wie verächtlich ihre Mutter alles auf den Boden gefegt hatte.

Persy war ein braves Kind gewesen, überzeugt von der Wahrheit dessen, was Poppa, die Kirche und ihre Lehrer ihr erzählt hatten. Noch immer saß der Verlust ihres jüngeren, reineren, vertrauensvolleren Selbst sehr tief.

Als Schwester Ursula wieder aufsah, hatten ihre hellblauen Augen einen durchdringenden Blick. Einen unheimlichen Moment lang hatte Persy den Eindruck, die Nonne könnte ihre Gedanken lesen. Dann sagte sie: »Wir werden während der Heiligen Woche, beginnend an Karfreitag, im Kapellchen beten und meditieren, falls Sie nach Schönstatt zurückkommen möchten.« Persy stand auf, fragte sich, ob diese Einladung in der Hoffnung ausgesprochen worden war, sie wieder in den Schoß der Gemeinde zurückzuholen. »Vielen Dank für Ihre Zeit, Schwester.«

Mühsam erhob sich Schwester Ursula. »Ich werde die Heilige Mutter um Hilfe für dieses Mädchen bitten«, sagte sie feierlich. »Und für Sie, meine Liebe.«

Schwester Ursula hatte das Gemälde in der Nische über dem Altar über die Jahre hinweg viele Stunden lang angeschaut und sich nie daran sattgesehen. Die gesegnete Jungfrau, im Dämmerschein eines Dutzends leuchtender Votivkerzen, mit gesenktem Blick und leicht angedeutetem Lächeln, vermittelte eine unbeschreibliche Ruhe. Sie hielt ihren Säugling im Schoß, hatte einen Arm um ihn gelegt und berührte ihn mit der anderen Hand sanft am Arm. Die heilige Maria – so rein, weiblich und rosenzart, überirdisch und zugleich mütterlich.

Die am meisten angebetete Frau – halleluja!

Schwester Ursulas Finger, ganz steif von Arthritis, ordneten die Perlen des Rosenkranzes und meditierten über die Schmerzhaften Geheimnisse. Die Haut über ihren alten Knochen war dünn, und mit dem Herannahen des Osterfests, ihrer liebsten Jahreszeit, wurden auch ihre Gelenkbeschwerden stärker. Wenn sie so auf den Steinfliesen kniete, schmerzten ihre Knie. Aber sie konnte diese Beschwerden stundenlang aushalten. Tatsächlich begrüßte sie sie. *Ave Maria, gratia plena, Dominus tecum …*

Sie hatte das Bild über dem Altar vor ihrem inneren Auge, während sie die vielen Anrufungen an Maria richtete. Worte, die ihr Heimweh verursachten, ihre Sehnsucht nach dem sanften Rheintal weckten, dem grauen Licht, den ordentlich angeordneten Feldern und Bauernhöfen. Anders als die grelle und unnachgiebige Sonne dieses Landes, das erbarmungslos in seiner Armut war, in seiner Verzweiflung und seiner unerklärlichen Brutalität. Doch das Wunder der Erscheinung hatte sich hier ereignet, an der Spitze von Afrika, hier war die trostspendende Nachricht verkündet worden, und ganz bestimmt würden noch weitere folgen. Eine Erscheinung hatte es gegeben, genau hier in Constantia, so sicher wie die in Fatima oder Medjugorje, wo kleine Kinder in ihrer Unschuld und Reinheit von der Heiligen Mutter gesegnet worden waren. Ihre Aufgabe war es jetzt, sicherzustellen, dass der Plan der Jungfrau oder ihre hoffnungsvolle Nachricht durch nichts gestört oder gar die Dienerin bedroht wurde, die mit der Vision gesegnet war.

Sie dachte an die junge Polizistin, eine vom Glauben abgefallene Katholikin, wie sie im Buche stand! Was hatte der heilige Franz Xaver gesagt? Gebt mir ein Kind im Alter von sieben Jahren? Dieses Erfolgskonzept hatte sich ihrer Erfahrung nach immer wieder bewährt. Schwester Ursula betete für Führung, um Gottes Werk tun zu können, und um Vergebung für Täuschungen, die sie aus Versehen verursachen könnte. Der gedämpfte Laut von Sandalen in der Kapelle kündigte das Eintreffen anderer Nonnen an, die zur Vesper eintrafen. Schon bald würden sie gebeugt im Gebet dasitzen, schweigend und in sich selbst gekehrt, wie Blumen in der Abenddämmerung.

Beschwerlich richtete sie sich auf, ergriff ihre Gehhilfe und schob sich wie eine Krabbe aus der Kirchenbank, um noch einmal vor dem Altar das Knie zu beugen. Dann tauchte sie aus der kleinen Kapelle auf und stand auf der kreisrunden Auffahrt.

Letzten Samstag, als sie aus der Kapelle gekommen war, hatten das Pfarrhaus und die umliegenden Gebäude in völliger Dunkelheit dagelegen. Also hatte Schwester Eva die anderen Schwestern davon überzeugt, ebenfalls an der Earth Hour teilzunehmen. Wie gut von der jungen kenianischen Nonne! Sie war allen modernen Ideen gegenüber aufgeschlossen. Vielleicht ein bisschen übermütig, aber Schwester Ursula wusste die Wärme zu schätzen, die sie in den Orden brachte, und weiß Gott, sie hatten wirklich zu wenige junge Nonnen! Mit ihrem Überschwang und ihrer Frömmigkeit hatte sie die älteren Nonnen gestärkt, von denen die eine oder andere schon in die Routine der freudlosen Andachtsübungen verfallen war.

Ein für diese Jahreszeit ungewöhnlicher Regen war sanft auf ihr Gesicht getropft, und die Nacht hatte schweigend in der Dunkelheit gelegen.

»Aber dies ist *eure Stunde* und die Macht der *Finsternis.*« Sie hatte über diese Worte des Lukas-Evangeliums nachgedacht, als plötzlich leichte Schritte über den Kies knirschten, dann war das helle Gesicht in der Dunkelheit aufgetaucht, und sie hatte den etwas kindlichen Gruß gehört.

»Hallo, Schwester.«

Im milden Licht dieses Spätsommertags schien die Stunde der Finsternis lange zurückzuliegen. Schwester Ursula humpelte zu ihrer Gehhilfe, die bei der offenen Holztür zum Kapellchen stand, und schob sich langsam über den Kies zurück zum Pfarrhaus, wobei der Rosenkranz noch immer in ihrem Kopf nachhallte.

Bitte für uns Sünder jetzt
und in der Stunde unseres Todes.

Marge traf bei der Merton ein und wurde von der Sekretärin zum Sportplatz geschickt. Ausgelassene gebräunte Mädchen mit Pferdeschwanz spielten Netball, rannten wie Gazellen über den Platz, wobei ihre weißen Söckchen aufleuchteten. Marge beobachtete sie mit einer Mischung aus Mitleid und Neid. Was ging nur in ihren dummen Köpfen vor? Sie hatten noch so viel Leben vor sich, durch das sie sich kämpfen mussten: Prüfungen, Universitäten, Fehltritte im Rausch, Erniedrigungen durch unreife, dumme Jungen, gefolgt von dem dreifachen Pech: Vermählung, Mutterschaft und Matronentum. Und wenn ihnen das nicht den Glanz aus dem Pferdeschwanz nahm, dann würden sie ihn durch nichts verlieren. Dabei würde Marge alles für einen Spätsommernachmittag wie diesen geben, noch einmal sechzehn sein, wenn einem noch alles möglich schien.

Eine vollbusige Frau, die nach Ende vierzig aussah, kam quer über den Sportplatz direkt auf sie zu. Sie machte einen dienstbeflissenen, leicht gereizten Eindruck.

»Es ist Müttern nicht gestattet, während der Sporteinheiten hier zu sein. Das behindert die Fortschritte der Mädchen.«

»Mrs. Farber? Ich bin Marge Labuschagne. Wir haben miteinander telefoniert.«

»Ach ja, natürlich.« Sie wurde weicher. »Die Freundin von Dr. Hamilton. Nennen Sie mich Philippa. Entschuldigen Sie, dass ich Sie so angegangen bin, aber manche Eltern können schrecklich nervig sein. Haben Sie Neuigkeiten von Severine?«

»Leider nein.«

»Dr. Hamilton muss vor Sorge fast umkommen. Sie hat auch wirklich kein Glück mit dem Mädchen.« Wie eigenartig sie das doch ausdrückte, dachte Marge. Sie ging hinter der Frau her, die mit flotten Schritten zu einer kleinen Tribüne lief.

»Es tut mir leid, ich habe nicht viel Zeit. Ich muss zusehen, dass dieser Haufen alles bis um halb fünf zusammengepackt hat. Von uns Lehrern wird erwartet, dass wir mehr als nur unsere Pflicht erfüllen; außer unserem normalen Arbeitspensum sollen wir auch noch jede Menge Zusatzaufgaben übernehmen.«

Marge war ehrenamtlich als Beraterin in Township-Schulen tätig – Schulen, an denen es keine Sportplätze für Netball oder Übungsräume für die Theatergruppe gab, sondern nichts anderes als staubgepeitschte, eingezäunte Parzellen. Die Kinder, die mehr Glück hatten, kamen in den Genuss von engagierten Lehrern, die schon um sechs Uhr in der Schule waren, ihren Schülern vom eigenen Geld Frühstück kauften und um acht Uhr abends noch immer unterrichteten. Dementsprechend hatte sie nicht sonderlich viel Mitgefühl für Philippa Farbers Arbeitspensum.

»War Severine hier glücklich?«

Farber wirkte gekränkt. »Das Mädchen, das nicht stolz und geehrt ist, auf die Merton zu gehen, müsste ich erst noch treffen! Wir nehmen nur die Besten an. Unsere Schüler stammen aus der Oberschicht. Natürlich haben wir auch ein paar Stipendiatinnen – in der Regel sind das Töchter von Geistlichen –, aber im Allgemeinen entstammen sie alle aus den besten Häusern. Wir versuchen, den Schund von hier fernzuhalten. Geld ist dafür natürlich keine Garantie. Ein paar schummeln sich durchaus hier rein. Aber da wird nicht viel Federlesens gemacht, das kann ich Ihnen versichern.«

Marge fand diese Frau unerträglich. »Ich habe gehört, dass Severine Probleme hatte …«

»Gesundheitliche Probleme – das hatte nichts mit der Merton zu tun. Dr. Hamilton hat sich darum gekümmert, war bei jedem Spezialisten hier in der Stadt. Sie ist selbst eine ehemalige Merton-Schülerin, müssen Sie wissen. Sie hat Vorträge für die Eltern und Schülerinnen über Neurowissenschaft gehalten. Sehr faszinierend.«

»Der Bericht, den ich von Ms. Benatar erhalten habe, klang so, als hätte Severine Schwierigkeiten, sich hier anzupassen.«

»Ich würde nicht alles glauben, was Henrietta Benatar sagt.«

»Könnte ich mit ihr sprechen?«

»Tut mir leid, wir mussten sie leider entlassen. Dr. Hamilton hat eine Beschwerde eingereicht. Sie hielt Ms. Benatar für nicht geeignet für diesen Job.«

Marge war auf dem Weg zu ihrem Auto, als sie hörte, wie jemand hinter ihr herrannte.

»Entschuldigung!«

Marge drehte sich um und sah eine junge Frau mit mausgrauem Bob, langer Nase und fliehendem Kinn, die einen langen, karierten Rock und einen Pullover mit U-Boot-Ausschnitt trug. Dazu hatte sie blaue, knöchelhohe Wildlederschuhe an. Außerdem schleppte sie ein paar leere Kartons mit sich.

»Ich bin Henrietta Benatar«, keuchte sie außer Atem. »Die Sekretärin sagte mir, Sie hätten wegen Severine Hamilton mit Mrs. Farber gesprochen.«

Marge stellte sich vor. »Ich habe letztes Jahr eine unabhängige Begutachtung von Severine vorgenommen.«

»Daran erinnere ich mich. Also, ich bin auf dem Weg in mein Büro, in mein ehemaliges Büro, sollte ich wohl sagen, wenn Sie wollen, können wir uns dort unterhalten.« Marge folgte der jungen Frau durch gewienerte Schulgänge, vorbei an einer Gruppe Schülerinnen, die Benatar herzlich grüßten.

»Die Schülerinnen mögen Sie«, bemerkte Marge.

Benatar grinste und rollte die Augen. »Ihre Eltern leider nicht. Mir wurde gekündigt.«

»Das habe ich gehört, und es tut mir leid.«

»Das muss es nicht. Ich bin ganz erleichtert, hier raus zu sein – ich reise für ein paar Wochen nach Thailand.«

Sie blieben vor einer Tür stehen, an der das Namensschild bereits abmontiert worden war, so dass jetzt ein kleines, dunkleres Rechteck zu sehen war.

Sie betraten einen großen Raum mit Blick auf den Innenhof. Unzählige halbgefüllte Kartons in unterschiedlichen Größen standen kreuz und quer herum. Die Bücherregale waren leer. Ein Aktenschrank war geöffnet, die Regale immer noch voller Papierkram. »Ich packe gera-

de noch meine letzten Sachen ein.« Henrietta schaute sich im Zimmer um. »Was für ein Chaos, Wahnsinn! Fünf Jahre Ablage. Was für eine Verschwendung von Lebenszeit!«
Diese junge Frau mit ihrer unverblümten Art war Marge sehr angenehm. Sie wünschte sich, mehr würden ihrem Beispiel folgen und das affektierte Lächeln oder Schmollen einfach sein lassen.
»Werden Sie in Thailand unterrichten?«
»Vordergründig. Aber eigentlich will ich meditieren, mit Delphinen schwimmen und mich am Strand besaufen.« Henrietta lachte.
»Ich bin wegen Severines Verschwinden hier, wie Sie wahrscheinlich schon vermuten …«
»Ganz ehrlich, mich überrascht es, dass sie nicht schon früher weggelaufen ist«, unterbrach Henrietta sie. »Diesem armen Kind geht es nicht gut, sie war ein einziges Nervenbündel. Ich habe der Leitung gesagt, dass sie professionelle Hilfe benötigt. Daraufhin hat ihre Mutter sie vermutlich zu Ihnen geschickt.«
»Ja.«
»Das hat mich ziemlich frustriert, müssen Sie wissen. Ihr Gutachten erlaubte es der Schulleitung, meinen Bericht vollständig zu ignorieren, und ihrer Mutter, meine Entlassung voranzutreiben.«
Marge starrte sie an. »Ich habe nichts dergleichen getan. Dr. Hamilton sagte mir, die Merton hätte beschlossen, dass Severine die Prüfungen ablegen könne und mich nicht weiter aufsuchen wird.«
Wissend nickte Henrietta. »Wieso überrascht mich das jetzt nicht? Dr. Hamilton lässt alles verschwinden, was ihr nicht in den Kram passt. Inklusive meiner Wenigkeit.«
»Sie hat Sie feuern lassen?«
»Das kann ich natürlich nicht beweisen. Aber Merton ist ihre Alma Mater, und ihr stinkreicher Vater lässt der Schule immer einen ordentlichen Scheck zukommen. Den Rest können Sie sich denken. Er hat diese hochmoderne Sporthalle designt und gebaut, damit die Prinzessin ihr Pilates oder was auch immer an der Schule machen konnte. Ich habe darüber nachgedacht, die Kündigung anzufechten, aber letzten Endes dachte ich, was soll's, du willst ohnehin von hier weg. Ich habe Kopien von allen ärztlichen Attesten für Severines

Fernbleiben von der Schule, für den Fall, dass Sie sie sehen wollen. Dieses Mädchen hat alle erdenklichen Medikamente eingeworfen. Ich hoffe einfach nur, dass jemand eine Ermittlung einleitet. Außerdem sollte der Hausarzt verklagt werden.«

Fred hatte um die Ecke des Zeekoevlei Ladens geparkt, ein *spaza*-Shop in irgendjemandes umgebauter Garage. Telefonkarten, Neuigkeiten, Lollis und Säfte. Er war Persy Jonas vom Diep-River-Revier zur Ecke von Bottom Road Sanctuary gefolgt und parkte so neben einem unbebauten Grundstück, dass sein Auto vom Haus durch einen großen Pfefferbaum verdeckt war. Er rutschte auf dem Fahrersitz nach unten, damit man ihn nicht sehen konnte. Bislang waren nur eine Handvoll Autos und ein paar Kinder auf Fahrrädern an ihm vorbeigefahren. Von dieser Ecke aus hatte er eine ungehinderte Sicht auf das Haus, in dem Persy verschwunden war. Die Mauer hatte keinen elektrischen Zaun und war niedrig genug, dass man darüberklettern konnte. Ein Holztor in der Mauer war mit dem Namen »Salie« versehen, und auf der Klingel darunter stand »Cottage«.

Auf dem Anwesen stand ein ganz typisches unverputztes zweistöckiges Ziegelhaus mit dunklen, aluminiumgerahmten Fenstern, die etwas zu groß für die Proportionen waren. Das war typisch für Häuser, die günstig von ortsansässigen Unternehmern gebaut wurden. Aber ordentliche Dachrinnen. Die Art Haus, die einem respektablen muslimischen Geschäftsmann der Mittelschicht gehörte, wie er annahm. Eine Sicherheitsleuchte schaltete sich vor dem kleinen, halb von einem Carport verdeckten Außengebäude ein. Es gab nur ein kleines Fenster, in dem schwaches Licht zu sehen war, vermutlich das Badezimmer. Ein vielversprechender Einstiegspunkt. Ein weiteres Haus auf der gegenüberliegenden Straßenseite wurde von einer hohen Mauer und den eigenen Sicherheitsvorkehrungen abgeschirmt, und die offene Stelle daneben hieß wohl, dass er vielleicht von hier hinunter ans *vlei* gelangte, dann dem Wasser folgen und sich dem Haus von der Südseite nähern könnte.

Er stieg aus dem Auto, schloss es mit dem Schlüssel ab, damit das Piepsen der elektrischen Verriegelung nicht zu hören war, und über-

querte die Straße lautlos auf seinen Turnschuhen. Im schwächer werdenden Licht sah er, dass das freie Stück Land als Müllhalde für Bauschutt benutzt wurde. Von dort hatte er einen guten Blick auf das Cottage und sah außerdem das offene Stück Land über das *vlei* hinweg mit dem Baumstrich, der zum Strandfontein-Klärwerk führte. Auf halbem Weg zum Wasserrand entdeckte er den beschädigten Zaun. Eine Öffnung, gerade groß genug für ein kleines Tier, aber mit einem Drahtschneider wäre das Problem behoben. Sie lag versteckt hinter dichtem Gebüsch, was bedeutete, dass das Loch vermutlich weder entdeckt worden war, noch in Kürze repariert werden würde. Dasselbe Gebüsch würde auch ihn vor neugierigen Blicken schützen. Als er sich dem Cottage näherte, hörte er Musik, vielleicht aus einem Fernseher. Durch das Milchglas nahm er eine Bewegung wahr. Persy Jonas' Silhouette, der Umriss ihres Kopfes und ihrer Brüste. Da stand sie, sang bei irgendeinem Song mit, völlig ahnungslos, dass er da war, glaubte sich allein und in Sicherheit.
Er beobachtete sie eine Weile, bis er ein Bellen ganz in der Nähe hörte und ihm klarwurde, dass der Nachbarshund seine Witterung aufgenommen hatte. Zeit, zu gehen. Aber jetzt wusste er, wo sie lebte, konnte den Feind auf einer Karte lokalisieren. Zufrieden mit sich selbst lief er entspannt und unbemerkt zum Auto zurück und fuhr weg.

DIENSTAG

39

Dizu bedauerte, dass sein Verhältnis zu Khayelitsha aufgrund seines jetzigen Jobs einen solchen Dämpfer verpasst bekommen hatte. Als er zum ersten Mal hergekommen war, um für einen Untersuchungsausschuss in dieser Township zu arbeiten, hatte er sich eigenartigerweise gleich zu Hause gefühlt. Viele von den Leuten, die er kennengelernt hatte, kamen aus derselben Ecke wie er oder von anderen Teilen des Ostkaps – Leute, die er aus der Kindheit kannte, auch wenn sie von dort vertrieben worden waren. Er bewunderte sie für ihren Einfallsreichtum, wie sie an diesem sandigen, windgepeitschten, verbrannten Flecken Erde für sich selbst und ihre Familien ein neues Leben aufgebaut hatten. Nirgendwo hätte man einen größeren Kontrast zu den Flüssen und sanft geschwungenen Hügeln von Dizus Geburtsstätte finden können als diese ungeplante, sich ausbreitende Stadt auf Sanddünen, die mit Tausenden von Blech-, Plastik- und Kartonhütten übersät waren. Über dem Ganzen breitete sich wie ein Mantel der Geruch von gegrilltem Fleisch, Paraffin und Schmutzwasser aus. RDP-Häuser und Straßen waren gebaut worden, Lampen und sanitäre Anlagen installiert, aber es würde Jahrzehnte dauern, der ständig zunehmenden Migration von arbeitssuchenden Menschen nach Kapstadt Herr zu werden, sollte das überhaupt je gelingen.

Die Mitglieder des Ausschusses, hauptsächlich junge Anwälte frisch von der Uni, hatten ihn herumgeführt. Nachdem sie monatelang an den Vorentwürfen des Berichts gearbeitet hatten, waren sie mit den Örtlichkeiten vertraut und hatten gute Kontakte. Dizu aß und trank mit den Einheimischen, spielte Billard, schaute sich in den Kaschemmen Fußballspiele an, sang sonntags in den Kirchen mit ihnen und wurde mit köstlichen Hühner-, Kürbis- und Reisgerichten versorgt, weil es immer eine mütterliche Frau gab, die sah, dass er allein war, und ihn mästen wollte. Selbst die Gauner schätzten, was er tat, weil sich endlich einmal jemand ihre Beschwerden über betrügerische Cops und unrechtmäßige Festnahmen anhörte. Er hatte sich hier ganz frei und anonym bewegen können und ein Gefühl dafür bekommen, was die Leute von der Polizei dachten.

Aber dann war die Arbeit des Ausschusses getan, und er war als Detective an ein Revier versetzt worden, das zu der Gegend gehörte, in der er seine Untersuchungen durchgeführt hatte. Es wurde bekannt, dass er Polizist war, und über Nacht war er nicht mehr gern gesehen. Die Ausschussmitglieder argumentierten, dass ein weiterer Umgang mit ihm ihren Freundschaften und beruflichen Kontakten schaden würde. Dafür hatte Dizu Verständnis, allerdings war dieses plötzliche Ausgestoßensein von der Gesellschaft, die ihn zuvor akzeptiert hatte, nur schwer zu ertragen, und er verstand das Gefühl der Entfremdung und die Verbitterung seiner Kollegen bei der Polizei.

Wenn er mit den Uniformierten auf Patrouille war, was ab und zu vorkam, lernte er die andere Seite der Township kennen. Cops waren unbeliebt, wurden sogar gehasst – und wahrscheinlich war das schon immer so gewesen. Im Gegenzug standen sie unter Druck, fühlten sich bedrängt und im Stich gelassen und setzten jeden Tag ihr Leben für Leute aufs Spiel, die ihnen misstrauten. Um diese Schwierigkeiten noch weiter zu verschlimmern, war Dizus Position als Detective uneindeutig. Als inoffizieller Schnüffler hatte er allerlei Informationen zusammengetragen und damit den Verdacht seiner Kollegen auf sich gezogen, die einen Verräter und potenziellen Spitzel in ihm sahen und in seiner angeblichen Untersuchung nichts anderes als eine Art der Überwachung vermuteten. Seine Beziehung zu ihnen war von Paranoia geprägt, und diese Antipathie tagein, tagaus forderte ihren Tribut.

Dizus Charme hatte ihm immer geholfen, selbst die frostigste Haltung von Lehrern, Erwachsenen und Chefs zum Schmelzen zu bringen. »Dein Problem ist, dass dich jeder mag«, hatte sich Persy Jonas immer über ihn lustig gemacht, nicht ohne einen leisen Hauch Missgunst.

Aber Charme brachte ihn hier nicht weiter. Nur rohe Gewalt, Rücksichtslosigkeit und Macht, und wenn man damit nicht zurechtkam, dann griff man einfach auf passive Quertreiberei zurück, an der die Polizei hier grundsätzlich zu leiden schien. Er lebte in immer größerer Angst – vor seinen Kollegen genauso sehr wie vor der feindseligen Öffentlichkeit und den Kriminellen, die von den Bewohnern versteckt und geschützt wurden, auch entgegen ihren eigenen Interessen. Er aß und schlief nicht mehr richtig, und zum ersten Mal in seinem Leben griff er häufiger zur Flasche.
Er hatte eine kleine Wohnung in Philippi über der Garage eines kleinen Wohnblocks gemietet. Es war ein einsames Leben. Er hatte viel zu viel Zeit, über seine schlechten Entscheidungen nachzudenken und sich zu fragen, weshalb er nicht bei der Juristerei geblieben war. Er könnte jetzt einer dieser jungen Anwälte mit strahlenden Augen sein, voller Begeisterung den legalen Spielraum nutzend, um für Gerechtigkeit zu sorgen. Stattdessen war er zu dem geworden, vor dem er sich am meisten gefürchtet hatte: zu einem zunehmend zynischeren Bürokraten, einer gescheiterten Politik und einem ineffizienten Management ausgeliefert.
Wie die anderen, die für den Ausschuss gearbeitet hatten, hatte er Monate damit zugebracht, unverständliche Organigramme zu studieren und Unmengen an Steuergeldern zu verschwenden, um herauszufinden, weshalb Khayelitsha zu einem derart gesetzlosen Moloch herangewachsen war. Vergewaltigung, Diebstahl, Mord und Überfälle waren an der Tagesordnung. Tätliche Angriffe kamen so häufig vor, dass sie kaum gemeldet wurden. Gangs, die hauptsächlich aus bewaffneten Teenagern bestanden, gab es wie Sand am Meer, Drogen spielten eine immer wichtigere Rolle in ihrem Leben und führten zu Schulabbrüchen in epidemischem Ausmaß. An vielen Schulen war es so gefährlich wie auf der Straße. Es kam zu Messerstechereien unter Achtjährigen, Drogen wurden völlig ungestraft gedealt. Die hilflose Wut der Anwohner brachte Bürgerwehren hervor. Die schreckliche Form der Apartheid-Gerechtigkeit für *impimpis,* das Necklacing, war wieder an der Tagesordnung. Dabei wurde den Leuten – manchmal mit Frischhaltefolie umwickelt – ein mit Benzin

getränkter Autoreifen um den Hals gehängt und angezündet, und das nur auf den Verdacht hin, sie könnten ein Handy gestohlen haben. Auch Cops wurden zunehmend Opfer von Gewalt. Im letzten Monat waren fünf Cops gestorben, darunter zwei Frauen, die meisten von ihnen, als sie gerade dienstfrei hatten. Bei ihm zu Hause am Ostkap hatte es Armut gegeben; es war zu Diebstahl und sogar Mord gekommen. Aber das, was Dizu in Khayelitsha gesehen hatte, hatte ihn selbst an einen finsteren, unheimlichen Ort gebracht.

Alles ließ sich in einem einzigen, schmierigen Wort zusammenfassen: Politik. Und die moralisch niederträchtigen Entscheidungen, die daraus resultierten. Die Arbeitsbedingungen für Cops würde man keinem Hund zumuten wollen, und das Leben eines Cops war wertlos. Hinzu kamen die Politiker, diese immerwährenden Opportunisten, die diese Melange mit ihrem Gift versetzten. Und in dieses explosive Gemisch war Dizu als Detective zum Site-B-Revier zurückgeschickt worden, genau dorthin, wo er sich so viele Feinde gemacht hatte.

Er erinnerte sich an Persys Worte, als sie sich das letzte Mal gesehen hatten: »Lass dich von diesem Scheiß nicht runterziehen, okay?«

An diesem Vormittag war Dizu auf dem Polizeirevier in Harare und versuchte zum zehnten Mal, online das dortige Tagesprotokoll aufzurufen, um sich bei einem Fall, der ihm zugeteilt worden war, einen Überblick zu verschaffen, als eine Frau das Dienstzimmer betrat. Sie war nur eine von einem Dutzend Personen, und das mürrische und zum größten Teil gleichgültige Personal am Schalter war schon mit einer langen Schlange von Beschwerden zugange. Etwas an der Haltung dieser Frau, ihr Dasein als Hausangestellte, ihr müdes, aber würdevolles Betragen, sprach Dizu an. Manchmal vergaß er die anständigen, gesetztestreuen Leute, die ebenfalls in Khayelitsha lebten.

Die Frau fing Dizus Blick auf. Sofort verließ sie die Schlange und kam auf ihn zu. Er begrüßte sie förmlich auf Xhosa, als wäre sie eine Freundin seiner Mutter.

Nachdem sie den Gruß erwidert hatte, sagte sie: »Könnten Sie mir bitte helfen?« Sie erzählte ihm, dass ihre Tochter entführt worden sei. Dizu erklärte ihr, dass er in Khayelitsha stationiert sei, also würde sie mit einem der Detectives des Harare-Reviers sprechen müssen.

»Ich habe mein Kind schon dreimal auf diesem Revier als vermisst gemeldet, aber sie haben noch immer nichts unternommen.« Sie nannte ihm ihren Namen, Dasheka. Er kannte diesen Namen von der Gegend um Elliot am Ostkap. Aber er wollte sich nicht einmischen; er hatte einen ganzen Berg Formulare, die er in die Datenbank eingeben musste. Ihre Hände klammerten sich am Tresen fest, und er sah ihre rauhe, spröde Haut. Sie würde auf diesem Revier abgeblockt werden, so etwas sah er die ganze Zeit. »Es tut mir leid«, sagte er und schickte sie höflich weg.

Er spürte, wie ihre Blicke ihm folgten, sich in seinen Rücken bohrten, während er sich wieder seiner Arbeit zuwandte.

Als er später ging, wartete sie vor dem Revier auf ihn. Er versuchte, ihr Flehen abzublocken, sobald sie auf ihn zukam. »Mrs. Dasheka, ich habe Ihnen doch schon gesagt, dass ich Ihnen nicht helfen kann.«

»Bitte, *buti«*, bettelte sie, »helfen Sie mir, mein Kind zu finden, bitte.«

Vergeblich versuchte er, ihrem Blick auszuweichen. Schließlich seufzte er und sagte: »Wo wohnen Sie?«

Sie gab ihm eine Adresse in Makhaza. Dizu wusste, was er tat, gleichzeitig wusste er, dass es ein Fehler sein würde. »Steigen Sie ein.«

Während er die Steve Biko Road hinunterfuhr, erzählte sie ihm ihre Geschichte.

Es war die übliche Township-Geschichte: bestürzte Mutter, vermisste Schülerin, ein aggressiver Freund, Fernbleiben vom Unterricht. Und jetzt war Nosapho Dasheka überzeugt, dass ihre Tochter Mandisa gegen ihren Willen von der Familie ihres Gangsterfreundes festgehalten wurde. Sie sorgte sich vor allem deshalb, weil die Tochter ihrer Arbeitgeber am selben Tag verschwunden war, genau wie die Nachbarin, die man dann tot in Hout Bay aufgefunden hatte. Das alles kam Dizu bekannt vor. Er fragte: »Wo arbeiten Sie, *mama?*«

»Ich bin Haushälterin. In Constantia.«

»Wo genau in Constantia?«, hakte er nach, obwohl sein sechster Sinn die Antwort darauf bereits kannte.

»Dieu Donné.«

Die gleiche Wohnanlage, von der Annette Petroussis verschwunden war. Und Persys vermisstes Mädchen.

Sie bemerkte seine Reaktion. »Kennen Sie diese Anlage?«

»Wer ist Ihr Arbeitgeber?«, fragte Dizu, erfüllt von der Vorahnung einer unabwendbaren Fatalität.

»Dr. Hamilton.«

Die Hamiltons, deren gleichaltrige Tochter am Samstagabend verschwunden war. Von derselben Wohnanlage und am selben Abend, an dem Annette Petroussis entführt und dann ermordet wurde, deren Eine-Million-Rand-Volvo mit Blut auf dem Fahrersitz auf sein Revier in Khayelitsha abgeschleppt worden war.

»Weshalb haben Sie Dr. Hamilton nichts von Mandisa erzählt?«

»Ich hatte Angst, sie könnte glauben, ich wüsste etwas über Severine.«

»Glauben Sie, dass die Mädchen zusammen sind?«

Dasheka schüttelte den Kopf. »Nein. Ich bin mir sicher, dass Mandisa im Haus von ihrem Freund ist.«

Sie erzählte, wie sie zum Haus der Sama gegangen, dann aber von der Mutter abgewiesen worden war. Dizu bekam die Adresse. »Ich überprüfe das«, sagte er ihr.

Sie schaute auf ihre gefalteten Hände. »Ich mache mir solche Sorgen.«

»Versuchen Sie, sich keine Sorgen zu machen, *mama*«, sagte Dizu, obwohl er wusste, wie sinnlos diese Bemerkung war. Er ließ sie in der Nähe ihrer Baracke aussteigen und rief umgehend Persy Jonas an.

40

Alles, was Mandisas Familie besaß, war »Müll«, den die Hamiltons weggeworfen hatten. Sogar der große Fernseher, auf dem Mandisa die glamourösen Moderatoren betrachtet hatte, nach deren Leben sie sich sehnte. An den gebrauchten Kleidungsstücken hatte sie allerdings Anstoß genommen. Es war nicht so, als hätte Dr. Hamilton Mandisa nie gesehen. Sie war drei-, viermal im großen Haus gewesen, um ihrer Mutter zu helfen. Trotzdem gab Dr. Hamilton ihrer Mutter noch immer Severines abgetragene Kleidungsstücke für Mandisa mit. Winzige, dünne, unscheinbare Sachen, die Kleidungsstücke eines Kindes. Das widerte Mandisa an und beschämte sie. Ihre Mutter verkaufte sie an die Nachbarn für ihr zehnjähriges Enkelkind oder tauschte sie gegen Stromgutscheine ein.

Seit Mandisa denken konnte, hatte ihre Mutter für die Hamiltons gearbeitet. Manchmal kam es ihr so vor, als wären die Hamiltons die eigentliche Familie ihrer Mutter, und dass ihr Vater, Asanda, Zakhele, Mandisa und sogar ihr Enkelkind, Asandas kleine Tochter Bongi, nicht so wichtig für sie waren. Mandisas älteren Bruder und ihre Schwester schien das nicht zu stören, aber sie zerfraß dieser Gedanke. Sie hasste insbesondere Severine. Ihre Mutter prahlte immer damit, wie intelligent Severine sei, mit ihren ganzen Medaillen und Urkunden. Es war, als hätte ihre Mutter eine weiße Tochter in den Vororten, die sie in einer Art umhegte und pflegte, wie sie es nie für Mandisa tat. Und wenn ihre Mutter nicht da war, musste Mandisa die ganze harte Arbeit leisten. Sie musste das Haus putzen und kochen, wenn sie von der Schule kam, ehe sie ihre Hausaufgaben machen konnte. Manchmal kam sie sich wie die Sklavin ihrer Familie vor. Zakhele machte keinen Finger krumm, weil er den ganzen Tag auf der Suche nach Arbeit und abends, wenn er nach Hause kam, müde war. Außerdem behauptete er stets: »Das ist Frauenarbeit.« Asanda schob ihre Krankheiten, Aids und TB, als Ausrede vor, um sich ihren fetten Hintern breit zu sitzen und fernzusehen, also musste sich Mandisa oft auch noch um Bongi kümmern. Das machte Mandisa nicht so viel aus, sie war schon immer gut mit Babys zurechtgekommen. Außerdem vergötterte sie Bongi. Sie wickelte sich das Baby mit einem Tuch auf den Rücken und machte mit ihrer Arbeit weiter, spürte, wie das Baby herumzappelte und sie mit seinen kleinen Händen umklammerte. Insgeheim glaubte Mandisa, dass Bongi sie mehr liebte als alle anderen in der Familie, selbst Asanda.

Als Mandisa ihre Mutter zum ersten Mal zu ihrer Arbeit begleitet hatte, hatte sie sofort verstanden, weshalb ihre Mutter die Tage lieber bei den Hamiltons verbrachte, auch wenn sie deren Dienstmagd war. Das Haus war riesig, die Möbel, das Essen, der große Kühlschrank, der weitläufige Garten mit dem Pool, all das versetzte Mandisa in

Erstaunen. Die Hamiltons waren ein anderer Typ Mensch als der, den sie sonst kannte. In ihrem Weißsein waren sie wie Geister, die schweigend durch die riesigen Räume ihres Zuhauses schritten. Als Mandisa älter wurde, wuchs ihr Hass auf sie. Außerdem verachtete sie ihre Mutter dafür, ihre Toiletten zu putzen und die Hamiltons zu behandeln, als wären sie von königlichem Rang. Sie hatte sich selbst geschworen, niemals eine Hausangestellte zu werden.

Vor ein paar Wochen war Mandisa wieder in Dieu Donné gewesen, um beim Frühjahrsputz zu helfen. Wieder hatte Dr. Hamilton ihrer Mutter Säcke mit alten Sachen gegeben, anstatt sie wegzuwerfen. Es war sehr heiß, und sie hatten einen langen Fußmarsch vor sich, als sie am Ende des Tages gingen. Wie sie aus der Wohnanlage kamen, stand Axe da, an sein Auto gelehnt, als hätte er eigens auf sie gewartet. Sehr höflich fragte er ihre Mutter, ob er sie bis zum Taxistand mitnehmen solle, ohne Mandisa dabei auch nur anzusehen. Nachdem ihre Mutter einen Blick auf Mandisas flehentlichen Gesichtsausdruck geworfen hatte, sagte sie ja. Wie sich herausstellte, lebte Axolile Sama, »nennen Sie mich Axe«, in der Nähe von Makhaza und bot an, sie direkt nach Hause zu fahren.

Mandisa saß auf dem Rücksitz seines Golf und bewunderte seinen makellosen runden Kopf, den leichten Schweißfilm auf seinen glatten braunen Armen. Er war kein *moegoe* wie die Jungs in der Schule, die an ihr interessiert waren. Er trug schicke Kleidung, hatte ganz offensichtlich Geld. Die ganze Heimfahrt über plauderte er mit ihrer Mutter, erzählte ihr, er würde ebenfalls regelmäßig zur Kirche gehen, während er immer in den Rückspiegel zu Mandisa sah und sie mit einem Blick bedachte, den ihre Mutter nicht sehen konnte. Aber als sie dann zu Hause angekommen waren und aus dem Auto stiegen, waren die Augen ihrer Mutter eiskalt, und Mandisa wusste, dass sie ihn nicht leiden konnte.

In der Woche darauf kam Mandisa von der Schule heim, und Axe saß in seinem Auto vor ihrem Haus und wartete auf sie. Schon bald ging Mandisa nicht mehr direkt von der Schule nach Hause, sondern hing lieber noch etwas im Cosy Corner Café gegenüber vom Stadion ab und wartete darauf, dass Axe sie abholte. Er ging mit ihr shoppen, kaufte ihr eine Handtasche und ein Handy, was sie beides vor ihrer Mutter versteckte. Außerdem nahm er sie mit in Kneipen und einmal sogar in ein Restaurant, wo sie bedient wurden. Sie erzählte ihm, ihr Traum sei es, eines Tages wie Bonang zu sein, ihr eigenes Auto und eine Fernsehshow zu haben und sich ein neues Paar Schuhe kaufen zu können, wann immer ihr danach war.

Sie fing an, die Schule zu schwänzen und stattdessen zu Axe zu gehen. Bei ihm zu Hause waren immer Leute, und es lief Musik. Axes Mutter arbeitete nicht, hatte aber eine Ecke im Garten, wo sie Alk und ein bisschen *dagga* verkaufte. Zunächst mochte Mandisa Mrs. Sama. Sie nörgelte nicht so herum wie ihre Mutter. Ihr war es egal, was Axe machte, solange er Geld nach Hause brachte. Nicht wie bei Mandisa, wo außer Kirche und Fernsehen nichts drin war und keiner Alkohol trinken, sich amüsieren oder aufreizende Kleidung tragen durfte. Nach einer Weile ging Mandisa gar nicht mehr in die Schule. Sobald ihre Mutter das herausfand, verbot sie ihr, Axe weiter zu sehen, aber Mandisa gehorchte ihr nicht. Als ihre Mutter ihr daraufhin eine Ohrfeige verpasste, ermutigte Axe Mandisa dazu, beim Polizeirevier von Harare Anzeige gegen sie zu erstatten. Wenn sie jetzt daran dachte, lief sie vor Scham rot an und hätte am liebsten geweint. Sie würde alles machen, um nur wieder nach Hause zu kommen und von ihrer Mutter in den Arm genommen zu werden. Außerdem vermisste sie Bongi. Aber Axe war verschwunden, und Mrs. Sama erlaubte ihr nicht, das Haus zu verlassen. An dem Tag, an dem sie die flehentliche Stimme ihrer Mutter am Tor gehört hatte, hätte Mandisa ihr am liebsten etwas zugerufen, aber sie hatte es nicht gewagt, einen Ton von sich zu geben. Sie hatte schreckliche Angst. Angst vor dem, was passiert war, Dinge, über die sie einfach nicht nachdenken konnte, Angst vor Axes Mutter und ihren Freunden, weil Axe noch immer nicht zurück war, vor allem aber vor dem Mann mit dem Babyface, der nach Axe gesucht hatte. Der Mrs. Sama gefragt hatte, wer noch mit Axe im Auto gewesen war. Sie kannte Mrs. Sama und ihre Gier und wusste, dass es nur eine Frage der Zeit war, bis sie sich für das Geld entschied, Axe hin oder her.

Marge war wie vereinbart zum Abendessen bei Beryl eingetroffen, um Harrys alten Freund von der Universität kennenzulernen. Harry Bloomberg war Dozent im Ruhestand und einst ein engagierter Stadtrat des Afrikanischen Nationalkongresses sowie Kommunist gewesen. Ganz wie idealistischere Genossen war er über die Jahre desillusionierter geworden und verbrachte nun seine Zeit damit, bittere Briefe an die Lokalzeitungen zu schreiben, wenn er Beryl nicht gerade mit seinem zwanghaften Putzfimmel in den Wahnsinn trieb. Die meisten Bloomberg-Kinder waren mit verschiedenen Stipendien an Universitäten irgendwo in Übersee, bis auf ihren Jüngsten, Dashiell, der sich gerade eine einjährige Auszeit nahm.

Ein wohliges Gefühl erfasste Marge, sobald sie die Küche des großen, ungemütlichen Hauses im alten Teil der Stadt betrat. Diese war erschreckend unkonventionell mit ihren tomatenroten Wänden und Beryls experimentellen, selbstgetöpferten Sachen auf jeder freien Fläche.

Marge war gleichzeitig mit Dashiell eingetroffen. Er kam gerade in Begleitung eines breitschultrigen Mädchens vom Surfen zurück, das ein Handtuch um die Schultern geschlungen hatte, und hängte seinen sandigen Neoprenanzug im Gang auf. Marge wurde mit einer Umarmung begrüßt, dann verschwand er in seiner Bude über der Garage, das Mädchen im Schlepptau. Gleich darauf ertönte laute Musik von oben.

»Himmel, das Mädchen sieht aus wie eine Wrestlerin«, bemerkte Marge, als Beryl ihr die Jacke abnahm. »Meisterin im Wasserpolo«, sagte Beryl kurz angebunden. »Und nein, frag nicht. Ich bin mir ziemlich sicher, dass sie es treiben. Komm mit, dann lernst du Tom kennen.«

Tom Montanari war ein großer, bulliger Mann in einer abgewetzten Wildlederjacke, die in Marges Augen so aussah, als würde sie verkehrt herum getragen. Er erhob sich halb, begrüßte Marge schroff und musterte sie dabei ziemlich unhöflich von oben bis unten, was sie überaus empörte.

Viel zu spät besann sich Marge wieder auf ihre Befürchtung, die Bloombergs könnten sich als Kuppler betätigen.

Nachdem sie Tom eine Weile zugehört hatte, musste Marge wieder daran denken, was für einen Hang junge Menschen doch hatten, ihre Zeitgenossen auf ein Podest zu heben. Diese waren dann von einer Aura umgeben, die in der Erinnerung ihres Freundeskreises noch jahrelang weiterlebte, selbst dann noch, wenn aller Charme längst der Desillusionierung, dem Alter und unglücklichen Entscheidungen gewichen war. Harry hatte diesen verklärten Blick, was Tom betraf, war noch immer gefangen in den Tagen, als er mit seinem Freund Vorreiter des *Student Representative Council* war. Tom war vielleicht in seiner Jugend ein dynamischer Heißsporn gewesen, doch sofern Marge das beurteilen konnte, war er inzwischen zu einem Griesgram mittleren Alters geworden.

Harry verschwand kurz und tauchte gleich darauf mit einer staubigen Flasche in der einen und einem Korkenzieher in der anderen Hand wieder auf. Er kannte sich ein bisschen mit Wein aus und hatte einen kleinen, aber außergewöhnlich erlesenen Weinkeller in ihrem Haus in Muizenberg. Vor seinen alten Kameraden hielt er mit seinem Hobby hinter dem Berg, aus Angst, spießbürgerlich zu wirken, aber hin und wieder, wenn ihm die Situation angemessen erschien, ließ er sich dazu überreden, eine Flasche zu öffnen. Das einzige Mal, dass die Bloombergs kurz vor der Scheidung gestanden hatten, war, als eine betrunkene und sündhaft teure, gesalzene Nüsse knabbernde Beryl ihren gesamten Buchklub eingeladen hatte, die Köstlichkeiten von Harrys Weinkeller zu verkosten, nachdem ihr billiger Fusel ausgetrunken war.

Marge, die diese ganze Situation höchst anstrengend fand, trank viel zu schnell auf leeren Magen und war schon bald in einer ihrer rüpelhaften Launen.

»Also Tom«, sagte sie ein bisschen zu forsch, »das hört sich ja so an, als wärst du früher mal ein ziemlicher Aktivist gewesen.«

Überrascht schaute er sie an. »Ich hab ein Leben seit 1980 gehabt«, widersprach er gelinde.

»Okay, dann erzähl mir davon.«

Harry meldete sich dienstfertig zu Wort. »Eine Zeitlang hat er Jura an der Syracuse unterrichtet und für Amnesty und in Den Haag gearbeitet.«

»Das klingt bedeutungsvoll und wichtig«, sagte Marge, dachte aber »Gutmensch«.
»Tatsächlich war es ziemlich langweilig und stressig.«
»Warum hast du es dann gemacht?«
Er zuckte mit den Schultern. »Hab wohl versucht, meinen Mistkerl von Vater irgendwie zu beeindrucken.«
War das eine kleine Spitze gegen ihren Berufsstand, oder war sie etwa leicht betrunken und paranoid? Laien, die im besten Fall schmales Halbwissen der Freudschen Theorien hatten, verstanden ihn meist falsch. Aber wie vermutlich machte sie sich viel zu viele Gedanken.
»Tom war gerade in Kabul und hat dort einen Vortrag über Verfassungsrecht gehalten«, sagte Harry anerkennend.
»Ach tatsächlich?« Marge täuschte Interesse vor. Sie kannte Männer von Toms Typ, die sich auf keinen Fall festlegen wollten und vor ihren eigenen Problemen wegrannten, indem sie versuchten, die Probleme der Welt zu lösen. Hatten in jeder Stadt eine andere. Höchstwahrscheinlich auch ein Alkoholproblem. Und ganz bestimmt Geldschwierigkeiten.
»Ich hatte nicht vor, Jura zu studieren.« Er lächelte und sah fast schon präsentabel aus. »Ich wäre gern Maler geworden. Oder Schriftsteller.«
»Verstehe. Also hast du das fallenlassen?«
»Nein. Ich bin hierher zurückgekommen, um meinen Roman fertigzuschreiben.«
Marge kam sich vor wie eine Karikatur mit hochgezogenen Augenbrauen.
»Er hat schon einen Verleger und alles«, sagte Beryl, die Marges lautloses Stöhnen vorhersah.
»Was Autobiographisches?«, fragte Marge etwas zu gezwungen. Beryl bedachte sie mit einem finsteren Blick über ihre Lesebrille hinweg, die sie immer dann trug, wenn sie ein Rezept nachkochte. Was bedeutete, dass die Gastgeberin noch nicht einmal angefangen hatte zu kochen. Beryl war berüchtigt für ihre späten Abendessen, die dank des antiquierten Herds im Hause Bloomberg gemeinhin halb roh serviert wurden. Wenn das so weiterging, würden sie erst um Mitternacht essen und wären schon um acht Uhr sturzbetrunken.

»Es ist fiktiv. Aber natürlich stütze ich mich auf selbst Erlebtes«, fuhr Tom fort.

Genau das, was die Verlagswelt braucht, dachte Marge, eine weitere langweilige Apartheid-Erinnerung.

»Es ist eine Graphic Novel.«

Marge horchte auf. »Ist das was Sexuelles?«

Tom lachte und schenkte ihr großzügig Wein nach. »Ich hab schon gehört, dass du gerne provozierst. Erzähl mir was von dir. Es kommt auch nichts davon in mein Buch.«

Um zehn Uhr waren sie bei der vierten Flasche von Harrys sehr gutem Shiraz, bei der fünften Runde Diminishing Whist und hatten drei Päckchen Grissini und ein Glas Oliven gegessen. Marge unterhielt ihre Gastgeber mit witzigen Anekdoten aus Krankengeschichten, mit denen sie sich befasst hatte (natürlich nichts von ihren eigenen Patienten), und dann war es nach einer spektakulären Runde Karo an ihr, den Trumpf anzusagen, als Tom herausplatzte: »Wo wir gerade von Verrückten sprechen …«

Marge grübelte gerade über ihre Strategie und hörte nur mit einem halben Ohr zu.

»Mein neunzigjähriger Vater ist auf der Pflegestation in einem Altenheim.«

»Der eine, dem du immer noch gefallen willst?«, scherzte Marge, gleichzeitig fragte sie sich, ob Tom etwa alle Herzkarten hatte. Sie hatte nämlich bereits einen Blick auf Beryls Blatt erhascht, und da war alles schwarz gewesen.

»Genau der. Am Samstagabend erhalte ich einen Anruf, und mir wird mitgeteilt, dass es mein Vater nicht mehr lange macht.«

»Ach herrje. Das tut mir so leid, Tom«, sagte Beryl.

»Zum Glück war das nur ein Fehlalarm, aber ich bin ganz panisch losgerast. Ihr erinnert euch vielleicht, es hat geregnet und war ganz neblig. Ich fahre also Richtung Noordhoek runter, da tauchen aus dem Nichts zwei Gestalten auf der Straße auf.«

Auf einmal breitete sich ein äußerst ungutes Gefühl in Marge aus. Sie warf der nicht mehr ganz nüchternen Beryl einen Blick zu, die Tom trunken ansah.

»Ich hab sie quasi umgefahren!«
Irritiert fragte Harry: »Wer zum Teufel …?«
»Zwei verrückte alte Schachteln in Regenmänteln. Haben irgendwas von gefährdeten Fröschen erzählt!«
Beryl stieß einen spitzen Schrei aus und warf Marge rasch einen Blick zu, dann hastete sie in die Küche.
»Und als Krönung des Ganzen haben die beiden mich auch noch beschimpft«, sagte Tom. »Ich bin völlig ausgerastet.«
»Verständlich«, meinte Harry.
»Ich habe gedroht, ich würde sie über den Haufen fahren, wenn sie mir den Weg nicht freigeben. So wahnsinnig war ich! Ich habe beschleunigt, sie nochmals gewarnt, mir bloß aus dem Weg zu gehen. Und was tun die beiden? Werfen sich mit dem Gesicht nach unten auf den Boden!«
Ungläubig schüttelte Harry den Kopf. »Leute gibt's!«
»Mir blieb nichts anderes übrig, als ihren Bluff zu entlarven. Aber das muss ich ihnen lassen, sie haben die Nerven behalten. Ich musste im letzten Moment abschwenken. Bin im *donga* gelandet, meine Stoßdämpfer sind total im Eimer. Die beiden haben mir nur noch den Stinkefinger gezeigt und sind abgezogen. Ich musste einen Abschleppdienst anrufen, damit ich wieder aus dem Graben rauskam.«
»Unfassbar«, sagte Harry.
Dashiell war derjenige, der Beryl, die sich in der Küche versteckte, mit seiner neunzehnjährigen Unschuld zurief: »Mom, hattest du am Samstagabend nicht zusammen mit Marge Krötendienst?«

Alte Schachteln! Marge tobte auf dem Weg nach Hause. Gott sei Dank fand sie ihn kein bisschen attraktiv, insbesondere nach dieser selbstsüchtigen Version der Ereignisse. Sich selbst als Opfer darstellen. Sie hätten ihn beschimpft!
Unfassbar.

41

Persy und Dizu saßen zusammen in einem Transporter und fuhren Richtung Spine Road. Dizu am Steuer. Persy hatte nach seinem Anruf alles stehen und liegen lassen und war zum Polizeirevier nach Khayelitsha gefahren.

»Anscheinend ist es nicht das erste Mal, dass Mandisa Dasheka verschwindet«, sagte Dizu. »Ihre Mutter hat mir erzählt, dass sie die Schule schwänzt, seit sie mit Axolile Sama – oder ›Axe‹, wie er sich selbst nennt – zusammen ist. Ich hab mir seine Akte angesehen. Er ist nach einem Autodiebstahl gerade wieder auf Kaution draußen.«

»Danke, dass du mich gleich informiert hast«, sagte Persy. »Warum hat uns Nosapho Dasheka nicht schon früher etwas von ihrer verschwundenen Tochter erzählt?«

»Sie hatte Angst, die Hamiltons würden sie verdächtigen, in Severines Verschwinden involviert zu sein. Du weißt, wie die Leute mit Bediensteten umgehen. Sie wollen nicht wissen, dass die noch ein eigenes Leben oder vielleicht sogar selbst Probleme haben könnten.«

»Aber sie arbeitet schon seit Jahren für sie. Warum sollten sie sie verdächtigen? Es sei denn, da ist etwas dran und sie hat irgendwie damit zu tun«, sagte Persy.

»Dreimal darfst du raten, wer Axes Kaution bezahlt hat!«, sagte Dizu. »Einer von Ricardo Heinrichs Leibwächtern. Ein Leibwächter, der noch dazu ein stadtbekannter Hehler in Imizamo Yethu ist und von einem Ort namens ›Skinky's‹ aus agiert. Und es hat sich herausgestellt, dass dieser Leibwächter Axes Onkel ist.«

»Wir haben Annette Petroussis' Leiche in der Nähe des Skinky's gefunden«, sagte Persy und fragte sich, ob dieser Leibwächter etwa der aknevernarbte Kraftmeier war, den Heinrich immer bei sich hatte. Wenigstens setzte sich die Maschinerie endlich in Gang, die Zahnräder des Falles griffen ineinander. »Ich hab gehört, dass Heinrich so eine Black-Economic-Empowerment-Firma hat, die als Investmentinstrument für die Pensionsfonds der Gewerkschaft gedacht ist, aber er benutzt es als persönliche Sparbüchse«, sagte Persy. »Er prahlt damit, dass ihm ein großes Grundstück in Constantia namens Summerley zusteht und dass er Sozialwohnungen darauf bauen will.«

»Heinrich ist politisch darin verwickelt, also kannst du sicher sein, dass das keine saubere Sache ist«, sagte Dizu.

»Obwohl der Kläger, Moses Petersen, angeblich der Begünstigte sein soll und nicht Heinrich«, sagte Persy. »Mir sind Gerüchte zu Ohren gekommen, dass Heinrich Moses Petersen über den Tisch ziehen will. Vielleicht ist das ja unwichtig, aber der gegenwärtige Besitzer, Badenhorst, sagt, diese Forderung wird vor Gericht nicht standhalten. Ihm zufolge hat er das Land ganz rechtmäßig erstanden, und er besitzt wohl auch Unterlagen, die das beweisen sollen.«

»Tja, die Bauunternehmer werden sich hüten, das Land zu kaufen, ganz egal, ob das stimmt oder nicht. Es dauert Jahre, bis solche Landrückforderungen geregelt sind. Und in der Zwischenzeit wird dieser Badenhorst das Stück Land auf keinen Fall abstoßen können.«

»Und Langfords Enkelin verschwindet«, sagte Persy.

»Glaubst du, dass Heinrich dahintersteckt?«, fragte Dizu.

»Möglich wäre es. Verdammt, es ist so gut, wieder mit dir zu arbeiten, Calata.« Persy boxte ihn spielerisch gegen den Arm. Zum ersten Mal hatte sie das Gefühl, an dem Fall arbeiten zu können, ohne sich den Rücken frei halten zu müssen, ohne die ganzen Komplikationen von Diep River.

Dizu lächelte, sah aber müde aus. Je weiter sie in die Township hineinfuhren, umso kleiner und heruntergekommener wirkten die Häuser. Baracken standen in Hinterhöfen und auf jeder freien Fläche, die Straßen wurden enger und waren nicht mehr geteert. Dizu spähte nach draußen, kurvte vorsichtig unter den dichten Netzen illegal angebrachter Elektrizitätskabel hindurch, deren Schleifen gefährlich tief vor ihnen herunterhingen.

»Ich dachte, am besten wir sprechen zuerst mit Heinrichs Leibwächter, Axes Onkel. Das ist die letzte eingetragene Anschrift, die ich für ihn habe.«

Das Tageslicht verblasste langsam. Jetzt standen da nur noch Baracken aus Blech oder Karton und so dicht, dass ein Auto kaum zwischen ihnen hindurchfahren konnte.

»Ich verstehe schon, weshalb die Cops hier nicht patrouillieren wollen«, sagte Persy.
»Das hier ist das letzte Loch«, stieß Dizu heftig hervor. »Du hast ja keine Ahnung.«
Langsam fuhren sie an einem dichten Block aus Metall und Blech vorbei, als er sagte: »Das erinnert mich an den Typen, den wir in der Uni gelesen haben, Machiavelli. Er hat ein Buch mit dem Titel *Der Fürst* geschrieben.«
»Wohl über dich, was?« Persy grinste. Dizu bedachte sie mit einem schiefen Blick.
»Die letzten Monate hier waren wie ein Crashkurs zu diesem Buch. Wozu Leute aus Futterneid alles bereit sind.«
Persy wusste, was er meinte. Die höheren Tiere in der Polizei, die machthabende Partei, die Regierung.
»Du brauchst mal 'ne Pause«, sagte Persy sanft.
»Ich denke darüber nach, mir eine längere Auszeit zu nehmen. Wenn ich nicht vorher suspendiert werde.«
Eindringlich sah Persy ihn an. »Geht's dir gut?«
»Kann man nicht sagen. Zwischen mir und dem Hinschmeißen des Ganzen steht einzig und allein, dass ich das Gefühl habe, es den, ach was weiß ich, den Nosapho Dashekas dieser Welt schuldig zu sein; den gewöhnlichen Menschen, die versuchen, in dieser erbärmlichen Müllhalde ein würdiges Leben zu führen.« Er klang sehr erschöpft.
Diese Veränderung von Dizu beunruhigte Persy. Sie kannte sich mit solch depressiven Zuständen aus. Wurden sie nicht behandelt, gelangte man ganz schnell in eine Abwärtsspirale.
Die Risse in der sandigen Straße wurden immer tiefer und standen voller Abwasser. Dizu kämpfte sich weiter vorwärts, bis sie schließlich in einer engen Rinne zwischen den Buden ankamen, die so dicht standen, dass kaum Licht zwischen ihnen hindurchdrang. Die Luft im Auto war stickig. Persy ließ die Scheibe herunter, und zusammen mit den Fliegen kam ein Gestank von Abfluss, verrottendem Müll und verbrennendem Plastik, Gummi und Paraffin herein. Etwas zerrte kaum merklich an ihren Nerven, eine einsetzende Klaustrophobie. Ihre Ohren waren verstopft, und an ihren Schläfen pochte es. Irgend-

wo weiter weg lief Musik – es dauerte einen Moment, bevor ihr klarwurde, dass die Quelle das leise gestellte Autoradio war.
Dann plötzlich ein anderes Geräusch. Peng, peng, peng.
Schüsse. Drei oder vier. Ganz nah.
»Was war das?«, rief Dizu.
»Fahr rückwärts!«, schrie Persy.
Dizu drückte das Gaspedal durch, die Räder drehten hilflos im Schlamm durch, der Motor heulte auf.
»Wir stecken fest!« Persy drehte sich auf ihrem Sitz um. Ein BMW stand hinter ihnen, direkt an ihrer Stoßstange. Vor Furcht zogen sich ihre Eingeweide zusammen. Ein Hinterhalt im Land der Baracken.
»Sie haben uns eingekesselt.« Dizu, der angesichts von Gefahr immer besonnen reagiert hatte, war so angespannt, wie sie ihn noch nie zuvor erlebt hatte.
»Siehst du sie?«
Dizu verdrehte den Hals, versuchte, etwas zu erkennen. »Scheiße, scheiße, scheiße!«
»Was ist los?«
»Cops. Vom Revier von Harare.«
Ein weiterer Schuss, noch näher.
»Runter!« Persy zog ihre Waffe und rutschte in ihrem Sitz nach unten. Gott sei Dank war sie bewaffnet und trug ihre kugelsichere Weste.
Ihr Auto hatte sich etwas gedreht und stand jetzt leicht quer zum BMW. Im Außenspiegel konnte Persy zwei Köpfe im anderen Fahrzeug ausmachen. »Geh auf deiner Seite raus«, zischte Persy Dizu zu. »Ich gebe dir Feuerschutz.«
Die zwei Männer stiegen aus dem BMW. Persy beobachtete sie in Dizus Außenspiegel. Sie kannte ihre Haltung. Die Waffen in der Hand, die Arme hingen locker am Körper herab. Hätten sie keine Uniform angehabt, hätte man sie nicht von den Kriminellen unterscheiden können, die sie jagten.
Während Dizu aus dem Auto kletterte, schlüpfte Persy so schnell sie konnte aus der Beifahrertür. Abgeschirmt vom Fahrzeug bewegte sie sich in kauernder Haltung seitwärts und deckte Dizu.

»*Heita, bra.* Was machst du hier?« Einer der Cops. Schwarz. Nicht sehr freundlich.
»Hab Schüsse gehört«, sagte Dizu.
»Darum kümmern wir uns schon«, sagte der Cop.
»Was ist los, Mann?« Dizus Stimme klang ruhig. Entspannt.
»Eine Razzia.«
Persy bemerkte eine Bewegung in der Tür der Baracke rechts von ihr. Einer von Ricardo Heinrichs Leibwächtern, der mit der unreinen Haut. Ungesehen von Dizu hielt er eine Pistole direkt vor seiner Brust, wartete auf ein Wort, um nach draußen zu treten und Dizu wegzupusten. Scheiße, dachte Persy. Große Scheiße aber auch. Wenn er mich erkennt, sind wir tot.
»Braucht ihr Unterstützung?«, fragte Dizu.
»Du willst da nicht zwischen die Fronten geraten.« Eine Warnung vonseiten des Cops. »Geh heim und kümmer dich um deinen eigenen Mist.«
Persy wog die Chancen ab. Es war besser, sich zu erkennen zu geben, als entdeckt zu werden. Sie stand hinter dem Auto auf, die Waffe auf sie gerichtet. »Alles okay, Calata?«
Damit hatte sie die Aufmerksamkeit beider Cops. Aus dem Augenwinkel sah sie, wie sich Heinrichs Bodyguard zurückzog, bis er nicht mehr zu sehen war.
»Verdammt, wer ist das jetzt?«, fragte einer der Cops Dizu.
»Detective Constable Persy Jonas vom Diep-River-Revier«, sagte sie, als sie hörte, dass die Waffe des Bodyguards entsichert wurde. In diesem Moment tauchte ein Kind zwischen den Baracken auf, es war in der Dunkelheit kaum zu sehen. Ein löchriger Pulli, keine Hose, eine Kwashiorkor-Vogelscheuche mit spindeldürren Beinen, angeschwollenem Bauch und rotzverschmierter Oberlippe – in einem Moment war das Kind da und dann auch schon wieder verschwunden. Ein Hund, ein humpelnder dreibeiniger Köter mit eingeklemmtem Schwanz, bei dem sich jede Rippe abzeichnete, trottete hinter ihm her.
»Bring sie von hier weg«, sagte einer der Cops zu Dizu.
»Komm schon«, sagte Persy. »Gehen wir.«

Sie stiegen wieder in den Wagen, hörten, wie die Türen des BMW zuschlugen und der Motor angelassen wurde. In den Außenspiegeln verfolgten sie, wie der BMW zurücksetzte und an die Seite fuhr. Ohne ein Wort zu sagen, startete Dizu das Auto; dieses Mal fanden die Reifen Halt, und er folgte den Spuren des BMW. Die Straße wurde breiter, erlaubte es Persy und Dizu, an den Cops vorbeizufahren. In diesem Moment waren sie ungeschützt. Persy spürte die Blicke der anderen Cops wie Leuchtpunkte auf ihnen ruhen. Dann raste Dizu auf einen breiteren staubigen Pfad, schlitterte durch das herabfließende Abwasser, riss das Steuer herum, und sie düsten davon.

Ein paar Minuten später waren sie auf dem Rückweg Richtung Spine Road und in der Sicherheit des öffentlichen Verkehrsraums. Persy stieß den Atem aus, den sie gefühlt seit einer Ewigkeit angehalten hatte.

»Scheiße, scheiße, scheiße.« Persy erzählte Dizu von Heinrichs Bodyguard, der sich versteckt gehalten hatte und zum Schießen bereit gewesen war. »Und diese Cops haben ihn gedeckt.«

»So funktioniert das hier draußen«, sagte Dizu matt. »Hier kannst du keinem vertrauen.«

»Himmel, Calata. Du musst hier weg, oder diese Typen bringen dich noch um.« Sie zitterte so heftig, dass ihre Zähne aufeinanderschlugen. Ein halb verhungertes Kind und ein dreibeiniger Hund hatten ihnen das Leben gerettet. Daran bestand kein Zweifel für sie.

»Wenn ich gehe, dann haben sie gewonnen.« Finster sah Dizu vor sich hin, die letzten Sonnenstrahlen malten rost- und bronzefarbene Flecken in sein Gesicht. »Und alle hier werden komplett am Arsch sein.«

Es war nach sechs, bis Persy ihren Wagen wieder abgeholt und schließlich zurück in der Bottom Road Sanctuary war. Dort schaltete sie den Motor aus und saß eine Weile einfach da, starrte Salies Haus an, hörte den Ruf des Pelikans, der tief im schwindenden lilafarbenen Licht dahinflog.

Sie fingerte an ihrem Handy herum – es schien, als wären ihre Hände aus Gummi – und wählte Tuckers Nummer. Zum dritten Mal in der letzten halben Stunde und noch immer keine Antwort. Sie war kurz davor, in Panik auszubrechen. Sie war sich nicht sicher, was sie mehr zermürbte: der Hinterhalt oder die Feststellung, wie verletzlich Dizu war. Ihr war bewusst geworden, wie naiv sie doch war, wie viel mehr hier vor sich ging, als vordergründig erkennbar war. Der Moder war in die Fundamente des Polizeiwesens gesickert und kam jetzt wieder heraus, eine schwarze, anschwellende Flut. Sie hörte, dass Tuckers Handy klingelte, wartete darauf, dass sich sein Anrufbeantworter einschaltete. Nicht, dass sie jemals eine Nachricht hinterließ. Tucker war ganz paranoid, Dina oder seine Kinder könnten das Handy in die Finger bekommen. Sie wollte schon auflegen, als ein Klicken und dann eine Stimme zu hören war: »Tucker.«

Stimmen im Hintergrund, Kinder und Gelächter. Dann Dinas Stimme, leise, aber ganz nah.

»Bist du zu Hause?«, fragte Persy.

»Ja.«

»Ich muss dich sehen.« Bestürzt stellte sie fest, wie verzweifelt sie klang.

Einen Herzschlag lang, einen Moment lang waren beide Optionen möglich.

»Ich muss los.« Er legte auf.

Es war, als hätte sie einen Schlag in den Magen verpasst bekommen. Verursacht durch Dinas Stimme. Weich, vertraut, die Stimme einer Frau, die sich von einem Mann verführen lässt. Die Spannung brach, eine Welle der Wut traf sie. »Du Arschloch!«, schrie sie den dunklen Bildschirm des Handys an. »Du verdammtes Arschloch!«

Sie hörte das Knirschen von Kies draußen, dann tauchte Salie höchst aufgeregt neben ihr auf. Das verflucht Letzte, was sie jetzt gebrauchen konnte, war seine Sorge um Nilpferde und Fynbos. Zähneknirschend kurbelte sie das Fenster herunter, hoffte, dass er ihr Fluchen nicht gehört hatte.

»Noch vor zehn Minuten hat genau hier ein verdächtiges Fahrzeug geparkt«, sagte er. »Ich stand hinter den Jalousien im oberen Stock und habe es beobachtet. Es war schon ein paarmal hier. Ein silberfarbener Camry. Ich habe das Kennzeichen notiert!«

»Danke«, sagte Persy müde. Salie war so lächerlich überbesorgt. Wenn sie es zynisch ausdrücken wollte, könnte sie auch paranoid sagen. Ein Mann, dessen Vergangenheit ihn dazu veranlasste, beständig über die Schulter sehen zu müssen.

»Willst du das Kennzeichen nicht durchgeben?«

»Ich bin gerade einfach ein bisschen fertig, Mr. Salie. Hatte einen harten Tag. Aber ich werde dem nachgehen, danke.«

»Ich passe nur auf dich auf, Kleine.«

»Klar. Das weiß ich doch, Mr. Salie, das weiß ich.«

MITTWOCH

42

Marge hatte von Henrietta Benatar Severines ärztliche Attests erhalten, die ihr häufiges Fehlen in der Schule entschuldigten. Selbst eine normale Kontrolluntersuchung las sich höchst besorgniserregend. Das Mädchen litt an den unterschiedlichsten und höchst komplexen Krankheiten. Knochen- und Muskelschmerzen, Schwindel, Amenorrhö, Schwächegefühle, Krämpfe im Unterleib, Paralyse von Gliedmaßen, Appetitlosigkeit, Nachtschweiß. Außerdem klagte sie über Angstzustände und Depressionen, ebenso wie über unerklärliche Schmerzen und Lustlosigkeit. Ein ganzer Schwarm Spezialisten hatte Untersuchungsergebnisse beigefügt. Der Name von Dr. Ian Robson, Barbra Robsons Ehemann, tauchte regelmäßig in den Unterlagen auf. Henrietta Benatar hatte eine Liste mit allen verschriebenen Medikamenten beigefügt, die von Pillen gegen Akne über Antidepressiva bis hin zu Steroiden wegen einer Lungenentzündung reichten. Außerdem nahm sie entzündungshemmende Mittel, Diuretika und Schlafmittel. Und doch schien es trotz all dieser Rezepte, Untersuchungen und medizinischen Behandlungen keine eindeutige Diagnose zu geben. Dieses beständige Attacke auf den Körper der jungen Frau bestätigte Marges schlimmste Vorurteile hinsichtlich geldgieriger Spezialisten. Während sie die Berichte durchlas, flatterte Severines feines Gesicht wie ein geisterhafter Schmetterling in ihre Gedanken, und Marge schauderte unwillkürlich. Zum ersten Mal fragte sie sich, ob Severine noch am Leben war.

Dinas Nachricht lag auf Persys Schreibtisch, als sie am nächsten Tag das Revier betrat. *Komm sofort zu mir ins Büro.*
Beide, Tucker und Dina, warteten dort auf sie. Angesichts von Tuckers todernster Miene wurde ihr unsäglich schwer ums Herz. Dina

ging geradewegs zum Angriff über. »Es sieht so aus, als hättest du, zusammen mit einem Detective, der nicht in seinem Zuständigkeitsbereich war, eine verdeckte Operation in Khayelitsha gefährdet. Was zum Teufel hast du da gemacht?«

Verdeckte Operation? Am liebsten hätte Persy gelacht. Das war ein weiterer Euphemismus für Korruption und Schmuggel. Aber sie hielt am besten den Mund. Das war die vernünftigste Strategie, wenn man auf wackligem Boden stand.

Jetzt mischte Tucker sich ein. Persy hatte ihn noch nie so wütend gesehen. »Ich bin dein Commanding Officer und will stets und ständig über dein Vorgehen informiert werden. Du und dein Ex-Partner, ihr könnt nicht einfach eine Parallelermittlung laufen lassen wie irgendwelche korrupten Cops.«

Dieser Versuch, sie von zwei Seiten in die Zange zu nehmen und einzuschüchtern, brachte Persys Blut in Wallung. Sie hatte schon gesehen, wie sie das bei anderen machten, aber zum ersten Mal erkannte sie den sadistischen Aspekt von Tuckers und Dinas Partnerschaft. Sie dachte an die On-off-Ehe der beiden, die Auseinandersetzung, die die beiden in der Tiefgarage gehabt hatten. Und sie machte sich Gedanken um ihre Kinder, die am meisten unter dem Ganzen zu leiden hatten.

Persy wandte sich an Dina, weil sie es nicht über sich brachte, Tucker anzusehen. »Die Tochter der Haushälterin von den Hamiltons ist in derselben Nacht wie Annette Petroussis und Severine Hamilton verschwunden. Sie wird von einem bekannten Verbrecher festgehalten, der gerade auf Kaution draußen ist, und vermutlich gibt es da eine Verbindung zu dem Fall. Detective Calata hat eine Spur zu einem Hehler gefunden, der die Kaution für den Typen gestellt hat.« Sie hielt es für die beste Lösung, die ganzen Informationen, die sie zu Annette und Heinrich hatte, momentan nicht offenzulegen, schließlich war sie ja eigentlich nicht mehr in den Petroussis-Fall involviert. »Ich weiß nicht, was daran falsch sein soll, mich mit Calata abzustimmen, schließlich wurde das Auto der Petroussis in seinem Gebiet gefunden.«

»Gegen das Polizeirevier Khayelitsha wurde durch einen Ausschuss ermittelt, wie du weißt, falls du die letzten Monate über nicht Vogel Strauß gespielt hast«, zischte Dina. »Dizu Calata gehörte zu denen, die die Informationen zusammengestellt haben. Seine Kollegen sehen in ihm einen Spitzel und Verräter, vielleicht sogar noch etwas Schlimmeres. Und jetzt platzt du da rein, krallst dich an dieser Geschichte fest und involvierst ihn in unseren Fall, stößt alle Cops von Khayelitsha vor den Kopf. Die Politik, die jetzt auf die Ergebnisse des Ausschusses reagieren muss … ach, das willst du alles gar nicht wissen. Ich will, dass sich mein Revier da raushält. Wir haben auch so genug Druck, mit dem wir zurechtkommen müssen.«

»Meinst du damit etwa Heinrichs Beschwerde meinetwegen?« Persy war versucht anzumerken, dass sein Bodyguard die Verbindung zum Skinky's darstellte und dass er bei dieser angeblich »verdeckten Operation« ebenfalls zugegen war, aber damit würde sie sich nur noch tiefer in die Scheiße hineinreiten, als es ohnehin bereits der Fall war.

Mit eisigem Blick starrte Dina sie an. »Misch dich nicht in Khayelitsha ein und halte dich von Warrant Officer Calata fern. Und leg dich hier nicht mit mir an, Jonas, sonst ziehe ich dich auch noch vom Hamilton-Fall ab.«

Persy wollte sich so schnell wie möglich aus Dinas Büro verdrücken, aber Tucker schloss im Gang zu ihr auf.

»Jonas, verdammt noch mal! Warum muss ich diesen Scheiß von Dina erfahren? Warum sagst du mir nicht, was du verdammt noch mal machst?«

»Ich hab versucht, es dir zu sagen, aber du warst zu sehr mit deiner ›Familie‹ beschäftigt, um meinen Anruf entgegenzunehmen.«

»Ich hab ein Recht darauf, meine Kinder zu sehen!«

»Ach ja, ging es dir tatsächlich darum?«, fragte sie, dachte dabei an die Innigkeit von Dinas Stimme im Hintergrund während ihres kurzen Telefonats. Sie hasste es, wenn sie sich so anhörte, so eifersüchtig und unsicher.

»Ich leite die Ermittlung im Petroussis-Fall, nicht du oder dein Ex-Partner«, sagte Tucker. »Wenn du irgendwas darüber hörst, dann berichtest du direkt an mich.«

»Tja, wo wir gerade davon sprechen, dieser Hehler, zu dem Calata einen Hinweis gefunden hat. Da gibt es eine Verbindung zum Skinky's. Und er ist Heinrichs Bodyguard.«
»Du schrammst knapp an Insubordination vorbei, Jonas.« In Tuckers Blick lag Verachtung und etwas, das sie nicht erwartet hatte. Aufblitzende Furcht. »Halte dich von den Ermittlungen im Petroussis-Fall fern. Das geht dich jetzt verdammt noch mal nichts mehr an.«
»Weißt du was? Dann sag Dina doch, sie soll mich auch vom Hamilton-Fall abziehen, wenn du willst. Mir ist eure beschissene Befehlskette egal. Mir geht es um die tote Frau und die beiden vermissten Mädchen.«

Sie zitterte vor Wut, als sie in ihr Büro zurückkam, wo Nim mit Severines geöffnetem Laptop am Schreibtisch saß. Im Gegensatz zu Persy war Nim überraschend versiert in IT-Angelegenheiten. Manchmal schien er sogar einen besseren Überblick über die Dinge zu haben als das kläglich unqualifizierte und unzureichend finanzierte IT-Department. Persy quetschte sich hinter ihren Schreibtisch. »Schon was gefunden?«, fragte sie und versuchte noch immer, ihre Fassung wiederzuerlangen.
»Schulprojekte. Das Mädchen war nicht mal auf Facebook. Aber auf einer Seite ist sie dann doch herumgesurft.«
Persy beugte sich vor und sah auf den Bildschirm. »›Die Skurrel‹? Was soll das denn sein?«
»Ich schicke dir den Link.«
»Ich kann es mir genauso gut hier ansehen. Ich sitze dir ohnehin schon fast auf dem Schoß. Hatten sie kein kleineres Büro für uns?«
»Ich hab auch das hier gefunden. Das war in der Laptoptasche.« Nim reichte ihr ein Notizbuch. Neutraler brauner Einband. Kein Name. Persy schlug es auf, Skizzen und Zeichnungen. Manche mit Bleistift, manche mit Buntstiften, herumwirbelnde Muster und Symbole. So etwas Ähnliches hatte sie schon mal gesehen, aber sie wusste nicht mehr, wo.
»Ob das ihr gehört, was denkst du?«
Nim drehte sich auf seinem Stuhl. »Ach, und Quintus Ways Freun-

din? Katrina Evans? Zweli und Makka sagen, sie hätten noch nie von ihr gehört.«

Persy kniff die Augen zusammen. »Diesen Namen habe ich schon irgendwo gehört oder gesehen …«

Nim zuckte mit den Schultern.

Dann fiel es ihr wieder ein. »Jetzt weiß ich es.« Sie ging zu ihrem Computer und scrollte durch ihre Notizen. »Da ist es. Katrina Evans. Cheswin April hat mich ihretwegen angerufen. Sie ist eine Verdächtige in einem ungelösten Mordfall an einem *bergie* in Capri vor zwei Jahren.«

»Tja«, sagte Nim und streckte die Arme über den Kopf, »jetzt haben wir jemanden, der einen Grund hatte, unterzutauchen.«

43

Fred wusste, dass etwas nicht stimmte. Er wurde nur dann zu Ricardo in Elsie's River gerufen, wenn es ein ernsthaftes Problem gab. Das Haus war gemauert und kitschig möbliert. Die Sofas waren originell, aus geschnitztem Holz und mit einem bestickten Kissen aus schwarzem Samt, das Ricardo überreicht worden war, als er eine Gastrolle bei *People of the South* hatte. Und wie jeder andere schäbige Politiker hatte er das obligatorische gerahmte Foto von sich mit Mandela auf dem Beistelltisch – in der Hoffnung, dass der Glanz des Ruhms von seinen schäbigen Manövern ablenken könnte. Seine Kinder spielten mit der Playstation, irgendwas mit viel Schießereien und Explosionen. Im Innenhof blubberte ein winziger Jacuzzi bedrohlich vor sich hin.

»Was weißt du über einen Cop namens Persy Jonas?«, waren die ersten Worte aus seinem Mund.

Fred erstarrte. Ricardo wusste also von Natasha und Persy Jonas. Dieser hinterhältige Bastard hatte überall seine Spione. Die einzige Möglichkeit war, jedes Wissen rundheraus zu leugnen.

»Nichts«, sagte Fred.

»Diep River Detective. Vom Typ konterrevolutionär. Sie durchkreuzt meine Geschäfte gerade, wo es nur geht. War gestern in Khayelitsha und hat zugesehen, wie eine meiner Operationen den Bach runterging. Sie hängt mit diesem Arschloch von Ermittler zusammen, mit diesem Calata, dem Xhosa-Cop von der Ausschussanhörung der Polizei.«

Fred war verwirrt. Er wusste nicht so recht, woran er gerade war. War das eine Falle, ein Treuetest oder hatte Ricardo keine Ahnung von Natasha und Persy Jonas?

»Was soll ich machen?«, fragte Fred misstrauisch.

»Finde heraus, was diese Schlampe vorhat. Folge ihr, beobachte sie. Schick ihr eine Warnung.«

Das schien geradezu eine glückliche Fügung zu sein. Seine und Ricardos Absichten stimmten quasi überein, so konnte er zwei Fliegen mit einer Klappe schlagen. Sehr praktisch.

»Ich dachte, du hättest die Cops von Diep River in der Tasche«, sagte er.

»Dachte ich auch.« Ricardo starrte auf den Bildschirm, auf dem seine Kinder gerade Köpfe mit Maschinengewehren abknallten. »Aber Jonas scheint irgendwie auf einer eigenen Mission zu sein, und sie machen *fokkol,* um sie aufzuhalten.«

Fred fuhr nach Hause, die Gedanken wirbelten wild durch seinen Kopf wie die Lottokugeln vor der Ziehung. Wie zum Teufel passte Natasha in dieses Durcheinander? Er wurde hier in ein gefährliches Spiel verwickelt. Ricardo konnte jeden Moment von Natashas Doppelspiel erfahren, was ihn gleichzeitig selbst verdächtig machen würde. Wenn aber er Persy Jonas verschwinden ließ, dann wäre Ricardo glücklich, und die Verbindung zu Natasha wäre gekappt. Zuerst musste er jedoch herausfinden, wie tief Natasha in diesen Sumpf verstrickt war.

Sie bügelte gerade, als Fred nach Hause kam, hatte den Fernseher auf leise gestellt, es lief irgend so ein Frauenquatsch, den sie gern ansah, wenn er nicht zugegen war und die Hoheit über die Fernbedienung hatte. Er blieb in der Tür stehen, beobachtete sie unbemerkt. Ihr

Ausdruck war entspannt und offen. Wie eine Frau mit einem reinen Gewissen. Sie schwitzte leicht in der kurzärmeligen Bluse, die er ihr gekauft hatte, die obersten Knöpfe standen v-förmig offen, zeigten die Wölbung einer verdeckten Brust. Wäre er so mösenversessen wie die meisten Männchen, dann würde er sie hier und jetzt nehmen. Vermutlich wollte sie das sogar.

Aber er fühlte sich einfach nur fertig. Fertig und fies.

Sie sah auf, als er hereinkam, und sofort wurde ihr Gesichtsausdruck wachsam. »Hallo, Fred«, sagte sie. »Willst du ein Stella? Sie sind schön kalt.«

»Knöpf dein Oberteil auf.«

Sie schaute nach unten und fingerte an den Knöpfen ihrer Bluse herum.

»Ach, zieh es doch einfach aus«, sagte er unvermittelt.

Sie wandte sich ab, wollte das Zimmer verlassen.

»Hier, vor mir.«

Langsam dreht sie sich um. Sie erinnerte ihn an ein in die Enge getriebenes Tier, das den Blick des Jägers auffängt, der es über den Lauf seines Gewehrs ansieht. Ungeschickt knöpfte sie ihre Bluse auf, dann presste sie sie an ihren einfachen weißen BH. Die Unterwäsche eines jungen Mädchens. Fred hatte sie die ganzen billigen Spitzensachen, die sie davor getragen hatte, wegwerfen lassen.

»Warum mit einem Mal so verschämt?«, knurrte er.

»Fred …«

»Halt die Klappe und hör zu. Wer hat dich von der Straße geholt, dir beim Entzug von *dagga* und Alk geholfen und dir ein Dach über deinem bescheuerten Kopf gegeben?«

»Das warst du, Fred.« Sie schaute so konzentriert auf den Boden, als stünden die Antworten dort verschlüsselt im Staub, im Sand und in der Holzmaserung.

»Wer verköstigt und kleidet dich wie die verdammte Königin von Saba?«

»Du, Fred.«

Er packte sie mit einer Hand am Kinn, presste ihren Kopf hoch, damit sie ihn ansehen musste. »Wenn du jemals hinter meinem Rücken

herumhurst oder irgendwas vor mir verheimlichst, wenn du mich jemals hintergehst, dann weißt du, was mit dir passiert, oder?«
Sie versuchte zu nicken, aber seine Hand umklammerte ihr Gesicht noch fester, und sie wimmerte. Das Leben hatte ihr übel mitgespielt. Das sah man an ihren Augen, an ihrer Demut, an ihrem eigenartigen inneren Ausharren, wenn er ihr weh tat. Aber Fred fragte sich, ob sich hinter dieser ehrerbietigen Maske nicht eine Rebellion zusammenbraute.
»Ich bin dir so dankbar, dass du mich aufgenommen hast, Fred«, flüsterte sie.
Er wurde nicht aus ihr schlau. Er hatte gedacht, sie hätte keinerlei Verlangen oder Bedürfnis, abgesehen davon, ihn zufriedenzustellen. Das war ihre Aufgabe, der Grund, weshalb er sie behielt. Um die Leere seines Seins auszufüllen. Ihre Vergangenheit voll psychischer Schmerzen, die sie umspannten wie ein Netz, hatte ihn nie interessiert. Doch seitdem er vermutete, dass sie ein doppeltes Spiel trieb, war sie nicht länger nur eine Nummer, ein Lückenfüller für die Frau, die sich nie für ihn interessiert hatte, jemand, den er kontrollieren und bestrafen konnte. Sie hatte ein rätselhaftes Innenleben, voller Geheimnisse und Machenschaften, aus denen er nicht schlau wurde. Und genau wie eine Katze, deren Vergnügen sich steigerte, wenn ihr gequältes Opfer sich wehrte, erregte sie ihn. Er war sehr darauf erpicht, herauszufinden, was in ihrem Kopf vor sich ging, was sie dachte und fühlte. Als könnte sie seine Gedanken lesen – eine unheimliche Fähigkeit, die sie bereits mehr als einmal gezeigt hatte –, schaute sie ihm ins Gesicht und sagte: »Fred, ich würde dich nie verraten oder irgendetwas tun, um dir weh zu tun.«
Fred saugte sie in sich auf: das geglättete, glänzende Haar, die Kleidung, die er ihr gekauft hatte. Niemand würde die verwahrloste Frau wiedererkennen, die er auf der Straße aufgelesen hatte. Er genoss es, wie andere Männer ihn anschauten, wenn er mit ihr zusammen war. Und wie er sie so anschaute, fiel ihm Persy Jonas wieder ein. Und damit verteilte sich der Verdacht wie ein Krebsgeschwür, drang in jede Zelle seines Seins und wurde immer mehr zu einer Gewissheit in seinen Gedanken.

Persy hatte die Annonce in der Zeitung gesehen und beschlossen, an Annette Petroussis' Gedenkgottesdienst in der Christ Church in Constantia teilzunehmen. Ganz offensichtlich gehörte diese Kirche zu einer wohlhabenden Gemeinde, die es sich leisten konnte, sich um ihre Mitglieder zu kümmern. Beeindruckender Blumenschmuck – weiße Gladiolen und Rosen – milderten die Strenge der steifen Architektur und der weißgetünchten Wände.

Als Erstes sah Persy Moses Petersen, der mit einem Gebetbuch in der Hand ganz hinten saß, im selben Anzug, in dem sie ihn im Alphen und bei der Gedenkzeremonie in der Strawberry Lane gesehen hatte. Sie grüßte, als sie an ihm vorbeiging, und er nickte ihr feierlich zu. Sie nahm ein paar Bankreihen vor ihm Platz. Die Petroussis-Familie saß bereits in der ersten Reihe. Persy konnte ihren Blick nicht von den stocksteifen Rücken von Kai und Alexi abwenden, die neben ihrem Vater saßen. Außerdem bemerkte sie den eleganten Dutt einer Frau in einem schwarzen Leinenkleid. Die Frau setzte sich in die Reihe hinter die Petroussis. Ab und an lehnte sie sich nach vorn und berührte Jaco fürsorglich am Arm.

Alexi drehte sich um, wohl weil er einen Blick auf die Leute hinter ihm werfen wollte, und entdeckte dabei Persy. Sie hob grüßend die Hand. Er beugte sich vor, hielt sich die Hand vor den Mund und flüsterte seinem Bruder etwas zu. Kai schaute sich schnell um, sah Persy und wandte den Kopf rasch wieder ab. Alexi schaute wieder zu ihr nach hinten und winkte schüchtern.

Jaco stand auf, um seine Grabrede zu halten. Seit Persy ihn das letzte Mal gesehen hatte, hatte er abgenommen. Sein Anzug hing locker an ihm herunter. »Annette hatte keine Familie«, sagte er, »also möchte ich den Menschen danken, die in dieser schweren Zeit für mich und meine Söhne da waren.«

Persy sah, wie Alexi den Kopf an Kais Schulter lehnte. Der ältere Bruder saß aufrecht da, als hoffte er, durch diese steife Haltung eine Art Kontrolle über die unkontrollierbaren Geschehnisse zu behalten.

»Ich möchte meiner Schwester Ronelle danken, die extra aus Australien angereist ist; meinem Bruder Tim sowie seiner Frau und seinen Kindern, die von Johannesburg hergeflogen sind; und zu guter Letzt auch Annettes engster Freundin Melanie.« Sein Blick ruhte auf der Frau mit dem Dutt und dem schwarzen Kleid. Persy konnte fast schon sehen, wie Melanie Lyle-Davis Jaco mit Tränen in den Augen ansah, ehe sie den Kopf sittsam senkte.

Zum Glück standen die beiden Jungen nicht auf, um etwas zu sagen. Persy war sich sicher, dass sie das nicht ertragen würde. Die Trauergemeinde schien zum Großteil aus Jacos Kollegen zu bestehen. Die Messe selbst war von feierlicher Distanziertheit geprägt, und unter den Trauergästen, die sich vor einem plötzlichen Gefühlsausbruch zu fürchten schienen, war eine leicht befangene Stimmung wahrzunehmen.

Am Ende der Messe stand Jaco an der Kirchentür und bedankte sich bei jedem Einzelnen für sein Kommen. Melanie hielt sich im Hintergrund und beobachtete alles, machte aber ganz den Eindruck, jederzeit verfügbar zu sein, sollte sie benötigt werden. Jaco wirkte aufgelöst und nickte Persy nur zu, als sie an ihm vorbeiging. Persy fühlte sich fehl am Platz, kam sich wie ein Eindringling vor. Sie hörte, wie Melanie mit einem kleinen Kreis Frauen über die Blumenarrangements redete. »Sehen sie nicht vortrefflich aus? Moses, ein alter farbiger Gentleman aus Sillery hat sie gespendet. Er gehört hier in der Kirche offenbar fast zum Inventar.«

Persy ging zu den beiden Jungen, die mit ausdruckslosen Mienen allein und verwirrt dastanden, Gesichter, aus denen jede Freude herausgewaschen zu sein schien. Kai starrte vor sich hin, und Alexi klammerte sich an seine Hand, als würde er sie niemals wieder loslassen wollen. Das erinnerte Persy an Clyde, wie er ihr immer überallhin gefolgt war, wie er sie nie aus den Augen verlieren wollte.

Sie ging zu ihnen hinüber. »Hallo ihr zwei.«

Ein kleines Lächeln tauchte auf Alexis Gesicht auf. »Hallo«, sagte er schüchtern.

»Hast du Wheezer heute nicht dabei?«, fragte sie ihn.

»Warzenschweine dürfen doch nicht in die Kirche!«, wandte er entrüstet ein.

»Hallo, Kai«, sagte sie, aber er schaute sie nicht einmal an. Alexi ließ die Hand seines Bruders los und rannte zu seinem Vater, somit waren Persy und der ältere Junge allein.

Persy hoffte, dass ihre Stimme nicht zu erbärmlich klang. »Kai, das mit deiner Mutter tut mir so leid.«
Zu ihrer großen Bestürzung stellte sie fest, dass Kai wütend war, denn mit einem Mal blitzten in seinen Augen störrische, ungeweinte Tränen auf. »Sie hatten gesagt, Sie würden sie finden!« Er stürzte sich auf sie, trommelte mit den Fäusten auf sie ein. Persy ließ die Schläge, die zum Großteil ins Leere gingen, resigniert und stoisch über sich ergehen.
In dem Moment erschien Melanie, sah schockiert und missbilligend drein. »Kai! Was machst du da? Geh bitte sofort zu deinem Vater«, befahl sie. Kai rannte davon, verschwand inmitten der Erwachsenen.
»Das tut mir leid«, sagte sie beiläufig und ging dann weiter.
Persy starrte ihr hinterher. Warum war sie sich so sicher, dass Annette Petroussis es gehasst hätte, ihre Kinder in der Obhut dieser Frau zu wissen?

44

Zu Matts und Lucys großem Erstaunen hatte Marge angeboten, sich den Tag über um Bronwyn zu kümmern.
»Ich gehe mit ihr nach Kalk Bay. Dann kann sie die dicken Seehunde dort sehen. Und wir können ein Eis essen«, fügte sie hinzu.
»Dicke Seehunde?« Bronwyns Interesse war sofort geweckt.
Marge hielt es für das Beste, ihr eigentliches Motiv unerwähnt zu lassen. Lucy würde kaum zustimmen, dass ihre Fünfjährige als Tarnung für Marges verdeckte Ermittlung herhalten sollte.
Ice Dream befand sich an der Ecke in einem von Kalk Bays Läden mit viktorianischer Fassade. Die Schule war über die Osterfeiertage geschlossen, aber der religiöse Hintergrund dieser Ferien war der bunten, über die Gehsteige schlurfenden Menge gleichgültig. Die Besucher waren von überallher im Land angereist, um auf diesem schmalen Streifen zusammenzukommen, der einst ein echtes Fischerdorf gewesen war, jetzt hingegen eine Touristenfalle mit kitschigen

Kuriositäten, falschen Antiquitäten und mittelmäßigen, überteuerten Restaurants, die noch einmal ordentlich abkassierten, bevor der Winterregen die Touristen vertrieb.

Ice Dreams' fröhliches Dekor – gemalte Elfen und Feen tanzten über die Wände – verbreitete einen magischen Charme, der so völlig im Widerspruch zu dem tätowierten Mädchen hinter dem Tresen stand, das einen Zermürbungskrieg mit seiner jugendlichen Schönheit führte. Stifte und Kugeln ragten aus ihren gepiercten Ohren, ihrer Nase und ihren Mundwinkeln hervor. Aus nächster Nähe hatte ihr Gesicht noch immer etwas von der teenagerhaften Unvollständigkeit, aber ihre fülligen Hüften und ihr rundlicher Bauch waren so ausgereift wie bei einer jungen Erwachsenen. Ihre gebleichten, malträtierten Haare, die Marge zuletzt aus dem Fenster von Eliza Robsons Atelier gesehen hatte, waren unverkennbar.

Marge erlaubte Bronwyn, sich schamlos durch die Schlange von braungebrannten Tagesausflüglern nach vorn zum Tresen mit den dreiundzwanzig verschiedenen Geschmacksrichtungen zu drängeln. Zum Glück brauchte sie nicht lange, um sich zu entscheiden. Marge bestellte.

»Kaugummi und Banane mit Schokosplittern, bitte.«

Gili schaufelte die Eiscreme auf eine Waffel und reichte sie Bronwyn, die sie gewinnend anlächelte. Marge wartete mit dem Bezahlen und sprach das Mädchen stattdessen an.

»Gili, oder?«

Misstrauisch schaute das Mädchen sie aus seinen dick mit Kajal umrahmten Augen an.

»Könnte ich kurz draußen mit dir sprechen?«, fragte Marge. »Es geht um Severine Hamilton.«

»Ähm … nein, geht nicht. Bin zu beschäftigt.«

Marges Blick schweifte zu dem groß gewachsenen jungen Mann mit rothaarigem Bartwuchs, der ein Namensschild mit der Aufschrift »Manager« trug. Marge bedeutete »Ist es okay, wenn wir kurz rausgehen?«, zeigte dabei auf Gili, hielt zehn Finger hoch und sagte lautlos: »Zehn Minuten.«

Der Jüngling zeigte ihr den erhobenen Daumen.

Widerstrebend kam Gili hinter dem Tresen hervor und folgte Marge auf den Gehsteig.
»Kann ich dir einen Kaffee oder was anderes ausgeben?« Marge wollte nicht mit Bronwyn an der Straße mit den beständig vorbeifahrenden Autos stehen bleiben. Gili war nervös und stand nicht still, ihre Augen zuckten nervös hierhin und dahin. »Ähm … ich würde lieber hierbleiben.«
Das Mädchen machte einen vernachlässigten und schmuddeligen Eindruck, die Haare waren ungewaschen, die Nägel abgekaut. Marge spürte ein aufkommendes Unwohlsein bei diesen Anzeichen von Selbstverwahrlosung. Alles an Gili deutete auf seelisches Leid.
»Ich weiß nichts von Severine«, sagte Gili, »ich hab also keinen Schimmer, weshalb Sie mich fragen.«
Eine glückliche Fügung wollte, dass Bronwyn einen freundlichen Schnauzer mit seiner ebenso freundlichen Besitzerin entdeckt hatte und jetzt auf dem Gehsteig kauerte, um die Reste ihrer Waffel an den Hund zu verfüttern.
»Ich habe deine Unterhaltung mit Eliza Robson mitbekommen, als ich bei ihr zu Hause war«, sagte Marge. »Da hast du dich nach Severine erkundigt.«
Gili bekam ganz große Augen. Sie waren von atemberaubend meergrüner Farbe. »Sie haben uns ausspioniert? Das ist ja mal mies.«
Marge überging das Missfallen des Mädchens.
»Du schienst dir Sorgen um sie zu machen. Warum?«
Gili schaute sie nicht an. »Ich weiß nicht, was Sie wollen. Ich kenn Sev kaum.«
Das Mädchen war hibbelig, kaute auf seiner Lippe und strich sich ständig dreckige Haarsträhnen aus dem Gesicht. Marges Unbehagen nahm zu, als sie beobachtete, wie das Mädchen den langärmeligen Pullover über seine Handgelenke zog, als wollte es etwas verbergen.
»Alles okay mit dir, Gili?«
»Ja, klar.«
»Könnte ich mit deiner Mutter sprechen?«, fragte Marge.
»Nein!« Gili war ganz offensichtlich alarmiert. »Sie ist unterwegs – auf dem AfrikaBurn-Festival. Da hat sie keinen Handyempfang.«

Mit einem Mal bekam Marge einen kleinen Einblick in Gilis Leben. Eine Mutter um die vierzig, die in verrückten Klamotten durch die Wüste tingelte. Marge kämpfte gegen den Drang an, das Mädchen mit zu sich nach Hause zu nehmen, sie in die Wanne zu stecken und ihr ein ordentliches Essen zu kochen.
»Und der Junge, der da mit dir zusammen war? Wo finde ich den?«, fragte Marge.
»Ich weiß nicht, wen Sie meinen.« Etwas hinter Marges Schulter hatte Gilis Aufmerksamkeit erregt, denn ihre Augen hatten sich angstvoll geweitet. Marge wirbelte gerade rechtzeitig herum, um einen Jungen zu sehen, den sie an seinen Haarbüscheln in Dickenscher Manier erkannte – dann rannte er auch schon davon.
»Hoi!« Marge schnappte sich Bronwyn, die lauthals dagegen protestierte, und lief ihm nach, wobei sie ihre überflüssigen Pfunde und das Kind auf ihrer Hüfte verfluchte. Verdammt – Bronwyn wog ja eine Tonne!
Schon bald kam Marge zu der Einsicht, dass ihr Unterfangen völlig vergeblich war. Der Junge duckte sich, wich den Fußgängern und geparkten Autos aus wie Artful Dodger und war schon nach kurzem verschwunden. Marge keuchte vor Anstrengung und kam sich etwas lächerlich vor, als sie sich auf den Rückweg zu Ice Dream machte. Gili stand wieder hinter dem Tresen, füllte Eiskugeln in Waffeln und wich Marges Blick beflissen aus. Von ihr würde sie nichts mehr erfahren.
»Ich will die dicken Seehunde sehen!«, verlangte Bronwyn. Ihre untere Gesichtshälfte war ein buntes Kaleidoskop aus blauen und gelben Eiscremeschmierstreifen. Marge setzte Bronwyn ab und hörte ein unheilvolles Knacken in ihrem unteren Rücken. *Ich muss endlich zu dieser Knochendichtemessung.*
»Okay. Dann müssen wir zum Hafen laufen. Aber ich warne dich, die stinken ziemlich.«
Bronwyn hielt sich die Nase mit den Fingern der einen Hand zu, die andere presste sie vor den Mund und verzog das Gesicht, bis sie vor Sauerstoffmangel fast schon blau anlief. Marge seufzte. Das würde ein verdammt langer Nachmittag werden.

DONNERSTAG

45

Am nächsten Morgen wurde Persy früh von den Motorengeräuschen eines Dingis auf dem *vlei* geweckt. Der Gedanke an das vermisste junge Nilpferd, das irgendwo da draußen herumstolperte, beunruhigte sie eigenartigerweise. Sie grübelte darüber nach, wie es möglich war, auf einer so kleinen und stark genutzten Wasserfläche mit Motorbooten, Kanufahrern und Windsurfern eine achthundert Kilo schwere Kreatur aus den Augen zu verlieren.

Jetzt, da der Sommer in den Herbst wechselte und die Sonne später aufging, war es um halb sieben noch immer dunkel. Sie hatte Laufen gegen Kanufahren eingetauscht, seit sie nach Zeekoevlei gezogen war, paddelte fast den ganzen Sommer über schon vor der Arbeit auf den See hinaus und genoss die Bewegung und die Einsamkeit. Sie machte sich fertig, schloss ihr Cottage ab und ging in einer dünnen Regenjacke, Shorts und Sandalen zum Landungssteg. In ihrem Rucksack hatte sie ein paar Äpfel, eine Thermoskanne mit Kaffee und ein Fernglas verstaut. Dunst hing über dem Wasser, dämpfte jedes Geräusch und legte einen feuchten Film über ihr Gesicht und ihre Haare. Spinnennetze hingen zwischen Aronstäben und Süßgräsern und umhüllten an manchen Stellen den kleinen Buccos, so dass alles um sie herum aussah wie mit silbergrauen Spitzentaschentüchern abgedeckt.

Das Kajak lag im Schlick zwischen den Binsen an Land. Persy zog es hinaus aufs Wasser, ließ sich hineingleiten, stieß sich vom Ufer ab und paddelte langsam in die Dunkelheit hinaus. In gleichmäßigem Rhythmus fuhr sie mit dem Kajak in den hauchzarten Dunst. An manchen Stellen war er schon aufgestiegen, ließ das eiskalte, graue Wasser durchscheinen. Dann legte sie das zweiblättrige Paddel quer aufs Kajak und trieb in die morgendliche Stille hinein. Vögel flogen mit einem Flügelschlag über sie hinweg und verschwanden im Nebelschleier. Mit der frühen Sonne verdunstete ein Teil der Feuchtigkeit, dann wurde das *vlei* am rechten, östlichen Ufer klar und deutlich sichtbar.

Eine Bewegung am Wasserrand zog ihren Blick auf sich. Vögel … oder vielleicht Houdini? Sie holte das Fernglas heraus, stellte das gegenüberliegende Ufer scharf, suchte die Binsen und das Wasser dazwischen ab und hoffte, einen Blick auf das Nilpferd zu erhaschen. Ein metallisches Glitzern blitzte hinter dem Schilf auf. Es rührte daher, dass die Sonne die Stoßstange eines Autos streifte, wie Persy feststellte, nachdem sie die niedrigen Büsche mit dem Fernglas abgesucht hatte. Silbergrau. Dieselbe Autofarbe wie die, die Salie vor dem Haus gesehen hatte. Sie hörte das tuckernde Geräusch eines Motors. Ein kleines Boot tauchte hinter ihr auf, durchpflügte das Wasser. Ihr Fernglas hob und senkte sich mit dem Wellengang, dennoch konnte Persy ausmachen, dass es sich um einen Camry handelte. Während sie es mit ihrem Fernglas heranholte, konnte sie gerade so sehen, wie die Fahrertür aufging und ein Mann ausstieg. Er stand mit dem Rücken zu ihr, und es sah so aus, als würde er den Hosenladen öffnen, um zu pinkeln. Gerade dann, als er sich zum Auto umdrehte, wobei sein Gesicht kurz zu sehen war, waren ganz in ihrer Nähe Stimmen zu hören. »Haltet die Ruder bereit! Macht euch fertig!« Kanufahrende Schüler paddelten vorbei, ließen Wasser aufspritzen und brachten Persys Kanu zum Schaukeln, während ihr Coach sie in ihrem Kielwasser von einem motorisierten Boot aus anspornte.

Sobald sie an ihr vorbei waren, hielt Persy das Fernglas wieder hoch. Dieses Mal konnte sie das gegenüberliegende Ufer deutlich sehen, und zu ihrer großen Überraschung starrte sie geradewegs auf ein anderes Fernglas. Dieser Mann beobachtete sie, genau wie sie ihn beobachtete!

Die Erkenntnis des gegenseitigen Voyeurismus kam einem Schock gleich. Entnervt griff sie zum Paddel, wollte die Distanz zwischen sich und dem Fremden vergrößern. Sie ruderte zu Salies Anlegesteg zurück und wusste sehr wohl, dass sie ihren Rücken dabei den spionierenden Blicken aussetzte, sie fühlte sich schrecklich ungeschützt.

Es konnte kein Zufall sein, dass der silberfarbene Camry hier war. Es musste derselbe sein, vor dem Salie sie gewarnt hatte. Einen kurzen, wahnwitzigen Moment lang vermutete Persy, dass Dina einen Privatdetektiv auf sie angesetzt hatte. Wieder ihr schlechtes Gewissen. Camry gehörte zu der am meisten verbreiteten Automarke hier in der Gegend. Dieser Typ war ein Perversling, der sie allein in ihrem Kajak beobachtet hatte und sich daran aufgeilte, sie zu verunsichern. Die Welt war voller Spinner. Deswegen musste sie nicht gleich paranoid werden. Allerdings sagte ihr der Schauer, der durch ihren Körper jagte, etwas anderes.

Dizu hielt vor Axolile Samas Haus in Ilitha Park, schritt zur Tür und klopfte laut mehrfach hintereinander. Das unverwechselbare Klopfen eines Polizisten.

Es dauerte einen Moment, bis eine Frau die Tür öffnete und ihn durch die Sicherheitstür musterte.

»Mrs. Sama?«

»Hm, was woll'n Sie?« Sie machte einen mitgenommenen, betrunkenen Eindruck.

Dizus Mutter, eine Abstinenzlerin mit unnachgiebigem, einwandfreiem Charakter, die immer deutliche Worte fand, hätte Mrs. Sama rundheraus als Dreck bezeichnet.

»Ich suche Axolile Sama«, sagte Dizu.

»Er ist nicht da. Und ich weiß nicht, wo er ist.«

»Ich glaube, Mandisa Dasheka befindet sich auf diesem Grundstück.«

Unfreundlich starrte sie ihn an. »Wer?«

Dizu holte seinen Polizeiausweis heraus. »Lassen Sie sie gehen, dann verschwinde ich. Falls nicht, werde ich ein paar Transporter kommen lassen, das Haus auseinandernehmen und jeden darin verhaften.«

Mit starrem Blick und ohne zu blinzeln verdaute Mrs. Sama diese Information. Dizu konnte fast sehen, wie die Zahnrädchen in ihrem verwirrten Kopf arbeiteten. Dann knallte sie ihm die Tür vor der Nase zu. Er wartete ein paar Minuten, während die Nachbarn auf der gegenüberliegenden Seite hinter ihren Spitzenvorhängen aus Polyester standen und ihn musterten. Das hier sah nach einer ehrbaren

Nachbarschaft aus. Die Samas zogen das Ansehen etwas herunter, so viel stand fest. Vier barfüßige Kinder schoben einen Freund in einem selbstgebastelten Gokart an mehreren *skedonks* vorbei, die alle Stoßstange an Stoßstange in der schmalen Straße standen. Immer fehlte es an Parkplätzen in der Township.

Die Tür ging auf, das Sicherheitstor wurde aufgeschlossen und ein junges Mädchen kurzerhand nach draußen geschoben. »Nehmen Sie sie«, sagte Mrs. Sama. »Ich will sie nicht. Sie isst zu viel!«

Dann knallte die Tür hinter ihr zu. Blinzelnd sah das Mädchen ihn an. Mandisa Dasheka erinnerte Dizu an seine kleine Schwester, etwas drall mit einem runden Schmollgesicht. Sie wirkte leicht benommen und verschreckt, schien ansonsten aber unversehrt zu sein. Ihre Kleidung war schmuddelig, ihre Füße in den Flipflops waren dreckig, und sie roch nach Schweiß.

»Haben sie dir da drin weh getan?« Er wollte nicht darüber nachdenken, wozu Mrs. Sama in der Lage war. Diese Frau log und trank, und ganz bestimmt fungierte sie auch als Zuhälterin für diese Mädchen.

Mandisa schüttelte den Kopf. »Nein«, flüsterte sie.

»Komm. Fahren wir zu deiner Mutter.«

Vor Erleichterung füllten sich ihre Augen mit Tränen.

»Dort kannst du dich waschen, und dann will ich, dass du deine Sachen zusammenpackst.«

»Wohin bringen Sie mich?«, fragte sie ängstlich.

»Weit weg von hier«, sagte er.

46

Tucker hielt zwischen dem Blauen Eukalyptus am östlichen Ufer von Zeekoevlei, und er und Persy stiegen aus. Sie führte ihn zwischen den Bäumen hinunter zum Ufer. Bojen schaukelten im Wasser, und weiter hinten am Ufer sah man Kites. Windsurfer nutzten den schwachen Südwestwind. Persy justierte den Fokus ihres Fernglases. »Er muss ungefähr hier gestanden haben.«

Sie reichte Tucker das Fernglas. »Von hier hat man eine freie Sicht auf Mr. Salies Haus, mein Cottage und über das *vlei*.«
Tucker stand dicht neben ihr und suchte das Ufer ab. Als sie ihm dabei zusah, wie er das Fernglas einstellte, machte ihr Bauch einen Purzelbaum. Trotz der ganzen Spannungen zwischen ihnen erregte er sie noch immer. Dann senkte er das Fernglas. »Vermutlich ein Vogelbeobachter, der dich entdeckt und dann eben eingehend betrachtet hat. Ich glaube nicht, dass es jemand war, der es speziell auf dich abgesehen hatte.«
»Er hat mich tierisch erschreckt. Und das Auto war ein silbergrauer Camry, genau wie der, den Mr. Salie gesehen hat.«
»Weißt du, wie viele solcher Autos es in Kapstadt gibt?«
»Salie hat sein Kennzeichen.«
Tucker ging über den trockenen Boden und die zerbröselten grauen Blätter, die von den Eukalyptusbäumen gefallen waren. Er drehte etwas mit dem Fuß um. Eine Gebäckschachtel, auf der »Prospur Bakery« stand. Im Inneren leuchtend gelbe Glasurreste und ein paar Krümel.
»Er steht auf Süßes«, sagte Tucker.
Abgesehen vom heranschwappenden Wasser, dem leisen Rascheln der Blätter im Wind und dem gelegentlichen Quaken einer Nilente war es still.
»Glaubst du, ich bin paranoid?«
»Ja, das glaube ich«, sagte Tucker. Schweigend standen sie da, dicht nebeneinander, und lauschten, keiner wagte es, den anderen anzusehen. »Was für ein ruhiger Ort!«
Persy lachte, wenngleich nur, um die Situation etwas zu entspannen. »Salie sagt, hier wurden früher zwielichtige Geschäfte abgewickelt.«
Sie gingen zurück zum Auto, wo er die Tür für sie öffnete. Das Schweigen zwischen ihnen vibrierte wie elektrisch aufgeladen. Sie spürte seinen Blick auf sich ruhen, drehte sich um und betrachtete sein ebenmäßiges Gesicht, dessen prägnante Konturen im Licht deutlich hervortraten. Er beugte sich vor, um sie zu küssen. Sie packte ihn am Hemd und zog ihn an sich. Ihre Bewegung war so energisch, dass er auf sie kippte.

»Ich hab dich vermisst«, stöhnte er.
Er schien sie in einer nahezu fließenden Bewegung hochzureißen und über die beiden Vordersitze des Autos zu legen. Dann kletterte er auf sie, und die Tür fiel zu.
»Verdammt«, sagte er. »Ich zittere.«
»Sag jetzt nichts.« Persy hörte eine sonderbare Hysterie in ihrer Stimme, die sie so nicht kannte. Du bist ja so bescheuert, dachte sie. So verdammt bescheuert.
Er küsste sie; ihre Muskeln krampften sich zusammen wie bei quälendem Hunger, ihr Blut pochte. Persy rutschte etwas zur Seite, das Lenkrad drückte ihr gegen die Rippen. Sie rempelten und rutschten herum, bis sie auf ihm war, ihre Beine gegen seine drückte und ihre Hände gegen seine Brust pressten. Seinen Körper zu spüren kam einer dunklen Kraft der Physik gleich. Sein Gesicht verschwand vor ihren halb geschlossenen Augen, seine Handflächen streiften ihre Brüste, während er ihr Hemd aufknöpfte. Sie waren losgelöst von allem, waren nur noch Knochen und Fleisch, heiseres Geflüster und plötzliches Schnappen nach Luft.
»Oh bitte«, murmelte sie. »Bitte …« Sie spürte, wie sie jegliche Kontrolle verlor, erfasst von einer unaufhaltbaren Flut. Er stöhnte, dann prallte er gegen die Tür, als hätte man ihn gestoßen, und fiel wieder zurück. Persy weinte unvermittelt, ließ die enorme Anspannung und die aufgestaute Traurigkeit abflauen.
Er legte ihr eine Hand an die Wange. »Was ist los …?«
Sie wandte sich von ihm ab, lehnte den Kopf an die Tür. Ihre Brust brannte.
»Du liebst deine Frau noch immer«, sagte sie elend. »Warum kannst du das nicht einfach zugeben?«

47

Willst du mir mehr über den Überfall erzählen?«, fragte Marge. Es war ein sehr heißer Tag. Severine Hamilton trug ein leichtes Sommerkleid, ihre schmalen Füße steckten in weißen Sandalen.

Zum ersten Mal sprach Marge diesen Vorfall an, forschte nach Anzeichen für posttraumatischen Stress, der Severines schlechte Noten und zunehmende Fehlzeiten erklärt hätte. Ihr wäre es lieber gewesen, das Mädchen hätte von selbst mit diesem Thema angefangen, doch nach drei Sitzungen musste sie es anreißen.

Jetzt zögerte Severine. Marge wartete ab. Schließlich fing das Mädchen an zu erzählen.

»Ich war bei Clicks, und dann erinnere ich mich nur noch daran, wie der Wachmann mir riet, mich ruhig zu verhalten, wie er mir zuflüsterte, dass sie gerade überfallen würden.« Severine beschrieb den Überfall noch etwas detaillierter und schloss dann mit dem Satz: »Niemand wurde verletzt.«

Aber Marge ließ sich von dieser viel zu lässigen Erzählung nicht täuschen.

»Hast du je gedacht, du könntest während des Überfalls sterben?«

»Ja, also einmal, als so eine merkwürdige Sache passiert ist.« Severine zögerte.

»Ja?«, forderte Marge sie freundlich zum Weitersprechen auf.

»Da kam ein Mädchen in den Laden – sie war ein bisschen älter als ich –, aber es war, als könnte niemand außer mir sie sehen. Das war der unheimlichste Moment für mich. Ich dachte, wenn sie sie sehen, dann bringen sie sie um. Aber dann, also, dann ist sie einfach … verschwunden.« Severine schaute Marge an und dann wieder weg.

»Verschwunden?«, wiederholte Marge verwirrt. »Sie ist entkommen, ohne dass jemand sie gesehen hat?«

Severine zuckte mit den Schultern. »Ja … also, ich denke mal …«, sagte sie unsicher. »Von dem Moment an habe ich mich ganz ruhig gefühlt, als wüsste ich, dass alles wieder okay sein würde.«

Marge ahnte, dass Severine ihr nicht die ganze Geschichte erzählte. Während dieses Überfalls musste etwas passiert sein, und das Mädchen war noch nicht bereit, darüber zu sprechen.

»Träumst du manchmal, oder hast du Alpträume? Irgendwelche Flashbacks von diesem Vorfall?«, fragte Marge.

Severine schaute weg, aber Marge hatte genug Zeit gehabt, die aufblitzende Furcht in ihren Augen zu erkennen. »Ich träume von Vögeln. Sie hocken da, schnattern um mich herum, schweben über mir. Als würden sie darauf warten, dass ich mich ihnen anschließe. Ihre Flügel flattern in den Ecken und streifen mein Gesicht bei Nacht. Es fühlt sich so an, als würden sie mich locken wollen …«

»Wohin?«

»In den Tod, denke ich.«

KARFREITAG

48

Persy hielt auf dem Parkplatz vor dem Eingang von Schönstatt, wo schon etwa ein Dutzend anderer Autos unter den sich verfärbenden Platanen und Eichen stand, die den Kiesweg säumten. Zwischen den Zweigen war der blassblaue Himmel zu sehen. Sie atmete die frische herbstliche Feuchtigkeit ein. Als Poppa gestorben war, hatte es lange Tage wie diese gegeben, mit demselben Licht und Geruch, denselben blätterabwerfenden Platanen.

Sie war wegen der Dolorosa nach Schönstatt gekommen, weiß der Himmel weshalb, angezogen von der Schönheit der kleinen, efeubewachsenen Kapelle. Sie hatte vorgehabt, Kerzen anzuzünden: insbesondere für Poppa, für ihren Bruder Clyde und ihre Mutter, wer auch immer und wo auch immer sie war. Diese Geste würde gleichzeitig auch das Ende der Fastenzeit markieren, diesen Versuch der Reinigung, bei dem sie so kläglich gescheitert war. Außerdem wollte sie für Annette Petroussis' mutterlose Söhne beten, eine seit langem vergessene Gewohnheit, genau wie für Severine Hamilton, die vielleicht noch lebte, vielleicht auch nicht. Und obwohl es ihr schwerfiel, das zuzugeben, sie fühlte sich schuldig wegen Dina und Tucker und ihren Kindern. Ein Teil von ihr wollte Buße tun und um Vergebung bitten.

Leise betrat sie das Kapellchen. Die Kirchenbänke waren voll. Menschen knieten, Köpfe waren gesenkt, vor allem alte und solche mittleren Alters, darunter viele Frauen. Zwischen ihnen die gedeckten Farben der Nonnentracht und die Nonnenschleier. Persy zögerte, bis sie einen freien Platz ganz in der Nähe fand und in das Ende der murmelnden Anrufung einfiel.

»Heilige Maria, Mutter Gottes, bitte für uns Sünder jetzt und in der Stunde unseres Todes. Amen.«

Die winzigen Fenster der Kapelle standen offen, der schwache Verkehrslärm, der vom Constantia Nek heraufdrang, war die einzige Erinnerung an die Welt da draußen. Der Marmoraltar wurde von einem Bild der Madonna mit Kind auf dem Schoß überragt, eingeschlossen von einem sorgfältig ausgearbeiteten Goldrahmen mit einem, wie Persy vermutete, auf Lateinisch verfassten Schriftzug. Ansonsten gab es keine weitere Dekoration auf dem Altar, er war für Karfreitag leer geräumt worden. Der Refrain des Rosenkranzes wurde bei jeder Station des Kreuzweges wiederholt. Dem schmerzhaften Tragen des Kreuzes. Dem Ablegen des Gewandes, der Kreuzigung. Stille, ein Hauch von Ehrfurcht, schien durch den Raum zu schweben. Persys Herz wurde ganz weit und warm von dieser eigenartigen, schmerzgeplagten Liebe, die ihr zuletzt als Kind widerfahren war. Das letzte Mal hatte sie die Kreuzstationen in Ocean View besucht, bevor sie auf das Police College gegangen war. Da hatte sie sich geschworen, dass es das letzte Mal sein würde. Die Via Dolorosa, die Leidensstationen, die erschöpfte Frömmigkeit und Grausamkeit widerten sie als Erwachsene an. Aber jetzt, in dieser Stille, schien das Ritual nicht länger eine grausame Übung voller Schuld und Zurechtweisung zu sein, sondern vielmehr eine meditative Betrachtung des unvermeidlichen Leidens im Leben.

Persy schlich sich aus dem Kapellchen, um die anderen nicht zu stören. Sie schaute zum alten Herrschaftshaus mit seinen Türmchen und Schornsteinen, den großen Fenstern und dem steilen Dach, und wieder bewegte sie dieses fast schon unheimliche Ambiente. Eine Krähe stieg auf, krächzte von der Dachrinne herunter. Der schrille Schrei war wie ein böses Omen.

Eine Gehhilfe knirschte über den Kies, Persy drehte sich um und sah Schwester Ursula, deren Augen sie durch die hellen, dicken Brillengläser anstrahlten. »Ich sehe schon, Sie haben unserem kleinen Kapellchen einen Besuch abgestattet.«

»Ja, es ist sehr friedlich hier.«

»Ein Klausurort kann auch ein Zufluchtsort sein – insbesondere in Krisenzeiten.«

Wie immer hatte Persy das unangenehme Gefühl, dass sich Schwester Ursulas Bemerkungen direkt an sie richteten. Ein Überbleibsel ihrer Schultage auf der Star of the Sea, nahm sie an, wo die Nonnen die unheimliche Gabe hatten, die Gedanken ihrer Schüler zu lesen.

Langsam gingen sie nebeneinander, die Räder rollten über den Pfad, die Nonnentracht raschelte in der Stille. Persy begleitete sie aus einem Gefühl der Höflichkeit heraus. Es war ein entsetzlich langsames Voranschreiten.

»Da ist man alt, ehe man sichs versieht, meine Liebe«, sagte die Nonne. »Ich war ein junges Mädchen, als ich mein Leben in Marias Hände gelegt habe. Heutzutage kommen deutlich weniger Mädchen diesem Ruf nach. Der Einfluss der säkularen Welt ist viel zu stark auf die jungen Menschen. Da interessieren sie sich nicht mehr für den selbstlosen Dienst.«

»Was hat Sie dazu bewogen, Schwester?«

»Ein immer stärker werdendes Gefühl einer Bestimmung. Dass ich mein Leben Gott überlassen sollte. Nichts so Dramatisches wie eine Erscheinung.« Schwester Ursula lächelte.

»Was wäre der Sinn einer Erscheinung?«, fragte Persy neugierig. Ihre ganze Kindheit über hatte sie von Marienerscheinungen gehört.

»Es könnte eine besondere Segnung oder eine Nachricht an die Gläubigen sein. Oder …« Jetzt zögerte die Nonne. »… eine Warnung.«

Persy schauderte. Wie die meisten Katholiken, abtrünnig oder praktizierend, nahm sie die Vorstellung vom Bösen nicht auf die leichte Schulter.

»Ich bin heute hergekommen, um eine Kerze anzuzünden. Für Severine Hamilton. Das Mädchen, über das wir gesprochen haben.«

»Oh, ja.« Bildete sie sich die plötzliche Skepsis von Schwester Ursula nur ein?

»Ein weiteres Mädchen, bei dem es eine Verbindung zu ihr gibt, ist ebenfalls verschwunden, außerdem hatten wir eine Entführung, die mit einem Mord endete. Wir glauben, diese Verbrechen könnten miteinander verbunden sein.«

In diesem Moment schien Schwester Ursulas Gehhilfe an einem Stein hängenzubleiben. Sie stolperte und wäre gefallen, hätte Persy sie nicht am Arm festgehalten, der sich so dünn und zerbrechlich wie ein Ast anfühlte. Wie alt war sie eigentlich? Sehr viel älter, als sie wirkte, nahm Persy an.

»Alles in Ordnung, Schwester?« Persy fielen ihre klobigen schwarzen orthopädischen Sandalen auf, die sie über dicken Socken trug. Kein Wunder, dass sie stolperte. Die alte Frau hatte sich mit der Hand an den Hals gefasst. Sie war schrecklich blass. »Es ist immer schockierend, von so viel Boshaftigkeit zu hören.«

Persy fühlte sich miserabel. »Es tut mir so leid, Schwester. Ich wollte Sie nicht aufregen.«

Was stimmt nur nicht mit mir, eine alte, gebrechliche Frau in Angst und Schrecken zu versetzen?, schalt Persy sich. Was Gewalt betraf, war sie so unsensibel geworden, dass sie die empfindsameren Seelen, die es auch noch auf der Welt gab, ganz vergaß. Sie musste an Dizu denken, der sich in ihre Gedanken schlich, wie sich ein Schatten vor die Sonne schob. Es war so einfach für Cops, zum Kollateralschaden im laufenden Krieg gegen die Kriminalität zu werden.

»Entschuldigen Sie mich bitte.« Schwester Ursula war ganz offensichtlich erschüttert. »Ich … ich muss meinen Pflichten nachgehen.«

Mit einem Mal bekam Persy ein schlechtes Gewissen. »Aber natürlich. Ich begleite Sie zurück.«

»Nein, das ist nicht nötig. Es geht mit gut. Vielen Dank, meine Liebe. Möge Gott Sie segnen und beschützen.«

Beschützen. Das war ein angemessener Segen, dachte Persy, während sie zusah, wie die alte Frau langsam davonhumpelte. Wieder wunderte sie sich, dass Nosapho Dasheka gesagt hatte, Severine würde hierherkommen. Was in aller Welt wollte ein Teenager an einem Ort wie diesem? Es war wahrscheinlicher, dass sie heimlich Freunde hier in der Nähe traf, dieselben Freunde, von denen Marge glaubte, dass sie wussten, wo sich das Mädchen aufhielt. Vielleicht traf sie ja auch jemand anderen. Jemanden, der viel gefährlicher war.

Persy fuhr durch die von Bäumen gesäumte Allee zurück. Sie sah hinauf zu den Fenstern von Schönstatt, dunkel und undurchdringlich. Es war unmöglich, das geheime Leben dahinter zu ergründen.

Matt und Lucy drängten darauf, Marge und Will zu einer Weinverkostung im Weinkeller des Groot Constantia mit anschließendem Essen einzuladen. Marge probierte dort viel zu viele verschiedene Weine, und ihr wäre es lieber gewesen, sie hätte ein großes Glas Wasser und könnte früh ins Bett gehen, statt im Simons, dem Restaurant des Weinguts, zu Abend zu essen. Für manche mochte das okay sein, nahm sie an. Laute Stimmen und rauhes Gelächter, das von den gefliesten Oberflächen und den extrem hohen Decken widerhallte. Als würde man in einer Fabrik essen. Wegen seiner hohen Cholesterinwerte bestellte sich Matt einen Thunfischsalat, starrte aber begehrlich auf Wills Brie-und-Bacon-Burger mit Pommes. Lucy war mit ihrem Handy beschäftigt und rief ständig bei Bronwyns Babysitterin an.
Will zeigte sich von seiner typisch liebenswerten Seite. Jetzt sah er zum Nachbartisch und sagte: »Seht ihr den Typen da drüben? Das ist Gray Langford, der Bauunternehmer.«
Marge war der Name von Severines Großvater geläufig, und sie reckte den Hals, um einen Blick auf ihn zu erhaschen. Der Mann entsprach der typischen Constantia-Spezies: schickes Jackett, teure Halbschuhe, silberfarbenes, ordentlich geschnittenes Haar. Selbstgefällig und arrogant, dachte Marge. In diesem Moment betraten drei Männer das Restaurant. Ein Schwarzer und zwei Farbige. Einer der Farbigen hatte ein Ziegenbärtchen und trug ein offen stehendes Hemd unter einer Jacke mit Reißverschluss, dazu eine rahmenlose Brille im Stasi-Stil. Die beiden anderen hatten Anzüge an, wie Bodyguards und Türsteher sie bevorzugten, und stolzierten mit dem Gang derer herein, die sich leicht unbehaglich fühlten. Sie wechselten ein paar Worte mit dem Mädchen am Empfang, die zu Langfords Tisch wies. Der Mann mit der Brille ging auf ihn zu. Langford erhob sich, sie reichten einander die Hand, dann nahmen sie Platz.
»Ist das nicht Ricardo Heinrich?« Marge erkannte sein Gesicht aus der Zeitung.
Die beiden Anzugträger setzten sich an einen Tisch daneben, nachdem sie ihre Jacketts aufgeknöpft hatten und dabei ganz unverhohlen ihre Waffen im Holster zeigten.
»Sie sind bewaffnet!«, zischte Lucy aufgeregt. Sie war der Überzeu-

gung, Südafrika war die Brutstätte krimineller Machenschaften. Und natürlich lag sie damit nicht ganz falsch.

»Wer ist Ricardo Heinrich?«, wollte Matt wissen.

»Ein Provokateur, Gewerkschaftler, angeblicher Gangster und ein Möchtegern-hohes-Tier der Politik«, sagte Will.

»Kennst du ihn?« Matt fand Wills Beschreibung als Sozialhistoriker etwas rätselhaft.

»Ich beschäftige mich gerade mit einer Landrückforderung hier in der Gegend, und die beiden gehören zu gegnerischen Lagern.«

Marge schaute zu ihrem Sohn. Er steckte voller Überraschungen.

Matt wandte den Kopf zu den Bodyguards. »Ich wäre von diesem Haufen ziemlich eingeschüchtert.«

»Lass dich von Langfords glattem Erscheinungsbild nicht täuschen«, sagte Will. »Er steht ebenfalls im Ruf, ein Dieb zu sein. Heinrich ist einfach nur sehr viel offensichtlicher, was das betrifft.«

Lucy glotzte nur so. »Was meinst du mit ›offensichtlich‹?«

»Erpressung, Bestechung, Drohung.« Will spießte ein paar Pommes von seinem Teller auf. Matt, der seinen Salat kaum angerührt hatte, sah ihn mit unbewegter Miene an. »Schlägerzeug eben. In manchen Fällen sogar Entführung.«

Marge starrte zu Langford und Heinrich, die einander Auge in Auge gegenübersaßen, und sagte: »Höchst interessant.«

Nim war nach Hause gegangen, aber Persy war noch nach halb neun im Büro, obwohl sie keinen Dienst mehr hatte. Sie brachte es nicht über sich, in ihr leeres Cottage zurückzukehren. Tucker verbrachte den Großteil des Osterwochenendes mit seinen Kindern. Poppas Todestag jährte sich bald und ließ ihr Grauen vor dem langen Wochenende nur noch weiter anwachsen.

Als sie ihren Großvater das letzte Mal im St. Luke's Hospice gesehen hatte, war er nichts als eine winzige, reglose Form unter dem Laken gewesen. Sie erinnerte sich an den schwach beleuchteten Raum. Durch das Fenster konnte man die blätterabwerfende Platane sehen, an der eine Plastiktüte von Checkers wie eine gebeutelte gelbe Blume hing. Poppas Kopf hatte sich kaum merklich gedreht, tief eingesunkene Augen blickten im Dämmerlicht hin und her, suchten nach ihr. Sie setzte sich neben ihn und nahm seine Hand in ihre. Seine Knochen waren so leicht wie die eines Vogels. Ihre innere Stimme drängte sie. *Frag ihn. Das könnte deine letzte Gelegenheit sein. Frag ihn jetzt.* Wo ist meine Mutter?

Aber die Worte blieben unausgesprochen. Der luftleere Raum schien den Geist von Gloria Cupido heraufzubeschwören, dieses eine Thema, über das sie nie hatten sprechen können. Eine Stunde bevor er starb, bat Poppa Persy, ihm etwas vorzulesen. Die Worte des heiligen Franz von Assisi. *Herr, mach mich zu einem Werkzeug deines Friedens.*

Konnte ein Detective ein Werkzeug des Friedens sein? Die Aufgabe von Cops war es, für eine gewisse Harmonie in der Gesellschaft zu sorgen. Falls nötig mit brutaler Gewalt. Solange Persy zurückdenken konnte, wollte sie Detective werden. Poppa hatte gehofft, eine gute katholische Schule würde seinem Enkelkind eine bessere Bildung und eine ansehnlichere Karriere ermöglichen. Persy konnte ihre Wahl nicht begründen, sie wusste, welche Opfer er für sie gebracht hatte, dass er so viel mehr für sie gewollt hatte. Marge Labuschagne hatte einmal gesagt, dass Persy Detective geworden war, um endlich Antworten auf all die Fragen zu bekommen, die sie umtrieben. Darunter waren auch Fragen, die sie Marge gern gestellt hätte. Fragen zu dem vorherigen Fall, an dem sie zusammengearbeitet hatten, wegen Gloria Cupido. Aber Persy schien den richtigen Moment einfach nicht zu finden …

Poppa war so sehr in Persys Gedanken, dass sie sich fragte, als sie den Anruf entgegennahm, ob Jean McAllister etwa ihre Gedanken gelesen hatte.

»Jean!« Persys Stimmung hob sich beim Klang ihrer Stimme. Nie hätte sie diese schmerzlichen Wochen ohne die Zuwendung und das Mitgefühl von Jean McAllister und den Freiwilligen am St. Luke's Hospice überstanden. Sie ermöglichten es ihrem Großvater, in Würde zu sterben, und halfen Persy, ihn gehen zu lassen.

»Ich dachte, ich rufe mal an und frage, wie du so durchhältst«, sagte Jean. »Es kann wirklich hart sein, wenn sich Todestage jähren.« Immer wieder war Persy vom Scharfsinn dieser Frau überrascht.

»Es geht mir ganz gut«, log sie. »Aber ich denke die ganze Zeit an ihn.«

»Das kann ich mir vorstellen. Komm vorbei und besuche mich, wenn du hier in der Gegend bist. Ich habe immer Lust auf eine Tasse Tee und ein nettes Gespräch.« Genau das machte Jeans zuvorkommendes Wesen aus, eine Einladung zu einer Beratung wie einen angenehmen, informellen Besuch klingen zu lassen.

»Und wo wir gerade von Poppa sprechen, hast du das Päckchen bekommen?«

»Päckchen? Nein, habe ich nicht.«

»Eigentlich ist es eher ein großer Umschlag. Den haben wir zwischen den Seiten eines Buches gefunden, das dein Großvater von unserer Bibliothek ausgeliehen hatte. Als Absender steht er drauf, aber adressiert ist er an dein Postfach.«

»Das muss ein Irrtum sein«, sagte Persy. »Ich habe kein Postfach.«

»Warte mal. Ich habe die Anschrift hier irgendwo. Ja, da ist sie. Eigenartig, es gibt keinen Namen, nur eine Adresse: PO Box 910, Plumstead. Ach herrje, das tut mir jetzt leid, ich habe einfach angenommen, es sei für dich.«

»Ich gehe dem mal nach.« Verwirrt schrieb Persy sich die Anschrift auf. Da musste etwas durcheinandergeraten sein. Soweit ihr bekannt war, hatte Poppa in seinem ganzen Leben nie jemandem Briefe geschrieben.

Jean erzählte Persy noch ein paar heitere, unterhaltsame Anekdoten aus dem Hospiz. Als sie auflegte, war Persy sehr viel besser gelaunt. Das war die besondere Gabe von Jean McAllister. Mit frischer Energie machte sich Persy wieder an die Arbeit.

Sie beschloss, bei Severine Hamiltons Fall noch einmal ganz von vorn anzufangen, und holte die Akte vom Überfall auf Clicks in Constantia Village heraus. Sie hatte sie vor geraumer Zeit gelesen und dabei angenehm überrascht festgestellt, dass sie sauber und ordentlich angelegt war. Ausnahmsweise hatte hier mal jemand seinen Job gemacht. Leider hatte der ermittelnde Beamte letztes Jahr gekündigt. Ein weiterer guter Detective, den das SAPS verloren hatte. Wer konnte, verließ das sinkende Schiff. Sie ging die Zeugenaussagen der Kunden durch, die am Tatort anwesend waren, dann las sie Severine Hamiltons Zeugenaussage erneut durch.

Das Mädchen hatte ausgesagt, drei oder vier Männer (sie war sich nicht sicher, wie viele es waren) seien in dem Geschäft gewesen. Sie konnte sie nicht identifizieren, da sie die meiste Zeit zusammen mit den anderen Kunden mit dem Gesicht nach unten dagelegen hatte. Ihre Beobachtungen stimmten mehr oder weniger mit denen der anderen überein, abgesehen von einem Detail. Sie hatte eine junge Frau in einem langen blauen Kleid und mit orientalischem Kopftuch gesehen, aber ausgesagt, sie hätte das Mädchen nicht für eine Muslima gehalten. Ungesehen von den Tätern habe das Mädchen den Laden betreten und sei dann wieder gegangen.
Persy ging die anderen Zeugenaussagen durch. Keiner hatte dieses Mädchen erwähnt.
Persy fragte sich, ob die Zeitungen über diesen Vorfall berichtet hatten. Sie ging online und fand ein paar Angaben, in der Regel ein, zwei Absätze mit wenig Details. Ganz eindeutig ein unbedeutender Zwischenfall, was die bewaffneten Überfälle von Einkaufszentren oder Geschäften in Südafrika anging. Nur ein Artikel im Lokalblatt *Constantia Bulletin* war etwas ausführlicher.

»TEENAGER AUS CONSTANTIA VERDIENT EINE MEDAILLE«

Unter dieser Überschrift folgte ein Foto mit der Außenansicht des Ladens und ein paar herumstehenden Polizisten. Sie kommen dann, wenn alles bereits zu spät ist, dachte Persy sarkastisch. Das war wieder mal typisch.
Der Zeitungsartikel war kurz gehalten.

Die siebzehnjährige Severine Hamilton, eine Merton-Schülerin von Constantia, ist den geschockten Opfern eines bewaffneten Raubüberfalls zufolge die Heldin der Stunde. Vier bewaffnete Täter stürmten die Clicks-Apotheke in Constantia Village am Dienstagmorgen und zwangen die Kunden mit vorgehaltenen Waffen, sich auf den Boden zu legen, während sie die Kassen leer räumten. Deirdre Nathanson, eine siebzigjährige Rentnerin, war bei diesem

Überfall zugegen. Sie sagt, das Mädchen habe die ganze Zeit über ihre Hand gehalten. Joleen September, eine Kassiererin, bestätigt, dass der Zwischenfall schrecklich gewesen sei. »Dieses kleine Mädchen hat mir da durchgeholfen. Sie verdient eine Medaille.« Und James Chilenga, ein Wachmann, hat dem Bulletin mitgeteilt, dass die blonde Teenagerin während des nervenzerreißenden Moments völlig ruhig geblieben sei und andere traumatisierte Kunden beruhigt habe.

Dem Manager von Clicks zufolge, sind die Täter mit etwa 4000 Rand in bar entkommen. Laut Polizei wird in diesem Fall weiter ermittelt.

Persy las den Artikel ein zweites Mal. Dann griff sie zum Telefon und rief Marge Labuschagne an. »Hat Severine je mit dir über diesen Überfall gesprochen, bei dem sie anwesend war?«

SAMSTAG

49

Jedes Mal, wenn Persy nach längerer Zeit wieder über den Ou-Kaapse-Weg nach Noordhoek fuhr, schien das Tal noch bebauter und erschlossener zu sein. Und obwohl tragische Erinnerungen an diese Gegend ihr noch immer keine Ruhe ließen, schien ihr doch nichts so schön zu sein wie das Licht und die offene Küstenlinie ihrer Kindheit. Die reichen Ecken des Atlantic Seaboard mit seinen teuren Hotels und pompösen Häusern konnten ihr gestohlen bleiben; sie hätte gern ein bescheidenes Cottage hier irgendwo, nichts Ausgefallenes. Dann ein paar Kinder bekommen und den Kleinen beim Wachsen zusehen. Zum ersten Mal überhaupt war ihr ein solcher Gedanke gekommen. Dabei war sie kein bisschen häuslich. Zu ihrer Bestürzung tauchte dann auch noch Will Pipers Gesicht aus dem trüben Gewässer dieses unwahrscheinlichen Tagtraums auf.

Als sie in die Keurboom Road abbog, bemerkte sie die kostspieligen Renovierungsarbeiten, die an den Häusern am Strand durchgeführt worden waren. Nummer neununddreißig war jedoch nach wie vor unverändert, vielleicht sogar noch ein bisschen heruntergekommener und zugewachsener als früher. Die Bäume schirmten inzwischen jeden Blick von der Straße zum Haus ab. Persy parkte und stieg aus. Kein Anzeichen von Bongo, Marges großem Schäferhund, den Persy einst aus einem Hundekampf gerettet hatte.

Marge kam in einem abgetragenen khakifarbenen Shirt, Jeans und einer mit grellbunten Zuckerbüschen bedruckten Schürze, die mit blauer und roter Farbe bekleckert war, zur Begrüßung nach draußen. »Ich bemale gerade Ostereier«, erklärte sie. »Ich weiß nicht, wie ich mich dazu überreden lassen konnte.«

Persy folgte ihr ins Haus, atmete den vertrauten Geruch ein: Holz und Feuchtigkeit. »Wie geht's deiner Familie?«

»Frag nicht. Mein ältester Sohn Matthew und seine Familie wohnen gerade bei mir. Sie machen einen Spaziergang mit Bongo am Strand.«
Persy entdeckte die im Flur verteilten Legobausteine. »Ich wusste nicht, dass du ein Enkelkind hast.«
»Stief-Enkelkind. Bronwyn. Sie ist fünf.« Marge verjagte ihre unzähligen Katzen. Ihr war wohl wieder eingefallen, dass Persy allergisch darauf war.
»Komm mit in die Küche, dann mache ich Kaffee. Ich habe auch einen ausgezeichneten Karottenkuchen von Barnyard.«
Persy liebte Marges Küche, ihre Größe, die polierten Ziegelböden, den Holzofen und die zur Hälfte geöffnete Stalltür, durch die das Sonnenlicht hereinfiel. Kaum vorstellbar, dass sie einmal Angst vor diesem Haus gehabt hatte, vor dem, was Marge herausfinden könnte. Unerträgliche Ereignisse, die sie tief in ihrem Unterbewusstsein vergraben hatte. Ereignisse, in die ihr Bruder Clyde und ihre Jugendliebe Sean Dollery verwickelt waren.
Wenn sie an ihre Kindheit dachte, dann schien es unmöglich, dass sie jemals mutig genug sein würde, um Marge die Fragen zu stellen, die sie ihr so unbedingt stellen wollte. Fragen, die nur neuerlichen Schmerz verursachen würden.
»Du hast gesagt, du möchtest über Severine sprechen?« Marge löffelte Espressopulver in die Kanne.
»Ja. Ich habe das hier gefunden.« Persy reichte Marge einen Ausdruck vom *Constantia Bulletin*. Marge las den Artikel. Das erste Mal recht schnell, dann ein zweites Mal, etwas langsamer.
Fragend schaute sie Persy an. »Ich bin überrascht. Das hat sie nie erwähnt, als wir über den Überfall sprachen.«
»Wie hat sie davon erzählt?«
»Ohne ihre Erlaubnis kann ich nichts von dem verraten, was sie mir anvertraut hat. Aber sie hat nie erwähnt, dass sie die Heldin des Tages war.«
»Hat sie je erwähnt, sie würde hin und wieder einer kleinen Kapelle neben der Wohnanlage einen Besuch abstatten?«
Persy erzählte Marge, dass Nosapho glaubte, Severine könnte ab und zu in Schönstatt gewesen sein.

»Höchst unwahrscheinlich, dass sie zu einem Nonnenkloster ging. Ihre Mutter ist eine überzeugte Atheistin.«

»Ich habe dort mit einer Nonne gesprochen, einer Schwester Ursula, die allerdings nichts von Severine zu wissen scheint. Aber je mehr ich von diesem Mädchen erfahre, umso weniger verstehe ich es.«

»Sie ist äußerst intelligent, reif, verschwiegen. Aber sie hat verlauten lassen – vielleicht wegen des Überfalls –, dass ihre Familie große Erwartungen in sie setzt, insbesondere der Großvater. Und sie hat gesundheitliche Probleme. Unerklärbare Krankheiten, aus denen man nicht so richtig schlau wird. Ich habe übrigens diese Gili gesehen, von der ich dir erzählt habe.«

Persy verspürte das altbekannte Gefühl der Verzweiflung. »Ich hatte dich doch gebeten, dich da rauszuhalten, Marge.«

»Ich war zufällig mit Bronwyn in Kalk Bay, also dachte ich, ich könnte auch beim Ice Dream Shop vorbeisehen.«

»Verstehe.«

»Diese Kids wissen etwas. Teenager schützen einander. Das ist wie ein Ehrenkodex. Und ich bin mir sicher, dass sie an dem Tag, an dem ich bei Eliza Robson zu Hause war, über Severine gesprochen haben. Ich habe in Kalk Bay auch den Jungen noch mal gesehen. Er hat einen unverwechselbaren Lockenschopf. Und noch so eine merkwürdige Sache: Ich habe Langford gestern Abend mit Ricardo Heinrich im Restaurant gesehen. Ein paar Schläger im Anzug saßen am Nebentisch und hielten Ausschau nach Feinden von Heinrich, nehme ich an. Langford machte einen ziemlich nervösen Eindruck.«

Marge war unverbesserlich. Persy fragte sich, wer hier eigentlich der Detective war.

Sie erzählte Marge von Yusuf Adams' Theorie zu Heinrich und von dem Hinterhalt in Khayelitsha. Persy wusste, dass sie die Informationen eigentlich für sich behalten sollte; je mehr Marge wusste, umso eher mischte sie sich ein. Aber sie war auch eine weise und zugewandte Zuhörerin, wenn ihr riesiges Ego ausnahmsweise einmal nicht im Weg stand, und sie würde niemals vertrauliche Informationen weitergeben.

»Ich glaube, die Landrückforderung ist der Grund für den Mord an

Annette Petroussis und für Severines Verschwinden. Ich weiß nur nicht, inwiefern. Zudem hat mein Boss sich gegen mich gestellt und steht jetzt auf Heinrichs Seite«, sagte Persy. »Ich vermute mal, Druck vonseiten der Politik. Unter anderem. Außerdem hält mir niemand auf dem Revier den Rücken frei, nicht einmal der Cop, dem ich am meisten vertraut habe.« Persys Stimme zitterte.

Marge schaute sie durchdringend an. »Was ist los?«

Persy wagte nicht zu blinzeln, weil sich Tränen in ihren Augen sammelten. Was war nur los mit ihr? Sie spürte, wie etwas in ihr zerriss, und noch bevor sie sich davon abhalten konnte, platzte sie heraus: »Ich schlafe mit dem Ehemann meiner Chefin.«

Persy war entsetzt über ihre Beichte, verspürte aber auch eine Erleichterung, jemandem ihr Herz ausgeschüttet zu haben. Marge hatte diese Art an sich, einen dazu zu bringen, Dinge von sich preiszugeben, die man niemals jemandem erzählen wollte. Das war mehr als nur ihre Ausbildung – sie hatte die Gabe, zuzuhören, ohne zu verurteilen.

»Ein Cop?« Marge wirkte unbeeindruckt.

»Mein Vorgesetzter.«

»Ist das was Ernstes?«

»Tja, er sagt, er will sich scheiden lassen, hat aber Angst, er könnte seine Kinder verlieren.«

»Für dich, meinte ich.«

Persy zögerte. »Ich habe mich selbst irgendwie verloren.«

Eine Bewegung in der Tür ließ Persy aufsehen. Will Piper tauchte in der Tür auf, gefolgt von Bongo.

»Sieh mal, wer da ist!«, sagte Marge zu Will. »Persy ist auf einen Kaffee vorbeigekommen – setz dich zu uns.«

»Hallo, Persy«, sagte Will befangen. Zu ihrer Bestürzung wurde ihr klar, dass er die Unterhaltung über Tucker mitangehört haben musste.

»Wo sind Matt und die anderen?«

»Sie sind mit Bronwyn ins Kino.«

Marge schaute zwischen Will und Persy hin und her, bemerkte mit einem Mal die Anspannung, die im Raum lag.

»Na dann, ich muss weiter.« Wills Stimme klang angestrengt.

»Mach's gut«, sagte Persy.

Will ging. Marge sah Persy mit ihrem scharfsinnigen Blick an. »Hmm … unhöflich zu sein passt so gar nicht zu Will.«
Verfluchte Frau, dachte Persy. Dir entgeht auch gar nichts.

Zurück auf dem Revier stellte Persy überrascht fest, dass Nimrod im Büro war, wo er sich über seinen Schreibtisch beugte.
»Warum bist du nicht mit deiner Frau in der Kirche?«, scherzte Persy. Nims Frau war ganz hingerissen von einem nigerianischen Fernsehprediger und überwies ihm monatlich große Summen ihres Geldes, eine beständige Ursache für Spannungen in ihrer Ehe. Er knurrte. »Ich hab ihr gesagt, dass ich mich um dringende Angelegenheiten kümmern muss. Ich wollte ohnehin die Spur des Camrys weiterverfolgen.«
Der gute Nim. Vielleicht nicht der Schlagfertigste, aber in der Ruhe liegt die Kraft, so kommt man immer zum Ziel. Ihr wurde klar, dass sie nicht fair gewesen war, als sie sich bei Marge darüber beschwerte, dass keiner ihrer Kollegen ihr den Rücken frei hielte. Nim war ein solidarischer Partner – er widersetzte sich ihrer Autorität nicht, wie sie eigentlich erwartet hatte. Und so sehr sie Tucker auch bewunderte, so etwas würde der niemals tun. Entweder es lief, wie Tucker wollte, oder gar nicht.
»Das Auto ist auf einen Mr. Splinters zugelassen. Pluto Road, Plumstead. Der Mann ist nicht vorbestraft. Hat noch nicht mal unbezahlte Strafzettel. Willst du bei ihm vorbeischauen?«
Persy war sich nicht mehr sicher. Selbst wenn dieser Splinters der Voyeur mit dem Fernglas am Ostufer war, womit rechtfertigte sie eine Befragung?
»Nee. Ist vermutlich nur ein Vogelbeobachter.« Ihre Befürchtungen kamen ihr nun dumm vor. »Salie ist einfach nur paranoid. Er sieht überall *skollies*.«
»Man muss einer sein, um einen zu erkennen«, sagte Nimrod. Ein Satz, den er von Persy übernommen hatte.
Sie grinsten einander vielsagend an. Sie und Nim hatten einmal einen völlig verrückten, aber sehr unterhaltsamen Moment damit zugebracht, Salies umfassendes Strafregister durchzusehen. Er war ein

ehemaliger Betrüger und Gangster, ein Mann, der vermutlich selbst gemordet und Morde angeordnet hatte. Inzwischen war er ein seriöser Vermieter, der sich unter anderem um die Rettung von Fynbos und eines Nilpferds kümmerte. Das gab es nur in Kapstadt.

»Ich hatte heute Morgen ein interessantes Meeting«, sagte Nim. »Mit dem Portugiesen vom Spirituosenladen in Constantia Village.«

»Hast dich mit Alkohol für Ostern eingedeckt, was? Ich dachte, du wärst während dieser Tage Abstinenzler. Mit dem Yoga und so.«

»Quatsch – ich bin doch kein Heiliger! Aber dieser Portugiese, *nè?* Hat erzählt, die *bergie,* Katrina Evans, hätte vor seinem Laden herumgelungert, die Kunden um Geld angebettelt oder darum, ihr Alk zu kaufen. Also hat er Zweli und Makka angerufen, weil er sie von den Community Policing Forum Meetings kannte. Sie sind vorbeigekommen und haben sie im Transporter mitgenommen. Ich habe das Tagesprotokoll der Dienststelle durchgesehen, aber darin gibt es keinen Vermerk für einen Einsatz oder eine Festnahme.«

Das Community Policing Forum und die Neighbourhood Watch. Zweli und Makka spielten mit den Ängsten der Anwohner, betrieben nebenbei eine Art private Sicherheitsfirma, waren übereifrig bei den Patrouillen vor Ort und holten sich dabei Gefälligkeiten ab – ein halbes Lamm beim Metzger, Vergünstigungen in Videotheken, Reifen für wenig Geld, ein kostenloses Brazilian Waxing für die Frau in einem Salon. Tja, irgendetwas mussten die beiden ja machen, denn eines war sicher: Ihrer Polizeiarbeit gingen sie nicht nach.

»Wann war das?«

»Er glaubt, so um den 28., 29. März.«

»Und seitdem hat man Katrina nicht mehr gesehen. Also haben die beiden gelogen, was das Zeug hält.«

»Katrina Evans?«, fragte Persy.

Persy hatte Zweli und Makka zu sich und Nim in den Befragungsraum gebeten.

Makka lehnte mit verschränkten Armen an der Wand. Er war zweimal so groß wie sie, und Zweli war noch größer. Nim hingegen wirkte im Neonlicht winzig und alt.

»Haben wir nie gesehen. Hab ich dir doch gesagt«, sagte Zweli.
Makka nickte. »Dieser *bergie* ist ein *fokken* Lügner.«
»Der Besitzer vom Spirituosenladen in Constantia Village hat gesagt, er hätte gesehen, wie ihr sie in den Transporter gesteckt habt«, sagte Nim.
»Wir wollten ihr nur einen Schreck einjagen …« Zweli versucht, das Ruder herumzureißen, aber Persy war Makkas warnender Blick nicht entgangen. Sie hatte das Gefühl, als würde das Blut in ihrem Kopf kochen.
»Was habt ihr mit ihr angestellt?«
»Haben sie beim Wolfgat-Naturreservat rausgelassen«, sagte Zweli.
»Irgendwo im Nirgendwo?«, fragte Nim.
Das war nebenbei auch ein berühmt-berüchtigter Ort, an dem Leichen abgelegt und Vergewaltigungen durchgeführt wurden.
Persy wurde ganz schlecht. »Habt ihr … euch an ihr vergangen?« Sie brachte es nicht über sich, »vergewaltigt« zu sagen.
»Himmel, so verzweifelt sind wir auch nicht …«, wandte Zweli ein, er wusste, worauf Persy anspielte.
»Entspann dich, Jonas, das war ein Witz«, spöttelte Makka, als er sah, wie aufgebracht sie war.
»Ihr widert mich an«, sagte Persy. »Evans ist geisteskrank.«
Refilwe wählte genau diesen Moment, um hereinzuschauen und ihnen mitzuteilen, dass Makka und Zweli auf Streife gebraucht wurden. Persy sah ihnen nach, spürte, wie sich die Wut fieberartig in ihr ausbreitete und ihren Puls in die Höhe trieb. Nim schaute sie an und schüttelte resigniert den Kopf. Der ganz normale Wahnsinn im SAPS.

Persy saß an ihrem Schreibtisch und versuchte sich zu beruhigen, während Nim dafür eine Runde in den Hof gegangen war. In ihrer Mailbox war eine neue E-Mail eingegangen. Als »sehr wichtig« markiert. Eine Gmail-Adresse, und Tucker stand im cc. Die Betreffzeile lautete »Ermittlung Annette Petroussis«.
Persy öffnete die Mail. Abgesehen von einem Anhang war sie leer, eine Videodatei. Sie vermutete irgendwelche Videoaufnahmen der

Sicherheitskamera von Dieu Donné von der Woche, bevor Annette und Severine verschwunden waren. Sie klickte den Anhang an. Sofort lief der Film ab. Erst ein grelles Flimmern, dann verschwommenes Grün und schließlich das verwackelte Bild einer Handykamera. Das war kein Filmmaterial von Dieu Donné. Die Umrisse eines Autos waren zu sehen – ein Auto, das sie selbst auf diese Distanz erkannte. Genau wie das Gebüsch und die Bäume des Ostufers.
Galle stieg in ihr auf. Sie wollte das Video sofort anhalten, konnte sich aber nicht davon abhalten, es sich mit entsetzter Faszination weiter anzusehen. Die Linse fand die Windschutzscheibe des Autos und zoomte näher an die Bewegungen auf den Vordersitzen heran. Gestalten in einem geschmeidigen, sinnlichen Tanz, Persy rittlings auf Ren Tucker, wie sie ihr T-Shirt auszog, wie sie sich zu ihm hinunterbeugte, um ihn zu küssen. Tuckers Hand griff nach oben, umfasste ihre Brust, dann sein Gesicht, deutlich zu sehen, wie er sich aufbäumte, ihren Hals und ihre Schulter küsste. Es sah merkwürdig pathetisch aus, eine traurige, billige, außereheliche Affäre an einem einsamen Picknickplatz. Ein obszöner Blick in ihren privaten Bereich, der sich mit diesem Eindringen in ihre Intimität über sie lustig machte. Entsetzt drückte Persy auf Stopp. Die Sekunden zogen sich unerträglich in die Länge, und sie dachte, sie müsse sich gleich übergeben. Ihr war schlecht, sie war schweißnass, und ihr Kopf schien mit einem Mal blutleer zu sein. Sie nahm den Kopf zwischen die Knie, versuchte, sich zu beruhigen, während sich ihr Zwerchfell noch immer hob und unzählige Punkte vor ihren Augen herumtanzten.

OSTERSONNTAG

50

Der Busfahrer ließ laute Gospelmusik laufen, seit sie aus Kapstadt herausgefahren waren, eine Erinnerung und eine Rüge für Nosapho, dass sie Jesu heiligsten Tag verpasste. Die Frauen ihrer Kirche hatten seit Donnerstagabend kaum geschlafen. Sie hatten gebetet, gekocht und alles für den heutigen Tag vorbereitet. Ein Tag erfüllt von Singen und Klatschen; eine freudige Feier mit der Familie und der Gemeinde. Stattdessen saß sie hier im Bus, hatte die Augen geschlossen, die Hände im Schoß gefaltet und betete zu Jesus, dass er ihrem Kind half, das neben ihr saß und aus dem Fenster starrte wie eine Fremde. Nosapho war überrascht gewesen, wie kleinlaut Mandisa Dizu Calatas Rat angenommen hatte, Khayelitsha zu verlassen und, bis es für sie wieder sicher war, bei ihrer Tante in Mount Free unterzukommen.

Jedes Mal, wenn sie über die Jahre hinweg zum Ostkap nach Hause gefahren war, hatte sie bemerkt, wie sehr die Landschaft sich verändert hatte. Weniger Lehmhäuser. Stattdessen zogen frisch gestrichene Häuser in Grün oder Pink an ihr vorbei, und das Sonnenlicht strahlte von ihren Blechdächern ab. Mehr große, grüne Plastikwassertanks und solarbetriebene Durchlauferhitzer. An den gefliesten Klinkerhäusern mit ausgefallenen gedrechselten Säulen an den Treppen, die Stadträten und Gemeindemitarbeitern gehörten, sah man ganz deutlich, wer für die Regierung arbeitete. Zwei Autos in der Auffahrt. Sicherheitszäune und Satellitenschüsseln auf den Dächern. Für sie waren es jedoch die vertrauteren Anblicke, die ihr Herz schneller schlagen ließen. Reihen von schäbigen Eukalyptusbäumen, Maisfelder und schilfgedeckte *rondawels*. Blauer Himmel und dahinziehende Wolken. Dicke Nguni-Kühe, die genüsslich an den Hügeln grasten.

Mandisa war in sich selbst versunken und nahm nichts davon wahr. Dizu Calata sah nur das gute Kind, das aus schlechter Gesellschaft gerettet worden war. Aber Nosapho wusste, dass bei Mandisa trotz der kirchlichen Erziehung und all der Opfer, die sie gebracht hatte, etwas schiefgelaufen war. Was auch immer bei den Samas passiert war, ihr Kind war nicht mehr dasselbe. In ihrer Tochter schwelte etwas Düsteres, und Nosapho hatte Angst.

Persy traf Tucker bei einem Café in einem alten Cottage an einem wenig befahrenen Stück der Main Road in Diep River, ganz in der Nähe des Reviers.

Vor dem Doppelhaus im Stil der dreißiger Jahre stand altes Mobiliar, das gestrichen worden war, um nach etwas anderem auszusehen, und wurde jetzt zu brandneuen Preisen angeboten. Im Grunde genommen war es ein Laden mit lauter Gerümpel, der sich als »Antikladen« ausgab. Das Café war eine Erweiterung im hinteren Teil, damit hoffte man wohl, zusätzliche Kunden anzulocken. Scheinbar ohne Erfolg. Abgesehen von ihnen hatte sich keine Menschenseele hierher verirrt. Die rostenden Eisenstühle und metallenen Pflanzenhalter trugen zur deprimierenden Stimmung bei, die über ihrem heimlichen Treffen hing. Tucker war fahrig. Er hatte sich nicht rasiert, und seine Augen waren vor Müdigkeit ganz verquollen. Der Kaffee, schwarz und bitter, stand unberührt da und wurde auf dem Tisch zwischen ihnen kalt.

»Es könnte derselbe Mann gewesen sein, der mich mit dem Fernglas beobachtet hat«, sagte Persy. »Ich habe Namen und Adresse von ihm. Fred Splinters.«

»Es ist völlig egal, wer er ist. Das kann so nicht weitergehen, Jonas. Ich kann es mir nicht leisten, meine Familie zu verlieren. Oder meinen Job.«

Persy hatte sich Sorgen gemacht, wie Tucker auf das Sexfilmchen reagieren würde, aber mit dieser Reaktion hatte sie nun nicht gerechnet.

»Was meinst du damit?«

»Ich meine, wir haben keine Ahnung, mit wem wir uns da anlegen.«

Tucker hatte ihr noch nicht einmal ins Gesicht gesehen, seit er angekommen war, er starrte nur in den düsteren Innenraum, wo ein einsamer Barista Kaffeetassen in die Spülmaschine räumte.

»Das müssen wir herausfinden. Entweder ist das Annettes Mörder, oder aber es ist jemand, der in den Fall verwickelt ist.«

Er schaute sie an.

»Ihre Mörder sind mit ziemlicher Sicherheit dieselbe Gang, die in Hout Bay und in Constantia zugeschlagen hat. Was so viel heißt wie: die Chancen, diese Mörder zu fassen, sind gleich null.«

»Ich dachte, das hätten wir ausgeschlossen, weil ihre Vorgehensweise so anders ist«, sagte sie irritiert.

Unverbindlich zuckte er mit den Schultern.

»Du schlägst also vor, dass wir nichts unternehmen?«

»Ich ziehe in Erwägung, es der Sondereinheit zu übergeben.«

Persy war erstaunt. Tucker war derjenige, der immer behauptete, die Sondereinheit sei völlig unfähig und politisch kompromittiert.

»Das waren irgendwelche Insider, Tucker. Da gibt es einen Bezug zu Severine Hamiltons Verschwinden, zu Ricardo Heinrich, zu dieser Landrückforderung. Vielleicht hat Petroussis was herausgefunden …«

»Was soll der Scheiß, Jonas? Weibliche Intuition?«, unterbrach er sie wütend. »Wir haben nichts. Keine Zeugen, *fokkol.* Die Ermittlung führt nirgendwohin, und ich hab einen ganzen Haufen wichtiger Fälle auf dem Schreibtisch.«

»Dann übergib ihn mir. Ich will Annette Petroussis' Mörder finden.«

»Du arbeitest nicht mehr an diesem Fall, Jonas. Überlass das mir, okay?«

Seine Antwort überraschte Persy.

»Ich kann nicht glauben, dass du einfach aufgeben willst. Jemand versucht, uns zu erpressen, damit wir die Ermittlung fallenlassen.«

»Ich hab nie gesagt, dass wir sie fallenlassen sollen. Ach, verdammt.« Er rieb sich mit den Händen übers Gesicht. »Wie zum Teufel konnte es so weit kommen?«

Persys Herzschlag setzte einen Moment lang aus, als ihr klarwurde, dass Tucker Angst hatte.

Sie spürte, wie sich etwas zwischen ihnen veränderte. Ihr kam ein schrecklicher Gedanke, der sich wie ein gewundener schwarzer Strang entrollte.

»Weißt du etwa, wer das Video geschickt hat, Tucker?«

Er lehnte sich zurück und sah ihr ins Gesicht. »Ich hab gesagt, lass es gut sein, Jonas.«

»Da steckt noch viel mehr dahinter, nicht wahr? Mehr als das Video, mehr als wir beide.«

Persy erinnerte sich an Makkas Andeutung im Buccaneers. Ihr wurde eiskalt.

»Dein Sohn, der mit den Lernschwierigkeiten.«

Tuckers Muskeln spannten sich an, und seine Augen wurden zu schmalen Schlitzen. »Du überschreitest gerade eine Grenze, Jonas.«

»Wer bezahlt die Gebühren für seine Förderschule?«

Er starrte sie an, dann wandte er den Kopf ab. »Du hast keine Kinder – du weißt nicht, wie das ist.«

Einer von Tuckers ausgelutschten Sätzen. Als wäre es einfacher, Prinzipien zu haben, wenn man keine Kinder hatte. Vielleicht war dem ja so.

»Ich kann dich das nicht machen lassen, Tucker, und das weißt du.«

Fast unvermittelt veränderte sich Tucker direkt vor ihren Augen. Dieses Verharren, die Anspannung in seinen Schultern und seinem Nacken, wie eine Katze, kurz bevor sie zum Sprung ansetzt. Zum ersten Mal überhaupt machte er ihr Angst.

»In diesen Fall sind gefährliche und mächtige Leute involviert, Jonas. Unterschätze nicht, wozu sie in der Lage sind.«

Für Persy war dieser Verrat, als würde ihr die Luft zum Atmen genommen, als würde alles Strahlende, Schöne herausgesaugt. Sie konnte kaum glauben, was Ren Tucker da von sich gab. Einer der furchtlosesten, entschlossensten Detectives der Truppe. Jemand, zu dem sie aufgesehen hatte, den sie bewundert und dem sie nachgeeifert hatte.

»Ich lasse mich nicht einschüchtern.« Ihre Stimme klang barsch, war voll wütender Enttäuschung. Tuckers Augen wurden wieder zu Schlitzen. Was er als Nächstes sagte, ließ ihr das Blut in den Adern gefrieren.

»Ich warne dich. Ich werde dich nicht beschützen können.«
Persy hatte genug. »Ich brauche deinen Schutz nicht. Ich bin ein Cop, weißt du noch? Und meines Wissens warst du bislang auch einer.« Sie stand auf und warf ihr Geld auf den Tisch. »Das ist für den Kaffee.«
»Persy …« Es klang wie eine Beschwörung.
»Wünsch deiner Familie frohe Ostern von mir«, sagte sie und ging.

51

Jos hing das Osterwochenende über mit Logan ab. Bislang war es schrecklich langweilig gewesen, jetzt, da Logan so ein Kiffer geworden war. Jos hasste diese Grasköpfe. Er hatte mal gehört, dass jemand, vielleicht Frank Zappa, gesagt hatte: »Mit Gras wirst du zu deinen eigenen Eltern.« Oder hatte er Speed gemeint? Wie auch immer, er wusste genau, was der Dude damit meinte. Es war, als hätte seine Generation keine neuen Ideen. Sie waren einfach nur recycelte Punks oder Hippies, die genau das machten, was ihre Eltern schon gemacht hatten – high werden, abhängen und nichts tun. Es musste doch noch etwas anderes im Leben geben.
Jos war an einem Tiefpunkt. Er hatte sogar aufgehört zu malen. Vielleicht war er daraus herausgewachsen. Tatsächlich zweifelte er sogar daran, ob er ein Graffiti-Künstler sein wollte. Jetzt gerade würde er wirklich gern nach Hause gehen und Ostereier suchen. Okay, das war bescheuert, schließlich war er schon siebzehn und kein kleines Kind mehr. Außerdem würde seine Mutter die meiste Zeit mit seiner dementen Oma verbringen. Sie wiederholte sich immer wieder, redete irgendwelchen Kauderwelsch, als würde der unablässige Wortschwall die Verrücktheit auf Abstand halten. Abgesehen davon gingen Jos gerade auch ganz andere Sachen durch den Kopf.
Also, eine Sache, genau genommen. Laski. Aber daran konnte er nichts ändern.
Jos und Logan waren zu Angelica nach Kalk Bay gefahren. Angelica war richtig heiß – eine langhaarige Brünette mit kurzem Rock und

gestreiften Strümpfen, die sie bis über die Knie hochzog. Jos hatte ganz gute Chancen bei ihr, obwohl er etwas irritiert war, weil auch Logan sein Glück bei ihr versuchte. Und dann, totaler Reinfall, war Gili aufgekreuzt, sah aus wie der aufgewärmte Tod. Sie hatte eine Zigarette nach der anderen gedreht und die ganze Zeit von ihrer Mom geschwafelt, die jetzt einen neuen Freund hatte, der vor Logan Gilis Freund gewesen war. Gilis Mom war eine widerliche alte Raverin. Das war so peinlich. Sie hing überall da ab, wo Gili auch war, und ließ sich sogar mit Gilis Freunden ein!

Jos Mom war mit ihrem weißen Haar und ihrem Mathehirn recht eigenartig, aber wenigstens war sie eine Mom. Sie sagte immer: »Ich bin nicht deine Kumpelin, Joseph, verstanden? In diesem Ton redest du nicht mit mir.«

»Hey Gili, stimmt es, dass du abgetrieben hast?« Logan führte sich wieder mal wie der totale Volltrottel auf. Machte einen auf Aufschneider, um Angelica zu beeindrucken.

»Wer sagt, ich hätte abgetrieben?«, fragte Gili. »Das ist so *swak!*«

»Solange es nicht mein Kind war.« Logan warf Angelica einen verschwörerischen Blick zu.

Jos konnte gar nicht glauben, was für einen Mist Logan da verzapfte. Er wusste, dass es bislang weder Logan noch Gili getrieben hatten.

»Wenn ich schwanger war, wo sind dann meine Schwangerschaftsstreifen, Dude? Hm?« Gili wurde aggressiv.

»Keine Ahnung.«

»Nein, du hast keinen blassen Schimmer, weil ich nämlich keine habe. Du kannst mich von vorn oder von hinten ansehen – ich habe keine Streifen, nirgends!«

Gili zog ihr Neckholdershirt hoch und entblößte den weißen Babyspeck ihres Bauches, der mit wüsten roten Krusten übersät war.

»Was ist das denn?«, fragte Logan fast schon beeindruckt.

»Verbrennungen von Zigaretten. Kannst du Schwangerschaftstreifen etwa nicht von Verbrennungen unterscheiden?«

Angelica hielt sich die Hand vor den Mund und kicherte. Jos verzog das Gesicht in einer Mischung aus Scham und Mitleid. Gili erinnerte ihn an seine Oma, die so langsam den Verstand verlor.

Er war erleichtert, als seine Mutter kam, um ihn abzuholen. Aber Gili und Logan hatten die ganze Zeit gequengelt. »Hey, sag deiner Mom, sie soll uns mitnehmen.«

Jos' Mom fuhr nicht gern Auto, noch weniger mochte sie es, fremde Kinder im Auto zu haben. Als seine Mom schließlich mit dem Clio eintraf, »in dem keine Maus mehr Platz hatte«, und in den jetzt er und Logan mit ihren Skateboards, Logans Surfboard und Gili hineingequetscht werden sollten, sah seine Mutter ziemlich angespannt aus. Gili kletterte mit dem ranzigen Geruch von ungewaschenem Haar nach hinten.

»Wohin soll's jetzt gehen?«, fragte Jos' Mom in fröhlich-spöttischem Tonfall, als sie vom Bordstein fuhr.

»Ich möchte nach Hause, einfach die Straße hoch«, sagte Logan und versuchte, sich Gili vom Hals zu halten.

»Jawohl! Oh, und du, Gili?«

Jos sah, wie seine Mutter Gili nervös im Rückspiegel betrachtete. Sie lag halb auf Logan, hatte den Kopf quasi in seinem Schoß, als würde sie ihm gleich einen verdammten Blowjob verpassen.

»Sie können mich zusammen mit Logan rauslassen«, lallte Gili. Sie war völlig neben der Kappe. Vermutlich ihre Medikamente. Jos befürchtete, seine Mutter könnte vermuten, dass sie sich einen Haufen Müll eingeworfen hatten.

»Kommt nicht in Frage«, widersprach Logan. »Zu mir kannst du nicht mit. Meine Alten sind letztes Mal ausgeflippt.«

»Dann gehe ich eben mit Jos nach Hause«, sagte Gili.

»Nein!«, zischte Jos. »Das geht nicht. Wir besuchen meine Oma.« Als ihm diese unverblümte Lüge über die Lippen kam, warf seine Mutter ihm einen erstaunten Blick zu.

»Mich stört es nicht, deine Oma zu besuchen. Alte Leute sind cool.«

Sie ließen Logan aussteigen, und Gili machte es sich auf dem Rücksitz bequem. »Heyyy … ist das dasselbe Auto, das wir in der Nacht hatten, als wir das Baby gefunden haben?«

»Mum, lass sie einfach am Bahnhof aussteigen«, unterbrach Jos sie.

Aber seine Mutter begriff sehr rasch. Sie sah sich Gili im Rückspiegel genau an. »Du warst dabei?«

Jos stöhnte innerlich. »Lass sie einfach hier raus, Mom.«
»Ich kann sie nicht einfach rauslassen, es wird langsam dunkel.«
»Ich bin eine Hauptzeugin«, plapperte Gili weiter. »Ich hab gesehen, wie die schwarze Tussi in diese superschicke *larney*-Karre gestiegen ist …«
Ihre Worte brachten jene Nacht in einer Sturzflut von Bildern zurück: Wie das schwarze Mädchen im Scheinwerferlicht des Clio weggerannt und der Geländewagen dann zurückgestoßen und davongebraust war. Jos drehte sich um und starrte Gili an. Sie war völlig zugedröhnt gewesen – wie in aller Welt konnte sie sich an Details erinnern, die er völlig vergessen hatte?
»Lassen Sie mich hier raus«, sagte Gili unvermittelt.
Seine Mom fuhr an den Straßenrand, und Gili machte die Tür auf.
»Wohin gehst du?«, fragte seine Mom besorgt.
»Ach, wahrscheinlich zu meinem Freund«, sagte Gili ausweichend.
»Dann lass mich dich dort …«
»Schon okay, Mom«, sagte Jos. »Sie kann …«
»Ja, alles okay.« Gili klang kleinlaut, ihre vorherige Euphorie war wie weggeblasen. Jos nahm an, dass sie zu Logan zurückgehen und dort wieder allen auf den Zeiger gehen würde. Ihm war das egal, er wollte nur, dass sie endlich ausstieg.
Sie schob sich nach draußen und schwankte unsicher in ihren großen Schuhen, während die Lichter des Bahnhofs auf sie fielen. Er hatte ein ungutes Gefühl, wie er sie da so über die Straße und am geschlossenen Ice Dream Shop vorbeigehen und in die Dunkelheit einer Seitenstraße einbiegen sah.
»Das Mädchen sieht nicht gut aus, Jos. Bist du dir sicher, dass es ihr gutgeht?«
Aber Jos' Gedanken surrten. In seiner Panik um das Baby und die Cops hatte er den Geländewagen und das Mädchen ganz vergessen. Jetzt erinnerte er sich wieder, wie das Auto an ihnen vorbeischwenkte, den Clio nur um Millimeter verfehlte, wie er das vertraute Gesicht blitzartig erfasst hatte, bevor der Geländewagen dann davonbrauste. Dann fiel ihm wieder ein, wo genau er das Mädchen zuvor gesehen hatte. Severine hatte ihm die Frau vorgestellt, die in der Küche der

Hamiltons bügelte, und dabei gesagt: »Jos, das ist meine zweite Mom, Nosapho Dasheka. Und das«, und dabei hatte sie sich zu einer griesgrämig dreinblickenden Teenagerin umgedreht, die dabei half, die Kleidungsstücke zusammenzulegen, »ist ihre Tochter Mandisa.« Severine hatte nichts bemerkt, aber wenn Blicke töten könnten, dann hätte Mandisas durchdringender Blick sie geradewegs niedergestreckt. An jenem Abend waren die Augen des Mädchens jedoch angsterfüllt gewesen.
»Jos, hörst du mir überhaupt zu?«
Er schaute zu seiner Mutter, die ihre weißen Haare unordentlich hochgebunden hatte, sah ihren besorgten Blick. Er wollte ihr nicht noch mehr Kopfzerbrechen bereiten, schien das aber trotz bester Absichten nicht vermeiden zu können.
»Mom, kannst du mich zum Polizeirevier Diep River bringen?«, bat er.

Persy und Nim nahmen Jos Lancasters Aussage zusammengequetscht in ihrem Büro auf. Persy dachte, der Junge würde sich im Befragungsraum eingeschüchtert fühlen.
»Warum hast du uns nicht schon früher gesagt, dass du Mandisa Dasheka in dieser Nacht gesehen hast?«, fragte Nim. »Weißt du denn nicht, dass es ein Verbrechen ist, Ermittlungen zu behindern?«
Es war nicht gerade hilfreich, dass Nim sich noch dazu mit gespreizten stämmigen Oberschenkeln und kaum verhohlener Ungeduld über die Ecke seines Schreibtisches zu ihm beugte. Der Junge saß niedergeschlagen auf dem Stuhl. Er wirkte kleiner, jünger und weniger großspurig, als Persy ihn in Erinnerung hatte. Sein Lockenkopf war ganz verwuschelt, und die Ärmel seines viel zu großen Pullovers hingen über seine Handgelenke hinunter.
»Ich hab's vergessen. Alles ging so schnell. Ich weiß, das klingt jetzt nach einer billigen Ausrede, weil ich eigentlich ein eidetisches Gedächtnis habe, Sie wissen schon, wie meine Mom. Ich kann mich selektiv an Dinge erinnern … aber Gesichter – darin bin ich nicht so gut.«
Nim knurrte. In seiner Welt war alles schwarz oder weiß, ja oder nein, gut oder schlecht. Gedächtnislücken und entfallene Wörter brachten ihn nur dazu, noch unnachgiebiger zu werden.

»Ich habe mir solche Sorgen um das Baby gemacht. Da hatte ich alles andere einfach nicht mehr im Kopf«, sagte Jos verzweifelt.

»Ach ja. Das Baby«, sagte Persy. »Was für ein Zufall, dass du zur rechten Zeit dort warst. Und warum hast du uns nicht erzählt, dass du Severine Hamilton kennst?«

»Sie haben nicht gefragt«, sagte er mürrisch.

Sie überraschte Jos dabei, wie er auf ihren Schreibtisch starrte, auf dem Severines Notizbuch mit ihren Zeichnungen offen dalag. Persy nahm das Buch und schob es vor ihn. »Warum warst du an diesem Abend in Constantia? Wolltest du sie treffen?«

Der Junge schwieg.

Persy ging zum Computer und klickte auf die Webseite von ›Die Skurrel‹. Die vertraute Ikonographie von Laskis Kreuzen, Sternen und religiösen Symbolen tauchte auf. »Deine Arbeit ist überall auf dieser Graffiti-Seite, von der wir wissen, dass Severine sie sich regelmäßig ansieht«, sagte Persy.

»Wir wissen, dass du Laski bist«, unterbrach Nim sie. »Sollen wir dich auch noch wegen Vandalismus festnehmen?«

Jos schüttelte den Kopf, spähte zum Computerbildschirm. »Das sind Laskis Arbeiten, das stimmt. Aber ich bin nicht Laski.«

Persy seufzte. »Wenn du nicht Laski bist, wer dann?«

»Man verrät einen Graffiti-Künstler niemals. Das ist eine schwierige Szene, wenn man nicht aufpasst, ist man am Ende.« Mit hartem Blick schaute Jos auf den Notizblock.

Und mit einem Mal begriff Persy, der Stil, die Ikonographie. Manchmal hatte man die Antworten direkt vor Augen, war aber zu blind, sie zu sehen.

Sie starrte den Jungen an. »Severine Hamilton ist Laski?«

Jos zögerte, dann nickte er. »Ja – und sie ist mit Abstand der beste Writer. Wir sagen Writer dazu, und sie ist besser als alle sonst in der Szene, obwohl sie das erst seit ein paar Monaten macht.«

»Aber wie? Ihre Mutter weiß offensichtlich nichts davon.«

»Sie schleicht sich nachts heimlich durchs Tor, durch das hintere. Dann ziehen wir mit der Clique los und malen.«

»Clique?«

»Gili, Logan, Sev und ich. Wir malen überall in Constantia. Da gibt es die besten Wände.«

Dieser Fall wurde immer vertrackter, dachte Persy.

Sie warf einen Blick zu Nim, dessen Gesicht zu einer Maske ungläubiger Wut verzerrt war.

»Wo ist sie jetzt?«, blaffte er den Jungen an. »Wo ist Severine Hamilton? Antworte mir, oder du wirst herausfinden, was mit so einem verzogenen kleinen *mlungus* wie dir im Gefängnis passiert.«

»Verdammt, Nimrod, mach mal halblang«, wies Persy ihn in die Schranken. Noch so etwas, das sie dem SAPS zu verdanken hatten.

Jos wirkte fast panisch. »Keine Ahnung. Sie hat gesagt, sie müsse etwas machen, und sie hatte Angst, ihre Mutter könnte sie davon abhalten. Mehr weiß ich nicht.«

Nimrod schnaubte verächtlich. »Kennst du die Familie Petroussis?«

»Nein, das schwöre ich. Ich hab das Baby an diesem Abend zum ersten Mal gesehen. Ich musste nach Dieu Donné kommen, weil ich die Mauer bemalen wollte. Quasi als Nachricht für Severine«, sagte er elend. »Ich wusste nicht, dass sie weg war.«

»Du bist also ganz zufällig an dem Abend dort, als Annette Petroussis und Severine verschwunden sind, am selben Abend, als das Baby dort abgelegt wurde.« Nim konnte seine Zweifel nicht verbergen.

Jos wandte sich an Persy, weil er wusste, dass es sinnlos war, Nim anzuflehen. »Ich weiß, wie es aussieht, Detective. Aber ich schwöre Ihnen, ich habe Ihnen alles gesagt, was ich weiß.«

Sofort rief Persy Dizu an. »Mandisa Dasheka, Nosaphos Tochter.«

Erst Schweigen, dann kam ein: »Ja.«

»Hast du sie gefunden?«

»Ja …«

»Du musst sie aufs Revier bringen, Dizu.«

»Warum?«

»Ich glaube, sie war eine Komplizin bei der Entführung von den Petroussis. Ich habe einen Augenzeugen.«

Wieder Schweigen, dann: »Scheiße, ich hab sie weggeschickt.«

»Was?«

»Ich habe Nosapho Dasheka geraten, Mandisa zu ihrer Familie ans Ostkap zu bringen«, erläuterte Dizu. »Sie wurde von Axolile Samas Familie gefangen gehalten. Ich musste sie zu ihrer eigenen Sicherheit aus der Township rausholen.«

»Meinst du das ernst?«

»Das ist eine lange Geschichte.«

»Ich hab keine Zeit, mir sie anzuhören. Hol sie zurück, Dizu. Jetzt.«

OSTERMONTAG

52

Mandisa wachte auf, als der Bus auf eine Tankstelle abbog. Es war dunkel, aber der Himmel wurde langsam heller. Sie bekam die Augen kaum auf, und sie schwitzte. Sie hatte geträumt, wie im Fieber. Träume, die in den letzten beiden Wochen immer gekommen waren. Sie wusste nicht, was schlimmer war – die Alpträume oder im Hier und Jetzt aufzuwachen.

Sie hatte viel Zeit gehabt, um über Axe nachzudenken, als sie in Samas Haus eingeschlossen war, sich zu fragen, wohin er verschwunden und weshalb er nicht zurückgekommen war. Sich zu fragen, weshalb er an jenem Tag vor Dieu Donné gewartet und Mandisa und ihrer Mutter angeboten hatte, sie mitzunehmen. Sich zu fragen, weshalb dieser Farbige mit den chinesischen Gesichtszügen zu den Samas gekommen war und nach dem anderen suchte, der diesen Job mit Axe erledigt hatte. Sie konnte diese Gedanken einfach nicht abstellen. Sie wollte sich nicht eingestehen, dass Axe irgendwelche Hintergedanken gehabt hatte, als er vor Dieu Donné wartete. Nein, er liebte sie. Da war sie sich ganz sicher. Er hatte ihr ein neues Handy, Kleidung und zwei Taschen gekauft und ihr neunhundert Rand gegeben, damit sie sich Zöpfchen flechten lassen konnte. Axe war der erste Junge, der sich für ihre Gedanken und Gefühle interessiert hatte. Ihre Schulfreunde waren genervt von ihren ätzenden Hasstiraden gegen Severine Hamilton. Aber Axe hörte zu. Er verstand, wie manche Weißen einen ansahen, als wäre man nichts wert, als wäre man überhaupt nicht vorhanden. Er erzählte ihr, es gäbe viele Leute, die diese Familie hassten, insbesondere den Großvater. Leute, die eine ordentliche Summe hinblättern würden, damit man »ihm eine Lektion erteilte«. Er erzählte ihr, sie würden in das Haus der Hamiltons einbrechen, »es verwüsten und den Alten erschrecken«. Zunächst war dieser Gedanke ganz aufregend gewesen, ein Geheimnis, das sie für sich behielt. Als er sie um die Schlüssel ihrer Mutter bat, um einen Zweitschlüssel anfertigen zu lassen, hatte sie sie ihm gegeben. Am Samstag darauf waren sie nach Constantia gefahren. Er stellte den Golf auf dem Parkplatz des Einkaufszentrums ab. Dann gingen sie zu Fuß zur Anlage und versteckten sich im dichten Gebüsch und zwischen den Bäumen auf der nicht einsehbaren Seite, in der Nähe einer kleinen Brücke über dem Fluss, wo keine Kameras standen. Axe hatte zwei Rucksäcke dabei, einen mit zusätzlichen Klamotten, weil sie wie ein Kerl aussehen musste. Als sie feststellte, dass die Jeans, die er ihr mitgebracht hatte, beschämend eng saß, kamen ihr erste Zweifel, außerdem war sie besorgt, die Sturmhaube, die sie unbedingt aufsetzen sollte, könnte ihre neuen Zöpfchen kaputt machen.

Ihre Besorgnis wuchs, als sie die Waffe sah. Axe sagte, sie müssten eine Waffe benutzen. Um den Weißen Angst einzujagen, damit sie tun würden, was sie von ihnen verlangten. Mit der Waffe wurde ihr klar, dass sie wirklich zur Tat schreiten würden, dass das nicht nur ein Spiel war. Also sagte sie Axe, dass sie das nicht durchziehen wolle, dass sie ihre Meinung geändert habe. Er wurde ganz ruhig, und sie erkannte, dass er sehr wütend war. Er wollte, dass sie ein bisschen *tik* mit ihm rauchte, damit sie keine Angst mehr hätte, aber sie hatte Angst vor dem Zeug, also rauchte er allein. Er zwang sie, etwas Brandy zu trinken, damit sie nicht mehr so zitterte. Aber ihre Angst nahm weiter zu.

»Komm, Baby«, sagte er. »*Nie so bangbroek wees nie, nè.* Ich brauche dich, damit du mir den Weg zeigst.«

Zuerst brachte sie ihn zur Hintertür vom Haus der Hamiltons. Sie waren schon in der Wohnanlage, als überall das Licht ausging. Sie sahen kaum noch die Hand vor Augen. Die Dunkelheit verwirrte sie, sie verlor die Orientierung, wusste nicht mehr, ob sie nach rechts oder links gehen mussten. Gefühlt stolperten sie so stundenlang durch die Dunkelheit. Dann entdeckte sie flackerndes Licht und eine der großen Glastüren. Die Türen, für die man den besonderen Schlüssel benötigte.

Sie steckte den Schlüssel ins Schlüsselloch, wie sie es immer bei ihrer

Mutter gesehen hatte. Er ließ sich ganz leicht drehen. Axe schob die Tür auf. Sobald sie die Frau auf dem Bett entdeckte, die das Baby im Kerzenlicht stillte, wusste sie, dass sie im falschen Haus waren. Sie versuchte, Axe zu warnen, aber da war es schon zu spät – sie standen im Zimmer, und Axe hielt der Frau die Pistole an den Kopf. Er sagte ihr, es sei jetzt zu spät, sie sollten das einfach durchziehen und mitnehmen, was sie in die Hände bekamen. Sie hatte das Gefühl, als würde sie sich gleich in die Hose machen; sie wollte auf die Toilette gehen, wusste aber nicht einmal, wo die Toilette war, sie kannte dieses Haus nicht. Alles war nur eine verschwommene Wahrnehmung von großen Zimmern, flackernden Kerzen, dem greinenden, weinenden Baby und der flehentlich bettelnden Frau. Mandisa bewegte sich wie eine Puppe, tat, was Axe ihr auftrug, bewegte sich nach seinen Anweisungen durchs Haus. Sie nahmen den Fernseher, den Laptop und den Schmuck der Frau. Im Tresor war kein Geld, aber eine Pistole. Axe gab sie ihr. Sie spürte noch immer, wie schwer sie in ihrer Hand lag. Nach einer Weile war ihr Handgelenk ganz taub geworden.

Axe beschloss, dass die Frau sie in ihrem Auto fahren sollte. »Wenn wir das Baby mitnehmen, dann wird sie keine Faxen machen«, sagte er Mandisa.

Die Frau war panisch. Jedes Mal, wenn Mandisa das Baby ansah, musste sie an Bongi denken. Eingesperrt im Auto fuhren sie zu viert durch Wind und Regen. Nichts als Wind und Regen und Dunkelheit, die sie immer bedrohlicher umfing. Auch Mandisa hatte schreckliche Angst. Sie wollte nach Hause, um sich neben dem warmen Körper ihrer Schwester zusammenzurollen, die schlafende Bongi zwischen ihnen, während der Regen sachte auf das Blechdach trommelte.

Beim Geldautomaten verlangte Axe von der Frau, dass sie Geld abhob. Er sagte Mandisa, sein Cousin habe eine Kneipe in Imizamo Yethu, wo er den Fernseher und den Computer verkaufen könne. Die Frau fuhr sie zu einer Township, in der Mandisa noch nie zuvor gewesen war. Unablässig redete die Frau mit ihrem Baby, ganz leise, so wie Mandisas Mutter mit ihr geredet hatte, als sie noch kleiner

war. Am liebsten hätte sie geweint. Sie wollte bei ihrer Mutter sein, sie wollte mit Zakhele und Asanda zusammen sein und sich *Scandal* im Fernsehen ansehen, während sie die Füße ihrer Mutter massierte, die vom Herumstehen und Warten auf den Zug schon ganz wund waren.
Sie fuhren weiter zu der Kneipe auf dem Berg. Skinky's. Sie wollte nicht über das nachdenken, was als Nächstes passierte. Davon bekam sie Kopfschmerzen. Sie sehnte sich ganz verzweifelt danach, die Zeit zurückdrehen zu können. Aber das konnte nur Jehova tun. Und nach dem, was sie angestellt hatte, würde er ihre Gebete nicht beantworten. Sie war so schrecklich müde, sie wollte einfach nicht mehr daran denken und so tun, als wäre das nie passiert. Sie lehnte den Kopf an die Schulter ihrer Mutter, der Geruch ihrer Haut besänftigte sie, erlaubte es ihr, sich vom Rattern des Busses wieder in den Schlaf wiegen zu lassen.

Nosapho schaute auf ihr schlafendes Kind, das an ihrem Arm lehnte. So war Mandisa als Kind gewesen. Weich, ein braves Kind. Der Bus wurde langsamer, kroch nur noch vorwärts. Weiter vorn war eine Straßensperre, einer der Gründe für den Stau. Zwei Transporter standen mitten auf der Straße, und Blaulicht blitzte. So etwas passierte immer während der Hauptreisezeiten wie jetzt, wenn die Straßen voll waren mit Leuten, die über Ostern nach Hause fuhren. Die Polizei hielt Busse und Taxen an, durchsuchte Autos und überprüfte stichprobenhaft Führerscheine.
Uniformierte Polizisten traten vor dem Bus auf die Straße, bedeuteten ihm anzuhalten. Mit quietschenden Bremsen kam der Bus zum Stehen. Zwei Polizisten stiegen ein und sprachen mit dem Fahrer.
Nosapho sah, wie der Fahrer sie und Mandisa, die bequem an ihrer Schulter lehnte und tief und fest schlief, im Rückspiegel ausmachte.
Jemand trat auf die Stufen zum Bus hinter den Polizisten. Als sie den schlanken Mann in Jackett und Jeans erkannte, setzte ihr Herz einen Moment lang schmerzhaft aus.
Es war Dizu Calata.

53

Tucker und Persy fuhren nach Khayelitsha. Seit Dizu angerufen und ihnen mitgeteilt hatte, dass Mandisa Dasheka abgeholt und für die Befragung zum Polizeirevier Khayelitsha gebracht worden sei, hatten sie kaum ein Wort gewechselt.

Als Tucker schließlich etwas sagte, war sein Tonfall feindselig. »Ich kann es verdammt noch mal nicht glauben, dass du zusammen mit Calata auf eigene Faust in meinem Fall ermittelt hast, hinter meinem Rücken. Was denkst du, welches Licht das auf mich wirft?«

»Ich dachte, es ginge darum, Annette Petroussis' Mörder zu finden, nicht darum, wie man vor den ›hohen Tieren‹ dasteht«, erwiderte Persy.

»Fang mir jetzt nicht mit deinen bescheuerten Predigten an, Jonas. Das ist Insubordination, *finish and klaar*.«

»Ein Verbrechen wurde verübt. Eine Frau ermordet. Dank Dizu Calata bekommen wir eine Aussage einer Zeugin dieses Mordes.«

»Er hätte warten sollen, bis ich da bin, ehe er sie vernimmt.«

»Sie spricht Xhosa, sie ist siebzehn und macht sich vor Angst in die Hose«, sagte Persy. »Dizu wird sie sehr viel mehr erzählen, als du je aus ihr herausbekommen wirst.«

Detective Dizu Calata sah nicht wie ein Polizist aus. Eher wie ein gutaussehender Schauspieler im Fernsehen. Er sprach wie ein Schüler von einer besseren Schule, aber als Mandisa ihn fragte: »Uyasithetha isiXhosa, bhuti?«, antwortete er mit weichem Akzent auf Xhosa. Es war eine Erleichterung, in ihrer eigenen Sprache sprechen zu können. Sie hatte Angst gehabt, irgend so ein dicker *boer* würde sie in Afrikaans befragen.

Mandisa war so müde. Als der Polizist ihnen sagte, sie sollten ihm aus dem Bus folgen, hatte sie in das Gesicht ihrer Mutter gesehen, und es hatte ihr einen Stich ins Herz versetzt.

Sie hatte gesehen, dass die Haare ihrer Mutter weiß wurden. Zum ersten Mal war ihr aufgegangen, dass ihre Mutter alt war und eines

Tages sterben würde, und das hatte ihr viel größere Angst bereitet als die Polizei. Ohne ihre Mutter würde sie es nicht schaffen.
Dizu Calata hörte aufmerksam zu, wandte seine warmen braunen Augen nie von ihr ab. Es erleichterte sie, endlich alles zu erzählen – das hässliche Geschehen in Worte zu fassen. Den anderen Polizisten oder die Polizistin hatte sie kaum wahrgenommen, genauso wenig wie den Anwalt, der neben ihr saß. Sie wollte nur die schwere Bürde ablegen, die sie mit sich herumtrug, und dann nach Hause gehen und schlafen.

Der Wind verbog die riesigen schwarzen Bäume, die über dem Auto hingen, und schüttelte das Wasser aus ihren Ästen; Böen ließen das Wasser auf Windschutzscheibe und Dach prasseln. Mandisa zitterte auf dem Beifahrersitz; eines ihrer Beine zuckte die ganze Zeit nervös auf und ab, wie ein unkontrollierbarer Tick. Sie hatte die Pistole auf die weiße Frau gerichtet, während Axe die Sachen, die sie aus dem Haus der Frau mitgenommen hatten, ins Skinky's trug.
Die Sturmhaube erstickte sie. Immer wieder bekam sie Fuseln in den Mund, musste husten. Und was war mit ihren Extensions? Wenn sie hinüber wären, würde Axe dann für neue bezahlen? Sie wollte nicht über die Frau nachdenken, die neben ihr saß, oder über das Auto. Oder das Baby. Vor allem nicht über das Baby.
Als sie später im Haus von Axes Mutter eingesperrt war, fragte sie sich immer wieder, warum sie der weißen Frau nicht gesagt hatte, sie solle wegfahren, solange Axe in der Kneipe war. Zu dem Zeitpunkt hatte sie nicht von einer Minute zur nächsten denken können, sie war halb wahnsinnig von der Hitze und dem Jucken der Sturmhaube, dem schrecklichen Durst, der Angst.
Dann war Axe zurückgekommen. Sein Blick war verschwommen und glasig. Er roch nach Alkohol und nach noch mehr *tik*. Er sagte, die Leute vom Skinky's würden ihn bescheißen. Er lallte vom *tik*, und dieses Mal sagte Mandisa ja, sie hatte gehört, es würde einem die Angst nehmen. Ein Streichholz flammte auf, in ihren Nasenlöchern brannte es, ein beißendes, scharfes Stechen, das in ihre Augen und Stirnhöhlen drang. Eine aufblitzende blaue Flamme erfasste die

Sturmhaube, dann hustete sie vom Rauch, dem Gestank von verbrennendem Stoff und Haaren. Ihr Kopf war zu einer sengend heißen Kugel geworden, die kurz vorm Explodieren stand. Sie hustete heftig, konnte gar nicht mehr aufhören und bekam keine Luft. Sie hörte Axe fluchen und die Frau rufen: »Zieh sie aus!« Gleichzeitig streckte sie die Hand nach Mandisa aus, die sich ihrem Griff mit brennenden Lungen entzog, erfasst von der schrecklichen Panik, keine Luft zu bekommen, dazu die sengende Hitze auf ihrem Kopf – dann zerrte die Frau an der Sturmhaube, als wollte sie ihr den Kopf abreißen. Mandisa versuchte, sie wegzudrängen, hustete und japste, dann der Schock, als ihr die Sturmhaube tatsächlich vom Kopf gerissen wurde, der willkommene Schwall frischer Luft auf dem Gesicht, bevor etwas klick machte, ein Herunterdrücken des Abzugs mit dem Finger, und schon wurde ihr Arm vom Rückstoß nach oben gerissen. Dann veränderte sich etwas in der Atmosphäre, die Frau gab einen merkwürdig hohen Ton von sich und sackte zurück auf den Sitz.

Die Welt war still. Nur ihr Geruchssinn arbeitete noch; ihre brennenden Haare schwelten weiter und kräuselten sich, dazu ein weiterer beißender, scharfer Geruch. Wie von fern hörte sie das Baby schreien, ehe es in ihren Ohren ploppte und das Gekreische des Babys den Nebel der Taubheit durchdrang. Die Frau stöhnte: »O Gott, nein, bitte nicht, nicht mein Baby.« Sie tastete das Baby überall ab, als würde sie nach etwas suchen.

Axe schrie: »*Shaya wena!* Was hast du gemacht?«

Die Frau stöhnte wieder und hob ihre Hand im schwachen, gelblichen Licht, das durch die offene Tür des Skinky's herausleuchtete. Eine schwarze, klebrige Hand.

Mandisa schaute auf ihre schlaff aufeinanderliegenden Hände in den Handschuhen, zwei Kreaturen, die ihr Schicksal besiegelt hatten. Sie hörte ein Wimmern, Hysterie baute sich auf, dann wurde ihr klar, dass das Geräusch von ihr kam. Die Frau klammerte sich an Mandisas Arm. »Hör auf!«, sagte sie grimmig. »Und hör mir zu.« Mit durchdringendem Blick schaute sie Mandisa an, dann reichte sie ihr das Baby. »Bitte, ich bitte dich. Bring mein Baby nach Hause.«

Mandisas Arme hatten gezittert, als sie das Baby entgegennahm. Es fühlte sich schwer und warm an.
Für Mandisa lief alles in Zeitlupe ab. Unscharf, als wäre es ein Traum, sah sie, wie Axe zur anderen Seite des Autos ging. Dann wurde die Fahrertür aufgerissen, das Innenlicht schaltete sich ein, tauchte das Gesicht der Frau in eine schockierende Blässe. Noch bevor Axe nach ihr greifen konnte, rutschte sie aus dem Fahrzeug und klappte zusammen, fiel auf den Boden, wobei ihre dunklen Haare in den glitzernden Regentropfen herumwirbelten. Schreckerfüllt sah Mandisa, wie sie wie ein verletztes Tier versuchte, vom Auto wegzukriechen. Axe fluchte, als er sich zu ihr hinunterbeugte und sie halb stützte, halb in die Dunkelheit wegzog. Dann sah Mandisa ihn nicht mehr. Sie sah nur noch die sich wiegenden Bäume, und das einzige Geräusch, das sie hörte, war das erschrockene Wimmern des Babys. Als er zurückkam, fragte sie: »Ist sie tot?«
Sie konnte die Worte kaum aussprechen. Ihre Lippen fühlten sich völlig taub an.
»Gib mir das Baby«, sagte er.
»Nein, nein!« Mandisa heulte, presste das Baby an sich, ließ sich schließlich von der Hysterie mitreißen.

Axe fuhr das Auto zurück und hielt in der Nähe der Brücke, wo sie sich versteckt hatten, während Mandisa sich umzog. Eine halbe Ewigkeit schien seitdem vergangen zu sein. Als hätte jemand anderes dieses Haus ausgeraubt und das Auto gestohlen.
»Beeil dich!«, sagte Axe nervös. Er ließ den Motor laufen. Mandisa stieg aus, hielt das Baby im Arm, öffnete die Tür zur Rückbank, gurtete es in seinem Autositz fest, redete währenddessen die ganze Zeit mit zitternder Stimme mit ihm. Der Kleine war sehr still, als wüsste er, was gerade passiert war. Sie hob ihn im Autositz aus dem Wagen und fand die Brücke. Sie überquerte sie und stellte ihn neben der Mauer ab, unter ein Gebüsch, zum Schutz vor dem Regen.
Dann sah sie ein kleines Auto aus dem Nichts näherkommen, auf die Straße abbiegen und langsam Richtung Brücke fahren. Bestimmt hatte man sie gesehen, sie musste im Scheinwerferlicht des Autos

aufgetaucht sein, als sie zurückrannte. Sie sprang auf den Beifahrersitz, und Axe fuhr los, noch bevor sie ihre Tür zuschlagen konnte, dabei erhaschte sie einen Blick auf die weißen Jungen, die sie anstarrten, als sie rückwärts an ihnen vorbeirauschten. Während sie und Axe davonrasten, betete sie inbrünstig, dass die Jungen das Baby finden würden. Dass der Kleine in dieser Kälte und Dunkelheit nicht allein hier draußen bleiben musste.

Axe nahm sie mit zu sich nach Hause und sagte seiner Mutter: »Ich stecke in Schwierigkeiten, Ma. Der Job ist schiefgelaufen. Behalte das Mädchen hier und lass sie mit niemandem reden.«

Er gab seiner Mutter das Geld der weißen Frau. Dann fuhr er mit dem Auto der Frau davon, ohne zu sagen, wohin er ging oder wann er zurück sein würde. Mandisa wartete, zitterte unkontrolliert auf der dünnen Matratze, die auf dem Boden von Mrs. Samas Haus lag, bis die Sonne aufging, und die ganze Zeit machte sie sich Sorgen, wie wütend ihre Mutter sein würde, weil sie nicht rechtzeitig für die Kirche zu Hause wäre.

54

Marge traf Barbra Robson in der Arztpraxis ihres Mannes in einem düsteren Doppelhaus in Claremont, wo sie für die abwesende Sprechstundenhilfe einsprang. »Der Arzt sollte sie feuern«, beschwerte sich Barbra. Die Frau war ja noch unsympathischer, als Marge sie in Erinnerung hatte. »Sie ist chronisch unzuverlässig, und ich kann nicht alle fünf Minuten meine Kinder hängenlassen.«

Bevor Marge sich einen weiteren Vortrag über arbeitende Mütter anhören musste, kam sie lieber gleich zur Sache. »Ich bin wegen Severine Hamilton hier.«

Sofort wurde Barbra hellhörig. »Aahhh … irgendwelche Neuigkeiten?«

»Sie sagten, Ihr Mann sei der behandelnde Hausarzt?«

»Ja, ich habe ihre Akte hier.« Sie sauste auf ihrem Bürostuhl zu einem Aktenschrank und zog eine Krankenakte heraus. Die Indiskretion dieser Frau erstaunte Marge.

»Paula Hamilton war ständig hier und hat den Arzt mit jedem Zipperlein und Wehwehchen von Severine genervt«, fuhr Barbra fort. »Aber Sie wissen ja, wie das mit Männern so ist – die können einer attraktiven Frau einfach nichts abschlagen.«
Aha, dachte Marge, das war also der Knackpunkt für Barbra Robsons Bitterkeit. Die gute alte, missgünstige Eifersucht. Hier ging es gar nicht um arbeitende Mütter.
Marge nahm die Akte und blätterte sie rasch durch. Sie enthielt genug, um anzunehmen, dass Severine praktisch in Dr. Robsons Praxis lebte. Henrietta Benatars Worte fielen ihr wieder ein: »Der Hausarzt sollte verklagt werden.«
»Könnte ich mit Ihrem Mann sprechen?«, fragte Marge.

Dr. Robson war ein großgewachsener, schlaksiger Mann, der den Eindruck vermittelte, aus einheitlichem Grau zu bestehen. Graue Haare, grauer Pullover, graue Hose. Sein Charakter war ganz brav in der gesichtslosen Landschaft seiner faden oder vielmehr frostigen Praxis eingekapselt, und an den Wänden hingen unzählige Diplome medizinischer Qualifikationen von einer ganzen Reihe renommierter medizinischer Fakultäten.
Er war freundlich, wenngleich leicht reserviert. »Barbra sagte, Sie sind mit den Hamiltons befreundet.«
Das war vielleicht etwas übertrieben, aber Marge ließ es so stehen. »Ich bin eine praktizierende Psychologin und habe Severine behandelt. Ich assistiere bei den Ermittlungen zum Verbleib von Severine.«
Gott sei Dank war Persy Jonas nicht in der Nähe, um diese Riesenlüge mitzubekommen.
»Ich wollte mir einen Eindruck von ihrem Gesundheitszustand verschaffen«, fuhr sie fort.
Robson fing an, mit seinem Kugelschreiber herumzuspielen. »Tja, was genau wollen Sie denn wissen?«, fragte er argwöhnisch.
»Lassen Sie uns etwas zurückgehen. Ich habe hier ihre Krankmeldungen von der Merton.«
Marge zog sie aus ihrer Tasche. Robson runzelte die Stirn.
»Severine scheint ziemlich umfassende Symptome gehabt zu haben«,

sagte Marge. »Lethargie, Schmerzen, Atemschwierigkeiten, Angstzustände, Kopfschmerzen, Verdauungsstörungen. Sie scheint Sie häufig aufgesucht zu haben, ohne dass es zu einer abschließenden Diagnose gekommen wäre.«

»Ich bin nicht der einzige Arzt, den sie aufgesucht hat«, verteidigte sich Robson. »Das waren viele Ärzte und Spezialisten. Dr. Hamilton widmet sich ihrer Tochter sehr aufopferungsvoll. Sie hat nichts unversucht gelassen, um ihrer Tochter zu helfen.«

»Sie scheint auch viele Operationen und Behandlungen durchlaufen zu haben: Blinddarm-OP, Mittelohrdrainage …«

»Ich weiß nicht, was das hiermit zu tun hat. Das sind pädiatrische Standardmaßnahmen …«

»Zwei Biopsien«, unterbrach ihn Marge. »Eine Koloskopie sowie eine Blasenspiegelung.« Sie war froh, dass Barbras Indiskretion ihr die Gelegenheit gegeben hatte, sich Severines Krankenakte kurz durchzusehen.

Robson ging in die Defensive. »Eine Diagnose kann invasive Maßnahmen nach sich ziehen.«

»Ritalin?«

»Sie wurde auf neurologische Störungen hin getestet und hatte Konzentrationsschwierigkeiten. Außerdem nahm sie Antidepressiva. Aber diese wurden ihr von einer Psychiaterin verschrieben, glaube ich.«

»Hat Dr. Hamilton Sie oft aufgesucht?«

Das Klicken des Kugelschreibers hatte aufgehört. Dr. Robson fühlte sich zusehends unwohl in seiner Haut. »Paula rief mich wegen spezieller medizinischer Belange an. Ich versuche immer, meinen Patienten in solchen Momenten zu helfen.«

Marge war nicht entgangen, dass er sie beim Vornamen genannt hatte. Paula Hamilton war sehr versiert darin, zu bekommen, was sie wollte, und konnte den verklemmten Dr. Robson bestimmt mit links in die Tasche stecken. Kein Wunder, dass seine Frau nicht begeistert war.

»Das sind ziemlich viele Medikamente und Behandlungen für so ein kleines Mädchen. Haben Sie je vermutet, ihre Symptome könnten psychosomatisch sein?«

Auf den Wangenknochen von Robsons ziemlich blutleerem Gesicht bildeten sich zwei kleine rote Flecken. »Ich diskutiere keine vertraulichen medizinischen Angelegenheiten mit Ihnen, um mich dadurch von Ihren Andeutungen und Anschuldigungen freizusprechen … Weiß Dr. Hamilton überhaupt, dass Sie hier sind?«

Marges Verdacht wurde von Minute zu Minute stärker. »Könnten diese ganzen Medikamente, die miteinander in Wechselwirkung stehen, nicht zu gefährlichen Nebenwirkungen führen?«

Dr. Robsons Gesicht wurde hart. »Ich bin äußerst vorsichtig mit dem, was ich verschreibe.«

»Aber Sie sagten ja bereits, dass es noch viele weitere Ärzte gab …«

»Paula ist selbst eine praktizierende Ärztin, und sie wird ihre Tochter ja wohl kaum gefährden.« Seine vormalige Unerbittlichkeit bekam Risse, unverhohlene Wut blitzte auf wie ein Gewitter an einem wolkenlosen Tag. »Diese Befragung ist sowohl ordnungswidrig als auch höchst taktlos. Ich denke, bevor wir hier weitermachen, sollten Sie Dr. Hamilton bitten, mich anzurufen.« Er stand auf, ging zur Tür und bedeutete Marge, sie solle gehen. »Auf mich wartet ein Patient, wenn Sie dann so freundlich wären …«

55

Mandisa wartete in einer der Zellen des Khayelitsha-Reviers darauf, ob dem Antrag auf Kaution stattgegeben wurde. Persy ging in dem ummauerten Hof vor dem Befragungszimmer auf und ab, um etwas frische Luft zu bekommen. Sie traf auf Dizu, der allein auf einer Treppe saß und rauchte. Die hohen Halogenlampen tauchten den leeren Polizeihof in ein kränkliches Licht, das sich mit dem aufziehenden Nebel von False Bay ausbreitete. Der Nebel dämpfte die Geräusche der Township, die bellenden Hunde und blökenden Ziegen, die hupenden Taxis, das Geschrei und die Sirenen und das stets gegenwärtige Wummern von House-Musik. Er fing auch die Gerüche ein – Holzfeuer und Abwasser, Paraffin und brennendes Fleisch, die bitteren Abgase von Autos.

Persy setzte sich neben ihn. »Seit wann?« Sie zeigte auf die Zigarette. Er zuckte mit den Schultern, warf sie zu Boden und trat sie aus.

»Wo ist dein Boss?«, fragte Dizu.

»Beleidigt abgezogen. Wenn ich aufs Revier zurückkomme, wird die Hölle los sein, vermute ich mal. Was passiert mit Mandisa?«

»Sie ist minderjährig, also kommt sie vielleicht in die Jugendstrafanstalt. Ich weiß es nicht. Sie kann sich in jedem Fall keinen guten Anwalt leisten.«

»Ich wollte Annettes Mörder so unbedingt finden. Jetzt ist mir einfach nur schlecht.«

»Wir müssen Axolile Sama finden«, sagte Dizu. »Wir können ihn wegen Entführung, Raub und als Komplize bei Mord dranbekommen.«

Persy dachte an die unzähligen Dinge, die allesamt schiefgelaufen waren, weil Earth Hour war, so dass Mandisa und Axe schließlich in das falsche Haus eingebrochen waren. Schiefgelaufen, weil Axe beschlossen hatte, die gestohlenen Sachen zu verhökern. Schiefgelaufen, weil sie im Skinky's gelandet waren. Schiefgelaufen wegen einer schlecht funktionierenden Pistole. Mit tödlichem Ausgang für Annette Petroussis.

»Jemand hat Axe bezahlt, um diesen Job zu erledigen. Vielleicht derselbe Mann, von dem Mandisa sagt, er sei zum Haus von Axes Mutter gekommen und hätte nach ihm gefragt. Der Mann, der behauptete, er hätte Geld für ihn«, mutmaßte Dizu.

»Die Hamiltons waren das eigentliche Ziel«, sagte Persy. »Axe wollte sie ausrauben und terrorisieren, vielleicht um etwas gegen Langford in der Hand zu haben. Das alles hängt mit dem Grundstücksgeschäft von Langford zusammen, da bin ich mir ganz sicher. Dieses Grundstück ist Millionen wert.«

»Und jetzt ist Severine Hamilton verschwunden«, sagte Dizu.

»Und Axolile Sama«, fügte Persy hinzu. »Und wer weiß, ob die beiden noch am Leben sind?«

Marge schlug gegen den Bildschirm ihres alten Laptops, der langsam, aber sicher den Geist aufgab. Dieses ältliche Gerät nervte sie über alle Maßen, und ihre Gereiztheit steigerte sich in Anbetracht dessen, wie

Bronwyn Bongo behandelte. Das Kind quälte den Hund, indem es seine Ohren von innen nach außen stülpte, Haarbänder über seinen Schwanz schob und ihm eine Sonnenbrille aufsetzte, was er in seiner ihm eigenen Tapferkeit über sich ergehen ließ.

Lucy schaute auf. »Ich habe meinen phantastischen neuen Laptop da, falls du ihn für deine Suche benutzen willst.« Sie klappte ein superflaches glänzendes Gerät auf, das in keiner Weise Marges klobigem, surrenden Toshiba glich.

»Ich habe keine Ahnung, wie man ein solches Teil bedient«, grummelte Marge und versuchte, sich nicht zu undankbar anzuhören.

»Versuch's einfach«, sagte Lucy. »Oder diktier mir, was du wissen willst. So geht es vielleicht schneller.« Es stellte sich heraus, dass es am schnellsten ging, wenn Marge Lucy Schlüsselwörter gab, um Gegenproben zu machen: psychische Misshandlung, Mitgefühl, Aufmerksamkeit, aufopfernde Mutter, medizinisches Wissen, Untersuchungen und Behandlungen, Allergien, Verhaltensstörungen.

Lucys Hände flogen schnell und effizient über die Tastatur.

Kurz darauf spuckte Lucys schicker kleiner Drucker die Seiten aus. Alles fügte sich zusammen, ergab ein Muster. Fast wie im Lehrbuch, dachte Marge. Bronwyn und Bongo lagen auf dem Boden und schliefen, schnarchten leise im Duett.

Lucy überflog die Wörter, als sie die ausgedruckten Seiten zusammenfügte. »Diese Mütter machen ihre Kinder also absichtlich krank?«

»Ja. Das ist kein sehr weit verbreitetes Syndrom, weshalb es häufig übersehen wird.«

»Aber warum machen sie das?«

»Um Aufmerksamkeit zu bekommen. Und Mitgefühl.«

»Das müsste den Ärzten dann doch auffallen, oder?«

»Diese Mütter wählen Erkrankungen, die man nur schwer diagnostizieren kann und die ziemlich ungenau sind. Häufig geraten die Ärzte mit in diese Spirale, indem sie versuchen, die Krankheit zu bestimmen. Viele Täter üben häufig einen medizinischen Beruf aus, oder aber sie haben sich selbst zum Experten gemacht.«

Lucy hielt inne und schaute Marge an. »Geht das dann manchmal auch … zu weit?«

»Es kann durchaus eskalieren, ja. Indem die Medikamentengabe manipuliert oder falsch angewandt wird. Es kann zum Tod führen.«
Bestürzt schwieg Lucy.
»Verdammt, und ich dachte, ich wäre eine schlechte Mutter.«
»Lucy!«, widersprach Marge. »Du widmest dich Bronwyn ganz hingebungsvoll.«
Lucy schaute auf ihre schlafende Tochter. »Aber ich verwöhne sie, und ich weiß, dass du das nicht gutheißt. Ich fühle mich schuldig, deshalb mache ich das. Ihr biologischer Vater wollte sie nicht, weißt du? Deshalb ist Matt so ein Geschenk des Himmels für uns.«
Marge überkamen Schuldgefühle. Wie schnell urteile ich doch, dachte sie, was bin ich für eine kleinliche, alte Schachtel.
Lucy tackerte die letzten Seiten zusammen und reichte sie Marge.
»Danke, Lucy. Du warst mir eine großartige Hilfe.«
Lucy ließ sich in den Sessel fallen. »Du hast einen faszinierenden Job.« Sie klang wehmütig.
»Deiner ist viel besser bezahlt«, sagte Marge.
Lucy zog ihre Patriziernase kraus. »Mal abgesehen davon, dass jeder Investmentbanker hasst. Alle glauben, wir wären nur ein Haufen Parasiten. Du machst wenigstens etwas Sinnvolles. Und Matt hält so große Stücke auf dich, dass ich immer das Gefühl habe, ich kann da irgendwie nicht mithalten …«
Marge war erstaunt. Wie konnte dieses schlanke Wesen in seinen italienischen Slingpumps, dem Leinenkleid und dem Parfum von Flors auf seine doppelt so alte Schwiegermutter in unvorteilhafter Jeans und mit zehn Kilo Übergewicht neidisch sein? Und was Matt betraf – ihren sanften, überorganisierten Matt –, dass er große Stücke auf seine Mutter hielt … tja, wer hätte das gedacht?
»Matt hat immer gelauscht, wenn du mit seinem Vater gestritten hast«, fuhr Lucy fort, »als du bei der Wahrheitskommission gearbeitet hast.«
»Ach, das.« Marge hasste es, über ihre Ermittlungen für den Attorney General vor den Anhörungen der Wahrheits- und Versöhnungskommission zu sprechen. Manche Geister behelligte man besser nicht mehr.

»Matt hat gehört, wie sein Vater dich davor warnte, dass du dabei umkommen könntest. Danach hat Matt ein Jahr lang nicht geschlafen, aber er war so stolz auf dich, weil du so mutig warst und dich davon nicht hast abbringen lassen.«

Marge war völlig sprachlos. »Grundgütiger! Wie alt war er da?«

»Neun? Oder zehn?«, fragte Lucy.

Sie hatten nicht gehört, wie Matt hereingekommen war. Er ging zu Lucy und legte ihr die Hände auf die Schultern. »Was treibt ihr beide so?«

»Lucy war mir eine riesige Hilfe«, sagte Marge.

»Das klingt nach meiner Lucy.«

Matt beugte sich vor und küsste seine Frau. Bewundernd schaute Lucy ihn an.

Das versetzte Marge einen kleinen Stich. Trotz all ihrer Neurosen und Scherereien waren Matt und Lucy zwei verlorene Seelen, die einander auf dem stürmischen Ozean der Elternschaft und der ehelichen Liebe stützten. Sie kümmerten sich um die Wunden und Verletzungen des anderen. Das fehlte Marge. Nicht dass sie das mit Louis wirklich gehabt hätte. Sie sah zu, wie Matt die schlafende Bronwyn hochhob und ins Bett trug. Lucy gähnte, sagte gute Nacht und folgte den beiden. Warum bin ich so blind für die Zerbrechlichkeit der Leute, die mir am nächsten sind?, dachte Marge schuldbewusst. Sie sollte etwas toleranter sein. Familienkuddelmuddel und Missverständnisse waren das A und O des Lebens.

Nicht, dass jede Familie zwingend freundlich war, wurde ihr später bewusst, als sie die ausgedruckten Seiten ihrer Suche mit zunehmendem Unwohlsein durchsah. Beständig musste sie an die Sitzung mit Severine denken, als diese ihr von dem wiederkehrenden Alptraum mit den Vögeln erzählt hatte, die um sie herum plapperten und darauf warteten, dass sie sich zu ihnen gesellte.

»Es fühlt sich so an, als würden sie mich locken wollen …«

»Wohin?«, hatte Marge gefragt, nur damit es ihr bei der Antwort eiskalt den Rücken herunterlief.

»In den Tod, denke ich.«

DIENSTAG

56

Zum ersten Mal war Jos die gesicherte Wohnanlage Dieu Donné um fünf Uhr morgens aufgefallen. Er hatte die ganze Nacht Party gemacht und war zu Fuß zu Logan unterwegs gewesen, seine Spraydosen im Rucksack.

Diese makellos weißen Mauern hatten ihn sofort angesprochen, hinzu kam, dass sie von der stark befahrenen Straße aus gut sichtbar waren und jeder auf dem Weg zum Nek es sehen würde. Aber bei Tageslicht traute er sich dieses Unterfangen nicht zu. Er hatte die Ecke ausgekundschaftet und einen gut von Bäumen geschützten Abschnitt im Westen zwischen zwei Dienstboteneingängen gefunden. Frisch gestrichen und noch ganz jungfräulich. Das bettelte geradezu nach einem Throw-up. Er hatte eine Dose aus dem Rucksack geholt und ihn dann zur Seite gelegt. Er wollte einfach nur rasch einen Entwurf skizzieren und diesen ausfüllen. Er nahm sich noch nicht einmal die Zeit, seine Maske aufzusetzen. Dieser Abschnitt war gut verborgen, und es war noch früh genug, dass keiner unterwegs war. Er schüttelte die Dose und sprühte gerade eine lange Linie an die Mauer, als sich eine Tür öffnete und ein junges Mädchen auftauchte. Langsam kam sie auf ihn zu, eine sehr schmale, blasse Gestalt in einem Kleid mit Blumenmotiven und Sandalen. Aus der Nähe betrachtet wirkte sie älter, als er gedacht hatte, mit leicht schräg stehenden, grünen Augen, wie die einer Katze. »Hi«, sagte sie.

»Hi«, sagte er leicht beschämt, wie er so mit seinem Rucksack und seinem Käppi dastand und sehr verdächtig versuchte, seine Spraydose zu verbergen.

»Bist du ein Graffiti-Künstler?«

Das gefiel ihm – »ein Graffiti-Künstler«!

»Du willst also die Mauer von meinen Eltern verunstalten?«

»Nee, Mann, tut mir leid. Das wusste ich nicht.«

Sie lachte, ein freies, offenes Lachen. »Mach ruhig. Ein bisschen Farbe könnte hier nicht schaden.«

Er war ganz hingerissen.

Sie unterhielten sich, während er malte. Ihr Gespräch ging ganz mühelos vonstatten, es kam nicht zu diesen merkwürdigen Pausen und Schweigemomenten, wie das bei Mädchen wie Gili, Logans Freundin, immer der Fall war. Ihr Name war Severine, und sie war superintelligent. Außerdem mochte sie Ayn Rand, auch wenn ihr *Der Streik* gefiel und er ein Fan von *Der ewige Quell* war. Er war beeindruckt, sogar ein bisschen eingeschüchtert. Aber er war selbstsicher, und sein Werk machte sich ganz gut. Er zeigte ihr, wie er Wörter in sein Design einbaute, so dass nur der, für den die Message bestimmt war, diese auch lesen konnte.

Er erzählte ihr, dass er vielleicht mal Architekt würde, sollte er es nicht zu einem scheißguten Graffiti-Künstler mit eigenem Farbladen schaffen und riesige Dinger in Berlin oder Brasilien an die Wände sprayen. Sie interessierte sich auch für Musik, allerdings mehr für das zahmere Ende des Indie-Zeugs, flüsternden Mädchen-Synthie-Pop. Er sagte ihr, gerade interessiere er sich mehr für die alten Platten seiner Mutter, frühe Sachen von Pink Floyd, Can oder Cream. Er erzählte ihr auch von Changeling, der besten lokalen Band. Er dachte, es würde ganz gut zwischen ihnen beiden laufen, als sie auf einmal sagte, sie müsse gehen.

»Wohin gehst du?«, fragte er und versuchte, sich seine Enttäuschung nicht anmerken zu lassen.

Sie lächelte. »Zum Beten.«

Seine Zuversicht war dahin. O nein, keine Christin! Er hatte ein paar davon an der Schule, und diese Mädchen waren zwar nett und so, aber total nervig.

»Wieso so eilig? Ich bin mir sicher, dass Gott nirgendwohin verschwindet.« Dann bedauerte er sein loses Mundwerk; Christen fanden solches Zeug nicht lustig. »Scheiße, tut mir leid – also ich, ich respektiere wirklich die Religionen von allen Leuten und alle …«

Sie lachte und sagte: »Es ist aber irgendwie dringend. Tut mir leid.«

Sie schaute zum Tor, für das man einen Schlüssel wie für ein Vorhängeschloss benötigte. Sie lächelte ihn an. »Bis dann.«

»He, hey, warte mal.«

Aber sie war schon auf dem Weg zu einer Baumgruppe. Weiter hinten sah man ein paar Türmchen hervorblitzen. Sie wandte sich noch einmal um und winkte, ihre Hand war wie ein kleiner weißer Vogel, der ihm zuflatterte.

Nach diesem ersten Treffen bei Dieu Donné war er noch zwei-, dreimal dorthin zurückgegangen, hatte in der Nähe der Tür herumgelungert und auf das große Haus auf der anderen Seite gestarrt, in der Hoffnung, sie zu treffen, aber da war nie jemand. Einmal war ein Hausmädchen mit der Mülltonne nach draußen gekommen und hatte sie dort abgestellt, aber als er sie fragte, ob sie Severine kenne, starrte sie ihn einfach nur an, ging zurück und schloss das Tor hinter sich ab. Er hatte sich sogar an den Haupteingang des Anwesens geschlichen, weil er hoffte, sie hinausfahren zu sehen, kam sich dabei aber wie ein gruseliger Stalker vor. Hin und wieder fuhr ein großes teures Auto hinein oder hinaus, aber nie sah er sie. Nach einer Weile bedachten ihn die Wachmänner in den Wachhäuschen mit den Schlagbäumen mit schiefen Blicken, also ging er nicht mehr dorthin zurück.

Er stellte sein Kunstwerk fertig, hoffte, dass sie wissen würde, dass er hier in der Gegend war und an sie dachte, wenn sie es sah. Er fügte seinen Namen in das Werk ein, zusammen mit seiner Telefonnummer und wünschte sich, dass sie sich daran erinnerte, wie der Code zu lesen war, und sie ihn dann anrief. Was sie dann auch wirklich tat.

»Ich will, dass du mir beibringst, was du machst«, sagte sie.

Sie war eine Künstlerin. Das wurde Jos klar, sobald sie ihm ihre Skizzen zeigte. Er war begeistert von ihrer raschen Auffassungsgabe, wie sicher sie bei dem war, was sie tat, wie sie die Dose führte, und über ihr Farbgefühl. Sie fiel fast sofort in der Szene auf, so beeindruckend waren ihre Sachen. Eigenartiges, religiöses Zeug, aber cool, verdammt cool.

Sie flitzte herum wie ein schwarzer Schatten, die Haare versteckt in der Kapuze, trug Jogginganzug und Turnschuhe. Für ein so zerbrechlich wirkendes Mädchen war sie erstaunlich agil. Wie ein Geist, der ungesehen zuschlug, mit klappernden Dosen im Rucksack, und rennend, immer rennend. Sie mied die suchenden Kameralinsen, die Nachbarschaftswachen und Sicherheitsfirmen und hinterließ ihren geheimen Code auf den Mauern der schlafenden Vororte. Laski. Zog das Ansehen der Nachbarschaft etwas herunter, besprayte Kilometer von blitzweißen Mauern, die als Schutz für bürgerliche Festungen dienten und hinter denen die Schlafenden von ihren surrenden Elektrozäunen und herumschwenkenden Überwachungskameras träumten.

»Du bist wie ein Fassadenkletterer«, sagte Jos bewundernd. »Du kannst dich überall hinein- und herausschleichen.«

Sie arbeitete schnell und fieberhaft, getrieben von einer Verzweiflung, völlig konzentriert auf ihre Arbeit, manchmal stellte sie zwei oder drei Kunstwerke in einer Nacht fertig. Aus ihrem Notizbuch mit den ganzen Skizzen, lauter eigenartige, religiöse Symbole, Rosen, Sterne und bizarr fliegende Vögel.

Eines Nachts hatten sie eine Pause unter einem Baum auf dem Grünstreifen gemacht, gleich beim Fluss, und dem Froschkonzert gelauscht.

»Könntest du so tun, als würde etwas nicht existieren, obwohl du es mit eigenen Augen gesehen hast, nur damit die Leute aufhören, dich für verrückt zu halten?«

»Nein. Nicht, wenn es die Wahrheit ist. Und du bist die am wenigsten verrückte Person, die ich kenne.«

Ihre Augen wirkten riesig in dem blassen, traurigen Oval ihres Gesichts, das von ihrer Kapuze eingerahmt war. Sein Herz war viel zu groß für seine Brust. Plötzlich beugte sie sich zu ihm und küsste ihn auf die Wange. Ihre Lippen waren so sanft wie ein Nachtfalter, der sein Gesicht streifte.

Ja, okay, er war in sie verknallt, aber es war noch mehr als das. Sie inspirierte Jos, gab ihm das Gefühl einer Sinnhaftigkeit der Welt, die Magie der Selbstentfaltung, der sternenhellen Nacht, des Windes in den Bäumen.

Und jetzt war sie verschwunden. Aus irgendeinem Grund machte er sich schreckliche Sorgen, dass er sie nie wieder sehen würde.

Persy rief Marge vom Revier aus an, um sie über die Fortschritte der Ermittlung auf dem Laufenden zu halten.

»Das war eine Woche voller Überraschungen«, sagte sie. »Wir haben Annette Petroussis' Mörder verhaftet.«

»Grundgütiger! Was ist passiert?«

Persy seufzte. »Das ist eine ziemlich deprimierende Geschichte.« Sie erzählte Marge von Mandisa Dashekas Geständnis und von ihrem vermissten Komplizen Axolile Sama.

Geschockt fragte Marge: »Wie alt ist diese Mandisa denn?«

»Siebzehn. Genauso alt wie Severine Hamilton.«

»Himmel noch mal, was für eine Tragödie. Das tut mir so leid. Für alle Betroffenen.«

Persy verdrängte Marges mitfühlende Worte. Sie fühlte sich taub und innerlich eigenartig abgestorben. Sie fragte sich, weshalb sie nur jemals hatte Detective werden wollen. Dann fiel ihr etwas ein, das Tucker gesagt hatte – gefühlt lag das schon verdammt lang zurück. »Mord ist für gewöhnlich das Resultat davon, dass irgendwelche Schwachköpfe entsetzliche Scheiße gebaut haben.« Das war mehr als nur Tuckers kritische Interpretation der Welt. Das war etwas Schicksalhaftes – ein schreckliches Aufeinandertreffen von Ungerechtigkeit, menschlicher Schwäche und Gier.

»Geht's dir gut?«, fragte Marge, ihr Schweigen interpretierend.

»Schon. Aber manchmal hasse ich meinen Job einfach. Es hat sich jedenfalls herausgestellt, dass das eigentliche Ziel der Einbrecher das Haus der Hamiltons gewesen wäre.«

»Du glaubst also, dass derjenige, der das geplant hat, jemanden geschickt hat, um Severine zu entführen, nachdem sie festgestellt hatten, dass sie ins falsche Haus eingebrochen waren?«

»Ich weiß es nicht. Mandisas Komplize fehlt noch immer. Wenn wir ihn finden, bringen wir vielleicht mehr in Erfahrung. Außerdem habe ich noch andere Neuigkeiten. Severine betreffend. Du hattest recht, ihre Freunde haben etwas verheimlicht.« Persy erzählte Marge von Laski.

Marge war erstaunt. »Auf die Idee, dass sie nachts draußen herumrennt und Wände bemalt, wäre ich wirklich nicht gekommen!«

»Und noch was anderes«, sagte Persy. »Wie leicht kommt man an Informationen zu Patienten im Valkenberg heran?«
»Das hängt davon ab, was du wissen willst.«
»Ich suche nach einer vermissten Verdächtigen, die bereits früher psychische Probleme hatte. Ich glaube, dass sie schon mal im Valkenberg war.«
»Name?«
»Katrina Evans.«
Schweigen, dann wieder Marges Stimme, wachsam und eindringlich.
»Das kann ich dir gleich sagen – sie ist eine Patientin von Paula Hamilton.«
Erregung erfasste Persy. »Bist du dir sicher?«
»Ziemlich sicher. Aber ich gehe jetzt ins Valkenberg und kann es überprüfen. Was hat sie angestellt?«, fragte Marge.
»Sie wird des Mordes verdächtigt.«

Auf ihrer Fahrt zum Valkenberg Hospital kam Marge durch Observatory, und ihre Gedanken überschlugen sich. Severine war Laski, eine Graffiti-Künstlerin. So hatte sie also ihre künstlerischen Bestrebungen vor ihrer missbilligenden Familie verheimlicht. Was für Geheimnisse behielt sie sonst noch für sich?
Anthony Arendse war an der Rezeption beim Wasserspender. Fragend schaute er sie an, als sie hereinkam. Marge wusste nicht, ob er sie mochte oder nicht. Im Gegenzug konnte Marge ebenfalls nicht sagen, ob sie ihn mochte.
»Anthony, darf ich ein paar Fragen stellen?«
»Mhmm. Wie kann ich helfen?«
»Diese Patientin von Dr. Hamilton, Katrina Evans?«
»Patient K«, sagte er ironisch. »Paulas Lieblingsprojekt. Sie ist regelmäßig immer mal wieder hier.«
»Ja. Wann wurde sie zuletzt hier aufgenommen?«
»Ich glaube am Samstag, den 28. Das war nachts.«
Die Nacht, in der Severine verschwunden war.
»Wer hat sie aufgenommen?«
»Dr. Hamilton selbst.«

Marges Gedanken ordneten sich neu, und dabei blitzte etwas auf, das sie nicht so ganz zu fassen vermochte.
»Besteht die Möglichkeit, die Patientin zu sprechen?«, wagte sich Marge vor.
»Sie ist in Verwahrung. Dafür benötigen Sie eine Genehmigung – niemand außer dem behandelnden Arzt wird dort zugelassen. Fragen Sie Dr. Hamilton um Erlaubnis.«
»Verflixt. Es eilt aber ganz schrecklich. Ich müsste sie nur kurz sehen.«
»Tja. Viel Glück dabei. Hamilton achtet pedantisch auf die Einhaltung von Regeln und Vorschriften.«
Sie schaute ihn mit einem flehentlichen, fast schon verschwörerischen Blick an und hoffte, seine große Abneigung Paula gegenüber würde so weit gehen, dass er bereit wäre, ein paar ihrer Regeln zu missachten.
»Könnten Sie mich da reinbringen?«
Anthony schaute sie an, wog es ab. »Ich könnte es versuchen«, sagte er.

Quintus Way hörte sich an, als hätte er ihren Anruf am liebsten nicht entgegengenommen, dachte Persy. Zumindest wirkte er aber halbwegs nüchtern.
»Wir wollen den Fall gegen die Cops neu aufrollen, die Sie zusammengeschlagen und Katrina im Transporter weggebracht haben«, erzählte Persy ihm. »Würden Sie aufs Revier kommen und eine Aussage machen?«
Er antwortete nicht sofort. »Hm, also ich weiß nicht, *missie.*«
Persy musste Überzeugungsarbeit leisten. Es war schwierig, mit einer Anklage durchzukommen, wenn sich das Opfer eingeschüchtert fühlte. Quintus wusste bestimmt, dass sein Leben nicht mehr lebenswert wäre, würden Makka und Zweli davonkommen.
»Wo sind Sie, Quintus?« Sie hörte Verkehrslärm und das rauhe Gelächter von *bergies* zur Happy Hour im Hintergrund.
»Constantia.«
Bestimmt vor dem Spirituosenladen in Constantia Village, wo sich alle *bergies* aus der Umgebung versammelten.

»Katrina sagte, sie will keine Schwierigkeiten …«, sagte Quintus zögerlich.
»Katrina? Moment mal, ist Katrina bei Ihnen?«
»Ja, *missie.*«
»Wo war sie?«, fragte Persy und dachte bei sich, das hättest du mir auch sagen können.
»Drüben bei Mitchell's Plain.«
»Ich möchte mir ihr sprechen.«
Sie hörte Quintus' Stimme, dann das betrunkene Fluchen einer Frauenstimme.
Die Verbindung brach ab. Scheiße. Bedauern überkam Persy. Sie hatte eine kleine Schwäche für Quintus. Leider hatte der sich in die falsche Frau verliebt. Schweren Herzens wählte Persy die Nummer des Fish-Hoek-Reviers.
»Hi, Cheswin. Ich habe Katrina Evans gefunden. Aber wenn du sie willst, musst du sie selbst festnehmen.«

57

Marge nahm den Aufzug und ging zu Ward 20, der Station des Krankenhauses mit der höchsten Sicherheitsstufe. Eine psychiatrische Krankenschwester war an einem Schreibtisch, und ein Wachmann saß in der Nähe und blätterte durch ein Automagazin. Die einzige andere Person in der Nähe war ein Mann des Reinigungsservices, der den Boden wischte. Marge wartete im Gang, außer Sichtweite, und als der Mann mit seinem Eimer und seinem Wischmopp auftauchte, rannte sie los, um ihm die Tür aufzuhalten. Dankbar lächelte er sie an, und sie schlüpfte durch die Tür. Rasch ging sie den Gang hinunter, mied den Blick der Oberschwester, winkte dem Wachmann zu, der zurückwinkte und sich dann weiter seinem Magazin widmete. Sie eilte weiter durch den Gang mit den kleinen Zimmern, die alle von außen verschlossen waren, Türen mit eine Art Riegel und kleinen Beobachtungsfenstern. Das Zimmer, nach dem Marge suchte, befand sich ganz am Ende, in einem günstig liegenden Knick. »K Evans 4H« stand an der Tür.

Marge schob die Klappe des Sichtfensters zur Seite und spähte in den winzigen Raum hinein. Da war ein Bett, ein Eimer mit Schmutzwasser, keine Decke oder Laken, nichts, womit die Patientin sich hätte erhängen können. Ein paar bloße Füße zeigten in ihre Richtung. Die bloßen Füße eines jungen weißen Mädchens. Die Oberschenkel steckten in Anstaltskleidung. Den rechten Arm hatte sie über den Kopf gelegt, verbarg so ihr Gesicht.

Marge starrte hinein, versuchte, sich zusammenzureimen, was sie da sah. Ein übelkeiterregendes Gefühl des Schreckens erfasste sie. Sie ließ die Klappe zufallen.

Dann ging sie zurück zur Krankenschwester an der Rezeption. Marge verhielt sich gemäß der Theorie, je entspannter und selbstbewusster man auftrat, umso weniger wurde die eigene Autorität in Frage gestellt.

»Die Patientin in 4H? Dr. Hamiltons Patientin?«, fragte Marge.

Vielleicht lag es daran, dass sie schon auf der Station war, oder aber daran, dass sie den Wachmann so vertraut gegrüßt hatte, in jedem Fall war die Krankenschwester nicht misstrauisch.

»Katrina Evans«, erwiderte sie.

»Haben Sie deren Akte hier?«

»Nein. Dr. Hamiltons hat die Akten bei sich. Aber in den Stationsunterlagen ist vermerkt, dass es sich um eine depressive und suizidgefährdete Jugendliche handelt.«

»Nach den Unterlagen, die ich gesehen habe, ist Katrina Evans eine Farbige um die vierzig.«

Die Stationsschwester lief rot an. »Vielleicht sind die Unterlagen durcheinandergeraten, oder sie hat vergessen, sie auszutauschen. Am besten wäre es wohl, das mit Dr. Hamilton zu besprechen. Ich habe gerade erst meinen Dienst angetreten.«

»Ich würde die Patientin gerne sehen«, drängte Marge.

»Ich sollte Dr. Hamilton dazurufen, sie ist nur den Gang hinunter.«

»Okay.«

Als die Krankenschwester sich für den Anruf abwandte, ging Marge rasch den Gang hinunter, hielt dabei aber nach diensthabendem Personal Ausschau. Sie kam zu Raum 4H und zögerte, schaute nach

rechts und links. Niemand zu sehen. Leise öffnete sie die Tür zum Patientenzimmer von außen und zog sie hinter sich zu.
Die erbärmliche Gestalt auf dem Bett rührte sich nicht. Es roch nach Desinfektionsmittel. Das vergitterte Fenster ging auf einen eingezäunten Garten.
»Severine«, flüsterte Marge eindringlich, als sie ans Bett trat. Bestürzt stellte sie fest, dass die Handgelenke des Mädchens dick bandagiert waren.
»Severine«, sagte sie wieder. Die Hände der Gestalt zuckten erbärmlich.
Genau dann wurde die Tür aufgerissen. »Marge!« Paula Hamilton stand in der Tür, ihr Gesicht ganz weiß vor Wut. »Sie haben kein Recht, hier zu sein.« Hinter ihr drückte sich die inzwischen ziemlich verzweifelte Krankenschwester herum.
»Was haben Sie mit Severine gemacht?«, fragte Marge.
Das Mädchen auf dem Bett regte sich und nahm den Arm vom Gesicht. Marge schaute nach unten und entdeckte eine mit Beruhigungsmittel zugedröhnte Gili Venter.
»Das Mädchen wurde letzte Nacht nach einem weiteren Suizidversuch aufgenommen«, sagte Paula eisig. »Nicht autorisierte Personen haben kein Recht, in ihre Privatsphäre einzudringen. Wenn Sie also bitte gehen würden?«

58

Als Marge das Büro betrat, stand Paula mit dem Rücken zu ihr am Fenster und starrte auf Devil's Peak, dessen Umriss durch die Wolken, die über die Senke heraufzogen, bedrohlich wirkte.
»Machen Sie die Tür zu«, sagte Paula.
Marge kam der Aufforderung nach. Dann drehte sich Paula zu ihr um und starrte sie an. »Was haben Sie denn gedacht? Dass ich meine eigene Tochter zwangseinweise?«
»Es tut mir so leid«, sagte Marge. Und das stimmte auch. Sie kam sich schrecklich dämlich vor. Was in aller Welt hatte sie nur geritten?

»Oder denken Sie vielleicht, ich hätte das Münchhausensyndrom per Prokura? O ja, Dr. Robson hat mich angerufen und mir mitgeteilt, Sie würden herumschnüffeln und sich unter falschen Vorwand Zugang zur Krankengeschichte meines Kindes verschaffen. Ich könnte eine Dienstaufsichtsbeschwerde gegen Sie einreichen, dann dürften Sie Ihren Beruf nie wieder ausüben. Sie haben kein Recht, sich in die privaten Angelegenheiten meiner Familie zu mischen.«

»Sie haben recht. Dafür möchte ich mich entschuldigen.« Vor Scham wäre Marge am liebsten im Boden versunken. Weshalb hatte sie sich eingebildet, es gäbe diese düsteren Strömungen, die gar nicht da waren? Als hätte sie kurzzeitig jedes rationale Denken ausgeschaltet.

Paula ging im Büro auf und ab. Sie war so angespannt wie eine Klaviersaite.

»Ich werde Ihnen etwas sagen. Aber das ist streng vertraulich«, sagte sie.

»Sicher doch.«

»Mein Vater hat einen Geschäftspartner, der wegen eines Grundstücksverkaufs Druck macht. Dieser Mann hat meinem Vater, unserer Familie gedroht.«

Marge dachte an das Treffen von Langford und Heinrich im Restaurant, an Mandisa Dasheka und Axolile Sama und ihr Vorhaben, den Hamiltons Angst einzujagen, ein Plan, der so gründlich und so tragisch schiefgegangen war. Ein Vorhaben, von dem Paula nichts wusste und über das Marge sie nicht informieren konnte. Das war Persys Aufgabe.

»Sollten Sie dann nicht besser zur Polizei gehen?«, fragte Marge.

Paula blieb stehen. »Diese Leute zeigt man nicht an. Die haben die Polizei in der Tasche. Wie auch immer, es hat sich herausgestellt, dass wir die falschen Leute verdächtigt haben. Es ist Clive. Er stand die ganze Zeit über mit Severine in Kontakt.«

Marge war verwirrt. Sie schüttelte den Kopf. »Das verstehe ich jetzt nicht.«

»Es gibt Dinge, die Sie über Clive nicht wissen. Tatsächlich ist er ein sehr schäbiger kleiner Wicht. Ich vermute, er hat das alles arrangiert, damit es wie eine Entführung aussah. Das ist ein Trick – so will er uns erpressen.«

Kurzzeitig war Marge sprachlos, sowohl wegen Paulas nüchterner Schilderung der Neuigkeiten als auch wegen der Wendung, die diese Unterhaltung gerade nahm.
»Ja, und wo ist Severine dann jetzt?«, fragte Marge schließlich.
»Clive will es uns nicht sagen.«
Paula stand wieder am Fenster. Sie entriegelte es und öffnete es einen Spaltbreit. »Himmel, ich brauche frische Luft«, sagte sie. Dann kam sie zurück zu ihrem Schreibtisch und setzte sich. Sie bedachte Marge mit einem kühlen, unfreundlichen Blick. »Clive weiß, dass mein Vater ihm den Geldhahn zudrehen wird, sobald Severine mit der Schule fertig ist. Er liegt meinem Vater schon seit Jahren auf der Tasche. Mein Vater unterstützt Clive nur, damit er ihn an der kurzen Leine hat, damit Clive sich ab und an bei Severine meldet und sich ansonsten raushält. Mit diesem letzten Komplott hofft er wohl, meinem Vater eine Art Rente abluchsen zu können.«
»Ich hatte ja keine Ahnung …«, sagte Marge.
»Ich werde Persy Jonas darüber informieren, dass wir Severine ausfindig gemacht haben und sie die Ermittlungen einstellen kann. Meinem Vater wäre es lieber, wenn wir uns mit Clive finanziell einigen, ohne dass es an die große Glocke gehängt wird. Das ist jetzt eine Familienangelegenheit.«
Erleichtert verließ Marge das Büro, gleichzeitig war sie aber auch zutiefst erschüttert. Diese Art Menschen, mit denen sie hier zu tun hatte, die ihre Kinder eintauschten und sie als Pfand in einem widerlichen Familienkrieg einsetzten, schockierte sie einfach. Doch hinter dem Gefühl von spitzer Verlegenheit und Gewissensbissen hielt sich ein starrköpfiger Zweifel. Sie würde nicht aufhören, ehe sie Severine nicht mit eigenen Augen gesehen hatte.

Will Piper tauchte unerwartet auf dem Revier auf, um Persy einen Besuch abzustatten. Sie war überrascht und erfreut, ihn zu sehen; er war freundlich, aber zurückhaltend. Anscheinend stand jetzt eine Mauer zwischen ihnen.
»Ich dachte, ich sollte dich wissen lassen, was ich über Moses Petersens' Landrückforderung wegen Summerley herausgefunden habe.

Im Grunde genommen gibt es nämlich keine historische Grundlage für diese Forderung. Moses' Vater wurde für das Grundstück bezahlt, und die Grundstückseigentumsurkunde ging auf Badenhorst über. Alles ganz legal, dagegen kann man jetzt unmöglich vor Gericht vorgehen. Ich vermute, Ricardo Heinrich hat Moses da falsche Hoffnungen gemacht. Es ist wohl nicht das erste Mal, dass Heinrich Landrückforderungen vorgeschoben hat, um den Preis von Grundstücken herunterzuhandeln. Er kauft es im Namen seiner BEE-Firma auf, was einer Art Umverteilung von Vermögen gleichkommt, das den Gewerkschaften nutzen soll. Tatsächlich wird es aber letzten Endes zwischen ihm und seinen Kumpanen aufgeteilt. Die einigen sich dann mit den Bauunternehmern und teilen den Gewinn untereinander auf.«

Persy war nur selten überrascht von dem skrupellosen Einfallsreichtum der Wohlhabenden und ihren ganzen Beziehungen. Doch leider waren es die Armen und Unbedeutenden, die die Gefängnisse füllten, nicht die Langfords und Heinrichs dieser Welt.

»Also wussten Langford und Heinrich Bescheid über die Landrückforderung von Summerley? Die Anwälte und dieser ganze Mist, das alles war einfach nur Show?«

»Sieht ganz so aus. Ich habe aber gehört, dass Langford gekniffen hat. Gerüchten zufolge soll Heinrich zu gierig geworden sein und mehr als den ihm zustehenden Anteil eingefordert haben. Wie soll man gegen Langford ankommen?«, fragte Will. »Oder gegen Heinrich, was das betrifft. Er kann Dinge einfach so vom Tisch fegen, weil er politisch gut vernetzt ist.«

»Selbst hier auf dem Revier«, sagte Persy missmutig.

»Wirklich?«

Sie zuckte mit den Schultern. »Nur so eine Ahnung.«

Mit einem Mal wirkte er besorgt. »Steckst du irgendwie in Schwierigkeiten?«

»Nein, nein. Einfach nur stinknormale Bürointrigen.«

Ihre Blicke trafen aufeinander, und sie erhaschte ein Flackern, ein leises Glimmen der Anziehungskraft.

Er senkte den Blick. »Tja, ich gehe dann besser wieder.«

Persy hätte gerne etwas über Tucker gesagt, aber was? Dass es vorbei war, dass sie frei war? War es nicht ein bisschen anmaßend, sich vorzustellen, dass Will überhaupt interessiert war?
Als sie aus ihrem Büro kamen, ging Tucker gerade den Gang hinunter. Er nickte Persy zu, und sein Blick schweifte ohne großes Interesse über Will. Tucker nahm nur andere Alpha-Männchen wahr. Niemals würde es ihm in den Sinn kommen, dass dieser schlaksige junge Mann mit seiner abwesenden Art und dem Aktenkoffer voller Bücher tatsächlich ein ernstzunehmender Rivale sein könnte.

»Ich kann mir nicht vorstellen, dass Heinrich Langford erlaubt, einfach so aus dem Deal auszusteigen.«
Nachdem Will Piper gegangen war, saß Persy mit Nim auf einer Bank vor dem Revier in der Sonne und brachte ihn auf den neuesten Stand, während sie dem Verkehr auf der Main Road zuschauten. Nim schälte eine *naartjie* und reichte Persy ein paar Spalten.
»Also vermute ich, dass Heinrich seine Schläger auf Langfords Tochter und Enkeltochter angesetzt hat.«
»Der alte Mann hat ein Herz aus Stein«, sagte Nim über Langford. »Er würde nie nachgeben, auch dann nicht, wenn sie seine Enkeltochter entführen.« Er zielte mit der Mandarinenschale auf den Mülleimer, traf aber nicht. »In der Township geht das Gerücht, dass Heinrich die *skollies* der Township benutzt, um sie seine dreckige Arbeit erledigen zu lassen, weil sie billiger sind.«
Persy stand auf und warf die Schale in den Müll. »Lass mich raten. Axolile Sama. Der es vermasselt hat und stattdessen Annette Petroussis entführte.«
Persys Handy klingelte. Marges Nummer wurde angezeigt.
»Hallo?«
»Sitzt du gerade?«, fragte Marge. »Ich müsste dir so einiges erzählen.«

Persys Reaktion hatte Marge überrascht. Keine Vorwürfe, weil sie das Gesetz selbst in die Hand genommen hatte, und auch kein Jauchzen über ihre grotesk fehlinterpretierten Theorien. Tatsächlich war sie ganz erleichtert, dass Severine nicht Annette Petroussis' Entführern in die Hände gefallen war. Aber Entführung war eine strafbare Handlung, wie sie sagte, und die Hamiltons könnten den Fall nicht so einfach ad acta legen lassen. Sie beendete das Telefongespräch, indem sie Marge dazu aufforderte, ihre Einmischung dabei bewenden zu lassen. Eine Warnung, die Marge in der Sekunde vergessen hatte, in der das Gespräch vorbei war.

Geh noch mal zurück an den Anfang, riet Marge sich selbst immer, wenn sie bei einem Patienten nicht weiterkam. Und da wurde sie endlich fündig. Da war es, in der letzten Sitzung, ganz zum Schluss:

»Kann ich Ihnen eine sonderbare Frage stellen?«, hatte Severine gefragt.

»Du kannst mich alles fragen«, hatte Marge erwidert. Das Mädchen sah an diesem Tag aufgeregt und hibbelig aus.

»Sind Sie religiös?«

»Nein. Aber ich bin allem gegenüber offen.« Marge fragte sich, was wohl los war.

»Glauben Sie an Engel und an dieses ganze New-Age-Zeug?«

Sie schüttelte den Kopf. »Nein.«

»Dann werden Sie gleich denken, dass ich eigenartig bin …« Nervös rutschte Severine hin und her.

Marge unterbrach die sich ausbreitende Stille nicht.

»Dieser Überfall, wissen Sie noch? Dieses Mädchen, von dem ich Ihnen erzählt habe, das keiner sonst gesehen hat? Tja, es hat mit mir geredet. Nicht laut – auch wenn ich das zuerst angenommen hatte. Aber ich muss seine Stimme in meinem Kopf gehört haben. Es sagte mir, ich solle keine Angst haben. Und danach hatte ich auch keine Angst mehr. Ich war total ruhig. Fühlte mich völlig sicher und beschützt. Und so voller Frieden.« Verlegen lachte sie. »Ich glaube, das war die Jungfrau Maria.«

Marge bemühte sich, nicht skeptisch zu wirken. »Weshalb denkst du das?«

Das Mädchen zuckte mit den Schultern, aber Marge spürte ihre innere Anspannung. »Ich kann es nicht erklären – jetzt denken Sie, dass ich verrückt bin, oder?« Fragend sah sie Marge an.

»Das denke ich ganz bestimmt nicht.«

Severine sackte leicht in sich zusammen, als würde ihre Anspannung etwas nachlassen. »Meine Mutter sagt, das Cortisol, das Adrenalin oder irgendein Hormon, das für die Kampf-oder-Flucht-Reaktion zuständig sei, hätte das verursacht. Sie glaubt, alles könnte durch irgendwelche Gehirnfunktionen erklärt werden.«

Marge hörte die Wut in der Stimme des Mädchens. »Du stimmst ihr aber nicht zu?«

»Mein guter Horatio, es giebt Sachen im Himmel und auf Erden, wovon sich unsre Philosophie nichts träumen läßt …«, deklamierte Severine mit ironischem Lächeln. »Ich habe *Hamlet* im Abitur. Was denken Sie darüber?« Die Frage war täuschend lässig gestellt worden, aber Marge ahnte, dass sehr viel von ihrer Antwort abhing.

»Es ist nicht ungewöhnlich, dass Ereignisse eine nahezu spirituelle Dimension annehmen, wenn wir in dem Glauben sind, der Tod stünde uns direkt bevor. Menschen lösen sich aus ihren Körpern, manche halluzinieren sogar. Wir legen uns eine Erzählung zurecht, um eine gewisse Ordnung zu schaffen, wenn wir uns unsicher fühlen. Das ist eine Form von Kontrolle.«

Severines offensichtliche Enttäuschung traf Marge wie eine Ohrfeige, und ihr war sofort klar, dass das Vertrauen einen Riss bekommen hatte. Sie hatte sich gedrückt, war nicht ganz ehrlich gewesen, und als Resultat davon hatte sie die einzige Gelegenheit verspielt, wie sie an das Mädchen hätte herankommen können.

Severine schaute Marge an und sagte dann fast schon aufsässig: »Ich glaube nicht, dass man alles kontrollieren kann. Ich glaube, hinter all diesem hier steckt eine durch und durch magische Welt mit ganz eigenen Regeln – eine Welt, die realer ist als die, die wir spüren und berühren können.«

Marge bemerkte, dass sich die Blätter an den Mauern des kleinen Kapellchens rot färbten, als sie nach Schönstatt kam. Eine der zweiflügeligen Holztüren stand offen, um Besucher willkommen zu heißen. Sie parkte links von der Auffahrt mit Blick auf ein merkwürdig aussehendes Herrenhaus mit Säulen, Bögen und Türmchen. Wie ein Jagdschlösschen zur Jahrhundertwende in Schottland. Sie stieg aus

und sah, dass eine alte, stark über ihrer Gehilfe zusammengekrümmte Nonne vom angrenzenden Rosengarten auf sie zukam.
»Sind Sie Schwester Ursula?«, fragte Marge.
»Ja. Kann ich Ihnen helfen?« Dicke Brillengläser verkleinerten die Augen der Frau auf zwei kleine blaue, glitzernde Punkte.
»Ich suche ein Mädchen – Severine Hamilton.«
Misstrauisch beäugte die Nonne sie. »Ich kenne diesen Namen nicht.«
»Sie nennt sich auch ›Laski‹.«
Schweigen, während die Nonne sie eingehend betrachtete. »Darf ich fragen, was Sie von ihr wollen?«
Marge dachte, es wäre am besten, standhaft und vielleicht sogar ein bisschen dienstfertig aufzutreten.
»Ich bin ihre Psychotherapeutin. Ich bin hier, um sicherzugehen, dass es ihr gutgeht.«
»Sie ist hier, und es geht ihr gut.«
Marge war verblüfft. Es schien absurd, dass diese fromme, ältliche Nonne die Polizei angelogen hatte.
»Sie wissen, dass sie eine minderjährige Ausreißerin ist?«
»Das Kind sagte mir, sein Vater sei froh, es hier zu wissen«, erwiderte die Nonne gelassen.
»Schwester, ein Detective hat hier nach ihr gesucht …«
»Das Kind brauchte einen Zufluchtsort.« Die Nonne machte eine Pause, bevor sie fortfuhr. »Als ihr Leben auf dem Spiel stand, ist ihr Unsere Liebe Frau erschienen und hat zu ihr gesprochen.«
Marge schüttelte den Kopf. »Severine geht es nicht gut.«
Die Nonne betrachtete sie hinter ihren dicken Brillengläsern.
»Was wissen Sie von den Erscheinungen von unserer Heiligen Mutter?«
»Ich bin keine Katholikin, Schwester.«
»Aber Sie haben von Lourdes gehört. Und es hat andere gegeben. In Fatima, in Portugal ist die Heilige Jungfrau drei Hirtenkindern mehrfach erschienen. Ähnliche Erscheinungen haben sich in Medjugorje, Jugoslawien, zugetragen.«
Für Marge hatte diese Unterhaltung etwas Surreales. Zwischen den Bäumen und dem friedlichen Garten konnte sie den Elektrozaun

und die riesige Mauer erkennen, die Dieu Donné einfasste, zusammen mit den Dächern der millionenteuren architektonischen Monstrositäten, die Gray Langford hatte bauen lassen. Hier waren sie nur einen Steinwurf von der Wohnanlage entfernt, aber in einer ganz anderen Realität.

»Kirche wird als unwissenschaftlich erachtet, ich weiß schon.« Die Nonne hatte Marge die Skepsis wohl am Gesicht abgelesen. »Das wissen nicht viele Leute, aber von allen übernatürlichen Ereignissen in der Geschichte sind die Erscheinungen vermutlich den strengsten medizinischen und wissenschaftlichen Untersuchungen unterzogen worden. Das sage ich Ihnen, weil die Kirche außerordentlich vorsichtig mit Behauptungen dieser Art umgeht. Wenn ein derartiges Ereignis eintritt, dann unternimmt die Kirche sehr besonnene und wohlüberlegte Schritte. Das ist nicht einfach zu verstehen, außerdem müssen wir die Grundlage von solchen Behauptungen hinterfragen, die Herkunft des Kindes, wodurch es erschüttert worden sein könnte und so weiter und so fort. Wir müssen sehr umsichtig sein, damit wir uns nicht von unserer Begeisterung hinreißen lassen und Urteile aufgrund von Hoffnung oder Rührseligkeit treffen.«

Tja, das alte Muttchen nahm kein Blatt vor den Mund, das musste Marge ihr lassen.

»Sie glauben also, dass ihre Vision echt war?«

»Ja«, erwiderte die Nonne schlicht, allerdings strotzte dieses eine Wort nur so von unbeschreiblicher Autorität.

»Sie dürfen Ihre eigene Meinung haben, Schwester, darum geht es hier gar nicht. Ich muss Severine – Laski – nach Hause bringen. Sie sollte bei ihrer Familie sein.«

»Sie ist hier keine Gefangene, meine Liebe. Sie kann gehen, wann immer sie möchte. Gehen Sie und fragen Sie sie selbst. Sie finden sie im Kapellchen.«

Marge betrat die kleine Kapelle. Als Erstes fiel ihr diese durchdringende Stille auf, als hätte die Luft aufgehört zu atmen. Als Nächstes die makellose Sauberkeit, das polierte Holz der Bänke, das glänzende Silber der Kerzenhalter, die leuchtenden Buntglasfenster. Große Vasen voller Blumen. Kleine Andachtskerzen flackerten neben dem Altar. Außerdem roch sie den überwältigenden Rosenduft, ein Duft, der viel zu berauschend war, als dass er nur von den Blumen in der Vase oder aus dem Garten draußen kommen konnte.

Ganz hinten in der Kapelle, im Licht eines Flügelfensters, arbeitete eine schmale, in Baggy Pants für Jungen und Turnschuhen gekleidete Gestalt an einem filigranen Gemälde beim Altar. Der Malenden wurde Marges Gegenwart bewusst, und sie drehte sich um. Dann wurden ihre Augen ganz weit.

»Hallo, Severine«, sagte Marge.

»Ich repariere diese Ecke«, sagte Severine, als sie den Pinsel weglegte. »Da ist etwas abgeblättert, als es das letzte Mal umgestellt wurde.«

»Was bedeutet die Inschrift auf dem Rahmen?«, fragte Marge, während sie das leicht sentimentale Gemälde mit dem goldenen Rahmen betrachtete. Eine Madonna hielt ihren kleinen Sohn im Schoß, hatte einen Arm um das Kind gelegt, mit der anderen Hand berührte sie seinen Arm.

»*Servus Mariae nunquam peribit* – das bedeutet ›ein Kind oder ein Diener Mariens geht nie zugrunde‹.«

Severines durchscheinende Haut und ihre blassen Augen schienen von innen erleuchtet zu sein.

»Sie war es, die während des Überfalls zu mir kam. Das weiß ich. Das war eine Erscheinung, eine Segnung, um mich zu beschützen. Danach war ich nicht mehr dieselbe. Alles war aufgeladen, anders.«

»Warum hast du mir das nicht gesagt?«, fragte Marge.

»Das wollte ich, und ich habe es versucht … aber bei Ihnen hörte es sich so an, als hätte ich mir das alles eingebildet. Schwester Ursula war die Einzige, die mich verstanden hat.«

»Deine Mutter hat sich schreckliche Sorgen gemacht.«

»Meine Mutter denkt, irgendwelche Chemikalien sind in meinem Gehirn aus den Fugen geraten. Sie wollte mich zur Beobachtung einweisen.«

Marge erzitterte innerlich, weil sie an Gili denken musste.

Severine runzelte die Stirn. »Na ja, mein Dad meinte, er würde ihr sagen, dass es mir gutgeht.«

Marge brachte es nicht über sich, diesem Kind zu sagen, dass Clive Hamilton die Gelegenheit genutzt hatte, um an Geld zu kommen oder ihre Familie zu bestrafen, vielleicht auch beides. Wer wusste schon, was bei dem schrägen Kraftspiel der Hamiltons vor sich ging?

»Wie bist du von der Anlage verschwunden, ohne dass dich jemand gesehen hat?«, fragte Marge.

»Ich habe bis zur Earth Hour gewartet. Ich dachte, im Dunkeln würde mich keiner sehen, und an unserem Dienstboteneingang sind keine Überwachungskameras.«

»Selbst die Polizei hat nach dir gesucht.«

»Es tut mir leid, wenn ich so viel Ärger gemacht habe. Jetzt ist es egal, ich habe meinen Frieden gefunden. Ich kann jetzt nach Hause gehen.«

WOCHEN SPÄTER

59

Beryl hatte sich mit der lahmen Ausrede, es sei zu kalt, vor dem Schwimmen im Silvermine-Reservat gedrückt. Also ging Marge allein und vermutlich zum letzten Mal in diesem sich dem Ende zuneigenden Sommer dorthin. Das Wasser war kalt, aber sie wollte danach in der Sonne sitzen und ihr kleines Frühstückspicknick zu sich nehmen, während sie trocknete. Ein schweigendes, meditatives Ritual, um sich vom Sommer zu verabschieden und die noch nicht allzu lange zurückliegenden, nervenaufreibenden Ereignisse zu vergessen. Severines religiöse Halluzinationen, Paula Hamiltons herzloser Realismus, ihr zwanghaftes Bedürfnis, ihrem tyrannischen Vater gefallen zu wollen, das sogar die Verantwortung für ihr Kind überstieg. Ganz zu schweigen von Clives Gier, auch wenn Marge hier nur Paulas Version kannte.

Persy hatte Marges Neuigkeiten zum Verbleib von Severine mit ironischem Unterton akzeptiert.

»Ich frage mich, was eine Nonne dazu bringt, zu lügen«, hatte sie gesagt.

»Severine hat ein sehr gebrochenes, sehr angespanntes Verhältnis zu ihrer Familie, voller Unsicherheiten. Vom psychologischen Standpunkt her betrachtet. Also beschwor sie diese ideale Mutter herauf, beschützend, herzlich. Entschuldige, ich will damit nicht andeuten – ich weiß, dass du katholisch bist …«

Persys Gesichtsausdruck war so feierlich wie das eines Kind geworden. »Mein Glaube ist irgendwo unterwegs auf der Strecke geblieben. Und ich weiß nicht, wie ich ihn wiederfinden soll.«

Marge ging zu ihrer Lieblingsstelle und stellte erfreut fest, dass sie den Staudamm ganz für sich allein hatte. Auf dem Parkplatz standen ein paar Autos, vermutlich von Spaziergängern, die zum Elephant's Eye liefen.

Sie legte ihr Handtuch aus und stellte den Picknickkorb an die übliche Stelle. Dann machte sie vorsichtig ein paar Schritte ins Wasser, ehe sie hineinstürzte. Die Temperatur kam einem Schock gleich, ließ sie innerhalb weniger Sekunden ganz taub werden. Sie schwamm im Bruststil bis zur Mitte des Staudamms und genoss die Morgensonne, die jetzt viel tiefer am Himmel stand und kaum durch die schwarze Wasseroberfläche drang. Sie schwamm eine halbe Stunde; dann war es zu kalt, um länger im Wasser zu bleiben. Also machte sie sich zum Ufer auf und freute sich schon auf die Sonne auf ihrer Haut und den heißen Kaffee in ihrer Thermoskanne.

Als sie sich ihrer Stelle näherte, erhaschte sie einen Blick auf einen Hut und eine Gestalt am Wasserrand und etwas, das wie ein Hund aussah. Mit einem Mal war sie verärgert. Verdammt, sie hasste es, dass Hinz und Kunz inzwischen hierherkam. Natürlich war es absurd, so besitzergreifend zu sein, aber das war ihr Platz, ihrer und Beryls. Sie kamen seit Jahr und Tag hierher, ob es regnete oder die Sonne schien. Die Vorstellung, dass irgend so ein Tagesausflügler, vermutlich ein Brite mit blasser Haut und lautem Organ, hier in ihr Allerheiligstes eindrang, war äußerst ärgerlich.

Selbstbewusst stiefelte sie aus dem Wasser und stieß sich dabei den großen Zeh höchst schmerzhaft an einem Stein. Sie humpelte und hüpfte in Richtung ihres Handtuchs, wurde von Sekunde zu Sekunde gereizter. Die Gestalt, die sie vom Wasser aus beobachtet hatte, rührte sich nicht. Sie stapfte zu der Stelle, an der ihr Picknickkorb stand und ihr Handtuch im Gras ausgebreitet war – womit sie dieses Gebiet ganz deutlich als ihres markiert hatte – und stellte bestürzt fest, dass sich zwei weiße, muskulöse Waden, die in Espandrilles endeten, keinen Steinwurf von ihr entfernt niedergelassen hatten. Sie gehörten zu einem Mann, der träge auf dem Bauch lag und las. Angewidert stellte sie fest, dass er eine wenig schmeichelhafte weite Badehose trug, die viel besser zu einem Jugendlichen gepasst hätte. Sein Gesicht lag im Schatten seines breitkrempigen, ausgefransten Crickethuts aus Baumwolle, und er las einen dieser widerlichen Südafrikathriller, die ihrer Meinung nach die gesamte Debatte über Gewalt in diesem Land herabsetzten.

»Entschuldigen Sie, aber ich war ja wohl zuerst hier«, sagte sie ziemlich laut.

»Das ist ein freies Land, oder das war es zumindest, als ich mich zuletzt danach erkundigt habe«, sagte der Mann in angenehm schleppendem Tonfall und drehte sich zu ihr um. Leicht verlegen erkannte Marge Tom Montanari.

»Oh!«, entfuhr es ihr unwillkürlich und leicht panisch. »Ich habe dich nicht erkannt.« Sie presste ihr viel zu kleines Handtuch an sich. Gott sei Dank hatte er sie nicht gesehen, als sie wie ein betrunkener Wal aus dem Wasser gestolpert war. Ihr kam der entsetzliche Gedanke, dass er sie vielleicht die ganze Zeit beim Schwimmen beobachtet hatte. Mein Gott, hoffentlich nicht. Bestimmt sah sie lächerlich aus, schwamm irgendwie schief, schnaubte, keuchte und schlug wild um sich. Wenigstens trug sie die Badekappe nicht, von der Persy einmal behauptet hatte, mit ihr würde sie wie ein zerknautschter Shar-Pei aussehen.

»Dachte mir, an einem Tag wie heute muss man einfach picknicken gehen«, sagte er und drehte sich auf den Rücken. Fauler Kerl, dachte sie und musste sich eingestehen, dass er von vorne besser aussah, jünger, muskulöser.

»Und wie ich sehe, hattest du dieselbe Idee.« Er zeigte auf ihren Picknickkorb, der mit der karierten Decke und dem volkstümlichen Muster geradezu lächerlich aussah, wie etwas, das Heidi dabeihaben könnte, wenn sie die Ziegen auf der Alm hütete.

»Nur ein paar Sandwiches«, murmelte sie.

»Warum teilen wir unser mageres Mahl nicht miteinander und machen ein ordentliches Festessen daraus?«, schlug er vor und deutete zu einer kleinen Kühltasche mit Reißverschluss, gerade mal groß genug für zwei Flaschen Bier.

Ihr erster Impuls war: »Tut mir leid, aber ich habe schrecklich viel zu tun. Bin nur schnell eine Runde zum Schwimmen vorbeigekommen«, damit er auch sah, dass sie eine vielbeschäftigte Frau war. Zu beschäftigt, um einen Morgen unter der Woche mit diesem übergewichtigen, ältlichen, glatzköpfigen Mann zu vertrödeln. Ach Marge, werd endlich erwachsen, du bist auch nicht gerade Gisele Bündchen, dachte sie

dann aber und rief sich Beryls Worte in Erinnerung. Widerwillig wickelte sie sich das Handtuch um die Hüften und setzte sich.
»Du bist schön gebräunt«, sagte er.
Sie beschloss, nicht auf seinen Kommentar einzugehen.
»Ich hoffe, du magst Bagels mit Eier-Mayonnaise-Belag«, sagte er, als er anfing, seine Kühltasche auszupacken.
»Tja, die mag ich tatsächlich gern«, sagte sie und kam sich dabei sehr affektiert vor.
Er schien sich zu amüsieren. »Ich habe auch Lachs und Frischkäse. Mit etwas Dill und ein paar Kapern als Garnierung. Und eine gekühlte Flasche Schampus.«
»Du bist gut vorbereitet«, sagte sie.
»Lass es mich so ausdrücken. Ein kleines Vögelchen hat es mir gezwitschert.«
Verfluchte Beryl, dachte sie liebevoll. Das war wieder mal typisch für sie. Wie eine der Figuren in *Anatevka*.

60

Severine stand zwischen den Mädchen, die sich auf dem Parkplatz um Mrs. Farber versammelt hatten. Eine Geologiestunde für die Merton-Schülerinnen der 12. Klasse. Nach Cape Point zu fahren war eine angenehme Abwechslung zur Eintönigkeit im Klassenzimmer. Der Schulbus, der sie hergebracht hatte, stand ganz in ihrer Nähe und wurde vom Wind gebeutelt, während Farber ganz begeistert von den Freuden berichtete, die sie erwarteten, wenn sie sich erst einmal bis zum Leuchtturm hinaufgekämpft hatten: »Eine eindrucksvolle Geologie, zweihundertfünfzig Vogelarten und eine *unvergleichliche* Aussicht, was die Schönheit betrifft.« Diese Superlative lockten keine Begeisterungsstürme hervor, aber die Lehrerin kämpfte sich tapfer durch die Mauer der Gleichgültigkeit hindurch, die ihr entgegenschlug. »Es sind hundertneununddreißig Stufen bis nach oben, meine Lieben, also rate ich euch, mit eurem Sauerstoff zu haushalten.«
Severine ging wieder auf die Schule, als wäre nichts passiert. Die Neu-

gier unter den Schülerinnen hatte sich bald gelegt, ihr Verschwinden wurde als vorübergehende Teenager-Rebellion abgetan.
Farber klatschte laut in die Hände. »Dann mal los!«, sagte sie und ging mit flottem Schritt voran. Nicht sonderlich begeistert folgten ihr die Mädchen; die dickeren, weniger sportlichen und faulen, darunter Severine, fielen bald zurück. Schon nach wenigen Minuten Aufstieg war Severine kurzatmig, ihr Herz pochte beängstigend, und sie hatte Mühe, mit den anderen mitzuhalten. Sie hätte sich dafür entscheiden sollen, den Aufstieg nicht mitzumachen; sie hatte ein Schreiben von Dr. Robson, das sie von sportlichen Aktivitäten freistellte, aber ein Teil von ihr war entschlossen, da hinaufzuklettern. Jetzt bedauerte sie ihre Unbesonnenheit. Die Stufen hinauf zum Point schienen unüberwindbar. Der peitschende Wind und die brennende Sonne setzten ihr zu. Nach ein paar weiteren Stufen zitterten ihre Beine so heftig, dass sie einsehen musste, dass sie es nicht bis nach oben schaffen würde. Sie dachte an die Reaktion ihrer Mutter, als sie mit Marge Labuschagne nach Hause gekommen war.

»Hat dein Vater dich dazu angestiftet?«, hatte Paula gefragt.
»Nein. Das war meine Idee, Mum.«
Marge Labuschagne hatte versucht, ihr zu Hilfe zu kommen, aber das war sinnlos gewesen.
»Du brauchst psychiatrische Hilfe, keine abergläubischen, mittelalterlichen Hirngespinste von Erscheinungen und jungfräulichen Geburten. Wir werden deine Medikamente umstellen – vielleicht haben sie deine Halluzinationen verursacht.«
»Ich denke, Sie sollten unvoreingenommen mit Severine sprechen«, hatte Marge zu ihrer Mutter gesagt.
»Und ich denke, dass wir Ihren Rat oder Ihre Dienste nicht länger benötigen, Marge. Weiß der Himmel, was für Flausen Sie ihr während Ihrer Sitzungen in den Kopf gesetzt haben.«
Die innere Ruhe, die Severine nach und nach in Schönstatt erlangt hatte, war Schritt für Schritt abgetragen und durch trostlose Verzweiflung ersetzt worden, trotz all der neuen Medikamente. Ihr Großvater dachte, dass sie in irgendeine Art Streich verwickelt gewesen war, und

legte ihr nahe, sich nicht länger so lächerlich aufzuführen, ohne ausgezeichnete Noten sei ihr Platz in Oxford nicht garantiert.

Sie hatte ihre Klassenkameradinnen aus den Augen verloren. Der Wind trug ihr ihre Stimmen zu, ein Geschnatter von weiter oben. Schritte und fremde Stimmen, die schnell von unten aufschlossen, schreckten Severine auf. Touristen. Sie wurde panisch bei dem Gedanken, dass sie sie rasch überholen könnten, also verzog sie sich in eine Lücke im Gebüsch und kauerte sich zusammen, war vom Weg aus nicht mehr zu sehen. Sie sah nur die strahlend weißen Turnschuhe, die die Menschen vorantrieben wie kleine Boote, und hörte ihre überlauten Stimmen.

Erleichtert stellte sie fest, dass die Lücke zu einem wenig benutzten Pfad führte, der zugewachsen, aber noch erkennbar war. Sie schob sich zwischen den herunterhängenden Ästen hindurch, und der kräuterhafte Duft des Fynbos füllte ihre Lungen. Das ausländische Geplapper wurde leiser, abgelöst vom Rauschen des Meeres und dem Surren der Insekten. Der Pfad endete bei einem Aussichtspunkt, den eine niedrige Steinmauer einfasste. Es war sehr still an dieser unerwarteten Zufluchtsstätte, die windgeschützt dalag. Eine kleine Holzbank stand so da, dass man den besten Blick über Himmel und Meer hatte.

Die Mauer war hüfthoch. Severine trat nach vorn und beugte sich darüber, sah jedoch nur Felswände aus Granit, die Hunderte Meter weiter unten ins Meer tauchten. Ihr wurde schwindlig, also trat sie zurück. Sie schaffte es zur Bank und nahm den Kopf zwischen die Knie, kämpfte gegen die Schwäche und die plötzliche, übermächtige Müdigkeit an. Nach einer Weile konnte sie sich wieder aufsetzen. Zitternd holte sie ihr Notizbuch aus ihrer Tasche und fertigte ein paar Skizzen für den Geologie-Unterricht an. Auf der gegenüberliegenden Seite waren Skizzen für ein paar Graffiti. Ideen, die sie an ihr anderes, nächtliches Ich erinnerten. Sie sehnte sich danach, wieder Laski zu sein, nachts durch die Straßen und Seitenwege von Constantia zu ziehen. Laski, die Mutige, ihr waghalsiges Alter Ego, deren geheime Ausflüge die einzige Flucht vor dem kalten Haus in Dieu

Donné und der erdrückenden Überwachung ihrer Mutter waren. Außerdem liebte sie das Malen. Sie liebte den Druck unter ihren Fingern. Die Farbenvarianten, die deutlichen Linien und Wölbungen von Herzen, Rosen, Kreuzen und Sternenkronen, alles Bilder, die in strahlenden Farben und Formen aus ihr herausplatzten. Hab keine Angst.

Aber ihre Mutter hatte all das zerstört. Wenn sie sich die Skizzen in ihrem Notizbuch jetzt ansah, erinnerten sie sie eher an die Symbole eines höchstwahrscheinlich wahnhaften Geistes. Ihr krankes Hirn, das ihr einen Streich spielte. Sie klappte das Notizbuch zu.

Das Geräusch der Insekten und des Meeres war unerträglich laut geworden. Sie wurde von dem unwiderstehlichen Drang erfasst, zur Mauer zurückzugehen. Sie musste erst tief durchatmen, bevor sie nach unten sehen konnte. Unter ihr der blasse, austernfarbene Sand und schwarz glänzende Felsen, die in das aufspritzende Wasser hineinragten. Auf dem Sand hatte sich ein kompliziertes Geflecht von milchweißem Schaum gebildet, wie von einem unsichtbaren Webstuhl hervorgebracht, das gleich darauf wieder verschwand. Um sie herum flogen die Tölpel von ihren Nestern in den Klippen, stürzten mit dem Schnabel voran ins Meer, riefen es an.

Ein heftiges Verlangen, sich zu ihnen zu gesellen, erfasste sie. Sie stellte sich den beglückenden Flug durch die salzige Luft vor, bevor sie auf den schwarzen Felsen aufschlagen würde. Sie sah sich selbst von weiter oben, sah ihre ausgestreckten Glieder und wie ihre Haare mit den Algen hin und her trieben.

Hatte sie nicht auf eine solche Gelegenheit gewartet? Und jetzt präsentierte sie sich auf ganz wundersame Weise von allein.

Sie hievte sich auf die Mauer, zerkratzte dabei ihre Knie, suchte mit scharrenden Füßen nach Halt, nach Lücken zwischen den Steinen, dann war sie oben und richtete sich langsam auf. Der Wind zerrte an ihr, die durch die Luft schaukelnden Seevögel kreischten und lockten.

Sie streckte die Arme aus wie Flügel.

Am Rand ihres Gesichtsfeldes tauchte eine Gestalt auf. Eine kleine Silhouette, ebenfalls mit ausgebreiteten Armen, eine Geste des Flehens oder des Willkommens mit dem Himmel als Kulisse – eine riesige, umgedrehte silberblaue Schale, die die Erde umhüllte. Sie stieß einen Warnruf aus, aber die eigenartige Reglosigkeit der Gestalt ließ ihren Schrei in der Kehle verstummen. Während sie versuchte, einen Sinn hinter dem zu erkennen, was sie sah, veränderten sich das Licht und die Atmosphäre. Sanfter Wind erhob sich, und das Fynbos-Gebüsch um sie herum erzitterte und wogte. Das Meer am Horizont schwoll an und verschob sich, als würde die Erde aus ihren Angeln gehoben. Das natürliche Gleichgewicht der Welt schien verrückt, und Severine war nichts, ein Staubkorn an der Spitze eines riesigen Kontinents, das vom Wind hin und her gepeitscht und zerrieben würde, zwischen diesen rasenden, kreischenden Vögeln, die nach ihr pickten und mit ihren blutverschmierten Flügeln durch die Luft flatterten. Furcht erfasste sie.

Und genauso plötzlich, wie der Wind sich erhoben hatte, legte er sich auch wieder. Die Wolken zogen an einem jetzt dunklen, drückenden Himmel weiterhin rasch über sie hinweg, aber in der schmalen Nische herrschte eine gedämpfte Stille, als würde die Welt den Atem anhalten.

Dann pulsierte und pochte die Luft um die kleine Gestalt, ein Energiefeld bewegte sich wellenförmig nach außen. Sie sah, dass die Gestalt ein Mädchen war, ein Mädchen, das Severine sofort erkannte. Das weite blaue Gewand fiel über ihre Füße. Eine Krone von leuchtenden Sternen wirbelte um ihren Kopf.

Severine spürte, wie sich eine unerträgliche Anspannung in ihr aufbaute. Doch in dem Moment der größten Furcht ebbte ihre Angst langsam ab, und eine schreckliche Trauer nahm ihren Platz ein. Die Trauer galt nicht ihr. Sie galt dem Mädchen, das sich zu erkennen gab. Durch alle Trübsal, alle Sorgen hindurch, die Severine widerfahren waren, wann immer sie sich verlassen glaubte, war Maria da gewesen, unsichtbar, unerkannt. Aber Severine hatte sich von ihr abgewandt.

Sie spürte, wie Tränen ungehindert über ihre Wangen flossen. Sie weinte um jedes lebende Wesen auf der Welt, um die gefallene Welt. Ihre Furcht und ihre Trauer schwanden immer mehr, und jeder Atemzug erfüllte sie mit eigenartigem Frieden. Ihr Herz schien vor

Liebe aufzublühen, sich in kleinste Teilchen zu spalten, die zu tausend Blumen wurden, die sich zur Sonne hin öffneten, zur Sonne, die jetzt aus dem Meer aufstieg und sich wie eine Scheibe am Himmel drehte, immer heller wurde, so unnatürlich hell, und doch hatte sie keine Angst, sie könnte erblinden.

Und in diesem Moment setzte das Mädchen zum Sprechen an: »Hab keine Angst. Ich bin immer bei dir.«

Und damit stürzte Severine langsam ins Nichts.

61

Häufig erahnte Fred Ereignisse, ehe sie eintrafen, insbesondere schlechte Ereignisse – und er wusste, jetzt saß er in der Scheiße. Das Polizeirevier Diep River war so durchlässig und die Cops so knapp bei Kasse, wie das bei den meisten am Westkap der Fall war, trotz seines Rufs, zu einem der besten zu gehören. Und Ricardo und die Geschäftsleute, mit denen er sich umgab, waren gut betucht.

Ricardo wusste, wer Axolile Samas Komplize gewesen war und hatte Fred bereits schlampige Arbeit vorgeworfen, denn das Mädchen könnte tatsächlich mehr wissen, als Ricardo lieb war, und den Cops von Khayelitsha alles ausgeplaudert haben, was es auf dem Herzen hatte. Außerdem wusste Ricardo, dass Persy Jonas bei der Verhaftung des Mädchens mitgewirkt hatte. Sollte er jetzt noch Jonas' Verbindung zu Natasha auf die Schliche kommen, dann wäre Fred das fehlende Puzzlestück, das all diese losen Punkte miteinander verband. Dann wäre er nicht länger ein Plus für Ricardo, sondern eine Last.

Natasha und er hatten die Sachen in ihrem Haus in Pluto Road an einem Tag zusammengepackt; viel war es nicht gewesen. Sie blieben nie lange genug an einem Ort, um viel anzusammeln, dachte Fred bitter. Ricardo hingegen lebte ganz unbescholten als Pfeiler der Gemeinschaft, ließ seine schäbigen Geschäfte von anderen abwickeln, so dass seine Hände nach außen hin immer sauber blieben.

Natasha hatte ihre plötzlichen Umzüge in der Vergangenheit nie in Frage gestellt, aber dieses Mal sträubte sie sich ganz offensichtlich. Jede

Spur ihrer früheren Unterwürfigkeit war verschwunden, als wäre das nur eine Scharade gewesen, um eine unterschwellige Rebellion zu kaschieren. »Warum?«, hatte sie widersprochen. »Ich habe es satt, ständig umzuziehen, und ich fühle mich hier wohl.« Fred wusste, weshalb. Sie wollte in Persy Jonas' Nähe bleiben, und in der Nähe des Postfachs 1240, durch das sie, wie er vermutete, mit Jonas kommunizierte.

Was Fred zunächst nur vermutet hatte, war inzwischen zur Gewissheit geworden. Er wusste, wer Persy Jonas war, woher sie stammte, und er wusste um ihre Affäre mit dem weißen Cop. Fred hatte nicht fünfundzwanzig Jahre für Ricardo gearbeitet, ohne gelernt zu haben, wie man sich Material über jemanden besorgte, um ihn in der Hand zu haben. Informationen. Dieser Tage sehr viel effizienter, um die Welt zu beherrschen, als Gewalt.

Es war an der Zeit, Natasha damit zu konfrontieren.

»Ich weiß, wer sie ist, Natasha.«

»Wer?«

»Detective Persy Jonas.«

»Wer?« Sie spielte die Unschuldige, aber ihre Stimme zitterte. »Ich weiß nicht, wovon du redest.«

»Du zitterst. Warum setzt du dich nicht?«

Langsam nahm sie Platz, als hätte sie gerade einen schrecklichen Schock erlitten.

»Ich dachte, indem du deinen Namen gewechselt hast, hast du zugestimmt, zu einem neuen Menschen zu werden. Du solltest vergessen, wer und was du warst, und die Leute, die du früher kanntest. Aber du hast deine Seite des Handels nicht eingehalten, oder irre ich mich etwa?«

Natashas Augen füllten sich mit Tränen. »Fred, bitte.« Sie versuchte, ihn mit ihrem Flehen zu erreichen, aber er wich nur angewidert zurück. Stets hatte er ihr Schweigen und ihren Gehorsam als Zeichen des Respekts gewertet, und er fand ihr unverhohlenes Flehen um Verständnis abscheulich. Er hatte genug von ihren Lügen und Manipulationen. »Pack zusammen, wir gehen jetzt!«

Diese Zeichen von Undank machten ihn wütend, nach allem, was er für sie getan hatte.

Ich lege mich nicht umsonst ins Zeug, dachte er. Und wenn ich es tue, dann schütze ich das, was ich habe, mit allem, was notwendig ist.

»Ich will meine Post abholen, aber ich habe meinen Schlüssel verloren«, sagte Persy zu dem Mädchen am Schalter des Postamts. »Es ist das Postfach 1240. Könnten Sie es für mich öffnen?«
»Ähm, haben Sie vielleicht einen Ausweis?«
Persy seufzte. Sie hätte wissen müssen, dass das zu einem bürokratischen Alptraum ausarten würde.
Da sie jetzt inoffiziell beurlaubt war, hatte sie Zeit, das Päckchen von Jean McAllister abzuholen. Sie zeigte der widerwilligen Dame des Postamts ihre Marke und verlangte von ihr, das Postfach zu öffnen. Machtmissbrauch, warnte eine leise Stimme in ihrem Kopf.
Das Mädchen verschwand kurz und kam gleich darauf mit einem Schlüssel zurück. Persy öffnete das Postfach. Darin lag ein dicker Umschlag. Adressiert war er an die PO Box 1240, Plumstead. Ohne Name. Auf der Rückseite stand Poppas Name als Absender, c/o St. Luke's Hospice, Kenilworth.
Zurück im Auto öffnete Persy das Päckchen. Heraus kamen die fehlenden Fotos aus Poppas Album. Persy in der Schule, Persy in ihrer Uniform, bei einer Theateraufführung der Schule, in ihrem Kleid für den Abschlussball mit ihrer dämlichen Begleitung. Persy als Absolventin des Police College. Eine dünne, abgemagerte Persy, die die Arme um Poppas Schultern gelegt hat, eine Aufnahme, etwas später, als er krank war. Darauf waren sie nebeneinander abgebildet, und es schmerzte sie, seine abgehärmte Fahlheit zu sehen. Auf einem Stück Papier stand in Poppas zittriger Handschrift: *Ich dachte, du solltest sehen, was aus ihr geworden ist.*
Persy schüttelte den Umschlag und ein kleines, verblichenes Foto fiel in ihren Schoß. Eine dunkelhaarige Frau am Strand. Zwei Kinder spielten im Sand, ein drahtiges Mädchen, die Haare zu straffen Zöpfchen geflochten. Überrascht erkannte Persy ihr jüngeres Ich. In ihrem Schatten die schmaleren, geisterhaften Gliedmaßen ihres Bruders Clyde, der einen Eimer und eine Schaufel in der Hand hielt. Poppa hatte dieses eine Foto von seiner Tochter mit ihren Kindern

aufgehoben. An diesem Foto hatte er festgehalten, nachdem er alle anderen Andenken an sie aus dem Haus verbannt hatte.
Persy starrte auf die Mutter, die sie seit zwanzig Jahren nicht gesehen hatte. Erinnerungsfetzen tauchten auf. Glorias Korkenzieherlocken, ihre sommersprossige Nase und Wangen, ihr strahlendes Gesicht, das nach Clydes Verschwinden so düster und verschlossen geworden war. An einem Wintertag hatte Persy sie zuletzt gesehen, damals war ein nasser, windiger, regnerischer Tag auf den anderen gefolgt, ohne Unterlass. Ihre Mutter war eine zusammengerollte Gestalt auf dem Bett, die Beine vor Schmerzen angezogen. Eine Flasche Brandy neben sich, dünner, blauer Rauch von ihrer Zigarette. An die Mutter auf diesem Foto, die lächelnde, zärtliche Beschützerin ihrer Kinder, hatte Persy keine Erinnerung. Persys Hände zitterten, sie war hin- und hergerissen zwischen wirren Gefühlen, für die sie keine Worte fand. Einen Moment lang saß sie im Auto, musste sich sammeln. Dann steckte sie die Fotos weg und ging zurück ins Postamt.
»Auf welchen Namen ist dieses Postfach eingetragen?«, fragte Persy die Angestellte, vergaß völlig, dass sie der Frau zuvor gesagt hatte, es liefe auf ihren Namen.
Die Frau überprüfte das auf dem Computer. »Auf eine Mrs. N. Splinters.«
Splinters! Ein Schauer durchzuckte sie, eine Andeutung von etwas Teuflischem, das in das Innerste ihres Privatlebens eindrang. Sie rief Nimrod an. »Ich brauche die Adresse von Fred Splinters«, sagte sie.

Frederick Splinters' Adresse entpuppte sich als kleines Haus aus den Siebzigern mit einer *slasto stoep,* einer Veranda aus Naturstein mit Eisengeländer, im Stil der billigeren Plumstead-Häuser. Der Rasen musste dringend gemäht und der Zaun gestrichen werden. Das Haus machte einen düsteren, wenig einladenden Eindruck. Es entsprach nicht dem Haus eines perversen, filmenden Erpressers, dachte Persy. Aber wie genau würde ein solches schon aussehen?
Persy fuhr einmal daran vorbei – kein Auto, geschlossene Garagentür –, weiter um den Block und parkte auf der gegenüberliegenden Seite, wo ein Fliederbusch die Sicht vom Haus aus halb verdeckte.

Mit klopfendem Herzen ging sie die Auffahrt hinauf, hatte Schweißausbrüche aufgrund einer Mischung aus dunkler Vorahnung und höchster Aufregung. Die Klingel wackelte und funktionierte nicht. Sie klopfte an die Tür, aber niemand antwortete. Durch das Fenster schaute sie in das vordere Zimmer. Es war leer. Die Vorhänge hingen noch an den Fenstern, ein schäbiger Sessel stand vor einer billigen Schrankwand ohne Fernseher. Möbliert gemietet, nahm sie an, der Krempel gehörte bestimmt zum Haus. Kein Anzeichen von irgendjemandem. Wer auch immer Frederick und N. Splinters waren, es sah ganz so aus, als wären sie ausgezogen.

Rasch ging sie um das Haus herum, hatte die Hand vorsichtshalber an der Waffe.

Hätte sie sich von der anderen Seite genähert, hätte sie es gar nicht bemerkt. Aus diesem Winkel aber fiel es ihr sofort ins Auge. Die Hintertür stand leicht offen. Sie zog ihre Waffe, hielt sie nach unten gerichtet und kam langsam näher. Sie drückte die Tür auf, die sich zur Küche hin öffnete. Die Türen der Küchenschränke waren geöffnet, die Regale leer. Ein abtauender Kühlschrank tropfte auf den Linoleumboden. Sie hatte den Raum kaum betreten, als sie spürte, dass noch jemand hier war oder vor kurzem hier gewesen war. Leise betrat sie den Flur. Fast spürte sie den Atem eines anderen auf ihrer Haut. Von einem Zimmer zu ihrer Rechten schien ihr übersensibles Gehör ein Geräusch wahrzunehmen. Sie tastete nach dem Lichtschalter in dem dunklen Raum. Das Licht ging an.

Der Raum war leer.

Sie überprüfte das Badezimmer und das Schlafzimmer, aber sie wusste, dass die beiden leer waren. Es war viel zu schmal, als dass jemand sich darin verstecken könnte. Sie ging zur Hintertür und verließ das Haus, dabei kreisten tausend Gedanken durch ihren Kopf, darunter eine verrückte Hoffnung, so schwach, dass sie sich nicht traute, sie deutlicher werden zu lassen. Eine Hoffnung, dass die Splinters in irgendeiner Weise der Schlüssel zu dem waren, wonach sie suchte.

Als Persy nach Hause kam, war es schon spät. Die Luft war etwas abgekühlt, ein Vorzeichen des herannahenden Winters. Auf dem Weg zu ihrer Haustür spürte sie die schwarze Präsenz des *vlei*, hörte, wie das Wasser in einiger Entfernung ans Ufer schwappte. Mr. Salies Haus lag dunkel da. Wahrscheinlich war er ausgegangen. Sie vermisste das angenehme Gefühl, Lichter oder das bläuliche Flackern des Fernsehers zu sehen. Sie machte ihre Tür auf und schaltete das Licht an.

Genau in dem Moment klingelte ihr Handy. Eine unterdrückte Nummer. Für gewöhnlich ignorierte sie solche Anrufe, aber dieses Mal hob sie ab.

»Bist du das, Persephone?«

Die Verbindung war schlecht, und die Stimme klang gepresst, aber sie erkannte sie sofort. Trotz der schwachen Verbindung, all der Jahre, der Schmerzen, der Sehnsucht und der Verzweiflung. Eine Stimme, von der Persy gedacht hatte, sie würde sie nie wieder hören. Das Wort der Kindheit kam ihr in den Sinn. Mama. Sie war wieder sieben Jahre alt.

»Wer spricht da?« Sie konnte kaum atmen.

Dann hörte sie ein dumpfes Geräusch, und es wurde aufgelegt. Sofort klingelte es wieder. Sie zögerte, bevor sie antwortete, war wie gelähmt, zerrissen zwischen Freude und Schrecken.

»Hallo?«

Dieses Mal die Stimme eines Mannes. »Wenn du sie sehen willst, dann kreuzt du besser hier auf.«

Er klang wie ein Farbiger. Sprach Englisch mit einem Afrikaans-Akzent, und einem leichten Einschlag von *brei*.

»Wer sind Sie?«, krächzte Persy, ihre Kehle war wie zugeschnürt.

»Das ist egal. Sieh mal aus dem Fenster«, sagte er. »Auf die andere Seite vom *vlei*.«

Sie schaute aus ihrem Küchenfenster. Am Ostufer wurde eine Lampe ein- und ausgeschaltet. Das mussten die Splinters sein, an seinem Lieblingsort.

»Sie wartet auf dich. Komm allein.« Dann wurde aufgelegt.

Persy dachte darüber nach, die Strandfontein Road entlangzufahren und zum Ostufer abzubiegen, allein, in der Dunkelheit. Ohne zu wissen, was sie erwartete. Sie ließ die Jalousien in ihrem Cottage herunter. Sperrte neugierige Blicke vom anderen Ufer aus.

Scheiße aber auch. Sie hatte ihre schusssichere Weste nicht hier. Sie überprüfte ihre Waffe – geladen, steckte sie ins Holster, legte eine dicke, fleecegefütterte Jacke bereit und packte eine Taschenlampe dazu. Dann zog sie eine dunkle Jeans und Turnschuhe an.
Jetzt war es wichtig, ruhig zu bleiben, nicht panisch zu werden oder sich von den Gefühlen überwältigen zu lassen, die in ihr tobten, Entsetzen, Jubel, Hoffnung und Verzweiflung. Als wäre sie in einem Wäschetrockner und würde von einer Richtung in die andere gebeutelt.
Sie schloss ab, ging zu ihrem Auto, schaltete das Licht ein und fuhr los.

Durch sein Fernglas beobachtete Fred, wie das Licht in Persys Cottage ausging. Er sah, wie die Scheinwerfer ihres Autos angingen und Persy Richtung Victoria Street losfuhr, dann verlor er sie hinter einer Reihe von Häusern und Bäumen aus den Augen. Er ging ihre Strecke im Kopf durch. Sie würde nach Victoria abbiegen, von dort auf die Autobahn nach Baden Powell, die Strandfontein Road hinauffahren, und in etwa zwanzig Minuten müsste sie beim Klärwerk ankommen. Dort würde er auf sie warten. Es war ein recht simpler Plan. Er hatte ihn unzählige Male in Gedanken durchgespielt. Dann ging er zurück zum Camry, in dem Natasha saß und ihn aus verquollenen Augen anschaute. Sie zitterte unkontrolliert wie ein gefangenes Tier. »Tja, jetzt wirst du sie ja doch noch sehen. Sie ist unterwegs.«
»Was hast du vor, Fred?« Ihre Stimme war voll flehentlicher Verzweiflung.
Ihr offenkundiger Schrecken machte ihn rasend. Ihm wurde klar, dass sie versuchte, ihn zu verstehen, ihn zu begreifen, vielleicht zum ersten Mal. Nie zuvor hatte so viel auf dem Spiel gestanden. Erst jetzt war sie ihm völlig ausgeliefert.
»Steig aus«, sagte er. »Wenn du machst, was ich verlange, dann passiert keinem etwas.«

Sobald Persy sicher war, dass ihr Auto nicht mehr von der anderen Seite des Sees zu sehen war, hielt sie an und schaltete das Licht aus. Splinters würde annehmen, dass sie zur Strandfontein Road fuhr. Sie schloss das Auto ab und ging zurück zum *vlei*. Dank Mr. Salie war sie mit den Pfaden durch das dichte Gebüsch vertraut, auch im Dunkeln.

Sie ging hinunter zum Steg, wo das Kajak festgemacht war. Sie schaute zurück zu Mr. Salies Haus, in dem noch immer kein Licht brannte. Der Wind nahm zu; das Wasser brach sich am Schilfrohr. Sie band das Kajak los und stieg ein. Ein Otter planschte ganz in der Nähe durch das Wasser. Persy stieß sich ab und paddelte mit regelmäßigen Schlägen durch die Dunkelheit, fast ohne ein Kräuseln zu verursachen. Sie atmete flach und glitt leise dahin. Der gleichmäßige Rhythmus ihrer Paddelschläge beruhigte sie und half ihr, sich zu konzentrieren. Schon bald tauchte das Ostufer als dunkle Masse vor ihr auf. Aus ihrem Winkel konnte sie alles deutlich erkennen: Fred Splinters, den silberfarbenen Camry und daneben die kleine, schmale Gestalt einer Frau. Sie warteten dort. Warteten auf sie. Splinters schaute die Straße entlang. Er erwartete sie, erwartete, ihre Scheinwerfer jeden Moment in der Strandfontein Road auftauchen zu sehen. Wenn das nicht bald der Fall wäre, würde er argwöhnisch werden.

Die Wolken verzogen sich, und der Mond tauchte auf, ein kalter, metallischer Schimmer, der sich auf der Oberfläche des *vlei* spiegelte. Genau da erkannte sie einen Umriss im Wasser. Zunächst hielt sie es für einen großen, dahintreibenden Baumstamm, aber das Glitzern in den Augen alarmierte sie. Houdini! Hektisch versuchte Persy, das Kajak herumzureißen, nicht den Weg des Nilpferds zu kreuzen, blieb dabei jedoch sofort zwischen den Binsen stecken. Wenn das Nilpferd es auf sie abgesehen hatte, dann war sie so gut wie tot.

Ihr war das Herz in die Hose gerutscht, und sie beobachtete atemlos, wie dieses große Tier still untertauchte und nahezu spurlos von der kaum gekräuselten Wasseroberfläche verschwand. Sie befürchtete, ihre panische Hektik und das Planschen hätten Splinters alarmiert. Also kletterte sie aus dem Kajak und versank bis zum Oberschenkel im eisigen Wasser. Mit gezückter Pistole bewegte sie sich langsam vorwärts, suchte tastend mit den Füßen nach Halt, rutschte über den schlickigen Untergrund des *vlei,* bis das Wasser langsam niedriger wurde, ihr nur noch bis unter die Knie reichte und ihre Schritte si-

cherer wurden. Langsam hob sie den Kopf. Die Frau war ganz in ihrer Nähe. Von Splinters keine Spur. Persy richtete sich auf. Das Rascheln in den Binsen musste die Frau alarmiert haben, denn sie drehte sich um, ihr Gesicht ein schwarzes Oval in der Dunkelheit.
»Wer ist da?«, rief sie panisch.
Persy kamen die Worte fast nicht über die Lippen. »Ich bin's, Persephone.«
Die Frau versteifte sich, dann stieß sie ein merkwürdig schluchzendes Stöhnen aus und sagte: »Bitte, verschwinde von hier!«
Angestrengt versuchte Persy, die Stimme zu erkennen, das Gesicht in der Dunkelheit zu erfassen. »Ich muss mir dir reden«, sagte sie.
»Nein, bitte … Geh jetzt. Wenn er dich sieht, bringt er dich um.«
»Sind Sie Gloria Cupido?«, fragte Persy. Da stieß die Frau einen Schrei aus. »Lauf!«
Splinters musste sie gehört und sich angeschlichen haben, denn er tauchte zwischen den Binsen, praktisch direkt über Persy auf. Geübt schlang er die Arme um ihren Hals, und sie spürte, wie ihr etwas in die Haut schnitt und ihr die Luft abdrückte. Sie wehrte sich, rutschte im Schlamm aus, dann wurde sie in die Knie gezwungen, und das Wasser spritzte auf, als sie mit aller Macht versuchte, seine Arme zu fassen zu bekommen. Verdammt, er war so stark. In diesem Moment wurde ihr klar, dass er sie umbringen, vermutlich ertränken würde. Jede Empfindung in ihrem Körper wurde immer dumpfer: Langsam verlor sie das Bewusstsein. Dann spürte sie, wie sich etwas neigte, wie eine gewaltige Masse ihr Gewicht verlagerte und sich ein Ungeheuer, kompakter als Wasser, ganz in ihrer Nähe erhob, Mondlicht blitzte in einem Auge auf, dann die dunklere schwarze Höhle von Houdinis riesigem Nasenloch. Plötzlich löste sich der Druck der Garrotte, und sie fiel auf alle viere, versank im Schlamm, hörte das panische Platschen von Splinters, der durch das Wasser zum Ufer hastete. Halb stolperte sie, halb schwamm sie hustend und prustend zu der Stelle, wo das Kajak in den Binsen feststeckte. Kein Anzeichen mehr von dem Nilpferd, aber sie hatte große Angst vor dem riesigen Tier mit den furchterregenden Zähnen und dem kräftigen Kiefer, das nur wenige Meter von ihr entfernt sein musste. Mit klatschnasser, schwerer

Fleecejacke kauerte sie im Wasser. Durch das Wasser und den Wind sah sie, wie Splinters geduckt zum Auto rannte und dabei die Frau hinter sich herzog. Dann hörte sie den Camry aufheulen, die Reifen im Dreck durchdrehen, und damit war das Auto verschwunden.

Weinend und zitternd kletterte Persy in das Kajak. Ihr Hals brannte und schwoll rasch zu. Das schwarze Wasser lag beschaulich da, nichts wies mehr auf das Chaos vor wenigen Minuten hin. Sanft schwang das Schilf hin und her, und irgendwo quakte ein Frosch. Keine Spur von dem Nilpferd. Houdini war wieder in der Versenkung verschwunden, als wäre er nie da gewesen. Persy griff zum Paddel. Es fühlte sich an, als hätte sie ihren Körper verlassen, als würde sie als Geist aus der Ferne zusehen, wie sie mit paddelnden Bewegungen wieder zum Steg auf der anderen Seite gelangte.

62

Persy schloss sich in ihrem Cottage ein, kroch ins Bett und fiel bis zum Morgengrauen in einen unruhigen Schlaf. Mit schmerzhaft pochender Kehle wachte sie auf. Sie konnte kaum schlucken. Im Spiegel sah sie die rot geschwollene, wüste Schwiele um ihren Hals. Im Kühlschrank fand sie eine Flasche Wodka und trank bis zur Besinnungslosigkeit. Als sie erneut aufwachte, trank sie weiter, und abwechselnd schlief sie oder schaute fern. Eine befremdliche Parade von Berühmtheiten und Spielshows. Wenn sie in der Vergangenheit an einem solchen Punkt gewesen war, war sie für gewöhnlich in eine Bar oder einen Club gegangen und hatte jemanden aufgerissen, aber sie hatte weder die Energie noch die Absicht, ihr Cottage zu verlassen. Marge hinterließ ihr unzählige Nachrichten auf dem Handy. Mehr als einmal war Will Pipers Name auf dem Bildschirm aufgetaucht. Irgendwann schaltete Persy es einfach aus.

Nachts lag sie wie komatös in ihrem Bett, und die Ereignisse der letzten Wochen spielten sich wieder und wieder in ihrem Kopf ab und verfolgten sie in ihre Träume. Die schreckerfüllten Gesichter von Kai und

Alexi, die stille Masse von Houdini, die schlafende Haltung der toten Annette Petroussis. Quintus Way, der, getrennt von seiner Katrina, die Spur seiner zwangsumgesiedelten Familie durch die dunklen Straßen und hohen Mauern der schlafenden Reichen von Constantia verfolgte. Manchmal träumte sie von Severine Hamilton und ihrem vermummten, mit Rucksäcken versehenen Trupp, der nachts wie Fledermäuse zwischen den Bäumen von Summerley Farm herumschwirrte.
Im halbwachen Zustand dachte sie manchmal, Tuckers Körper würde sich über ihr bewegen, und sie sah seine glänzenden Augen im Dunkeln, spürte die sanfte Wärme seines Mundes, die Anspannung seiner Oberschenkel und Arme, wenn er in sie eindrang.
Sie versuchte, nicht an die Frau in jener Nacht am Ufer zu denken, musste ihren kurzen Austausch aber immer wieder im Kopf durchgehen. Selbst jetzt war sie sich nicht sicher, ob sie sich das alles nur eingebildet hatte oder ob es wirklich passiert war. War diese Frau ihre Mutter, und falls ja, was hatte sie mit Fred Splinters zu schaffen, wer auch immer er war? Oder war sie nur irgendeine Fremde, die Splinters benutzte, um sie zu ködern, so wie er sich ihre Affäre mit Tucker zunutze gemacht hatte, um sie zu zwingen, den Petroussis-Fall ad acta zu legen? Der unerträglichste Gedanke war, dass ihre eigene Mutter involviert und Teil des Plans gewesen sein könnte, sie zu ermorden. Ihre Gefühle schwankten zwischen Hoffnung, Verdacht und Entsetzen und wurden durch ihre Erschöpfung verstärkt. Sie sehnte sich nach Zuversicht, nach Hoffnung, um diese Leere zu füllen.

Dann kam der Tag, den sie so gefürchtet hatte. Es war die zweite Woche nach Ostern, und der Tod von Poppa jährte sich, brachte die langsam verstreichenden Stunden zurück, die sie über die mühsame Atmung ihres Großvaters gewacht hatte. Die Zeit hatte sich damals wie endlos gedehnt und schien das ganze Jahr zu umfassen, dann die Jahre davor und schließlich ihr ganzes Leben.
Das Gefühl von Verlust war verheerend. Der Vater, den sie nie kennengelernt hatte, Clyde, Poppa, Tucker. Aber ihre Mutter so nah gehabt und sie erneut verloren zu haben, das war der unerträglichste Verlust von allen. Als guter Katholik hätte Poppa gewollt, dass sie

heute für seine Seele betete. Aber sie spürte, wie sie vom Glauben abglitt wie von einem schmalen Grat.

Salie hatte jeden Morgen und Abend zögerlich an ihre Hintertür geklopft, um herauszufinden, ob sie etwas brauchte, hatte sich auf ihre schroffe Verneinung hin aber immer verzogen. Heute war er hartnäckiger und trommelte laut gegen die Tür. Persy steckte den Kopf zwischen zwei Kissen, aber das Hämmern hörte nicht auf. Fluchend, mit trockenem Mund und pochenden Schläfen stolperte sie aus dem Bett, dabei wurde ihr vom ranzigen Geruch ihres Bettzeugs und ihrer ungewaschenen Kleidung ganz schlecht. Sie riss die Tür auf, ihre Haare, die sich aus ihren Zöpfchen gelöst hatten, hingen ihr ins Gesicht. »Was?«, schrie sie in den strömenden Regen hinaus.
»Da ist jemand, der dich sehen will«, sagte Mr. Salie kläglich. Er trug einen Regenmantel, hielt die Hände abwehrend ausgestreckt, um seine Unschuld zu beteuern. Persy blinzelte gegen das Licht an, ohne ihre Brille war sie halb blind, dann entdeckte sie die völlig durchnässte Marge Labuschagne.
»Macht's dir was aus, wenn ich reinkomme, bevor ich hier draußen noch ertrinke.«
Persy schüttelte den Kopf, sie wusste, dass diese Frage rein rhetorisch war, und wandte sich einfach ab, ließ die Haustür offen. Marge trat ein und zog dann sehr zu Persys Unmut die Jalousien hoch und machte die Fenster auf, damit der Mief entweichen und das Geräusch und der Duft von Regen hereinwehen konnten.
»Hm. Hier sieht's genauso übel aus wie bei mir«, kommentierte Marge. Persy, die eigentlich zwanghaft sauber und ordentlich war, kam einfach nicht mit dem Chaos in Marges Haus zurecht.
Persy tappte ins Badezimmer und warf sich ihren Morgenmantel über. Sie hörte, dass ein Wasserkessel aufgesetzt wurde, und kämpfte gegen ihren Ärger an. Die weiße Madam, die immer alles besser wusste.
Als sie herauskam, reichte Marge ihr eine große Tasse dampfenden Tee. »Mein Sohn macht sich Sorgen um dich.«
Mürrisch schaute Persy Marge an. »Mach dir da mal keine Gedanken, ich hab keine Absichten, was ihn angeht.«

»Wirklich? Wie schade, denn er hat ganz eindeutig Absichten, was dich betrifft.«
Persy nippte am Tee, heiß und süß. Er wärmte ihre Kehle und ihren Bauch, ließ sie etwas aufleben. Wann hatte sie zuletzt etwas gegessen?
Als hätte Marge sie gehört, reichte sie ihr auch schon einen Teller voll Toasts mit Marmite.
»Iss.«
Marge ließ sich auf das Sofa fallen und machte es sich bequem. »Warum versteckst du dich?«
»Tue ich nicht.«
Marge holte eine Zigarette heraus.
»Ich dachte, du hättest aufgehört«, sagte Persy.
Marge zündete sich die Zigarette an und nahm einen tiefen, befriedigenden Zug. »Hab ich auch, aber es ist so viel lustiger zu sündigen«, sagte sie und stieß den Rauch aus. Er hing in der Luft und verdeckte kurz die Sicht, die sie aufeinander hatten.
»Und wo wir gerade davon sprechen, wie läuft es mit deinem verheirateten Kerl?«
Persy hatte Tucker zuletzt draußen auf dem Rasen vor dem Revier gesehen, als er ihr sagte, er hätte Dina gebeten, Persy unbefristet freizustellen.
»Tja, das ist eine Möglichkeit, wie man mich loswerden kann«, hatte Persy erwidert.
»Nur bis zur Anhörung. Das ist besser, als suspendiert zu werden.«
»Wie konntest du nur?«, hatte Persy ihn gefragt. »Damit leitest du meinen Untergang ein.«
»Du verstehst das nicht, ich hab versucht, dich zu schützen.«
»Du beschützt nur dich selbst«, hatte sie bitter erwidert.
Tuckers Augen waren hinter einer Sonnenbrille versteckt gewesen, deshalb konnte sie den Ausdruck in seinen Augen nicht sehen. »Du verstehst das nicht«, hatte er gesagt. »Ich kann meine Kinder nicht verlieren.«
»Ich rede nicht von deiner Familie. Ich rede von Heinrich und seinen Kumpanen.«

»Du bist ja verrückt!«
»Bin ich das?« Sie hatte es kaum ertragen, ihn anzusehen. »Bist du irgendwie in Annettes Tod verwickelt? Das ist alles, was ich wissen will.«
»Mandisa Dasheka hat sie umgebracht. Du hast ihr Geständnis gehört.«
»Ich weiß nicht mehr, was ich glauben soll«, hatte sie erwidert.
Er hatte einen Moment geschweigen, bevor er sagte: »Hör zu. Ich muss dir mitteilen, dass Dina und ich uns noch mal eine Chance geben wollen.«
Persy schaute wieder zu Marge, die noch immer erwartungsvoll der Antwort harrte. »Es ist vorbei«, sagte sie.
»Und, was sind deine Absichten bei meinem Sohn?«, unterbrach Marge Persys Gedanken, bevor sie einen starken und so andauernden Hustenanfall erlitt, dass sie vergessen hatte, noch mal auf Will zu sprechen zu kommen, als sie sich wieder beruhigt hatte.
»Ich wünschte, du würdest aufhören mit dem Zeug.« Persy schüttelte den Kopf, aber nicht mit ihrer üblichen Missbilligung.
»Müsstest du nicht bei der Arbeit sein?«, entgegnete Marge prompt.
Persy starrte sie über den Rand ihrer Tasse an. »Zwangsurlaub. Kommt mir gerade recht. Ich brauche ein bisschen Zeit für mich.«
»Für mich sieht es eher so aus, als könntest du ein bisschen Gesellschaft gebrauchen«, sagte Marge weise.
Persy sah in Marges sanfte blaue Augen. Es war nur schwer vorstellbar, dass jemand, der einen dermaßen auf die Palme bringen konnte, die einzige Person sein sollte, die sie wirklich verstand. Tränen kamen ungebeten und unbeachtet, und mit einem Mal platzte Persy mit dem Anruf dieser Frau, dem erschütternden Angriff und ihren schlimmsten Vermutungen heraus.
»Und jetzt ist sie verschwunden, mit einem Mann, von dem ich annehme, dass er mich umbringen wollte. Also werde ich nie herausfinden, ob sie es war.«
»Ach, Kleines …«
Persy kamen die Worte fast nicht über die Lippen. »Ich wollte dich danach fragen … was du noch weißt … ich meine, du bist die einzige Person, die ich kenne, die sie getroffen hat.«

Seit über zwei Jahren wartete Marge darauf, dass Persy ihr diese Frage stellte. Aber jetzt, wo die Zeit gekommen war, fühlte sie sich unvorbereitet. Sie war es dem Mädchen schuldig, zu erzählen, aber sie hatte Angst vor dem, was sie aus Versehen enthüllen könnte. Persy war nicht in der Verfassung, noch weitere Schicksalsschläge zu verkraften.
»Ich habe deine Mutter nur dieses eine Mal getroffen«, sagte sie vorsichtig. »Und du kannst dir bestimmt vorstellen, dass sie in einem schrecklichen Zustand war.«
Marge erinnerte sich an das Treffen mit Gloria Cupido, als hätte es gestern stattgefunden, dabei lag es über zwanzig Jahre zurück. Sie und Paul Titus waren in ein kleines, dunkles Zimmer nach Noordhoek gerufen worden, an einem Tag, ähnlich dem heutigen, mit gelegentlichen Regengüssen und unbeständigem Sonnenschein. Aber es war Winter gewesen. Der 16. Juni. Gloria Cupido war so schrecklich betrunken gewesen, dass sie die Fragen zu ihrem vermissten Sohn nicht hatte beantworten können. Hatte vermutlich nicht aufgehört zu trinken, seit er verschwunden war.
Persy wandte den Blick nicht von Marge ab und sah eingewickelt ihren Morgenmantel klein und verloren aus. »Mein Großvater hat meiner Mutter vorgeworfen, eine Nutte, eine Alkoholikerin und eine schlechte Mutter zu sein«, sagte Persy.
»Willst du wirklich diese Wörter verwenden, wenn du von ihr sprichst?« Marge erinnerte sich an die leeren Alkoholflaschen, die dumpfe Gleichgültigkeit, die Gloria Cupido ihrer siebenjährigen Tochter, ihrem einzigen verbliebenen Kind, entgegenbrachte.
Persy schüttelte den Kopf, Tränen rannen ihre Wangen hinunter.
»Ich hatte den Eindruck, dass sie eine sehr sensible Person ist.« Marge wusste, dass das kaum stimmte. Aber Persy hatte genug Schmerzen für ein ganzes Leben erlitten, und Marge würde ihr ganz bestimmt nicht noch weitere zufügen. Außerdem, wer war sie schon, um über Gloria Cupido urteilen zu können? Sie hatte keine Ahnung von der Hölle, die diese Frau durchlebt hatte.
»Sie hatte so sanfte Gesichtszüge wie du. Außerdem war sie auch zierlich. Mal abgesehen von ihren chaotischen, strubbeligen Haaren.«

Ein kleines Lächeln zeichnete sich durch Persys Tränenschleier ab.
»An ihre Haare erinnere ich mich«, sagte sie.
»Ihre Augen waren heller als deine, haselnussbraun.«

Persy hatte jedes Wort aufgesaugt, hatte nach dem kleinsten Detail gehungert. Marges Beschreibungen hatten Glorias sanfte Stimme und die Art, wie sie die Haare immer hinter die Ohren strich, zurückgebracht, zusammen mit ihren dünngliedrigen Händen, die immer an etwas herumspielten.
Als der Regen später aufgehört hatte, begleitete Persy Marge zum Auto. Sie fühlte sich verändert. Leichter. Vielleicht würde sie heute zur Abwechslung sogar einmal gut schlafen. Frischer Wind fegte vom Indischen Ozean heran, peitschte die versprengten Regentropfen. Pelikane stiegen vom *vlei* auf, schlugen auf dem Weg nach oben heftig mit ihren Flügeln.
In dem frisch gewaschenen Licht betrachtete Persy Marges sonnengebräunte Haut. »Du siehst gut aus.«
»Wirklich?« Marge lief rot an wie ein Schulmädchen. »Tja, ich genieße mein lächerliches Enkelkind – und mit meinem ältesten Sohn und seiner Frau läuft es gerade entspannter. Und vermutlich bin ich verrückt, aber ich habe jemanden kennengelernt.«
»Wirklich?« Persy freute sich. »Wann? Wie?«
»Tja, tatsächlich über einen Frosch …«
Dann erzählte Marge Persy die Geschichte von der Leopardenkröte und war hocherfreut, dass sie sie damit zum Lachen brachte.
»Ist er ein ernsthafter Anwärter?«
»Grundgütiger, nein!« Marge lachte. »Mehr ein Gefährte im Sinne eines komischen Kauzes. Jemand, dessen Verrücktheit ganz gut zu meiner passt.«

Als Marge in der Bottom Sanctuary Road losfuhr, klingelte ihr Handy. Es war Paula Hamilton. »Marge, ich dachte, ich lasse Sie wissen, dass Severine einen Rückfall erlitten hat.«
»O nein!«
»Sie ist bei einem Schulausflug zum Cape Point kollabiert. Eines der

Mädchen hat sie bewusstlos auf dem Boden an einem Aussichtspunkt gefunden.«
Marges Bauch krampfte sich zusammen.
»Wir haben sie zur Notaufnahme gebracht und einen Ultraschall gemacht. Dabei wurde ein Aneurysma festgestellt.«
»O Gott, das tut mir so leid. Ich fahre gerade, einen Moment.«
Marge fuhr an den Straßenrand. Ihr war ganz kalt, sie machte sich auf das Schlimmste gefasst.
»Severine hat vermutlich seit Monaten an den Folgen eines gutartigen Gehirntumors gelitten. Sie ist vor zwei Tagen operiert worden, und er konnte erfolgreich entfernt werden.«
Marge war verwirrt. »Das verstehe ich nicht.«
»Das erklärt viele, um nicht zu sagen alle ihre Symptome. Ich dachte, ich sollte Sie über ihren Gesundheitszustand informieren, schließlich haben Sie sich so viele Sorgen um sie gemacht.«
Marge bedankte sich, fragte sich aber, ob dieser Anruf wirklich den Zweck gehabt hatte, sie zu beruhigen, oder ob es nicht viel mehr darum ging, ihre Verdächtigungen zu zerstreuen, die sie hinsichtlich Paulas Rolle bei Severines wiederkehrenden Krankheiten haben könnte.
»Das erklärt viele Symptome, die Sie psychischen Ursachen zugeschrieben hatten.« Marge dachte, dass Paula unangemessen triumphierend klang. »Inklusive der religiösen Halluzinationen natürlich.«
»Sie meinen die Erscheinungen?«
»Ich meine die Dysfunktionen des Gehirns aufgrund neurobiologischer Störungen.«
Marge erinnerte sich an den übermächtigen Geruch nach Rosen in dem kleinen Kapellchen. An die Stille, als hätte die Luft aufgehört zu atmen. Etwas regte sich in ihr, ein leiser Zweifel, dann war er auch schon wieder verschwunden.
»Vielen Dank, dass Sie mich informiert haben. Und richten Sie Severine liebe Grüße aus.«

63

Die erste Sichtung hatte eine Gruppe Kanufahrer gemeldet, Schüler von der Bishops, die in Zeekoevlei trainierten und etwas entdeckten, was sie »zunächst für einen Baumstamm gehalten hatten«.

Persy machte sich zum Strandfontein-Klärwerk auf, hörte sich den flötenden Singsang eines weißen Jungen aus einem begrünten Vorort auf Cape Talk Radio an.

»Dann haben wir begriffen, dass diese Augen uns folgen, und uns wurde klar, hey, das ist ein Nilpferd! Das war ziemlich cool, total irre! Vor allem, weil sie ziemlich gefährlich sind und pro Jahr mehr Menschen in Afrika töten als jedes andere wilde Tier.«

Mr. Salie war bereits vor Ort, hatte sich unter die Angestellten des Parks gemischt. Mit glänzenden Augen kam er auf sie zu. »Meine Liebe, sie haben unseren Freund gefunden. Er hat einen Kanal vom Abwasserteich benutzt. Deshalb konnten wir ihn tagsüber nie ausfindig machen.«

Die Ranger hatten Houdini bereits betäubt. Das Nilpferd war mit einem großen Netz gefangen und zum Ufer gezogen worden, wo ein großer Pritschen-Lkw mit einer Blockwinde und einer Schlinge darauf wartete, ihn in ein mehrere hundert Kilometer entferntes Reservat zu bringen. Für Persy hatte der Anblick eines halb bewusstlosen Tieres etwas sehr Bedauerliches.

»Geht es dir gut, Mädchen?«, fragte Mr. Salie. »Du siehst angeschlagen aus.«

»Houdini muss schreckliche Angst haben.«

»Er hat ein Betäubungsmittel verabreicht bekommen«, sagte Mr. Salie. »Der bekommt nichts mit.«

»Irgendwie tut es mir leid, dass er nicht mehr hier sein wird«, sagte Persy.

»Würde er zurück in die Herde gebracht, dann wäre das ein Grund für Krieg«, sagte Mr. Salie scharfsinnig. »Da ist es besser, wenn er sein Glück bei einer anderen Herde versucht.«

Ein Park-Board-Ranger im Wasser schrie plötzlich: »Da ist eine Leiche!«

Persy und Mr. Salie rannten hinunter zum Ufer. Eine dunkle, düstere Gestalt, aufgedunsen und voller Schlamm, trieb halb auf, halb im schwarzen Wasser.

Dizu Calata traf Minuten später ein, gefolgt von einem Haufen Mitarbeiter der Spurensicherung sowie Kriminaltechnikern, die den Bereich absperrten. Er wirkte frischer, wie ausgewechselt. Vielleicht machte sich die Arbeit im Ausschuss bemerkbar, dachte Persy. Vielleicht war Dizu auch einfach nur wieder zu seinem üblichen effizienten Selbst geworden. Etwas später kam er zu ihr, einen Beweisbeutel aus Plastik in der Hand.

»Tja, in einer Innentasche der Jeans haben wir den Führerschein gefunden«, sagte er. »Axolile Sama.«

»Also hat ihn jemand verschwinden lassen«, meinte Persy. »Ohne dich wäre Mandisa vermutlich als Nächste dran gewesen, Dizu.«

Er schaute sie an, sein Gesicht ähnelte mehr dem alten Dizu, als hätte er eine Last abgelegt.

»Ich muss dir was sagen, Jonas. Du solltest es als Erste erfahren.«

»Was?«

»Ich habe gekündigt. Hab meine Marke abgegeben.«

Persy rutschte das Herz in die Hose. »Warum?«

»Ich hab Mist gebaut. Ich hab einer Verdächtigen geholfen und sie begünstigt. Und dafür bin ich allein verantwortlich.«

»Nur ich weiß, was passiert ist, Dizu. Und Nosapho Dasheka wird nichts sagen.«

»Aber ich weiß es. Da liegt der Unterschied. Ich habe meine Werte verraten. In jedem Fall muss ich weg von diesem Revier. Ich kann nicht länger in einer Atmosphäre voller Misstrauen und Hass leben.«

Persy konnte sich kaum vorstellen, dass Dizu das SAPS verließ. Er war genau der Typ Cop, der gefördert werden sollte. Doch so traurig sie auch darüber war, ihn gehen zu sehen, so erleichtert war sie eigenartigerweise auch. Er hatte gegen ein paar seiner korrupten Kollegen und die Politiker und Ganoven, die sie bezahlten, ermittelt, also war es nur eine Frage der Zeit, bis Dizu ermordet würde.

»Und du, Jonas?« Er betrachtete sie eingehend, versuchte zu erkennen, wie es ihr ging. Sie hatte ihm von Splinters' Angriff auf sie erzählt, aber nicht von dem Anruf der Frau. Sie war noch nicht bereit, über die Konsequenzen nachzudenken, die das nach sich ziehen würde, geschweige denn darüber zu sprechen.

»Meine Bosse geben sich allergrößte Mühe, mich aus Diep River rauszudrängen. Sie haben mir unbezahlten Urlaub verordnet, solange sie wegen Aufsässigkeit im Petroussis-Fall gegen mich ermitteln. Ich nehme an, es ist nur eine Frage der Zeit. Aber weißt du was? Das ist okay für mich. Diese ganzen Jahre kam ich mir wie eine Anfängerin vor, habe zu Tucker und zu diesen Karrierecops der alten Schule aufgesehen und versucht, in ihre verdammten Fußstapfen zu treten. Aber so ein Cop bin ich nicht.«

»Du bist einer der Cops, die wir hier für ein neues Land brauchen«, sagte Dizu.

»Wenn das hier ein neues Land ist, wieso ist es dann genauso voller Scheiße wie das alte?«

64

Nim saß am Schreibtisch und starrte auf seinen Computerbildschirm. Er schaute auf, als Persy hereinkam, ließ sich aber keine Überraschung anmerken, obwohl sie mehrere Wochen nicht auf dem Revier gewesen war. Typisch Nim. Nicht zu durchschauen.

»Die Cops aus Khayelitsha haben eine Leiche im Strandfontein-Klärwerk gefunden. Sie wurde als Axolile Sama identifiziert«, sagte Persy. »Sie haben seinen Führerschein in einer Innentasche der Jeans gefunden. Zusammen mit den Autoschlüsseln für einen Volvo, die ganz bestimmt Annette Petroussis gehörten.«

Nim runzelte die Stirn. »Ach ja? Wer den wohl beseitigt hat?«

»Jemand, der eine Verbindung zu Heinrich hat? Der schattenhafte Mr. Splinters vielleicht?« Oder diese mysteriöse Frau, deren kurzes Zusammentreffen sie jetzt in ihren Träumen und in jedem wachen Moment heimsuchte. Aber davon hatte sie Nim nichts erzählt.

»Hab gehört, du wurdest beurlaubt«, sagte Nim bedeutungsvoll.
»Ja, du musst die Ermittlung also ohne mich führen.« Was aber nicht hieß, dass sie aufhören würde, nach Mr. und Mrs. Splinters zu suchen, ob sie nun im Dienst war oder nicht. Nim sah sie an, hörte die Resignation in ihrer Stimme. »Makka und Zweli wurden wegen Entführung, Tätlichkeit und der widerrechtlichen Festnahme von Katrina Evans angeklagt – Dina hat ihnen gehörig den Marsch geblasen. Das war gute Arbeit, Jonas.«
Mehr Kompliment war von Nim nicht zu erwarten.
»Ich will's eigentlich gar nicht wissen: Die Neighbourhood Watch und das Community Policing Forum haben für ihre Verteidigung den Hut herumgehen lassen?«
Nim grinste. »*Heita.* Wie bist du nur darauf gekommen?«
»So verdammt typisch.«
Persy ging zum Fenster, entdeckte Tucker und Dina im Hof. Persy fragte sich, wie sie sich je hatte vorstellen können, Tucker und sie wären Seelenverwandte. Sie war ganz anders als er. Tucker hatte Dina eine Hand in den Nacken gelegt und zog sie an seine Brust, legte das Kinn auf ihren Kopf. Eine schmerzhaft vertraute Haltung, aber Persy stellte ganz überrascht fest, dass es ihr nichts ausmachte. Sie gehörten zusammen, dachte sie. Die beiden waren vom gleichen Schlag. Ein unangenehmer Gedanke meldete sich zu Wort. War sie etwa unabsichtlich zu einem ihrer Spielbälle geworden?
Sie griff sich eine alte Ausgabe der *Cape Times,* die auf ihrem Schreibtisch lag. Seit ein neuer Besitzer mit Sympathien für den ANC die Zeitung übernommen hatte, kaufte Nim, dieser eingefleischte African-National-Congress-Anhänger, sie regelmäßig. Persy blätterte sie durch. Nichts Interessantes. Ein Foto auf dem Titelblatt der Immobilienbeilage erweckte ihr Interesse.
»Besitzen Sie ein kleines Stück Geschichte«, lautete die Überschrift. »Bauen Sie sich Ihren Traum von einem Herrenhaus auf diesem seltenen, historischen, acht Morgen großen Constantia-Anwesen. Dieses ursprünglich zur Blumenfarm von Summerley gehörende Grundstück ist ein idyllisches Gebiet mit üppig bewachsenem Land voller Eichen und Obstbäumen. Mitten im Herzen von Constantia Valley

gelegen, bietet das Grundstück einen wunderbaren Blick auf die Bergkette der Muizenberg Mountains, Constantiaberg und den Rücken des Tafelbergs. Hier wird die Stille nur von Vogelgezwitscher und dem Rauschen des Flusses unterbrochen, der das Grundstück durchquert, hier bietet sich die einzigartige Gelegenheit …«

Yusuf Adams' zynischer Verdacht zu Petersens Landrückforderung hatte sich als zutreffend erwiesen. Persy dachte an Will Piper und seine Sehnsucht nach einer Zeit, die nie wiederkommen würde, seiner Illusion einer beschaulichen Vergangenheit, die es nie gegeben hatte und nie geben würde. Er konnte es sich leisten, ein Idealist zu sein. Wie viel schwieriger war es doch, den Glauben nicht zu verlieren, wenn man tagein, tagaus mit menschlichem Gemetzel zu tun hatte. Ihr Blick fiel auf den Claim von Propvest: »Renommierte Bauunternehmer der gesicherten Wohnanlagen von Blue-Chip«, zusammen mit einer eingefügten architektonischen Grafik eines teuren, hässlichen Anwesens, fast identisch mit dem von Dieu Donné.

Die Streitigkeiten, die es zwischen Langford und Heinrich gegeben hatte, waren wohl beseitigt.

Sie wandte sich ab und räumte ihren Schreibtisch leer. Es war an der Zeit, sich abzumelden und ihren Papierkram für den nächsten Polizisten, der hier sitzen würde, zu erledigen. Sie sah, dass Nim eine neue Suchmeldung rausgegeben hatte: »Gesucht zur Befragung. Frederick John Splinters.« Es war kein gutes Foto, und so wie es aussah, war es auch schon ziemlich alt. Nim hatte es von einer Fotokopie von Splinters' Ausweis, den der Vermieter des Hauses in der Pluto Road gehabt hatte. Persy studierte das Bild des hellhäutigen Mannes mit der weichen Kinnlinie und den mandelförmigen Augen, die kein Gefühl, keine Persönlichkeit erahnen ließen. Der Vermieter hatte Nim mitgeteilt, Splinters hätte eine Frau bei sich gehabt, die er »versteckt gehalten« hätte. Sie versuchte, sich die mysteriöse Mrs. N. Splinters vorzustellen, der Poppa die Bilder geschickt hatte, die vielleicht, vielleicht auch nicht, die Frau vom See war.

Sie wandte sich wieder ihrem Schreibtisch zu. Unbefristeter Urlaub. Was genau bedeutete das? Dass ihr Verhalten während des Petroussis-Falls geprüft wurde. Es lag an Tucker, weitere Maßnahmen einzuleiten. Vielleicht stellte sie ja auch keine Gefahr mehr für ihn dar, jetzt, wo ihre Affäre beendet war.

65

Persy stand in der Schlange des neuen McDonald's in Plumstead an, wo sie sich einen Big Mac holen und auf dem Heimweg essen wollte. Es war Freitagabend, und lauter Familien hatten sich hier versammelt, die ihren Kindern zum Einstieg ins Wochenende eine Freude machen wollten. Sie sah Jaco Petroussis etwa zur gleichen Zeit, als er sie entdeckte. Er versuchte zwar, so zu tun, als hätte er sie nicht bemerkt, aber es wäre sehr unhöflich von ihm gewesen, jetzt einfach zu gehen.

»Detective Jonas«, grüßte er.

»Hallo.« Höflich lächelte sie ihm zu.

Einen Moment lang wirkte er etwas verlegen. Dann sagte er ganz unerwartet: »Ich habe mich nie bei Ihnen bedankt …«

Wow, das war ja mal ganz was Neues. Wie die meisten Cops erwartete Persy eigentlich nur, von der Bevölkerung beschimpft zu werden.

»Ich habe nur meinen Job gemacht«, sagte sie. Es war sinnlos, ihm zu sagen, dass sie letzten Endes suspendiert worden war, weil sie den Mörder seiner Frau gefunden hatte, und dass noch immer ein Disziplinarverfahren gegen sie ausstand. Eine Sache war sicher: Sie würde bestimmt nicht wieder an das Diep-River-Revier versetzt werden.

»Ich nehme an, Sie werden in die Gerichtsverhandlungen involviert sein«, sagte er. »Davor graust uns allen.«

Zwischen einer Festnahme und einer Verurteilung konnte außerdem noch sehr viel schiefgehen. Aber es war ja nicht mehr ihr Fall. War es eigentlich nie gewesen.

»Ich nehme die Jungen in den Ferien mit nach Amerika. Dann gehen wir nach Disneyland, damit sie eine tolle Zeit haben.«

»Da sind sie bestimmt schon ganz aufgeregt.«

»Ja. Das alles war ziemlich schwer für sie.«

Überraschenderweise wurde ihr ganz eng in der Brust, und ihre Kehle brannte, und auf einmal platzte sie ohne nachzudenken heraus: »Ich habe meine Mutter auch verloren. Sie ist verschwunden, als ich so alt war wie Ihre Söhne.«

»Sind Sie deshalb Polizistin geworden?«

Persy schaute zu Alexi, der mit großen Augen zu ihr hinaufstarrte. Sie hatte nicht bemerkt, dass er und Kai hinter Jaco aufgetaucht waren. Kai wirkte älter, härter, seine Gesichtszüge waren markanter. Auch größer, wenn das sein konnte. Wuchsen Kinder tatsächlich so schnell?

»Vermutlich.« Sie lächelte. Man konnte ganz sicher sein, dass ein Kind eine einfache Gleichung problemlos lösen würde.

»Die Polizei kann gar nichts machen«, sagte Kai geringschätzig.

Ach Kai, sei doch bitte nicht so wütend.

»Mein Dad heiratet«, verkündete Alexi strahlend, lenkte von der Laune seines Bruders ab.

Jaco wirkte verlegen. Und das sollte er auch. Wie lange war das jetzt her? Sechs Monate?

»Oh. Wen heiratet er denn?«, fragte Persy. Dumme Frage. Mit einem Mal war sie sich ganz sicher, dass diese Affäre schon vor dem Mord begonnen hatte. Aber Annette konnte jetzt nichts mehr verletzen.

»Melanie«, sagte Alexi. »Und ich darf die Ringe reintragen.«

Melanie hatte ihren Mann also abbekommen. Persy fragte sich, wie Kai darüber dachte. Aber vielleicht war ja alles besser, als ohne Mutter aufzuwachsen. Selbst mit einer so intriganten, schamlos auf Männerjagd gehenden Stiefmutter wie Melanie Lyle-Davis.

Blicklos starrte Kai durch die Fensterfront auf den Parkplatz, ohne eine Regung zu zeigen. Persy erkannte darin ihre eigene einsame Kindheit. Niemand konnte den Platz einer Mutter einnehmen. Insbesondere den einer guten. Aus irgendeinem Grund musste sie an Marge Labuschagne denken.

»Kommt, Jungs«, sagte Jaco. »Die Frau ist ein vielbeschäftigter Detective.«

Jaco drängte sie nach draußen, hatte es eilig, wegzukommen. Er dachte bestimmt nicht gerne an Persy und wollte auch nichts mehr mit ihr zu tun haben. Das konnte sie ihm nicht verdenken. Die meisten Leute wollten Verbrechen, die ihre Leben verpfuscht hatten, einfach ver-

gessen und weitermachen. Sie hoffte, dass die Jungen das auch machen würden – und konnten. Vor allem Kai.
Er drehte sich noch einmal herum und schaute zu ihr, sie hob grüßend die Hand, aber er wandte sich einfach nur wieder ab und ging hinter seinem Vater her, bis sie ihn nicht mehr sehen konnte

GLOSSAR

African National Congress (ANC)	Afrikanischer Nationalkongress, gegründet 1912, dessen Aktivitäten in Südafrika von 1960 bis 1990 per Gesetz als »unrechtmäßig« eingestuft und damit illegal waren; eine Bewegung gegen die Apartheid in Südafrika
babbelas	Kater (durch Alkohol)
bangbroek	verängstigt; Angsthase
bergies	Bezeichnung für eine bestimmte Gruppe Obdachloser in Kapstadt
bliksem	schlagen, vermöbeln
boer	Bure, Weißafrikaner
boetie	siehe »bro«
Bou jou rykdom op die sweet van jou aangesig.	Erarbeite dir deinen Reichtum im Schweiße deines Angesichts.
braai	Grill
brak	Promenadenmischung (Hund)
bro/bra/bru/boet/boetie	Südafrikanisch für das englische »bro« – Bruder, Kumpel. »Boetie« ist eine Verniedlichungsform davon.
Broad-Based Black Economic Empowerment (BBBE)	»breit angelegte wirtschaftliche Stärkung von Schwarzen«, ein Affirmative-Action-Programm, um ehemals benachteiligten schwarzen Bürgern Südafrikas wirtschaftliche Chancengleichheit zu ermöglichen
bru	siehe »bro«
bruinmense	Farbige
buti	Bruder; höfliche Anrede für einen Mann, der ungefähr dasselbe Alter hat wie der Sprecher

chop shop	illegale Autowerkstatt, in der Autos ausgeschlachtet und Autoteile verkauft werden
Community Police Forum (CPF)	eine Art bürgernahe Polizei, die sich mit Mitgliedern verschiedener Gemeinschaften bespricht, um so für eine bessere Verbrechensbekämpfung sorgen zu können
dagga	Gras (Marihuana)
Die Blokke	Bezeichnung für einen Häuserblock mit Sozialwohnungen in Ocean View
Dis myne.	Das gehört mir.
donga	Graben
dop	Drink; Rausch; Alkohol
Ek het geval.	Ich bin gefallen / gestürzt.
Ekke vergeet.	Ich vergesse / Ich bin vergesslich.
Ekke was baie koud.	Mir war schrecklich kalt.
finish and klaar	Schluss, aus, Punkt.
fok jou	Fick dich
fokkol	gar nichts, überhaupt nichts, kein bisschen
gatvol	angenervt, wütend
Group Areas Act	Gesetz, das 1950 in Südafrika in Kraft trat und den verschiedenen ethnischen Gruppen (Weißen, Schwarzen, Asiaten, Farbigen) eigene Wohngebiete zuwies; infolgedessen kam es zu Zwangsumsiedlungen
haai	hey, hallo
heita	hey, hallo
Hoi!	Ausruf, »Hey!«
impimpi	Informant
Jirre! Maar dis koud!	Himmel! Das ist aber kalt!
jou bek	dein Schnabel

kramat	Grabstätte und muslimisches Heiligtum
kroeshare	krauses Haar, Afrokrause
laanie	schick; bessergestellt
larney	südafrikanischer Slang für etwas Hippes, Teures oder Bonzenhaftes
mama	Mama; höfliche Anrede für eine Frau, die Kinder hat
meneer	(sehr förmliche Anrede) Herr
missie	(sehr förmliche Anrede) Frau
mlungu	Südafrikanisch für weißer Abschaum
moegoe	Idiot, Loser, Sonderling
moerse	heftig
My ma kannie weer sonder a roof slaap nie.	Meine Mutter kann einfach nicht unter einem Dach schlafen.
naartje	Mandarine
nè?	Was?, Hey!
nee	nein
Neighbourhood Watch	Nachbarschaftswache; privat organisierte Gruppe von Bürgern, die sich zusammengeschlossen haben, um in ihrer Nachbarschaft gegen Vandalismus und Kriminalität vorzugehen
Nie so bangbroek wees nie, nè?	Jetzt mach dir vor Angst mal nicht in die Hose, okay?
onder die sterre	unter dem Sternenhimmel, unter freiem Himmel
Pasop, daddy. Ekke sal jou steek.	Vorsicht, Opi. Sonst steche ich dich ab.
pondok	aus Holz, Karton oder Blech zusammengezimmerte Hütte / Baracke

Reconstruction and Development Programme (RDP)	vom African National Congress initiiertes Programm für Wiederaufbau und Entwicklung zur Bekämpfung der gesellschaftlichen Probleme, die das Apartheidsregime nach sich gezogen hatte (Wohnraum, sauberes Wasser, Elektrizität, Gesundheitsversorgung etc.)
rondavel	typische Hausform im südlichen Afrika mit kreisförmigem Grundriss, meist mit schilfartigem Gras gedeckt
sarmie	Sandwich
Se voet!	südafrikanischer Ausruf für: So ein Quatsch! / Von wegen!
Shaya wena!	Ich knall dir gleich eine!
shloofies	billige Hausschuhe aus Frottee
sisi	Schwester; höfliche Anrede für eine Frau
skaam	Scham, Scham empfinden, sich schämen
skedonk	Schrotthaufen (Auto)
skollie	ortsansässiger Krimineller, Gangster
skrik	Schreck, Greuel, Grauen
slasto	grob behauene Schieferfliesen
sloot	Graben
spaza-Shop	kleines, informelles Ladengeschäft in den Townships
stoep	Veranda
Strandlopers	von den San abstammende Jäger und Sammler, die an den Stränden Südwestafrikas leben und ursprünglich aus der Kapkolonie und von der Skelettküste stammen

suka	Abkürzung des Ausdrucks »suka wena«, Bedeutung: Verschwinde / Hau ab!
swak	schwach, billig, mies
tik	Crystal Meth
Uyasithetha isiXhosa, bhuti?	Sprechen Sie Xhosa, Bruder?
veld	Bezeichnung für die plateauartigen Regionen im Innern des Landes
Verstaan?	Verstanden?
vlakte	Flachland
vlei	Sumpf, Feuchtgebiet
witbaas	häufige Bezeichnung von Nicht-Weißen für Europäer in Führungspositionen

DANKSAGUNG

Mein größter Dank geht auch diesmal wieder an meine Familie, für ihre Geduld mit mir, als ich mit diesem Buches gerungen habe.
Zwei Steincottages, eines in Hout Bay und eines in Westcliff, sind kurzzeitig zur zweiten Heimat für mich geworden, nämlich dann, als meine Schreibarbeit alles andere als reibungslose Fortschritte machte. Ein Dankeschön geht an Jacqui Rubenstein mit Familie sowie an Caroline und Rick Menell. Changeling und die Kalahari Surfers haben in dieser Zeit neue EPs und Alben rausgebracht. Ihre sich entfaltenden Soundlandschaften waren für mich eine großartige Inspiration.
An der Entstehung dieses Buches haben viele kundige und großzügige Menschen mitgewirkt. Bei der unschätzbaren Stephanie Glencross stehe ich ganz besonders in der Dankesschuld für ihren ermutigenden Input zur ersten Fassung und ihre kluge Bearbeitung der endgültigen Fassung. Außerdem möchte ich Warrick Sony für sein geduldiges Lesen und seine unerschütterliche Unterstützung danken, Melissa Siebert für ihre frühen Anmerkungen, Genevieve Adams von Penguin Random House, die lange und geduldig an einem wild wuchernden Manuskript gearbeitet hat, und Frances Mark für seine sorgfältige Schlussredaktion.
Ein ganz besonderer Dank geht an Fourie Botha von Penguin Random House für seine freundliche Ermutigung und seine Geduld, an die talentierte Jacqui van Staden für ihre Fotos von Schönstatt. Und zuletzt, ganz sicher aber nicht als Letzter danke ich meiner Agentin Jane Gregory, die, so unglaublich das scheint, noch immer an mich glaubt.

QUELLENVERZEICHNIS

Das Zitat auf S. 9 stammt aus: Euripides: *Iphigenie in Aulis,* Reclam: Stuttgart 2014, S. 46

Das Zitat auf S. 400 stammt aus: *William Shakespeare: Hamlet, Prinz von Dänemark. Ein Trauerspiel,* übersetzt von Christoph Martin Wieland, I. Aufzug, 5. Szene